KB187751

옷소매 붉은 끝동

옷소매 붉은 끝동 1

| 지은이_강미강 | 초판 1쇄 찍은 날_2022년 06월 08일 | 초판 3쇄 펴낸 날_2023년 11월 01일
| 발행처_도서출판 청어람 | 펴낸이_서경석 | 편집책임_강다윤
| 본사 주소_경기도 부천시 부일로 483번길 40 서경B/D 3F (우) 14640
| 편집부 주소_ 서울 구로구 디지털로 272 한신IT타워 404호 (우) 08389
| 등록_1999년 5월 31일(제387-1999-000006호) | 전화_02-6956-0531
| 팩스_02-6956-0532 | 메일_roramce @ naver.com
| 어람번호_제8-0107호
| 파본은 구입하신 서점에서 교환하여 드립니다. 저자와 협의하여 인지를 붙이지 않습니다.
  책값은 뒤에 있습니다. 이 책은 도서출판 청어람과 저작자의 계약에 의해 출판된 것이므로,
  무단 전재 및 유포·공유를 금합니다.

ISBN 979-11-04-92438-5 04810
ISBN 979-11-04-92437-8 (SET)

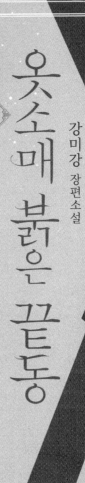

옷소매 붉은 끝동

①

강미강 장편소설

chungeoram romance story

목차

서장

서장
운명 초읽기

갑신년 가을. 올망졸망한 여자아이 여럿이 뙤약볕을 피해 대궐 처마 아래 둥그렇게 모였다. 붉은 댕기로 새앙머리를 올려 묶은 생각시 덕임이 책을 들고 낭랑히 목소리를 높였다.

"평국이 전쟁에 다녀온 후로 중병에 걸려 밤낮으로 약을 쓴다 아뢰니, 천자天子께서 급히 명의를 보내셨더라. 의원이 진맥하고 돌아와 가로되, 병세는 그리 위중하지 않으나 수상한 일이 있더이다. 이에 천자께서 묻자 망설이며 아뢰기를……."

쥐 죽은 듯 듣는 어린 궁녀들 목구멍으로 침이 꼴깍 넘어갔다.

"평국의 맥을 짚어보오니 사내의 맥이 아니더이다!"

덕임이 귀신 이야기라도 하는 양 소리를 바락 지르자, 생각시들은 저마다 옆에 앉은 동무의 손모가지를 잡고 자지러졌다.

"천자께서 고민하다 왈, 평국이 여자면 어찌 전장에 나가 적군을 사멸하고 왔으리오? 다만 평국의 얼굴은 도홧빛이요, 체신은 잔약하니 미심쩍기도 하다. 어쨌든 의원은 아직 누설치 마라 신신당부하시더라."

막 흥미진진해지려는 참인데, 어째서인지 덕임은 책을 탁 덮어 엉덩이 아래 깔고 앉아버렸다.

"뭐야, 그래서 평국이 남장을 한 계집이라는 걸 들켰다는 거야?"

바싹 당겨 앉은 아이가 조바심을 냈다. 다른 아이들보다 꼭 머리통 하나만큼 키가 크고 덩치가 좋은 그 아이의 이름은 복연이었다. 얼른 대답하지 않으면 주먹이라도 한 대 올려붙일 기세였다.

"답답해 죽겠네! 왜 읽다 말아?"

"넌 눈치도 없니? 삯을 내놓으라는 거잖아."

복연의 맞은편에 앉은 아이가 혀를 끌끌 찼다. 달걀처럼 갸름한 얼굴하며 붉은 앵두를 머금은 듯 깜찍한 입술까지, 앉은 자리뿐 아니라 생김새마저 복연과 정반대였다.

"경희 네가 뭘 안다고 그래?"

"너보단 많이 알아."

경희와 복연을 비롯한 어린 궁녀들의 눈이 다시 덕임에게로 돌아갔다. 가타부타 말도 없이 눈알만 굴리는 걸 보아 아무래도 경희의 말이 맞긴 맞는 모양이다.

"또? 벌써 닷 푼이나 줬잖아!"

야유와 탄식이 쏟아졌다. 그러자 덕임은 책을 옆구리에 끼더니 도섭스레 치마폭을 털었다.

"싫음 말고. 나야 뭐 가서 마저 읽으면 되니까."

흥정하는 모양새를 보아하니 하루 이틀 해본 솜씨가 아니었다. 심히 불공정한 처사이나 아쉬운 쪽이 숙일 수밖에 없었다. 복연이 얼른 덕임의 어깨를 붙잡아 도로 주저앉혔다.

"낼게, 낸다고! 내면 되잖아."

복연을 필두로 다들 소매를 뒤져 푼푼이 엽전과 오색구슬을 꺼냈다. 덕임은 고사리 같은 제 손에 차고 넘칠 삯을 받자 웃음을 감추지 못했다.

"너 정말 너무하는 거 아니니? 전기수(傳奇叟, 책을 읽어주고 대가를 받는 이야기꾼) 흉내도 정도껏 해야지!"

경희는 삯을 내놓고도 입술을 삐죽였다.

"처음에는 쉼 없이 잘만 읽더니, 이젠 무슨 다섯 쪽 읽을 때마다 난리잖아."

"경희는 무시해. 그냥 샘내는 거야."

얼른 마저 듣고 싶은 복연이 팔을 커다랗게 휘저으며 안달했다.

"저 정도는 나도 읽을 수 있어! 한문도 아니고 언문이라구!"

"그럼 가서 혼자 읽든가."

복연이 훠이훠이 쫓는 시늉을 하자 경희는 불이라도 뿜을 기세로 씩씩댔다. 복연은 아차 싶어 옆에 앉은 아이, 꼬챙이처럼 빼빼 마른 영희의 뒤로 허둥지둥 몸을 숨겼다.

"둘 다 조용히 좀 해. 소란스럽게 굴면 또 들킨다구."

영희는 앓는 소리를 냈다.

"맞아. 난 접때도 들켜서 종아리를 백 대는 족히 맞았는걸."

덕임도 한마디 거들며 부르르 떨었다.

"경희 너는 정 가고 싶다면 삯을 돌려줄게."

시선이 일제히 경희에게로 쏠렸다. 경희는 분통이 터졌으나 더럽고 치사해도 마저 듣고 싶었으므로 도로 앉을 수밖에 없었다. 무슨 기묘한 노릇인지, 똑같은 이야기책이라도 혼자 읽을 때보단 덕임이 읽어주는 걸 들을 때가 훨씬 재미난단 말이다. 경희는 새침한 소리 한 번 흥내는 것으로 자존심을 달랬다.

덕임은 살풋 웃으며 다시 책장을 펼쳤다.

"한편 평국은 병세가 차차 나으매 생각하기를, 맥을 짚었으니 본색이 탄로 났으리라. 이제 하릴없으니 여자 옷을 입고 규중에 몸을 숨긴 채 세월을 보냄이 옳다."

그러나 불행히도 책 읽기는 다시 중단되고 말았다.

"야, 서 상궁 떴다!"

저만치에서 망을 보던 아이가 대뜸 소리를 질렀다. 다들 혼비백산했다. 생각시 주제에 맡은 일을 팽개친 것은 물론이거니와 서로 다른 처소의 아이들이 뒤섞여 어울렸으니 잡혔다간 죽음이다.

그렇지만 봉화를 너무 늦게 피운 탓에 도망갈 짬도 없었다. 어느새 동궁의 시녀상궁侍女尚宮 서씨가 다가와 가까운 아이들 뒷덜미를 턱 잡은 것이다.

"어째 궐이 조용하다 싶더니 요것들이 다 여기 모여 있었군!"

어차피 잡힐 거라면 차라리 서 상궁이 낫다고, 그나마 안도하는 시선이 오갔다.

엄밀히 따지면 서 상궁은 무서운 상궁은 아니었다. 오히려 나인 딱지를 뗀 지 얼마 되지 않아 만만한 편이었다. 아이들은 덕임의 등을 떠밀었다. 나서서 이빨 한 번 털어보라는 무언의 보챔이었다. 모르쇠로 버티자니 받은 삯이 너무 많았다.

"마마님, 동무들끼리 모여 이야기책이나 읽었을 뿐이옵니다."

서 상궁은 대번에 미간을 찡그렸다.

그녀는 덕임이 계례(笄禮, 성인식)를 치를 때까지 한방에서 지내며 훈육하는 스승상궁이었다. 그러나 암만 보아도 덕임은 서 상궁 깜냥에 다스릴 만한 아이가 아니었다.

덕임은 호기심으로 빛나는 눈동자, 천진난만한 홍분으로 물들인 복숭앗빛 두 뺨 따위가 무척 사랑스러운 아이였다. 다만, 이따금 고삐 풀린 망아지처럼 날뛰는 게 흠이었다.

얼마 전에 먼지 쌓인 광에 굴러다니던 《홍계월전洪桂月傳》을 찾아내어 읽게 해주었더니만, 홍계월 흉내에 푹 빠져 헤어나질 못하는 참이었다. 홍계월은 아녀자들이 세책점에서 빌려 읽는 통속물의 주인공으로, 남장을 하고 전쟁에 나가 영웅이 된 여자다. 덕임은 바로 그런 홍계월을 따라하겠답시고 또래 궁녀들까지 끌어들여 설치니 아주 가관이었다. 나도 남장을 하겠노라, 소환(小宦, 어린 내시)의 의복까지 훔치는 기함할 일을 벌일 만큼 잔망스럽다. 하기야, 《박씨부인전朴氏夫人傳》을 읽었을 때는 더했다. 박씨 부인처럼 도술을 부리겠답시고 별 해괴한 주문을 외우며 돌아다니다가 하필 제조상궁(提調尙宮, 내명부 최고 궁녀)에게 걸려 혼쭐이 난 적도 있다.

"오늘도 종아리 걷고 싶으냐?"

덕임은 바로 꼬리를 내렸다. 신나서 읽어주던 《홍계월전》을 품에 꼭 끌어안은 채 고개만 도리도리 저었다.

"아이고, 됐다. 오늘은 너희 꼬맹이들이나 혼내고 있을 틈도 없다."

서 상궁이 한숨을 푹 쉬었다.

"오늘 술시戌時에 발인發靷을 한다고 온 전각이 분주하다. 애통한 날이니 말썽 피우지 말고 돌아가거라."

접때 졸한 후궁의 상여가 오늘 궐을 떠나 장지葬地로 향한다는 소식에 며칠 전부터 떠들썩하긴 했다. 어린 궁녀들이 뿔뿔이 흩어지자 서 상궁은 다른 아이들 틈에 섞여 은근슬쩍 뜨려는 덕임의 뒷덜미를 덥석 잡았다.

"넌 따라와라. 전기수 놀이는 하지 말라고 그렇게 일렀거늘!"

서 상궁은 상궁들이 주로 쓴다는 지름길로 잡아끌면서 잔소리를 쏟았다. 철 좀 들라는 타박과 자꾸 그러면 쫓아낸다는 협박까지 눈 감고도 외울 만큼 뻔했다.

"어쩜 많고 많은 생각시 중 너 같은 게 내 제자가 됐는지, 원!"

하염없는 서 상궁의 푸념에 누군가 문득 끼어들었다.

"서 상궁! 자네 여기서 뭐하는가?!"

뒤에서부터 한참 쫓아 왔는지 숨을 헉헉대는 늙은 상궁이었다.

"허어, 헉······. 세손께서 곧 집영문集英門에 나아가 망곡례(望哭禮, 국상을 당해 곡을 하는 의식)를 하신다는데 자네도 얼른 모셔야지!"

"시각이 벌써 그리되었습니까?"

서 상궁이 깜짝 놀라 덕임의 손을 놓았다.

"넌 가서 얌전히 기다려라. 만약 내가 갔을 때 자리에 없거나 또 말썽을 부렸을 시에는 아주 경을 칠 것이야."

엄포를 늘어놓은 서 상궁은 획 돌아섰다. 더는 못 뛴다고 헐떡이는 늙은 상궁의 등을 떠밀며, 그녀는 이내 저편의 먼 점으로 사라졌다.

눈앞의 위기는 모면해 다행이다. 서 상궁은 마음이 약하니 이따 재롱 좀 부리면 못 이기는 척 기분을 풀 것이다. 잘하면 매 맞지 않고 넘길 수도 있겠다. 덕임은 밤길에 선비 주머니를 홀랑 털어가는 도깨비처럼 웃었다.

안심도 잠시, 덕임은 곧 새로운 난관에 봉착했다. 서 상궁이 지름길로 가겠답시고 낯선 샛길에 끌고 와 놓곤 팽개쳐 버렸으니 어딘지 갈피를 잡을 수 없었던 것이다. 유난히 우거진 수풀과 빼곡한 나무들로 보아 후원으로 이어지는 길목이 아닐까 막연히 추측해 볼 따름이었다. 입궐한 이래 상궁들의 인솔 없이 홀로 동궁의 전각 바깥으로는 나와

본 바 없어 덕임은 더더욱 어리둥절했다.

낭패였다. 궁궐은 몹시 넓어 길을 잃으면 고역이다. 덕임은 운 좋게 누군가와 마주치기를 빌며 속절없이 걸음을 옮겼다.

바쁜 날이라더니 과연 지나가는 개미 새끼 한 마리도 보이지 않았다. 비슷비슷하게 생긴 전각들 사이를 다리가 아파 죽을 만큼 헤맨 끝에 덕임은 계획을 바꾸었다. 가장 가까이에 있는, 유난히 멋들어진 전각 하나를 골라 빼꼼 고개를 들이밀었다. 아무 데나 드나들었다간 경을 칠 테지만 찬밥 더운밥 가릴 처지도 아니었다.

한데 그녀가 고른 전각은 괴상할 만치 조용했다. 바람을 타고 시큼한 냄새도 풍겼다. 솜털이 바짝 설 만큼 불쾌한 향이었다. 뜰에 들어서서 휘휘 돌아보았다. 사는 사람이 없는지 인기척도 아예 없었다. 덕임은 댓돌에 조심히 신을 벗고 마루에 올랐다.

음침한 복도를 따라 걸을수록 낯선 향은 짙어졌다. 가장 안쪽 장지문이 살짝 열려 있었다. 문틈 사이로 일렁이는 노란빛 촛불이 보였다. 덕임은 홀리기라도 한 듯 들어갔다. 방안은 창을 모두 닫아 어두침침했고, 여름 기운이 채 가시지 않은 바깥과 달리 공기가 서늘했다. 그리고 방 한가운데에 커다랗고 네모난 무언가가 있었다.

관이었다.

덕임은 비로소 깨달았다. 여기는 죽은 후궁을 모셔놓은 빈전殯殿이 틀림없다. 가만 보니 더위로 인한 시취尸臭를 막기 위해 석빙고의 얼음으로 빙상을 만들어두었다. 이제껏 맡은 괴상한 향이 죽은 사람의 체취라니, 팔뚝에 오소소 닭살이 돋았다.

관 뚜껑은 아직 닫히지 않았다. 까치발을 들었다. 안쪽이 들여다보였다. 늙은 여인이 눈을 감고 누워 있었다. 낯빛은 섬뜩할 만치 창백했지만 눈 둘에 코 하나, 입 하나. 덕임과 똑같은 사람이었다.

"조문이라도 왔느냐?"

어둠 속에서 불쑥 낯선 목소리가 들렸다. 덕임은 까무러치게 놀랐다. 귀신이 나온 줄 알고 덜덜 떨며 뒤를 돌아보니 으슥한 방구석에 누가 앉아 있었다.

이마와 뺨은 주름으로 가득하고, 구름처럼 하얀 수염을 길게 기른 노인이었다. 어둠에 가려 얼굴은 잘 보이지 않았으되 호리호리한 몸에 걸친 옷은 능히 알아볼 수 있었다. 붉은 비단에 정성껏 용을 수놓은 금사가 무척 화려했다.

"……상감마마?"

늙은 왕은 빙그레 웃었다.

임금님을 만났을 때는 어찌해야 하는지 배우지 못한 덕임은 입을 헤 벌리고 쳐다만 보았다. 쌍꺼풀이 진 길쭉한 눈에 약간 구부러진 코가 붙은 용안이 한눈에 들어왔다. 어찌 보면 고집스럽게, 또 다르게 보면 여인처럼 예쁘장한 인상이었다.

"젊은 시절에는 무척 고운 사람이었단다."

늙은 왕은 덕임의 곁에 나란히 서서 관 속의 여인을 내려다보았다.

"처음 보았을 때는 숨이 멎을 뻔했지."

왕의 눈에는 애정이 담뿍 녹아 있었다.

"설마 이 사람이 여남은 세월을 끝까지 살지 못하고 먼저 떠나 버릴 줄은 꿈에도 몰랐지 뭐냐. 함께 지낸 세월에 익숙해 작별 인사를 어찌 건네야 할지 모르겠어."

펑펑 울고 싶은 어린아이처럼 그는 울상을 지었다.

"기어이 이 사람을 보내야 하는데 나는 따라갈 수조차 없구나. 발인을 직접 보고 싶다 했더니, 왕이 후궁의 관을 따르는 법도는 없다며 어찌나 물어뜯던지! 우리가 살을 맞대고 산 세월이 얼마인데 야속하기도 하지."

"임금님이신데 어찌 마음대로 하지 못하시옵니까?"

왕은 자조적으로 껄껄 웃었다.

"임금이 할 수 없는 일이 얼마나 많은지 알면 넌 아마 깜짝 놀랄 게다."

그는 지친 기색으로 관 앞에 털썩 주저앉았다. 방석조차 깔지 않은 맨바닥인데도. 왕은 그만 물러가야 하나 어물거리는 덕임을 빤히 보았다.

"조막만 한 계집애가 참 야무지게도 생겼다."

놀랍게도 왕은 제 무릎을 툭툭 쳐 보였다. 앉으라는 뜻이었다. 덕임은 멋쩍게 고개를 가로저었다.

"어허, 어서."

그러고 보니 금상께선 코흘리개 계집애들을 어여삐 여기사 곧잘 생각시들을 무릎에 앉혀놓고 재롱을 즐기신다는 소문을 들은 것도 같다. 생각시들이 모시는 주인의 손녀딸 노릇을 하는 일이야 궐에선 흔한 광경이기도 했다.

결국 덕임은 머뭇거리며 왕의 무릎에 올랐다. 늙은 다리는 앙상하여 뼈가 불툭 튀어나와 있었다. 왕은 허물없이 덕임의 어깨를 감싸 안고 어수로 살살 토닥였다.

"너는 생년이 언제냐?"

"계유생癸酉生이옵니다."

"부모와 떨어져 살기에는 어린 나이로구나."

측은하게 여기는 눈치였다.

"궐에는 언제 들어왔느냐?"

"올해로 꼭 두 해 되었사옵니다."

"그럼 임오년에 입궐한 게로구나."

왕은 내심 걸리는 게 있는지 미간을 찌푸렸다.

"어쩌다 궁녀가 되었누?"

"음, 소인의 아비가 고을서 빚을 좀 졌거든요."

어머니가 돌아가신 뒤로 아버지는 재혼하셨지만 영 마음을 잡지 못하셨다. 그러다 보니 녹을 먹는 관리라면서 달콤한 꾐에 빠져 나라님께 진상할 재물을 날려 먹고 곤경에 처했다나 뭐라나, 이웃 사람들이 혀를 끌끌 차는 소리만 들었다.

덕임은 집안 사정을 소상히 파악하기에는 너무 어렸다. 그렇지만 임금님 앞에서 자랑스럽게 떠들 만한 일이 아님은 대충 알았다.

"궁녀가 되면 아비를 도와 빚을 갚을 수 있고, 오라비들 과거 뒷바라지도 수월하게 할 수 있대서요."

하여 적당히 말을 골라냈다.

"먹고 살길이 막막할 뻔했는데 잘된 셈이지요."

이윽고 덕임은 오라비들과 코찡찡이 막내아우까지 하나하나 짚어가며 종알종알 떠들었다. 왕은 자상하게 모두 들어주었다.

"참 갸륵하다."

그러다 문득 용안에 짙은 그림자가 드리워졌다.

"내게도 너처럼 기특한 딸이 하나 있었단다. 제 어미를 닮아 무척 고운 아이였지. 너만 할 때는 내 뒤꽁무니를 졸졸 따라다녔어. 정무를 마치고 돌아가면 환하게 웃으며 달려와 안기곤 했지. 마냥 어린애일 것 같더니만 금방 자라 하가下嫁하더라."

수심 어린 시선이 흘끗 죽은 후궁에게로 향했다. 아마도 그녀와의 사이에서 얻은 딸을 말하는가 보다.

"자주 못 보시옵니까?"

"마지막으로 그 애 얼굴을 본 지 세월이 참 많이 흘렀단다."

움푹한 뺨을 스치며 용루 한 방울이 툭 떨어졌다.

"옹주를 보기 위해 체통도 잊고 사가로 자주 나가곤 했었지. 한데 아비 속도 모르고 뭐가 그리 급해 이팔청춘 고운 나이에 저승으로 갔는지 모르겠다."

어린아이의 죽음이 흔하디흔한 세상이건만 죽은 자식과의 추억을 더듬는 아비의 모습은 애절할 수밖에 없었다.

"잠자리가 사나운 날엔 꼭 네 나이 때의 옹주를 이 무릎에 앉히는 꿈을 꾼단다. 안고 어르다 보면 검은 옷을 입은 자가 나타나 그 아이를 데려가고 나는 잠에서 깨어나지. 귓가에 남은 아바마마, 아바마마, 우는 소리를 들으면서 말이야."

왕은 신경질적으로 눈물을 씻어냈다.

"오래 사는 것도 죄다."

덕임은 앉은 무릎이 불편해 뒤척였다.

"그래, 궐에서는 지낼 만하더냐?"

속을 너무 털어놓았다 싶었는지 왕은 화제를 돌렸다.

"처음에는 무서웠는데 지내보니 나름대로 재미있사옵니다. 글씨도 많이 배우고 책도 읽을 수 있어서요."

덕임이 아까 벗들에게 읽어주던 《홍계월전》을 펼쳐 보였다.

"이 예쁜 글씨는 궐에서 쓰는 궁체宮體 아니옵니까. 소인은 사가에 지낼 적부터 배우고 싶었사옵니다. 열심히 연습해서 상궁 마마님들처럼 잘 쓸 것이옵니다."

한 장 가득 적힌 글씨는 몹시 우아했다. 세간에서는 함부로 흉내 낼 수 없는 아름다운 필체였다. 둥글둥글하면서도 글자마다 생김새가 똑 떨어지며 세련된 조형미가 돋보였다. 보는 이로 하여금 가독을 쉽게 하는 고마운 필체이기도 했다.

그러나 그뿐이었다. 모든 궁녀들이 다 똑같이 쓰는 글씨답게, 궁체는 개성도 인격도 모두 말소된 것처럼 그저 반듯하고 예쁘기만 했다.

생전의 어미는 유독 궁녀라면 학을 뗐다.

아름다운 궁체로 쓰인 《인현왕후전仁顯王后傳》을 읽은 덕임이 나도 궁녀가 되어 궁체를 쓰고 싶다는 말을 꺼내기가 무섭게, 어미는 궁녀는 사람이 할 짓이 못 된다고 꾸짖었다. 궁녀들은 평생을 남을 위해 헌신해도 늙고 병들면 외롭게 내쳐진다며 궁궐의 잔인한 섭리를 혐오했다. 심지어는 제 눈에 흙이 들어가기 전엔 그 꼴만은 못 본다면서, 새끼손가락을 걸고 절대 궁녀가 되지 않겠다는 약조까지 시켰다. 얄궂게도 약조를 맺은 바로 그날, 어미는 난산 끝에 미처 빛을 보지 못한 아이와 함께 흙으로 돌아갔다.

"이 사람이 궁체를 아주 잘 썼지. 직접 필사하여 엮은 책도 제법 된단다."

왕이 빙그레 웃어 보였다.

"한때는 너와 같은 궁녀이기도 했고."

"궁녀는 시집을 못 간다던데요?"

왕은 임금과는 가약을 맺을 수 있다는 둥 얼버무렸다. 좀 곤란한 눈치였다.

"흠흠! 아무튼 책을 제법 읽는 게로구나?"

"언문으로 쓰인 소설책이라면 좋사옵니다. 앞으론 한문책도 읽고 싶사옵니다."

덕임은 생각시들 중에서 제일 먼저 《소학小學》을 뗐노라 자랑을 곁들였다.

"한데 스승상궁께선 하지 말라는 게 너무 많으십니다. 글을 분에 넘

치게 익혀선 아니 되고, 다른 아이들에게 책을 읽어줘도 아니 되고
……."

"계집은 많이 알수록 팔자가 사나워지니 그렇지."

손녀를 어르는 할아버지처럼 왕은 다정했다. 그래도 서 상궁을 피
해 요리조리 숨어 다니며 책을 읽는다고 덕임이 덧붙이자 그는 또 껄
껄 웃었다.

"우리 세손도 꼭 그런단다. 몸이 아파 끙끙 앓으면서도 도무지 책은
손에서 내려놓지를 않아. 잠 좀 자고, 끼니 좀 챙겨 먹으라고 아주 간
청을 해야 한단다."

"그렇지 않아도 소인은 동궁의 궁녀이옵니다."

덕임은 순진하게 왕과 눈을 마주쳤다.

"그래?"

왕은 새삼스레 덕임의 얼굴을 뜯어보았다.

"세손을 만나본 적이 있느냐?"

"음, 그것이……."

사실대로 아뢰어도 되는데 이상하게 난처했다. 덕임은 눈을 굴렸
다.

"뵌 적이 있긴 있사옵니다."

어차피 늙은 왕은 나름대로 생각에 잠겨서 그녀의 어색한 태도를
눈치채지 못했다.

"가만있자, 세손은 임신생壬申生인데 넌 계유생이라면……. 합이 들
었군."

"하온데 전하께선 왜 여기 혼자 계시옵니까?"

무슨 합인지는 모르겠고 덕임은 천진스럽게 말을 돌렸다.

"일부러 주위를 물렸다."

웃음기가 씻은 듯이 사라진 용안은 송장처럼 늙어 보였다.

"이 사람에게 마땅한 시호諡號를 궁리하는 중이었느니라."

시호는 아무나 받을 수 있는 것이 아니다. 간택되어 가례를 치르고 들어온 사대부의 여식이라면 모를까, 궁녀 출신 후궁이 시호를 받으려면 못해도 임금 정도는 낳아야 한다. 한데 이 후궁의 소생인 세자는 요절하였으니, 그녀의 손자인 세손이 훗날 보위를 잇는다 한들 아직은 심히 과분한 처사다.

"이 사람은 나와 종사를 위해 큰일을 해줬다. 암, 그렇고말고!"

왕은 어쩐지 스스로를 설득하고 싶어 하는 것 같았다. 괴괴하게 요동치는 그의 눈빛에선 왠지 모를 죄책감과 분노가 보였다.

"무얼로 정하셨사옵니까?"

"의義자와 열烈자를 써 의열로 정했느니라."

왕이 덕임에게 몸을 기울이며 속삭였다.

"너에게 제일 처음 말해주는 것이다. 어쩌면 너와 이 사람의 인연이 남다른 건지도 모르지. 네가 하필 오늘 이 시각에 여길 온 것이 필연이라면!"

어린 궁녀가 헤아리기에는 너무나 의미심장하고 두려운 말씀이었다.

"그만 가보려무나. 조금 있으면 상선尙膳이 날 찾을 터, 생각시가 여길 들어온 걸 보면 불호령을 내릴 게다."

덕임은 왕의 무릎에서 펄쩍 뛰어내렸다.

"한데 너 이름이 무어냐?"

마지막으로 왕이 나지막이 물었다.

"성가 덕임이라 하옵니다."

흔하디흔한 그 이름을 입술로 되뇌며 왕은 무겁게 고개를 끄덕였다. 덕임이 임금의 무릎에 앉은 꿈같은 순간으로부터 줄행랑을 치는 동안에도, 왕은 죽은 후궁만 물끄러미 보았다.

늙은 왕의 축 처진 어깨 위로 한 시절의 끝자락이 묵직하게 내려앉았다.

그날 저녁. 서 상궁은 해가 이지러질 즈음에야 돌아왔다.

"요 화상아! 내가 눈을 땐 사이 또 무얼 하고 온 게야?"

아무 짓도 안 했다며 어물어물 항변하는 덕임을 날카롭게 쏘아보며 서 상궁은 보따리 하나를 건넸다.

"상선 영감이 네게 이걸 주라 하시더라. 주상전하께서 하사하셨단다. 뭐냐? 전하께서 널 어찌 아셔?"

검은 줄로 단정하게 엮은 네 권의 책이었다. 첫 권의 흐린 밤색 겉장에는 단정한 글씨로 《여범女範》이라 쓰여 있었다. 효녀며 현숙한 아내가 되는 법 따위를 망라한 규방의 언문 훈육서였다. 사대부 규수들이 익히는 책 말이다. 앉으란다고 진짜 무릎에 앉은 걸 점잖게 꾸짖고자 이걸 주셨나 뜨끔하여 덕임은 책장을 넘겨보았다. 겉장 안쪽에 장서인(藏書印. 책의 소유를 밝히기 위해 찍는 도장)이 찍혀 있었다.

붉은 인장의 글자를 읽는 순간 가슴이 덜컥 떨어졌다. 그것은 다름 아닌 오늘 밤 차가운 흙 아래 묻힐 후궁의 인장이었다. 첫 바닥을 읽자 충격은 더 커졌다. 단순히 후궁이 소장하던 책이 아니었다. 그녀가 친히 저술한 책이었다. 늙은 왕의 말이 옳았다. 그녀는 궁체를 아주 잘 썼다. 물 흐르듯 유려하고 비단결처럼 세련된 글씨였다.

한낱 어린 궁녀의 차지가 되기에는 귀한 책이었다.

"가만, 저 소리 들리니?"

서 상궁이 넋 나간 덕임의 팔을 잡았다. 멀리서 뿔피리 우는 소리가 들렸다. 후궁이 졸한 날에 들었던 것과 같이 구슬픈 고동이었다.

"상여가 궐 밖으로 나가는 중인가 보다. 우리도 가보자."

바깥은 낮처럼 환했다. 쏟아져 나온 궁인들이 통금이 해제된 밤의 궁궐을 메웠다. 흙바닥에 엎드려 꺼이꺼이 곡을 했다.

서 상궁도 무릎을 꿇고 엎드리며 덕임의 뒷머리를 꾹 눌렀다.

"좋은 분이셨어. 세손저하 아침상을 손수 챙길 만큼 정도 많으셨는데."

서 상궁이 옷고름으로 눈물을 훔쳤다. 이윽고 멀리서 후궁의 상여가 지나갔다. 앞다퉈 울면서 달려드는 궁인들에 가리는 바람에 잘 보이지는 않았다.

대신 덕임은 지나가는 횃불에서 떨어진 듯 흙바닥을 나뒹구는 불씨를 보았다. 불씨는 어떻게든 살아남으려고 안간힘을 쓰며 꽤 오래 버텼다. 그러나 누군가의 까만 신발이 급히 지나가며 남은 불씨를 짓밟았다.

한때는 활활 타올랐고, 또 어떻게든 버텨보려 했던 불씨는 흔적도 없이 사라져 버렸다.

1부
동궁과 생각시

1장
뒷모습

덕임은 자신의 어린 시절이 끝나던 순간을 기억했다.

물론 그녀는 여전히 흙 놀이와 군것질을 좋아하는 어린아이였다. 하지만 어머니가 살아계셨을 때만큼 혹은 이웃 사는 월혜며 오동이와 소꿉장난을 할 때만큼 어리지는 않았다. 그 시절은 바로 아버지의 손을 잡고 혜빈惠嬪의 안전에 나아가던 날에 끝이 났다.

혜빈 홍씨는 본디 세자빈이었는데, 얼마 전에 세자가 훙서하는 바람에 홀몸이 되었다. 때문에 왕후가 될 미래는 사라졌지만 혜빈惠嬪이라는 칭호나마 받았다고 한다. 다만 슬하에 자식들이 있어 아주 적직한 신세는 아닌 모양이다.

"세자께서는 어쩌다 돌아가셨는데요?"

굴러다니는 솔방울을 걷어차며 덕임이 물었다.

"그건……."

만물의 심오한 이치를 물은 것도 아닌데 아버지는 미간을 찡그렸다.

"그냥 병이 있어 일찍이 졸하셨다. 그렇게만 알면 된다."

그는 덕임의 손을 힘주어 잡았다.

"절대 혜빈께 세자저하에 대해서 여쭈어선 안 된다. 아니, 궐 안 누구에게도 그 이야기는 꺼내선 안 돼."

왜냐고 물으려다가 아버지 표정이 하도 심각해 보여서 덕임은 그만두었다. 어차피 그렇게까지 궁금하지도 않았다.

"옳지. 그렇게 삼키는 것이다."

그리고 아버지는 그런 딸의 처신을 칭찬했다.

"궁중에서는 첫째도 입조심, 둘째도 입조심이니까."

그는 다소 홀가분한 태도로 화제를 바꾸었다.

"혜빈께서 자제분들과 허물없이 어울릴 수족을 구하신다더라. 그 이야기를 듣고 네가 제격이겠다는 생각이 들었어."

아버지는 젊은 시절에 혜빈 홍씨의 부친댁에서 청지기(정승의 집안일을 돌보던 하인)로 지낸 적이 있다고 했다. 덕분에 무관직에 올라서도 벼슬길을 수월하게 걸었다나 뭐라나.

"기왕이면 세손저하의 눈에 들도록 해라."

아버지가 목소리를 낮추었다.

"예에? 소녀가 왜요?"

반면에 덕임은 어이가 없어서 목소리를 높였다.

"기왕 궁녀가 될 거라면 높으신 분께 의탁하는 편이 좋지 않겠느냐."

아버지는 쉿 소리를 냈다.

"후일 네 오라비들에게도 크게 도움이……."

"소녀는 그런 이유로 벗을 사귀지 않는데요."

덕임은 무람없이 아비의 말을 툭 잘라먹었다.

"소녀의 친구가 될 사람은 소녀가 정할 거예요."

"아니, 내가 언제 너더러 감히 세손저하의 지우知友가 되라더냐? 그냥 잘 보이라고 했지!"

"벗은 아니면서 잘 보이기만 하는 사이는 도대체 뭔데요?"

덕임은 혀를 끌끌 찼다.

"아, 모르겠고! 그런 걸 원하시면 식이 오라버니한테나 시키시지요."

"식이는 못 한다."

아버지는 손아래 누이인 덕임에게 노상 쩔쩔매는 아들을 떠올리며 고개를 저었다.

"관직에도 못 오른 사내애가 어찌 궁궐을 드나들 것이며……."

"내시로 만들면 되잖아요, 내시."

덕임은 낄낄거리다가 아버지 표정을 보고 입을 다물었다.

"식이는 왕후장상 앞에서 기를 펼 녀석도 아니다. 너처럼 눈치가 빠르지도 않고, 말을 잘 가릴 줄도 모르지."

"그래서 장차 벼슬길은 어떻게 오른다고 과거 공부를 시키신답니까?"

또 딴죽을 거는 딸을 보고 아버지는 탄식했다.

"오라비들보다 네가 더 뛰어난 구석이 있다고 칭찬을 하는데도 아주 따박따박……."

칭찬이면 좀 구색을 좋게 해야 알아듣지. 덕임은 어깨를 으쓱했다.

"넌 내 딸이지만 정녕 가끔은……."

"너무 예쁘다고요?"

내버려 두었다가는 잔소리가 길어질 것 같아 덕임이 얼른 말을 가로챘다.

"가끔은 너무 예쁘고, 평소에는 너무너무 예쁜 딸이지요?"

아버지는 어처구니가 없어서 피식 웃었다.

"오냐. 예뻐 죽겠구나, 아주."

그렇지만 그의 웃음은 목적지에 당도하는 순간 물에 씻은 듯 사라졌다.

"혜빈께서 기다리고 계십니다."

젊은 상궁이 다가와 말을 붙이더니 흥미롭다는 듯 덕임을 요리조리 뜯어보았다.

"이 아이입니까?"

아버지는 고개를 끄덕였다.

"……미안하다."

젊은 상궁이 헐레벌떡 그들의 도착을 고하러 간 사이, 아버지가 덕임에게 속삭였다.

"정녕 괜찮겠느냐?"

"안 괜찮으면 어쩌시려고요."

덕임은 어깨를 으쓱했다.

"집안에 이런저런 사정이야 있었지만, 궁인이 되기로 한 건 소녀의 선택이에요."

그녀는 야무지게 덧붙였다.

"그러니까 괜찮아요. 걱정하지 마세요. 흰머리 생겨요."

그러면서 장난스럽게 관모 아래 보이는 아버지의 이마를 흘끔거렸다.

이윽고 덕임과 아버지는 내실로 안내되었다. 구슬발이 드리워져 있었다. 아버지가 넙죽 엎드려 절을 올리기에 덕임도 엉겁결에 따라 했다.

"요사이 경의 처지가 많이 곤궁해졌다고 들었소."

구슬발 뒤로 보이는 형체가 운을 띄웠다.

"마침 경에게는 여식이 있고, 나는 어린 궁인을 물색하는 참이니, 친정의 인연을 생각해 한번 굽어 살펴볼 법하지."

"망극하옵니다."

잠시 침묵이 흘렀다. 어째 보이지 않는 시선이 자신을 뜯어본다는 기분이 들었다.

"가까이 오라."

덕임은 쭈뼛쭈뼛 일어나 구슬발을 살짝 걷고 다가갔다.

"얼굴 좀 보자. 고개를 들라."

덕분에 덕임도 상대방을 응시할 수 있었다. 높으신 분들은 태산처럼 커다랗지 않을까 싶었던 막연한 상상이 깨졌다. 혜빈 홍씨는 아담한 여인이었다. 마른 체구에선 고고한 기품이 흐르고, 또렷한 눈빛에선 명석함이 엿보였다.

"자못 총명해 보이는구나."

다행히도 혜빈에게 비친 덕임의 첫인상 역시 긍정적이었다.

"딱 세손과 어울릴 나이야. 청연군주와 청선군주를 돌볼 수도 있겠고."

"실로 그러하옵니다."

멀찍이서 아버지가 맞장구를 쳤다.

"신의 딸이 비록 미욱하나 붙임성이 좋고 언변에 능하옵니다."

"여식의 성정은 밝은가?"

"밝긴 밝사오나 그것이……. 아, 예, 그러하옵니다. 밝사옵니다."

딸자식이 밝았으면 밝았지 무엇이 찜찜할까, 아버지는 참 어렵게도 긍정했다.

"그렇다면 분명 도움이 될 테지."

어째 지푸라기라도 잡는 사람처럼 혜빈은 한숨을 쉬었다.

"경의 여식은 내가 거두어 잘 기를 테니 염려 마시오."

그렇게 덕임은 아버지의 슬하에서 왕실의 소유로 넘어갔다.

"망극하옵니다."

마찬가지로 그 사실을 알기에 화답하는 아버지의 목소리가 서글펐다.

"밖에 있느냐."

혜빈의 부름에 아까 덕임과 아버지를 맞이한 젊은 상궁이 얼른 들어왔다.

"여기 옥금이는…… 아니지, 이제는 어엿한 상궁이지."

그녀는 하던 말을 고쳤다.

"서 상궁은 내 친정과 먼 친척뻘이라 거두어 동궁에 들인 사람이다. 앞으로 널 훈육할 스승이니 공경으로 섬기도록 하여라."

덕임은 입을 헤 벌리고 서 상궁이라 불린 젊은 여관女官을 마주 보았다. 서 상궁은 제 품에 굴러들어온 것이 심각한 왈짜인 줄 미처 모르고 그저 수더분하게 웃었다.

"아! 의녀와 앵무새 피를 대령할까요?"

번뜩 서 상궁이 혜빈에게 여쭈었다.

"되었다. 굳이 처녀인지 가려낼 필요도 없을 만큼 어린아이니까."

혜빈이 고개를 가로젓더니 시선을 돌렸다.

"경은 이만 물러가게."

구슬발 뒤로 비친 아버지는 하릴없이 딸을 두고 사라졌다. 덕임은 스스로 집이라 칭할 수 있는 곳이 이제는 정녕 바뀌었음을 실감했다.

"좋다. 그럼 내 너에게 제일 처음 시킬 일이 있다."

시험해보겠다는 의도가 담긴 듯한 선언과 함께, 혜빈이 덕임을 이끌고 행차한 곳은 후원에 자리 잡은 조그마한 정자였다.

"내게는 아들이 있다. 세자저하께서 훙서하신 뒤로 동궁의 위호位號를 이은 세손이니라."

혜빈이 말했다.

"한데 그 일 이후로…… 흠흠! 세자께서 훙서하신 이후로 그 아이 기분이 계속 언짢아 보여 걱정이다. 원래도 속내를 터놓지 않는 아이인데, 요즘은 정말 책만 파고들더구나."

"독서에 매진하시다니 좋은 일 아니옵니까?"

덕임이 순진하게 물었다.

"좋지. 좋은데…… 어린애면 좀 아이다울 때도 있어야지, 원."

자식을 키워보지 않은 사람은 절대 이해 못 할 표정이 혜빈의 옥안을 스쳤다.

"네가 세손에게 바깥 이야기를 해주렴. 그렇게라도 관심을 좀 끌어봐. 기분 전환을 할 수 있게 말이다."

덕임은 뭘 어쩌라는 건지 영 이해가 안 갔다.

하지만 이해하기도 전에 일을 맞닥뜨렸다. 한 소년이 혜빈의 행차를 발견하자마자 정자에서 버선발로 뛰어 내려왔다. 아마도 세손인 모양이었다.

"또 책을 읽는 게로구나."

혜빈이 얕게 한숨을 쉬었다.

"배우고 익혀야 할 것이 많사옵니다."

동궁은 무뚝뚝하게 대꾸했다.

그의 첫인상은 혜빈의 첫인상만큼이나 예상과 달랐다. 존귀한 국본이라기에 눈이라도 한 쌍 더 달려 있나 싶었는데 의외로 평범했다. 키는 덕임과 비슷했고, 또래보다 길쭉한 팔다리는 몸통에 얌전히 붙어 있었다. 눈치껏 흘끔 살펴본 얼굴도 특별한 구석은 없었다. 눈썹은 짙

었고 코는 우뚝했다. 그리고 속으로 삭이는 울화라도 있는지 입술은
앙다물고 있었다.

다만 눈만은 제법 인상적이었다. 짙은 밤색이었다. 그리고 고을서
덕임과 어울려 놀던 사내애들과는 전혀 달랐다. 깊고 여물기가 꼭 어
른의 것과 같았다.

"학문에만 너무 골몰하는 것 같아 놀이 친구를 데려왔다."

혜빈이 말했다.

"……궁녀이옵니까?"

딱 한 마디를 툭 던지며 그가 덕임을 보았다. 그 시선에선 흥미나 호
의가 요만큼도 느껴지질 않았다. 어째 예감이 썩 좋지 않았다.

"소자는 소환과도 어울리지 않는데 궁녀라니요."

아니나 다를까, 동궁은 효심 어린 말투로도 용케 싫은 티를 팍팍 냈
다.

"이제 막 궐에 들어온 아이라 재미있을 것이다."

혜빈은 장난감을 내미는 양 덕임을 동궁에게 떠밀었다.

"한번 어울려 보아라. 어미의 명이다."

그는 차마 토를 못 달고 부루퉁한 표정만 지었다.

두 아이를 정자에 덩그러니 남겨놓고 혜빈은 멀찍이 비켜섰다. 덕분
에 덕임은 태어난 이래 가장 어색한 순간을 맞이했다. 두근두근 기대
하는 마음으로 지켜보는 웃전을 의식하며, 적대감만 내뿜는 낯선 소
년과 마주하였으니 실로 가시방석이 따로 없었다.

한참이 지나도록 동궁은 입을 열지 않았다. 버티다 보면 누군가가
이 끔찍한 자리를 끝내주리라 믿는지, 불만스러운 눈빛으로 덕임을
빤히 보기만 했다.

"어, 저기, 간단하게 놀이라도 하시겠사옵니까?"

딱히 할 말은 없었다. 그렇다고 해서 이 고통스러운 침묵을 유지할 자신도 없었다. 하여 덕임은 머릿속으로 연날리기며 사방치기 따위를 떠올리며 궁여지책으로 물었다.

"난 놀이 따위 안 한다."

동궁은 차갑게 일갈했다.

"감히 어느 안전이라고······."

"왜요?"

그가 뭐라고 말을 이어가려는데 덕임이 불쑥 잘라먹었다. 솔직히 그럴 만도 했다. 그녀는 세상에 놀이를 싫어한다는 사내애는 정녕 태어나서 처음 봤다.

"해본 적이 없으니까."

덕임의 얼빠진 표정에 휘말려 동궁이 얼떨결에 대답했다.

"왜요?"

평생 놀아본 적이 없다는 말에 더욱 기가 막혀 덕임이 또 물었다.

"난 지엄한 국본이고, 애초에 놀이 따위를 같이 할 사람도 없으······."

"왜요?"

그가 말을 끝맺기도 전에 덕임이 또 물었다.

"같이 놀 만한 사람이라면 아바마마뿐이었는데, 생전에도 아바마마께선 나보다는 서제(庶弟, 배다른 아우)들하고만······."

이번에는 덕임이 그의 말을 끊을 필요가 없었다. 동궁이 알아서 남은 말을 삼켜버렸다. 무척 복잡해 보이는 감정이 그의 조그마한 얼굴을 꽉 채웠다.

"왜요?"

그래도 말을 하다 말면 뒷이야기가 궁금한 법이라 덕임이 물었다.

"그놈의 왜요 소리 좀 그만해라."

슬슬 짜증이 나는지 동궁이 눈을 치떴다.

"알겠사옵니다."

덕임이 흠칫 놀라 수궁하는 척했다. 행여 캐묻는다고 꾸중을 들을세라 얼른 화제를 돌렸다.

"하오시면 놀이 대신 겨루기를 하시면 어떨는지요?"

"겨루기라니?"

"저하께서 자신 있으신 것으로 한 판, 소인이 자신 있는 것으로 한 판, 그리고…… 옳지! 이 자리를 마련해주신 혜빈께서 자신 있으신 것으로 또 한 판. 그렇게 삼세판으로요."

동궁이 미간을 찡그렸다.

"도대체 내가 왜 너에게 장단을 맞추어야 한단 말이냐?"

그렇지만 기대감에 반짝이는 눈빛으로 지켜보는 모후와 시선이 마주치자 그는 마지못한 듯 앓는 소리를 냈다.

"어쩔 수 없군."

"하면 처음 판은 저하께서 자신 있으신 것으로 겨뤄보지요."

어찌 되었든 시간은 때우는 셈이라 덕임은 신이 났다.

"그렇다면 사서삼경을 외우기로 하지."

물론 동궁은 그녀의 신바람을 참 손쉽게 박살 냈다.

"뭐, 뭘 외우자고요?"

"사서삼경 말이다."

동궁은 그보다 더 진지할 수 없는 표정이었다.

"나부터 시작하겠다. 《논어論語》에서 공자께서 이르시기를, 사람은 나면서부터 아는 것이 아니라 옛것을 좋아하여 부지런히 앎을 구하는 것이니, 이러한 마음가짐을 온고지신溫故知新이라……."

"이번 판은 그냥 저하께서 이긴 것으로 치겠나이다."

고리타분한 공자 왈은 더 듣기도 싫어 덕임이 얼른 막았다.

"뭐?"

"죽었다 깨나도 소인이 이길 수 없을진대 뭐하러 서로 시간을 낭비하오리까."

무람없이 툴툴댔지만 어째 동궁은 칭송으로 여기는 눈치였다.

"그렇지. 한낱 궁인이 어찌 나를 이기겠느냐. 때로는 시강원들조차 내게 쩔쩔매는데."

"아, 예. 그러셨어요?"

으스대는 동궁에게 덕임은 건성으로 대꾸했다.

"그래, 네가 자신 있는 것은 무엇이냐?"

그마저도 자신이 이겨 보이겠다는 양 동궁이 물었다. 놀이고 겨루기고 관심 없다더니, 막상 시켜놓으니 물 만난 고기 같았다.

"새끼꼬기."

"뭐?"

"새끼꼬기로 겨뤄보시지요."

덕임은 비장하게 선언했다.

"그러니까 그게 뭐냐고?"

어리둥절한 동궁을 내버려 두고 덕임은 지푸라기를 구하려고 두리번댔다. 기대보다 상황이 좋게 굴러가는 걸 목격한 혜빈이 냉큼 도왔다. 무수리를 시켜 온 궁방의 볏짚이란 볏짚은 죄다 긁어모아 한 아름을 안겨주었다.

"농가에서 백성들이 즐기는 놀이이옵니다."

덕임이 말했다.

"이게 벼를 수확하고 남는 것인 줄은 아시지요?"

혹시 몰라 볏짚을 가리키자 동궁이 투덜거렸다.

"그 정도는 안다!"

"아, 예."

그러거나 말거나 덕임은 귓등으로 흘리며 시범을 보였다. 볏짚의 한 가운데를 잡아 비틀면서 손바닥을 비볐다. 돌돌 돌려대니 새끼줄이 뚝딱 만들어졌다.

"이렇게 만든 새끼줄로 바구니라든가 짚신 따위를 만들면 좋사옵니다."

덕임이 자랑스럽게 내보였다.

"더 예쁘고 튼튼하게 만드는 사람이 이기는 겁니다."

"과연 백성들은 땅에서 얻는 무엇 하나라도 허투루 버리지 않는가 보군."

동궁은 전혀 다른 부분에서 감동을 느끼는 눈치였다.

"참으로 기특한 노릇이야."

"아, 예. 아무튼 하실 수 있으시겠지요?"

다시금 그의 말을 건성으로 흘리며 덕임이 물었다.

"좋다. 나름대로 유익한 공부가 되겠군."

동궁이 널따란 소매를 걷어 올렸다. 평생 단 한 방울의 물도 묻히지 않았을 손등과 팔목이 드러났다.

솔직히 이 승부는 그냥 덕임이 이긴 것으로 쳐도 무방했을 터였다. 동궁은 골라도 꼭 바스러지기 쉬운 마른 볏짚만 골랐고, 제대로 꼬는 요령도 몰랐다. 그렇다고 해서 덕임이 봐주어야 할 까닭은 없었다. 그 역시 사서삼경인지 뭔지를 외우면서 봐주지 않았으니까 말이다. 덕임은 불이 나도록 손바닥으로 지푸라기를 비볐다.

점점 쌓여가는 새끼를 보자니 뿌듯했다. 원래 이렇게 몸을 쓰는 일은 오라비들 중에서도 늘 식이의 몫이었다. 덕임은 식이가 만든 것 중에서 제일 잘 만든 것만 쏙쏙 골라 뺏어서는 저가 만든 척이나 했었다.

그렇지만 어린 누이에게 항상 져주던 오라비는 이제 없다. 앞으로는 뭐든 스스로 해내는 법을 터득해야 할 터였다.

"소인이 이겼지요?"

시간이 한참 지났다. 동궁이 망쳐놓은 지푸라기 한 무더기를 깔보며 덕임은 저가 만든 새끼를 자랑했다. 지금까지의 모습으로 보건대, 결과에 승복하지 않고 군소리나 늘어놓지 않을까 싶었다.

"그래. 네가 이겼다."

한데 의외로 동궁은 선선히 패배를 인정했다. 어떤 아집도 보이지 않았다.

"굼벵이도 구르는 재주는 있어야지."

덧붙인 한 마디만 아니었으면 그를 좀 좋게 봤을 수도 있었을 텐데. 덕임은 진짜 구르는 게 어떤 건지 보여주려다가 간신히 참았다.

"다음 판으로 승부를 내겠군."

동궁이 애써 무심한 척 말했다.

"실로 그러하옵니다."

콧대를 콱 꺾어주겠다는 각오로 덕임도 대꾸했다.

두 사람은 멀찍이서 지켜보던 혜빈에게 다가갔다. 마지막 겨루기에는 그녀가 필요했다. 둘이서 지금 무일 하는지 내강 설명했나.

"……하여 혜빈께서 가장 자신 있으신 재주로 저하와 소인이 마지막 승부를 내려 하옵니다."

"내가 가장 자신 있는 재주라?"

흥미롭게 듣던 혜빈이 고개를 갸우뚱했다.

"나한테 과연 그런 게 있을까?"

"기억력이 비상하시지 않사옵니까."

세상 누구보다도 어미의 장점을 잘 아는 아들처럼 동궁이 대꾸했다.

"무척 오래전 일도 방금 있었던 일처럼 선명하게 그려내곤 하시지요."

"그래, 듣고 보니 그런 소질은 있구나."

혜빈은 미소 지었다.

"자식이 알아주니 참 기분이 좋다."

문득 덕임은 소외감을 느꼈다. 부럽기도 했다. 행여 눈물이 날세라 눈을 부릅떴다.

"하면 마지막 승부는 외우기로 하면 되겠구나."

남의 심정도 모르는 동궁이 불쑥 말했다.

"아니다. 그건 너무 공부에 가깝지 않으냐."

덕임이 빠져나갈 궁리를 하기도 전에 혜빈이 반대했다.

"네가 아는 어미의 또 다른 재주는 없느냐?"

이번에도 동궁은 기다리고 있었던 양 즉각 대답했다.

"바느질을 잘하시지요. 친히 지어주신 옷 한 벌로도 소자는 겨우내 따뜻하게 지낼 정도니까요."

혜빈이 흐뭇하게 끄덕였다.

"너는 의복이라면 헤질 때까지 입고 다니니 튼튼하게 지어 줘야지."

"하오시면 마지막 승부는 바느질로 하시지요."

이때다 싶어 덕임이 불쑥 끼어들었다. 한데 동궁의 반응이 가관이었다.

"장부인 나더러 바늘을 손에 쥐라고?"

대놓고 기겁을 했다.

"모름지기 사내의 일과 아녀자의 일은 다를진대 어찌!"

"못 하시겠나이까?"

덕임은 활짝 웃었다.

"하면 소인이 이겼사옵니다."

동궁의 눈동자가 흔들리더니 한동안 말이 없었다. 혼자서 속으로 어떤 갈등을 겪는지야 안 봐도 빤했다.

"……오늘만이다. 정녕 딱 오늘만."

마침내 그가 중얼거렸다.

어차피 질 것을 굳이 버틴다고 덕임은 몰래 혀를 끌끌 찼다. 그의 말마따나 침선針線은 여인의 일이다. 동궁에게는 새끼꼬기만큼이나 낯설고 어려울 터였다. 반면 덕임은 비록 직접 해본 적이야 없어도, 집에서 새어머니가 바느질을 할 때마다 옆에서 많이 구경했으므로 자신이 있었다.

"옛다, 바늘과 실이다. 천도 주마. 주머니를 한번 만들어 보렴."

혜빈이 말했다. 그녀는 웃음을 참는 듯한 눈치였다.

"살다 보니 재미난 구경을 다 해보겠구나. 뭐, 어쨌든 나는 공정하게 심사할 테니 너희는 최선을 다해보아라."

덕임과 동궁은 의욕적으로 자투리 천을 손에 쥐었다. 하지만 시작부터 삐걱거렸다. 바늘구멍에 실을 꿰는 것부터 녹록지 않았다. 그래도 덕임은 침착하게 계속 시도하는데, 동궁은 얼굴이 잔뜩 일그러졌다. 마음대로 안 되는 일을 처음 겪는 사람 같았다. 어쩌면 의외로 성질이 급한지도 모르겠다.

용케 첫 고비를 넘고 나니 본격적인 바느질이 시작되었다. 한데 희한하게도, 새어머니가 했던 것처럼 바늘을 넣었다 뺐다 하는데 뭔가 이상했다. 천이 단단하게 맞물리지 않고 자꾸 흐물거렸다. 더군다나 아무리 신경을 써도 한 땀 한 땀이 삐뚤삐뚤하게 박혔다.

당황하기로는 동궁도 마찬가지인 모양이었다. 그는 요행으로 바늘 구멍에 실을 꿰고도 뭘 어떻게 해야 하는지 몰라 천을 쥐어짜며 허둥대다가…….

"아니, 바늘을 부러뜨린 게냐?"

혜빈은 아들의 손에서 두 동강이 난 죽침(竹針, 대나무로 만든 바늘)을 보고 혀를 내둘렀다.

"송구하옵니다."

동궁의 얼굴이 발개졌다.

"아무리 힘이 좋아도 설마 철침鐵針이라면 못 망가뜨리겠지."

반짇고리함을 뒤적이며 혜빈은 중얼거렸다.

시간이 또 한참 흘렀다. 혜빈은 두 아이의 헛수고를 참을성 있게 기다린 끝에 얻은 두 개의 망측한 천 조각을 물끄러미 보았다. 주머니는 커녕 여전히 천이라고 부를 수나 있으면 다행일 결과물들이었다.

"소인은 바느질을 미처 배우지 못하여……."

덕임이 변명했다.

"소자도 침선이라면 듣기만 했지 막상 해보니 어려워서……."

동궁은 고개를 숙이고 중얼거렸다.

"이 중에서 어느 쪽이 더 한심한지 고르는 것조차 침선을 행하는 이 나라 여인들에 대한 모독이다."

혜빈이 엄숙하게 말했다.

"앞으로는 너희 둘 다 바늘 근처에도 가지 마라."

멋쩍어서 덕임은 뒷목을 긁었다.

그때였다. 동궁이 크게 웃음을 터트렸다. 줄곧 뚱한 표정이었으니 참으로 놀라웠다. 한데 아까까지만 해도 별생각 없던 그의 얼굴이 제법 근사해 보였다. 그는 웃음마저도 시시한 고을 사내애들과는 달랐다. 훨씬 호방하고 사내다웠다.

"아, 송구하옵니다."

동궁은 가까스로 웃음을 그쳤다.

"한심하다는 말을 들어본 적은 처음이옵니다."

아까 만났을 때만 해도 불만스럽게 꾹 다물려있던 그의 입술이 흐무러졌다.

"덕분에 속이 후련해졌사옵니다."

"세손, 아바마마의 일은……."

혜빈이 이야기를 이어가려 했지만 동궁은 고개를 저었다.

"괜찮사옵니다. 후련해졌으니 되었사옵니다."

동궁이 자리에서 일어섰다.

"소자는 다음 일과가 있어 물러가옵니다."

꾸벅 인사를 올린 그가 흘끔 덕임을 보았다.

"너는 오늘 나를 한심하게 만들었다."

동궁이 말했다.

"하지만 앞으로 그럴 일은 없을 것이다."

어쩐지 덕임이 아닌 그 자신에게 하는 선언 같았다.

"오늘은 무승부로 끝난 겁니다!"

아직 행간을 읽는 재주가 모자란 덕임은 문자 그대로만 받아들였다.

"이래서는 저하를 이긴 기분이 아니오니, 다음번에는 소인이 꼭 이길 것이옵니다."

동궁이 물끄러미 그녀를 보았다. 그 시선에 덕임은 이름을 물어본다거나, 어디 나중에 한번 또 덤벼보라는 둥 시시한 통속소설에 나올 법한 응수를 기대했다.

"다음 같은 건 없다."

하지만 그는 찬바람만 쌩 날리며 떠나버렸다. 분위기도 훈훈하니 좀 친해진 줄 알았는데 뭐람. 덕임은 얼이 빠졌다.

"너 이름이 무엇이냐?"

오히려 뒤늦게 이름을 물어온 쪽은 혜빈이었다.

"성가 덕임이라 하옵니다."

"물에 빠져 지푸라기라도 잡는 심정으로 널 들인 것인데, 실로 기대 이상이었다. 세손의 웃는 낯은 정녕 오랜만에 보았어."

혜빈이 마른 손을 뻗어 덕임의 머리에 얹었다.

"기특하다."

따뜻한 손이었다. 하지만 어린 시절 느꼈던 진짜 어머니의 손만큼 따스하지는 않았다. 그래서 덕임은 어째서인지 좀 슬퍼졌다.

본격적으로 궁인이 되었다기에는 미진한 일상이 펼쳐졌다. 생각시들 중에서도 특히 어린 아이들은 으레 궁녀들이 할 만한 일은 전혀 하지 않기 때문이다. 대신 온 궁방의 아이들과 모여 법도와 예의범절부터 배웠다. 언문도 익혔다. 덕임이야 사가에서 이미 글을 깨쳐서 왔으니 누워서 떡 먹기였지만, 까막눈들에게는 쉽지 않은 모양이었다.

받아쓰기를 하느라 다른 아이들이 끙끙댈 때, 덕임은 일찌감치 끝내놓고 눈치껏 빈둥거렸다.

"넌 뭐니?"

한데 누가 옆에서 옆구리를 쿡 찔렀다.

"입궁하기 전에 좀 배워서 왔나 보네."

그 아이는 덕임의 앞에 놓인 교본을 흘끔 보았다.

한데 덕임의 귀에는 아무것도 들리지 않았다. 상대의 얼굴을 보자마자 넋이 빠진 탓이었다. 정말 예쁘장했다. 그토록 희고 고운 살결은 난생처음 보았다.

"너야말로 뭐야? 선녀라도 되는 거야?"

덕임은 더듬더듬 헛소리나 했다.

"뭐라는 거니."

그 아이는 어깨만 으쓱했다. 덕임의 감탄에 썩 감흥을 못 느끼는 눈치였다.

"출신이 어떻게 되느냐고."

그 아이가 재차 물었다.

"난 경희라고 해. 우리 아버지는 역관이셔. 외국말을 정말 잘하신단다. 국경을 넘나드실 때마다 진귀한 물건을 잔뜩 구하시지. 하여 인삼과 비단으로 이윤을 남기는 무역 상단도 사사로이 꾸리셨어. 요즘 장사를 막 확장하시는 참이라, 나도 도움이 되고 싶어서 궁녀가 되었어. 집안에 꽤 좋은 인맥이 있어서 빈궁전으로 들어왔고."

한데 덕임의 대답을 기다리지도 않고 저 잘난 이야기를 떠드느라 바빴다.

"너도 언문을 뗐나 보네."

싹 다 한 귀로 흘리며 덕임은 경희가 쓴 글씨를 가리켰다.

"당연하지."

그딴 질문 자체가 모욕이라는 양 경희가 눈을 치떴다.

"난 다른 아이들하고 달라. 최고가 될 사람이라고."

"아, 그래?"

더 말을 섞으면 피곤해지리라는 예감이 들었다. 발을 뺄 핑곗거리를 찾으려는데 요행히 뒤에서 서 상궁이 끼어들었다.

"다 썼으면 떠들지 말고 이거나 더 써라."

덕임과 경희는 하릴없이 먹을 갈았다.

"야, 쟤하고는 엮이지 마라."

얼른 끝내고 다시 빈둥대려는데 또 누가 말을 걸었다.

"완전히 깍쟁이라고."

키가 크고 골격이 장대한 아이였다. 생각시들이 쓰는 서안이 그 아이에게는 작은 장난감처럼 보일 지경이었다. 세심한 성격은 아닌지, 손이며 치맛자락에는 먹물이 잔뜩 튀어 있었다.

"내 이름은 복연이야."

덕임의 시선을 알아챈 그 아이가 먹물 묻은 자리를 머쓱하게 감추었다.

"대전에서 주상전하를 섬기게 될 거래."

복연은 궁녀가 된 처지가 영 낯선지 남의 일처럼 말했다.

"조용히 하라는 말씀 못 들었니?"

경희가 복연 쪽으로 고개를 돌리며 날카롭게 쏘아붙였다. 마주친 두 아이의 시선에서 불꽃이 튀었다. 둘 사이에 무슨 일이 있었는지는 몰라도 썩 좋은 관계는 아닌 모양이다. 끼어들지 않는 편이 좋겠다 싶어 덕임은 분주한 척했다.

훈육 시간이 끝나자마자 덕임은 달음박질쳤다. 궁중 분위기를 파악하느라 얌전히 지내는 중이니 좀이 쑤셨다. 한바탕 장난을 쳐야 풀어질 욕구가 속에서 들끓었다.

대충 솔방울이라도 주워서 놀까 고민하는데, 문득 앞에서 사람의 형상이 보였다. 정확히는 길바닥에 대자로 뻗은 어린아이였다.

"어어, 너 괜찮아?"

입은 복색이 같은 생각시였다.

"응. 괜찮아!"

의외로 그 아이는 부끄러워하는 구석 없이 씩씩하게 일어섰다.

"난 원래 잘 넘어지거든."

꼬챙이처럼 빼빼 말랐는데, 전체적으로는 흐릿하여 딱히 인상적인 구석이 없는 아이였다.

"너 운 것 같은데."

그렇지만 덕임은 그 인상에 남은 눈물 자국을 쉽게 잡아냈다.

"넘어져서 운 게 아니야. 아까 글을 배웠잖아. 다른 아이들은 수월하게 잘 하는데 나만 너무 뒤처지는 것 같아 속상해서."

그 아이가 교본을 내보였다. 훈육 시간 외에도 혼자 열심히 공부했는지 겉장부터 너덜너덜했다.

"너무 어려운걸."

풀이 죽어 중얼거리던 그 아이는 돌연 도리질을 쳤다.

"그래도 더 열심히 할 거야."

"난 덕임이라고 해."

그 의연한 모습이 마음에 들어서 먼저 통성명을 했다.

"동궁전 생각시야."

"정말?"

그 아이가 눈을 동그랗게 떴다.

"나도 동궁전 소속인데. 영희라고 해."

문득 영희는 덕임이 품에 안은 책을 발견했다.

"그건 교본이 아니잖아. 훨씬 어려워 보이는데."

"아, 이건……《인현왕후전仁顯王后傳》이야."

그녀가 표지에 쓰인 제목을 못 읽는다는 것을 눈치챈 덕임이 말했다.

"좋아하는 책이라 틈틈이 읽어. 옛날 왕비님 이야기인데 재미있거든."

"넌 그런 책도 읽을 수 있어?"

영희가 입을 떡 벌렸다.

"멋지다! 나한테도 읽어줄래?"

부탁하는 목소리가 어찌나 간절한지 도저히 거절할 수 없었다.

"……후后께서는 온화한 덕으로 성상을 내조하셨으며, 비빈과 궁인들을 거느리실 적에는 따뜻한 은혜와 추상같은 위엄을 적절히 행하시어……."

덕임은 영희와 적당히 자리를 잡고 앉아 책을 읽어 내렸다.

"……장씨는 궁녀로 들어와 희빈禧嬪에 봉해졌는데, 교활하고 간악하여 임금의 마음을 사로잡았다. 임금께선 희빈을 무척 사랑하시어……."

이제 막 재미있는 부분으로 들어가려는데 누가 끼어들었다.

"너네 뭐 하냐?"

아까 제 이름이 복연이라던 커다란 아이였다.

"소설책을 읽는 거냐?"

가타부타 대답하기도 전에 복연은 치맛단을 움켜쥐더니 자리를 깔고 앉았다.

"나도 들을래!"

"덕임이 얘는 글자를 막힘없이 술술 잘 읽어."

영희는 대수롭지 않게 복연을 끼워주었다.

"하긴, 아까 보니까 배우기도 전에 다 아는 것 같더라."

복연이 대꾸했다.

"우리 고을에선 전기수가 오면 집집마다 삯을 걷어서 이야기를 듣곤 했어. 난 신이 나서 늘 맨 앞자리에 앉았지."

이윽고 덕임이 다시 목소리를 높였다.

"그러나 후后의 운수는 극히 불행하였으니 이는 하늘이 정한 팔자였다. 겨울에 희빈이 첫아들을 낳자……."

"《인현왕후전仁顯王后傳》이잖아."

오늘은 도대체 무슨 날인지, 대뜸 한 명이 또 끼어들었다.

"너 정말 그걸 읽을 줄 아는 거니?"

성큼 다가와 팔짱을 끼고서 세 명의 생각시들을 내려다보는 경희였다.

"깜짝이야. 뭐야, 경희잖아."

놀랍게도 영희가 반갑게 맞이했다.

"영희 널 찾는 중이었어. 우리 아버지 대신 물어볼 게 있어서."

경희가 거만하게 고개를 까딱였다.

"나한테? 뭘를?"

"중요한 건 아니고 그냥 잡다한 집안일이야. 나중에 말할게."

경희가 복연을 곁눈질하며 말을 아꼈다.

"나랑 경희는 촌수로 따져보면 대강 오촌지간이거든."

영희는 덕임에게 설명했다.

"비록 성씨가 다르고, 신분도 다르다고 봐야 하지만."

아마도 중인과 양인 정도의 차이가 있는 모양이다.

"아무튼……."

경희가 도로 덕임에게 관심을 돌렸다.

"너 정말 제대로 읽을 줄은 아는 거니?"

깔보는 말투라 덕임은 빈정이 상했다.

"물론이지!"

"어디 그럼 들어보자."

저가 뭔데 평가를 하겠다는 건지 모르겠으되 경희는 이미 영희 옆에 자리를 잡았다.

"끼고 싶으면 끼워달라고 부탁하면 되지, 참."

복연이 들으라는 듯 중얼거렸다.

"너 정말 제대로 읽을 줄은 아는 거니, 같은 소리 하고 앉았네."

그것도 모자라 전혀 안 닮은 목소리로 경희를 흉내 내기까지 했다.

"뭐라고 했니?"

경희는 대번에 얼굴을 붉혔다.

"고깝다고 했다, 왜!"

복연이 받아쳤다.

덕임은 책을 더 읽을 필요가 없었다. 경희와 복연이 쩌렁쩌렁한 목소리로 다투기 시작한 탓이었다.

"쟤들은 뭐가 문제야?"

말싸움을 구경하며 영희에게 물었다.

"나도 모르겠어."

영희는 어쩔 줄 몰라 했다.

"원래 경희가 오해를 사는 성격이기는 한데……. 유난히 복연이랑 잘 부딪히더라고. 복연이는 어지간해선 언성을 안 높이는 아이인데도 말이야."

한참을 이어진 다툼을 중재한 사람은 다름 아닌 서 상궁이었다.

"아유, 우리 꼬맹이들이 목청도 참 좋구나. 궐이 아주 떠내려가겠어."

그녀는 저승사자처럼 떡 나타나서는 살벌하게 웃었다.

"자, 잘못 했사옵니다, 마마님."

사태를 파악한 복연은 냉큼 빌었다. 경희는 입술만 삐죽였다.

"됐고, 너희들 스승상궁이 누구인지 말해라."

서 상궁은 가차 없이 복연과 경희를 끌고 갔다.

"우리도 얼른 가자. 이따가 예절 교육이 또 있잖아."

영희는 스스럼없이 덕임에게 팔짱을 껴왔다.

"다음에 마저 들려주기야."

그 온기에 덕임은 고을서 같이 뛰어놀던 벗들이 떠올랐다. 그런 익숙한 나날을 두고 떠나왔다는 슬픈 현실도 새삼 실감했다. 그래도 괜찮았다. 평생을 같이 갈 동무를 새로 사귀는 것도 나쁘지 않다. 그리고 아버지께 한 말은 빈말이 아니었다. 그녀는 친구가 될 사람은 늘 스스로 정했다.

"그럴게."

덕임은 활짝 웃었다. 그러고는 한 쌍의 병아리처럼 함께 총총 걸었다.

덕임은 슬슬 본색을 드러내기로 했다. 궁중의 분위기도 얼추 파악했고 얌전히 지낼 인내심도 바닥났다. 그리고 무엇보다 덕임은 다른 생각시들처럼, 바깥에 두고 온 가족이 보고 싶다며 훌쩍이기가 싫었다. 기왕 궁녀로서의 삶을 택했으니 미련 따위에 골몰하고 싶지 않았다. 궁궐을 안방 삼아 사고라도 치는 편이 정신 건강에도 더 좋을 터였다.

처음에는 간을 보며 간단한 장난만 쳤다. 천으로 만든 뱀 따위를 들고 다니며 어린 궁녀들을 놀렸다.

"너 때문에 내가 십 년씩 늙는 기분이다."

서 상궁도 처음 몇 번은 타이르고만 넘어갔다. 하지만 덕임이 갈수록 소동을 크게 일으키자 그녀의 언성도 높아졌다.

"생각시 주제에 상궁한테 장난을 거는 게 가당키나 하더냐?"

덕임이 통금도 지난 늦은 밤에 귀신 흉내를 내어 궁녀들을 놀래 자빠뜨릴 때부터는 아예 불을 뿜기 시작했다.

"중궁전 고 상궁이 측간에 가다가 너 때문에 기절할 뻔했다더라!"

웃음을 참기 위해 덕임은 억지로 슬픈 생각을 했다.

"고삐 풀린 망아지를 제자로 두었다고 스승인 내가 욕을 먹는단 말이다!"

그래 봤자 덕임은 반성은커녕 빼앗긴 귀신 소품을 아쉬워하며 입맛만 다셨다.

"처음에는 얌전하더니 어찌 갈수록······."

"처음에만 얌전한 척을 했던 거예요."

더군다나 대놓고 말대꾸나 했다.

"이게 진짜 제 모습이니 받아들이시지요."

"뭐라고?"

"있는 그대로의 상대를 받아들이는 게 바로 참사랑이옵니다."

그러면서 히죽 웃으니 서 상궁은 기가 막히고 코가 막혔다.

오늘도 덕임은 큰 장난을 하나 계획했다. 무슨 날이라고 상궁들이 종실宗室에 돌릴 주머니를 잔뜩 만들어두었다. 속은 콩으로 빵빵하게 채운 모양이었다. 덕임은 그걸 터트리면 콩이 어떻게 굴러다닐지 무척 궁금했다.

"스승님 체면을 생각해 요사이 며칠은 얌전히 지냈으니 괜찮겠지."

주섬주섬 바늘을 꺼내며 덕임은 중얼거렸다.

"암, 제자로서 도리에 충실했어."

콩 주머니가 쌓인 마루로 살금살금 다가갔다. 가만 보니 빵빵한 콩 주머니 외에 복주머니도 있었다. 호기심에 하나를 열어보니, 볶은 콩을 붉은 종이에 감싸두었다. 뒤돌아서면 배고플 나이라 허기가 졌다. 냉큼 먹었다.

"이야, 고소하네."

슬슬 본론으로 들어갈 차례였다. 덕임은 쌓아둔 콩 주머니를 바늘로 푹푹 찔렀다. 성긴 천은 쉽게 구멍이 뚫렸다. 꽉 채워둔 콩이 폭포수처럼 쏟아졌다. 기대 이상으로 재미난 광경이 펼쳐졌다. 멀리멀리 굴러가는 콩을 보고 덕임은 까르륵 웃었다.

"아니, 이게 무슨 난리람?"

문제는 예상보다 빨리 발각되었다는 점이었다. 어느 상궁이 몹시 놀라 허둥지둥 뛰어나오자 덕임은 급히 달아나야 했다.

"야, 덕임아!"

한데 뜻하지 않은 훼방꾼이 있었다.

"너 글피에도 생각시들을 모아놓고 책을 읽어주기로 했다며?"

바로 위풍당당하게 나타난 복연이었다.

"한참을 찾아다녔잖냐."

"어, 그건 그런데……."

요즘 들어 덕임은 복연과 만날 일이 많았다. 감찰상궁에게 붙들려 갈 때마다 꼭 복연을 보았기 때문이다. 장난을 치다가 걸려서 붙들려 온 덕임과 달리, 복연은 멀쩡히 있는 요강을 깨 먹거나 잘 말려둔 빨랫줄을 실수로 끊어먹어 끌려왔다는 차이점이 있었지만. 어쨌거나 결국은 나란히 벌을 받는 신세였다.

"내가 지금은 좀 바빠."

덕임은 등 뒤를 흘끔거리며 말했다.

"다음에 이야기하자. 다음에!"

그러고 도망가려는데 쉽게 놓아주질 않았다.

"안 돼! 뭐 읽을지 미리 정해야 한단 말이야."

복연이 눈에 쌍심지를 켰다.

"요즘 애들이 너무 많이 모여서 신청하는 책도 많아졌잖아."

《인현왕후전》을 다 읽어주고도, 덕임은 집에서 챙겨온 책 몇 권을 돌려가며 더 읽었다. 처음에는 딱 영희와 복연, 경희 세 명만 데리고 시작한 일이었는데, 입소문이 퍼졌는지 온 궁방의 어린 궁인들이 구름처럼 모여들었다. 따분한 일상에 나타난 전기수 흉내를 내는 생각시에 다들 열광했다.

뭐, 손해 보는 장사는 아니었다. 희한하게도 한 번에 다 읽지 않고 질질 끌수록 성질 급한 아이들의 주머니가 술술 열렸다. 엽전과 구슬, 군것질거리가 치마폭에 잔뜩 쌓였으므로 용돈벌이치고 쏠쏠했다.

"요번에는 꼭 이걸 읽어주면 안 돼?"

복연의 뒤에서 영희가 빼꼼 책 한 권을 내밀었다. 거기 있었는지 미처 몰랐다.

"아니야! 난 이게 좋단 말이야!"

도리질 치며 복연은 다른 책을 내보였다.

"알겠어. 알겠는데 일단은 좀……."

금방이라도 뒷덜미를 확 움켜쥘 상궁 때문에 덕임은 마음이 급했다.

"둘 다 시시해. 어린애들이나 읽는 책이라고."

얘네는 왜 꼭 몰려서 나타나는지 모르겠는데, 경희도 불쑥 한 마디를 보탰다.

"내 추천은 이거야."

그것도 높은 콧대에 걸맞은 어려운 책을 내밀면서 말이다.

"아, 셋 다 읽을 테니까 지금은 좀 딴 데로 가자고!"

덕임은 발을 동동 굴렀다.

"……너 성가 덕임이 맞지?"

이미 늦었다. 뒷덜미에 서늘하게 꽂히는 음성에 덕임은 망했음을 직감했다. 이번 목소리는 절대로 책을 읽어달라며 끼어드는 궁녀 나부랭이가 아니었다.

"내가 생각시 이름을 다 외우다니 참 신기하지 않으냐?"

감찰상궁이었다. 구중궁궐 궁녀들이 가장 두려워하는 존재다.

"옳거니, 오늘은 혼자가 아니고 여럿이네?"

"뭐가 여럿인데요?"

상황 파악을 못 한 복연이 물었다.

"이쪽도 제법 눈에 익은 아이로군."

감찰상궁이 눈썹을 추켜세웠다.

"아, 아뇨, 어이쿠, 그러실 리가요!"

복연이 히이이익 손사래를 쳤다.

"눈도 침침한 상궁들이 여러 밤을 지새우며 만든 것을 저 꼴로 만들었지?"

감찰상궁이 굴러다니는 콩으로 엉망진창이 된 광경을 가리켰다.

"하! 뭐야, 누가 저랬어?"

엉겁결에 휘말린 제 운명도 모르고 경희가 피식 웃었다.

"누구긴 누구야! 너희들이지!"

감찰상궁이 빽 고함을 질렀다.

"아, 아니옵니다. 저희는 모르는 일인데……?"

잔뜩 겁에 질린 영희가 중얼거렸다. 그러다가 비로소 이해했는지 영희와 경희, 복연 세 아이의 시선이 동시에 덕임에게 꽂혔다.

"따라와라."

"마마님, 잠시만요!"

경희가 허둥지둥 발을 빼려고 애썼지만 소용없었다.

"시끄럽다. 얼른 따라와라."

네 명의 생각시는 가슴팍에 '말썽꾼'이라는 글씨를 써 붙인 뒤 한 식경이 넘도록 손을 들고 서 있었다. 팔이 떨어져 나갈 뻔했다. 그러고는 굴러다니는 콩을 한 알 한 알 전부 주워다가 도로 주머니를 만들어야 했다.

"덕임이 너 때문에 이게 뭐냐?"

밑도 끝도 없는 잔소리를 마지막으로 풀려나자 복연이 볼멘소리를 냈다.

"괜히 죄도 없는 우리까지 벌을 받았잖아."

"그러게 왜 하필 그때 나타나서 훼방을 놓냐고."

혼자였으면 유유자적 빠져나갈 수도 있었던 덕임도 불만이 많았다.

"하면 너 때문이네!"

갑자기 복연이 경희에게 화살을 돌렸다.

"굳이 귀찮게 애를 찾아다니자고 했잖냐. 원하는 책을 읽으려면 다른 애들보다 먼저 선수 쳐야 한다면서."

"쟤가 미친 짓이나 하고 있었을 줄 내가 알았니?"

물색없는 비난에 경희는 눈을 치떴다.

"이미 끝난 일이니까 그만해."

영희가 진정시키려 했지만 허사였다.

"야, 너 솔직히 친구라곤 하나도 없지?"

기세를 잡은 복연이 경희를 윽박질렀다.

"그래서 같이 다니고 싶으니까 책 읽기를 핑계로 괜히 들러붙는 거잖아!"

"내가 왜 너희들 따위한테 들러붙니?"

정곡을 찔렸는지 경희가 얼굴을 붉혔다.

"이미 소문 쫙 퍼졌거든. 다른 애들은 거만하고 잘난 척하는 네 성격에 싹 다 도망갔잖아!"

사실 일리 있는 말이기는 했다. 경희는 인기가 지지리도 없었다. 그녀는 천성이 매우 깐깐하며 하고 싶은 말은 반감을 살지언정 기어이 쏟아내고야 만다. 잘난 척은 덤이다. 평생 좁은 바닥에서 똑같은 사람들과 부대끼며 살아야 하는 궁녀로서 썩 좋은 자질은 아니었다.

"복연아, 그만해!"

영희가 또 만류했지만 아무도 듣지 않았다.

"내 겉껍데기만 보고 마음대로 단정 짓고 다가왔다가 또 멋대로 실망하고 돌아서는 애들은 나도 필요 없어!"

경희가 날카롭게 외쳤다.

"그래, 난 적어도 예쁘기라도 하지. 너는?"

저도 남의 아픈 구석을 찌를 줄 안다는 양 그녀는 코웃음을 쳤다.

"다른 애들이 너보고는 꼭 봉두난발 백정 같다던데? 그런 애가 연애소설이라면 눈을 반짝인다니 참 우습대."

복연의 얼굴이 붉으락푸르락 달아올랐다.

"저기, 내가 잘못했어. 그러니까 그만……."

아차 싶어 덕임도 끼어들었다. 하지만 경희가 덕임의 손을 뿌리치더니 복연을 떠밀었다. 이에 질세라 복연도 경희를 세게 밀쳤다. 경희는 체구가 복연의 반밖에 안 될뿐더러 몹시 가냘팠다. 당연히 바닥에 나뒹굴었다.

덕임은 경희가 울음을 터트릴 거라고 생각했다. 한데 그녀는 예상을 뛰어넘었다. 어여쁜 눈매를 사납게 치뜨더니 복연에게 달려든 것이다.

둘이서 엉겨 붙어 몸싸움을 벌였다. 평소대로라면 재미나게 구경이나 했을 테지만 오늘은 지은 죄가 있었다. 하여 덕임은 말리려고 했다. 그러다가 복연의 주먹에 호되게 얻어맞았다. 눈앞에 별이 튀었다. 콩 주머니를 터트릴 때까지는 기분이 참 좋았는데, 이 지경에 이르고 보니 영 아니올시다였다. 덕임도 소매를 걷어붙이고 끼어들었다.

"얘들아, 제발 그만……!"

울상을 짓고 만류하던 영희마저 머리채가 붙잡혀 휘말리고 말았다.

한참을 투덕거리다가 싸울 힘이 바닥났을 때서야 생각시들은 흙바닥에 널브러졌다. 헉헉 숨을 몰아쉬면서도 복연과 경희는 자존심 싸움을 벌였다.

"너 내가 봐준 거다. 진짜 안 봐줬으면 한주먹감이야."

"너야말로 운 좋은 줄 알아. 손톱으로 얼굴을 싹 갈아버리려다가 참았으니까."

덕임도 지지 않고 보탰다.

"참은 사람은 나거든. 내가 우리 고을에서 대장 노릇 하던 사람이라고."

"너희 셋 다 나나 좀 봐주지 그랬니."

마지막으로 영희가 울먹였다.

"머리가 한 움큼이나 뜯겼어. 이러다가 시집가기도 전에 대머리 되겠다고."

"궁녀는 어차피 시집 못 가, 바보야."

경희가 쏘아붙였다.

"맞아. 영희 넌 머리 뜯긴 채로 우리랑 평생 같이 살아야 해."

덕임이 맞장구를 쳤다.

그때였다. 복연이 웃음을 터트렸다. 와그르르 쏟아지는 박장대소였다. 웃음에는 전염력이 있다는 말이 옳았다. 눈에 퍼렇게 멍이 든 덕임도, 한쪽 뺨이 부어오르기 시작한 경희도, 머리가 한 움큼 뜯긴 영희도 모두 웃었다.

그냥 그렇게 배가 아프도록 함께 웃었다.

"오늘 일은 미안하게 됐어."

웃음이 이지러질 즈음 덕임이 몸을 일으켰다.

"잠깐 여기 있어 봐."

그녀는 며칠째 눈여겨보던 가까운 소주방(燒廚房, 궁중에서 음식을 만들던 부서)에 몰래 숨어들었다. 그러고는 밤을 잔뜩 훔쳐 나왔다.

"서리해서 먹는 게 최고지."

나뭇가지와 낙엽을 모아 불을 피우며 덕임이 어깨를 으쓱했다.

껍질째 구워 먹는 밤은 기가 막히게 맛있었다. 입천장이 홀라당 까지는데도 허겁지겁 게 눈 감추듯 먹어 치웠다.

"진짜 맛있다. 우리 내일은 아예 밤송이를 주우러 갈래? 또 먹게."

"솔방울도 줍자. 솔방울 치기를 하면 재밌잖아."

그러고는 아주 당연하다는 듯 함께하는 미래를 그렸다.

이윽고 네 명의 생각시는 파김치가 된 몸을 이끌고 각자 처소로 돌아갔다. 영희와 제일 마지막으로 헤어진 덕임은 콧노래를 흥얼거리며 달음박질쳤다.

한데 반대 방향에서 걸어오는 사람이 있었다. 한눈에 귀인의 행차임을 알아본 덕임은 옆으로 비켜섰다. 다만 궁중의 높으신 분치고 덕임과 눈높이가 맞는 어린아이였다.

바로 동궁이었다. 혜빈께 문후를 여쭈고 오는 모양이었다.

"너는……."

삼세판의 결전을 벌인 날 이후로 처음이었다. 놀랍게도 그가 먼저 운을 뗐다. 멀뚱히 있을 수도 없어서 덕임은 어색하게 꾸벅 인사를 올렸다.

"얼굴이 원래 그렇게 생겼던가?"

동궁은 퍼렇게 든 멍과 얻어맞아 부푼 그녀의 낯에 영 확신이 없는 눈치였다.

"아뇨, 원래 이렇게 생기지는 않았고요."

덕임은 잠시 고민한 끝에 아뢰었다.

"친구가 생기는 바람에 이렇게 되었사옵니다."

"……친구?"

동궁은 도통 헤아릴 수 없다는 듯 미간을 찡그렸다.

만약에 그가 물어본다면 전부 재잘재잘 이야기해주려고 했다. 영희와 복연, 경희가 각기 어떤 아이들인지를. 주먹을 맞대고 싸웠지만 화해할 때는 왜 한마디의 말도 필요 없었는지를. 기꺼이 자신의 세계를 보여주려고 마음먹었다.

하지만 동궁은 아무것도 묻지 않았다.

그저 인사도 없이 어깨를 스치고 떠나버렸다. 덕임은 땅거미가 내려앉는 초저녁 속으로 멀어지는 동궁을 바라만 보았다. 어쩐지 그의 뒷모습이 참 외로워 보인다는 생각이 들었다.

2장
갈림길

　덕임은 점점 여러 이유에서 괴악한 유명세를 탔다.

　부모가 미처 교정해 주지 못한 왈짜 기질이 심해진 고로 지엄해야 할 궁중에 왈패가 들어앉았다며 혀를 찰 만큼 악명을 떨쳤다는 것이 첫째요, 동궁전의 궁녀면서 중궁전에 자주 드나든다는 소문이 둘째이며, 그녀가 궐내에서도 손꼽히는 달필이라는 것이 또한 셋째였다.

　곡절을 차근히 설명해 보자면 이렇다.

　엄연히 면불免黻을 내려받고 관례까지 치른 동궁이라지만, 세손은 아직 모후의 손을 많이 탈 연치였다. 때문에 혜빈전과 동궁전의 경계가 흐릿했기에 덕임도 편하게 혜빈의 수양딸 노릇을 했다. 주로 적당히 재롱을 떨거나, 혜빈의 소생인 청연군주淸衍郡主와 청선군주淸璿郡主를 돌봤다.

　한편, 또래 생각시들이 회초리를 맞아가며 궁체를 익힐 때, 덕임은 시종일관 빈둥대면서도 칭찬을 귀에 딱지가 앉도록 들었다. 그녀의 글씨는 선이 곧고 단아하며 생명력이 넘쳤다. 단순히 반듯하니 잘 쓰는 걸 넘어 남의 글씨를 보고 곧잘 흉내 낼 만큼 붓을 자유자재로 놀리는 수준까지 올라섰다. 그뿐이랴, 어려운 한자와 다양한 어휘를 익혀 문장구사력 또한 뛰어났다.

덕임은 재주를 살려 궁녀들이 처소에 붙일 글귀를 써주거나, 서찰을 대신 써주는 일감을 얻어가며 용돈벌이를 했다. 푼푼이 모은 돈은 주로 녹봉과 함께 본가에 부쳤지만, 비자(婢子, 궁인들이 부리던 하인)를 시켜 서사(書肆, 서점)에서 책을 사 오도록 시키기도 했다.

그렇게 책을 한 권 두 권 모을수록 갈망은 심해져만 갔다. 그것은 읽는 것만으로는 도저히 만족할 수 없는 괴이한 목마름이었다. 서사에서 구해 온 필사본을 읽으며 덕임은 늘 자신이라면 이 구절을 어떤 표현을 써 언문으로 옮길지 고민했고, 이건 번역이 틀렸다고 혀를 끌끌 차기도 했다. 때로는 아리송하고 애매하게 번역해 필사한 구절 아래에다가 작은 붓으로 조그맣게 주석을 달아놓기까지 했다.

"제법이구나."

취미로 언문소설을 즐겨 읽는 혜빈은 특히 그런 덕임을 자주 칭찬했다.

"경력이 쌓인 궁인들보다도 낫단 말이지."

겉으로는 수줍은 척하면서 덕임은 속으로 쾌재를 불렀다.

"너 혹시 중전마마를 뵈어 볼 테냐?"

한데 어쩐지 이야기가 이상한 방향으로 흘러갔다.

"글씨를 베껴 쓸 궁녀를 찾으신다고 하셨거든."

혜빈이 제안했다.

"너라면 천거하여도 내 체면이 깎이지는 않겠어."

그리하여 덕임은 혜빈의 알선으로 중궁전의 문턱을 넘었다.

"네가 글씨를 반듯하게 잘 쓰고, 베껴 쓰는 속도도 아주 빠르다 들었다."

춘추 정정한 중전마마는 눈매가 매서운 분이었다.

열다섯 나이에 삼간택을 우수하게 치르고 곤위坤位의 주인으로 낙점된 만큼 호랑이처럼 엄했다. 계비繼妃로서 궐에 들어왔으니 연배 높은 후궁들 텃세에 눌려 허수아비가 되었을 법도 한데, 도리어 추상같은 위엄으로 내명부를 평정한 전설이 회자되곤 한다. 대개 불혹의 후궁을 불러다가 유혈이 낭자하도록 종아리를 쳤다더라, 과장 섞인 소문이 태반이지만 비슷한 일이 실제로 있긴 있었던 모양이다.

"다른 처소의 궁녀를 사사로이 부리면 모양새가 좋지 않을 줄은 알지만, 내 훈규례訓閨禮를 준비하매 일손이 많이 필요하다."

훈규례는 중궁이 새로이 고안해 낸 내명부의 행사였다. 갈수록 음탕해지는 바깥 풍속에 왕실에서부터 모범을 보이자는 취지였다. 왕비와 후궁, 정경부인 휘하 품계를 받은 부인들이 모여 규훈서閨訓書를 함께 읽거나 참선을 해 몸가짐을 정갈히 바로잡는 등 건전하기 이를 데 없는 활동 일색이다. 다만 그러자면 책이 많이 필요해 궁체를 쓰는 궁녀들이 필사를 맡아야 했다. 중궁전의 실력 있는 시녀상궁들을 모두 부리고도 일손이 모자랄 만했다.

그때부터 덕임은 본격적으로 필사에 손을 댔다. 딱히 누구도 그녀의 과외활동을 트집 잡지 않았다. 서 상궁마저도 기서 사고만 치지 말라고 격려했다.

"놀고먹는 시기니까 딴짓도 할 만한 게다."

서 상궁이 말했다.

"계례가 다가올수록 본격적으로 나인 견습을 시작할 텐데, 그때부턴 눈코 뜰 새 없이 바빠질걸."

"이미 충분히 바쁜데요."

덕임은 죽는시늉을 했다.

"간단한 글쓰기와 예법 좀 공부하는 어린 생각시가 바쁘기는!"

혀를 끌끌 차던 서 상궁이 문득 목소리를 낮추었다.

"너나 나나 여태 혜빈궁의 은혜를 입었다지만, 점점 거리를 두게 될 게다. 입궁한 사정이 어쨌든 동궁전의 궁인으로 배속되었으니까."

그녀는 엄하게 못을 박았다.

"궁녀에게 주인은 오직 한 분뿐이어야지."

다음은 없을 거라던 그 소년이 제 유일한 주인이 된다는 게 어떤 의미인지 덕임은 곰곰이 생각해 보았지만 글쎄, 아직은 와닿지 않았다.

"그건 그렇고, 시킬 일이 있다."

서 상궁이 무릎을 탁 쳤다.

"혜빈께서 너더러 동궁마마의 탕약 시중을 맡기셨다."

동궁은 작년 중동(仲冬, 겨울 중 한창 추운 시기)부터 몹시 앓았다. 지독한 감환에 걸린 것처럼 열이 나거나 오한에 떨기도 했고, 배앓이와 현훈(眩暈, 어지럼증)을 호소하기도 했다. 손자가 병석에 누워 도통 일어나질 못하니 임금님마저 발을 동동 구른다더라는 소문이 돌았다. 어미인 혜빈의 마음고생이야 말할 것도 없었다.

"전 그런 거 할 줄 모르는데요."

덕임은 입을 떡 벌렸다. 지척에서 웃전의 시중을 드는 일은 배울 만큼 배운 지밀궁인의 소임이다. 견습도 제대로 아니 해본 생각시 따위가 기웃거릴 일이 아니다.

"다 준비해놨다."

서 상궁이 잠깐 나가더니 따뜻하게 데운 탕약 소반을 가져왔다.

"안전에 나아가서 인사 올리고, 탕약 올리고, 입가심하실 감말랭이 올리고. 아주 쉽지? 뚝딱 하고 오너라."

"아니, 뚝딱은 마마님한테나 뚝딱이지……."

"참! 감말랭이는 퇴선간 위쪽, 거기 어디냐, 얼룩이 묻은 선반 중에서 파란색 항아리에 있으니까 잊지 말고 챙겨가고."

"선반이랑 항아리가 한두 개가 아니에요?"

갑자기 떠맡은 일감에 덕임은 정신을 못 차렸다.

"혜빈께서 특별히 너한테 시키시는 일이다."

서 상궁은 아랑곳하지 않았다.

"네가 뭐 접때 저하를 웃겼다며? 또 그렇게 해주기를 기대하시는 눈치셨다."

비로소 덕임도 이 황당한 명령의 의도를 깨달았다.

처음 궐 문턱을 넘었을 때야 아무것도 몰랐으니 높으신 분들은 얼마나 높으신지 실감도 안 났고, 그저 또래로 대하는 데에 거리낌이 없었다. 하지만 궁궐 물을 먹은 지금은 높으신 분들은 한없이 높고, 또래라 쳐도 한참을 앞서있다는 사실이 피부에 와닿았다. 아닌 게 아니라, 동궁은 이미 한참 전에 관례冠禮도 치르고 어른 대접을 받고 있었다. 유치한 생각시 나부랭이가 옆구리를 찔러 볼 상대가 아니었다.

그런 분 근처에선 될 수 있으면 얼쩡거리지 않는 게 좋다는 이치를, 덕임은 스스로 깨우쳐가는 중이었다. 궁중에서는 가늘고 길게 가는 게 최고라고나 할까.

"모난 돌이 먼저 정을 맞는다는 것만 항상 염두에 두어라."

새삼 서 상궁도 덕임의 깨달음에 확신을 주었다.

"궁녀 팔자는 눈에 띄지 않고 입에 오르내리지 않을수록 편하거든."

그녀는 깊게 한숨을 쉬었다.

"당장은 시키신 일만 잘 해내라. 그러면 탈이 없을 것이야."

절대로 시킨 일 이상까지는 해내지 말라는 뜻 같기도 했다.

어쨌든 덕임은 탕약 소반을 들고 동궁의 침전으로 향했다. 약탕 시중을 드는 생각시라니, 별 희한한 광경을 다 본다는 눈총이 쏟아졌다. 하지만 혜빈의 언질이 미리 있었는지 가로막지는 않았다. 심지어 혼자 국본을 배알하도록 내버려 두었다.

겹겹이 닫힌 장지문이 열렸다. 신기하다고 두리번거릴 틈이 없었다. 서둘러 절부터 올렸다.

"자꾸 공연한 일을 벌이시는군."

그녀를 본 동궁이 중얼거렸다. 말투가 꼭 궁녀를 붙여준다고 어미를 나무라던 그때와 같았다. 빨리 탕약이나 내놓고 물러나라는 의미로 해석한 덕임은 무릎으로 기어 다가갔다.

"가까이 오라 명하지도 않았는데 어딜……?"

동궁의 볼멘소리는 탕약 그릇을 불쑥 내미는 덕임의 손에 잘려버렸다. 그는 토를 달지 않았다. 성가신 일은 얼른 해치워버리는 게 낫겠다고 판단한 눈치였다.

탕약 그릇을 건네다가 서로 손끝이 살짝 닿았다. 마치 불에 덴 듯 뜨거웠다. 열병 때문이려니 짐작했다. 덕임은 망극하다고 움츠리기는커녕 고개를 슬쩍 들고 동궁을 보았다. 과연 혈색이 좋지 않았다. 얼굴도 반쪽이었다.

"감히 누구를 보느냐."

시선을 느낀 동궁이 꾸짖었다.

"옥안이 많이 상하셨사옵니다."

덕임은 흠칫 눈을 내리깔았다.

"볼 만한 꼴이 아니긴 아닌가 보군."

동궁이 중얼거렸다.

"할바마마께선 용루龍淚를 다 흘리시더구나. 청선군주의 신랑으로 낙점된 부마도위駙馬都尉의 얼굴은 살지고 윤기가 반들반들하니 나보다 열 곱절은 좋아 보인다고. 한데 나는 어쩌다 이 지경이 되었느냐고 말이야."

그의 눈에 짙은 수심이 비쳤다.

"……그래, 나를 걱정하시니 다행이지."

왜 성상의 걱정을 두고 고마운 게 아니라 다행이라고 표현하는 걸까? 덕임은 사뭇 이상하다고 생각했다.

"궁인을 앞에 두고 공연한 소리를 했군."

동궁은 입술을 깨물었다. 두통과 열기 때문에 평소보다 말수가 많아졌나 보다. 원래 몸이 약해지면 마음도 약해지기 마련이다.

"소인은 귀가 어두워서 듣지 못했사옵니다. 이 나이에 벌써 이러니 참 슬픈 노릇이지요. 송구하옵니다."

뭔지는 몰라도 들어봤자 속 편할 구석이 없는 말씀일 터였다. 그냥 능청을 떨어 넘기기로 했다.

"아무튼 탕약부터 젓수소서. 식사옵니다."

이에 동궁은 다소 놀란 눈치였다.

"……날파람둥이인 줄 알았는데 의외로 처신을 잘하는군."

"날파람둥이라니요. 소인이 궁인들 사이에서 얼마나 얌전하고 조용하기로 이름이 높사온데요."

칭찬 비슷한 것을 들어 기쁜 마음에 냉큼 한술 더 떠보았지만, 동궁은 더 받아주지 않았다. 아무런 대꾸도 없이 탕약만 죽 들이켰다.

한데 약그릇을 비우고도 물러가라는 소리가 없었다. 어째 동궁은 기다리는 낌새였다. 멀뚱멀뚱 눈치만 보던 덕임은 아뿔싸, 간담이 서늘해졌다. 서 상궁이 항아리가 파랗고 선반이 어떻고 입가심할 간식을 챙겨 가랬는데, 그걸 깜박했다.

"저, 저기, 약탕藥湯은 맛이 어떠시온지요?"

어쩌면 입가심을 안 해도 괜찮겠다는 대답이 나올지도 모른다. 덕임은 실낱같은 희망을 품었다.

"쓰다."

애석하게도 동궁의 퉁명스러운 대꾸는 덕임의 희망을 깡그리 박살 냈다.

큰일 났다. 이대로 혼쭐이 나느니 잔꾀라도 부려보는 편이 낫겠다 싶어 덕임은 필사적으로 머리를 굴렸다. 마침 떠오르는 게 있었다.

"입가심을 하소서."

동궁은 덕임이 내민 손바닥을 물끄러미 보았다.

"……오얏(李, 자두)이냐?"

노상 군것질거리를 챙겨 다니는 복연이 아침에 선심 쓰듯 하나 준 것이다. 저녁에 출출하면 먹으려고 품에 넣어두었는데, 설마 덕분에 꾸지람을 면피할 줄은 몰랐다.

"어떻게 거기서 이런 게 나올 수 있지?"

동궁은 덕임의 옷섶을 보며 갸우뚱했다.

"아니, 그보다는…… 입가심이라면 보통 한 입 거리를 내놓지 않던가?"

"어떻게 매일 똑같은 것만 올리오리까!"

이 나라에는 목소리 큰 사람이 이긴다는 유구한 이치가 있으므로 덕임은 목청을 높였다.

"가끔은 좀 다른 것도 젓수셔야지요!"

"알았으니까 언성을 낮추어라. 머리 울린다."

동궁은 두통이 심한 머리를 감싸 쥐었다. 그의 고통이야 어떻든 어물쩍 넘어가게 되었으니 덕임으로서는 다행이었다.

"……껍질은 싫은데."

손에 쥔 과실을 멍하니 보며 동궁이 중얼거렸다. 정 싫으면 알아서까 잡수시라는 핀잔이 목구멍까지 올라왔지만 덕임은 용케 참았다. 높으신 분들을 끝없이 떠먹여 드리는 것이야말로 궁인의 본분인 법이다.

"하긴, 껍질이 시고 텁텁하기는 하지요."

아픈 아이 달랜다는 넓은 마음으로 맞장구를 쳤다. 덕임은 옷고름에 매달고 다니는 작고 무딘 장도粧刀를 꺼냈다. 슥슥 껍질을 깎았다.

"전에는 내가 말을 꺼내기도 전에 먼저 늘 껍질을 깎아주시던 분이 계셨지."

그 모습을 물끄러미 보던 동궁이 또 중얼거렸다.

"……그분께서도 한때는 너와 같은 궁인이셨다는데."

"그게 누구신데요?"

덕임이 대수롭지 않게 되물었다.

"내 할머……."

말을 하려다 말고 동궁이 또 입술을 깨물었다.

"열이 올라서 머리가 제대로 안 돌아가는군. 한낱 궁인을 상대로 자꾸 실언이나 하고 말이야."

묵묵히 덕임이 건넨 과육을 우물거리던 그가 돌연 말을 돌렸다.

"넌 항상 무엇이 그리 좋으냐?"

"예에?"

"그날 이후로 오며 가며 가끔 널 보았다."

"무슨 날이요? 저하께서 새끼꼬기에서 장렬하게 패배하셨을 때요?"

"아니, 내가 아량을 베풀어 무승부로 끝내준 때 말이다."

동궁이 투덜거렸다.

"저하께서 만드신 새끼랑 바느질감 상태가 얼마나 참담했는지 소인이 다 기억하는데 무슨……."

무람없이 되받아치던 덕임은 그의 표정을 보고 얼른 입을 다물었다.

"내가 아량을 베풀어 무승부로 끝내준 날 이후로 종종 너를 보았다."

그 틈을 타 동궁은 고집스럽게 제 주장을 고수했다.

"늘 웃더군."

문득 그의 고집이 한풀 꺾이더니 생소한 감정이 피어올랐다.

"혜빈궁을 섬길 때도, 내 손아래 누이들과 어울릴 때도, 서 상궁에게 된통 꾸지람을 들을 때도, 허드렛일을 할 때도…… 넌 웃고 있었다."

종종 본 것치곤 꽤 소상했다.

"대관절 무엇이 그리 좋으냐 말이다."

그는 미간을 찡그렸다.

"사연은 대강 들었다. 네 아비에게 허물이 있음에도 내 외가와 사사로운 인연이 있어 적당히 넘어갔다며? 거기다가 딸까지 궁중에 밀어 넣었고."

동궁의 눈빛이 살벌해졌다. 이상하게도 제 외척을 이를 때 특히 번뜩였다. 덕임으로선 찔린 구석이 아팠지만 틀린 말씀은 아니었다. 할 말이 없었다.

"뭐, 어린아이가 아비의 일을 알 수는 없었을 테니 그건 그렇다 치고……."

동궁이 말을 이었다.

"너는 구색이야 좋다지만, 결국 아비의 과오를 떠안은 신세로 구중궁궐 한복판에 내동댕이쳐진 게 아니냐?"

그의 날카로움이 도로 무뎌졌다.

"……한데도 어떻게 웃을 수 있지?"

아까의 생소한 감정이 돌아왔다.

덕임은 그게 어떤 감정인지는 정확히는 알 수 없었다. 하지만 그의 시선 속에서 낯선 응어리를 느꼈다. 어쩐지 지금 동궁은 덕임의 이야기를 하는 척, 제 속내를 터놓고 있다는 생각이 들었다. 그것도 저를 낳아주신 어미는 물론이요, 궁중 누구에게도 내보일 수 없는 아프고 연약한 구석을 말이다.

"좋아서 웃는 것은 아니었사옵니다."

미처 동궁께서 주시하는 줄도 몰랐던 제 명랑한 일상을 돌이켜보았다.

"기왕 벌어진 일이면 좋게 생각하자고 웃었던 것이지요."

덕임이 말했다.

"아비가 한심한 실수를 저질러 이 모양 이 꼴이 되었답시고 매일 밤 이불을 뒤집어쓰고 울어봤자 뭐가 달라지겠나이까."

그녀는 어깨를 으쓱했다.

"그리고 아무도 소인을 궁중에 내동댕이치지 않았사옵니다. 소인이 사가의 식솔을 위해 궁녀가 되겠다고 선택한 것이옵니다."

"……선택?"

동궁이 눈썹을 추켜세웠다.

"예. 사랑하는 가족들이니까요."

참 당연한 걸 묻는다 싶어 덕임이 눈을 동그랗게 떴다.

"……사랑하는 가족?"

동궁은 더더욱 말문이 막힌 눈치였다.

"바로 그 가족 때문에 평생 외롭고 괴로울지라도 기쁘게 헌신하겠다고?"

"헌신이라면야 뭐, 해야겠지요."

그렇게 투철하게 희생할 생각까지는 없는 덕임은 콧방귀를 뀌었다.

"그래도 평생 외로울 것 같지는 않은데요."

"어째서지?"

"가족의 연은 서로 떨어져 있다고 끊어지는 것도 아니옵고, 소인은 이미 여기서 미래까지 약속한 벗들도 생겼사옵니다."

동궁의 눈빛이 흔들렸다.

"너는……."

그는 하고 싶은 말이 있는데 차마 꺼낼 용기가 없는 사람처럼 굴었다.

"나중에 늙어서 출궁하면 친구들이랑 녹을 받아 모은 재물로 집을 짓고 같이 살면서 화톳불에 밤이나 구워 먹기로 약조했거든요."

모처럼 제 이야기에 몰두한 덕임은 눈치도 못 채고 킬킬 웃었다.

"아무튼 뭐, 그러다 보니 요즘에는 저하의 말씀대로 모든 게 다 좋아서 웃고 있사옵니다."

동궁은 물끄러미 덕임을 응시했다.

"어, 저하께서 소인을 그토록 열렬히 지켜보고 계신 줄은 몰랐사온데……."

그 시선에 괜히 멋쩍어 덕임은 아무 말이나 꺼냈다.

"열렬히 지켜본 적 없다!"

안타깝게도 그 아무 말이 동궁의 신경을 건드린 모양이다.

"지나가다가 가끔 보았을 뿐이다. 네 웃는 소리가 하도 쩌렁쩌렁하여 온 궁정을 울리는데 어찌 아니 본단 말이냐."

"아니, 소인이 언제 쩌렁쩌렁 웃었다고요?"

덕임은 무람없이 입술을 삐죽였다.

"저하께서는 지금도 소인을 뚫어져라 보시면서요, 뭐!"

"앞에 있으니 어쩔 수 없이 보는 것이다!"

동궁이 펄쩍 뛰었다.

"널 아니 보면 내 눈을 어디 두라는 말이냐?"

"눈 두실 곳이 어찌 없사옵니까?"

여기도 있고 저기도 있다며 덕임은 동궁전 구석구석을 가리켰다.

"됐다, 물러가라!"

이윽고 동궁이 씩씩거리며 그녀를 내쫓는 것으로 시시한 말다툼을 끝냈다. 덕임으로서는 쌍수 들고 환영할 명이었다.

"한데 너 말이다."

벌떡 일어서서 줄행랑을 치려는데 동궁이 한 마디를 덧붙였다.

"웃전의 탕약 시중을 들 때는 은수저로 기미氣味부터 보아야 하는 법이다."

그 바람에 덕임의 간담이 또 서늘해졌다.

"이번에는 혜빈께서 아직 준비도 안 된 아이에게 다짜고짜 일을 시키셨음을 헤아려 넘어가지만……. 다음부터는 용서하지 않을 것이다."

"망극하옵니다."

덕임은 고개를 조아렸다. 다만 그대로 끝내기에는 영 아쉬웠다.

"하오나 다음 같은 건 없을 것이옵니다."

하여 첫 만남 때 그가 했던 말을 고대로 되돌려주었다. 동궁은 허를 찔린 눈치였다. 덕분에 덕임은 조그마한 승리감을 벗 삼아 떠날 수 있었다.

자신을 종종 지켜보았다던 말씀 때문일까, 덕임도 동궁에게 시선이 가기 시작했다.

동궁에게는 특이한 구석이 있었다. 그의 뒷모습이 외로워 보인다는 언젠가의 느낌은 반은 맞고 반은 틀렸다.

일단 그가 외로운 것 맞다. 동궁은 거의 늘 혼자 있었다. 성상을 시좌侍坐하거나 늙수그레한 아저씨들과 글공부를 할 때를 빼면 한 마리 늑대처럼 청승을 떨었다. 주로 정자에 올라 책을 읽었다. 뒷짐을 지고 생각에 잠긴 모습도 곧잘 목격되었다. 도무지 내평을 읽을 수 없는 무표정한 낯빛은 덤이었다.

하지만 동궁의 외로움에는 고의성이 짙었다. 그는 고독을 자처했다. 또래의 환관이나 궁녀에게는 아무런 관심이 없었다. 어울려 놀기는커녕 방해하지 말라고 차갑게 퉁바리나 놓곤 했다. 모든 왕실 식구들, 특히 혜빈 홍씨는 어떻게든 동궁을 어화둥둥 싸고돌려고 노력하는데도 썩 효험이 없었다. 오히려 그럴수록 동궁은 핑계를 대며 한 걸음 물러나기만 했다.

그의 눈빛은 아무리 봐도 전혀 어린 소년의 것 같지가 않았다. 본의 아니게 너무 빨리 어른이 되어버린 듯한 오묘한 감정으로 일렁였다.

그리고 바로 그 눈빛으로 자신을 정면으로 주시할 때면 덕임은 특히나 기분이 묘했다.

오늘만 해도 그렇다.

한낮 내내 덕임은 혜빈전에 있었다. 붙임성 좋던 큰딸 청연군주가 작년에 하가하여 떠난 데다가, 작은딸 청선군주마저 올 초에 시집을 갔다. 때문에 혜빈은 전보다 훨씬 쓸쓸해했다. 하여 덕임은 그녀의 안전에서 오래 머물렀다. 차려주는 주전부리를 넙죽 받아먹으며 너스레를 떠는데, 문득 바깥에서 동궁의 행차를 고했다.

"정전正殿에 있어야 할 시각인데 갑자기?"

의아해하던 혜빈이 미소를 지었다.

"요즘 전보다 자주 들르는 걸 보니, 여식들을 떠나보낸 어미가 행여 적적할까 걱정을 하는 게로군."

"참으로 효자시옵니다."

도리상 맞장구를 쳐주다가 덕임은 물러날 틈을 놓쳐버렸다. 뒤늦게 엉거주춤 일어나다가 본의 아니게 막 들어선 동궁과 마주 선 꼴이 되어버렸다.

그는 처음 만났을 때보다 확연히 키가 컸다. 더 이상은 눈높이가 맞지 않았다. 내려다보는 그의 시선에는 정체 모를 기세가 있었다. 목덜미의 솜털이 쭈뼛 섰다. 찰나의 눈맞춤만으로도 묘하고 거슬려서 숨이 멎을 것만 같았다.

그리고 그의 시선이 그녀의 얼굴을 지나처 다과 부스러기가 묻은 치맛자락으로 향할 무렵, 덕임은 정신을 차리고 황급히 한 구석으로 비켜섰다.

"전하의 시탕(侍湯, 부모의 약시중을 듦)을 하고 오는 길이옵니다."

아무 일 없었다는 듯 동궁은 혜빈에게 절을 올렸다.

"어제보다도 많이 나아지셨사옵니다."

"다행이구나. 너는 어떻고?"

"이제는 정녕 쾌차하였사오니 심려치 마소서."

병세의 여파가 남아 뺨이 홀쭉했으되 동궁은 무덤덤하게 말했다.

"그렇지, 이야기가 나와서 말인데……."

문득 혜빈이 목청을 가다듬었다.

"네 손아래 누이들이 하가하였고 너도 몸을 제법 추슬렀지 않으냐."

"그러하옵니다."

"하여 주상전하께서 이제 때가 되었다고 하시더라."

"어떤 때를 말씀하시는지요?"

"슬슬 세손빈의 관례冠禮를 치르고 정식으로 합궁을 하면 좋겠다고 하셨다."

어째 이야기가 흥미진진해졌다.

으레 다른 궁도련님들이 그러하듯 동궁도 진즉 장가를 들었다. 다만 원량으로서 마땅한 소임이 있는 그는 일찍이 입학례와 관례를 치른 반면, 세손빈은 아직이었다. 어차피 둘 다 어려서 초야를 치를 연치가 아니었으므로 제법 과년한 티가 날 때까지 기다렸던 모양이다. 뭐, 여태까지는 말이다.

"송구하오나 소자는……."

한데 동궁의 반응이 희한했다. 불편한 기색이 역력했다.

"아직은 시기상조이옵니다."

"어째서?"

혜빈은 득달같이 아들 쪽으로 바싹 당겨 앉았다.

"빈궁의 용모가 마음에 차지 않느냐?"

그리 묻는 이유를 짐작할 순 있었다. 덕임도 오다가다 빈궁을 몇 차례 보기는 했다. 곱다고 할 만한 외양은 아니었다. 어려서 무슨 병을 앓았는지 옥안에 얽은 자국이 있었다. 아주 곰보는 아니되 분을 칠해도 가릴 순 없었다.

"당치 않으시옵니다."

동궁이 말했다.

"부인의 아름다움은 외모가 아닌, 뿌리와 행실에 의하여 정해지는 것이옵니다. 빈궁은 좋은 집안에서 잘 배워온 현숙한 사람이니 가히 덕용이 빼어나다 할 만하옵니다."

"아무렴!"

혜빈이 열렬하게 맞장구를 쳤다.

"항시 나를 살뜰히 섬기지 않더냐. 임오년에만 해도 그렇다. 세자저하의 문제로 잠시 사가에 나갈 적에, 제 친정으로 가지 않고 굳이 시모인 나를 따라왔었지. 물정도 모르는 어린것이 도리어 날 위로하겠다고 말이야."

"실로 그러하옵니다."

동궁도 호응했다. 비록 어미만큼 열성을 다하는 목소리는 아니었지만.

"하오나 소자, 아직 확신이 서질 않사옵니다."

"어떤 확신 말이냐?"

"소자에게 맞는 사람인지를······."

동궁은 한참을 망설인 끝에 슬쩍 속내를 드러냈지만 말을 끝맺을 수 없었다.

"맞는 사람이고 말고!"

혜빈에게 끝까지 들을 생각이 없는 탓이었다.

"다 안다. 너는 성정이 급하고 불같은 구석이 있지."

"송구하오나 그렇지 않사옵······."

"아니기는! 어전에서야 늘 다스리다지만 이 어미 눈에는 다 보인다."

동궁은 뚱한 표정을 지었다.

"한데 빈궁은 이따금 소심하고 쭈뼛거릴 때가 있어 답답한 게 아니냐?"

그러거나 말거나 혜빈은 아랑곳하지 않았다.

"너에게 잘 보이고 싶은 마음이 서툴게 앞서는 탓이니 어여쁘게 봐

주거라. 더군다나 음전한 양처良妻답게 네가 하는 말이라면 무엇이든 옳다고 따르질 않더냐?"

동궁은 아무 말도 하지 않았다.

"부부 사이는 본래 처음부터 맞는 것이 아니라 살면서 맞춰 가는 것이니라. 당장은 설면하더라도 노력을 해야지!"

혜빈의 일장 연설은 한참을 이어졌다.

"소자의 생각이 짧았사옵니다."

그녀가 잠시 숨을 고르는 사이에나마 동궁은 힘겹게 끼어들었다. 말투야 공손했지만 진실로 설득당한 눈치는 아니었다.

"그래도 합궁은 아직 미루는 편이 좋겠사옵니다."

동궁이 고집스레 주장했다.

"염려하실까 봐 쾌차하였다 말씀드렸사옵니다만, 실은 소자의 양기가 채 회복되지 않았사옵니다."

더군다나 비장의 무기까지 꺼내 들었다. 아니나 다를까, 혜빈은 기절초풍할 기세로 달려들어 동궁의 이마와 목덜미를 짚었다.

"아직도 열이 펄펄 끓는구나!"

"그 정도는 아니……."

"그러게 밤에는 책을 읽지 말고 일찍 침수 들라 하지 않았느냐!"

그의 멋쩍은 반박은 혜빈이 요란스레 떠는 부산에 묻혀버렸다.

"소자는 일과가 있어 이만 물러가야 할 성싶사옵니다."

이윽고 동궁은 줄행랑을 치기로 마음먹었다.

"숨 좀 돌리고 싶으면 언제든지 말하거라."

그런 아들을 붙잡을 수 없다는 걸 알면서도 혜빈은 끝까지 안달복달했다.

"이 아이가 네 말벗이 되어줄 테니까."

한데 꿔다 놓은 보릿자루처럼 서 있던 덕임을 대뜸 가리킨 건 좀 의외였다. 덕임의 존재를 까맣게 잊고 있던 동궁의 시선도 어미의 손끝을 따라왔다.

그 바람에 또 눈이 마주쳤다.

"소자는……."

오늘도 한낱 환관이나 궁녀 따위와는 어울리지 않겠다는 선언을 들을 필요는 없었다. 하여 덕임은 선수를 치기로 했다.

"소인이 지엄하오신 동궁마마의 벗이 되다니요. 당치 않으시옵니다."

순간 마주친 그의 눈빛이 흔들린 것 같다면 착각일까? 덕임은 불경을 저지르지 않기 위해 그의 시선을 잔상으로만 남기며 눈을 내리깔았다.

"웬일로 궁인이 옳은 소리를 하는군."

이내 차가운 목소리가 귓전을 때렸다.

"저녁때 또 문후 여쭙겠사옵니다."

그러고는 훌쩍 떠나버렸다.

"너와 있을 때는 그래도 좀 아이답더니만, 원……."

혜빈은 아들이 떠난 자리를 훑으며 한숨만 쉬었다.

덕임은 혜빈의 하소연을 더 들어주다가 자리를 떴다. 훈육이 있었다. 수업이 끝난 뒤에는 간단한 심부름도 했다. 그마지도 땡땡이를 치려다가 서 상궁에게 덜미가 잡히는 바람에 좀 귀찮아졌다. 그리고 하루의 마무리로 중궁전에 들렀다. 보름 동안 필사할 새 일감을 얻어 와야 했다.

"예상보다 훨씬 잘 해내기에 네 몫으로 분량을 더 주었다."

매섭게만 보였던 중전마마의 칭찬이라 기분이야 좋았지만, 역시 일은 열심히 할수록 늘어난다는 슬픈 깨달음이 휘몰아쳤다. 덕임은 필사할 거리를 잔뜩 껴안은 채 중궁전을 빠져나오며 구시렁거렸다.

한데 하루를 끝내기 전에 마지막으로 혜빈께 인사를 올리려고 다시 들렀다가 뜻밖의 광경을 목격했다.

동궁을 보았다. 아니, 정확히는 혜빈궁 마당에 선 그의 뒷모습을 보았다. 으레 보던 것처럼 혼자 외로운 모습은 아니었다. 누군가와 같이 있었다. 또래의 여인이었다. 키가 크고 통통했으며, 번듯하게 차려입은 의복은 동궁만큼이나 존귀한 존재임을 드러냈다.

바로 세손빈이었다.

거리가 제법 멀어서 그녀가 동궁과 나누는 대화는 들리지 않았다. 다만 생김새는 또렷하게 보였다. 어째서인지 덕임은 오늘따라 그녀를 빤히 응시했다. 가만 보니 얽은 자국이야 있다지만 이목구비는 멀끔하니 모난 데가 없었다.

"잘 어울리시네, 뭐."

아무도 묻지 않았지만 덕임은 괜히 어깨를 으쓱하며 중얼거렸다.

"나하고는 정말 먼 세상 같네."

새삼스레 덕임은 어린 시절의 단꿈을 떠올렸다. 나 하나만 최우선으로 여기는 지아비를 만나고 싶었다. 아이도 키우고 싶었다. 조카에게 말 타는 법 좀 가르쳐주라고 오라비들의 등도 떠밀고 싶었다.

하지만 오로지 먼 발치의 임금만 섬겨야 할 궁녀의 길을 선택했을 때 그 꿈은 산산이 부서졌다.

덕임은 깨어진 꿈의 조각을 주섬주섬 모아 억지로 맞추어 보는 미련한 짓은 하지 않았다. 그대로 가슴에 묻어버렸다. 정말 지독하게 슬픈 날에만 그 조각을 주워 제 얼굴을 비추어 보기로 했다. 다행히 오늘은 그렇게까지 슬픈 날은 아니었다.

대신 두 손으로 제 뺨을 쥐었다. 일부러 우스꽝스러운 얼굴을 만들었다. 웃기로 했다. 정말 좋아서 웃음이 나올 때까지 말이다.

덕분에 덕임은 나란히 선 동궁과 빈궁으로부터 돌아설 수 있었다. 가져보기도 전에 잃어버린 미래에 대한 미련도 떨칠 수 있었다. 그러고는 스스로 선택한 인생 속으로 다시금 씩씩하게 걸어갔다.

근래 혜빈의 기분이 언짢았다. 으레 행하는 시중만 들어도 치댄다며 성가셔했다. 웃전의 짜증과 신경질이 부쩍 늘자 궁인들은 다들 눈치를 살살 보았는데, 덕임도 예외는 아니었다. 혜빈의 태도가 살천스러울 때마다 말을 삼가고 몸을 바짝 숙였다.

아니나 다를까, 오늘 아침에도 분위기가 심상치 않았다. 동궁이 문후를 여쭈러 들렀을 때 영문은 몰라도 내실에서 제법 큰소리가 오고갔다는 모양이다. 극진한 아들바라기와 둘도 없을 효자가 서로 언성을 높였다니 예삿일은 아닐 터였다.

또 합궁 문제로 의견이 갈렸던 걸까? 내심 궁금하기야 했으되 한낱 궁인인 덕임이 간여할 바는 아니었다. 가능한 한 혜빈의 안전에서 얼쩡대지 않는 편이 나을 성싶었다. 덕임은 중궁전의 필사를 핑계로 밖을 나돌아다니다가 묘안을 하나 떠올렸다.

"혹시 혜빈께서 기분 돌리실 만한 거 뭐 없소?"

덕임은 의녀 남기를 찾아갔다.

남기는 대전과 중궁전을 직속으로 섬기면서도 잘난 체 없이 수더분한 내의녀內醫女다. 더군다나 내의원에서 약재로 쓰고 남는 자투리라든가, 혜민서(惠民署, 백성을 치료하던 관청)에서 거슬러 올라온 잡동사니를 용돈벌이 삼아 궁인들에게 헐값에 넘기곤 했다. 덕임은 특히나 단골손님을 자처했다. 남기로부터 얻은 것들로 장난질을 쏠쏠하게 쳤기 때문이다.

"글쎄, 오늘은 쓸만한 게 없는데요."

가는 날이 장날이라더니, 오늘따라 의녀 남기는 난색을 지었다.

"거참. 아양을 좀 떨어야 할 것 같은데."

웃전의 수양딸 노릇이라는 막중한 책임을 곱씹으며 덕임은 혀를 끌끌 찼다.

"혜빈께서 왜 언짢으신지 까닭은 전혀 모르세요?"

의녀 남기가 대수롭지 않게 물었다.

"그럼 그냥 얌전히 계시지요. 괜히 설쳤다가 불벼락 맞지 마시고요."

"가만히 있자니 또 눈치가 보인단 말이오."

"원래 궁중 생활은 중간을 가는 게 제일 어렵지요."

두 사람은 동병상련의 눈빛을 주고받았다.

"아, 맞다! 그런데 생항아님의 마음에 들 만한 건 하나 있어요."

의녀 남기가 무릎을 쳤다.

"요게 아주 물건 중의 물건이거든요."

건네주는 걸 받아보니 감촉이 물컹했다.

"이게 대체 뭐요?"

천을 들춰 내용물을 보고도 갸웃거리자 남기가 귀에 대고 소곤거렸다.

"바로 황소의……."

'그것'의 정체를 알게 된 덕임은 웃음을 참을 길이 없었다.

"소는 생구(生口, 농경사회에서 소를 가족처럼 귀하게 이르는 말)라 하여, 힘을 다해 죽고 나서도 백성들에게 부위별로 의미를 남기지요."

남기가 말했다.

"예전에는 새색시가 이걸 소중히 지니면 아들을 낳는다는 유행이 돌았어요. 어린 과부가 가지고 있으면 소처럼 힘 좋은 사내와 재혼한다는 이야기도 있었고요."

"진짜?"

"한데 요즘은 또 바뀌었다지 뭐예요. 장사해서 큰돈을 만졌다는 중인들이 우후죽순 생겨나니까 다들 부러워한대요. 그래서 이걸 부적 삼아 잘 간직하면 황소의 기운을 얻어 재물을 크게 벌고 떵떵거리며 살게 된다나……?"

어수룩한 궁인들을 상대로 장사해 온 경험이 빛나는 순간이었다. 남기는 대수롭지 않은 척 말을 끌며 구미를 당겼다.

"이야, 괜찮은데?"

과연 덕임은 홀랑 넘어갔다.

"그렇지요? 아무에게나 보여주는 것이 아니랍니다."

남기가 도로 챙기는 시늉을 하자 덕임은 덥석 붙잡았다.

안 그래도 사겠다는 상궁들이 넘친답시고 남기가 콧대를 세우는 바람에 흥정을 한참 벌였다. 덕임은 수중의 오색구슬과 엽전을 탈탈 턴 끝에 '그것'을 손에 넣었다.

"아이고, 다음에 또 오세요, 생항아님!"

덕임만큼이나 신이 난 의녀 남기의 배웅을 받으며 처소로 돌아왔다. 한데 방구석에 발을 붙이기도 전에 비자로부터 혜빈께서 찾으신다는 전길을 들었다. 덕임은 책 꾸러미와 '그것'을 대충 던져 놓고 헐레벌떡 달려갔다.

"너에게 할 말이 있다."

덕임이 절부터 올리기가 무섭게 혜빈은 운을 띄웠다.

"이제 너도 궁중에 처한 지 꽤 되었다."

트집이라도 잡힐세라 조마조마했는데 그녀는 전혀 예상 밖의 이야기를 꺼냈다.

"후일에 계례를 치르려면, 슬슬 본격적으로 나인 견습을 시작할 때가 되었어."

하긴, 비슷한 시기에 입궁한 동기 중에는 이미 제대로 된 일을 맡은 생각시들도 있었다. 특히 세답방(洗踏房, 궁중의 빨래를 도맡던 부서)과 세수간(洗手間, 궁중의 세숫물과 목욕물 등을 관리하던 부서)처럼 일이 고된 곳에선 항상 일손이 부족한지라, 진즉부터 어린아이들까지 부리고 있었다. 대전 세답방 소속인 복연과 동궁전 세수간에 속한 영희도 두어 달 전부터 종종대며 돌아다니기 시작했다.

"상궁들에게는 이미 일러두었다."

혜빈이 말했다.

"그동안에는 친정의 인연을 말미암아 내 곁에 가까이 두었으되 너는 어디까지나 세손의 궁인이다. 그러니 앞으로는 동궁전을 섬기는 데에 전념하도록 하여라."

"전처럼 자주 배알하지 못할까 섭섭하옵니다."

견습을 시작하면 궁방의 궁녀들 사이에선 제일 말단이 된다. 아마 여기저기서 막내랍시고 실컷 부려먹을 터였다.

"그렇겠지."

덕임이 무엇을 겁내는지 안다는 양 혜빈은 피식 웃었다.

"하지만 너는 내가 아니라 동궁에게 필요한 사람이라는 기이한 느낌이 자꾸 드는구나."

"예에?"

뜬구름 잡는 소리에 덕임은 입만 떡 벌렸다.

"글쎄, 나도 잘 모르겠다. 그냥 느낌이다."

멋쩍은지 혜빈은 고개를 저었다.

"하물며 너는 정녕 그 아이를 웃게 만들었으니까."

잠시 침묵이 흘렀다.

"세자저하께서 훙서하신 뒤로 세손은 많이 변했다. 원래 점잖고 우직한 아이라 남들은 잘 모르지만, 내 눈에는 똑똑히 보여."

혜빈이 깊은 한숨과 함께 말을 이었다.

"나는 내 아들을 잘 알지."

덕임은 묵묵히 듣기만 했다.

죽은 세자에 대해서 절대 여쭈어선 안 된다던 아비의 옛 조언에는 일리가 있었다. 입궁한 이래로 덕임은 그를 둘러싼 궁중의 기묘한 기류를 피부로 느꼈다. 배우지 않아도 저절로 익히는 일종의 금기이자 불문율처럼, 죽은 세자의 존재는 궐 안을 배회하고 있었다.

"하지만 요즘에는 나도 그 애를 잘 모르겠구나."

문득 혜빈은 풀이 죽었다.

"동궁을 둘러싸고 자꾸만 소문이 돌아."

"소문이라니요?"

"글쎄, 그 아이가 요즘 부쩍 여색에 관심이 생겼다지 무어냐. 어느 궁인을 눈여겨본다는 둥, 궁인에 대해서 자꾸 묻는다는 둥……."

덕임은 금시초문이라 눈만 깜박였다.

"처음에는 믿지 않았다. 동궁에게는 고지식한 구석이 있거든. 여자한테 흥미를 느끼기는커녕 빈궁을 살갑게 대하라고 내가 꾸짖어야 할 지경이니까."

혜빈이 또 한숨을 쉬었다.

"뭇사람들이 그 아이를 음해하려는 심보로 낸 소문이라면 큰일이지. 주상전하의 귀에 들어갔다간 경을 칠 테니까."

당연하다. 학문에 힘을 써야 할 왕세손이 궁녀를 희롱하고 첩실이나 들어앉힌다니, 성상과 조정으로부터 질책을 면치 못할 행실이다.

"그렇지만 사실 난……. 만에 하나 뜬소문이 아니고 사실일까 봐 오히려 더 무섭다."

한데 어째 혜빈은 그 이상을 두려워하는 눈치였다.

"그 아이는 그래선 안 된다. 절대 돌아가신 세자저하를 닮아선 안 돼."

그녀가 가슴을 움켜쥐었다.

"절대 주상전하의 눈 밖에 나서도 안 돼."

뺨을 타고 주르륵 눈물까지 흘러내렸다.

"……난 또다시 그런 일을 겪을 순 없어."

덕임은 깜짝 놀랐지만 어떻게 위로해야 할지를 몰랐다.

"내 딴에는 주의를 줘야 할 것 같아서 먼저 이야기를 꺼냈는데, 본의 아니게 꾸짖는 모양새가 되어버렸단다."

"아침에 동궁마마께옵서 들르셨을 때 말씀이시온지요?"

혜빈이 고개를 끄덕였다.

"아바마마의 일을 다 보았는데 소자가 어찌 모르겠냐는 둥 그 아이가 언짢아하더라. 미처 아물지도 않은 아들의 마음에 내가 또 상처를 낸 건 아닌지……."

정작 중요한 '아바마마의 일'에 대해선 물을 수가 없으니 덕임은 이야기를 도통 온전히 따라잡을 수가 없었다.

"왕실에서 가족으로 산다는 건 참으로 어려운 일이란다."

가족이라는 존재를 한 번도 어렵게 생각해 본 적 없는 덕임으로선 역시나 헤아릴 수 없는 말씀이었다. 모르긴 몰라도, 혜빈이나 동궁이 말하는 가족은 그녀가 생각하는 가족과는 좀 다른 모양이었다. 그들이 뱉을 때 그 낱말은 훨씬 건조하고 차갑게 다가왔다.

어쨌든 애초에 하소연이 목적이었던 혜빈은 미묘하게 대화를 마무리 지었다.

"아무튼 너는 꼭 동궁을 진심으로 섬겨다오."

그녀가 옷고름으로 눈물을 닦았다.

"그 아이 근처에 믿을 만한 사람이 하나라도 있다고 생각하면 내 마음이 놓이는구나."

"최선을 다하겠사옵니다."

덕임이 할 수 있는 약조는 오직 그뿐이었다.

혜빈을 달래고 돌아오는 길에는 마음이 영 싱숭생숭했다.

"말씀 들었지?"

한데 덕임은 남의 사연에 몰두할 처지가 못 되었다.

"너는 동궁전 지밀부에 속하였지!"

서 상궁이 냉큼 덕임을 앉히며 속사포처럼 떠들었다. 때가 되었다는 웃전의 한 마디에 평온하던 일상이 들썩이게 생겼으니 아무렴 제 코가 석 자다.

"네게 견습을 어떻게 시키면 좋을지 큰방상궁 마마님을 비롯한 모든 지밀궁인들이 머리를 싸매고 고민했단다."

"그래서요?"

"덕임이 네가, 뭐랄까……? 궁녀들 사이에서 제법 명성이 높은 아이라 아무 일이나 맡겨선 안 되겠다는 결론에 이르렀지. 아주 특별하고도 중차대한 소임을 맡기기로 했어."

어째 서 상궁은 슬쩍 시선을 피했다.

"과찬이시옵니다."

덕임은 곧이곧대로 듣고 어깨를 으쓱거렸다.

"하여 너를 주합루宙合樓 인근의 별간으로 보내기로 했다."

어감이 왠지 보물창고 같아서 덕임은 눈을 반짝였다.

"왕실의 보배를 관리하는 부서이지요? 그렇지요?"

"음, 보는 관점에 따라선 참으로 보배들이 쌓여있지. 그렇고말고."

서 상궁은 의미심장하게 말했다.

"가서 보면 알 것이야."

"이 불초한 제자는 기뻐서 졸도라도 하겠나이다."

마침내 자신에게도 어른스러운 업무, 그것도 대단히 근사하고 멋질 것으로 추정되는 일이 주어지자 덕임은 행복해서 어쩔 줄을 몰랐다.

"호, 혹 가서 실망하더라도 으레 제일 어린 궁인이 맡는 소임이니 너무 섭섭하게 여기지는 말고!"

너무나 좋아하는 덕임을 보고 서 상궁이 황급히 덧붙였다.

"아까는 특별히 맡기는 일이라면서요?"

찜찜한 태도에서 덕임은 모순을 짚어냈다.

"어허, 특별한 막내에게…… 어이쿠, 특별한 궁인에게 맡기는 일이다, 이런 뜻이지."

서 상궁은 횡설수설 허둥댔다.

"그, 그밖에 어린 궁녀들이 하는 허드렛일도 몇 가지 겸하게 되었다."

뭔가 미심쩍었지만 덕임은 잠자코 귀를 기울였다. 서 상궁은 과연 듣기만 해도 하찮고 성가시기 짝이 없을 잡일을 얼추 일러주었다.

"……여기까지, 대강 알아들었지? 내일부터 실제로 일을 해보면 감을 잡을 게야."

"잠깐만요. 내일부터라고요?"

"그럼 내일부터지."

"정리할 시간도 없이 너무 대뜸 아니어요?"

"쇠뿔도 단김에 빼는 거다."

서 상궁이 혀를 끌끌 찼다.

"여태 일도 안 하고 팡팡 놀았으면 되었지, 뭘."

"진짜로 팡팡 놀아 봤으면 억울하지나 않지요."

덕임이 입을 삐죽였다.

"원래 별간에서 일하던 아이가 뒷배를 써서 보직을 바꾸는 바람에 지금 사람이 없다. 고작 사흘 되었는데 벌써 별간이 엉망진창이 되어 버렸⋯⋯."

서 상궁이 아차 싶은 표정으로 입을 딱 다물었다.

"왕실의 보배를 관리하는 근사한 곳인데 왜 뒷배까지 써가며 딴 데로 튀었대요?"

덕임도 슬슬 의심이 들었다.

"요즘 애들이 워낙 나약해서 그런가 보다."

삐질삐질 흐르는 땀을 닦으며 서 상궁이 목청을 높였다.

"우리 성가 덕임이는 근성 넘치는 무관집 딸이라서 걱정이 안 된다지. 암, 그렇고말고!"

"근성이랑 무관집 딸은 왜 나오는⋯⋯?"

"그, 그건 그렇고, 너 저것은 뭐냐?"

잡히기 일보 직전인 말꼬리를 툭 자르며 서 상궁이 덕임의 보따리를 가리켰다. 하필이면 아까 의녀 남기로부터 얻은 '그것'이라 속수무책으로 말려들었다.

"아무것도 아니에요."

서 상궁은 뼈다귀 냄새를 맡은 개처럼 눈치가 빨랐다.

"너 또 장난질을 치려는 게냐?"

"아닌데요. 친구한테서 빌린 거예요."

"뭘 빌렸는데? 한번 보여봐라."

"싫사옵니다. 저희끼리 비밀이에요!"

"놀고 앉았네! 썩 내어 보이지 못해?"

옥신각신하다가 강제로 빼앗길 위기에 몰렸다. 아무리 담긴 의미가 좋아도 일단 '그것'이 '그것'인 이상, 서 상궁이 허락해주지 않을 가능성이 컸다. 아니다. 도리어 궁중에서 별 해괴한 것을 지녔다며 회초리나 백 대쯤 맞을 공산이 훨씬 컸다.

가질 수 없다면 미련 없이 한 방으로 끝내는 게 낫겠다는 생각이 들었다. 덕임은 '그것'을 품에 안고 서 상궁의 손아귀를 요리조리 피했다.

"저 잠깐 나갔다 올게요!"

"내놔보라니까 어딜 도망가?"

서 상궁이 뒷덜미를 잡을 듯 손을 뻗었다.

"통금 시각도 다 되었는데 어딜 가냐고!"

덕임은 잽싸게 피한 뒤 달음박질쳤다.

후다닥 뛰쳐나온 것까지는 좋은데, 이걸 어떻게 써야 흥에 겨울지 고민이 되었다. 기왕 장난을 칠 거라면 반응이 제일 좋은 상대를 고르는 게 좋다. 덕임이 알기로 매번 만족스럽게 반응하는 사람은 경희다. 그리고 마침 그 아이의 처소도 멀지 않은 곳에 있다.

이윽고 덕임은 사악하게 웃었다.

경희의 처소 깜짝 방문을 성공적으로 마친 덕임은 깡충깡충 밤길을 달렸다. 시원하게 장난을 친 것까지는 좋았는데, 서 상궁의 말마따나 통금 시각이 아슬아슬했다. 붙잡혀서 혼꾸멍이 나지 않으려면 서둘러야 했다.

한데 덕임의 걸음을 붙잡는 광경이 있었다. 보름달이 걸린 조그마한 정자 위에 누군가가 있었다. 요즘 생각시들 사이에서 달이 차는 밤에 나타난다는 도깨비 소문이 한창이라, 덕임은 흥미진진한 심경으로 다가갔다. 하지만 가까이서 보니 산 사람이었다.

그것도 그냥 산 사람이 아니고, 동궁이었다.

김이 팍 샜다. 못 본 척 지나가려고 덕임은 살금살금 뒷걸음질을 쳤다. 그런데 아까 혜빈의 눈물이 떠올랐다. 그 바람에 마음이 약해졌다. 평소에도 외로워 보이던 동궁의 홀로 선 모습이 지금은 특히나 고독해 보였다. 정자 아래 차디찬 바닥으로 뚝 떨어져 버릴 것만 같았다. 그냥 두고선 발이 떨어지질 않았다.

"저기……"

가늘고 길게 살려면 오지랖 따위는 부리지 아니하여야 마땅하거늘, 덕임은 자기 자신과의 싸움에서 끝내 패배하고 말았다.

"시각이 많이 늦었는데 궁인도 부리지 아니하시고 어찌 혼자 계시옵니까?"

견습도 시작하겠다, 어디 좋은 궁녀 노릇 한번 해보자는 마음가짐으로 덕임은 먼저 알은체를 했다.

"또 너로구나."

허공에 머물던 그의 시선이 덕임에게 향했다.

"누가 감히 웃전에게 먼저 말을 붙여도 된다고 가르치더냐?"

그냥 못 본 척 도망이나 갈 걸 그랬다.

"아니, 그보다 통금 시각이 다 되었는데 궁인인 너야말로 어딜 혼자 쏘다니느냐?"

한데 평소와 분위기가 달랐다. 일단 말투가 평소처럼 강강하지 않았다. 어눌하기가 혀가 꼬부라진 것 같았다. 그리고 눈빛도 이상했다. 간혹 그의 시선이 자신에게 향할 때면 덕임은 꼭 뜨거운 불꽃을 숨긴 얼음을 떠올리곤 했다. 앞뒤가 맞지 않는 소리라지만 정녕 느낌이 그랬다. 뭐, 그러한 느낌의 정체를 파악할 정도로 그를 잘 알지도 못했다. 그런데 지금 이 순간에는, 얼음은 온데간데없고 불꽃만 대놓고 활활 타올랐다.

"송구하옵니다만, 저하……."

더군다나 가까이서 닿는 그의 숨결이 가장 낯설었다.

"설마 그러시지 않으셨겠지만……?"

덕임은 스스로 꺼내는 의문의 무게를 덜기 위해 어색하게나마 웃었다.

"혹시 술을 젓수신 건…… 에이, 아니시지요?"

아무렴 동궁이 미치지 않고서야 그럴 리는 없다. 검소하고 바른 생활을 중시하는 늙은 왕이 조선팔도에 금주령을 내린 지가 한참 되었다. 그러고도 술 좋아하는 풍습이 쉬이 고쳐지질 않자 본보기로 꽤 높은 벼슬아치를 처형하기까지 했다. 늙은 왕의 재위가 유례없이 길어지면서 술동이가 바싹 말라버린 나날도 기약 없이 계속되고 있지만, 다들 목숨이 아까워 술을 빚거나 마실 엄두를 못 냈다.

"술은 마시지 않았다."

다행히 동궁은 화를 내지 않았다.

"술 비슷한 것은 마셨지."

무척 위험스럽게 들리는 선언임에도 그의 어투는 담담했다.

"송절차松節茶를 마셨다. 나중에 주상전하께 바치려고 동궁전에 묵혀둔 것이지."

갑자기 그가 히죽거렸다.

"무엇인지 아느냐?"

"솔잎의 가지와 뿌리를……."

"옳지, 이렇게 저며서 말리고 덖고 끓여서 딱 마시는 것이지!"

성질 급하게 대답까지 채갔다. 그것도 해괴할 만큼 방정맞은 손동작과 함께 말이다. 어이가 없어서 덕임은 입만 헤 벌렸다.

"한데 주상전하께 올리는 송절차는 그런 게 아니야."

동궁이 말했다.

"다리 관절이 아프서서 약으로 송절주松節酒를 복용하셨는데, 금주령을 내린 마당에 영 눈치가 보이니까 이름만 송절차라고 바꿔 부르는 것이다. 조정 중신들이 백성들더러는 마시지 말라 해놓고 전하께서는 술을 젓수시는 게 아니냐며 종종 눈을 요렇게 치뜨거든."

그가 손으로 눈꼬리를 쭉 올리면서 킬킬거렸다.

"나도 오늘은 다리가 아파서 송절차를 좀 마셨다."

동궁은 멀쩡한 두 다리를 팡팡 두들겼다.

"아, 예, 그러셨구나."

난데없이 취객을 상대하게 된 덕임은 도망갈 궁리를 했다. 술은 아니고 술 비슷한 것만 마셔도 사람이 저렇게 변한다니 놀라웠다. 간절히 내외라도 하고 싶었다.

"하오시면 소인은 이만 물러가……."

"다들 나를 괴롭혀서 내 다리가 너무 아프다."

술주정 상대를 찾은 그는 쉽게 놔줄 생각이 없어 보였다.

"내가 얼마나 모범적인 국본인데 자꾸 더 잘하라고 난리들인지!"

그가 버럭 언성을 높이는 바람에 덕임은 깜짝 놀랐다.

"사람이 잘하면 말이야, 좋은 소리를 해도 모자랄 판에……. 뭣이 어쩌고저쩌고 깎아내리기나 하고. 더 잘하라고 훈계질이나 하고. 그럼 어디 너희들이 해보라고 시키면 내가 이룬 것의 반만큼도 못 해낼 팔푼이들이 말이야."

동궁이 난간을 걷어찼다.

"심지어는 내 족적을 가로채다가 저가 세운 공훈인 척하는 한심한 놈팡이까지 있지."

그가 낮게 중얼거렸다.

"하긴, 행여 할바마마의 눈 밖에 날까, 혹은 척리戚里들을 자극할까, 속으로 셈만 헤아리며 가만히 참는 내가 제일 한심하지만."

덕임은 한 귀로 흘리려고 애쓰며 아무런 대꾸도 하지 않았다.

"너는 이제 내가 술 비슷한 것을 마시고, 경솔한 말을 뱉는 것도 보았다."

그럼에도 불구하고 화살이 날아왔다.

"어디에 가서 고할 테냐?"

동궁이 웃었다.

"혜빈궁?"

그가 효자답지 않게 물었다.

"아니면 가장 비싼 삯을 주는 별감에게?"

순간 울컥했지만 덕임은 참았다. 취한 사람과 입씨름을 벌여봤자 시간만 낭비할 뿐이다. 더욱이 그 만취한 사람이 지엄한 웃전이라면 자칫 목이 날아갈 수도 있다.

"소인은 본 것이나 들은 것이 없어서 고할 것도 없사옵니다."

덕임은 가능한 한 공손한 척했다.

"전에도 아뢰었다시피 귀가 좀 어두워서요."

동궁의 이죽거림이 멈추었다.

"……난 정녕 너를 모르겠다."

대신 아까와 전혀 다른 속삭임이 이어졌다.

"네가 하는 말은 하나도 이해를 못 하겠어."

동궁이 익선관을 쓴 이마를 짚었다.

"친우. 가족. 사랑. 아무것도 듣지 못했다는 말……."

몹시도 괴로운 낯이었다. 하지만 괴롭더라도 그 감정은 오로지 그의 것이었다. 덕임에게 소상히 나눠줄 의향은 없어 보였다.

"여자들은 원래 이해할 수 없는 말만 한다고야 배웠지만."

한데 결론이 좀 이상한 방향으로 튀었다.

"그렇지만…… 바로 그런 이상한 말을 하기 때문에 여인을 곁에 두라고 말씀하셨던 건지도 모르겠군."

"어떤 여인이요?"

종잡을 수 없는 혼잣말을 따라잡고자 덕임은 최선을 다했다.

"음, 빈궁전으로 모실까요?"

이 불편한 상황을 얼른 치워버리고 싶은 소망으로 머릿속에서 제일 먼저 떠오르는 여인을 두드려 맞추기까지 했다.

"아니다. 마음을 털어놓을 여자여야만 한다고 하셨어."

동궁은 고개를 저었다.

"누가요?"

"돌아가신 내 할머……."

그가 말을 하다가 멈추었다. 그러고 보니 전에도 비슷한 지점에서 삼켰던 적이 있었던 것 같다.

"그래, 어쩌면 너라면……."

멈춘 말을 이어가는 대신 그는 딴소리를 했다.

"소인이 어쩌면 뭐요?"

슬슬 인내심이 바닥나기 시작한 덕임이 무람없이 물었다.

"너 말이다."

갑자기 그가 성큼 다가왔다. 코앞까지 거리감이 훅 좁혀졌다.

동궁은 가만히 덕임을 내려 보았다. 그의 시선은 아무래도 익숙해질 것 같지 않다. 불편하고 무섭다. 멀어져야만 할 것 같다. 하지만 덕임은 갈 곳이 없었다. 겨우 두 발자국 뒷걸음질 쳤을 뿐인데 등에 난간이 닿았다. 꼼짝없이 갇혔다.

"내가 네 옷고름을 풀면 어떻겠느냐?"

덕임은 잘못 들은 줄 알았다.

그의 오른손이 다가왔다. 세월이 흐르는 동안 그는 키만 큰 게 아니었다. 손도 마찬가지였다. 덕임의 것보다 다부지고 크게 느껴지는 바로 그 손이, 그녀의 배에 닿았다. 속치마와 치마 따위로 겹겹이 싸여 있는데도 꼭 맨살에 불이 댄 것 같았다. 그리고 저고리에 매달려 나풀거리는 옷고름 끝이 그의 손등을 간질였다.

"오늘 밤 내 너에게 승은을 내린다면……."

그가 속삭였다.

"그게 서로 없을 거라고 단언했던 우리 사이의 다음이 되겠느냐?"

느닷없이 덫에 빠진 것만 같았다. 그것도 꿈에서인들 생각해 본 적 없는 미끼에 덥석 걸린 채로 말이다. 달콤하다고 여길 겨를은 없었다. 동궁과 자신은 그럴 만한 사이가 아니었다. 그가 홧김에 분별없이 행한 언행임을 알았다. 취기에 휩쓸리지 않았다면 일어나지도 않았을 일이었다.

하지만 어떻게든 벌어진 현실이었다. 덕임의 배에 얹은 그의 손이 살짝 움직였다. 금방이라도 더 위로 올라올 것만 같았다. 정녕 옷고름을 풀어 내리고 그녀의 세상 또한 송두리째 뒤흔들어버릴 것만 같았다.

"아, 아니 되옵니다!"

그걸 막기 위해서라도 덕임은 애초에 하나뿐인 대답을 성급히 꺼냈다.

"아니 된다고?"

동궁이 미간을 찡그렸다. 마치 헤아릴 수 없는 이야기를 또 하나 들었다는 듯이.

덕임도 비로소 깨달았다. 궁중의 계집에게 주어진 애초에 하나뿐인 대답은 '아니요'가 아니었다. 국본께서 베푸신다는 하룻밤의 은혜를 망극하게 받들어야만 할 '예'였다.

"아니 되옵니다."

그래도 덕임은 스스로 선택한 답을 고집했다.

감히 상감마마의 무릎에 앉았던 날이 떠올랐다. 기억은 흐리지만 순간순간의 감각만은 가슴 속에 각인된 양 선연했다. 빈소에 첫발을 들일 때 훅 풍기던 죽은 이의 체향. 이질적인 찬 공기. 믿을 수 없을 만치 가까이 닿았던 임금의 마른 옥체. 그리고 쌀과 구슬을 물고 영원히 잠들어 있던 의열궁의 창백한 얼굴…… 평범한 나인에서 정일품 빈嬪의 품계까지 오른 데다, 사후에는 임금님이 친히 제문을 지어줄 정도로 존귀한 대접을 받았던 여자치고 행복한 영면과는 거리가 멀어 보였다. 어쩐 까닭인지 도리어 슬퍼 보였다.

그날의 기억은 오로지 덕임만의 비밀이었다. 큰맘 먹고 영희에게 털어놓은 적이 있지만 전혀 믿지 않았다. 하긴, 세월이 지난 만큼 그녀 자신도 긴가민가했다. 졸다가 개꿈을 꾼 건 아닐까 떨떠름해 할라치면, 침소 궤짝 가장 깊숙한 곳에 숨겨둔 《여범》의 존재를 재차 확인해 본다. 적어도 꿈은 아니었다.

"어째서지?"

동궁은 그 선택의 이유를 채근했다.

"왜냐하면……."

덕임은 입술을 깨물었다.

후궁의 삶이란 결코 녹록하지 않다. 제 배로 낳았던들 임금과 중궁의 자식으로 떠받들며 어미 소리조차 못 듣는 건 물론이요, 각종 제사와 행사 때도 퍽 초라한 대접을 받는다. 행여 꼬투리라도 잡힐까 먹고 쓰고 말하는 것도 신중히 해야 한다. 그나마도 섬기던 임금이 죽으면 출궁되거나, 깊숙한 뒷방으로 물러나 숨을 죽여야 한다. 더욱이 아무리 총애받던 후궁이라도 끝은 비참하다. 사후에 왕비가 최후의 승자가 되어 왕과 함께 합장된다면, 후궁은 외로운 장지에 홀로 묻혀 존재조차 쓸쓸히 영멸하기 마련이다.

늙은 왕이 아직까지도 먼저 떠난 후궁을 그리워하며 그녀의 사당을 자주 찾는다는 소문을 들으면 내심 마음이 찜찜했다. 임금께서 의열궁을 얼마나 총애했는지 아느냐며 칭송하는 소릴 들노라면 꼭 한 가지 부조리한 의문으로 귀결될 수밖에 없었다.

과연 의열궁도 왕을 사랑했을까?

후궁들을 한 줄로 세워놓고 누가 더 예쁨 받았나를 따지는 사람은 많아도, 그 후궁들은 과연 왕을 사랑했을까 의문을 품는 것은 금기시되었다. 왕의 손짓 하나면 주저 없이 옷고름을 풀어야 하는 시절이 과연 계집은 반드시 왕을 사랑해야 한다는 전제를 정당케 할 수 있을까? 임금이 내린 향기로운 옥석 첩지는 후궁의 머리를 짓누르던 한낱 돌덩이에 지나지 않았을지도 모른다는 서글픈 생각이 자꾸만 드는 것이다.

"그, 그러니까 왜냐하면……."

하지만 그것은 위험한 생각이기도 했다. 듣기 좋게 정리되지도 않을 뿐더러 솔직하게 내뱉자니 목이 달아나기 딱 좋다. 그래서 덕임은 본심을 삼켰다. 대신 타협을 했다.

"빈궁께서 아직 후사를 생산하여 길러내지 못하셨사온데, 한낱 궁인인 소인이 감히 그러한 명은 받들 수는 없사옵니다."

동궁의 저의야 정확히 모르겠지만 마침 적당한 핑곗거리가 있었다. 명분이 탄탄한 데다가 그의 체면까지 지켜주면서 거절할 수 있는 것으로 말이다.

"차라리 소인을 죽여주소서."

설마 진짜로 죽이지는 않겠거니, 승부수를 던졌다.

"실로 감동적인 대답이군."

과연 동궁은 허를 찔린 표정이었다.

"이해할 수 없는 날파람둥이인 줄로만 여겼는데……. 네게는 의외로 현숙한 부인의 자질이 있는 모양이다."

역시 그는 자신에 대해 제대로 아는 게 하나도 없다. 그렇지만 멋대로 생각하게끔 내버려 두는 편이 이로우니 덕임은 민망한 티조차 내지 않았다.

"……그렇지만 빈궁은 내게 그런 여인이 아니다."

잠시간의 침묵 끝에 동궁이 말했다.

"그 사람은 이열궁께서 말씀하신 단 한 명의 사람이 되어줄 수 없어."

낯익은 단어가 귓가를 스쳤지만 당장 덕임은 그걸 붙잡을 여력이 없었다.

"하지만 어쩌면 너라면……."

그가 아까의 물음을 재차 던진 탓이다.

"괴롭고 아픈 내 곁에 네가 있는 게 싫지만은 않았다."

마냥 좋았다고 했으면 빠져나갈 구멍이 없었을 터였다. 하지만 싫지만은 않았다고 했다. 아직은 그 정도의 감정이다. 설령 알더라도 모른 척 넘길 만한 씨앗에 불과하다. 꽃은커녕 새싹도 돋지 않았다.

"저하께서는 소인의 이름이 무엇인지나 아시옵니까?"

하여 덕임은 이 가뭇없는 대화의 향방을 비틀어보기로 했다.

"성가 덕인이지."

아예 모를 줄 알았는데 비슷한 정도는 되어서 의외였다.

"아니거든요."

"성가 덕일이군."

"아니라고요."

"서, 성가 덕잉인가?"

때려 맞춘 정성은 갸륵하나 덕임은 혀만 끌끌 찼다.

"이름은 중요한 게 아니다!"

답을 틀리는 데에 익숙하지 않아서인지 동궁은 괜히 성을 냈다.

"소인에게는 중요하옵니다."

"제 이름을 값지게 여기는 궁인은 처음 보는군."

그가 눈썹을 추켜세웠다.

"아니, 반가의 규수 중에도 그런 이는 없겠지. 으레 여인의 이름은 오로지 지아비를 따를 뿐이니까."

그렇다. 역사는 여인의 이름까지는 적어주지 않는다. 오직 아버지로부터 물려받은 성씨와 지아비를 통해 얻은 직위로만 흔적을 남겨준다. 그마저도 음식을 잘하고, 바느질도 잘하고, 자식을 얼마나 낳았는지 따위의 비슷한 미사여구로 치장하고 나면 그 많은 여자들은 누가 누구였는지 구별도 안 가는 지경에 이르곤 한다.

"그런 네가 정녕 빈궁을 공경하여 승은을 받들지 아니하겠다고?"

순식간에 동궁은 덕임의 의표를 찔렀다.

"아, 아무튼 중요한 것은 저하께선 그런 분이 아니라는 사실이옵니다."

본심의 꼬리가 밟히기 전에 덕임은 황급히 말을 돌렸다.

"무슨 뜻이냐?"

"아무리 속이 상할지언정 성상께서 금하는 술을 드실 분도, 모후의 마음을 아프게 하면서까지 궁녀나 희롱하고 다니실 분도, 아니라는 뜻이옵니다."

대뜸 동궁의 낯이 새파랗게 질렸다.

"……네가 나에 대해서 뭘 안다고."

"예, 잘 모르옵니다. 저하께서 소인에 대해 모르시는 것처럼요."

덕임이 말했다.

"저하와 소인은 여태 그럴 만한 사이가 아니었으니까요."

명확하게 정의하기 어려운 관계였다. 주인과 종이라기에는 설익었다. 사내와 여인이라기에는 어렸다. 사람과 사람이라기에는 신분도, 처한 상황도 판이하게 달랐다. 하여 동궁과 덕임은 안 그런 척 서로 몰래 지켜나 보던 사이로 마주 섰다.

"하오나 혜빈께서 저하에 대해 많이 말씀해주셨사옵니다."

덕임은 생각에 잠겼다.

"그 이야기 속의 저하께서는 성군을 꿈꾸시는 분 같았나이다."

동궁의 낯이 발갛게 물들었다. 취기 때문은 아니었다. 그는 지금 이 순간 자신의 모습을 부끄럽게 여기는 듯했다.

"혜빈께서 걱정하고 계십니다. 아주 많이요."

"알고 있다."

동궁이 눈을 질끈 감았다.

"그 걱정에 항상 송구스럽다. 하지만 때로는…… 숨이 막힌다."

그는 여전히 덕임의 배에 얹은 제 손을 물끄러미 보았다.

"……난 그냥 너에 대해 물었을 뿐이었는데."

"예?"

"휘하의 궁인들에게 혜빈궁에 드나들며 내 누이들과 허물없이 지낸다는 생각시에 대해 물었다. 접때 말했듯이 때로는 널 보기도 했다."

동궁이 말했다.

"그래, 네 말대로 난 널 모르니까. 대강이라도 알고 싶었다."

덕임이 항상 웃는 까닭을 골몰하던 그 표정이 언뜻 스쳤다.

"한데 사소한 언동이 금세 부풀려지더군."

그가 한숨을 쉬었다.

"내가 여색에 관심이 생겼으며 궁인을 가까이하려고 용을 쓴다고 말이야."

한숨 끝에는 자조적인 헛웃음이 따라붙었다.

"발 없는 말은 천 리를 갈 필요도 없어. 거기까지 가기도 전에 이미 모두가 쑥덕이고 있으니까. 나를 낳아주신 생모께서 아바마마를 닮아선 안 된다고 나를 꾸짖는 이유가 되어버리니까."

그가 고개를 숙였다.

"……그러다 보면 할바마마를 언짢게 만들 위험이 되어버리니까."

덕임은 그의 손을 보았다. 아까는 크다고 생각했는데 다시 보니 아니었다. 그의 눈빛만큼 여물지는 않았다. 뭐든 붙잡고 싶은데 막상 뭘 잡아야 할지는 모르는 소년의 손이었다.

"저하께서는 지금 걷다가 갈림길에 다다르신 것이옵니다."

"갈림길?"

"예. 반드시 한쪽을 선택해야 하는 길이랍니다."

덕임이 말했다.

"이쪽으로 가시면 마음이 편해지실 것이옵니다."

그녀는 대충 아무 방향이나 가리켰다.

"남들이 툭 내뱉는 말에 휩쓸리고 상처받아서 전부 포기하는 길이지요. 성상의 뜻을 어기고 술도 드시고, 국본의 본분을 잊고 궁녀에게 승은이나 내리시고, 아무튼 편하게 사실 수 있으실 것이옵니다."

그가 끼어들 틈을 주지 않고 덕임은 얼른 다른 쪽을 가리켰다.

"한데 저쪽으로 가시면 지금까지처럼 괴로우실 것이옵니다."

동궁의 시선이 그녀의 손끝을 따라갔다.

"왜냐하면 그럼에도 불구하고 꿋꿋하게 저하 스스로를 지키며 걸어갈 길이거든요."

그의 눈빛이 크게 흔들렸다.

"어쩌시겠사옵니까?"

"당연히 저쪽으로 가야지."

일말의 고민도 없이 그는 후자를 택했다.

"내가 취기에 분별을 잃었기로서니 한량으로 여기지는 마라."

동궁이 무뚝뚝하게 일갈했다.

"내게 주어진 길은 오직 하나뿐임을 나는 잊어본 적 없다."

그는 새카만 하늘을 우러러보았다.

"잊고 싶지도 않고."

"예, 그게 잘 어울리시옵니다."

덕임은 웃었다.

"하늘 아래 만 갈래의 하천을 비추는 밝은 달처럼 훌륭한 군자가 되소서. 그 반대가 되는 것은 전혀 어울리지 않으시니까요."

놀랍게도 동궁도 웃었다.

"나에 대해 잘 모른다면서 자꾸 아는 척을 하는군."

"원래 뭣도 없는 사람들이 있는 척을 하는 법이거든요."

덕임은 어깨를 으쓱했다.

"너의 길은 어디냐?"

문득 그가 물었다.

"내가 가는 길을 따라올 테냐?"

"그럴 것 같지는 않은데요."

덕임은 아까와 전혀 다른 제삼의 방향을 가리켰다.

"소인이 걸어야 할 길은 궁인의 길이옵니다. 저하께서 걸으실 길보다는 훨씬 하찮겠지만, 나름대로 헤쳐 나갈 가시밭길이지요."

"하긴, 그게 네게 주어진 길이겠지."

"아니옵니다. 소인이 선택한 길이지요."

비록 그 차이를 알아줄지 모르겠으나 덕임은 힘주어 말했다.

"네 앞에서 또 한심한 모습을 보였다."

동궁이 비로소 손을 거두었다. 위험스럽게 닿아있던 온기가 사라졌다.

"다음에는 절대 이런 일이 없을 것이다."

그가 한 걸음 물러섰다.

"예, 그것이야말로 정녕 우리 사이의 다음이겠지요."

덕임은 물러설 곳이 없어 그대로 서 있었다.

동궁도 아는 눈치였다. 이곳은 단순히 그만의 갈림길은 아니라는 사실을. 서로 다른 길을 걷다가 뜻하지 않게 교차하는 길목에 접어든 두 사람이 스쳐 지나가야 할 또 다른 갈림길이었다. 서로 잘 모르는 사이로, 아닌 척 지켜만 보다가 돌아서는 사이로, 헤어져야 마땅한 길이었다.

작별을 고민하듯 동궁이 입술을 달싹였다. 하지만 사과든 감사든 무엇이든 썩 적절치 않다고 판단한 모양이었다. 그는 그저 돌아섰다. 다음 같은 건 없으리라 단언했던 첫 만남처럼.

덕임도 다시금 그의 뒷모습을 바라보았다. 여전히 외로워 보였지만, 본인의 말마따나 그에게 주어진 방향이었다.

다음날이면 기억도 못 할 사소한 사연이었다. 동궁은 하룻밤의 일탈을 반성하며 보다 더 가혹하게 자신을 채찍질할 것이다. 온갖 고통과 금욕으로 얽매인 국본의 길을 담담히 걸어갈 터였다. 반면, 덕임은 어린 날의 둥지를 떠나 떳떳한 궁녀 한 사람 몫을 해내기 위해 좌충우돌을 벌일 예정이었다. 스스로 내린 선택의 빛과 그림자에 울고 웃을 터였다.

오직 고요한 달밤만 이날의 사연을 기억했다.

그렇게 끝날 수도 있었을 이야기였다.

3장
도깨비 전각

세월이 많이 흘렀다.

흥정당興政堂 동남쪽. 동궁이 머무는 전각을 언젠가부터 다들 도깨비 전각이라 불렀다. 처음에는 밤마다 수상한 그림자가 일렁이거나 소름 끼치는 울음소리가 들리는 둥, 괴이한 사건이 자주 벌어진다 하여 붙은 이름이었다. 그런데 요새는 그 의미가 다소 변질되었다. 전혀 다른 이유로 도깨비 전각이라 일컬어지기 시작했다.

바로 무섭기로 소문난 동궁 때문이었다.

동궁은 환관과 궁녀라면 학을 뗐다. 꼭 필요할 때가 아니면 근처에 오지 못하게 내쳤다. 글을 읽을 땐 부정 탄다며 열 보 밖으로 물리기까지 했다. 굳이 따지자면 궁녀에게 더 박했다. 환관은 양물을 거두기는 했으되 그래도 사내라 신의 있는 자도 간혹 있다지만, 궁녀는 시답잖은 수작만 부린다며 일갈했다. 특히 궁인이 제 분수를 지나치는 걸 못 견뎌 했다. 아무리 싹싹한 아이라도 친한 척 너스레를 떨었다간 종아리가 터지도록 회초리를 맞기 일쑤였다. 그러다 보니 도깨비 납신다며 기피하기 시작한 전각 일대는 금세 황량해졌다.

을씨년스러운 동궁 전각 중에서도 가장 후미진 곳은 단연코 덕임이 일하는 별간이었다. 주합루宙合樓를 떠받치는 기둥 아래 찬밥데기처럼 붙박인 그곳은 말이 좋아서 별간이지, 잡동사니를 죄다 처박아놓는 헛간이나 다름없었다. 아무리 공들여 정돈해도 다음 날 아침이면 누군가 버려두고 도망간 쓰레기가 가득 쌓여 말짱 도루묵인 곳에서, 덕임은 벌써 십 년에 가까운 세월을 보냈다.

지밀궁녀인 것이 화근이었다. 궁녀들끼린 원래 텃세가 심한 법이라지만 지밀은 특히 그렇다. 지밀나인들은 덕임을 번살이에 끼워주지 않았다. 나도 얼마 안 있으면 계례를 치르고 정식 나인이 된다고 치맛자락에 매달려 보았지만 별간에서 더 배우고 오라는 핀잔만 들었다. 걸레질을 하거나 온종일 멀뚱히 앉아 있어야 하는 별간에서 뭘 배워야 하는지는 물론 알려주지 않았다.

항아님들이 신참을 배척하는 까닭은 명백하다. 세간에서 망상하는 것처럼 승은을 두고 경쟁하는 건 아니다. 궁녀치고 팔자 고치는 단꿈을 꿔보지 않는 자는 없다지만, 그 꿈에서 헤어나지 못하는 얼뜨기 또한 없으니 말이다. 더욱이 늙은 상궁부터 파릇파릇한 나인까지 죄다 '도깨비 동궁마마'를 피하려고 안간힘을 쓰는 마당이니 실로 가당찮은 소리다.

다만 지밀나인들은 지체 높은 웃전의 시중을 드는 만큼 덩달아 신분 의식이 강하다. 지밀부 외의 궁녀들은 무수리나 다름없다며 깔보기는 물론, 더럽고 힘든 일은 기피했다. 하여 시궁창 같은 별간은 당연히 하찮은 생각시의 차지였다.

오늘도 덕임은 빗장을 열기도 전에 문간 가득 쌓인 쓰레기더미부터 발견했다.

"뭐야, 또 누가 이랬어!"

덕임은 가장 가까이 있는 무더기를 걷어찼다. 숨어 있던 쥐새끼가 튀어나와 찍찍댔다.

둔탁하게 삐걱대는 문을 어깨로 밀었다. 팔을 걷어붙이고 창부터 열었다. 화창한 햇살이 들자 휘날리는 먼지가 고스란히 보였다. 빗자루로 쥐를 쫓아가며 분주히 움직였다. 닦는답시고 걸레를 놀릴 때마다 풀썩 쏟아지는 먼지 때문에 기침을 연거푸 했다. 겉장이 먹물로 얼룩진 책을 치우다가 손을 베기도 했다.

청소를 끝낸 다음에는 한결 여유로워졌다. 아니, 할 일이 아예 없었다. 멍하니 딴생각을 하던 덕임은 문득 습관처럼 창 너머 높이 솟은 해를 보더니, 어슬렁어슬렁 볕이 드는 창가에 자리를 잡았다.

주합루 아래층, 즉 별간과 맞붙은 옆 전각에서 사내들 목소리가 들려왔다.

"명命이 아닌 것은 없다 하나, 길흉과 화복은 하나같이 하늘이 명한 바인데 어찌 정正과 부정不正의 분별을 두겠는지요?"

"하늘의 명은 사람이 다룰 것이 아니지만, 암장嚴墻이나 질곡桎梏은 도를 닦음으로써 사람이 능히 피할 수 있소. 그러므로 군자의 도리는 스스로 있는 도를 닦고 순리를 따라 하늘의 명을 기다리는 것이오."

매일 이 시각이면 동궁과 시강원들이 담론을 나누는 시강侍講이 열리는데, 별간에까지 그 소리가 고스란히 들린다.

"그렇다면 주자 왈 하늘에 있어서는 모두가 정명이지만 사람이 따지자면 정명도 있고 아닌 것도 있다는데, 이는 무슨 뜻입니까?"

"정명과 정명이 아닌 것이란 도를 극진히 함과 극진히 아니함의 구분이며……."

덕임은 창에 더욱 바짝 붙었다. 허름한 문갑을 뒤져 작은 서첩과 붓도 꺼냈다.

"곤궁해도 의義를 잃지 않는 선비가 득기得己를 한다는 말을 두고 《집주集註》에서는 득기는 곧 실기失己하지 않음이라 하였는데……."

동궁의 대답이 술술 막힘없이 이어졌다.

도둑 글공부를 한 지 어언 삼 년째라, 덕임도 풍월을 읊을 기세였다. 쭈그리고 앉아 무릎에 서첩을 대고 동궁의 말을 빠르게 받아 적는 모양새가 예사롭지 않았다.

책벌레인 동궁의 성화로 매일 밤낮없이 이어지는 시강을 귀동냥하였으니, 그 목소리만은 백 보 밖에서도 감별할 수 있을 만치 친숙했다. 부드럽게 낮으며 또한 깊은 그것은 소년으로서 변성기를 겪고 금방 청년으로 자라난 완연한 사내의 음성이요, 아직은 덜 여물어 싱그러운 옥음이었다.

온종일 듣는 계집애들 소리와는 전혀 달랐다. 어린 환관들이 앵앵대는 목소리와도 천양지차였다. 그것은 살아 숨 쉬고 피가 끓는 사내의 형상이었다. 너무나 빨리 바깥세상과 유리되어 버린 그녀로서는 단 한 번도 겪지 못한 강인한 남성성, 그 자체였다.

아니, 단 한 번도 겪지 못했다는 것은 틀린 말이었다. 덕임은 재게 놀리던 손을 멈칫했다. 꿈처럼 아득해진 어느 달밤이 떠올랐다. 위험스럽게 디기오던 온기와 황망해서라도 뿌리쳐야만 했던 권유기 생각났다.

하지만 그 달밤은 찰나에 불과했다. 이후로 시간이 많이 흘렀다. 그것도 십 년 가까이 말이다. 갈림길에서 헤어진 이래 동궁과 마주칠 기회가 아예 없었다. 그는 애초에 하찮은 궁인 나부랭이로서는 먼발치에서조차 훔쳐볼 수 없을 존귀한 존재였다. 그리고 덕임은 예상한 대로 하찮은 궁인 나부랭이 행세에 몰두하느라 나름대로 분주했다.

그러다 보니 승은을 운운하던 그 옥음은 자연스레 벽 너머에서 들려오는 목소리로, 실체 없는 울림으로 멀찍하니 변해 버렸다. 덕임이 알던 동궁의 실체는 변성기 이전의 그가 지녔던 아리잠직한 옥음과 함께 이지러졌다. 그녀는 더 이상 그의 생김새마저 명징하게 떠올릴 수 없었다. 의외로 평범하게 생겼으며 팔다리가 잘 붙어 있었다는 첫인상 외의 나머지는 희뿌연 안개가 가렸다. 심지어 세월에 마모된 기억에다가 요즘 궁중에 떠도는 도깨비 동궁마마 소문을 끼얹고 나니 더더욱 그를 알 수 없게 되어버렸다.

"뭐야, 조용해졌네?"

공연히 엉뚱한 생각이나 하다가 뭘 놓친 모양이다. 먹물을 가득 담은 간장종지에 찍은 붓이 무색하게도, 사내들의 목소리가 뚝 그쳤다. 오늘은 웬일로 서연을 일찍 파했나 보다. 마냥 아쉬운 채로 덕임은 서첩을 도로 감췄다.

또 할 일이 없다. 도망을 갈래도 만전을 기하려면 오시午時까지는 버텨야 한다. 밀린 필사 일이라도 할까 고민했으나 내키지 않았다. 골방에 갇혀 글이나 베끼기에는 날씨가 너무 좋았다. 빨리 끝내야 한 푼이라도 더 벌겠지만……. 덕임은 창 너머로 수다 떠는 내시와 궁녀를 훔쳐보았다.

그때 삐그덕, 낡은 문이 열리는 소리가 들렸다.

"누구십니까?"

대답은 돌아오지 않았다.

생전 처음 보는 사내가 있었다. 장식과 술을 달지 않아 수수한 남색 철릭 차림새였다. 입은 옷의 소매가 넓은 것으로 보아 별감 따위는 아닌 것 같았다. 그는 잔뜩 날이 선 눈초리로 별간 안을 둘러보았고, 이

으고 덕임에게까지 시선을 옮겼다.

"네가 여길 지키는 궁녀냐?"

순간 덕임은 제 귀를 의심했다. 괴이할 만치 목소리가 귀에 익었다. 동궁의 옥음과 비슷하다는 생각이 뇌리를 스쳤다.

멀거니 그를 보았다. 키가 몹시 크고 다부진 체격에 얼굴선이 짙었다. 사내답게 억센 턱. 위풍당당하게 뻗은 눈썹. 하늘을 향해 우뚝 솟은 콧대. 상대를 위축시키는 묘한 위압감. 실로 훤칠한 호남아였다.

흐릿하게나마 남은 동궁의 인상과는 판이했다. 옛날에 덕임이 마주한 동궁은 저만큼 키가 크지 않았다. 이목구비가 저렇게 짙지도 않고, 어깨도 더 좁았다. 곤룡포를 걸친 신체의 선도 가늘었다. 저 사내와는 팔다리가 몸통에 잘 붙어 있다는 점 말고는 공통점이 없었다. 아무렴, 국본이 홀로 이 케케묵은 쓰레기장에 행차할 리도 만무하다.

더군다나 모로 보아도 그 사내는 동궁의 목소리에는 전혀 어울리지 않는 외양의 소유자였다. 덕임이 생각하는 지금의 동궁은 마른 체구에 부드러우나 때로는 성마른 인상을 지닌 미남자였다. 그만큼 동궁의 옥음은 섬세하고 무르녹았다.

이 사내의 얼굴과는 전혀 어울리지 않는다.

"너는……!"

덕임만큼이나 집요한 시선으로 상대를 뜯어보던 그 사내의 낯에 순간 희한한 감정이 떠올랐다. 충격을 받은 듯한 눈치였다.

"설마…… 하긴, 아예 없을 일도 아니지."

그가 중얼거렸다. 잘 알아들을 순 없지만 눈빛만은 무척 복잡해 보였다. 그런데 괴상하게도, 덕임은 다른 건 몰라도 그 눈빛은 또 낯익다는 생각이 들었다.

"내가 누구인지 모르겠느냐?"

사내가 물음을 바꾸었다.

"모르겠는데요."

엉겁결에 덕임은 대답했다.

한데 그의 성에 차지 않는 대답이었던 모양이다. 몹시 괘씸하게 여기는 듯한 표정이 언뜻 사내의 얼굴을 스쳤다. 그러더니 도로 엄하게 재촉했다.

"네가 여길 지키는 궁녀냐고 물었다."

속으로 한참 부정의 단계를 거치고 나서 그 목소리를 들어보니 아닌 것도 같았다. 청량한 느낌은 같으나 좁은 별간 벽을 타고 웅웅 울리는 탓인지 특유의 감칠맛이 느껴지지 않았다. 동궁이 말을 끝맺을 때마다 묘하게 안타까운 그 느낌이 생기지 않는다는 말이다.

어쩌면 동궁의 시강원 중 한 명일지도 몰라. 그래서 덩달아 목소리가 익숙한 걸 수도 있지. 합리적인 반박을 찾아낸 다음에야 덕임은 얼떨떨하게 고개를 끄덕였다.

"여길 지키는 궁녀가 맞사옵니다만."

"언제부터 여기서 번을 섰느냐?"

"묘시卯時부터 있었사온데……?"

사나운 눈치로 보아 대답이 틀린 모양이다.

"어어, 궁인 견습을 시작하고서부터 쭉 있었는데요."

"사흘 전 밤에도 여길 지켰느냐?"

"생각시라 밤에는 일 안 합니다."

사내의 냉정한 눈빛이 다시금 덕임을 머리끝부터 발끝까지 찬찬히 훑었다. 별간 사이사이 야무지게 자리한 먼지와 묵은 때도 샅샅이 둘러보았다. 그러고는 스스럼없이 안쪽으로 들어와 창가에 섰다. 바깥으로 귀를 기울이는 듯했다.

"역시 주합루 쪽이 훤히 들여다보이는군. 소리도 잘 들리고."

사내가 중얼거렸다. 그는 별간에 뚫린 모든 창을 돌아본 뒤에야 다시 돌아왔다.

"근래 수상한 것을 보거나 들은 적이 있느냐?"

몹시 에둘러 표현하고 있으되 실상은 뭘 묻는 건지 덕임은 대번에 알아차렸다.

아무래도 접때 있었던 천인공노할 사건을 캐는 눈치다. 사흘 전 밤, 어느 흉악한 자가 동궁의 침전 앞마당에 차마 입에 담을 수 없이 흉패한 글이 적힌 익명서를 던졌다. 이에 동궁이 격노하여 포도청 군졸을 움직였다는 소문이 파다했다.

"없는데요."

별간에서 가장 수상쩍은 것이라 봐야 동궁의 시강을 엿듣는 그녀 자신이 고작이다.

"궁인들이 궁료나 별감과 특히 친하게 지내는 광경은 본 적 있느냐?"

"글쎄, 잘 모르겠사온데요."

"남몰래 이 부근을 기웃거리는 자를 본 적은?"

덕임은 고개만 도리도리 저었다.

사내는 비슷한 질문을 연이어 던졌지만 대답할 만한 것이 하나도 없었다. 먼지 먹으며 쥐새끼나 삽는 생각시에게 뭘 바라는 긴지 모르겠다. 성과를 얻지 못하자 사내는 미간을 찡그렸다. 쓸모없는 것을 보듯 거만한 시선이었다.

"아니, 그런데 누구십니까? 누군데 들이닥쳐서는 마구 캐물으시냐고요?"

대뜸 반말부터 찍찍 늘어놓질 않나, 과년한 처자를 내놓고 무시하질 않나. 가만 보니 어이가 없다.

"입은 의복이 포청의 구군복具軍服은 아니고."

덕임이 사내의 주위를 빙빙 돌았다.

"턱주가리가 거뭇한 걸 보아 내시도 아닌데."

눈을 가늘게 뜨며 사내의 얼굴에 바짝 제 얼굴을 들이밀었다. 그녀는 겨우 그의 턱에나 닿을 만치 몸집이 작았으나, 사내는 주춤하며 한 걸음 물러섰다.

"어디의 누구시냐니까요?"

"나는……."

그가 대답을 하려다 말고 입을 일자로 꾹 다물었다.

"네 알 바 아니다."

득달같이 따지고 들려는데 그가 문득 허리춤을 뒤졌다. 그러더니 동전을 불쑥 내밀었다. 반질반질하기가 일말의 손때도 묻지 않은 것으로 꼭 다섯 개였다.

"이제 제대로 털어놓을 마음이 생겼느냐?"

사내가 이죽이듯 한쪽 입꼬리를 비틀며 야유했다.

덕임은 제 손바닥에 놓인 동전을 물끄러미 바라보았다. 이게 말로만 듣던 뇌물인가 보다. 궐 밖 사람들이 궁녀들을 매수하려고 막 쥐여 준다는 그것 말이다.

"준다는 게 겨우 요깟 푼돈입니까?"

몇 마디 쏘삭여주고 목돈을 모으는 궁녀들을 제법 보았고 또 부러워했으되 막상 겪어보니 퍽 불쾌했다.

"부족한가?"

사내의 목소리는 더욱 싸늘해졌다. 화가 난 것 같았다.

"아무렴, 한참 부족하거든요!"

덕임은 동전을 사내의 가슴팍에 내던졌다. 사내는 받지 않았다. 튕겨 나온 동전은 사방으로 데굴데굴 굴러 별간의 어둠 속으로 사라졌다.

"보아하니 녹을 먹는 궁료 같은데, 어찌 감히 국본의 처소를 사사로이 넘겨보며 그 궁녀를 매수하려 드십니까? 그런 불경한 자에게는 오만 냥에 금수(錦繡, 화려하고 아름다운 옷가지)까지 얹어 받는다 한들 말씀드릴 것이 없습니다."

그녀는 저보다 머리통 하나는 족히 더 큰 사내를 상대로 호통을 쳤다. 서 상궁이 너 때문에 내가 늙는다고 만날 회초리를 드는 걸 생각해 보면, 그녀가 누굴 꾸짖는 일 자체가 참으로 우스웠다. 그래도 덕임은 최소한 원칙은 지키는 왈짜였다.

"목소리가 어째 귀에 익어 저하의 시강원인가 했지만 하는 짓이 영 수상쩍은데……. 혹 나리도 익명서 사건을 저지른 불온한 무리와 한패거리 아닙니까?"

"네가 시강원의 목소리를 아느냐? 익명서와 관련된 일은 또 어찌 알고?"

하여튼 입이 방정이다. 덕임은 눈을 데구루루 굴렸다.

"포, 포청에서 나온 군졸들이 그렇게 들쑤시고 다녔는데, 동궁의 궁녀치고 모른다 하면 그게 더 이상하옵지요."

시강원 목소리가 어쩌고 한 것을 더 물어오기 전에 말을 돌렸다.

"아무튼 썩 나가십시오!"

사내는 꼼짝도 하지 않았다. 덕임이 휘두른 조막만한 주먹을 내려다보며 뭔가 생각에 잠긴 눈치였다.

"돈은 왜 받지 않느냐? 정말로 부족해서 그런 것이냐, 아니면 신의를 지키는 게냐? 궁인들은 동궁을 두고 도깨비라 우롱한다 들었는데."

"이야, 진짜 몹쓸 양반일세."

덕임이 삿대질을 했다.

"도깨비든 처녀귀신이든, 저는 모르고요. 나리는 어디서 감히 국본을 욕되게 하는 말을 입에 올리십니까? 글깨나 읽으신 분이 그래서야 쓰니까?"

기세를 잡은 덕임은 사내를 다다다 몰아붙이며 등을 떠밀었다. 근육으로 다져진 단단한 등이었다. 손바닥으로 느껴지는 그 이질적인 감촉 때문에 순간 얼굴이 붉게 달아올랐다.

황당한 표정의 사내를 문밖으로 쫓아낸 다음, 들으라는 듯 빗장까지 걸었다. 그러고는 사내의 감촉이 남은 손을 훌훌 털어냈다.

"아, 맞다!"

덕임은 무릎을 탁 치더니, 얼른 바닥에 엎드려 사내가 버리고 간 동전을 찾았다. 그 정도면 오라비들이 공부할 책 한 권 정도는 구할 만한 재물이다. 돌려줬는데 받지 않았으니 당연히 주운 사람이 임자다.

"그런데…… 설마 아니겠지?"

덕임은 쭈그려 앉은 채 중얼거렸다. 가슴 한구석에 진득하게 불안감이 자리 잡았다. 사내가 떠나고 없는 자리에 눈길이 갔다.

에이, 아니다. 덕임은 고개를 세차게 저었다. 저렇듯 소도둑 같은 사내가 그런 미려한 목소리의 주인일 수는 없다. 옛날 그 소년 동궁의 생김새와도 거리가 한참 멀다. 무엇보다 진짜 소문의 도깨비 동궁이었으면 즉시 불호령이 떨어졌을 터였다.

덕임은 그 뒤로 몇 시각쯤 더 별간을 지켰으나, 오시를 알리는 소리가 들려오기 무섭게 물욕에 맞서 양심을 지켜 피곤하다는 이유로 얼른 별간 문을 닫고 땡땡이를 쳤다.

오늘은 중궁이 알선한 필사 때문에 약속이 잡혀 있었다.

중궁은 훈규례를 위한 용건이 옛날옛적에 끝나고도 계속 덕임을 불렀다. 베껴 써 달라며 책을 내주었다. 간단한 언문규범 필사로 시작한 일이 점점 괴이하게 돌아가기 시작한 건 그때부터였다. 중궁이 《주자대전朱子大全》이니, 《대학연의보大學衍義補》와 같은 책을 내어주기 시작한 것이다.

성리학서는 여인이 다룰 책이 아니다. 단연코 사내의 책이다. 덕임이 이러한 책들을 읽는 것이 예삿일은 아닌 만큼, 중궁이 읽는 것 또한 분명 의례적인 일은 아니었다.

그래, 백번 양보해 성리학서를 읽는 것까지는 좋다. 어렵긴 어려워도 궁녀 팔자에 이럴 때 아니면 귀한 책들을 언제 구하랴. 하지만 중궁이 자신에게 책을 읽히려고 일부러 수작을 부리는 것 같다는 느낌이 언뜻 들면서부터는 불편함을 참을 수가 없었다.

참다못한 덕임이 중궁이 내어준 책을 도로 밀어내며 완곡히 거절했던 날, 중궁은 고개를 살짝 기울이며 웃었다.

"나는 네가 마음에 든다."

표정도 말씨도 다 상냥한데 어쩐지 위압감이 들었다. 중궁은 다시금 책을 덕임에게 내밀었다. 하릴없이 받아야만 했다.

동궁의 시강을 엿듣는 것도 그러한 까닭에서였다. 중궁이 내어주는 책의 수순을 따라잡기 위해선 도둑 글공부라도 해야 할 지경이었다. 있는 듯 없는 듯 가늘고 길게 살겠노라 결심했는데 무슨 고생이냐 툴툴대면서도 덕임은 맡은 일은 어떻게든 해냈다. 어렵고 피곤할 때마다 중궁의 총애를 사 나쁠 것은 없다며 스스로를 다독였다.

물론 위험한 일감의 대가는 톡톡했다. 중궁은 궐 안팎의 필사 일을 알선해 주는 은혜를 베풀었다. 정경부인들이 읽을 언문소설 필사나,

보통 상궁들이 맡는 생각시 훈육서 필사 등을 하고 나면 들어오는 재물이 아주 짭짤했다.

어쨌든 오늘의 약속은 오시하고도 이각二刻이었으므로 시간이 촉박했다.

덕임은 후원까지 한달음에 달려갔다. 이른 아침 석음각惜陰閣 구석의 연못에서 잔뜩 주운 개구리알이 주머니 속에서 굴러다녔다. 개구리알은 어떤 장난을 칠 때든 늘 쓸모가 있으므로 많을수록 좋다.

생과방에 들러 얻은 보따리를 품에 안고 시원한 그늘만 골라 뛰었다. 곧 좁다란 물길이 졸졸 흐르는 개천가에 이르렀다. 물바람에 붉은 댕기가 휘날리는 걸 보자 장난기를 이기지 못했다. 덕임은 꼬리 쫓는 강아지처럼 빙글빙글 돌았다.

"덕임이, 너!"

그러나 울창한 나무 사이로 정자 기둥에 기대어 눈을 치뜬 또 다른 궁녀를 발견한 순간, 그녀의 웃음은 씻은 듯이 사라졌다.

"미친 짓 그만하고 빨리 와! 나 혼자 얼마나 분주했는지 알아!"

정자 위의 궁녀는 빽 소리를 질렀다.

"두 분 자가(慈駕, 공주와 옹주 및 정일품 빈을 부르는 호칭)께서 오시기 전에 준비를 마쳐야 한단 말이야!"

"미안해, 경희야. 생과방 애들이 뻣뻣하게 굴어 구슬리느라 한참이 걸렸네."

덕임은 안고 온 보따리를 경희에게 쑥 내밀며 죄지은 표정을 지었다.

"우리가 군주(郡主, 왕세자의 적녀를 이르는 정2품의 품계)들을 모시는 줄 알면서도 다과를 내어주지 않으려 했단 말이야?"

"그 핑계로 야참을 자주 빼갔더니 날 안 믿는 것 같아."

"잘한다, 아주."

경희는 덕임을 밀치며 정자 한가운데에 작은 소반 여섯 개를 깔았다. 상전 두 분께서 앉을 자리에는 특별히 모란당초문을 수놓은 비단 방석까지 놓았다. 경희가 일찍 와서 쓸고 닦았는지, 마루는 먼지 한 점 없이 깨끗했다. 덕임은 경희 눈치를 슬슬 보며 보따리를 열었다. 타래과니 다식이며 곶감, 잣 따위를 사기그릇에 담았다.

"궂은일은 만날 내가 다 하지! 복연이가 늦는 건 그렇다 쳐. 세답방은 요즘 난리도 아니니까. 근데 영희 고 계집애는 도대체 뭐야? 지가 다 할 것처럼 굴더니만."

"아침 일이 많은가 보지."

"걔는 오늘 휴번休番이거든!"

경희는 바락 성을 내다가 헝겊으로 싸맨 손가락의 상처를 잘못 건드렸는지, 아파서 깡충깡충 뛰었다.

"쉬어야 할 사람은 나라고! 간밤에도 눈알 빠지게 바느질을 했단 말이야. 바늘에 찔린 데가 아물기도 전에 찔리고, 또 찔리고. 지겨워 죽겠어, 정말!"

경희는 빈궁전 소속으로 옷이며 이불 따위를 짓는 침방針房 궁녀다. 계례를 치르려면 오목누비와 납작누비까지는 너끈히 뜰 줄 알아야 한다는 둥 요즘 들어 야단이다.

"나라도 와서 다행이지?"

경희 짜증이야 하루 이틀 일도 아니다. 덕임이 능청스레 옆구리를 찌르자 그녀는 샐쭉하니 입술만 내밀었다.

강파르기 짝이 없는 말씨와 달리, 경희는 어릴 때 미모 그대로 자색이 무척 고운 처녀로 자랐다. 달걀처럼 갸름한 얼굴에 짙게 쌍꺼풀 진 두 눈. 마늘쪽처럼 반듯하니 오똑 솟은 코와 잘 여문 앵두를 머금은 듯 조그마한 입술. 늘씬하게 쭉 뻗은 팔다리까지. 궁녀로 썩히기에는 아깝다. 물론 성격도 어릴 때 그대로였으므로 궁녀들 사이에서 인기는 여전히 지지리도 없었다.

"내가 어쩌다 너희들처럼 태평한 애들이랑 엮였는지 몰라."

경희가 골백번도 더한 푸념을 또 늘어놓았다.

"참, 너희 오라버니는 어떻게 됐니? 어제 별시別試를 치른다 하지 않았니? 그거 때문에 관상감 내시한테 점괘까지 봤다며?"

한참 전에 지나가듯 말한 것을 어찌 기억했는지 경희가 물었다.

"쳇, 찰떡같이 붙는다고 장담하기에 기대했는데 급제는 무슨! 시험 도중에 낙마해서 즉시 낙방이더라. 다리 부러진 약값만 나가게 생겼지 뭐야."

저번 식년시式年試에서 낙방한 오라비는 이번에도 헛물을 켰다. 오라비의 다리몽둥이를 직접 부러뜨리지 못한 것이 천추의 한이다.

"환관이 치는 점은 노상 틀린다는 걸 모르는 궁인이 없는데 매번 보러 가는 나도 참 딱하지."

점괘 보느라 날린 삯만 아까웠다.

"허헉, 내가 많이 늦었냐?"

그때 불쑥 복연이 허헉 가쁜 숨을 몰아쉬며 숲길에서 튀어나왔다. 놀라서 펄쩍 뛰었다. 그도 그럴 것이, 복연은 어지간한 장정 못지않은 덩치에 다부진 어깨를 지녔으므로 얼핏 보아서는 숲에서 곰이 나와 달려든다고 착각할 법도 했다.

"어, 미안……."

복연은 볼썽사납게 자빠진 경희를 솥뚜껑만 한 손으로 일으켜 세웠다. 치마에 묻은 흙까지 탁탁 털어줬다. 경희의 벌건 얼굴을 보고 복연은 얼른 변명을 늘어놓았다.

"일이 많아서 늦었어! 철갈이가 급하다고 옷이며 이불을 날이면 날마다 삶고 있거든. 다듬이질할 것도 잔뜩 쌓였고."

그러면서 슬금슬금 경희를 피했다.

"조심해. 잘못 쳐서 상이 엎어지면 마루를 다시 쓸어야 한단 말이야."

복연이 어정쩡한 걸음으로 다 차려놓은 소반 쪽으로 가자 경희가 한소리 했다.

"넌 꼭 나한테만 그러더라. 내가 앉는 것도 제대로 못 하는 줄 아냐?"

복연도 지지 않고 받아쳤다.

그러나 말이 떨어지기 무섭게 복연은 팔꿈치로 소반을 세게 쳐 버렸다. 찻잔은 다행히 비어 있었고 깨지지도 않았지만, 낮은 울타리를 훌쩍 넘어 수풀 사이로 날아가 버렸다.

"뭐, 다시 쓸진 않아도 되겠네."

덕임이 눈으로 사라진 찻잔의 궤적을 좇으며 단조롭게 말했다.

노상 투덕거리는 경희와 복연의 사이는 어느새 궁중의 명물이 되었다. 소속된 부서도 생판 다르면서 어찌나 자주 부딪치는지, 소란만 났다 하면 복연이랑 경희가 또 싸우느냐며 다들 구경할 생각부터 했다.

복연은 눈치가 없고 몸가짐이 서툴러 실수를 자주했고 경희는 그런 복연에게 늘 핀잔을 주었기 때문에 말다툼이 끊이질 않았다. 대단한 앙숙이라며 다들 혀를 찬다지만 사실 미심쩍은 구석이 있다. 적어도 경희는 다른 궁녀들처럼 복연을 함부로 대하지 않았다. 경희가 인기 없는 이유 중 하나는 다른 궁인들이 복연을 두고 곰이라든지 백정이라든지, 모욕적인 별명을 지어 낄낄 놀릴 때마다 못생긴 것들이 누굴 깔보느냐며 타박을 했기 때문이기도 했다.

그래 봤자 복연에 대한 경희의 배려란 그 정도에 불과했다. 경희는 그 밖의 모든 부분에서 트집을 잡았다. 꼭 복연이 존재하는 걸 용납할 수 없어 하는 사람처럼 보였다. 다른 사람들이 놀릴 때는 허허 웃기만 하는 복연이 유독 경희하고는 자주 말다툼을 벌이는 것도 당연지사다.

"경희랑 복연이, 또 싸워?"

동궁 세수간에서 헐레벌떡 달려온 영희가 끼어들었다.

"뭔가 날아가는 걸 본 것 같은데."

"아무것도 아니야."

복연은 시치미를 뚝 뗐다.

"왜 이제 와?"

경희는 영희 쪽으로 화살을 돌렸다.

"말도 마. 날벼락 맞았다니까. 새벽에 누가 고약한 장난을 쳤어. 세손저하께서 아시고 한 말씀 하셨나 봐. 큰방상궁께서 휴번인 아이들까지 싹 다 모아놓고 어찌나 심하게 꾸중을 하시던지! 이제야 간신히 빠져나왔어."

덕임은 뜨끔했다. 장난을 친 사람이 바로 자신이기 때문이다. 꼭두새벽에 장난기가 발동해 수라간의 작은 솥과 세수간의 요강을 바꿔놓았다.

"범인은 잡았어?"

"아니. 결국 못 잡아서 다 같이 애꿎게 벌만 받았어."

덕임이 얼른 말을 돌렸다.

"아무튼 이제 우리는 다 모였네. 두 분 자가만 오시면 되는데……. 언제 오실까?"

"또 한참 늦으시겠지. 늘 제때에 나타나질 않으시잖아. 다 같이 모인 적이 따지고 보면 몇 번 되지도 않는데 말이야."

"말버릇이 그게 뭐니!"

경희의 불평에 영희가 숨을 헉 들이쉬었다.

"사실이잖아."

과연 시간이 지날수록 경희의 말이 정녕 사실임이 입증되었다. 가없는 기다림이 지겨워 몸을 배배 꼬던 덕임이 제안했다.

"낮것(점심) 때도 지났는데 배 안 고파? 이거라도 먹고 있을까?"

보따리에는 소반에 차리고 남은 다과가 제법 있었다. 네 명의 궁녀들은 망설임 없이 손을 뻗었다. 복연이 우물거리며 말했다.

"생과방이랑 소주방 애들은 좋겠다. 일하면서 이런 거 만날 먹을 거 아니냐?"

"밖 소주방에서 제사 음식 만드는 애는 기름 냄새를 하도 맡아서 전유화(煎油花, 전)라면 얘기만 꺼내도 토하더라."

"말도 안 돼!"

복연은 자기라면 절대로, 죽을 때까지 질리지 않을 거라는 표정이었다.

"난 덕임이처럼 지밀에서 일하는 애들이 제일 부러워. 높으신 분들 수발을 들면 콩고물도 많이 떨어진다던데."

영희가 말했다.

"동궁마마의 지밀궁녀인 한, 떨어질 거라곤 내 목밖에 없어."

동궁을 둘러싼 온갖 괴소문을 암시하며 덕임이 음산하게 대꾸했다.

"넌 별간 밖으론 나가본 적도 없잖아."

경희가 얄밉게 지적했다.

"그래도 지밀에서 일하면 상궁도 더 빨리 된다며. 힘든 일도 없고."

영희는 계속 꿈을 꿨다. 덕임과 경희 말은 한 귀로 흘린 모양이다.

"난 앞으로도 지금까지처럼 저하 눈에 안 띄면 좋겠어."

덕임이 말했다. 비단 도깨비 소문 때문만이 아니고 다른 이유도 있었다. 도무지 누구에게도 말할 엄두가 안 나는 달밤의 추억이랄까. 덕임은 멋쩍게 뒷덜미를 문지르다가 농담으로 얼버무렸다.

"하긴, 경희가 날 마마님이라고 부른다면야 감수할 만한 희생이지."

복연과 영희는 웃었지만 경희는 뾰로통했다. 상전 험담은 위험한 만큼 재미있기 때문에 영희도 얼른 불평을 늘어놓았다.

"정말이지, 동궁마마에 대해선 무시무시한 이야기를 많이 들어서 겁나. 성미는 또 어찌나 까다로우신지 맞추다 보면 아주 죽을 맛이구."

"너도 저하랑 마주친 적 없잖아."

경희의 날카로운 지적에 영희는 풀이 죽었다.

"말이 그렇다는 거지……."

"넌 꼭 사람 무안하게 그러더라."

동병상련이라도 느꼈는지 복연이 용감하게 경희를 타박했다.

"난 사실을 말할 뿐이야. 넌 뭘 씹으면서 말하지나 마. 구역질 나."

다과를 입안에 잔뜩 쑤셔 넣고 우물거리던 복연은 귀까지 새빨갛게 붉혔다. 한데 복연이 받아칠 말을 미처 생각하기도 전에 갑자기 영희가 비명을 질렀다.

"잠깐만! 이, 이거, 덕임이가 가져온 거잖아!"

얼굴까지 창백하게 질렸다.

"먹어도 되는 거 맞아?"

"당연하지. 생과방에서 가져온 거라니까."

"또 고약한 장난친 거 아니지?"

이제는 경희와 복연까지 의심에 찬 눈초리였다.

"늦으면 경희한테 욕먹을까 걱정하느라 그럴 경황도 없었어."

세 친구들이 안도의 한숨을 쉬려는데 덕임이 한마디 덧붙였다.

"타래과만 빼고. 거기에는 생쥐 똥을 넣었거든."

복연이 헛구역질을 했다.

"농담이야, 농담."

까르르 웃으며 덕임은 복연의 어깨를 툭툭 두들겼다.

"하여간 진짜 못됐다니까."

경희가 눈을 흘겼다.

"서 상궁 마마님은 다른 상궁들 입에서 네 이름만 나와도 벌벌 떠시는 거 아니? 네 장난질을 대신 수습하고 다니신 게 한두 번이라야지."

"내가 뭘 어쨌다고."

덕임의 뻔뻔함을 보자니 다들 기가 막힌 듯했다.

"네가 내 속치마 어깨끈을 잘라놓곤 안 그런 척 대충 붙여놔서 내가 얼마나 곤욕을 치렀는지 잊었니?"

"궁녀들 빨래통에 안료를 섞어 죄다 파란색으로 바꿔놓은 적도 있잖아. 그걸 입으면 맨살에까지 파란 물이 들어 지워지질 않았지."

"지나가는 궁녀들 치맛자락을 들치려고 바닥에 기름칠을 해놓은 건 어떻고."

"네가 감찰부 벽에 쇠똥을 발라놓는 바람에 감찰궁녀들이 보복으로 검문을 벌인 적도 있지. 나도 애써 모은 화첩을 그때 다 털렸다구."

"오늘 아침에 장난친 것도 너 아니야?"

영희와 복연이 번갈아 가며 쏘아붙였다.

"그러고 보니 넌 그 많은 장난을 치면서 걸리진 않네."

"그게 바로 처세술이라는 거거든."

덕임이 의기양양 말했다. 잠자코 있던 경희가 불쑥 끼어들었다.

"오밤중에 대뜸 문을 열고 내 방에 황소 불알을 던진 적도 있어."

경희를 뺀 나머지 셋이 동시에 웃음을 터뜨렸다.

"맞아. 경희 얼굴을 정통으로 맞혔잖아."

"그걸 네가 어떻게 알아?"

무심코 내뱉은 복연의 말꼬리를 경희가 무섭게 잡았다.

"어, 아니, 지나가다 들었어……."

복연은 눈을 피하며 더듬거렸다.

"봤지? 그 일 때문에 나한테 얼마나 치욕적인 별명이 붙었는지 알기나 해?"

덕임은 발뺌하는 것도 잊은 채 낄낄 웃었다.

"의녀한테서 얻은 물건 중의 물건이었는데, 서 상궁 마마님이 낌새를 채시는 바람에 얼른 치워야만 했어. 써보지도 못하고 그냥 빼앗기면 아깝잖아."

"그래서 내 방에다가 던지셨어?"

"당연히……."

항상 네 반응이 제일 재밌노라고 이실직고했다간 목숨이 남아나지 않을 것 같아서 덕임은 얼른 말을 꾸몄다.

"아무 방에다 냅다 던진 거야. 마침 경희 방이어서 다행이었지."

"뭐가 다행이라는 거야!"

경희가 바락 성을 냈지만 덕임은 무시했다.

"그나저나 여기 참 좋다."

"아무렴, 임금님이 쉬어 가는 정자잖아. 궁녀들은 얼씬도 못 하는 곳인데. 두 분 자가 덕에 이런 곳에도 앉아보지 뭐야."

영희도 경희가 더 발끈하기 전에 얼른 거들었다.

"그토록 잘난 두 분께선 대체 언제 오시냐고?"

경희는 하늘에 뜬 해의 위치를 가늠해보곤 또 투덜거렸다.

"역시 마음에 안 들어. 난 덕임이를 돕겠다고 한 거지, 두 분을 도우려고 이 귀찮은 일에 끼어든 게 아니야."

"두 분도 열심히 하셨잖아."

"열심히는 무슨! 어렵고 번거로운 부분은 우리한테 맡겨놓고 이래라 저래라 훈계만 하셨으면서, 마치 두 분이 필사를 주도한 척 콧대를 세우시잖아."

영희는 지치지 않고 부드럽게 달랬다.

"상감마마께 올릴 책이라니까 어쩔 수 없지. 그래도 우리가 베낀 책이 어전에 올라가는 거잖아."

"그것도 그래. 재주는 우리가 부렸는데 상감마마께 생색내고 칭찬받는 건 결국 두 분 아니니?"

"임금님한테 예쁨 받아서, 뭐? 승은이라도 입으시게?"

덕임이 히죽거렸다.

"팔순이신 상감마마를 두고 무슨 망측한 소리를 해!"

기겁을 한 쪽은 오히려 영희였다. 다들 또 낄낄 웃었다. 경희마저 웃음을 애써 참는 양 뺨을 씰룩였다.

"승은을 입으면 일을 안 해도 된다던데."

복연이 단꿈을 꾸었다.

"그럼 뭐해. 상감마마께서 데리고 놀다 흥미를 잃으시면 끝이란 말이야. 입상궁(뒷배로 일찍 상궁이 된 궁녀)보다 못한 애물딘지 밥벌레로 살아야 한다고."

덕임이 단호하게 일갈했지만, 경희가 곧장 이어갔다.

"그러니까 승은을 입고 나서의 처신이 중요한 거지. 잘 하면 후궁 봉작까지 받는 거고, 아님 그냥 마는 거고."

골똘히 생각에 잠긴 얼굴이었다.

"지금이야 전하께서 연로하시어 궁녀가 승은을 입는 일도 있었다더라는 전설밖에 없지만, 나중에 동궁께서 즉위하시면 우리가 아는 애들 중에서도 후궁이 나올지 몰라."

덕임은 마음이 불편해져서 무릎을 들썩였지만, 아무것도 모르는 영희가 대화를 이어갔다.

"저하께선 궁녀라면 질색을 하시잖아."

"왕이 되면 달라지실걸. 열 여자 마다할 남자는 없어."

"그럼 그게 너일 수도 있겠네?"

속내를 감출 겸 덕임이 순진한 척 물었지만, 경희는 그녀가 자신을 놀리고 있다는 걸 알아차렸다.

"안될 건 또 뭐야?"

경희는 삐죽였다.

"만약 내가 승은을 입는다면 난 적어도 비참하게 끝내진 않을 거야. 우리 아버진 중인이지만 자헌대부資憲大夫까지 제수받으셨고, 나도 보통 여자와는 달라. 아무리 임금님이라도 날 얕잡아보진 못걸."

도도하게 쳐든 경희의 콧대가 하늘을 찔렀다.

"아, 물론이지. 난 여자인데도 널 멀리하지 못하는걸. 밤마다 널 얼싸안고 가는 꿈을 꾸는 게 꼭 너만 보면 없는 것도 설 것 같다, 야."

덕임이 몸을 부르르 떠는 척 경희에게 기울이자 한바탕 웃음이 터졌다.

"시끄러워."

물론 경희는 툴툴대며 덕임을 밀쳤다.

"무슨 재미난 이야기를 하느냐?"

발칙한 화제에 정신이 팔린 사이, 오매불망 기다리던 두 명의 군주가 시비를 거느리고 도착해 있었다. 궁녀들은 혼비백산하여 정자 아래로 뛰어내렸다.

"오래 기다렸느냐?"

"아니옵니다, 이궁자가. 소인들도 이제 막 도착한 참이었나이다."

덕임이 공손히 답했다.

각기 청연清衍과 청선清璿이라는 이름을 지닌 두 군주는 요절한 세자가 혜빈 홍씨와의 사이에서 낳은 여식들로, 어릴 때는 덕임이 업어 키웠다. 다만 둘 다 일찍이 신랑을 얻어 하가한 뒤로는 자주 보기가 어려워졌다.

둘 중에 장녀요, 흔히 일궁자가一宮慈駕라 불리는 청연은 통통한 몸매에 이목구비가 오밀조밀하니 귀여운 맛이 있었다. 반면 두 살 터울의 이궁자가二宮慈駕 청선은 언니와는 달리, 키가 크고 호리호리했으며 일자로 꾹 다문 입술 때문인지 무척 엄격해 보였다.

두 군주는 이번《곽장양문록郭張兩門錄》필사의 의뢰인이자 주도자였다. 장안에서 화제인 이 소설을 상감마마께 올리기 위해 필사를 하는데, 분량이 너무 많아 도움이 필요했더란다. 하여 중궁전과 상의하다가 글씨를 빠르게 잘 쓰는 덕임이 이야기가 나왔고, 덕임은 막상 일을 맡고 보니 사십만 자에 달하는 분량을 도맡아 베낄 수가 없을 것 같았다. 하여 친한 벗들에게 손을 뻗었다. 경희, 영희, 복연이 고맙게도 팔을 걷어붙이고 도와주었다.

"그래, 마무리했다면서? 어서 보여다오."

두 손을 마주 비비는 청연의 얼굴은 기대감으로 가득 차 있었다.

"잊지 않고 가져왔지?"

복연이 순간 불안한 목소리로 속삭였다. 경희는 그런 질문 자체를 모욕으로 받아들이는 양 눈을 이글거렸다.

경희가 보따리로 곱게 묶어 가져온 책 열두 권은 군주들의 차지가 되었다. 청연과 청선은 각자 한 권씩 잡고 책장을 빠르게 훑으며 넘겼다. 한 질 전체를 신중히 확인했다.

"아주 잘 되었다."

청선이 먼저 운을 뗐다. 청연도 흡족한 듯 고개를 끄덕였다.

"다들 곧잘 글씨를 쓰는구나."

"다, 당치 않은 말씀이시옵니다."

떨어지기 직전의 홍시처럼 영희는 얼굴을 붉혔다.

"상감마마의 성심에 찰지 모르겠나이다. 내용이 생각보다 밋밋해서요."

덕임이 불만스레 뺨을 부풀렸다.

《곽장양문록》은 당나라를 배경으로 곽씨와 장씨 가문의 사람들이 좌충우돌을 빚다가 제후가 되어 잘 먹고 잘산다는 내용의 소설인데, 피 터지게 싸우는 처첩이나 뒤늦게 조강지처를 그리워하는 사내 등 백만 년 전부터 유행한 공식을 진부할 만큼 고대로 가져다 쓴 게 흠이라면 흠이었다.

"아니다. 접때 전하께서 이 책의 전편前篇인 《몽옥기린전夢玉麒麟傳》을 아주 재미있게 읽으셨단다."

"잘 들여다보면 틀린 글자도 제법 되옵니다. 복연이가 영 서툴러서요."

경희가 또 얄미운 소릴 했다. 복연이 한 대 치지 않은 게 용했다.

그러나 애석하게도 사실이었다. 영희와 복연은 별반 도움이 되지 않았다. 본디 한자며 궁체를 혹독하게 익히는 건 궁녀 중에서도 신분이 높은 지밀, 침방, 수방의 나인들뿐이다. 세수간과 세답방 등 허드렛일을 하는 궁녀들은 언문을 간신히 떼는 수준만 배운다.

"어차피 가벼이 읽는 책이니 괜찮다. 주상전하께서 마음에 들어 하시면 또 부탁을 할지도 모르겠구나."

"망극하옵니다."

절대 안 될 말씀이라는 듯 코웃음과 한숨의 중간과도 같은 요상한 소리를 내는 경희의 팔뚝을 꼬집으며, 덕임이 공손히 대답했다.

"좋아. 아무튼 당장 올리면 되겠다. 그렇지 않느냐, 청선아?"

"예. 이 정도면 저희도 체면이 서겠지요."

"하온데 자가, 어째서 어전에 소설을 올리시는지요?"

복연이 타래과만 골라 한쪽으로 슬쩍 밀어내며 물었다. 청연은 물어봐 주어 내심 기쁜 눈치였다.

"전하께서 새로 그린 어진(御眞, 왕의 초상화)을 보여주신다 하셨거든."

"신성한 어진을 배알하면서 감히 빈손으로 갈 수는 없지 않느냐."

청선도 신이 나서 거들었다. 늙은 왕은 소설책을 좋아한다. 왕이 정사를 마친 밤이면, 침소에 누워 연애소설을 읽다 잠든다는 건 궐내의 공공연한 비밀이다.

"새로 그렸다기에는 어진도사(御眞圖寫, 임금의 초상화를 그림)를 치른 지 한참 지나지 않았사옵니까?"

궐 내 사정에 빠삭한 경희가 고개를 갸우뚱했다.

"……성상께서 워낙 바쁘시다 보니 우리 차례가 미뤄져서 그렇다."

한 풀 기가 꺾인 청선이 마지못해 대답했다. 임금이 어진을 보여주는 성은을 베풀 대상 중에서 손녀들의 순위가 썩 높지는 않았던 모양이다. 경희는 본의 아니게 군주들의 자존심을 건드린 꼴이 되었다. 아니다. 일부러 건드렸는지도 모르겠다. 대놓고 남의 아픈 구석을 찌르는 게 그녀의 특기니까.

"당상관조차 어진은 쉽게 배알할 수 없다던데, 정말 대단하시옵니다."

반면 복연은 아무 생각 없이 부러워했다. 그러자 청연은 함박 터져 나오는 웃음을 막지 못했다.

"넌 뭘 좀 아는구나! 덕임이가 처음 너희들을 데려왔을 때는 사실 반신반의했는데, 볼수록 참 괜찮은 아이들이야!"

"아니옵니다. 도리어 두 분을 모시며 많이 배웠나이다."

사실 두 군주가 이번 필사에 공헌한 바는 그리 크지 않았다. 청연은 무슨 일을 하든 간에 쉽게 지루해하는 버릇이 있어 서궤(書几, 책상) 앞에 오래 붙여두기가 어려웠다. 반면 청선은 성정은 차분하나 다른 근심거리에 정신이 팔린 때가 많았으므로 마찬가지로 집중하지 못했다. 그래도 궐에서 먹은 눈칫밥이 햇수로 십수 년이라, 덕임은 적절한 때에 적절한 말을 하는 법을 잘 알았다.

청연이 아이처럼 손뼉을 쳤다.

"그럼 청선아, 우리 어서 상감마마께 가자. 아주 기뻐하실 게다."

한데 청선은 머뭇거렸다.

"먼저 가시겠어요? 저는 잠시 중궁전에 들렀다 가겠습니다."

"중궁전? 왜? 혹 흥은부위興恩副尉가 또 무슨 말썽이라도……?"

청연은 호기심에 찬 궁녀들의 시선을 깨닫고 입을 다물었다. 체면이 상했음에도 청선은 품위 있는 태도로 옷매무새를 다듬었다.

"곧 따라갈게요."

청선이 조용히 떠나자, 손아래 누이의 위신을 깎은 게 미안했는지 청연도 아무 말 없이 일어섰다. 시비들에게 책이 든 보따리를 넘기고는 훌훌 떠났다.

덩그러니 남은 궁녀들은 까닭 모를 허탈함에 한동안 말이 없었다.

"난 솔직히 서명을 남길 자격이나 있는지 모르겠더라. 별로 한 일도 없는데."

한참 만에야 영희가 먼저 입을 열었다.

"나도. 내 글씨는 덕임이가 나중에 죄다 교정해야 했는걸."

복연은 좀 미안해하는 눈치였다.

"난 내 몫만큼 했어. 너희들이 고작 몇 글자 변변찮게 써놓고서 힘들다고 투정할 때마다 채찍질까지 해가면서 말이야."

빈말로라도 듣기 좋은 소리를 할 줄 모르는 경희가 으스댔다.

"바보 같은 소리. 너희들이 없었으면 여태 끝을 못 냈을 거야."

덕임은 겸손하게 공을 돌렸다.

"아무튼 저 긴 소설을 필사해 냈다니 믿어지지가 않아."

"기왕 하는 거 더 재미있는 책이었으면 좋았을 것. 난 사내와 여인 이야기만 나오는 게 좋아. 황제니 반란이니 곁가지가 나오면 머리만 아프고 지루해."

복연이 투정했다.

"그래도 간교한 첩이 인과응보로 죽을 때는 제법 통쾌했잖아."

《몽옥기린전》과 《곽장양문록》, 그리고 《차천기합》으로 이어지는 이 삼부작 연작물을 유독 좋아하는 영희가 변명했다.

"나도 이런 책은 질색이야. 꼭 어디서 들어본 것처럼 빤한 건 둘째 치더라도, 어쩜 소설 속 사내들은 하나같이 현명한 부인을 아끼지 못해 사달을 자초하는지 몰라."

덕임이 미간을 찡그리자 영희가 또 얼른 말을 반았다.

"그건 사내의 탓이 아니라 간교한 계집의 잘못이잖아. 사특한 음기로 대장부의 눈을 흐리고 희롱했으니 말이야."

"글쎄, 첩실 하나 똑바로 못 고르고 번번이 속아 넘어간다면 제대로 된 사내가 아니고 그냥 바보지."

"사내의 정욕을 이용하여 패악을 부리면 누군들 버텨내겠니?"

"여자 하나 다스리지 못할 역량이면 애초에 들이지도 말았어야지."

"사내가 첩을 두는 게 문제라는 거야?"

복연이 도통 이해가 가질 않는다는 듯 끼어들었다.

"뭐, 그런 건 아니야."

덕임은 퉁명스럽게 대꾸했다.

"난 단지 불행의 원흉을 여인의 악행으로 미루는 건 좀 아니라는 거야. 주어진 상황이 어쨌든 결국 선택을 한 건 사내고, 그 책임을 회피해선 안 되는 거잖아."

이런 종류의 소설은 변변치 못한 사내를 위한 변명으로 점철되어 있다는 점이 짜증난다. 스스로 잘못하고 실수를 반복했으면서 결국에는 남 탓만 하며 징징거리는 모습이 나올 때마다 확 쥐어박고 싶을 지경이다.

덕임은 소설을 좋아했다. 그러나 또한 읽으면 읽을수록 위화감도 느꼈다. 여인의 감정을 제대로 짚어내는 글일랑 하나도 없었던 것이다. 소설에서는 늘 참고 감내하는 현숙한 여인 아니면 투기하고 패악을 부리는 첩만 등장할 뿐, 그 중간이란 없었다. 이러한 통속소설은 주로 여인들이 읽는 것이라지만, 딱히 여인들을 위한 글은 아닌 것 같았다.

"핑계를 대고 숨는 건 선비답지 못해."

"너 또 이상한 소릴 하는구나."

영희는 눈을 동그랗게 떴다. 어차피 덕임도 적절히 설명할 자신이 없어 치마만 털며 일어섰다.

"어쨌든 난 조 상궁 마마님 서고에 좀 가봐야겠어. 새로 필사해서 세책점에 팔 만한 책을 좀 찾아보게."

"이제 막 끝냈는데 또 시작하겠다고?"

경희가 인상을 찌푸렸다.

"작작 좀 해. 자꾸 밤새우며 일하면 몸이 먼저 망가질걸."

"과거 뒷바라지라는 게 만만치가 않아서 말이야."

내년에 별시가 따로 열리지 않는 한, 또 다음 식년시까지 속절없이 기다려야 하는 오라비들을 떠올리며 덕임이 말했다. 새 책이며 족집게 과외 선생을 구하고, 급제 기원 고사까지 지내려면 진즉부터 목돈을 좀 쟁여놔야 할 성싶었다.

"어서, 경희야. 너 없이는 못 들어가잖아."

경희는 귀찮아 죽겠다는 얼굴이면서도 순순히 일어섰다. 영희와 복연은 떠나는 두 벗의 등에 대고 손을 흔들었다.

제조상궁 조씨는 궁궐 내는 물론이요 궐 밖 장안에까지 위세를 떨치는 궁녀였다. 그녀는 왕실의 은밀한 대소사를 관장하는 영예를 얻었을 뿐 아니라, 늙은 왕의 신임을 얻어 전각 하나를 처소로 쓰는 등 후궁에 준하는 대우를 받았다. 덕분에 난다 긴다 하는 정승들도 뒷돈을 찔러주지 못해 안달을 했다.

그토록 대단한 권세를 잡은 만큼 조 상궁의 서고는 규모가 꽤 컸다. 특히 언문책이 잔뜩 쌓여있기에 지체 높은 후궁들도 곧잘 책을 빌려가곤 했고, 궁녀들은 숨어들 기회라도 잡아보려고 호시탐탐 눈을 빛냈다. 덕임도 일찍부터 조 상궁의 서고에 숨어들었다가 줄행랑치기를 반복해왔는데, 경희와 친구가 된 후부터는 그럴 필요가 없었다. 조 상궁이 경희의 집안과 친분이 있어 언제든 책을 빌려 가도 좋다고 허락했던 것이다.

"이건 어때? 요즘 불티나게 나간대. 세책점마다 물량이 없다고 난리더라."

경희가 구석에서 찾아낸 《정수정전鄭秀貞傳》을 보였다.

"싫어. 그건 《홍계월전》의 아류작이잖아. 내용이 판박이라고."

"놀고 있네! 남장여자가 다 거기서 거기지! 별이만 좋으면 그만이다, 애."

코앞에 책을 흔들며 경희가 타박했다. 그러나 《홍계월전》은 어려서부터 가장 좋아하는 책이기에 덕임은 고집을 꺾지 않았다. 대신 그녀는 다른 데 관심을 빼앗겼다.

"야아, 이거 봐! 《옥소선玉簫仙》이잖아."

《소설인규옥소선(掃雪因窺玉簫仙, 눈을 쓸며 옥소선을 엿보다)》! 그것은 기생과 양반가 도령이 사랑하여 해로하게 된다는 낭만적인 소설이다. 밤낮으로 글만 읽던 샌님이 오직 그리움 하나로 눈밭을 헤치며 달려가는 대목에선 눈물을 쏟지 않을 수 없을 만큼 격정적인 사랑의 글이기도 했다.

"난 그 책 싫더라. 기생이랑 선비가 맺어지는 게 가당키나 해?"

경희가 비꼬듯 화대 세는 시늉을 해 보였다.

"넌 감성이 메말라서 그래."

덕임이 퉁명스럽게 쏘아붙였다.

열댓 살 무렵까지는 이 책을 읽겠다는 일념 하나로 밤새도록 한문을 달달 외웠다 해도 과언이 아니었다. 유감스럽게도 《옥소선》은 언문 책이 아니었고, 저자가 양반인 만큼 이야기를 풀어가는 글자 한 자 한 자가 너무 어려워서 끝까지 읽는 데 꽤 애를 먹었다.

"이걸로 할까 봐."

재주만 된다면 《옥소선》을 읽어보고 싶다고 한탄하던 복연이 떠올랐다. 필사하면서 겸사겸사 다시 읽는 것도 괜찮을 것 같다.

"흐응, 뭐 나쁘지 않네. 유명한 책인데도 언문 필사본이 많지 않으니 잘만 쓰면 한 몫 단단히 챙길걸."

경희가 문득 입술을 오므렸다.

"근데 삯은 제대로 받니? 정확히 도성 어느 세책점이랑 거래를 하는 거야?"

"본가에서 가까운 곳. 어릴 때 어머니 따라 자주 가던 데야."

"암만 사이가 가깝더라도 등쳐먹는 게 장사치들 심보야."

저도 장사치 집안이면서 아주 야박하다.

"삯은 야무지게 따져 받으니까 염려 마셔."

"맹하게 굴다 코 베이지나 마. 궁녀들은 물정을 잘 몰라 속이기 쉽다고 수작 부리는 놈들이 많대. 특히 너처럼 서신으로만 거래하는 궁녀들이 표적이라고."

"날 걱정하는 너의 뜨거운 마음이 감동적이다, 야."

덕임이 느물느물 웃자 경희는 얼굴을 붉히며 욕을 했다.

"어쨌든 그만 가자. 너무 지체하면 뭘 훔치려는 줄 알 거야."

군데군데 서서 눈을 부라리는 궁녀들을 흘끗 보며 덕임이 속삭였다. 접때 책을 훔치려다 덜미가 잡힌 아이는 죽도록 곤장을 맞고 쫓겨났다. 경희도 두말없이 찬성했다. 떠나는 길이 아쉬워 덕임은 서간에 가득 꽂힌 책등을 손으로 쭉 쓸어보았다.

"근데 아무리 제조상궁이라도 궁녀가 대놓고 재물을 모으는 건 위험하지 않아? 조정 대신들은 상소도 안 쓰나?"

"상감마마 총애가 든든한데 뭐가 무섭겠니?"

경희는 잘난 체하고 싶어 죽겠다는 표정을 지었다.

그렇지만 험상궂게 생긴 궁녀들이 다가와 몸수색을 하는 바람에 잠깐 입을 다물었다. 경희가 《옥소선》 한 권 빌려 간다며 이름 석 자를 적는 중에도 궁녀들은 위압적인 손길로 여기저기 한참을 더듬었다.

"조 상궁 마마님 말이야, 젊은 시절에는 승은도 입을 뻔했대."

마침내 밖으로 나오자 경희는 좀이 쑤신 듯 속닥였다.

"뭐? 왜 안 됐대?"

"얼굴이 못났으니 안 된 거지."

덕임이 혀를 내둘렀다.

"너 진짜 못됐구나."

"근거가 있는 말이야!"

경희가 성난 매처럼 눈썹을 찡그렸다.

"두 분 사이가 한창 무르익었을 때 상감마마께서 갑자기 다른 나인에게 마음을 빼앗기셨대. 조 상궁 따윈 상대도 안 될 만큼 절색이었다더라."

"누군데?"

"의열궁義烈宮 자가라고, 우리 입궁한 지 얼마 안 되었을 때 졸하신 분."

익숙하면서도 감히 익숙해선 안 될 존재가 언급되자 덕임은 말문이 막혔다.

"궁녀가 승은을 입고 왕세자까지 낳다니, 정말 전설 같은 이야기지."

경희가 탄식했다.

"그게 그렇게까지 대단한 걸까?"

"뭐가?"

"승은을 입는 거 말이야."

덕임은 골똘히 생각에 잠겼다.

"죽을 때까지 임금님 총애에만 기대야 하잖아. 말이야 좋지만 결국에는 자기 인생을 남의 손에 쥐여 주는 빛깔 좋은 개살구에 지나지 않는걸."

달밤의 갈림길에서 마주했던 동궁의 얼굴은 희미해졌다. 그러나 그때 품은 의문만은 덕임의 가슴 속에 선연히 남았다. 심지어 지금은 훨씬 명료하게 제 생각을 응시할 수도 있었다.

"임금님은 날 좋아해도, 난 임금님을 별로 좋아하지 않을 수도 있는데……."

그리고 명료해진 그 생각은 보다 무엄한 의문으로 번지기도 했다.

"너 미쳤니?"

경희가 팔뚝을 찰싹 때렸다.

"궁녀는 궐문을 넘는 순간부터 무조건 상감마마를 사모해야 하는 거야."

덕임은 꽁하니 입을 다물었다.

"아무튼 상감마마께선 의열궁께 푹 빠졌고 조 상궁은 닭 쫓던 개가 되었어. 대신 조 상궁이 제조상궁이나마 되도록 전폭 지원해 주셨대."

어지간한 인맥과 재물을 갖추지 않고서야 제조상궁 자리에는 도전장도 낼 수 없다고들 한다. 못해도 경희만큼의 배경은 갖추어야 간신히 비벼본다나 뭐라나.

"아, 그러고 보니 너도 제조상궁 한번 해보려고?"

역관으로서 외국을 곧잘 드나드는 경희의 부친은 진귀한 보화도 잘 모으고 인맥도 많이 쌓았다. 덕분에 사사로이 따로 꾸린 상단을 국경지대 너머까지 크게 확장했다. 특히 요즘에는 비단이며 도자기 무역을 독점하다시피 하여 조정 여기저기에 줄도 대고 권세를 누린다는 모양이다. 경희도 사가에서 지냈으면 양반 못지않게 떵떵거리며 살았을 터였다.

"요즘 들어 우리 아버지도 그걸 바라셔."

경희가 입술을 깨물었다.

"뭐, 내가 입궁하던 시절에는 우리 집도 썩 잘사는 편이 아니었어. 내가 떠나고 나서부터 재물복이 터졌다더라고. 어쩌겠니. 돌이킬 수도 없는데."

덕임은 경희의 상심이 내심 크다는 걸 느꼈다. 경희는 분명 가족들을 위해 희생했지만 그녀의 희생은 너무도 빠르고 쉽게 무가치해진 것이다. 예쁘고 잘난 그녀의 발끝에도 못 미치던 손아래 누이들은 좋은 혼처를 잡아 아이도 낳고 호사스럽게 살면서, 평생 여자구실 못하고 죽을 거라는 둥 경희를 도리어 동정한단다.

"홍, 걔네들이 차지했다는 지아비들은 부럽지도 않은데 말이야. 행여 빼앗길세라 열심히 지키는 꼴이 우습더라. 그딴 물통이 같은 것들은 수레로 잔뜩 쌓아줘도 안 가져."

경희는 덕임의 연민을 달가워하지 않았다.

"난 내가 알아서 더 근사한 걸 손에 넣을 거야."

하여 덕임도 가볍게 농담이나마 던졌다.

"내가 황소의 그걸 던져준 덕분에 재물복이 터진 거야."

"됐거든! 그런 거 다시는 던지지 마."

경희는 학을 뗐다.

"넌 어때? 오라버니들 뒤치다꺼리 지겹지도 않니?"

"나야 뭐, 그러려고 궁녀가 되었는걸."

"참 속도 좋다."

경희는 또 미간을 찡그렸다.

"이번 필사 말이야. 나는 그렇다 쳐도 영희랑 복연이는 왜 끌어들인 거야? 방해만 됐잖아. 걔들 교정해 주는 만큼 넌 더 일해야 했고."

날은 섰지만 나름대로 걱정해서 하는 말이었다.

"거기다 삯을 받으면 네 몫에서 떼어줘야 하잖아. 왜 없는 살림에 뼈 빠지게 일해서 남 좋은 일만 시키니?"

한창 바쁜 시간대라서 그런지, 주변에는 노닥거리는 궁녀가 아무도 없었다. 덕임과 경희는 서로 마주 보며 길 한가운데 멈추어 섰다. 땡볕 아래라 경희의 하얀 얼굴은 한층 더 요요하게 빛났다.

"네가 마음 약하고 맹하게 구니까 내가 자꾸 잔소리를 하는 거야."

"그런 게 아니야."

덕임이 신발 앞 코로 흙을 찼다. 털어놓기가 껄끄러웠다.

"네 말이 맞아. 걔들 별로 도움 안 되지."

말꼬리를 잡으려는 경희를 얼른 막았다.

"그렇지만 나 혼자 기를 쓰고 이익을 내봤자 무슨 소용이니? 천금을 모은들 나는 여기서 갇혀 살다 죽을 텐데."

덕임이 씁쓸하게 말했다.

"궁녀로 살면 선택할 수 있는 게 많지 않잖아."

멀리서 금루관(禁漏官, 시간을 알리는 관리)이 시간을 알리는 소리가 들려왔다. 신시申時였다.

"영희와 복연이를 끼워주는 건, 적어도 내 의지로 선택할 수 있는 일이었어."

경희는 입술만 삐죽였다.

"어머, 너희들 또 보는구나!"

두 궁녀의 침묵을 깨며 뒤에서 누군가 아는 체를 해왔다. 아까 헤어진 청연이었다.

"아, 일궁자가! 벌써 퇴궐하시옵니까?"

"그래. 전하께서 많이 분주하시더라. 참! 마침 잘됐다. 사례를 챙겨준다는 걸 깜빡했지 무어냐."

청연의 뒤를 따르던 시비가 앞으로 나와 작은 함을 내밀었다. 뚜껑을 딸깍 열자 엽전이며 패물이 가득했다.

"시전의 서사에서는 얼마나 쳐 주는지 몰라 대강 넣었는데, 충분하겠느냐?"

"너무 과합니다. 거두어주소서."

깜짝 놀란 덕임이 도로 내밀었다. 불평을 입에 달고 사는 경희마저 아무 소리 없는 걸로 보아 과하게 받긴 한 모양이다.

"아니다. 전하께서 아주 기뻐하셨어. 오늘 밤 당장 읽어야겠다며 꼭 아이처럼 좋아하시더라."

"하오나……."

"사양 말고 받아라. 덕임이 너의 빠듯한 사정은 내가 빤히 아는데. 다음 필사에 대한 선금이라고 생각하렴."

청연의 선심 쓰는 미소에 덕임은 그저 망극하다는 대답밖에 할 수 없었다.

아무튼 더 이상 용건은 없었으므로 그만 갈 줄 알았는데, 청연은 어쩐지 흥미로운 눈빛으로 덕임과 경희를 샅샅이 뜯어보았다.

"시위侍衛하는 사람이 없어 가는 길이 심심하구나. 내 배웅을 좀 해 주겠느냐?"

청연의 손끝이 덕임을 가리켰다.

"넌 가도 좋다."

반면 경희를 향해서는 사뭇 쌀쌀맞게 명했다.

경희는 어여쁜 생김새 때문에 미혹한 무리로부터 질시의 대상이 되는 데에 익숙했지만, 이번에는 경우가 달랐다. 으레 종친과 양반들은 경희네처럼 곳간 두둑이 재물을 쌓은 중인을 썩 좋아하지 않는다. 모종의 위협이라고 여기는 모양이다. 필요에 따라 손이야 잡을지언정 평소에는 낮은 신분을 멸시하며 선을 긋고 배척하기 일쑤다.

그래 봤자 핏줄 하나 빼고는 왕의 손녀에게 기죽을 구석이 하나 없는 경희는 눈도 깜짝 안 했다. 오히려 도도하게 콧대를 세우곤 총총 떠났다.

흥화문興化門까지 가는 동안 청연은 말이 많았다. 대개는 가벼운 수다였다.

"어려서는 네 장난 덕분에 많이 웃었지."

청연은 콧노래를 흥얼거렸다.

"오늘도 특별한 계획이 있느냐?"

"몸이 지쳐 딱히 궁리할 기운이 나질 않사옵니다."

덕임은 적당히 대꾸했다.

"난 궐에서 살 때가 좋았단다. 궁녀들이랑 어울려 놀고, 환관들에게 장난을 걸고. 그냥 근심 걱정 없이 지내면 그만이었는데."

"지금은 근심이 있으시옵니까?"

청연이 어깨를 으쓱했다.

"그럼, 어찌 아니겠느냐. 물론 가엾은 청선이 만큼은 아니지만."

보아하니 청선에 대해 이야기하고 싶어 입이 근질거리는 모양이었다.

청선익 지아비인 흥은부위가 궐 안팎으로 사고를 자주 치고 다닌다는 소문은 진즉부터 파다했다. 호기심이 동했으되 질문을 막 던지기에는 상대가 영 좋지 않았다. 오랜 인연이 있다 한들 덕임은 지켜야 할 본분을 잘 알았다.

"네 고민을 말해주면 나도 내 고민이 뭔지 알려주마."

갑자기 청연이 이상한 제안을 해왔다.

"소인의 근심은 한결같사옵니다."

장단을 맞춰야 할 것 같아 아무 말이나 했다.

"생과방으로 숨어들 개구멍을 석삼년째 찾고 있는데, 아직도 못 찾았다는 것이지요. 방비가 워낙 철통같아서요."

"정말 재미없게 그럴 테냐?"

"평생 궐에서만 산 소인이 달리 무슨 근심이 있겠사옵니까?"

"사내를 만나고 싶진 않니?"

공모라도 하는 양 청연이 목소리를 낮췄다.

"혹시 눈여겨본 사내가 있느냐? 내 절대 발설하지 않으마."

무슨 근거로 그 약조를 믿으라는 건지 덕임은 헛웃음만 나왔다. 끝까지 얼버무리며 대답을 피하자 청연은 곧 신세 한탄을 시작했다.

"어쩌면 궁녀 팔자가 좋은 건지도 몰라. 혼인 같은 거 해봤자 결국엔 남는 것도 없거든. 애는 밤낮으로 울지, 서방님은 미련곰탱이처럼 굴지, 시부모님은 엄격하시지……. 그냥 어릴 때로 돌아가고만 싶다."

"그게 자가의 근심이시옵니까?"

"그래. 애 낳고부터는 사는 게 영 재미가 없단다."

청연이 부르르 떨었다.

"어디 멀리 좀 훌쩍 떠나고 싶어. 혼자서 산바람도 쐬고, 바닷바람도 쐬고……. 생각을 좀 정리하고 나면 다시 처녀 때처럼 행복해질는지도 몰라."

참 이상한 일이었다. 청연의 지아비인 광은부위光恩副尉로 말할 것 같으면, 조선 팔도에 그보다 더 완벽한 신랑감은 없으리라는 평가가 주를 이뤘다. 제대로 된 벼슬을 할 수 없는 부마이거늘 글 읽기를 소홀히 하지 않으며, 아랫도리 사정도 아주 청렴하단다. 국법상 첩을 들일 수 없다 해도 남몰래 놀아나기 일쑤인 다른 부마들과 달리 신실한 셈이었다. 하지만 그 정도론 청연의 마음을 사로잡을 수 없나 보다.

어쩌면 그녀가 전과 많이 달라졌다는 소문도 그 까닭인지 모르겠다. 본디 지나치게 명랑하기는 해도 청연에게는 나름 진중한 구석도 있었다. 한데 첫 아이를 낳은 뒤로 많이 변했다고들 했다. 특히 집 밖으로 자주 나돈다는데 왕실과 시댁에서 쉬쉬하는 덕에 아직까진 문제가 되지 않은 모양이다.

"혼자서 떠나는 건 힘드시겠사옵니다만, 둘이서 오붓하게 다녀오자고 광은부위께 한번 청해보시지요?"

"흥, 선비가 어찌 사치를 누리느냐며 펄쩍 뛰시더라."

광은부위가 올곧은 사내인 건 맞지만 여인에 대해선 쥐뿔도 모르는 게 분명하다.

"나도 책에서 나오는 그런 사랑을 하고 싶어. 우리 낭군님이 《월하선전月下僊傳》에 나오는 직경의 반만 닮았다면 얼마나 좋을까?"

《월하선전》도 한 시절을 풍미한 책이다. 함흥감사의 아들인 직경이 아름다운 기녀 월하선에게 반해 끙끙대다가 집안의 뜻으로 혼인한 최 낭자를 비롯한 모든 걸 버리고 몰래 도망 나와 살다가, 과거에 장원급제한 덕에 임금의 특별한 성은으로 최 낭자와 월하선 둘 다 양팔에 끼고 해로하게 된다는 이야기다. 직경이 월하선에 대한 그리움을 이기지 못하고 함흥으로 달려가는 장면이 백미로 꼽힌다. 다만 덕임은 책장을 덮자마자 불쌍한 최 낭자는 무슨 죄냐고 욕이 설로 나왔다.

"정말 책 읽는 재미로 산단다."

청연이 한숨을 푹 쉬었다.

"빌려 읽는 것보단 너에게 따로 시켜 읽는 것도 나쁘지 않겠어. 세책점 책은 중요한 부분을 누가 찢어가 버리는 바람에 속 터질 때가 많거든. 앞으로도 도와줄 테지?"

삯을 많이 받는 거야 좋지만 괜히 얽혔다가 말썽에라도 휘말리면 어쩌나 싶었다.

"어머, 잠깐만. 저기 좀 봐."

덕임이 어물거리는 찰나 청연은 다른 쪽에 관심을 빼앗겼다. 걸음을 멈추더니 앞에 보이는 커다란 형체를 가리켰다.

"오라버니! 청연이에요! 세손저하!"

청연은 반갑게 손을 흔들며 목청을 높였다.

동궁은 곤룡포에 익선관을 반듯하게 갖추고 있었다. 오는 방향으로 보건대 빈청賓廳에서 오는 길인 듯했다.

청연이 몹시 반색하며 그에게 달려가니 덕임도 따를 수밖에 없었다.

멀쩡히 길을 걷다가 웬 달구지에 들이받힌 것과 같았던 승은 타령이야 희미해졌다. 그렇다고 해서 아예 사라진 것은 아니다. 덕임이 기억하는 만큼 과연 그도 기억할지 궁금했다. 그리고 정녕 잊지 않았다면 어떻게 서로를 대해야 할지 막막했다.

뭐가 되었든 오랜 세월 끝에 잃어버린 그의 실체를 도로 마주할 터였다. 마음이 싱숭생숭했다.

"너 요즘 왜 이리 자주 궐에 드나드느냐?"

한데 느낌이 안 좋았다. 동궁은 살가운 인사조차 건네지 않았다.

"아이참, 오라버니는! 반갑지도 않으셔요?"

"출가외인이 바깥 걸음을 하면 보기 안 좋다. 자중하여라."

어찌나 찬바람이 쌩한지, 지켜보는 궁인들이 다 민망할 지경이었다.

덕임은 차츰 동궁이 자신의 기억과는 딴판이 되었다는 걸 깨닫기 시작했다. 감히 옥안을 올려다볼 수는 없으되 옛날보다 훨씬 키가 크고 어깨도 떡 벌어졌다.

"오늘은 주상전하께서 청선이와 저를 부르셔서 온 거라구요."

"어쩐 일로?"

목소리는 분명 벽 너머로 듣던 동궁의 것이 맞다. 분명 맞는데…….
웬 까닭에선지 괴상한 기시감이 든다. 불길하다. 그리고 불길한 느낌
은 결코 틀리지 않는 법이다.

"전하께서 어진을 보여주시는 성은을 베푸셨지 뭐예요."

"답례를 올렸느냐?"

"예. 소설을 필사해 바쳤더니 무척 가뻐하셨나이다."

동궁은 몹시 뜨한 표정을 지었다. 청연은 그게 또 우습다고 깔깔댔
다.

"하여튼 오라버니도 참 재미없는 분이라니까! 소설이니 야담이니
하는 건 내놓고 싫어하신단다."

청연이 웃느라 몇 걸음 떨어져 선 덕임의 팔을 잡았다. 자연스럽게
대화에 끼워 넣어진 꼴이라 화들짝 놀랐다.

"쓸데없는 소리 마라."

동궁이 엄하게 퉁바리를 놓았다.

덕임은 고개를 숙이고도 동궁의 시선이 온전히 자신에게 향해 있다
는 걸 알 수 있었다. 그의 시선이 닿는 곳마다 살갗이 타오르듯 화끈
거렸다.

"너는 어느 소속 궁녀이기에 사사로이 출가외인을 따르느냐?"

준열한 꾸짖음에 정신이 혼미했다. 저도 모르게 슬쩍 고개를 들었
다가 동궁과 눈이 마주치고 말았다. 그의 눈은 짙은 밤색이었다.

그리고 그 사내였다.

멋대로 뇌물을 쥐여 주려던 그 험악한 사내! 덕임의 두 눈이 경악
으로 물드는 만큼 동궁의 옥안에도 기묘한 표정이 피어올랐다. 잔잔

한 수면에 잎사귀가 내려앉아 흔들리는 것처럼, 잘 맞물린 톱니바퀴에 사소한 균열이 일어나는 것처럼, 미묘하게 일어난 안색의 변화를 알아차린 사람은 오직 덕임뿐이었다.

이건 사기다. 맨손으로 황소도 때려잡을 저 풍채에서 그토록 낭랑한 선비의 옥음이 나온다니 믿기질 않는다. 곤룡포를 입은 외양과 목소리는 꼭 따로 노는 것만 같다. 제 귀로 듣고 제 눈으로 보면서도 덕임은 핑곗거리를 찾아보려 애썼다.

그렇지만 별간에서 그를 보았을 때 동궁의 목소리와 비슷하노라 의심했던 것은 사실이니, 변명의 여지조차 없었다. 허무맹랑한 환상에 빠져 첫 느낌을 부정한 것은 자신이었다. 혼자 왔건 둘이 왔건, 외양과 어울리든 그렇지 않든, 그 목소리는 분명 동궁의 것이었다.

아니, 그런데 목소리까지 갈 것도 없다. 당최 그동안 뭘 얼마나 잘 처수셨기에 사람이 태산처럼 커졌는지 놀라웠다. 한때는 덕임과 눈높이가 맞던 소년이었다고는 도저히 생각할 수가 없었다. 사내다운 골격이 자리 잡은 얼굴에서는 옛 잔상조차 찾기가 어려웠다.

일단은 귓구멍으로 다 빠져나간 넋을 억지로 붙들었다. 덕임은 동궁에게 범한 무례를 헤아려보았다. 욕을 했다. 동전을 집어 던졌다. 가르치려 들었다. 삿대질도 했다. 함부로 손을 댔다. 등을 떠밀어 쫓아내기도 했다. 그리고…… 내시가 어쩌고 했던 것도 같은데?

한데 괴이하게도 진즉 불호령을 내렸어야 마땅한 동궁은 잠잠하기만 했다.

어쩌면 어두컴컴한 별간이 아닌 환한 볕 아래라 덕임의 얼굴을 알아보지 못한 걸지도 모르겠다. 마찬가지로 어린 시절의 겨루기는 너무나 하찮아서, 술에 취한 달밤은 숙취에 시달리느라, 전부 잊었나 보다. 보잘것없는 기억들일랑 홀랑 잊어버렸다면야 굳이 일깨워 줄 필요는 없다. 아까 언뜻 표정이 변한 까닭도 궁녀가 자신과 눈을 마주치니 괘씸해서 그런 걸 수도 있다.

"오라버니는 여전히 무심하시네요. 얘는 동궁의 궁녀예요. 어릴 적에는 혜빈궁도 섬겼……."

"동궁에 배속된 궁녀가 수십 명도 넘는데 어찌 다 알겠느냐."

다 듣지도 않고 동궁은 쏘아붙였다.

"……그리고 정녕 못 알아본 쪽은 내가 아닐 텐데."

의미심장한 말투에 덕임의 가슴이 덜컥 떨어졌다. 한 번 더 안색을 살필까 고민했으나 너무 무리수였다. 속절없는 침묵 끝에 동궁은 흠, 하고 헛기침 소리를 냈다.

"아무튼 난 바빠서 간다. 너도 속히 퇴궐해라."

동궁은 몇 발자국 걷더니 어깨너머로 쓱 얼굴을 돌리며 덧붙였다.

"살펴 가거라."

그는 바람처럼 휭 사라져 버렸다.

"내쫓지 못해 안달이시군."

금방 사라진 뒷모습을 헤아리며 청연이 혀를 찼다.

"아니, 애! 너 얼굴이 왜 그러니?"

덕임은 목이라도 졸린 양 얼굴이 새빨갛게 물들어 있었다.

"사내를 보아 부끄러운가 보구나! 그래, 어떻더냐? 속이 간질간질하니? 저하께선 깐깐하긴 해도 사내답고 멋진 분이란다."

청연이 덕임의 옆구리를 찔렀다. 지금 동궁이 자길 알아봤나 못 알아봤나로 생사가 갈릴 판인데 참 태평하다. 간지럽다 못해 토할 지경인 덕임은 고개만 주억거렸다.

"너를 보니 우리 서방님을 처음 뵈었을 때가 생각나는구나. 밤송이 같이 생겨서는 어찌나 넋을 잃고 나를 바라보시던지, 오호호!"

복연이만큼이나 눈치가 없는 청연은 또 종알종알 자기 얘기를 늘어
놓기 시작했다.

가만 생각해 보니 꽤 낭만적인 재회였다.

신분을 감춘 사내와 아무것도 모르는 여인은 뜨거운 애정소설에서
곧잘 보았다. 먼젓번에도 잠행을 나온 대국의 제후가 자신을 함부로
대하는 여인에게 반해 왕후로 맞이한 소설을 하나 읽었다. 경거망동한
사내라 하여 마구 꾸짖었는데 알고 보니 임금이라, 여인이 소스라치게
놀라 대죄를 청하는 대목에선 책장이 술술 넘어갔다.

혹시 자신에게도 그런 일이 생긴다면 어떨까 수천 번은 생각해 보았
는데, 막상 실제로 당하고 보니 기분이 영 아니올시다였다. 끌려가 곤
장이라도 맞을까 봐 오금만 저렸다. 내시로까지 의심받은 동궁이 자
신을 보고 반할 것 같지도 않았다. 이미 햇병아리 시절에 한번 승은이
어쩌고 선소리를 꺼냈다가 망하고 각자도생한 사이이니 더더욱 그렇
다.

"덕임이 있느냐? 좋은 소식이…… . 어이쿠!"

헐레벌떡 방으로 뛰어들던 서 상궁은 어둡고 썰렁한 방에 오도카니
웅크리고 있는 덕임을 미처 보지 못해 발이 걸려 벌러덩 자빠지고 말
았다.

"또 무슨 장난질을 쳐 놓은 게야!"

노상 있는 일처럼 서 상궁은 버럭 성부터 냈다.

"불도 안 켜고 웬 청승이냐?"

평소 같으면 사람이 자빠지기 무섭게 낄낄 자지러졌을 덕임인데 반
응이 얌전하니, 서 상궁은 고개를 갸웃했다.

"무슨 일 있느냐? 또 사고 쳤어?"

"막 자려던 참이어서……."

"옷도 안 벗고?"

서 상궁이 눈썹을 추켜세웠다. 요를 깔지 않은 맨바닥을 보니 의심은 더더욱 깊어졌다. 덕임은 허둥지둥 말을 돌렸다.

"무슨 말씀 하고 계시지 않으셨어요? 좋은 소식이라니요?"

"아, 그래! 까무러칠 만한 소식이다."

서 상궁은 뜸을 들였다.

"너 내일부터 낮에는 별간에서 일하지 않아도 된다."

"또 이상한 허드렛일이나 시키시려고요?"

덕임은 불신에 찬 눈초리를 보냈다. 접때도 별간에 가지 않아도 된다기에 기대했더니만, 공궐(空闕, 임금이 머물지 않는 빈 대궐)에 데려가 죽어라 걸레질을 시킨 전적이 있다.

"아니야! 너도 번살이에 끼게 되었다 이 말이다."

서 상궁은 덩실덩실 어깨춤 추었다.

"아침에만 별간을 잠시 돌보고, 낮부터는 내전에 들어와 저하의 수발을 들면 된다. 네가 그토록 노래를 부르던 별간 탈출 아니냐? 어때, 좋아 죽겠지?"

"아, 아, 아니, 갑자기 왜요?"

"자세한 사정은 모른다. 동궁께서 시중드는 궁녀를 충원하라는 명을 내리셨다는 소리만 들었다. 일손이 부족해 불편하셨나 보지."

"……친히 명하셨다고요?"

"그렇다니까. 빼도 박도 못해."

서 상궁은 늘 제자가 제대로 된 궁녀 노릇을 못 하는 걸 분하게 여겨왔다.

"너무 기뻐서 말이 안 나오는 모양이구나."

덕임의 어깨를 토닥이는 그녀는 너그러웠다. 졸도하기 직전인 얼굴을 낙관적으로 해석하는 것도 재주다.

"마마님, 저는 준비가 덜 되었사옵니다."

"별간은 지겹다고 징징대더니?"

"절 아시잖아요! 저하 근처에서 얼쩡대다 노여움이라도 사면 어떡해요?"

"아서라. 저하는 너희들끼리 떠드는 것처럼 무서운 분이 아니시다."

서 상궁은 혼자서 내린 결론이 만족스러웠는지 후련하게 기지개를 켰다. 그녀가 이불을 깔고 눕자 덕임도 하릴없이 따라 누워야 했다.

"그런데 너, 정녕 오늘 하루는 얌전히 보냈겠지?"

반쯤 잠에 취한 서 상궁이 물었다. 잠들기 전에 늘 하는 질문이다.

"왜 아니겠습니까."

"왜 아니겠냐고? 어쩜 저리 뻔뻔한지……."

"오늘은 장난칠 마음이 들지 않았습니다."

곤한 잠이 순식간에 서 상궁을 덮쳤다. 하여 덕임이 조그마한 목소리로 '아까지는요.' 하고 덧붙인 건 듣지 못했다.

불행하게도 서 상궁은 이튿날 아침 버선 한 짝에 맨발을 밀어 넣고 나서야 버선 가득 개구리알이 들어 있음을 알아차렸다.

4장
동궁과 생각시

동궁의 주 전각은 확실히 분위기가 딴판이었다. 환관부터 별감, 궁료들이 어찌나 활발하게 돌아다니는지 도깨비만 산다고 붙인 별명이 무색할 지경이었다.

덕임은 면역이 없어 사내의 그림자만 보아도 망측했다. 애꿎은 가슴은 별감을 보면 덜컥 떨어지고, 사옹(司饔, 궐에서 음식을 만들던 벼슬아치)을 보니 또 쿵쿵 뛰었다. 그나마 수염 덥수룩한 아저씨들은 괜찮은데, 여기저기서 튀어나오는 젊은 궁료들은 고역이었다. 달아오른 얼굴을 들킬세라 고개를 푹 숙인 채 발만 재게 놀렸다.

외문外門에 이르렀을 때, 누군가가 그녀의 앞을 가로막았다.

땅으로 내리깐 시야에는 파란색 단령의 끝자락과 화자를 신은 발이 보였다. 또 젊은 궁료인 모양이다. 당당하게 막아선 기세에 당황한 덕임은 옆으로 비켜 가려다가 미처 보지 못한 문간 기둥에 어깨를 쿵 찧고 돼지 멱따는 소리를 냈다.

"좁아서 한쪽이 옆으로 돌아서지 않으면 지나갈 수가 없소, 항아님."

반쯤 웃음이 섞인 낭랑한 음성이었다.

고개를 슬쩍 들었다가 눈앞의 상대를 보고 깜짝 놀랐다. 대단한 미남자였다. 덕임보다 꼭 반 뼘만큼 키가 큰 그 사내는 희고 맑은 피부에 붉은 입술을 지녔으며, 얼굴의 선이 가늘고 고왔다. 부끄러운 줄도 모르고 입을 헤 벌리고 쳐다보았다. 그녀의 뜨거운 시선에도 사내는 당황은커녕 '나도 알아!' 같은 느낌의 오만한 미소만 지었다.

"내가 비켜설 테니 먼저 지나가시오."

그는 빙글 몸을 돌리더니 덕임이 어깨를 찧은 기둥 벽에 등을 댔다. 이상했다. 여인에게 먼저 가라고 길을 비키다니, 사대부로서는 체면을 구기는 행동이었다. 또한 과년한 처자 얼굴을 주저 없이 뜯어보는 시선은 아름다운 외양만큼이나 위험스러운 분위기를 풍겼다.

덕임은 숨을 고르고 얼른 그 앞을 지나쳤다.

"덕로! 경은 거기서 무얼 하나?"

그때 등 뒤에서 익숙한 목소리가 들렸다. 보지 않아도 동궁이었다. 덕임은 눈에 띄지 않으려고 허리를 직각으로 숙이며 엉거주춤 물러섰다.

"시강원으로 가는 길이었사옵니다, 저하. 신臣이 어제 숙제로 내어드린 구절은 풀이하셨는지요?"

"그렇지 않아도 보여주고 싶어 안달이 났네. 어서 가세."

다행히 동궁은 그녀에게 눈길조차 주지 않았다. 스스로 덕로라 부른 그 사내 외에는 아무것도 눈에 들어오지 않는 듯 열성적이었다. 두 사람은 곧 사라졌으되 덕임은 그 사내가 동궁을 뒤따르기 전에, 다시금 자신을 돌아보았다고 확신했다.

동궁의 눈을 피한 건 다행이지만 의구심이 들었다. 그 덕로라는 자, 말하는 걸로 보아 동궁의 시강원 중 한 명인 듯하다. 그렇다면 귀가 닳도록 엿들어온 목소리들 중 하나일 텐데, 어째서 동궁의 목소리처럼 듣는 즉시 바로 귀에 익지 않았을까?

"얘, 네가 새로 번을 짠 생각시니?"

덕임이 해답을 찾기도 전에 올 것이 왔다. 어느 나인이 저만치서 허리춤에 손을 올리고 거만한 눈길로 그녀의 위아래를 훑었다.

"예에, 예! 항아님. 성가 덕임이라 하옵니다."

무시무시한 신고식을 치르지 않기만 간절히 바라며 덕임은 얌전을 떨었다.

"성가 덕임이? 어디서 들어본 이름인데."

긴장하여 침을 꼴깍 삼켰다. 혹 자신의 고약한 장난에 걸려들었던 적이 있는 사람일지 모른다. 뚫어져라 따가운 시선을 견디지 못해 흔한 이름이라 그렇겠다고 둘러대려는 찰나, 나인이 또 질문을 했다.

"너 혹시 개천(開川, 청계천의 옛 이름) 소나무 골짜기 근처에 산 적 있니?"

"그걸 어찌 아십니까?"

"이야, 맞네! 덕임아, 기억 안 나니? 나 월혜잖아."

반가워하는 그 얼굴을 가만히 들여다보자니 옛 생각이 날 것도 같다. 작은 산기슭 마을에 살던 강씨 집인의 딸 월혜인가 보다.

보통은 굶주리다 못해 딸을 궁녀로 팔아넘긴다지만 월혜는 경우가 달랐다. 아비는 군관에 오라비가 궁중 별감이라 그녀의 입궁은 당연한 수순이었고, 진즉부터 내로라하는 정승들과 친분도 있어 오히려 영광으로 여길 만도 했다.

"언니가 궁녀 된다고 신나서 떠나는 걸 배웅하던 게 엊그제 같은데."

덕임은 얼이 빠졌다.

"아니, 그런데 어떻게 같은 궐 바닥에 있으면서 여태 한 번도 안 마주쳤을까요?"

"궁궐은 넓고 사람은 많지."

월혜는 대수롭지 않게 납득했다.

"그리고 난 생각시로 오래 지내지 않았어. 운이 좋아서 다른 애들보다 빨리 계례를 치렀거든."

"이렇게 다시 만나다니 신기한데요."

"야, 난 네가 궁녀가 된 게 더 신기하다. 너희 부모님이랑 오라버니들은 널 금지옥엽처럼 끼고 도셨잖아?"

"이래저래 집안 형편이 어려워져서요."

월혜는 짚이는 구석이 있는 듯했다.

"하긴, 너희 아버지는 조정에 줄을 잘못 댔잖아. 모시던 세자저하 돌아가시고 끈 떨어진 뒤웅박 신세가 된 게지?"

"예, 잘은 몰라도 무슨 빚을 지셨다던데……. 아무튼 얼마 전에 돌아가셨어요."

부친의 상례를 치르기 위해 얻었던 짤막한 휴가를 떠올리며 덕임은 담담히 말했다.

"아무튼 반갑다, 애. 어릴 때 생각나고 좋네. 생각시라기에 좀 놀려줄까 했는데, 아는 얼굴이라니 관둬야겠다."

실로 십년감수했다.

여기는 책을 두는 정색당貞賾堂이네, 저기는 쉬어가는 석음각惜陰閣이네, 미처 외우기도 전에 빠르게 옷소매를 잡아끄는 월혜에게 한참 동안 휘둘렸다. 첫날은 이쯤 해두고 내일부터 본격적으로 일을 하면 된다며 일찍 보내주어 그나마 다행이었다.

덕임은 별간으로 갔다. 마음이 싱숭생숭하여 혼자 있을 곳이 필요했다. 월혜와의 재회로 하여금 피어오른 한 줄기 미련은 금세 가슴을 엘 듯 깊게 사무쳤다. 마냥 좋았던 옛 시절의 잔상과의 조우는 썩 유쾌하지 않았다.

하도 곱씹어 너덜너덜해진 과거를 또 더듬느라 커다란 눈망울에 눈물이 그렁그렁 맺힐 즈음, 대뜸 별간 문을 열고 복연이 고개를 쑥 들이밀었다.

"설마해서 와봤는데 있네! 오늘부터 밖으로 간다더니 왜 여기 있어?"

"어, 첫날이라 일찍 끝나서 정리 좀 하러 왔어. 웬일이야?"

덕임은 얼른 눈을 씻어냈다. 둔감한 복연은 눈치채지 못했다.

"책 빌리러 왔어. 네가 접때 새로 산 책!"

그녀는 꼭 누가 바깥에서 엿듣기라도 하는 양 주위를 살피며 속삭였다.

"《숙향전熟香傳》 말이야!"

"너 아직도 부끄러워하는 거야?"

"다들 놀린단 말이야!"

남녀의 애정소설이라면 사족을 못 쓰는 복연이건만, 안타깝게도 큰 애로사항이 있었다. 그 덩치에 무슨 간질간질한 걸 읽느냐며 놀리고 비웃는 수변 아이들 때문이었다. 경희처럼 남의 오지랖을 개 짖는 소리로 치부할 배짱이 없는 복연은 이리저리 소설책을 빌리러 다니는 사실을 늘 숨기느라 바빴다.

덕임은 궤짝에서 아직 손때를 덜 타 매끈한 새 책을 꺼냈다.

"무시하라고 했잖아."

"잔소리 하는 사람은 경희로 충분해. 너까지 그럴 것 없어."

복연이 입을 삐죽였다.

"참! 얘기가 나와서 말인데, 당분간 경희 건드리지 마. 심기가 불편하거든."

"어디 하루 이틀 일인가."

"이번엔 진짜 위험해. 별감이랑 눈이 맞아서 으슥한 데로 가는 걸 봤네, 어쩌네 난리도 아니라구. 경희 귀에까지 벌써 들어갔으니, 원."

주변에 적을 많이 둔 탓에 경희는 늘 뜬소문을 등에 달고 다녔다. 다만 그렇다고 쳐도 이번 소문은 너무나 악질이다.

"걔도 참 큰일이다. 자꾸 애먼 일로 곤욕을 치르네."

"아무튼 내버려 둬. 잘못 건드렸다간 규방칠우를 싸들고 와서 널 아작을 내버릴걸. 바늘로 찌르고, 인두로 지지고 실로 목을 졸라 버릴 거야."

복연이 죽는시늉을 하며 덜덜 떨었다.

"어차피 바빠서 골탕 먹일 짬도 없어. 일이 잔뜩 밀렸으니까."

"경희 말대로 넌 일을 너무 많이 해."

"재물은 벌릴 때 바짝 모아야 하거든."

며칠 전 중궁이 글월비자 편으로 보내온 《춘추좌씨전春秋左氏傳》을 책궤에서 꺼내어 펼치며 덕임은 혀를 찼다. 중궁은 단순히 베껴 쓰는 것도 아닌, 언문으로 옮겨 필사하기를 원했기 때문에 작업이 까다로웠다. 지체하면 또 각심이를 보내 독촉할 게 뻔했다.

"그럼 난 가볼게. 얼른 읽고 싶어 죽겠어."

복연은 황홀한 얼굴로 책을 끌어안더니 이내 사라졌다.

별간에는 다시 정적이 찾아들었다. 도로 서글픈 마음이 고개를 쳐들었다. 덕임은 세게 도리질 쳤다. 그깟 한가한 감상에 사로잡혀 일을 지체하면 누가 가족을 먹여 살리겠느냐고 스스로를 꾸짖었다.

그런데 간신히 마음을 다잡기 무섭게 또 문 여는 소리가 들렸다.

"뭐야, 벌써 모르는 게 생겼어?"

저 내키면 한밤중에라도 찾아와 모르는 글자를 묻는 복연이므로, 덕임은 책에서 눈을 떼지 않은 채 대수롭지 않게 물었다.

"네가 나를 가르치는 데 맛을 들인 모양이구나."

돌아온 것은 사내의 음성이었다.

깜짝 놀라 먹물 머금은 붓을 든 채로 동작을 멈췄다. 바닥에 먹물이 뚝뚝 흘렀다. 동궁이 문간에 서 있었다. 이번에는 은사를 멋들어지게 수놓은 곤룡포를 제대로 입었다.

"세워둘 참이냐?"

그 말을 신호탄으로 덕임은 튀어 오르듯 일어섰다. 그러나 먼지만 대충 훔쳐낸 별간 바닥은 더럽고 음습하기 짝이 없어 차마 자리를 권할 수 없었다. 동궁도 덕임이 더러워진 치맛자락을 훅 털어내는 걸 보자 앉을 생각은 버린 듯했다.

"역시 청연을 따르던 궁인이 맞군."

허공을 날던 먼지 덩어리가 동궁의 어깨에 내려앉았다.

"날이 밝자마자 대죄를 청할 줄 알았는데. 혹 그냥 입을 씻으려 했더냐?"

"설마 기억하시리라곤……."

"아무렴 내 면전에 아을 쓴 너를 잊겠느냐."

동궁이 은근히 쪼잔하고 뒤끝이 심하다더니 아주 틀린 소문은 아닌가 보다. 궁녀가 잘못을 했으면 아랫사람을 시켜 매나 내리면 될 일이지, 굳이 여기까지 또 찾아오다니 엎드려 비는 꼴을 보고 싶은 게 분명하다.

"엄밀히 따지면 소인의 잘못만은 아니옵니다."

"뭐?"

"저하께서 먼저 미복을 하고 기롱하셨으니 소인의 우매함이 마냥 죄가 되겠나이까? 소인은 한량을 꾸짖었을 뿐, 감히 동궁께 불손했던 것은 아니옵니다."

잘못을 인정했다간 종아리든 볼기짝이든 남아나지 않을 것 같아 맹랑하게 나섰다. 동궁의 얼굴은 점점 더 딱딱해졌다. 그냥 빌 걸 그랬다. 덕임은 금방 후회했다.

"그럼 내 잘못이라는 게냐?"

"아, 아니옵니다. 굳이 따지면 쌍방의 과실이라든가 뭐 그런 말씀이옵지요. 아니면 소인의 잘못이 약간 더 크다든가……."

덕임은 열심히 눈치를 살피며 말끝을 흐렸다.

동궁은 알 수 없는 표정으로 이미 죽 돌아본 별간을 다시 훑었다. 그의 눈빛을 의심과 호기심 중 어느 것으로 해석해야 할지 덕임은 감이 잡히질 않았다.

"저건 웬 책이냐? 글씨를 쓰고 있었느냐?"

동궁이 불쑥 책이 잔뜩 쌓인 서안을 가리켰다.

덕임은 비로소 동궁을 못 알아본 죄 따위는 애들 장난으로 보일 만큼 중차대한 문제가 생겼음을 깨달았다. 성리학서를 언문으로 베낀 것은 썩 좋은 일이 아니다. 그리고 동궁의 시강을 엿듣고 받아 적은 서첩이 버젓이 놓인 것은 아주 안 좋은 일이다.

"네가 어찌 《춘추좌씨전》을 읽느냐?"

섣불리 입을 놀리지 않으려고 덕임은 침묵을 지켰다. 동궁은 언문으로 베낀 구절을 들여다보더니 미간을 찡그렸다. 이내 그는 눈에 띄는 모든 것을 뒤졌다. 덕임으로서는 저지할 수 없었다. 마침내 그의 손이 작은 서첩에까지 닿았다.

조그맣고 얇은 책장을 넘기던 그의 눈이 차츰 험악한 분노에 휩싸였다.

"……누구의 사주를 받았느냐?"

사주라니, 너무나 무서운 말씀이었다.

"아니옵니다! 절대 그런 것이 아니옵고 소인이 혼자 한 일이옵니다."

변명이랍시고 뱉어낸 말은 몹시 안 좋게 들렸다.

"하! 너도냐? 너도 다른 이의 사주를 받은 게 아니고 혼자 했단 말이지?"

동궁이 까닭 모를 허탈한 웃음을 터뜨렸다.

"좋다. 하면 어찌 내 시강을 몰래 엿듣고 받아 적었느냐?"

"글 읽는 소리를 듣고 싶어서 그랬사옵니다."

덕임은 목숨을 부지하는 가장 좋은 방법은 진실을 고하는 것이라 판단했다.

"소일거리로 필사를 하는데, 미천한 지식으로는 막힐 때가 많았나이다. 하여 공부를 하고 싶었사옵니다."

"청연은 네가 소설 필사를 도왔다고 했거늘! 조악한 잡문이나 필사하는 계집이 춘추학을 배우고자 했다는 말을 믿으라고?"

순간 격분한 동궁이 덕임의 멱살을 붙잡고 바싹 끌어당겼다.

"돈을 받지 않네 뭐네 잘난 체를 한 주제에!"

동궁의 시선이 제 한 손에 집힌 희고 가녀린 목덜미에 닿았다. 그의 크고 굳센 손으로 단번에 꺾을 수 있을 만치 연약했다. 한데 덕임의 표정은 결코 나약하지 않았다. 옷깃이 바싹 졸리고도 가만히 그를 올려보고 있었다.

"왜 겁먹지 않지?"

서로의 코끝이 닿을 듯 바싹 붙어선 채로 동궁이 나지막이 물었다.

그의 목소리는 어느새 폭풍이 한차례 지나간 바다처럼 잔잔해져 있었다.

"소인은 도깨비는 두려워해도, 사람은 두려워하지 않사옵니다."

우습게도 진심이었다.

그녀의 옷깃을 움켜쥔 이 사내는, 뭇 궁녀들이 떠드는 것처럼 감정도 없고 자비도 없는 괴물이 아니다. 오히려 매우 익숙한 부류다. 울컥하는 성질을 다스리는 데는 영 젬병이지만 터뜨리고 나면 돌아서서 후회하는 다혈질 말이다. 격분해서 앞뒤 가리지 않고 모가지부터 낚아채는 걸 보면, 또 그래놓고 바로 후회하는 눈빛을 짓는 걸 보면, 도리어 인간미가 철철 넘칠 지경이다.

"배짱은 좋군."

동궁이 슬그머니 손을 풀었다.

"하긴, 넌 옛날에도 간을 배밖에 내놨었지."

"예?"

"감히 세손에게 삼세판으로 겨뤄보자고 하질 않나, 궁녀 주제에 승은을 물리치질 않나……."

그도 기억하고 있다.

뜻하지 않은 확신이 덕임을 덮쳤다. 두 사람을 둘러싸고 금세 과거의 순간이 펼쳐졌다. 달밤의 정취. 술은 아니고 술 비슷한 걸 마셨던 그의 숨결. 그녀의 옷고름 끄트머리가 간질이던 그의 손등. 금방이라도 더 위로 올라올 것만 같았던 온기…….

"내가 누구인지 모르겠다면서?"

동궁이 괘씸하다는 듯 중얼거렸다.

"아니옵니다. 항상 기억하고 있었사옵니다."

덕임이 말했다.

기나긴 갈림길을 각자 걷다가 또 길이 겹쳤다. 옛날에는 서로 잘 모르는 사이였다. 그리고 아닌 척 지켜만 보던 사이로 헤어졌다. 그렇다면 이번에는 또 다른 갈림길이 나올 때까지 어떤 사이가 되어야 할까?

"나 또한 널 기억한다고 생각했다."

문득 동궁이 고개를 가로저었다.

"하지만 배짱 하나 빼고는 많이 변한 모양이군."

싸늘한 그의 눈빛에 과거의 순간은 부수어졌다.

"아니, 네가 걷겠다던 길이 결국 널 뻔한 궁녀로 만들었겠지."

그의 냉정함 속에서 언뜻 실망감이 스쳤다.

"저하, 소인은 익명서 사건과는 아무런 관계도 없사옵니다."

당장은 항변부터 앞세웠다. 그나마 한결 누그러진 표정으로 보건대 어린 궁인을 거칠게 다룬 것을 자책하는 눈치라 파고들 구석이 있었다.

"날 염탐한 증거가 여기 빤히 있지 않으냐."

"소인이 정녕 밀정질을 할 심산이었다면 지루한 시강을 쫓아다녔겠사옵니까? 상감마마를 배알하실 때를 노리는 게 타산에 맞지요. 읽어보소서. 시강원들과 사사로이 나누신 대화도 전혀 적지 않는걸요."

"그래서 잘했다는 게냐?"

말투는 비록 퉁명스럽지만 반쯤 설득된 눈치였다. 잘만 구슬리면 가벼운 벌을 받고 끝낼 수도 있겠다.

"소인은 그저 글공부를……."

"궁녀 따위가 무슨 공부를 한다고!"

동궁은 뿌리 깊은 편견을 드러냈다.

"좋다. 그럼 그 까닭을 말해보아라."

"학문을 닦는 데 달리 이유가……."

"아니지. 필사가 어쩌고 하지 않았느냐. 무슨 필사를, 누가 시켰느냐?"

동궁이 험악한 표정을 지었다.

"얄팍한 수작질 말고 똑바로 고해라. 역률로 다스리기 전에."

중궁전을 입에 담는 즉시 일이 대단히 잘못될 수도 있다. 동궁의 외척인 풍산 홍씨와 중궁의 외척인 경주 김씨가 불구대천의 원수지간이라는 건 삼척동자도 안다. 틈만 생기면 서로를 조정에서 축출하려고 별짓을 다 한다는데, 동궁도 팔은 안으로 굽을 터! 자신을 중궁의 밀정으로 몰아가 중궁의 꼬투리를 잡을 수도 있는 것이다. 그러면 자칫 감당하기 어려운 알력다툼에 괜히 치일 수도 있다.

"머리 굴리는 소리가 여기까지 들린다."

이글거리는 눈빛으로 보아 동궁의 인내심이 바닥나고 있는 것 같았다.

"사실대로 아뢸 테니 약조 하나만 해주소서."

"싫다."

동궁은 아쉬울 게 없다는 표정이었다.

"공명정대하게 들어주겠다고만 해주시면 되옵니다."

"나는 원래 공명정대한 사람이다."

"그치만 저하께서는 궁인과 여자에게는 유독 박하시다고 들었사온데……."

"됐다, 관둬라."

동궁은 짜증스럽게 대꾸하며 자리를 뜨려 했다. 덕임은 후다닥 막아섰다.

"주, 중전마마께서 필사 일감을 주시곤 하는데, 어려운 책을 내어주실 때가 많으시옵니다. 언문으로 옮기자면 통달해야 마땅하거늘 소인이 미처 모르는 경구와 고사가 너무 많이 나옵니다. 하여 공부를 해야 했던 것이옵니다.”

“……중전마마?”

동궁의 눈빛이 달라졌다.

“절대로 밀정 같은 것은 아니옵고…….”

덕임이 종알종알 변명을 덧붙였지만 동궁은 듣지 않았다. 그저 전혀 새로운 무언가를 탐색하는 눈빛으로 그녀의 위아래를 지긋이 훑어볼 뿐이었다.

“너에 대한 처분은 당분간 미루지.”

“요, 용서해 주시는 겁니까?”

“만회하기 위해 최선을 다해보란 뜻이다.”

마침내 시선을 거둔 동궁은 밑도 끝도 없는 결론만 내리고 돌아섰다.

“잠깐만, 잠깐만요! 소인도 여쭙고 싶은 게 있사옵니다.”

알쏭달쏭한 동궁 때문에 덕임은 머리가 아팠다.

“왜 소인을 저하의 지척으로 불러들이셨습니까?”

그녀는 자신을 번살이에 끼워 넣은 사람이 동궁이라고 확신했다. 그렇지 않고서야 평소 궁녀가 있든 말든 무심하기 짝이 없는 그가 친히 충원령을 내렸을 까닭이 없다.

“아니. 네가 멋대로 다시 내게 온 거나.”

아까보다 더한 혼란 속에 덕임을 내버려 둔 채 동궁은 떠나버렸다.

폭풍처럼 휘몰아친 동궁의 흔적을 지우며, 별간은 도로 특유의 정적 속으로 빨려 들어갔다. 그가 작은 서첩을 그대로 들고 가버렸음은 한참 후에야 깨달았다.

수포군守鋪軍의 햇불만 조용히 일렁이는 해시亥時. 동궁은 친히 포도청 내국에 자리하고 앉아 종사관에게 귀를 기울였다.

"장수匠手 김중득과 병조 서리 하익룡을 추문하였더니 자백하였사옵니다. 궁녀와 환관을 미혹해 익명서를 들고 저하의 침소에까지 잠입했다 토설하더이다."

"누구의 사주라던가?"

"스스로 작심하고 꾸민 일이라고만 하였사옵니다."

빤한 전개에 실소만 나왔다. 언제나 그랬다. 절대로 배후는 없고 사사로이 앙심을 품은 떨거지들이 일을 꾸몄더란다.

"저하, 하익룡이라면 좌상 대감의 집에 드나드는 수하이옵니다."

뒤에 가만히 서 있던 덕로가 속삭였다.

밤낮으로 동궁을 가르치는 겸사서(兼司書, 정6품 동궁 시강원)요, 풍산 홍씨 문중의 이단아. 촉망받는 기린아. 동궁이 총애하는 벗이자 오른날개. 그의 자字는 덕로德老라, 춘궁(春宮, 동궁)의 홍덕로라 하면 모르는 이가 없었다. 궐 안팎으로 두루 귀가 밝은 그로부터 늘 적잖은 도움을 받곤 했으므로 동궁은 이견 없이 고개를 끄덕였다.

"이는 역률로 다스려도 모자람이 없다. 날이 밝는 즉시 전하께 고해야겠어."

이번에는 겨우 익명서였지만, 비슷한 사건은 몇 년 전부터 끊이질 않았다.

침소에 자려고 누웠는데 바깥에 사특한 그림자가 일렁인다든지, 분명 잠근 빗장이 돌아보면 열려 있다든지……. 직접적인 해를 가하려는 시도는 아니었다. 동궁은 종통을 이을 혈맥이자 적법한 후계자였고, 그 명분에 이의를 제기하긴 어려우니 말이다. 다만 자기들 뜻대로 움직이지 않으면 각오해야 할 거라는 음험하고도 성가신 경고였다.

더욱이 동궁이 이러한 일련의 사건들에서 도저히 참을 수 없는 부분은, 추문에는 항상 환관과 궁녀가 얽혀 있다는 사실이었다. 그네들은 너무나 쉽게 바깥 세력과 결탁하여 웃전의 일거수일투족을 쏘삭였다. 가장 내밀해야 할 곳에서야말로 사방에 믿을 자가 아무도 없었다.

그때 내국 문이 열리더니 한 사내가 들어왔다. 푸른 철릭을 입은 체구는 자못 땅딸막했다. 다만 얼굴이며 태도에서 감히 범접할 수 없는 기운이 흘렀다. 그가 살아온 길고도 치열한 세월로부터 비롯된 연륜과도 같은 것이었다.

"좌상께서 이 시각에 포청엔 어찌 오십니까?"

동궁이 싸늘하게 물었다.

총애받는 척리戚里이자 장안을 쥐락펴락하는 권세가. 타고난 성품이 경박해 경솔한 언동을 일삼되 무엇을 탐할 때는 거침없는 수완가. 그가 바로 풍산 홍씨 권세의 한 축인 좌의정이니 자字는 정여定汝요, 다름 아닌 동궁의 외종조부(外從祖父, 외조부의 형제)였다.

"긴히 아뢸 말씀이 있사옵니다. 자네들은 모두 나가게."

좌의정 홍정여는 이 야심한 시각에 동궁이 포도청에 있는 줄은 어찌 알았는가, 하는 기본적인 의문을 설명하려 들지도 않았다. 종사관은 두말없이 물러났으나 덕로는 주저했다. 하지만 결국 괜찮다는 동궁의 끄덕임에 밀려났다.

"포도청을 움직이셨다면서요?"

"예. 범인들은 잡아들였으니, 내일 전하께 아뢰어 국문을 청할 생각입니다."

단호한 동궁의 말씨에도 불구하고 좌의정은 눈썹 하나 까딱하지 않았다. 아니, 오히려 입가에 한 자락 미소를 걸쳤다.

"이 무슨 큰일이라고 번거롭게 성상의 성총을 흐리십니까?"

"큰일인지 아닌지는 전하께서 판단하실 문제입니다만."

동궁은 평소처럼 말을 아꼈다.

궁료들은 지나치게 말이 없으신 게 흠이라며 간언하곤 했다. 그럴 때마다 동궁은 유의하겠다고 대답이야 했으되 시강 때가 아니면 입을 꾹 다물고 글만 읽는 버릇을 고수했다. 그런 그를 두고 침착한 성정의 사내라고 생각할 법도 했지만, 결단코 진실은 아니었다.

그는 단지 입을 열 때를 조용히 기다리고 있을 뿐이다.

"성상께 아뢰려면 익명서까지 보여 드려야 할 텐데, 저하께선 그 내용을 감히 어전에 보이고 사서에 기록할 자신이 있으십니까?"

동궁은 선뜻 대답할 수 없었다. 미처 생각하지 못한 건 아니었다. 다만 좌의정이 폐부를 찌른 것도 사실이었다. 익명서에 적힌 내용은 비단 동궁에 대한 모욕을 넘어 늙은 왕을 비방하고 있으며, 그걸 함부로 보였다가는 도리어 자신이 노여움을 살 수도 있다. 요즘 왕은 몹시 연로한 까닭에 사리분별 없이 역정을 내는 일이 잦았다.

"국문을 열었는데 죄인이랍시고 잡아들인 자들이 형장을 맞다가 말을 바꾼다든가, 혹은 혀를 깨물기라도 하면 뒷수습은 어찌하실는지요?"

이제 좌의정은 명백히 위협을 가하고 있었다. 일렁이는 등잔불에 비치는 그의 눈빛이 몹시 괴괴하였다.

"저하의 외척으로서 안위를 걱정하여 드리는 간언이옵니다. 처결은 포도청에 맡기고 저하께서는 이쯤 해서 물러나시지요. 그게 모양새가 좋습니다."

좌의정은 대답은 들을 필요도 없다는 듯 동궁을 휑하니 남겨놓은 채 떠나버렸다. 동궁은 그저 으스러져라 주먹을 꽉 쥐고 속으로 노여움을 달래야 했다.

그가 볼 때 이 나라는 여러 가지 폐단으로 썩어들고 있는데, 그중에서도 가장 큰 문제는 외척의 득세였다. 소위 척신이라 불리는 이 자들은 유학에서도 경멸하는 부류요, 조정의 근간인 붕당에도 해가 되는 암적인 존재들이었다. 감히 사대부라 부를 수도 없는 척신 나부랭이들은 연로하여 성총이 흐려진 금상을 농단하여 얻은 권세를 등에 업고 설치며 뭇 선현들이 이룬 성리학의 뿌리마저 좀먹는 중이었다.

척신 중에서도 가장 악질은, 부끄럽게도 동궁의 외척들이었다. 외조부는 영의정이요, 외종조부는 좌의정이니 얼핏 볼 때는 동궁의 위세가 좋다고 여길 만도 했다.

그러나 그들은 오히려 동궁의 주적이었다. 동궁이 자신들의 뜻대로 움직여 주지 않을뿐더러, 냉대를 일삼는다는 걸 깨달은 순간부터 적으로 돌아섰다. 하여 왕과 동궁 사이를 이간질하려 애씀은 물론, 동궁에 대한 별 해괴한 소문을 퍼뜨리는 등 불한당 짓을 자처하니 여러모로 상황이 어려웠다. 그래도 불순하기 짝이 없는 척신과의 타협일랑 용납할 수 없었다.

"저하, 한발 물러서시지요. 좌상 대감이 저토록 강경하게 나오는 걸보아 자칫 역풍을 맞을 수도 있사옵니다."

바깥에서 엿듣던 덕로는 좌의정이 떠나기가 무섭게 간언했다.

"……종사관에게 일러 포도청에서 다스리도록 하라 이르게."

덕로의 말이 옳다. 지금으로서는 좌의정의 위세와 맞상대할 힘이 없었다.

마냥 인정하기에는 뼈아픈 현실이라, 숙직을 한다는 덕로와 헤어져 외로운 처소로 돌아오고 나서도 무력함과 패배감을 달랠 수 없었다. 어수선한 마음만 끌어안은 채 밤은 속절없이 깊어갔다.

"그 맹랑한 계집도 문제로군."

어깨에 근심 하나를 더 얹으며 동궁이 중얼거렸다.

불쾌한 두통으로 지끈거리는 머리를 감싸며 동궁은 가만히 귀를 기울였다. 풀벌레 우는 소리가 들렸다. 그 사이로 까치발을 들고 살금살금 돌아다닐 간악한 궁인들이 얼마나 될까 헤아려보았다. 누구도 믿을 수 없고, 때로는 자기 자신조차 믿을 수 없는 곳이 바로 이 외로운 동궁이다. 한결같은 것이라곤 오로지 밖과 안을 가르는 낡은 벽뿐이다.

"윤묵이 게 있느냐?"

현명하고 입이 무거운 윤묵은 환관 중에선 그나마 믿을 수 있는 자였다. 그가 미끄러지듯 조용히 침전으로 들어왔다.

"겸사서에게 전할 서찰이 있다. 숙직 중이니 곧장 다녀와라."

윤묵은 보일 듯 말 듯 고개만 끄덕였다. 그리곤 동궁이 내민 두툼한 봉투를 소매에 소중히 집어넣고 어둠 속으로 몸을 감췄다.

이튿날 아침 동궁은 일찍 의대를 갖추고 중궁전으로 나아갔다. 간밤에 침수는 편히 드셨는지 먼저 여쭈고, 어제 시강에서는 무얼 배웠는지 소상히 아뢰자니 향이 좋은 찻잔과 다식이 들어왔다.

"포도청에서 동궁에 익명서를 던진 죄인을 잡아들였다지?"

껄끄러운 주제를 먼저 입에 담은 쪽은 중궁이었다.

조모로 섬기고는 있으나 피로 엮인 사이가 아닌 만큼, 중궁은 동궁에게 늘 불편한 사람이었다. 당최 무슨 생각을 하는지 간파할 수 없어 특히 그랬다. 지엄한 내전에서만 머무는 중궁이 어쩜 소식에 귀가 밝은가 하는 문제는 부차적인 것이었다. 동궁에게는 이미 적이 많았고, 중궁은 반드시 그의 편으로 끌어들어야 할 사람이었다.

"투서에 차마 입에 담을 수 없이 흉패한 글이 적혀 있는데도, 달리

율문이 없어 강도의 죄밖에 주지 못해 속이 답답하였사옵니다."

"뭇 소인배가 자꾸 동궁을 음해하니 걱정이구나. 접때도 전하께서 금주령을 재차 강조하신 게 동궁을 겨냥한 것이라는 둥 흉언이 많지 않았느냐."

동궁은 손도 대지 않은 찻잔만 물끄러미 보며 덧붙였다.

"소손이 익명서 사건의 진상을 파헤치려 하니, 좌상대감이 별일도 아닌데 호들갑을 떤다며 막아선 탓에 전하께 아뢰지도 못하였나이다."

"그래. 좌상의 위세가 나는 새도 쏘아 떨어뜨린다지."

중궁은 비스듬히 동궁의 어깨 쪽을 보며 중얼거렸다.

지금의 조정은 당파를 초월해 각기 영역을 구축한 척신들로 어지럽다. 비단 동궁의 외척뿐 아니라, 늙은 왕의 총애를 받는 후궁의 오라비가 설치는 둥 여러모로 꼴이 말이 아니었다.

그 와중에 중궁과 그녀의 외척인 경주 김씨만이 동궁의 외척인 풍산 홍씨와 맞설 수 있는 유일한 세력이었다. 중궁의 외척은 그나마 나은 축에 속했다. 그들은 젊고 의욕이 충만했으며, 영의정과 좌의정을 필두로 하는 썩은 홍씨 척신을 몰아내고자 하였다. 중궁은 분별이 있어 직접 정치판에 뛰어들지는 않되 은밀히 성총을 좌지우지하는 때가 많았다.

적의 적은 곧 동지라고, 그 자신의 외척과 척을 진 마당엔 중궁이 어떤 태도를 취할지가 초미의 관심사였다. 다만 관건은 김씨들이 괴언 홍씨를 쳐 내는 것으로 끝을 낼지, 혹은 거기서 더 나아가 동궁을 위협하는 새로운 외척 세력이 될지였다.

우선은 의중을 살피기 위해 완곡히 말을 돌렸다.

"하온데 마마께서 춘궁의 궁녀에게 필사를 맡기신다는 말을 들었사옵니다. 소손은 미처 몰랐사온데……."

"아아, 세손이 이제야 그 아이를 만난 게로군."

마치 기다리기라도 한 것처럼 태연했다.

"허드렛일이나 하기에는 재주가 아까운 아이라 늘 마음이 쓰였다. 그 나인도 슬슬 동궁의 수발을 들게 되었나?"

푼돈에 모시는 주인을 홀랑 팔아넘기는 족속이자, 어전에서 엉덩이를 살랑거리며 요망을 떠는 둥 별 잡스러운 것들이 바로 궁녀들이다. 덕로가 내밀한 궁정을 살필 궁녀를 수족으로 부리시라고 아무리 주청하여도 믿을 수 없다는 이유로 늘 물리쳐 왔다. 습관처럼 길러온 불신이 그의 발목을 잡았다.

그렇지만 그 생각시는 요상했다.

동궁은 첫 만남을 선명하게 기억했다. 그녀는 국본의 안전에서 눈을 제대로 내리깔 줄도 모르는 소녀였다. 궁궐이 어떤 곳인 줄도 모르고 천진난만한 흥분으로 낯을 물들인 어린아이였다. 그가 한 마디 꺼낼 때마다 어리둥절한 표정으로 꼬리에 꼬리를 물어가며 엉뚱한 질문이나 던지는 바보였다. 그리고 겨우 그런 천둥벌거숭이 때문에 그는 지푸라기를 비볐다. 바늘을 손에 쥐었다. 속에 있는 줄도 몰랐던 이야기를 턱턱 뱉었다.

그녀를 마지막으로 본 달밤은 더욱 선연하게 기억했다. 속이 너무 답답해서 도저히 견딜 수 없던 날이었다. 덜미를 잡혔다간 크게 곤경에 처할 줄 알면서도 자포자기하는 심정으로 송절차를 벌컥벌컥 들이켰다. 혼자 있어야만 했고, 혼자 있고 싶었다. 그래서 어둠 속에 몸을 숨겼다.

한데 그녀가 나타났다. 그로서는 도통 이해할 수 없는 이야기를 곧잘 꺼낼 때처럼, 전혀 궁녀답지 않은 표정으로 말이다.

늘 혼자 있고 싶다고 생각했는데 이상하게도 그녀와 함께 있는 건 싫지 않았다. 얼른 줄행랑치고 싶은 속내를 티 내는 표정도, 채 다듬어지지 않은 천연덕스러운 언행도, 가족이니 친우니 온갖 알아들을 수 없는 말들도, 정말이지 그냥 싫지가 않았다. 그 모든 것은 첫 만남 이후 자꾸만 그녀에게 시선이 가는 이유이기도 했다.

하여 불쑥 승은을 입에 담았다. 곱씹어볼수록 충동적이고 미친 소리였다. 정녕 일이라도 쳤거든, 다음날 죽도록 후회했을 터였다. 한데 그로서는 꺼낸 말을 후회할 기회조차 없었다.

그녀가 거절했기 때문이다.

아니 된다고 했다. 세손빈이 미처 적자를 생산치 못한 상황에 끼어들어 종통을 어지럽힐 순 없다는 갸륵한 이유를 댔지만……. 그게 온전한 진심은 아닌 것 같았다.

감정에 휩쓸려 헛소리야 했을지언정 그 정도도 꿰뚫어 보지 못할 만큼 만취하지는 않았었다. 하지만 동궁은 그냥 그녀의 이유를 가납하기로 했다. 제법 영리하다고 생각했다. 적어도 사내가 민망해서라도 점잖게 물러날 법한 괜찮은 핑계였으니까. 다만 진짜 이유가 무엇인지는 좀 궁금했다. 그녀의 말마따나 서로 잘 아는 사이였다면 짚어낼 수 있지 않았을까 싶어 아쉽기도 했다.

뭐가 되었든, 일개 궁인이 왕세손인 그에게 받들 수 없는 일이랍시고 딱 잘라냈다는 사실은 더없이 충격적이었다. 동궁은 그가 평생 보고 겪은 다른 궁녀들과는 남다른 기개에 내심 탄복했다. 너군다나 그녀는 자포자기에 몰린 그의 심경을 갈림길에 섰을 뿐이라고 명쾌하게 꾸짖기까지 했다. 그가 반드시 걸어야 할 방향을 누구보다도 효과적으로 상기시켜 주었다.

그 부끄러운 밤이 지나간 뒤로 다시는 그녀를 보지도, 찾지도 않았다. 그게 옳았다. 순간이나마 자신을 흔들리게 만든 여인이라는 존재가 두려웠다. 휘청거린 걸음을 붙잡아주어 고마운 만큼이나 부정하고 싶었다. 멀리하고 싶었다. 혜빈으로부터 수양딸 노릇을 하던 생각시를 본격적으로 견습을 시키러 보냈다는 사소한 언질이나마 들었을 뿐이었다.

이후로 세월이 많이 흘렀다. 하지만 그는 잊지 않았다.

뜻하지 않게 재회하고도 대번에 알아보았다. 그녀는 옛날에 느낀 것보다 체구도 조그맣고 생김새도 앳되어 보였다. 하지만 남다른 기개는 여전했다. 그가 떠보려고 건넨 돈을 집어 던지고 막 훈계까지 했다. 상전을 두고 도깨비니 뭐니 별명이나 붙여가며 낄낄대는 것들에 견줄 바가 아니었다.

아니, 여전하다고 생각했다. 동궁은 냉소적으로 제 생각을 고쳤다.

사실은 도통 종잡을 수가 없었다. 나름대로 지조가 있는 여관女官인 줄 알았더니, 몰래 염탐하는 사특한 계집이었다. 뒷구멍으로는 저를 입궁시켜준 풍산 홍씨와 손을 잡았는지, 필사인지 뭔지를 핑계 삼아 경주 김씨와 결탁하였는지, 알 수가 없었다. 그런데 또 사특한 계집인 줄 알았더니, 제대로 된 변명도 못하고 홀랑 속을 털어놓는 맹하고 순진한 어린애였다.

과연 그중에 진짜 얼굴이 무엇일까? 다음에는 또 어떤 얼굴을 보일까? 문득 동궁은 자신이 필요 이상으로 그 궁녀에게 마음을 쓰고 있다는 사실이 불편해졌다.

"아녀자의 분수에 지나치는 줄은 알지만 좋은 책을 좀 구해다 읽었다."

요동치는 동궁의 눈빛을 잠자코 지켜보던 중궁이 말을 이어갔다.

"그러다 보니 겸사겸사 그 아이에게 언문 필사를 맡겼고."

"한낱 생각시가 아니옵니까?"

"몇 년 전부터 도움을 받아보니 재주가 상궁보다도 뛰어나더군."

동궁은 어떻게든 실마리를 잡아보고자 주의를 기울였다.

"주자학서를 함부로 언문으로 풀이하는 게 불경임은 안다. 그래도 내전의 소일거리라 여기고 모른 척해다오."

"소손이 어찌 마마의 즐거움을 빼앗겠사옵니까. 휘하의 궁녀라 여기시고 원하시는 만큼 부리소서."

겸손 차린 대화 속에서 중궁과 동궁의 눈이 마주쳤다. 잠시 정적이 흘렀다.

"그 아이는 동궁에게도 쓰임새가 있을 게다."

억양도 없이 덧붙인 그 한 마디는 의미심장했다.

그리곤 내일모레 있을 후원 달놀이로 화제를 돌려 버렸다. 아직 긴요한 주제는 제대로 꺼내지도 못했는데 돌연 한가로운 이야기라니 속이 탔다. 하지만 달리 도리가 있으랴, 동궁은 신나게 맞장구를 치고 식어 빠진 차까지 쭉 들이켠 다음에서야 일어설 수 있었다.

내합內閤에서 물러나 곧장 주합루로 갔다.

"그게 답니까?"

꼭두새벽부터 초조하게 기다리던 덕로도 동궁과 다를 바 없이 얼빠진 표정을 지었다.

"좌상대감에 대해서도 더 말씀이 없으셨고요?"

"그러게 중궁전 심사는 쉬이 알 수 없노라 말하지 않았던가."

맥 빠진 총신의 얼굴을 보기가 민망하여 동궁이 툴툴거렸다. 한데 덕로는 잠시 생각에 골몰하더니 곧 자신에 찬 목소리로 말했다.

"어쩌면 중궁전께선 명확히 의중을 보여주신 걸지도 모르겠사옵니다."

"뭐?"

"저하, 신은 마마께서 저하께 손을 내미신 거라 사료되옵니다."

덕로는 문밖에서 어슬렁거리는 궁녀들을 흘끗 보곤 목소리를 낮췄다.

"자세한 내막은 몰라도 마마께서 그 궁녀를 총애하시는 건 분명하고, 그 궁녀는 어쨌든 저하의 궁인이옵니다. 두 분 사이의 연결점이 되는 것이옵지요."

"그게 무슨 대단한 연결점이라고."

"그 궁녀는 저하의 외척인 홍씨 문중과 인연이 깊다면서요? 그럼에도 불구하고 중전마마께서 가까이 두신다는 데에 의미가 있지 않겠사옵니까?"

동궁은 떨떠름한 표정을 지었다.

"저하, 일단은 중궁전을 믿어보시지요. 중전께서는 늘 저하를 두둔해 오셨습니다. 전하께는 항상 좋은 말만 아뢰고, 오라비인 좌승지를 시켜 저하를 보호하는 상소를 쓰게끔 시키신 적도 있질 않사옵니까?"

동궁은 언제나 덕로의 충언을 높이 샀으되 이번만은 그가 상황을 너무 낙관적으로 본다는 생각이 들었다. 그깟 궁녀 하나가 중궁이 동궁을 지지한다는 상징이 된다니 말도 안 되는 소리였다. 덕로는 항상 지나치게 자신만만했고 또 지나치게 대담했다. 그런 면모는 덕로의 장점이자 약점이었다.

"나는 아무도 믿지 않네. 오직 전하와 자네 외에는 말일세."

"망극하옵니다."

덕로는 주군의 총애를 아주 당연하게 받아들이는 듯 의기양양했다.

"지켜봄세. 어차피 당장으로선 몸을 사리고, 척신이 아닌 대신들과 가까이 지내며 내 입지를 굳히는 수밖에 없으니."

그다지 시원하지는 않은 결론이었다.

"간밤에 승언색(承言色, 동궁의 환관)을 통해 보낸 서첩은 살펴보았나?"

그 궁녀로부터 빼앗아 온 서첩은 자세히 살펴볼수록 가관이었다. 토씨 하나 빼놓지 않고 어찌나 상세히 적었는지 혀를 내두를 지경이었다.

"예, 저하. 속기 실력이 뛰어나던데요."

"전각에 붙은 허름한 별간에선 우리 말소리가 훤히 들리더군."

"혹시 지금도……?"

"괜찮네. 별간 밖으로 끌어냈거든. 아무튼 자네가 보기엔 어떻던가?"

"사담은 하나도 받아 적지 않았더이다. 밀정이라면 그런 이야기를 더 쓸모 있는 정보라고 여길 텐데 말이옵니다."

"내가 보기에도 어린 궁인이 별생각 없이 벌인 일 같긴 하다만……."

항상 기억하고 있었다면서 발갛게 물들이던 그녀의 얼굴이 떠올랐다. 동궁은 황급히 고개를 가로저었다.

"그래도 좀 캐보게. 겉은 허당이라도 간사한 계집일지 몰라. 중전마마와 교류까지 한다니 쉽게 믿을 순 없네."

"예. 필사라는 것도 혹 김씨들의 자금 세탁일 수 있으니까요."

동궁은 덕로의 충성스러운 대답에 빙그레 웃었다.

서연書筵 때 뵙자고 덕로가 떠나자 동궁은 습관처럼 책을 펴들었다. 그런데 자꾸 딴생각이 들었다. 주제도 모르고 내뱉던 꽁한 소리. 순진함을 감추려고 드센 척을 하던 얼굴. 그의 손에 속절없이 붙잡히던 연약한 감촉……. 그리고 자신을 올려다보던 눈망울. 유달리 검은자가 동그랗고 큰 그 눈에 자신의 얼굴이 담긴 것을 본 순간, 차마 말로는 설명할 수 없는 낯선 느낌이 가슴 속에서 마구 들끓었다. 당혹스러웠다.

그 모든 게 정체를 알 수 없이 기묘한 감정이라서, 괜히 거슬리고 성가셨다.

자신을 두고 어떤 이야기가 오가는지 전혀 모르는 덕임은 마냥 분주한 하루를 보내는 중이었다. 동궁의 아침상을 퇴선간(退膳間, 궁궐의 중간부엌)에서 따뜻하게 다듬는 요령을 배웠으며, 탕약을 덥히고 식히는 연습도 했다. 자질구레한 허드렛일까지 도맡아야 했다. 퇴선간에 밀린 설거지부터 묵은 먼지를 떨어내는 것까지 몽땅 그녀의 차지였다.

그러다 보니 정오가 훌쩍 지났다.

"따라와. 이제 너 번 설 차례야."

월혜가 대뜸 덕임을 잡아끌었다.

"전 별간으로 가야 하는데요?"

"별간에는 닷새에 한 번만 가. 너 생각보다 일을 야무지게 하더라. 그래서 긴요한 임무를 맡기기로 했어."

"뭔데요?"

"저하께서 서연을 행하시는 동안 곁을 지키는 거야."

덕임은 창백하게 질렸다. 아직 동궁이 말한 '만회하기 위해 최선을 다하라'는 의미도 해석하지 못했는데 등부터 떠밀리게 생겼으니 혼이 쏙 빠졌다.

"벌써부터 저하의 지척에서 일하라고요?"

"쉬워. 그냥 서 있기만 하면 돼."

월혜는 스스로 말하면서도 믿지 않는 듯 눈을 피했다.

"조심해. 동궁마마가 도깨비 같은 분이라는 건 알지?"

도깨비와는 좀 다른 의미로 무서워진 동궁을 떠올리며 덕임은 힘없이 고개를 끄덕였다. 월혜는 덕임을 어느 전각에 밀어 넣더니 총총 사라졌다.

전각 안쪽으로는 상당히 낯선 풍경이 펼쳐졌다. 환관과 나인이 돌아다니기는커녕 쥐새끼 하나 없는 양 조용했다. 복도 귀퉁이마다 책이 가득 꽂힌 책장이 빼곡했다. 덕임은 눈치껏 사람 말소리가 두런두런 들려오는 방향을 따라 걸었다. 빛조차 잘 통하지 않는 복도 가장 끝방에서 사내들 목소리가 새어 나오고 있었다.

"……여자의 부덕이란 삼대가 흥할 때에는 현숙한 후비后妃가 있었고, 망할 때에는 요녀가 있었기에 생긴 말입니다. 정숙한 숙녀를 간택하여 천하의 어머니들에게 본보기를 삼는 것은 육궁六宮을 바르게 하는 일인데……."

아무래도 동궁이 이 방에서 궁료들과 글공부를 하나 보다.

"새로 왔다는 애가 너야?"

방과 복도를 가로막고 선 장지문이 조용히 열렸다. 덕임보다 나이가 많아 보이는 나인 하나가 걸어 나와 속삭였다.

"안에 들어가면 제일 윗자리에 저하께서 계실 텐데, 열 걸음 떨어져서 가만히 서 있기만 해. 절대로 소리를 내거나 입을 열어선 안 돼. 저하께서 혹 물을 달라 하신다든가 그럴 때만 움직여. 서연을 파하면 뒷정리를 하고."

내실은 썰렁했다. 과연 동궁과 세 명의 궁료들이 있었다. 누가 들어오거나 말거나, 사내들은 눈길도 주지 않고 책에만 몰두했다. 한데 아까 그 나인이 시킨 대로 동궁에게서 열 보 떨어져 벽에 기대고 서 있으려니, 돌연 동궁이 그녀를 흘끔 보았다.

"잠깐만, 보덕(輔德, 동궁의 시강원). 멈춰보게."

좔좔 글을 읽던 보덕의 목소리가 뚝 끊겼다.

"너 누구냐? 원래 이 시각에 보이던 얼굴이 아닌 것 같은데."

동궁은 고개 숙인 덕임을 빤히 보았다. 이상할 정도로 노골적인 경계심으로 가득 찬 시선이었다.

"초하룻날 번을 새로 짜면서 소인이 충원되었나이다."

덕임이 살짝 고개를 들자 동궁도 비로소 알아보았다. 밝은 볕 아래라 얼굴이 한결 또렷하게 보였다. 반듯한 이마와 커다란 눈망울은 수묵으로 그린 양 단아하고 통통하게 살이 붙은 코끝은 자못 깜찍했다. 전체적으로 담백한 인상이었다. 동궁은 덕로에게 시선을 던졌다. 덕로도 보일 듯 말 듯 고개를 끄덕였다.

갑자기 쏠린 사내들의 시선 때문에 덕임은 슬슬 조바심이 났다.

"흠흠! 주자 왈, 남국부인들이 후비로 인해 감화되어 투기를 하지 않고 아랫사람에게 덕을 베푸니 여러 첩들은 임금을 모시는 데 있어서……."

다행히 적절한 시점에 보덕이 낭독을 재개했다. 동궁은 언제 그랬냐는 듯 다시 책으로 시선을 돌렸다.

"……궁궐 안이 엄숙하여 왕후에게는 관저關雎의 덕이 있고 후궁은 용모를 꾸미지 않아 그 미색을 두고 기롱하는 일이 없으며, 또한 질서가 정연하여 사사로운 은혜를 믿고 청탁하는 이가 없으면 그때서야 집안이 바른 것이라 하였사옵니다."

스스로 마음을 바르게 하여 주변인과 천하에 미치게 하는 도리를 읽을 즈음, 구절 하나하나에 열성적인 태도로 임하던 동궁이 돌연 볼멘소리를 냈다.

"여자를 사랑함으로 인한 해로움은 이루 다 말할 수 없으니, 여색이란 실로 가까이할 것이 못 되는 듯하오."

"요사스러운 여색은 멀리함이 마땅하나, 모든 여색을 가까이하지 아니하겠다하시면 자칫 천하의 인륜이 끊어지지 않겠사옵니까?"

덕로가 조심스레 반박했다.

"전혀 가까이할 것이 아니라는 건 아니오. 문왕文王의 후비(后妃, 왕비)처럼 관저의 덕이 있다면야 난들 어찌하겠소."

"후비의 덕은 군자가 어찌 다루느냐에 달렸나이다. 부인치고 감화될 수 없는 자가 있겠나이까."

"집안을 다스리는 책임이야 실로 사내에게 있는 것이나, 부인의 성질과 행실이 끝내 감화되지 않는다면 도리가 없지."

지켜보던 시직(侍直, 익위사 관원)도 덕로를 거들었다.

"요순과 같은 사내조차 흔치 않은데 임사와 같은 여인을 쉽게 찾겠습니까."

"시직의 말이 옳사옵니다. 부인이 혹 어질지 못할지라도 사내가 수신제가의 도리를 다하여 이끈다면 여인도 능히 감화될 수 있사옵니다."

분위기가 좀 묘했다. 이 자리에 모인 세 명의 신하들은 모두 동궁의 총애를 받는 궁료들이었고, 동궁이 괴이할 정도로 여인을 멀리한다는 사실을 알고 있었다. 오죽하면 보령이 올해로 스물넷인데 슬하에 자식이 없을뿐더러, 빈궁을 찬밥 취급하여 발길 끊은 지 오래라는 소문이 파다할까. 궁료들은 동궁에게 선비를 아끼는 만큼 부인을 아끼는 도리 또한 가르쳐야 할 책임이 있었다.

"통하지 않는 이론이오."

동궁은 외곬처럼 굴었다.

"그렇다면 여후나 포사, 달기, 측천무후와 같은 자도 감화되어 마땅하잖소."

세 명의 궁료들은 다 같이 할 말을 잃었다.

"……저하, 포사와 달기란 천년에 한 번 나올까 말까 한 요녀들입니다. 그 드물기로 말하자면 오백 년에 한 번 나는 성인과 견주어 다를 것이 없사옵니다."

"맞사옵니다. 포사와 달기보다 덜 해악했던 여후의 경우를 보자면, 고조가 살아 집안을 다스릴 적에는 여후도 감히 악한 짓을 못 했사옵니다. 집안을 다스리는 사내로 인해 감화되었던 사례지요."

궁료들의 계속된 설득을 동궁은 단호하게 물리쳤다.

"아니, 끝내 통할 수 없는 말이오."

멀찍이서 듣던 덕임은 웃음을 참느라 거의 죽을 지경이었다. 무슨 잘난 공부를 하기에 가끔 엿들었다고 화를 내나 했더니만, 겨우 여인에 대한 것이었다. 하기야 양물을 거둔 어린 내시들도 저들끼리 둘러앉으면 계집 이야기에 바쁜데 사대부라고 별수 있으랴.

동궁은 영락없는 숙맥이었다. 여자의 성질을 논하며 포사니, 달기니 하는 유별난 요녀들의 사례만 고집하는 것도 제 딴에는 옳은가보다. 경험은커녕 글로만 여자를 배운 티가 팍팍 난다. 어찌 보면 흔들릴 여지를 막기 위해서라도 일부러 더 치기를 부리는지도 모르겠다.

그렇지만 저럴 거면 야밤에 애먼 궁녀를 붙잡고 승은이 어쩌고 병 나발도 불지 마셨어야지. 혼자만 아는 동궁의 부끄러운 과거를 곱씹느라 또 웃음이 나왔다. 술이 원수인지, 아니면 사내란 본디 모순적인 존재인지, 그것도 아니면 당시에는 그도 어려서 갈팡질팡했던 건지, 덕임은 나름대로 생각에 잠겼다. 그리고 보니 그때는 또 누가 동궁더러 마음을 털어놓을 여자가 있어야 한다는 등 조언을 했었나 보던데, 그건 누구였을까?

한데 그 순간 이상한 일이 벌어졌다.

암만 국본이라도 숙맥은 어쩔 수 없다고 눈을 굴리다가 슬쩍 고개를 든 것이 실수였다. 또다시 동궁과 정면으로 시선을 마주쳤다. 그도 별생각 없이 이쪽으로 시선을 돌린 참인가 본데 참 고약한 우연이었다. 찰나에 그는 그녀의 입가에 몰래 피어오른 미소를 보았다.

동궁의 표정이 미묘하게 변했다. 청연 때문에 마주친 그날처럼, 무표정한 가면에 아주 조그마한 균열이 일어났다.

먼저 시선을 피한 쪽은 덕임이었다.

"진실로 좋은 이야기였지만, 이 주제는 그만두는 게 좋겠소."

계속되는 설득에 동궁은 짜증스러운 기색으로 말을 돌려 버렸다.

단조로운 낭독은 두 식경이 넘도록 이어졌다. 동궁은 시강원들의 질문에 똑똑하게 대답은 했지만 아까처럼 집요하게 제 의견을 관철하려 들지는 않았다. 허점을 지적받으면 겸허히 받아들였고, 칭찬을 받으면 공손히 손사래를 쳤다. 오직 여인의 이야기에서만 발끈하다니 이상한 노릇이었다.

"수고들 많았소. 살펴 가시오."

하루 분량을 다 채우자 동궁은 서연을 파했다. 다른 궁료들은 바삐 털고 물러났지만 덕로는 끝까지 미적댔다. 동궁에게 따로 볼 일이 있는 모양이다.

덕임은 한쪽에서 분주히 움직였다. 빨리 나가고 싶었다. 아무래도 눈이 마주친 게 영 불안했다. 높으신 분이 꼬투리를 잡을라치면 발뒤꿈치가 달걀 같다고 나무랄 수도 있는 법이다. 앉았던 방석을 포개어 궤짝에 정돈하고 사용한 서안도 치웠다.

"너는 어찌 생각하느냐?"

동궁이 불쑥 말했다. 혼잣말이 아니고 묻는 말이다. 연배도 높은데다 조정의 궁료인 덕로에게 반말을 찍찍할 까닭은 없다. 덕임은 설마 하는 심정으로 고개를 들었다.

불행히도 동궁은 그녀를 보고 있었다.

"여인은 과연 감화될 수 있는가에 대해 어찌 생각하느냐 물었다."

"미천한 소인이 무얼 알겠나이까."

덕임은 속을 알 수 없는 동궁과 흥미롭다는 듯 방관하는 덕로의 눈치를 번갈아 살폈다.

"소양을 쌓는답시고 몰래 내 글공부를 엿들었던 네가 아니냐? 여자의 해로움을 과연 변명할 수 있겠느냐?"

뻔뻔스럽게도 동궁이 스스로 공명정대한 사람이라 칭했던 일이 떠올라 덕임은 눈을 가늘게 떴다. 해로운 것 취급은 견딜 수 있어도 뒤끝 심한 사람에게 잘못 걸린 죄는 어찌 감당해야 할지 모르겠다.

"저하께선 이미 답을 정해두셨는데 달리 어찌 아뢰오리까."

"내가 정해둔 답을 파훼해보라고 묻는 것이다."

동궁의 집요한 하문은 기어이 그녀가 짊어져야 할 몫이 되었다.

"현모양처를 두고도 난봉꾼 행세를 하는 사내가 분명 달기와 포사보단 많을진대 오직 여인의 허물만을 탓하고 싶어 하시니, 행여 사내역시 제아무리 관저의 덕을 갖춘 부인을 둔들 마찬가지로 감화될 수없다 아뢰면 노여워하시겠지요."

머릿속의 생각을 거르지 못해 자못 건방진 말이 튀어나왔다. 창백하게 질려 버린 덕로만큼이나 그녀 자신도 놀랐다. 먹먹하기까지 한침묵 끝에 동궁이 말했다.

"분수를 모르는 계집이다."

"저하, 하찮은 궁인이……."

덕로가 슬쩍 끼어들려는 것을 동궁이 막았다.

"사내와 여인은 경우가 다르다. 또한 너의 대답은 논지를 벗어났다."

물을 엎질렀으니 손으로 주워 담는 시늉이라도 해야 했다.

"감화된다 함은 성별을 떠나 그것을 따르고자 하는 이의 의지가 가장 중요하옵니다. 고조는 여후를 다스렸으되 끝내 감화시키지는 못하였습니다. 그런데 서경덕은 황진이를 온전히 감화시켰지요. 한편 경번당(景樊堂, 허난설헌의 별칭)은 끝내 못난 지아비를 감화시키지 못했지만, 고구려의 공주 평강은 온달을 대장부로 탈바꿈시켰습니다. 이는 황진이와 온달이 상대의 덕을 인정하고 스스로 변모하고자 하는 의지가 있었기에 가능했던 것이옵니다. 따라서 여자만의 천성적 결점이라 매도할 수는 없사옵니다."

동궁의 말마따나 논지에서 벗어나는 주장이었다. 다만 총신들의 말도 듣지 않는 마당에 궁녀가 백날 반박해 봤자 소용이 없을 것 같아 선택한 차선이었다.

다시금 침묵이 도래했다. 동궁은 아무 말 없이 덕임을 보았다. 따가운 시선에 뱃속 깊은 곳에서 정염이 불타오르는 양 몸이 뜨거워지기 시작했다.

"경은 나가 있게."

"정전正殿으로 나아가셔야 하옵니다."

"금방 따라나설 테니 밖에서 잠시 기다리게."

딴에는 구해주려고 노력했다는 동정 어린 눈빛만 남기며 덕로는 물러났다. 이제 방에는 단둘만 남았다. 야릇한 기류를 무시하려고 덕임은 안간힘을 썼다.

"네 이름."

"예?"

"성가 덕임이지."

옛날의 그는 분명 제대로 알지 못했었다. 그리고 그가 덕인이니, 덕잉이니 밑도 끝도 없이 틀려댈 때도 덕임은 결국 제 이름을 일러주지 않았다.

그런데도 지금의 그는 똑바로 알고 있다. 언제 그리고 어떻게 정확히 알아냈는지는 몰라도, 두 사람 앞에 펼쳐진 새로운 관계의 첫걸음처럼 느껴졌다.

동궁은 재차 무얼 말하려는 듯 입술을 달싹였으나 끝내 꾹 다물었다. 그는 미간만 찡그리곤 벌떡 일어섰다. 그러곤 천천히 다가왔다.

"너는 아주 맹랑한 계집이다."

그는 키가 너무 컸다. 눈을 맞추려면 고개를 한참 들어야 할 테지만, 궁녀에겐 국본과 눈을 맞출 필요가 없어서 다행이었다.

동궁은 그녀 앞에서 멈춰 서지 않았다. 어깨가 맞닿을 만큼 가까운 거리로 스쳐 지나갔다. 흑색 곤룡포 자락만이 그녀의 앞섶을 스쳤다.

"그래서 거슬린다."

작은 속삭임과 함께 그는 손수 문을 열어젖혔다.

덕임은 멍하니 그 뒷모습을 눈으로 좇다가 진짜 거슬리는 사람이 누군지 모르는군, 하고 투덜거리며 치맛단으로 서안에 묻은 먹물을 훔쳐내는 데 몰두했다.

"딱히 특기할 것 없이 깨끗하옵니다."

보름이나 들인 뒷조사에선 별 성과가 없었다.

중궁전에서 알선하는 필사 외에는 달리 교류가 없다는 말은 진실이었다. 혜빈 홍씨와의 연고야 익히 아는 바였고, 집안 사정에 대해서도 얼추 아는 그대로였다. 무관직을 사는 빈한한 중인 집안 출신이며, 부친은 죽었고 딱히 눈에 띄는 친척도 없다. 오라비들은 과거 급제도 못 했거나, 변변한 감투를 못 써 곤궁하기 짝이 없었다.

"손이 빠르고 재주가 좋아 일감은 떨어지질 않는다더군요."

알랑방귀로 잘 꼬셔놓은 궁녀에게서 정보를 캐낸 덕로가 말했다.

"달포 동안 몇 권씩도 능히 써낸다니 보통내기는 아닌 듯하옵니다."

덕임이 필사한 책이라며 덕로가 가져온 것들을 두어 장 넘겨보았다. 깐깐한 그의 눈에도 썩 쓸 만해 보였다. 필체가 의외였다. 따박따박 궤변을 늘어놓던 성깔과 달리, 조신한 모양새가 꼭 천생여인이 쓴 것 같았다.

동궁은 혀를 끌끌 찼다. 어떻게 나오나 보려고 집요하게 하문을 했더니 반응이 가관이었다. 세손빈을 생각해서 승은을 받들 수 없답시고 얌전을 떨 때처럼, 번드르르하게 둘러대며 뺄 줄 알았다. 한데 그녀는 오히려 미주알고주알 떠드느라 바빴다. 요즘에는 또 눈치를 보며 살금살금 다니던데 역시나 거슬린다. 괜히 시선이 간다. 절대 대답 못 할 만큼 어려운 질문을 던져 아주 혼쭐을 내야겠다고 벼르게 된다.

이런 기분은 실로 낯설다. 그래서 위험하다. 어떻게든 그녀를 멀리해야 할 이유를 찾아야 할 것 같다.

"정녕 결백한 궁녀라면 악착같이 돈을 모을 이유가 있나? 이만큼이나 했으면 제법 재물을 모았을 터인데 영 수상쩍질 않은가."

"공부하는 오라비들에다가 그 식솔들, 장가보낼 아우까지 딸렸으면 오히려 벌고도 남는 게 없을 겁니다."

세상물정을 모르는 동궁은 눈만 깜박였다. 덕로는 장정들이 논밭을 매지 않고 글공부를 한다는 것이 한 가정의 생계에 얼마나 큰 위협이 되는지, 과거 뒷바라지를 하려면 재물을 얼마나 쏟아부어야 하는지를 설명하느라 곤욕을 치렀다.

"장부들이 아녀자에게 빌붙어 먹다니 한심한 노릇이군."

동궁이 혀를 찼다.

"그 아비는 생전에 말단 졸개도 아니었으면서 자식들에게 남겨준

게 없나?"

"실은 그게 좀 이상하옵니다."

덕로가 가져온 종잇장을 뒤적였다.

"그 궁녀의 부친을 둘러싸고 한때 온갖 소문이 무성했는데, 제대로 아는 사람은 아무도 없사옵니다."

"나라에 진상할 공물을 빼돌렸다가 궁지에 몰린 것을 내 외가 쪽에서 무마해주었다는 이야기를 얼핏 들었는데."

"예, 하온데 그 사건에도 영 석연찮은 구석이 있어서 더 캐보았더니……."

덕로는 미간을 찡그렸다.

"그자가 한때는 돌아가신 세자저하의 측근이었던 모양이옵니다만."

동궁은 얼이 빠졌다.

"가위장假衛將과 같은 한직을 떠돌다가 익위사로 배정된 이후 승승 장구했고, 세자께서 환후를 앓다 승하하실 때까지 곁을 지켰다 하더 이다. 이름은 성가 윤우랍니다. 혹 기억나시는지요?"

"흠, 글쎄, 모르겠네. 어릴 때라서."

동궁은 채 서른도 되기 전에 요절한 아비에 대한 기억이 많지는 않 으나 늘 애틋하게 마음에 품고 그리워하는 정이 매우 도타웠다. 그래 도 세자의 환후와 죽음이 짐짓 거슬리는 주제임은 부정할 수 없었다. 언짧은 헛기침이 절로 나왔다.

"아무튼 성윤우는 몇 년 전에 죽었으니 정확히 알아내기는 어렵겠 사옵니다."

영 찜찜했다. 제 외척인 홍씨와의 인연도 달갑지 않은데, 죽은 아 비와도 연관이 있었다니 오히려 혼란스러웠다. 성윤우라는 자가 과연 그 둘 사이에서 얼마나 줄타기를 잘했었을지 의문이었다. 모후 혜빈의 일가인 홍씨와 죽은 세자는 결국 끝까지 함께 갈 순 없던 사이였다.

어린 날의 상처를 슬쩍 들여다보았다가 그는 금세 후회하고 고개를 내저었다. 언젠가는 반드시 들추어야 할 일이지만 적어도 아직은 아니다.

대신 동궁은 그 궁인을 생각하기로 했다. 참 기이한 노릇이었다. 서로 태어나기도 전부터 부모의 인연이 있었다. 마치 인륜으로서는 다스릴 수 없는 무언가가 새로운 시절이라는 이름으로 잉태되어 때를 기다리는 것만 같았다.

"관건은 그 아이를 어떻게 쓸 것인가로군."

보름 전과 똑같은 쟁점으로 돌아오며 동궁이 말했다.

"궁녀를 수족으로 부리면 얻는 것이 있사옵니다."

"글쎄. 워낙 믿을 수 없는 족속이라서."

그가 이제까지 책에서 읽고, 또 직접 보아온 여인이라는 존재들은 하나같이 해로웠다. 웃음과 눈물로 사내의 마음을 어지럽히고, 비위 맞춰주는 상대만 만났다 하면 안에서 들은 이야기를 죄다 바깥에 퍼뜨려 버리니 실로 믿을만한 것들이 못 된다.

하지만 그녀는 다르지 않았던가?

동궁은 외면하려 애써도 소용없는 과거를 떠올렸다. 그녀는 그의 입에서 나온 경솔한 말들을 듣고도 아무것도 못 들었다고 했다. 승은은 됐고 모후를 생각해서라도 정신이나 차리라고 했다.

그렇지만 그 이후로 세월이 많이 흘렀다. 스스로 택하여 걷겠다던 궁녀의 길이 그녀를 어떻게 바꿔놓았을지 모를 일이다. 쉬이 믿어선 안 된다. 설령 믿고 싶더라도 말이다. 동궁은 일말의 소망과도 같은 감정을 억지로 부정했다.

"신이 따로 그 궁녀를 만나 잘 구슬리면 뭔가 더 캐볼 수 있을 듯하옵니다."

덕로가 제안했다.

"윤허하여 주시겠사옵니까?"

그 순간 동궁은 아주 이상한 기분에 휩싸였다. 덕로를 그 궁녀와 만나게끔 하고 싶지 않았다. 동궁도 덕로가 아주 빼어난 미남자이며, 뭇 궁녀들이 그의 수려한 얼굴을 훔쳐보려 안달한다는 걸 알았다. 그가 어떻게 궐내에 거미줄 같은 정보망을 구축했는지도 새삼 떠올랐다. 얄팍한 궁인들의 환심을 사 속을 토해내게 하는 것이다. 접때도 그의 정적이나 다름없는 후궁의 궁녀를 사탕발림으로 꼬여내 긴요한 정보를 알아냈다. 덕로는 계집의 마음을 얻는 건 쉽고, 그 마음을 이용하는 건 더더욱 쉽다고 했다.

속에서 무언가 울컥 올랐다.

"한낱 궁녀를 따로 보긴! 번거롭게. 그냥 여기로 부르세."

괜한 치기였다. 밖에 기척을 주자 서 상궁이 들어왔다.

"성가 덕임이를 데려와라."

서 상궁은 기어코 올 것이 왔다는 표정이었다.

"혹 그 아이가 무슨 잘못이라도……?"

"잔말이 많다."

통박을 주는 서슬이 어찌나 퍼런지 다른 궁녀 같았으면 오금이 저려 벌벌 떨었으리라. 그러나 서 상궁은 불혹을 넘긴 노련한 궁녀였고, 동궁이 걸음마를 막 뗐을 때부터 모셔온 경력이 있으므로 동요하지 않았다.

"송구하오나 그 아이는 오늘 아침에 근신 처분을 받았으니, 족히 닷새는 바깥걸음을 할 수 없사옵니다."

"누가 벌을 주었단 말이냐?"

"스승상궁인 소인이옵니다."

스승과 제자의 관계는 상전이라 할지라도 간섭할 부분이 아니었다.

"흠, 꽤 엄한 벌을 내렸구나. 무슨 죄를 지었더냐?"

"차마 아뢰옵기 민망하여……."

서 상궁은 불쾌한 듯 입술을 오므렸다. 동궁이 다시금 다그치자 마지못해 고했다.

"궁녀들이 빨랫줄에 널어놓은 개짐(생리대)을 엮어 만든 깃발을 내시부 뜰에 세우려는 걸 소인이 직접 잡아냈사옵니다."

멀찍이 문간에 서 있던 궁녀들 사이에서 낄낄 웃음이 터졌다. 서 상궁이 날카롭게 째리자 뚝 그쳤으되 들썩이는 어깨까진 감출 수 없었다.

사실 서 상궁으로서는 대단한 수확이었다. 덕임은 늘 죄를 짓고도 요리조리 빠져나갔으므로 심증만 있지 물증이 없어 벌을 줄 수 없었는데, 요번에는 간신히 덜미를 잡은 것이다. 다만 그래 봤자 그러한 쾌거는 그 아이가 무서운 동궁의 곁에 두어도 고칠 수 없는 괴악한 버릇을 가졌다는 씁쓸한 방증이기도 했다.

"어수룩한 소환을 놀리는 건 으레 있는 장난이니 너무 심려치 마소서."

그래도 제 새끼라고, 서 상궁은 얼른 변명을 덧붙였다.

"어어……. 알았다. 물러가라."

왕손으로 살아온 이래 오늘처럼 당황하기는 처음인 동궁이 어물어물 명했다. 서 상궁은 방정맞은 궁녀들의 머리통에 꿀밤을 먹이며 자리를 비켰다.

"음, 아무래도 중궁전의 계책은 아닌 듯하옵니다. 곤전께서 내시들을 희롱하여 무얼 얻으시겠습니까."

덕로가 농담 삼아 말했다. 물론 동궁은 조금도 웃지 않았다.

5장
널 생각하고 있다

슬슬 겨울바람이 불었다. 찬바람은 칼날처럼 매서웠다.

요 근래 동궁은 심기가 불편했다. 뭇 척신들이 능멸하는 정도가 지나치기 때문이었다. 팔순을 넘겨 노쇠한 왕은 더 이상 정사를 볼 수 없을 지경이라 세손에게 대리청정을 맡기겠다는 하교를 내렸다. 한데 중신들은 결코 받잡을 수 없다며 난리를 쳤다. 특히 좌의정 홍정여가 분개했다. 그는 동궁이 당파는 물론이요, 조정의 일에 대해 전혀 알 필요가 없다는 둥 무엄하게 대응했다. 심지어는 전교를 받잡지 못하도록 승지의 앞을 가로막기까지 했다. 응당 열이 뻗칠 수밖에 없는 노릇이었다.

"오늘 아침에도 자꾸 트집을 잡으시는 통에 세숫물을 여섯 번이나 새로 올렸지 뭐야."

영희가 벌겋게 튼 제 손을 내밀었다. 궁녀들은 평소 은신처 삼아 모이는 도깨비 전각 뒤뜰, 별간 쪽 으슥한 구석에 화톳불을 피운 참이었다.

"왜 화풀이를 우리한테 하신다니."

"심술은 아니고 얼굴에 뭐가 나서 그러신 거야. 너무 뜨겁거나 찬물에 닿으면 더 심해진다고 어의가 신신당부를 했거든."

타닥타닥 타오르는 불씨에 밤을 구우며 덕임이 말했다.

"네가 나 말고 저하 편을 드는 날이 오다니!"

"에이, 편을 들기는! 그냥 그렇다는 거지."

"그러고 보니 너 요즘 저하 곁에 자주 붙어 있더라?"

경희가 눈을 가늘게 떴다.

"붙어 있고 싶어서 있는 게 아니야. 다들 나한테 떠넘긴단 말이야."

어느 정도 일에 익숙해지자 월혜를 필두로 다들 한통속이 되어선, 덕임더러 얼른 저하 곁에 가 있어라 쪼아대기 시작했다.

동궁이 여러모로 번거롭게 굴기 때문이었다.

우선 그는 성정이 의외로 부산스러웠다. 좀이 쑤셔 못살겠다는 듯 케케묵은 서고 정돈, 벼루 갈기 등 사소한 일은 친히 했다. 시비侍婢들을 부려먹지 않으니 다행 아니냐 묻는다면 어불성설이다. 상전이 허드렛일을 하는데 멀뚱히 지켜보며 마음 편할 시종이 어디 있으랴. 대신 하겠노라 나설라치면 누가 입을 열라 했느냐며 면박이나 돌아오기일쑤였다. 하여 궁인들은 꼭 일하는 시어머니를 보는 며느리의 심정으로 가슴만 졸여야 했다.

변덕도 악질이었다. 겸사서라든가 총신들이 들면 알짱대지 말라며 내쫓는데, 막상 나가고 나면 왜 시위하는 궁인이 하나도 없느냐며 투덜거렸다. 갈증이 난다며 찬물을 떠오라고 시켜놓고는 찬물은 속에 좋지 않다고 딱딱거리고, 답답하니 창을 열라더니 돌연 날도 추운데 문은 왜 열어놓았느냐며 핀잔주기도 예사였다. 십수 년 넘도록 동궁을 모신 상궁들마저도 속수무책, 눈치껏 처신하라는 처방만 내렸다.

지긋한 신료들과의 토론에서 한 마디도 지지 않을 만큼 영민한 동궁이 설마 건망증이 있어 그런 건 아닐 터. 필시 골탕을 먹이려는 심보라 당하는 궁녀들의 불만은 쌓이고 또 쌓였다.

한편 덕임은 그 밖의 이유 때문에 또 불편한 참이었다.

자신을 대하는 동궁의 태도가 괴이했다. 궁녀와는 일절 말을 섞지 않는다는 동궁이 웬걸 자주 말을 붙였다. 궁녀들의 번살이 규칙이랄지, 별감과 궁녀 사이의 접촉이 잦은지, 사가의 물품을 언제 어떻게 들여오는지와 같은 질문을 책 읽는 중에 툭툭 던졌다.

대답 찾기가 아주 고역이었다. 대충 궁궐 돌아가는 사정을 알고 싶어 하는 기색이긴 한데, 왜 그걸 하필 자신에게 묻는지가 영 석연치 않았다. 덕임이 고민 끝에 얼버무릴 때마다 동궁은 몹시 언짢은 표정을 지었다.

"생항아님들, 서찰이옵니다!"

등 뒤에서 불쑥 인기척이 났다. 글월비자 목단이었다. 검푸르게 물들인 옷을 입은 목단이의 뺨은 빨갛게 얼어 있었다.

"여기 있는 줄 어찌 알았니?"

덕임이 화톳불에서 피어오르는 시커먼 연기를 손으로 휘휘 저었다.

"군밤 냄새가 나서요. 대낮에 도깨비 전각에서 밤을 구워 먹을 사람은 성씨 생항아님뿐이잖아요."

거참 당연한 걸 묻는다고 목단은 어깨를 으쓱했다.

"아무튼 고맙다, 어서 다오!"

제일 신난 사람은 경희였다. 그녀 앞으로는 두 장의 서찰과 작은 꾸러미가 왔다. 복연과 영희도 각기 사가에서 보내온 서찰을 받았다.

"내 건 없니?"

"예. 성씨 생항아님 앞으로는……. 아무것도 오지 않았네요."

목단이는 보따리를 다시 살펴보곤 고개를 설레설레 내저었다.

이달 말에 계례를 치른다고 몇 번이고 서찰을 써서 보냈는데 이번에도 답변이 없다니 참 이상하다. 목단이 떠나자 덕임은 불쏘시개로 애꿎은 밤만 쿡쿡 찔렀다. 그 의기소침한 꼴을 보고 경희가 말했다.

"너희 오라버니들 괜찮은 거니? 왜 아직까지 소식이 없어?"

궁녀들도 여항의 처녀들처럼 계례를 치른다. 견습을 하는 생각시가 정식 나인으로 탈바꿈하는 날이자, 신랑 없는 혼례를 치르고 공식적인 왕의 여자가 되는 날이다. 법도에 따르면 입궁한 지 십오 년이 지난 뒤에나 계례를 치를 수 있다지만, 일손도 빠듯하거니와 과년한 처자들을 어린아이에 묶어두긴 영 괴란쩍다는 이유로, 요즘에는 대충 열여덟 즈음이 되면 치러준다.

드디어 덕임과 또래 궁녀들도 계례를 치른다. 사실 좀 늦은 편이었다. 지난 몇 년간 흉년이라 씀씀이를 줄여야 한다느니, 시기가 길하지 않다느니, 차일피일 미뤄지다가 나이 스물을 훅 넘긴 지금에서야 간신히 때가 온 것이다.

계례 때는 궁녀의 사가에서도 진짜 혼례처럼 음식상을 거하게 차려 궐에 들여보내는데, 대개 궁녀의 주인에게까지 오르게 된다. 그 말인 즉슨 식구들이 마련한 음식이 동궁의 상에까지 오른다는 뜻이다. 식성이 워낙 까다로운 분이라 입맛을 어찌 맞출까 생각하면 눈앞이 캄캄하다.

다만 역시 그보다는 금전적인 문제가 우선이다. 상을 초라하게 차리면 빈축을 사기 마련이라지만, 없는 형편에 구색만 갖춰도 용하다. 혹 오라비들도 부담감에 짓눌려 당황한 건 아닐까? 그래서 여태 묵묵부답, 답장을 써주지 않는 걸까?

"우리 어머니도 상을 어떻게 차려야 할지 모르겠다셔. 누룽지도 괜찮냐는데, 어쩜 좋아."

가난하기로 치면 덕임과 별반 다를 것 없는 영희도 앓는 소리를 냈다.

"넌 내가 우리 아버지한테 말씀 드려놨어. 따로 준비하지 마."

"너희 집에서 내 상까지 차려주겠다고?"

경희는 새치름하게 대꾸했다.

"우린 오촌이잖아."

말이 좋아서 오촌이지 영희와 경희는 사실상 남남이나 다름없다. 경희의 집안은 대대로 역관을 지낸 중인인 반면, 영희네 집은 밭을 매어 근근이 먹고사는 상민이니 말이다. 심지어 경희와 영희는 성씨도 다르다.

"고마워, 경희야!"

영희가 환하게 웃으며 경희의 어깨를 끌어안았다.

"왜 이래! 귀찮게."

짜증스럽게 영희를 밀어내는 경희의 얼굴은 발갛게 물들어 있었다.

"복연이 너는 괜찮니?"

"응. 여윳돈이 있대."

복연의 가족은 시전에서 조막만한 매대를 세우고 장사를 하는데 예년보다 벌이가 괜찮았던 모양이다.

나름대로 준비를 마친 친구들을 보고 덕임은 더욱 시름에 잠겼다. 계례상을 마련하지 못했으니 생각시로 쭉 남으라 하면 어떡하지. 불안감도 참 속절없었다.

"정 힘들 것 같으면 말해. 네 것까지 해줄게."

경희는 안하무인인 평소와 달리 자못 조심스레 제안했다.

"아냐. 일단은 더 기다려 볼래."

오라비들과 마지막으로 함께 산 지 벌써 십 년도 더 지났다. 아버지의 상례를 치를 적에는 잠깐밖에 못 봤다. 강산이 변할 만큼 긴 세월 동안 오라비들도 얼마나 변했을지는 모르겠다. 그래도 궁색한 핑계를 대어 누이의 평생 한 번 있는 날을 망칠 사람들은 아니라고, 사방팔방으로 애쓰는 중이라고 믿기로 했다.

경희가 다시금 구슬리려는 걸 영희가 조용히 막았다.

"계례를 치르기 전에 시재를 본다는 게 사실일까? 우리 세답방 항아님들은 불통不通을 받으면 출궁 당한다고 겁을 주던데."

분위기를 바꿔보려는 듯 복연이 화제를 돌렸다.

"순 거짓말이야. 그럴 거면 뭐 하러 시간과 재물을 들여 어린애들을 가르치겠니?"

경희가 뻣뻣하게 대꾸했다.

"하지만 통과의례가 있는 건 사실이야. 나는 수방 아이하고 짝을 지어서 세손빈 마노라의 당의를 지어야 해."

"왜 수방 애랑 짝을 지어?"

"상전께 바치는 첫 옷은 화려할수록 복을 받는대. 무늬를 다채롭게 넣고, 술이나 장식도 많이 달고. 그래서 옷은 내가 짓고 장식은 수방 애가 하는 거지."

"네 짝은 누군데?"

간단한 질문인데도 경희는 대답하지 못했다.

"혹시 수방 애들도 널 따돌리니?"

영희가 미간을 찡그렸다.

"그래. 아무도 나와는 짝을 하려 하지 않아."

"접때 네가 수방은 침방으로 못 오는 얼뜨기들이나 있는 데라고 욕해서 그런 거냐?"

"걔들이 먼저 시비를 걸었어! 나보고 엉덩이가 가벼운 년이라고 했다니까."

경희는 복연의 무신경함에 파르르 성을 냈다. 복연은 황급히 영희 뒤로 숨었다.

"내가 도와줄까?"

덕임이 화톳불에서 군밤을 건져내어 경희에게 휙 던졌다. 치마폭으로 뜨거운 밤을 받아낸 경희는 앙칼지게 눈을 치떴다.

"넌 바느질이라면 꽝이잖아."

"아, 그렇지. 그래도 뭔가 생각해 낼게."

"어어, 나도! 다듬이질은 해줄 수 있어."

불덩이처럼 뜨거운 밤을 껍데기째 홀라당 먹으며 복연이 거들었다.

"됐어. 너희들 앞가림이나 잘해."

아무도 경희의 면박을 진지하게 듣지 않았다.

"근데 이건 누가 보낸 거냐?"

복연이 경희의 무릎 위에 놓인 서찰을 쿡 찔렀다. 다른 서찰들과 달리 화려한 비단 봉투였다. 경희는 복연이 후두둑 뱉어낸 밤 껍데기를 피하며 봉입을 뜯었다.

한 글자씩 읽어 내릴수록 경희의 얼굴엔 희색이 돌았다.

"내가 조 상궁 마마님의 뱃놀이에 초대받았어!"

"뭐, 그게 정말이야?!"

다들 일제히 입을 모았다.

조 상궁의 꽃놀이와 뱃놀이는 장악원掌樂院 악공이 풍악을 울리는 가운데 어여쁜 기생과 액례夜隷, 궁노宮奴가 잔뜩 따르는 잔치다. 정승들이 노니는 강가의 정자나 한적한 별채를 통째로 빌려 유흥을 즐긴단다. 어지간한 위세가 아니고선 있을 수 없는 일이다.

물론 대단한 잔치들이 다 그러하듯 아무나 갈 수 없는 게 흠이었다. 대개는 뒷배가 짱짱한 궁녀들이나 특출한 재주를 지닌 궁녀들만이 초청장을 받는다.

"왜 나는 안 불러주는 거야? 필사부터 대필까지 성심껏 해다 바쳤는데!"

덕임이 분한 기색으로 외쳤다.

"그야 당연하지. 너는……. 너무 너잖아."

경희가 거만하게 대꾸했다.

"근데 가면 뭘 하는 거야? 설마 정말로 꽃이나 보고 배나 타다가 돌아오지는 않을 거 아니야? 기녀는 왜 데려가는 거지?"

영희가 고개를 갸우뚱했다.

"아무도 몰라. 조 상궁의 놀이에 참석한 사람들은 무조건 함구해야 한대."

믿을 수 없이 음탕한 일이 벌어진다더라 하는 풍문만 떠돌았다. 요즘 장안에서 유행하는 춘화春畵의 소재며 음란한 풍속의 진원지가 조상궁의 놀이라고 하니 실로 말 다했다.

"다녀와서 다 말해줄 거지?"

복연이 안달하며 눈을 빛냈다. 경희는 원래 으스대길 좋아하는 아이지만, 이 순간에는 특히 콧대가 하늘을 찌를 지경이었다.

"생각해 볼게."

아무도 자신과 짝하길 원치 않는다는 참담한 현실은 벌써 잊었나 보다.

"잠깐만, 쉿!"

덕임이 갑자기 화톳불을 몸으로 덮듯 가렸다. 나머지 세 궁녀도 엉겁결에 따라했다.

"세손저하랑 겸사서야."

덕임의 손끝이 작당이라도 꾸미는 양 가까이 붙어 선 동궁과 덕로를 가리켰다. 심각하게 맞댄 얼굴들이었다. 말소리는 들리지 않았다. 도깨비 전각 뒤뜰이 궁녀들만의 은신처는 아닌 모양이다.

"어쩜 저렇게 붙어 다니신다니?"

"동궁께서 기댈 사람은 상감마마랑 겸사서뿐이니까 그렇지!"

경희가 얼른 아는 체했다.

지지기반이 불안정하고 척신들에게 위협받는 동궁은 늙은 왕의 절대적인 총애 없이는 살아남을 수가 없는 팔자란다. 성품이 대범하고 머리가 비상한 홍덕로 덕분에 살얼음판 같은 이 바닥에서 간신히 몸을 가누고 있는 판국이라고.

"좌상께선 뭘 어쩔 생각인지 모르겠어. 어쨌든 동궁께선 국본이시고 결국에는 어좌에 오르실 텐데, 왜 그리 뻗대는 걸까?"

"꼭 그런 것만은 아니지."

경희는 더더욱 목소리를 낮췄다.

"돌아가신 세자저하의 서자들이 사저에 살고 있잖아."

영희의 얼굴이 새파랗게 질렸다. 경희가 말을 이으려 했지만 덕임이 얼른 막았다.

"큰일 날 소리는 하지도 마."

한편 동궁과 덕로는 저들끼리 속닥이다 곧 웃음을 터뜨렸다.

이상했다. 평소 웃는 법을 모르는 양 딱딱하게 굳어 사는 사람치고, 동궁은 너무나 다정하게 웃었다. 기운 달처럼 부드럽게 곡선을 짓는 눈이나 반듯한 이를 드러내는 호방한 입술 따위가 무척 낯설었다. 외로운 뒷모습의 소년에게도 비로소 벗이 생긴 걸까? 친구라는 말을 이해하지 못하겠다던 어린 동궁의 잔상이 문득 덕임의 뇌리를 스쳤다.

"겸사서 나리는 너무 잘생기지 않았니?"

영희는 덕로에게서 눈을 떼지 못한 채 얼굴을 붉혔다.

"맞아. 저런 미남자는 둘도 없을 거야. 난 연애소설을 읽을 때마다 겸사서 나리를 떠올린단다."

복연도 맞장구를 쳤다. 영희가 넌 어떠냐며 경희를 부추겼다.

"사내란 모름지기 쌀 두 가마니는 짊어질 수 있을 만큼 튼실한 게 최고야. 저렇게 야리야리한 사내가 정력이나 있겠니?"

앵무새가 피를 쏟아가며 순결을 장담해 준 생각시 주제에 뭘 안다고, 경희는 또 잘난 척을 했다.

"은근히 서로 생긴 것도 잘 어울리는 것 같아."

갈망 어린 시선을 거두지 못하며 복연이 말했다. 일리가 있었다. 덕로는 어지간한 여인보다 희고 고운데 반해 동궁은 키가 크고 풍모가 사내다우니, 언뜻 보기 좋은 한 쌍 같았다.

"저러니 남색 소리가 다 나오지."

"너 진짜!"

말을 가릴 줄 모르는 경희 때문에 영희는 도로 새파랗게 질렸다.

"다들 아는 우스갯소리야. 동궁께선 겸사서하고 붙어 다니시느라 빈궁전 걸음하실 짬이 나질 않으신다, 그런 말 많은걸."

"빈궁께선 어떤 분이셔?"

덕임이 호기심에 차서 물었다.

"뭐, 조용하셔. 너무 매가리가 없으신 게 흠이지. 축축 늘어지거든."

자신에게 시선이 집중되자 신이 난 경희가 종알종알 덧붙였다.

동궁 내외 사이가 별로라지만 사실 그렇게까지 나쁜 건 아니란다. 동궁은 빈궁을 늘 점잖게 대한다나. 가례를 올린 지 벌써 십삼 년째요, 자식도 없거늘 첩은 품지 않으니 오히려 성실한 지아비라 칭송받아 마땅했다. 다만 그렇다고 해서 사이가 마냥 좋은 건 또 아니라고. 내외지간엔 공통점이 단 하나도 없었다. 무뚝뚝한 동궁의 비위를 맞추기에 빈궁은 천성이 소심하며 말재주가 별로란다. 내외가 나누는 대화라곤 날씨나 웃어른들에 대한 걱정이 고작이다. 그런 주제마저 떨어지면 오직 침묵뿐이고.

"합궁 때는 특히 최악이래. 저하께선 대충 마치고 춘궁으로 돌아가려고 안달을 하신다더라."

경희가 말했다.

"뭐, 그마저도 그만둔 지 한참 되셨지만."

왕실의 합궁은 예조 관상감에서 정하는데, 여인의 달거리에 따라 길일을 맞추다 보니 기껏해야 한 달에 한 번이 정례다. 피 끓는 이팔청춘 사내가 그 한 번의 기회마저 팽개치기 일쑤라니 어지간히 데면데면한가 보다.

"넌 지밀도 아니면서 그런 걸 어떻게 다 알아?"

"좁은 궐 바닥에서 소문이 안 나려야 안 날 수가 있니."

경희는 발끝으로 아직 따뜻한 밤 껍데기를 툭 찼다.

"내가 동궁마마라도 썩 달갑지 않을 것 같아. 현숙한 부인이니 뭐니 하는 건 순 헛소리야. 말을 삼가고 조신한 부인이 최고라니, 흥! 앵무새처럼 맞장구만 치는 여자를 들여앉혀 봐야 무슨 재미가 있겠니?"

"그럼 어떤 여자가 들어앉아야 재미있는데?"

"글쎄. 아무튼 빈궁마노라는 아니야."

경희는 의미심장하게 뚝 잡아뗐다.

"네 눈에 차는 사람이 세상에 있기는 하냐?"

"난 사실을 말할 뿐이야."

경희는 새침하게 복연의 타박을 받아쳤다.

"성가 덕임이! 어디 있느냐!"

한가로운 때는 그걸로 끝이었다.

천지라도 개벽할 기세로 울려 퍼지는 월혜의 고함소리에 덕임은 소스라치게 놀랐다. 잠깐 밤만 굽고 간다는 게 너무 지체한 모양이었다. 한데 월혜보다 더 큰 문제는, 그녀의 고함 때문에 동궁도 옹기종기 모여 앉은 어린 궁녀들을 발견했다는 것이었다. 얼어붙어 꼼짝도 못 하는 동무들의 등을 덕임이 떠밀었다.

"내가 알아서 할 테니까 너흰 도망가! 얼른!"

궁녀들은 각기 다른 방향으로 흩어졌다. 홀로 남은 덕임은 쭈뼛대며 동궁의 눈치를 보다가, 고새 쫓아온 월혜에게 귀가 잡혀 질질 끌려 갔다.

"아주 마실을 나와 계셨네?"

"시키신 일 다 끝내고 잠깐 나온 거예요, 항아님!"

"야, 내가 뭐랬어? 일 다 하면 얌전히 저하 곁에 붙어 있으랬…….에구머니나!"

뒤늦게 동궁과 덕로를 발견한 월혜는 펄쩍 뛰었다.

"또 너냐?"

동궁은 한심스럽다는 표정이었다.

"출출해서 잠깐……. 하시는 말씀은 전혀 듣지 않았나이다."

경계심은 아니었다. 그래도 덕임은 또 염탐이 어쩌고 의심을 살까 얼른 횡설수설 변명했다. 동궁은 귀찮다는 듯 손만 획 저었다.

월혜가 다시 덕임의 뒷덜미를 잡아끌었다. 동궁이 한참 멀어졌을 때서야 놓아주었다. 그녀는 상당히 의외라는 눈빛으로 덕임을 훑어보았다.

"서 상궁 마마님 말씀이 옳았어. 너처럼 저하께서 허물없이 대하는 궁인은 처음 본다."

"예에? 뭐가요?"

저 모르는 사이 허물없다는 말의 뜻이 바뀌었나 보다.

"조심해. 여긴 궐이야. 줄을 제대로 못 타면 곤두박질친다고."

"제가 탈 줄이 어딨습니까?"

"생각 잘해. 친절하게 대해준다고 홀랑 넘어가지 말구."

그녀는 불안한 표정으로 흘끗 돌아보았다. 동궁과 덕로는 자리를 옮기는 중이었다.

"겸사서는 특히 조심해야 해. 저 어여쁜 얼굴에 넘어가 피 본 궁녀가 한둘이 아니야. 고서헌古書軒 마마님 휘하에 있던 애도 겸사서 꼬드김에 상사병을 앓더니, 상전에 대한 비밀까지 누설했다더라."

고서헌이라면 늙은 왕의 후궁인 숙의 문씨를 이르는 당호堂號다. 팔순의 왕을 녹진하게 녹여 스무 살배기 청년처럼 정력을 돋운다는 방중술은 진즉부터 유명했다.

"그 나인은 어떻게 되었는데요?"

월혜는 손으로 목을 긋는 시늉을 해 보였다.

동궁은 어지간히 꼬장꼬장한 사대부도 울고 갈 만큼 엄격했다. 법도에 어긋나는 행동은 일절 하지 않았으며, 귀찮아서 아무노 따르지 않는 사소한 규칙도 지켰다. 허투루 넘기는 태도가 폐단을 자초하는 법이라며 골을 냈다.

그러한 까다로움이 그 자신에게만 국한되었다면 다행이련만, 유감스럽게도 동궁은 제 주변의 사람들도 완벽하기를 바랐다. 그는 흡사 깐깐한 시어머니처럼 하루에도 수십 번씩 궁인들의 트집을 잡았다. 땅은 머리가 흐트러졌다, 먼지가 앉았다, 거슬리는 점도 가지가지였다. 지각이라도 했다간 자비 없이 곤장을 때렸고, 묻는 말에 빨리빨리 대답을 내놓지 못하면 매섭게 꾸짖었다.

하지만 동궁에게는 은근히 잔질한 구석도 있었다. 곤장을 때린 뒤에는 내의원을 시켜 고약을 내렸으며, 불같이 화를 낸 다음에는 저녁 즈음 따로 불러 슬며시 달래주기도 했다. 울컥하는 성미를 고쳐야 하는데 쉽지 않다는 한탄으로 사과를 대신하기도 했다. 그 꼬장꼬장한 성질에도 불구하고 내시와 궁료들이 동궁을 흠모하는 까닭은, 은근히 부드러운 면모와 이유 없이 포달지게 굴지 않는 그의 분별력 덕분이었다.

형편이 대강 이러하니 투미한 궁녀들은 서로 내빼며 살길을 찾았고, 덕임은 먹이사슬의 최하층에 있었다. 하여 오늘도 내실에서 번을 설 사람은 그녀였다.

숨소리 발소리 죽이며 내실로 들어섰을 때, 동궁은 홀로 책을 읽고 있었다.

"옷고름이 비뚤다."

눈도 돌리지 않고 동궁이 툭 내뱉었다. 옆통수에도 눈이 달렸나, 덕임은 기겁하며 얼른 바로 맸다.

"저어, 오시午時가 다 되었는데 낮것상을 들일까요?"

"생각 없다."

아무렴, 뭘 기껍게 먹는 꼴을 본 적이 없다.

그는 입이 몹시 짧다. 딱히 좋아하는 음식은 없지만 싫어하는 음식은 엄청 많았다. 목이 막히는 떡이나 견과류는 질색, 맵고 짠 음식도 꺼렸다. 달달한 과자도 싫단다. 그나마 잘 먹는 건 칼칼한 탕국과 밥인데 쌀밥은 몇 술 뜨다 말기 일쑤요, 함께 나오는 홍반(紅飯, 팥밥)은 거들떠도 아니 봤다.

식생활도 불규칙했다. 아침에는 속이 부대낀다며 자주 상을 물리치고, 낮것과 저녁때는 공부를 한다든가 내키지 않는다며 끼니를 걸렀다. 허기를 심하게 느낄 즈음에야 겨우 숟갈을 드는데, 그땐 또 배가 고프다 보니 과식을 하곤 했다. 그래놓고선 더부룩하다고 투덜거리며 막힌 속을 뚫는 데 최고라는 담뱃대를 오래도록 태웠다.

"그만해라."

동궁이 책장을 넘기며 불쑥 말했다.

"어딜 감히 함부로 보느냐."

시선이 거슬려 집중이 안 되는 모양이었다.

"기왕 말씀 붙이신 김에 하나만 여쭈어도 될는지요?"

동궁은 묵묵부답이었다. 덕임은 침묵이 곧 긍정이라고 제멋대로 해석했다.

"좋아하시는 음식이 무엇이옵니까? 쭉 지켜보았사온데 알 수가 없어서요."

"알아서 무얼 하려고?"

"굳이 계례상까지 차리는데 잘 차려야지요."

계례상은 복을 나눈다는 의미로 온 궁실宮室에서 나누어 먹는다지만 눈치를 보아야 할 사람은 오직 한 분이다. 덕임은 오라비들이 상차림이 곤란하여 여태 답장을 하지 않는가보다 지푸라기를 잡으며, 어떻게든 조인을 해줄 요량이었다.

"그래, 계례가 이달 말에 잡혔다지?"

그는 묻는 말은 무시하고 엉뚱한 소리나 했다.

"올해 동궁의 지밀 중에서 계례를 치를 생각시는 너 하나뿐이라 들었다. 하면 시재를 너에게만 내리면 되겠구나."

"시재라니요?"

"원래 계례 때는 그 주인이 시재를 내리는 게 법도다."

그럴 리 없다. 진즉 월혜를 들들 볶았는데 동궁 지밀방은 따로 통과 의례가 없다고 부모의 이름을 걸고 장담까지 했다. 필시 골탕을 먹이려는 수작이다.

"그리 말씀하신다면야 그렇겠지요."

어차피 우기면 이길 도리가 없어 덕임은 샐쭉하게 대꾸했다.

"소인과 여인과 군자를 동시에 가르치는 글을 가져와라. 그게 시재다."

"실마리도 아니 주시옵니까?"

귀찮게 머리 쓰는 수수께끼인 성싶다.

"미천한 소인의 수준에는 너무나 어렵사옵니다."

"그래서 쉽게 내달라는 게냐?"

"예, 저하!"

아주 뻔뻔하게 요구하는 덕임을 보고 동궁은 기가 찬 듯 웃었다.

"통通을 못 받으면 석 달 치 봉급을 감할 것이다."

"아, 아니 되옵니다!"

동궁은 사색이 되어 매달리는 덕임을 물끄러미 보더니만 곧 훌훌 털어냈다.

"난 집경당集慶堂으로 간다. 넌 정색당이나 치워둬라."

늙은 왕이 정사를 보는 동안 시좌를 하러 갈 참인가 보다. 동궁은 문간을 나서다 말고 어깨를 축 늘어뜨린 덕임을 흘끗 돌아보았다.

"내가 가장 좋아하는 음식은 술이다. 어디 구할 수 있으면 해보거라."

금주령이 여전한 판국에 술을 좋아한다고 저토록 당당하게 말하다니, 사람 염장을 지르려고 작정했나 보다.

"참고로 송절차는 안 된다."

동궁이 덧붙였다.

"남의 답을 베끼는 건 너무 쉬우니까."

계례 이야기는 꺼내지도 말걸. 덕임은 뒤늦은 후회를 했다. 끝까지 저 할 말만 하고 떠나는 얄미운 등에 그녀는 몰래 주먹이나마 휘둘러보았다.

책을 좋아하는 동궁은 궐 여기저기에 서고를 많이 만들어뒀는데, 그중에서도 정색당은 특별히 아끼진 않으나 딱히 나쁘지도 않은 책들을 쟁여두는 곳이었다.

덕임이 속으로 연신 투덜거리며 툭툭 걸레질을 하는데, 옆에서 누가 불쑥 튀어나왔다.

"여기 이 서가는 비우고, 꺼낸 책을 저쪽에 옮겨 꽂으면 되오."

동궁을 그림자처럼 쫓아다니는 그 잘생긴 겸사서였다. 한데 그대로 휙 지나쳐 가려던 덕로는 문득 덕임의 얼굴을 알아보고 걸음을 멈추었다.

"아! 성씨 항아님이로군. 아니, 아직 생항아님인가?"

"저를 아십니까?"

"나나 생항아님이나 항시 저하 곁에 붙어 있는데 면식이 없겠소?"

야릇한 웃음이 그의 말꼬리를 뒤따랐다.

"생항아님이 아주 흥미로운 소릴 한 것도 기억한다오."

덕로는 친근하게 굴며 한걸음 다가왔다.

"그때 말하는 걸 보니 책을 좀 읽은 듯싶던데. 관비 출신은 아닌가보오?"

"예, 아닙니다."

"친지 중에 녹을 먹는 자가 있소?"

"먹는 사람도 있고 안 먹는 사람도 있는데요."

"허어, 오라비들은 출사를 못 했나? 일가족을 건사하려면 고생이 크겠소."

덕임은 자신의 성의 없는 대꾸에도 아랑곳하지 않고 들러붙는 덕로를 빤히 보았다.

"저한테 오라비들이 있는 줄은 어찌 아십니까?"

수려한 용모에 사근사근한 말씨까지 더하니 오히려 위험하다. 차라리 동궁처럼 아예 숙맥은 뻔하기라도 하지, 이런 부류는 훨씬 어둡고 음험하기 마련이다. 이미 답을 아는 질문을 하며 아첨하는 말투도 심히 거슬린다.

덕임은 주위를 돌아보았다. 다른 내시들과 궁녀들은 멀찍이서 정리를 하느라 분주했다. 그녀는 선뜻 어깃장을 놓았다.

"저는 아닙니다."

"무슨 말이오?"

"다른 궁녀들처럼 홀딱 반해 미주알고주알 털어놓지 않을 거라구요."

덕로는 아까보다 더 환하게 웃었다.

"정녕 이 얼굴을 보고도 반하지 않을 자신이 있소?"

한술 더 떠 코앞까지 얼굴을 바짝 들이민다.

한없이 경박한 태도였으되 교묘히 감춘 치밀한 이면에 덕임은 바싹 긴장했다. 안 그래도 겸사서는 잘생긴 만큼 특이하기로 이름이 높다. 궁중 한복판에서 혼자 노래를 부르며 어깨춤 춘다든가, 시정잡배들과도 거리낌 없이 어울린다든가, 소문도 자자하다. 그런 사내가 답답할 만치 원리원칙을 따지는 동궁의 마음을 사로잡은 걸 보면 결코 보통내기는 아닐 것이다.

"기생오라비처럼 생긴 사내는 싫습니다."

덕임이 불편한 간격만큼 물러서며 허세를 부렸다.

"처음 보았을 땐 내 얼굴에서 눈도 못 떼질 않았소. 그새 담력을 키우셨나?"

좁은 문간을 지나가다 맞부딪친 날을 기억하나 보다.

"나 같은 기생오라비는 싫다니, 혹 저하처럼 맹호 같은 사내가 좋소?"

실실 쪼개는 모양이 영락없는 희롱이었다.

"그렇지만 나 같은 사내가 계집의 마음은 더 잘 아는 법이라오. 물론 여인의 몸이 원하는 것도 잘 알지. 어때, 한번 알아보고 싶지 않소?"

낮고 그윽한 목소리가 귓가에 퍼지자 눈앞이 아득했다. 그래도 자존심이 있지, 이대로 마냥 휘둘릴 순 없었다. 덕임은 곧장 의표를 찌르며 반격했다.

"저하도 나리도 그만두시지요."

"그건 또 무슨 말이오?"

"은근히 떠보는 것 말이옵니다. 저는 중궁전과는 아무런 관계도 없습니다."

딕로의 눈빛이 얼음장처럼 차게 식었다.

"설마 먼저 중궁전 이야기를 꺼낼 줄······."

"저어, 혹시 세손저하의 시강원 되십니까?"

두 사람의 기 싸움에 불쑥 끼어든 사람은 처음 보는 내시였다. 그는 매우 어정쩡한 자세로 딕로의 등 뒤에서 고개를 쑥 빼고 있었다.

"주상전하께서 춘궁의 강목을 가져오라 명하셨으니 내어주시지요."

뜬금없는 방해에 덕로가 어리둥절 물었다.

"뭐……? 강목? 아니, 갑자기 그걸 왜 찾소?"

"어명이라 하지 않습니까. 흠! 어서 주시지요."

덕로는 직감 상 뭔가 잘못되었다는 걸 알아차렸다. 지금쯤 동궁은 정전에서 시좌를 하고 있을 터, 분명 일이 꼬인 것이다.

《자치통감강목自治通鑑綱目》이 무어냐. 모름지기 사대부라면 읽어야 하는 필독서지만 궁정에서 함부로 거론하기는 어려운, 실로 금서나 다름없는 책이다. 늙은 왕은 강목의 내용 중 이모비야爾母婢也, 즉 '네 어미는 계집종이다.' 라는 구절을 끔찍하게 싫어했다. 읽지 말라고 공공연히 눈치를 주기도 했다. 모후의 출신이 미천한 데서 기인한 연유였다. 그토록 학을 떼는 책을 좋은 이유로 가져오라 할 리 없다.

덕로는 침착하게 돌아가는 상황을 추리하려 애썼다. 접때 책고 구석에서 찾아낸 《삼방촬요三方撮要》를 며칠 동안 즐거이 읽다 뗀 동궁은, 한숨 돌릴 겸 쉬운 글이나 다시 읽어야겠다며 강목을 잡았다. 그저께 아침에도 읽는 모습을 보았다. 그래, 어쩌면 요즘 무슨 책을 읽느냐는 왕의 단순한 물음에 저도 모르게 강목을 읽는다고 대답을 해 노여움을 샀는지도 모르겠다.

"그 책은 주합루에 있으니 거기로 가십시다."

일단은 시간이라도 끌어보려 했다.

"정색당에 뒀다는 동궁의 말씀을 듣고 오는 길입니다만."

어림없는 소리라는 양 내시가 혀를 끌끌 찼다.

"아아, 내가 착각을 했나 보군. 어디 한 번 찾아봅시다."

"마침 이 나인이 가지고 있는 것 같은데요."

아무 생각 없이 서 있던 덕임은 화들짝 놀랐다. 내시의 말이 맞았다.

덕로가 알은체를 하기 전에, 마른걸레로 훔치던 책이 마침 강목이었다. 자세한 영문은 몰라도 심상찮은 기운만은 감지한 덕임은 어찌할 바를 몰랐다.

결단을 내린 사람은 덕로였다.

그는 덕임의 손에서 강목을 낚아채더니만, 문제의 내용이 담긴 부분을 북 찢어버렸다. 그것도 모자라 웃는 낯으로 내시에게 건네기까지 했다. 면전에서 벌어진 그 꼴을 덕임만큼이나 얼빠지게 보던 내시는 멍하니 책을 받았다. 내시는 입술을 잘근잘근 깨물며 눈치를 살피더니만, 이윽고 아무 소리 없이 떠났다.

충격에 휩싸인 정적이 이어졌다. 덕임은 한참 만에야 정신을 차렸다. 그녀는 저 나름대로 여운에 잠겨 있는 양 오묘한 표정의 덕로에게 발끈 화를 냈다.

"무슨 짓입니까!"

"아, 괜찮소. 환관도 벼슬아치요. 당장 승하하셔도 이상하지 않을 만큼 연로한 전하와 장차 보위를 이을 동궁 중 어느 쪽에 붙어야 천수를 누릴지 기민하게 선택할 테지."

"뭐라고요?!"

어찌나 태연한지 덕임은 기가 찼다.

"전하께서 찢겨 나간 걸 보시고 더 노여워하시면……."

"아이고, 생항아님께선 강목도 읽으셨소? 하긴! 읽지 말라 하면 더 읽고 싶은 법이지."

너스레를 떠는 게 딱 놀리는 꼴이었다. 덕임은 약이 올랐다.

"정녕 저하의 그림자가 맞긴 맞으신 겁니까?"

"틀렸소이다. 나는 저하의 그림자가 아니오."

덕로가 어깨를 쭉 펴며 자신만만하게 말했다.

그는 덕임과 눈높이가 맞을 정도로 체구가 왜소한 편인데도 그 순간만은 태산보다도 커 보였다. 뒤로 붉은 후광 비슷한 무언가도 보였다. 아찔하게 압도되었다.

"나는 저하를 이끌 밝은 태양 빛이 될 사나이라오."

덕로의 눈은 더 이상 번잡스러운 정색당도, 덕임도 바라보지 않았다. 오직 그의 앞에 펼쳐진 찬란한 미래만을 보고 있었다.

"그게 나와 생항아님의 차이지. 생항아님께선 기껏해야 그림자 노릇이나 하겠지만 난 아니거든."

"제가 누구 그림자 노릇을 한다는 겁니까?"

"벌써 반쯤 발을 담갔으면서 모른 체할 필요는 없소."

덕로가 껄껄 웃었다.

"저하께선 부리기로 마음먹은 사람은 절대 놓아주지 않으시거든."

접때 들은 월혜의 충고가 불현듯 떠올랐다. 덕임은 덜컥 겁이 났다.

"관건은 생항아님이 저하의 마음을 어디까지 샀느냐 하는 것이지."

"저는 아무것도……."

"흠, 한데 난 잘 모르겠소."

덕로가 고개를 갸웃했다.

"생항아님에게선 나와 비슷한 냄새가 나지만, 저하께선 우리 둘을 똑같이 여기진 않으시거든. 궁녀와 궁료라는 근본적인 차이는 차치하고서라도 말이오. 어쩌면 위밖에 볼 줄 모르는 나와 달리, 생항아님은 아래까지 볼 줄 아는 눈을 가졌기 때문인지도 몰라."

"혼잣말은 혼자 계실 때나 하시지요."

차갑게 쏘아붙이며 덕임은 그에게서 벗어나려 했다. 그러나 믿을 수 없을 만치 강한 힘에 붙잡혀 몸이 떠밀렸다. 사내의 힘이었다.

"그날 생항아님이 저하께 맞서는 걸 보며 기분이 참 묘했소."

그가 덕임을 서가 쪽으로 밀어붙였다. 등이 차가운 시렁에 닿았고, 조그마한 몸은 서가를 짚은 그의 두 팔 사이에 갇혔다.

"무슨 생각에 묘했는지 알고 싶지 않나?"

웃음기 하나 남지 않은 그의 눈빛은 지나치게 선정적이었다.

"모르긴 몰라도 그 순간만은 저하께서도 나와 비슷한 생각을 하고 계신 것 같던데. 생항아님은 알아채지 못한 모양이군?"

그의 웃음 또한 아까처럼 명랑하진 않았다. 그저 음험하고 야살스러웠다.

"하긴, 아직은 저하 스스로도 알아차리질 못하셨으니……."

"놓아주십시오!"

"조심하시지."

저항을 손쉽게 저지하며 그는 속삭였다.

"결곡한 사내일수록 속에 품는 욕망은 뜨겁고 위험한 법이거든. 자칫 이끌렸다간 하룻밤 정염에 데는 것보단 크게 대가를 치를 게요."

잡힌 팔뚝은 이제 떨어져 나갈 듯 아팠다.

"덕로! 여기 있는가?"

다행히 의외의 구원자가 나타났다. 바깥문을 열어젖히며 뛰어든 동궁이었다.

노상 딱딱하고 엄숙한 그답지 않게 완전히 흥분한 얼굴이었다. 동궁은 화들짝 놀라 떨어지는 덕로와 덕임을 보고 멈춰 섰다. 남녀 사이의 기묘한 기류와 자신이 무언가를 방해했다는 느낌을 놓치지 않은 듯했다.

"저하, 도대체 어찌 된 영문이옵니까?"

천의 얼굴을 가진 양 덕로는 표정을 싹 바꿨다.

"……아! 자네 아니었으면 아주 큰일이 날 뻔했네."

다만 미심쩍어하기에는 동궁의 기분이 너무 좋았다.

"약방이 입진하여 전하의 맥을 짚는 둥 어수선해서 주의를 잃었어. 하여 전하께서 요즘 무얼 읽느냐고 하문하시는데 대뜸 강목이라 고했지 뭔가. 무마한답시고 그 부분은 읽지 않았다고 둘러대는데 전하의 눈빛이 어찌나 싸늘하시던지, 원!"

"신이 기지를 부려보았사온데, 통했나이까?"

"그렇다마다! 전하께서 그 대목만 찢어진 걸 보시고는, 역시 우리 손주는 할아비 뜻을 어길 리가 없다고 오히려 칭찬을 해주셨네."

동궁은 덕로의 손을 잡고 흔들다 못해 덥석 끌어안았다.

"그뿐인가! 역시 내게 대리청정을 맡겨야겠다고 거듭 말씀하시면서 중신들의 반대는 다 물리쳐 줄 테니 잠자코 기다리라고 달래주시지 뭔가!"

"한시름 놓겠사옵니다. 전하의 뜻이 강경하시다면야 두려울 게 없지요."

"여기서 이러지 말고 존현각으로 가세. 대책을 세워야지."

얼싸안고 기뻐하는 두 사내로부터 덕임은 등을 돌렸다. 끼어들지 않는 편이 이로웠다. 서고에 쌓인 먼지를 떨어내는 척했다. 그러나 덕로가 동궁과 함께 떠나면서 한쪽 눈을 그녀에게 찡긋해 보이는 순간, 사뭇 낯선 느낌이 치받는 것만은 외면할 수 없었다.

알고 보니 경희는 혼자서도 난관을 헤쳐 나갈 만큼 재주가 비상했다.

"세손빈께서 내가 바친 당의를 일등으로 뽑으셨어. 모두 보는 앞에서 친히 입어보시더라고."

그녀는 애써 기쁘지 않은 척했다.

"상으로 비단 두 필과 노리개를 받았어."

"도와준대도 새침을 떨더니만 앙큼해, 앙큼해."

덕임이 그녀의 옆구리를 쿡 찔렀다.

"난 시시한 나인 나부랭이가 아니라니까."

영희가 보내는 선망의 눈초리에 경희는 연신 으스댔다.

"근데 이 색깔은 어때?"

그러곤 고운 다홍색 저고리를 제 몸에 대어 보였다.

"예쁘다! 이것도 새 옷이야?"

"응. 나도 이런 날엔 남이 지은 옷 좀 입어봐야지."

기분 좋게 시재를 마친 경희는 오늘 그 유명한 조 상궁의 뱃놀이에 갈 참이었다. 그녀의 사가에선 참석할 때 입으라며 때깔 좋은 새 옷을 잔뜩 보내왔다.

"너희들은 어때? 잘 되어가고 있니?"

예의상으로라도 물어봐야겠다 싶었는지 경희가 뒤늦게 물었다.

"우리 세수간은 시재 비슷한 것도 없어. 그냥 하는 일만 잘 하래."

영희가 안도의 한숨을 쉬었다.

"복연이는 아주 난리던데. 요 며칠 신고식 치른다고 이리저리 굴러. 엊그저께도 덩치가 산만한 항아님을 등에 업고 다니더라. 딱하지, 참."

"널 배웅하고 싶었는데 못 온다고 엄청 섭섭해했어."

덕임이 덧붙이자 경희는 어째 또 툴툴댔다.

"흠, 복연이는 됐고……. 넌 어때? 동궁께서 수수께끼를 내주셨다며?"

"어어, 풀었어. 풀었는데……. 풀면 안 될 것 같아."

"무슨 봉창 두드리는 소리…… 아, 맞다!"

말을 하다 말고 경희는 흥분에 찬 소리를 냈다.

"얘기가 나왔으니 말인데, 내가 동궁과 빈궁 두 분의 자리옷을 짓게됐어. 일등이라고 덜컥 맡기더라. 끽해야 버선이나 지을 줄 알았는데."

다시 저 잘난 얘기로 돌아오자 경희는 속사포처럼 떠들었다.

"너 혼자서? 너무 이른 거 아니야?"

아무리 잘났던들 애송이 나인에게 노련한 상궁들이나 하는 일을 막맡긴다니 수상했다.

"골탕 먹이려는 수작이라도 상관없어. 찍소리 못할 만큼 잘 해내면되니까."

"네 끝없는 자신감이 존경스럽다, 야."

덕임이 혀를 내둘렀다.

"쭈뼛대는 얼간이보다야 낫잖아."

내의만 남기고 옷을 홀랑 벗으면서 경희가 응수했다.

"이걸 입을래."

경희는 마침내 마음에 쏙 드는 한 떨기 날개옷을 골랐다.

"사나흘 즈음 뒤에 동궁에 가서 저하를 뵐 거야. 어깨가 얼마나 넓으신지, 가슴이나 허리폭은 어느 정도 되시는지 살펴야 하거든."

"오매불망 그리던 세손저하를 직접 뵙는 소감이 어때?"

영희가 장난스럽게 물었다.

"글쎄, 일단은 뵈어봐야지."

손끝에 동백기름을 묻혀 머리칼을 다듬는 경희의 반응은 다소 의미심장했다.

"근데 너 그냥 하는 소리지?"

평소 같으면 앞장서서 경희를 놀릴 덕임이 웬일로 진지했다.

"승은이라든가, 더 높은 곳으로 간다든가……. 하는 말들. 그렇지?"

"왜, 진심이라면 싫어?"

저고리에 어울리는 치마를 고르다 말고 경희는 덕임을 빤히 바라보았다.

"당연하지! 감당도 안 될 판에 더 끼고 싶어?"

궁녀들끼리는 척을 져봤자 서로 골탕 먹이는 선에서 그치지만, 궁녀가 아닌 이와 척을 지면 목이 날아간다. 그것이 구중궁궐의 불문율이다.

"단지 빈궁의 눈에 들었다는 이유만으로 아버지께선 내게 호화로운 선물을 주셨어."

경희가 나비처럼 팔랑팔랑 돌았다. 하늘색 저고리가 옅은 구름처럼 그녀를 감쌌다. 연보랏빛 비단 치마도 갓 피어난 제비꽃처럼 흐드러지며 화려하게 파도쳤다. 동시에 속절없는 바람을 타고 이리저리 떠밀리는 허수아비처럼 쓸쓸해 보였다.

"그러니까 생각 좀 해봐야겠어."

"가늘고 길게 사는 게 최고다, 너."

덕임은 세상 다 산 사람처럼 혀를 끌끌 찼다.

"네 말이 맞을 수도 있겠다."

경희가 붉은 입가에 잔잔한 미소를 지었다.

"제대로 갖지 못한다면 차라리 아무것도 갖지 않는 게 나을 테니까."

바로 지금 이 순간이, 도저히 뜻을 짚을 수 없는 경희의 한 마디가, 종국에는 어떤 의미가 될지를 몰랐다. 인력으로는 붙들 수 없이 스쳐 지나가는 찰나에 불과했다. 훗날의 덕임은 이날의 기억을 두고 잔인한 운명을 짚는 하나의 이정표였노라 여길지라도, 지금의 덕임에겐 어제와 크게 다르지 않은 사소한 오늘일 뿐이었다.

"난 이만 가봐야겠어."

경희가 푸른 장옷을 뒤집어썼다.

"언제 와?"

"통금 때나 돌아오겠지."

"올 때 선물 사올 거지?"

덕임과 영희는 그녀가 비자 하나를 거느리고 궐 밖으로 나가는 뒷모습을 배웅했다. 궐 문턱을 넘자마자 그녀는 다른 세상으로 떠나는 사람처럼 낯설게 느껴졌다. 말간 하늘 아래 남긴 한 자락 그림자마저도 이질적이었다.

아쉽게도 한동안 경희가 어떤 선물을 사왔는지 확인할 짬이 나질 않았다.

비상이 걸렸다. 늙은 왕은 노질老疾로 임금 노릇조차 못 할 지경에 이르렀다. 숱한 언쟁과 지난한 신경전 끝에 대리청정을 명했다. 왕은 강직하기로 이름난 이조참판 서계중의 좌의정 탄핵 상소를 감명 깊게 읽었고, 동궁을 비호해야 마땅하다는 그의 의견에 동조했다. 중궁 또한 종사를 맡길 곳은 동궁뿐이라며 거들었다. 물론 동궁은 체면을 차리느라 여러 번 사양했지만, 뜻을 받들지 않으면 아예 양위를 해버리겠다고 짐짓 협박당할 때서야 못 이기는 척 어명을 따랐다.

이제 도깨비 전각은 전보다 훨씬 북적였다. 당상관부터 당하관, 참상관까지 일감을 잔뜩 껴안고 문지방이 닳도록 드나들었다. 동궁이 남보다 곱절은 부지런하고 또 갑절은 체력이 좋지 않았으면 버텨내지 못했을 뻔했다.

동궁은 오늘도 자시子時가 넘도록 정무를 보고 일기까지 꼼꼼히 썼다.

"이만 침수 들어야겠다."

내관 윤묵이 문방사우를 냉큼 치웠다.

"내일은 특별한 일정이 있나?"

"빈궁께서 배알하시겠답니다. 새 옷의 마름질을 하려면 척수(尺數, 치수)를 보아야 하니까요."

"지금 입는 것도 멀쩡하기만 한데."

"소매가 다 닳았나이다. 소신이 민망할 지경이옵니다."

덕임은 곱게 개킨 동궁의 자리옷을 곁눈질했다. 너덜너덜 실밥이 터지고 풀린 걸 몇 번이고 꿰맨 자국이 즐비했다.

어쨌든 동궁의 탈의를 도와야 했다. 문간에서 절부터 올린 후 조심스럽게 동궁과 마주섰다. 내려 보는 눈과 마주치지 않으려 애쓰며 익선관에 손을 뻗었다. 동궁의 키가 너무 커서 까치발을 들어야 했다.

"너는 웬일로 이 시각까지 있느냐?"

"정식 나인이 되면 저녁 번을 서야 하니, 지금부터 익달케 하는 것이옵니다."

흐트러진 망건과 상투까지 정돈해 주려면 아예 발끝으로 서야 할 지경이었다. 고개 좀 숙여주면 좋을 텐데, 동궁은 위태로운 자세로 기를 쓰는 덕임을 빤히 내려다보기만 했다.

"송구하오나 손이 잘 닿지 않는데 좀 앉아주시면……."

"네 허물을 남에게 돌리지 마라."

올곧고 바르기로는 으뜸인 사내가 이토록 얄미울 수도 있다.

하는 수 없이 덕임은 숨을 흡 참으며 팔을 한껏 뻗었다. 짧은 저고리가 추켜 올라가 곁마기 아래로 하얀 맨살이 보였다. 동궁의 시선이 그 속살에 잠시 닿았다가 황급히 떨어졌다.

"흠! 왜 이리 키가 작으냐."

"저하께서 너무 크신 겁니다."

옆에서 금침을 펴던 윤묵이 사납게 쉿 소리를 냈다.

"넌 나보다 승언색을 더 무서워하는구나."

동궁은 혀를 찼다.

"모르는 말씀 마소서. 저하도 충분히 무섭사옵니다."

"어허, 어느 안전이라고 자꾸!"

이번에는 윤묵이 아예 호통을 쳤다. 덕임은 황급히 입을 다물었다.

의대를 끄르고 곤룡포를 받들자 펄럭이는 옷깃 사이로 언뜻 그의 속살이 비쳤다. 여인의 몸보다 단단하고 범인의 몸과는 태생부터 다른 그것이 시야에 온전히 들어오기도 전에, 윤묵이 끼어들었다. 아무나 볼 수 있는 것이 아니라는 양 앞을 가렸다. 착복著服 시중은 그의 몫이었다.

"얼마 후면 계례인데 답은 아직도 못 찾았느냐?"

그녀를 위해 변명해 주지는 않으면서 자꾸 말을 붙이는 쪽은 동궁이었다.

"답이라면……. 예에……."

덕임은 아리송한 태도로 어물거렸다.

"어차피 풀지 못할 거라면 질질 끌 것 없지. 말미는 내일까지다."

"앗, 갑자기 그러시면……!"

새된 목소리로 항변하려다 말고 덕임은 고개를 끄덕였다.

"뜻대로 하소서."

"답을 모른다면서 웬 여유더냐?"

동궁은 미심쩍은 눈치였다.

"미욱한 잔꾀를 부릴 속셈이라면……."

강강하게 꾸짖으려나 싶더니만, 동궁은 말끝을 흐리며 입술을 꾹 다물었다.

"흠! 보면 알겠지. 잔머리로 날 능멸한다면 감봉 정도론 끝나진 않을 것이야."

내심 겁을 먹기를 바란 눈치인데, 덕임은 어깨만 으쓱했다.

"두고 보시지요."

"오냐, 두고 보마."

동궁은 가소롭다는 듯 코웃음을 쳤다. 이윽고 침전의 불이 꺼졌다.

이튿날 오후 교대시각에는 분위기가 요상했다. 온종일 부산스레 구는 궁료들은 하나도 없고 주위가 대단히 적막했다.

"빈궁께서 들어계시니 다들 물러간 거야."

재미난 일이라도 일어나길 바라는 사람처럼 월혜는 손가락을 탁 튕겼다.

"저하께선 말씀으로만 간다간다 하면서 절대 가질 않으시니 일이 있을 때마다 빈궁께서 오신단다. 매번 그러셨고 앞으로도 그러실걸."

월혜가 낄낄 웃었다.

"참, 근데 네 친구는 얼굴이 왜 그래?"

"누구요? 영희요?"

"아니, 그 맹한 애 말고. 예쁘장한 애 말이야."

"빈궁전의 배가 경희 말씀이셔요?"

"그래. 걔 지금 곁방에서 대기하고 있어. 곧 들어오란 명이 떨어질 텐데."

동궁의 척수를 보러 온다더니 진짜로 왔나 보다. 덕임은 몹시 반색하며 월혜가 뒤통수에 대고 무어라 덧붙인 말도 듣지 않고 뛰어갔다. 대관절 조 상궁의 뱃놀이가 어떤 것인지 궁금해 죽을 지경이었다.

전각 왼편의 작은 곁방에 낯선 얼굴들이 모여 있었다. 빈궁을 따라온 궁녀들이었다. 호기심과 경계심이 반반씩 섞인 눈초리들을 헤치며 덕임은 경희만 찾았다. 잡초 사이에 핀 장미처럼 튀는 그 얼굴을 놓칠리가 없는데, 어디로 꼭꼭 숨었나 보이질 않았다. 하는 수 없이 빈궁의 궁녀 하나를 붙잡고 물었더니 이상한 반응이 돌아왔다.

　"풉! 그 애라면 뒤뜰에 숨어 있을걸."

　노골적인 비웃음이었다.

　이상했다. 면전에서 욕을 먹어도 못생긴 년들이 질투한다는 둥 안하무인인 경희가 몸을 숨기다니 말이다. 의문은 뒤뜰서 혼자 쭈그린 경희를 찾은 순간에서야 풀렸다.

　"너, 너, 너……! 얼굴이 왜 그래?!"

　몰골이 끔찍했다. 오른쪽 뺨에 시퍼렇게 멍이 들고 이마는 얼룩덜룩 붉었다. 왼쪽 눈두덩은 어찌나 심하게 부었는지 제대로 뜨지도 못했다.

　"넘어졌어."

　"넘어지긴, 흠씬 두들겨 맞은 꼴인데!"

　"그렇게 심해? 어젯밤에도 계속 달걀로 문질렀는데."

　"어젯밤? 계속? 야, 언제 다친 건데?"

　경희는 대답하지 않았다.

　"혹시 뱃놀이에서 무슨 일 있었어?"

　용케 맞춘 모양이다. 경희가 미간을 찡그렸다.

　"내가 어리석었어. 참았어야 했는데……."

　"거기서 싸우기라도 했어?"

　"그래. 덩치 좋은 년들 네다섯이 덤벼드니 당할 재간이 있어야지. 뒤늦게나마 조 상궁께서 막아주지 않으셨으면 날 아주 멍석말이까지

할 기세더라.”

경희는 한숨을 쉬며 날달걀을 꺼내 얼굴을 문질렀다.

몸보다는 자존심이 더 크게 상했는지 경희는 쉬이 입을 열지 않았다. 그러나 덕임이 끈질기게 물고 늘어지자 마지못해 털어놓았다.

“……복연이 때문에.”

“걔가 왜?”

“대전에서 왔다는 년들이 있지도 않은 복연이를 두고 농담 따먹기를 하더라고. 그 애 걸음을 흉내 낸답시고 뒤뚱대는 시늉까지 하고…….”

경희가 으스러져라 달걀을 움켜쥐었다.

“왜 아무 잘못도 없는 사람을, 그것도 뒤에서 비웃느냐고!”

“그러니까, 가서 잘 놀다가 누가 복연이 욕하는 걸 듣고 네가 맞받아쳐서 싸움이 붙었다. 그래서 얻어맞았다. 이거지? 너 또 못생긴 것들이 꼴값 하네 그런 소릴 했어?”

“사실이잖아.”

“난 정말 너희 둘이 사이가 좋은 건지 나쁜 건지 모르겠어.”

“딱히 복연이를 위해서 그런 게 아니야! 그냥 내가 거슬려서 그런 거라고!”

경희의 나머지 성한 얼굴도 붉게 달아올랐다.

“엿새도 더 전 일인데 아직도 이 꼴이면 얼마나 심하게 맞은 거야?”

“덩치가 곰 같았다니까.”

저를 자빠뜨려놓고 두들겨 패던 궁녀들과 그 시비들의 얼굴을 하나하나 기억하고 있다며 경희는 이를 갈았다.

“근데 되짚어보니 걔네들, 좀 낌새가 이상했어. 처음부터 날 힐끔거렸다니까. 아주 작정하고 약 올리더라고. 꼭 한바탕 할 생각하고 온 것처럼."

"네가 대전 궁녀들하고 사이 나쁠 일이 있어?"

"누구의 사주를 받았을 순 있지."

"네가 좀 밥맛이긴 해도 돈 써가면서 해코지를 할 정도는 아닌데."

"그러셔?"

경희가 샐쭉하니 눈을 흘겼다.

"몰라. 말하는 투나 지들끼리 떠드는 게 좀……. 잔뜩 두들겨 놓곤 이 정도면 될까, 뭐 그렇게 속닥인 것도 같고."

"에이, 설마."

"내가 성한 얼굴로 동궁에 나아가는 걸 막으려던 걸지도 몰라."

"왜?"

"난 어느 사내의 눈에 들 만큼 예쁘잖아."

경희는 목소리를 낮췄다. 입술마저 거의 움직이지 않았다.

"빈궁께서 그랬을 수 있어. 아니면 빈궁전 휘하의 궁인들이 알아서 움직인 걸 수도 있고. 더러운 일을 도맡는 상궁도 따로 있으니까."

덕임은 기가 찼다.

"아이고, 작작 해라. 병이다, 병! 후궁 첩지라도 받으셨어, 아주."

"너야말로 이 바닥을 너무 순진하게 여기는 거 아니니?"

비웃음을 산 경희는 반쯤 토라졌다. 그렇지만 덕임이 "난 예쁘잖아." 하고, 그녀의 흉내를 내며 낄낄대자 스스로도 민망해졌는지 말을 돌렸다.

"아무튼 웃음거리가 됐어. 다들 고소해 한다고."

두루 앙숙이 많으니 조롱을 당했음이 분명하다. 더욱이 경희는 빈궁전 침방에선 외톨이이므로 견디기가 더 힘들었을 것이다.

"왜 진작 말하지 않았어?"

"너희들 다 바빴잖아. 특히 동궁전은 대리청정 때문에 발칵 뒤집혔다며."

골골대는 와중에도 경희는 눈을 빛냈다.

"얘, 배가 경희야. 너 얼른 안으로 들어오라신다."

아까 경희 있는 곳을 일러준 궁녀가 빼꼼 얼굴을 내밀었다. 입가의 얄미운 미소도 여전했다. 경희는 엉거주춤 몸을 일으켰다. 안 보이는 쪽도 제법 상한 모양이다. 그 궁녀는 처량한 꼴을 보곤 깔깔대며 빙글 돌아 사라졌다.

"내가 이 몰골로 동궁 안전에 서게 되리라곤 생각도 못 했어."

경희가 수풀 사이로 달걀을 휙 던졌다.

"괜찮아. 지금 네 꼴도 저 계집애보단 훨씬 예쁘다."

"됐어! 하여튼 아양은 잘 떨어요."

얼굴을 터질 만큼 붉히며 경희가 툴툴댔다.

똑바로 걸으려 애썼지만 흙이 움푹 파이거나 경사진 곳을 밟을라치면 경희는 신음소리를 냈다. 부축하는 손길마저도 아파했다. 지나가는 길마다 뭇 궁녀들이 야유와 손가락질을 서슴지 않았으므로 그녀의 고통은 배가 되었다.

"너 진짜 평판이 바닥이구나."

줄곧 쏟아지는 적대적인 시선들에 덕임이 혀를 찼다.

"나랑 같이 있어주면 안 돼? 내전까지 같이 들어가자, 응?"

경희는 평소답지 않게 약한 소리를 했다.

"나 같은 말단이 무슨 수로?"

"제발, 옆에만 있어 줘."

그 절박한 눈빛을 거절하느니 제 다리를 분지르는 게 더 쉬울 지경이었다.

덕임은 하는 수 없이 핑계를 찾아보았다. 천운인지 마침 적절한 기회가 있었다. 덕임은 월혜가 퇴선간에서 다과상을 내오는 걸 보곤 얼른 나섰다.

"생각시 딱지도 못 뗀 게 어딜!"

한데 웬일로 월혜는 꼬장꼬장했다.

"저리 가. 손님이 오셨을 때 실수하면 다 같이 혼난단 말이야."

휴번을 다섯 번 바꿔주겠다는 약조를 받아낸 다음에야 월혜는 소반을 넘겼다.

"안에서 두 분 하시는 말씀도 잘 듣고 나한테 전해주기야!"

"거 바라는 것도 많네. 양심이 없으셔요?"

굽실거리던 덕임이 못 참고 볼멘소리를 하자 월혜는 꿀밤을 때렸다.

내실은 초상집처럼 침울했다. 동궁과 빈궁은 담소는커녕 시선을 피하며 멀뚱히 앉아만 있었다. 모처럼 만난 부부치고 다정함이라곤 없었다. 덕임과 경희가 문간에 나타나자 가시방석에 앉아있던 빈궁이 반색했다.

"이 아이가 자리옷을 지을 궁녀이옵니다. 솜씨가 좋기에 일부러……."

빈궁의 외양은 덕임의 옛 기억과 크게 달라지지 않았다. 동궁의 곁에 서기 모자람이 없을 만큼 키가 제법 컸고, 통통하게 살이 올라 뽀얀 얼굴은 참한 인상을 자아냈다. 옅게 바른 분 아래 얽은자국도 그대로였다.

"서로 귀찮은 일이 되겠군."

있던 정도 똑 떨어질 만큼 동궁은 냉랭했다.

"하, 하오나 국본께서 해진 옷을 기워 입으신다고 중궁께서도 근심하시고……."

"좋습니다. 얼른 끝냅시다."

"예에, 예……. 저하……."

빨리 쫓아내려고 안달이다. 실로 목석이 따로 없다.

"옷을 지을 척수만 보면 되오니 불편하시더라도 잠시만……."

빈궁은 연신 동궁의 눈치를 보았다. 자못 당당한 풍채와 달리 지아비를 대하는 목소리는 영 똑똑하질 못했다. 번번이 흐리는 말끝도 가련할 만치 소심해 보였다.

경희는 이름도 모를 기다란 기구를 들었다. 동궁이 흘끗 경희에게 시선을 던졌다. 얼어터진 북어 꼴을 보고도 잘 배운 사내답게 내색하지 않았다. 아니, 애초에 궁녀 일에 관심을 보일 분도 아니었다.

오만한 경희조차 동궁의 안전에선 손끝을 덜덜 떨었다. 어깨 넓이를 잰답시고 옥체에 손대는 모양새가 영 어설퍼 실수라도 하면 어쩌나 걱정이 들었다. 덕임은 다과상을 내려놓으면서도 경희에게서 눈을 뗄 수가 없었다.

한데 곧 경희에 대한 걱정 따위는 싹 잊을 만한 일이 벌어졌다.

"너, 답은 찾았느냐?"

아까부터 동궁이 어째 눈을 가늘게 뜨고 본다 싶더니만 설마가 사람을 잡았다. 마주앉은 내자를 무시하고 궁녀에게 말을 걸다니, 덕임은 못 들은 척 도망가고 싶은 충동과 한참을 다퉜다.

"간밤에 귀라도 먹었더냐."

동궁이 찬을성 없이 재촉했다.

"찾지 못했사옵니다."

"찾지 못했다?"

"소인이 답을 찾지 못하는 것이야말로 정답이라 아뢰옵니다."

그가 낮게 으르렁대는 것을 무시하고 덕임은 말을 이었다.

"어떻게 잔머리를 굴리나 보시려고 일부러 고지식하게 풀어야 쉬운 수수께끼를 내주셨겠지요. 올바른 답을 내놓길 기대하지도 않으셨을 거구요."

"그럼 내가 네게 달리 무얼 기대한단 말이냐?"

"소인을 꾸짖고 가르치실 기회이옵지요."

동궁의 짙은 눈썹이 위험하게 꿈틀거렸다. 모두가 숨을 죽였거늘, 어디서 저런 깡다구가 나는지 덕임은 태연자약했다.

"그럼 정답을 알고도 말하지 않겠다는 게냐?"

"굳이 여쭈신다면《소학小學》이라 아뢰오리다."

덕임이 능구렁이처럼 덧붙였다.

"본디 궁중에서는 아기씨가 남아든 여아든 일단《소학》부터 가르치옵니다. 뿐만 아니라《소학》은 경연과 서연 때 쓰이는 교재요, 어린 생각시며 소환들까지 두루 보는 교재이니 그야말로 소인과 여인과 군자를 동시에 가르치는 글이지요."

이제 내전은 줄초상이라도 치른 듯 적막해졌다. 한참만에야 동궁은 입을 열었다.

"빈궁께선 어떻게 생각하십니까?"

"어, 어인 말씀이시온지……?"

"동궁 지밀부의 궁녀가 계례를 치른다기에 시재를 내주었더니만 이렇듯 맹랑한 소리를 하지 않습니까."

조언을 구하는 것도, 멀뚱히 앉혀놓은 게 미안해 억지로나마 대화를 이어가려는 배려심도 아니었다.

"이 아이의 언동을 어찌 대하면 좋겠습니까?"

그저 속내를 떠보는 양 교묘한 발톱이 숨었다.

"저하께서 노하셨다면 마땅히 벌을……."

"아니, 빈궁의 생각이 어떠한가 물었습니다."

"소첩은 저하께서 아랫것을 부리는 일에 간여할 수 없사온데……."

대뜸 날벼락을 맞은 빈궁은 울상을 지었다.

"소, 소첩의 도리는 그저 저하의 뜻을 따를 뿐일진대……."

"알겠습니다. 그렇다니 다행이군."

전혀 다행이 아닌 것 같은 목소리였다. 무심한 표정 아래 불쾌함이 언뜻 깔렸다.

"다 끝났느냐?"

이번에는 경희에게로 그의 관심이 옮겨갔다. 경희는 우려와 달리 솜씨 좋게 척수를 보곤, 한 걸음 물러서서 지켜보고 있었다.

"용무가 끝났으면 빈궁께선 이만 돌아가시지요."

동궁은 경희의 대답은 기다리지도 않고 제 할 말만 했다.

"하오나……."

빈궁이 미약한 저항 의사를 보였다. 아무리 열없는 사람이라도 자존심은 있는 법. 주위의 시선을 무릅쓰고 만나러 온 지어미를 금방 쫓아내는 건 너무나 체면을 깎는 짓이다.

"기쁘게 새 옷을 기다리겠습니다."

그래 봤자 노골적으로 내치는데 버틸 재간이 없었다. 결국 빈궁은 백기를 들었다. 사뿐히 인사 올리는 자태가 양갓집 따님답게 퍽 우아했다. 빈궁을 따라 일어선 김에, 궁금해 죽겠다며 옆구리를 쿡쿡 찌르는 경희를 따라 덕임도 슬쩍 물러나려 했다.

"넌 남아라."

물론 그렇게 쉽게 끝날 리가 없다.

"네 궤변은 지긋지긋하다."

둘만 남자 동궁은 타박부터 했다.

"네가 나를 능멸하느냐?"

"당치 않으시옵니다. 저하의 환심을 사려고 용을 쓴 것이온데요."

"뭐가 어째?"

"답을 쉽게 찾아 잘난 체를 하면 역정을 내실 텐데, 그렇다고 모르는 척 멍청하게 굴자니 또 노여워하실 것 같고……."

"그래서 알지만 말 안 하겠다고 횡수작을 벌인 게냐?"

"저하께선 정녕 소인이 답을 맞히면 칭찬해 주실 요량이셨나이까?"

"당연히 나는……!"

동궁이 매섭게 쏘아붙이려다 말고 멈칫했다.

"우습군."

그는 입술을 일그러뜨렸다.

"네 말이 맞다. 이제 보니 난 너를 어차피 꾸짖을 생각이었던 것 같다."

자존심 센 사내치고 맥 빠진 인정이었다. 하긴, 동궁은 원래 그렇다. 성질 급한 구석은 있지만 사소한 일 하나 허투루 처분하지 않는다. 옳은 것은 옳다고, 그른 것은 그르다고 명명백백히 짚고 넘어가야만 하는 고지식함이 매력이라면 매력이다.

"역시 넌 눈에 거슬린다. 괘씸해."

동궁이 손끝으로 서안을 톡톡 쳤다.

"마치 나에 대해 잘 안다는 듯 말하는군."

"예, 저하."

딱히 묻는 말이 아닌데도 엉겁결에 대답해 버렸다.

"하! 그래?"

동궁이 헛웃음을 쳤다.

"네가 먼저 우리는 서로 잘 모르는 사이라고 하지 않았느냐?"

"그건 그때고요. 이제는 밥값을 하려면 저하를 잘 알아야지요."

"날 잘 안다니, 내가 지금 무슨 생각을 하는지도 알겠느냐?"

그의 눈은 처음 보았을 때와 같은 짙은 밤색이었다. 그렇지만 그때와는 뭔가 다르다.

"무당이 아니라서 그런 건 모르옵니다."

"하면 무얼 아느냐?"

"저하께서 가장 좋아하시는 책이 무엇인지는 아옵니다."

덕임이 무릎을 탁 쳤다.

"《대학연의보大學衍義補》인 줄 아뢰옵니다. 맞지요?"

사소한 일로 뻐기는 어린애처럼 들떠 버렸다.

"좋아하는 책을 머리맡에 두고 주무시는 습관을 알거든요."

"어떤 책인지도 아느냐?"

"명나라의 구준이 《대학연의大學衍義》에는 빠져 있던 치국평천하治國平天下에 대해 사견을 덧붙여 엮은 책이라 아뢰옵니다."

"내가 아무리 바빠도 석 달에 한 번은 꼭 읽을 만큼 좋아하는 책이지."

그의 목소리가 나지막했다.

"하지만 궁녀가 읽을 만한 책은 아닐 텐데."

서슬 퍼렇게 한 마디 붙이지만 않았으면 퍽 다정할 뻔도 했다.

"그럼 나는 어떠냐? 이제는 나 또한 너에 대해 잘 알 것 같으냐?"

"하룻강아지를 간파하는 것쯤은 일도 아니시겠지요."

"틀렸다."

그의 입술이 부드러운 곡선을 그렸다. 설마 미소는 아닐 것이다.

"맹랑하니 입만 산 건지, 눈치 빠르고 처신을 잘 하는 건지, 반지빠른 척하면서도 실상은 순진한 건지, 사특한 속내를 품고 날 희롱하는 건지……. 아직도 전혀 모르겠다.”

“그것이 지금 하고 계신 생각이옵니까?”

“그래. 널 생각하고 있다.”

어쩐지 가슴이 시큰했다. 생전 처음 겪는 느낌이었다. 눈이라도 마
주쳤다간 물색없는 이 감정을 들킬세라 덕임은 시선을 고집스럽게 땅
에 두었다.

“너는 내 사람이냐?”

이내 괴이한 질문이 잇따랐다.

“너는 겸사서만큼이나 종잡을 수가 없어. 아니, 어쩌면 더할지도 모
르겠군.”

그의 눈동자가 어물어물 흐릿해졌다.

“내가 겸사서를 총신으로 거둔 까닭은 주상전하께서 권하셨기 때문
이다. 나와 겸사서의 성격이 천양지차인 줄 아시면서도 굳이 떠미셨었
지.”

덕임은 꿇어앉은 다리가 저려 뒤척였다.

“그런데 너는 오로지 내 결정에 달려 있다.”

창호지 바른 창문 너머로 흉포한 겨울바람 소리가 들렸다.

“너를 온전히 믿지 못하면서도, 너를 믿어라 장담해 주는 사람이
없는데도, 그래도 널 내 사람으로 삼아야 할까?”

“모든 사람을 명명백백히 나눌 순 없지요.”

동궁의 사람이라든가 뭐 거창한 건 별로 하고 싶지 않다. 피곤해서
싫다. 불편한 화제에서 벗어나기를 바라매 덕임은 떠오르는 대로 재잘
댔다.

“사랑하다가도 미움이 싹트면 배반을 하게 되고, 미워하면서도 사
랑을 느끼면 애증이니 형용하기 어려운 우주의 큰 이치 아니오리까.”

"……너는 내 사람이 되고 싶으냐?"

전혀 통하지 않았다. 원점으로 돌아왔다.

"소인은 그저 스스로의 사람으로 살고 싶사옵니다."

섣불리 뱉은 말을 어찌 받아들일지는 순전히 그의 몫이었다.

"맹랑한 것."

동궁이 서궤 너머로 바싹 몸을 숙이고 덕임에게 천천히 손을 뻗었다. 그의 뜨거운 손끝이 덕임의 뺨을 닿을 듯 말 듯 스쳐 지나갔다. 가느다란 턱선과 입술, 그 아래로 똑 떨어지는 턱 끝까지 가볍게 훑은 그 손길은 그녀의 목덜미에서 멈췄다.

야수처럼 거칠게 멱살을 잡던 날의 감촉이 다시금 느껴졌다. 이번엔 똑 분지를 만치 손아귀를 휘감아오지 않았다. 그저 가볍게 목을 잡았을 뿐이다. 크게 고동치는 여린 살을 폭 감싼 손은 크고 단단했다.

"너는 내 사람이다."

그가 말했다.

"오직 내 명에 의해서만 죽을 수도, 살 수도 있는 것이다."

몹시도 일방적인 소유욕에 직면한 순간 가슴이 세차게 뛰었다. 피가 머리로 몰리고 정신이 아뜩했다. 실체 없는 어떤 것이 옭아매는 강렬한 느낌. 그 기묘한 감각에 질식하는 양 덕임은 얌전히 고개를 끄덕였다.

"됐다, 그럼."

아무 일도 없던 것처럼 동궁은 손을 거두어들였다.

"주자 왈, 철은 안다는 말이요 의는 아름답다는 말이다. 남자가 밖에서 올바른 위치를 취하면 그 나라의 주인이 되는 고로 지혜만 있다면 능히 나라도 세울 수 있다."

귓속이 웅웅대는 통에 그의 목소리가 잘 들리지 않았다. 제대로 알아듣기 위해선 입술을 읽어야 했다.

"그 다음을 아느냐?"

"……주자 왈, 여자는 그른 것도 없고 본받을 것도 없을 때서야 비로소 선한 것이라 여자가 똑똑한 것은 소용이 없다."

"나흘 안에 그 구절을 주제로 반성문을 써와라."

동궁은 맹수 앞의 토끼처럼 얌전해진 그녀의 모습이 싫지 않은 눈치였다.

"어디, 이번에도 궤변을 늘어놓나 한번 보자."

비로소 그의 입가에 제대로 된 미소가 피어올랐다.

계례는 시시했다.

고운 원삼圓衫에 어여머리로 치장하여 어깨가 으쓱했지만, 즐거운 부분은 그게 다였다. 치렁치렁하니 불편한 옷과 무거운 머리를 견디며 이리저리 인사를 다닌 것도 고역이거니와 신랑도 없는 빈 의자에 절을 하기 위해 지겹도록 차례를 기다려야 했다. 평생 입을 단벌 예복이니 깨끗이 입으라는 상궁들 닦달은 덤이었다.

정오께부턴 숭정문崇政門으로 나아가 사가에서 올린 계례상을 받아와야 했다. 사가에서도 딸을 시집보내는 마음으로 궐에 음식상을 보내고 동네잔치를 벌인다 하니, 신랑감만 없다 뿐이지 사실상 혼례인 셈이다.

"너넨 그거 안 무겁냐? 보기만 해도 뒷목 땅긴다."

복연이 덕임과 경희의 어여머리를 보며 혀를 내둘렀다. 신분이 낮은 복연과 영희는 화관花冠만 썼다.

"죽겠다, 죽겠어. 옛날 사람들은 어떻게 종일 이러고 살았담."

덕임은 푸념했다.

"가체를 금하고 첩지만 올리도록 풍습을 고쳐서 다행이지, 진짜!"

"난 싫어. 이게 더 예쁘잖아."

가벼운 솜털을 얹은 듯 경희는 빳빳이 세운 목에서 힘을 풀지 않았다. 무슨 술수를 썼는지 만신창이 얼굴도 보송보송 나왔다. 가까이에서 들여다보아야지만 울긋불긋한 자국이 흐릿하게 보였다. 덕임은 경희의 대단한 회복력을 두고 욕을 많이 먹을수록 오래 산다더라, 농담을 했다가 등짝을 맞았다.

"넌 왜 가체가 금지되었는지도 모르니? 사치를 막는다는 건 구실이고, 실은 옛날에 한 후궁이 다른 후궁과 경쟁하느라 다래(가체)를 심하게 올렸다가 목이 똑 부러져서 죽었대. 달이 흐린 밤이면 꺾인 목을 붙들고 울면서 궁궐을 배회한다던데……."

덕임이 경희의 길고 가녀린 목을 으스스하게 가리켰다.

"그런 걸 누가 믿니?"

경희는 몰래 제 목을 감싸며 불안한 표정을 지었다.

"귀신 얘기 좀 하지 마!"

영희도 덕임의 팔뚝을 꼬집었다.

"자꾸 그러면 밤에 측간 갈 때마다 같이 가자고 할 거야!"

그녀는 뒤늦게 확인하듯 덧붙였다.

"근데……. 너 나랑 방동무 할 거 맞지?"

"당연하지!"

덕임은 신이 나서 고개를 끄덕였다. 앞으론 서 상궁 코 고는 소리에 놀라 동이 트기도 전에 깨는 일이 없을 것이다.

"나 때문에 좀 거슬릴지도 몰라. 지밀은 한밤중에도 번을 서러 나가니까."

"괜찮아. 난 한번 잠들면 누가 업어가도 모르는걸."

"너희들은 방동무 정했어?"

복연은 세답방 동기와 함께 쓰기로 했단다. 한데 경희의 표정은 의미심장했다.

"뭐야, 너 또 짝이 없어?"

"아니야. 정했어. 실은……. 빈궁마노라의 본방나인과 함께 쓰게 되었어."

그건 이상한 일이었다. 본방나인이란 간택된 처녀가 입궐할 때 데려오는 시녀로, 사가에서부터 모셔온 만큼 주인과 친밀하고 충성심이 유별나다. 하여 보통 나인들과 어울리지 않고 끼리끼리만 논다.

"엊저녁에 갑자기 찾아와서는 방을 같이 쓰자대. 거절하려다가 그냥 받아들였어. 아무래도 빈궁께서 시킨 눈치라서 말이야. 그리고……."

경희의 시선이 태평한 덕임에게 닿았다. 그러곤 빈궁이 충복까지 붙여가며 자신을 주시하는 까닭을 알 만하다는 듯 코웃음을 쳤다.

"그리고, 뭐?"

분홍색 당혜(唐鞋, 여자의 갖신)에 묻은 흙을 조심조심 털어내며 복연이 무심히 물었다.

"아무것도 아니야."

절대 아무것도 아닌 게 아닌 것 같은 표정으로 경희가 고개를 가로저었다.

"아무튼 덕임이 너 조심해. 내가 너랑 친하다는 걸 나중에야 알아내셨는지, 날 따로 불러 너에 대해 물으시더라고."

"누가?"

"누구긴 누구야, 이 맹추야! 빈궁마노라지."

"너 아직도 빈궁께서 궁녀들을 경계한다는 둥 헛소리를 하는 거야?

직접 뵈니까 절대 그럴 분이 아니겠더라, 야."

"겉으로 보이는 모습이 다는 아니니까."

경희는 뜻 모를 소리를 했다.

"너나 잘하셔. 죄다 널 못 잡아먹어서 안달이더만."

한 귀로 흘리며 덕임이 깐족댔다.

"근데 괜찮은 거야? 널 죽사발로 만든 애들이 또 시비를 걸어오지 않던?"

덕임은 덜 나은 경희의 옆구리를 쿡 찔렀다.

"대전 궁녀들이랬지? 얼굴을 기억한다니, 되갚아줄까?"

"어떻게?"

"뭐, 방법이야 여러 가지지."

그녀가 어찌나 사악하게 웃는지 도리어 경희가 진저리를 쳤다.

"이미 복연이가 호되게 손봐줬는걸."

영희가 끼어들었다.

"그 궁녀들을 찾아내 곤죽을 내놓은 거 있지. 걔네들 셋이서 동시에 덤볐는데도 복연이한테는 한주먹감이었대."

복연의 얼굴이 새빨개졌다.

"그것도 모자라 멱살을 쥐고 경희한테 끌고 오기까지 했어. 사과하라고."

"했어?"

"응. 머리통을 하도 세게 맞아서 자기들이 어디 있는지도 모르더래."

영희가 낄낄 웃었다.

"정말 난 너희가 사이가 좋은 건지 나쁜 건지 모르겠다."

덕임이 혀를 내둘렀다.

"애가 멋대로 내 편을 들다가 그 꼴이 됐다기에 마음이 쓰였던 것뿐이야."

"딱히 네 편을 든 게 아니라 걔네 행동이 거슬려서 그런 거라니까!"

"그러니까 네가 멋대로 군 건 맞네!"

"전혀 다르거든!"

경희와 복연은 또 옥신각신 다퉜다. 밑도 끝도 없는 부정과 변명이 한참을 난무한 끝에 영희가 화제를 돌렸다.

"그런데 경희 너, 뱃놀이 가서 뭘 했는지는 말 안 해줬잖아."

"뭐, 별거 아니었어."

"자세히 말해 봐."

"안 돼. 함구하기로 맹세했으니까."

경희가 도도하게 콧대만 쳐들자 복연은 발을 굴렀다.

"뭐야! 다 말해주기로 약조했으면서!"

"내가 언제? 생각해 보겠다고 했지."

"……걔들이 널 멍석말이까지 했어야 했는데."

"뭐라고 했니?"

"아, 아, 아무것도 아니야……."

구시렁대던 복연은 황급히 오리발을 내밀었다.

"덕임이 넌 오라버니들한테서 끝내 답장 못 받았냐?"

"응. 오늘 아침까지도 안 오더라."

"그럼 상을 올리지 못할 수도 있잖아!"

마치 제가 모욕을 당한 양 경희가 바락 성을 냈다.

"어쩜 그리 태평해?!"

"내가 어쩔 수 있는 일도 아닌데."

"계례상을 제대로 못 올리면 찍혀서 두고두고 고생한대."

복연이 눈치 없게 한 마디 보탰다가 경희의 발뒤꿈치에 콱 밟혀 비명을 질렀다.

"경희와 내 상에서 조금씩 덜면 작은 상이라도 차릴 수 있을 거야."

침착한 쪽은 영희였다.

"넌 또 눈에 띄었다간 큰일난다구."

또한 일리가 있는 충고였다.

슬슬 주위의 궁녀들이 하나둘씩 음식상을 받들고 떠나기 시작했다. 떡과 탕국 등 구색만 간신히 갖춘 상부터, 화려하게 차려입은 종자從者 여럿이 으라차차 들고 나르는, 상다리가 부러지도록 차린 반상까지 각양각색이었다.

네 사람 중 제일 먼저 계례상을 맞이한 사람은 복연이었다. 다섯 종류만 차려 무척 간소했다. 음식상을 지고 온 사람은 다름 아닌 복연의 아비와 아우였는데, 둘 다 덩치가 남산만 했다. 복연도 그릇을 내어 음식을 나눠주겠다고 했지만 덕임은 한사코 거절했다. 안 그래도 단출한 그녀의 상차림에서 차마 뭘 가로챌 수는 없었다.

복연이 떠나자 곧 경희와 영희의 상도 당도했다. 으리으리했다. 기름기가 자르르하니 때깔이 먹음직스러웠다. 상을 들고 온 종자들도 하나같이 잘생겼다. 경희야 익숙했지만, 영희는 생전 처음 받는 융숭한 대접에 황홀하다 못해 기절할 지경이었다.

시산이 촉박해 경희는 부산스레 굴었다. 그렇지만 음식을 나눠준다는 게 생각만큼 쉬운 일은 아니었다. 일단 덕임에게는 상차림을 할 반상도, 그릇도 없었다.

"괜찮으니까 너희 먼저 들어가 봐."

발만 동동 구르는 경희에게 덕임이 말했다.

"어떡하려고?"

"혹시 이렇게 될까 봐 처소에 음식을 따로 마련해 뒀어."

"어머, 다행이다!"

영희는 의심 없이 믿었지만 경희는 아니었다.

"거짓말이지?"

경희가 눈썹을 추켜세웠다.

"야, 진짜야. 나도 망신당하기는 싫어."

"그럼 당장 차리러 가자. 시간 없으니까 도와줄게."

"음……. 일단은 더 기다려 볼래. 너희 먼저 가."

경희 성깔에 모른 척 속아주는 배려까진 어려울 텐데, 이내 어쩔 수 없다는 듯 한숨만 푹 쉬었다. 으리으리한 계례상을 앞세워 떠나면서도 경희는 불러 세워주길 기다리는 사람처럼 몇 번이고 뒤를 돌아보았다.

혼자 남은 덕임은 뒷짐을 지고 피식 웃었다. 가장 쓸모없는 것이 염치요, 자존심이거늘 오늘만은 동정을 사고 싶지 않았다. 여태 헌신한 대가가 고작 이런 것이라는 비참함만이 그녀를 납작하게 짓눌렀다. 기어이 눈물 한 방울이 데굴데굴 굴렀다.

그렇게 한참을 바보처럼 서 있었다.

"성씨 항아님! 성씨 항아님 어디 계시오?"

그때였다. 소매로 눈물을 닦던 덕임은 번쩍 고개를 들었다.

갓을 비뚤게 쓴 한 사내가 사방을 두리번대며 뛰어오고 있었다. 그는 보자기 씌운 상을 들고 낑낑대며 이제 얼마 남지 않은 궁녀들을 하나하나 넘겨보았다.

그러다가 덕임의 앞에까지 왔다. 염치도 없이 궁녀의 얼굴을 들여다보는 그의 눈은 강아지처럼 아래로 처져 순했다. 살이 올라 불룩 튀어나온 광대며 오동통한 코, 텁수룩한 수염 사이 꽃봉오리 같은 입술도 보였다.

"……식이 오라버니?"

"성씨 항아님? 덕임이냐?"

사내의 얼굴에 함박웃음이 피어올랐다.

남매 중 돌아가신 아버지를 가장 많이 닮은 아들이 바로 식이였다. 그는 어려서부터 괄괄한 누이 등쌀에 온종일 시달리고도 껄껄 웃던 착한 오라비였다.

"아, 늦지 않아서 다행입니다!"

턱에 대롱대롱 매달린 갓끈을 고치며 식이의 등 뒤에서 고개를 쏙 내민 소년은 키가 작고 여위었다. 한눈에 보아도 막내 흡이였다.

"형님들도 같이 오려고 했는데 급한 용무가 생겨 못 오셨다. 널 많이 보고 싶어 하셨어. 아버지 상례를 치를 적에야 봤다지만, 그땐 정신도 없었고 네 휴가도 짧았잖느냐."

식이가 말했다. 덕임은 얼떨떨해서 말문이 막혔다. 그러나 충격이 가시자 불쑥 분노가 들끓었다.

"어쩌자고 장차 관리가 되실 분이 직접 음식상을 들고 오십니까! 그리고 너! 약을 달고 사는 녀석이 왜 따라왔니!"

험악하게 삿대질을 하자 흡이는 창백해졌다.

"야야, 봐줘라. 요 녀석은 열 살 때까지 누님 보고 싶다고 밤마다 울었어."

흡이가 주먹으로 식이의 팔뚝을 퍽 겼나. 그러거나 말거나 이우를 툭 털어버린 식이는 덕임의 어깨를 잡고 흔들었다.

"가만 보니 너 말이야. 어려서는 갈까마귀 같더니 크니까 참 곱다! 궁궐 물이 잘 맞나 봐."

멀리서 쨍하고 징 치는 소리가 들렸다. 회포를 풀 짬도 남지 않았다.

"왜 이리 늦었어요? 답장은 왜 안 보내셨구요?"

"미안하다. 길을 잘못 들었지 뭐냐. 암만 기다려도 궁녀들 소매 붉은 끝자락일랑 보이질 않더라. 뒤늦게 방향을 물어 허둥지둥 달려왔어."

"답장을 안 한 건 일부러 깜짝 놀래 주려고 그런 겁니다, 누님."

덕임의 표정이 무시무시해지자 흡이가 얼른 덧붙였다.

"식이 형님의 생각이었습니다."

"야아, 이 녀석! 좋다고 맞장구칠 때는 언제고!"

"간이 아주 떨어지는 줄 알았으니 성공하셨네요."

덕임이 상차림 보자기를 휙 제쳤다.

엉망이었다. 궐에서처럼 빛깔과 종류에 따라 보기 좋게 차리기는커녕 찬과 후식, 과일이 뒤죽박죽 섞였다. 떡은 찔 때 모양을 잘못 냈는지 울퉁불퉁했고, 약과는 틀에 잘못 찍었는지 크기며 생김새가 제각각이었다. 조림이며 무침 따위는 급히 달려온 통에 양념을 질질 흘리고 있었다. 또 갖은 반찬들은 너무 짜거나 싱거웠다. 솜씨 좋은 소주방 음식에 길들여진 동궁의 입에 도저히 맞을 음식들이 아니었다.

"어떠냐? 네 올케들이 처음으로 시누이를 위한다고 솜씨는 부렸는데…… 역시 궐 음식에는 비할 바가 못 되지?"

식이는 몹시 걱정스러운 눈치였다.

"궐 음식보다 훨씬 낫습니다."

그래도 정다운 식솔의 냄새가 가득한 따뜻한 밥상이었다.

"애, 덕임아! 너 얼른 오지 않고 뭐 하냐!"

아침부터 꼬치꼬치 잔소리를 하던 서 상궁이 헐레벌떡 뛰어왔다.

"다른 애들은 기미까지 싹 끝냈거늘!"

서 상궁이 소매를 끌었지만 덕임은 걸음을 떼지 못했다. 어려서 헤어진 뒤로 몇 번 보지도 못 한 가족이다. 이대로 돌아서면 또 오랫동안 만나지 못할까 겁이 났다.

"미안해요, 누님. 우리가 늦지 말았어야 했는데……."

"어서 가라. 곧 휴가를 나온다면서. 그때 보면 되지."

식이가 덕임의 등을 떠밀었다.

눈물이라도 터질세라 덕임은 작별을 짤막하게 끊었다. 상 한쪽을 잡으며 서 상궁에게 눈치를 줬다. 비록 못마땅한 눈초리였지만 그녀는 두말없이 반대쪽을 잡았다.

"들어다 주랴?"

"이제 와서 외부인이 궐 안에 들어가려면 절차가 복잡해요. 그냥 저랑 서 상궁 마마님 둘이서 들고 가면 돼요. 그렇죠, 마마님?"

"아무렴 내가 제자를 잘 둔 덕에 이 나이에 허드렛일까지 하는구나."

식이는 우스갯소리로 여겼는지 껄껄 웃었다.

"네가 누굴 닮아 넉살만 좋은지 알겠다."

손을 흔드는 형제를 뒤로 한 채 서 상궁은 마냥 입을 삐죽였다.

기미를 끝낸 뒤에 작은 상을 따로 차렸다. 덕임은 그나마 상태가 괜찮고 동궁의 입에 맞을 법한 찬을 골랐다. 남은 음식들은 뺨에 밥풀떼기를 붙인 월혜가 잽싸게 챙겨 사라졌다. 차례를 기다리느니, 한참 전에 들어간 영희가 진 빠진 얼굴로 나왔다.

"어땠어?"

"무서워 죽는 줄 알았어."

사내를 만난 소감치고는 지극히 민망했다.

"그래도 맛이 좋다고 전부 드셨어."

"뭘 올렸는데?"

"콩떡이랑 호두로 빚은 과자랑 달짝지근한 밀전병을 올렸어."

하나같이 동궁이 싫어할 법한 음식 일색이었다.

"정말로 다 드셨어?"

"응. 봐봐."

영희가 자랑스레 빈 그릇을 내보였다. 조금만 입에 안 맞아도 숟가락 내려놓는 분이 어쩐 일일까? 동궁의 까다로운 식성마저 맞출 만큼 경희네 음식이 비싼 값을 하는가 보다.

"넌 괜찮은 거야? 아까 경희랑 계속 마음에 걸려서 혼났어."

덕임은 자초지종을 설명했다.

"정말? 일부러 놀래 주려고 답장을 안 했다고?"

"식이 오라버니가 멍청해서 그래."

"그토록 오래 못 봤는데 사이가 좋다니 참 신기하다. 우리 식구들은 글도 알면서 나한테 쪽지 한 장 안 보내거든."

영희도 딱히 제 누이들이 그리운 눈치는 아니었다.

"성가 덕임이. 네 차례다."

거기서 수다가 뚝 끊겼다.

내실 분위기는 달랐다. 비단 보료에 앉은 동궁의 앞에 촘촘히 엮은 발이 쳐져 있었고, 좌우로 엄격한 얼굴의 늙은 상궁들이 늘어서 있었다. 그런데도 숨소리 하나 새어 나오지 않았다. 덕임은 왜 영희가 무섭다고 했는지 깨달았다. 마치 실수를 저지르기만 기다리는 것처럼 눈을 부라리는 모양새였다.

배운 대로 문간을 넘자마자 엎드렸다. 가장 가까이 있던 상궁이 소반을 넘겨받아 발 너머 동궁의 안전에 올렸다. 천천히 절을 올렸다. 까맣게 잊은 옷과 가체의 무게가 다시금 그녀를 짓누르기 시작했다.

얼핏 보이는 동궁의 형체가 움직였다. 젓가락을 잡으려는가 싶더니 돌연 멈췄다.

"상궁들은 발을 걷고 나가라."

"저하, 그것은 법도에 어긋나는 일이옵니다."

용기 있는 상궁 하나가 나섰다. 세상 누구보다 법도와 전례를 꼼꼼히 따지는 동궁마마가 실성을 했나 당혹스러운 눈치였다.

"법도의 올바른 실천은 낭비를 줄임이다. 저 아이는 평시 수발을 드는 지밀궁녀라 대수롭게 여길 까닭이 없다. 마지막까지 굳이 기다리느니 너희들은 이만 뒷정리를 하는 편이 훨씬 이롭다."

별스럽지 않은 핑계인데도 어투가 진중하여 달변처럼 들렸다. 다퉈 봐야 얻을 것도 없는 상궁들은 하릴없이 발을 걷고 물러났다.

"술은 가져왔느냐?"

이윽고 대뜸 묻는 질문은 예사롭지 않았다.

"뭘 좋아하느냐 묻기까지 했으면서 어찌 놀라."

"특별한 것이 있긴 하온데……."

"안 들린다. 가까이 와라."

덕임이 쭈뼛대며 두어 걸음 나아갔다. 동궁은 평소 지내는 만큼 오라 채근했다. 그녀는 늙은 소처럼 미적거렸다. 그가 제 몸에 또 손을 댈까 조금 겁을 먹었다. 그런 순진한 불안함을 동궁이 꿰뚫어볼까 봐 민망하기도 했다.

거의 마주 앉다시피 했을 때서야 동궁은 만족했다.

"나는 술을 좋아한다고 했다."

다른 사람 같으면 농으로 여기련만, 상대가 상대이니만큼 가벼이 넘길 수가 없다.

"하오시면 소인이 한 잔 올리겠나이다."

덕임은 품에서 불쑥 조그마한 호리병 하나를 꺼냈다. 살살 흔들고 마개를 열자 시큼털털한 과실의 향내가 새어 나왔다.

"설마 진짜 술을 가져왔느냐?"

동궁의 기세가 사나워졌다.

"술이라면 난 입에 댈 수 없다."

그는 단호하게 물리쳤다. 누가 듣기라도 할까 조심스러운 음성이었다.

"일단 젓수어보소서."

"썩 물리지 못하겠느냐!"

"술을 빚었다 하여 소인을 벌주시려거든 일단 진짜 술이 맞는지 확인부터 해보셔야 하지 않사옵니까?"

가진 건 배짱뿐인 덕임이 말했다. 동궁은 못마땅하게 노려보더니만 결국 입술을 축였다. 맛을 본 그는 갸우뚱했다. 한 모금을 더 목구멍으로 넘기고, 이윽고 한 잔을 아예 털어 넣었다.

"이건 술이 아니다. 한데 아주 술맛이 아니라곤 못 하겠는데."

"머루술과 비슷하지요?"

"흠, 그런 것 같다."

"그럴 수밖에요. 머루를 으깨어 만든 즙이니까요."

한 잔 더 따르며 덕임이 말했다.

"열매는 으깨고 줄기와 잎은 잘 잘라 섞은 뒤 백일 동안 묵히면 썩 괜찮은 음료가 되옵니다. 귀한 사탕(설탕) 대신 단맛을 낼 수도 있고요."

동궁은 여전히 미심쩍은 눈초리였다.

"생전에 무관이었던 소인의 아비는 일이 고되었는데, 나라에 오래도록 금주령이 내려와 약주 한 잔 입에 댈 수 없었지요. 하여 소인의 어미가 머루술은 없지만 비슷한 맛으로 입을 속이라며 아비에게 이걸 곧잘 내주더랍니다."

덕임이 웃었다.

"소인이 비록 쌀로 누룩을 빚어 저하께 술을 올릴 순 없지만, 이렇듯 저하의 입을 속여드릴 수는 있사옵니다."

"정녕 너의 맹랑함은 어찌해야 할지 모르겠다."

그는 다시금 한 잔 쭉 들이켰다.

"맛없다. 달기는커녕 쓰고 텁텁하다."

"시일이 촉박했으니까요."

"역시 맛없다."

마지막 잔까지 싹 비우면서도 동궁은 연신 볼멘소리를 했다.

그는 젓가락도 들었다. 가만 보고 있자니 뭔가 이상했다. 식사 거르기를 밥 먹듯 하는 분이 오늘은 괴이할 만치 잘 먹는다. 더욱이 이미 앞서 제법 배를 채웠을 텐데도 곤욕스러운 기색조차 비치질 않았다.

"입맛에 맞으시옵니까?"

"네 요상한 즙보단 낫다."

"찬이 제각각 짜고 싱겁고 형편 없사온데요?"

"맛있대도 불만이냐?"

"저하께선 다른 나인의 음식도 깨끗하게 비우셨사옵니다. 싫어하시는 음식 일색이었는데도요. 어째시이옵니까?"

"딸을 사랑하는 부모의 마음으로 차린 상이요, 빈곤한 백성들이 고혈膏血로써 빚은 음식이다. 한데 원량인 내가 어찌 허투루 투정하겠느냐?"

덕임은 참으로 이상하고도 숭고한 감격을 느꼈다.

"망극하옵니다."

할 수 있는 말은 오직 그뿐이었다.

"흠! 아무튼……. 간밤에 네가 올린 반성문을 읽었다."

동궁은 발그레 달아오른 그녀의 얼굴을 멀뚱히 보더니만 헛기침을 했다.

"부인은 지아비에게 순종하고 보이지 않는 곳에서 내조함이 올바른 도리이므로, 똑똑한 부인은 쓸모없다는 주자의 말씀이 옳다고?"

"예."

"그게 본심이냐, 아니면 구색 좋은 말을 늘어놓은 것이냐?"

따가운 시선에 덕임은 눈을 몇 번 깜박였다.

"여인이 마땅히 따라야 할 도리가 그러한 줄은 아오나, 그 이치를 현실에 온전히 적용할 수는 없다고 생각하옵니다."

"어째서냐?"

"오직 순종만 하는 여인이 어찌 현명할 수 있으며, 또 어찌 내조를 하겠나이까? 지아비가 말하기 전에 행동하고, 알아서 가정을 정돈해야 사리에 맞사옵니다. 하나하나 일러주어야 따르는 여자는 아내가 아니고 계집종이옵니다."

동궁이 피식 웃었다.

"초하룻날까지 반성문을 써와라."

요번에 쓴 반성문의 먹물이 채 마르지도 않았는데 또 반성문이라니, 덕임은 입을 떡 벌렸다.

"주제는 '속으로 다른 생각을 하면서 아닌 척 번지르르한 글을 올린 죄'다."

그는 항변할 여지를 주지 않았다. 다 먹은 상을 밀며 나가라고 채근했다.

불만을 감추며 덕임은 다시금 절을 올렸다. 다홍색과 노란색, 초록

색으로 어우러진 원삼의 옷깃이 꽃바람을 탄 파도처럼 곱게 퍼졌다.

짓눌리는 무게를 견디지 못하고 조금 휘청거리는 것을, 어설프게 동여맨 탓에 언뜻 풀릴 것만 같은 옷고름을 사붓이 붙잡는 것을, 그와 마주할 때마다 속에서 일어나는 익숙잖은 느낌 때문에 얼굴을 붉힌 것을, 동궁이 보지 못해 다행이었다.

그러나 그녀 또한 동궁의 시린 얼굴에 언뜻 번진 붉은 웃음을 미처 보지 못했으니, 다행이라함은 너무나 섣부른 감상이 될는지도 모르겠다.

2부

왕과 궁녀

6장
청년 임금

　겨울이 유난히 길었다. 늙은 왕이 승하하면서 비로소 봄이 온 것만 같았다. 숭정문崇政門에서 치른 즉위식은 눈물바다였다. 동궁은 대신들이 사배례를 행하고 옥새를 올릴 때까지 울먹였다. 오로지 조부의 자리라며 어좌에 앉기를 물리치는 그를 달래느라 한참 애를 먹었다.

　스물다섯 신왕新王이 서자 묘한 긴장감이 돌았다. 외견상으로는 그대로였다. 왕은 선왕이 신임하던 신하들을 그대로 중용했고, 선왕의 기조를 받들었다. 꼬리에 꼬리를 물며 다투던 척신들의 판도에도 변함이 없었다. 하지만 그러한 평화는 폭풍이 닥치기 직전의 바다가 가장 잔잔한 이치에 불과함을, 노련한 중신들은 알고 있었고 또한 알아야만 했다.

　한편, 덕임은 봄을 맞아 만개한 꽃봉오리 사이에서 몹시도 분주했다. 요사이 천붕지통天崩之痛으로 상한 왕의 옥체를 걱정하여 약원에서 심신탕心神湯을 처방했는데, 수라를 진어하고 꼭 이각 안에 따뜻하게 달여 올려야 했다. 조부의 상을 당해 곡기를 끊고 지내던 왕은 자전(慈殿, 왕대비)의 간곡한 권유를 뿌리치지 못해 어제부터 숟갈을 좀 드는 참이었다.

임금이 젖술 탕약은 달이는 절차가 몹시 까다롭다. 아침에는 어의나 약원의 신료가 직접 달여 진어하지만, 저녁에는 궁인들의 책임이다. 탕기를 다루고 어쩌고 하는 일은 너무나 번거로워 모두들 기피했으므로, 역시나 당연스레 덕임의 몫이 되었다.

"왜 이렇게 안달복달하셔요?"

모락모락 김이 오르는 탕기에 코를 바싹 대고 기다리려니 의녀 남기가 물었다. 왕실이 물갈이되다시피 하였는데도 그녀는 여전히 대전과 중궁전을 직속으로 섬겼다.

"저녁 시간이잖소. 빨리 못 가면 또 굶어야 해."

수라상을 올리고 남은 음식은 궁인들이 두루 나눠 먹는다. 대개 나이가 지긋한 내관과 상궁에서부터 차례차례 음식이 넘어가는데, 말단 궁녀들의 순서는 마지막이라 늘 먹잘 것이 없다. 고기반찬은커녕 풀떼기를 먹으려 해도 몸싸움을 벌여야 한다.

"소주방에서 더 가져다 먹으면 되잖아요?"

"전하께서 식재료와 쌀을 몰래 빼돌려 이득을 취하는 궁인들이 많다고 역정을 내셨소. 이제는 꼭 필요한 만큼만 음식을 하다 보니 남는 것도 없지 뭐요."

계례를 치르고도 궁실의 제일 막내 신세를 면하지 못했으니 참으로 박복하다. 뿐만 아니라 갑작스러운 국상으로 인해 정식 나인으로서의 첫 휴가도 미뤄졌다. 분주함이 가라앉으면 보내준다지만, 기약 없는 기다림일 뿐이다.

슬슬 탕약이 뭉근하게 달여졌다. 의녀 남기가 탕기를 들고 사기에

쭉 따랐다. 입가심을 위한 편강片薑까지 시탁(쟁반)에 담자 덕임은 퇴선
간을 뛰쳐나가 달렸다. 다들 식사를 하러 빠져나가서인지 한적했다.

사소한 일로 입시를 고할 필요는 없다. 덕임은 까치발을 들고 슬그
머니 문을 열었다. 왕은 혼자가 아니었다. 덕로와 함께였다.

왕은 즉위 사흘 만에 그를 동부승지同副承旨로 승차시켰을 뿐 아니
라, 약원의 부제조副提調까지 삼았다. 파격적인 인사였다. 까닭은 뻔
했다. 왕명을 받드는 승지와 옥체를 살피는 약원 관료로 삼으면 항시
옆에 둘 구실이 생기기 때문이다.

"빈전의 제물을 몰래 훔쳐 먹은 중관(中官, 내시)들이 있더군. 염치를
요구할 수 없는 족속이라도 실로 놀랍지 않은가."

왕은 총신인 덕로를 끼고 살며 한시도 떨어지지 않았다. 지켜보는
사람이 멋쩍다 싶을 만큼 두 사내는 자주 고개를 맞대고 속닥이곤 했
다.

"흠, 안 그래도 지척에 사통하는 자가 많아 근심이었는데 이참에 싹
가려내야겠어. 척신들을 상대하려면 우선 밀정부터 쳐 내야지."

칼부림의 징조다.

공연한 걱정을 하는 게 아니다. 요 근래 궁인들의 피해가 이루 말할
수 없이 컸다. 즉위하자마자 왕은 하찮은 궁인들부터 손을 봤다. 선왕
치세 내내 이어진 궁녀들의 안일한 행실과 폐단을 오목조목 지적하며,
상궁나인의 지위고하를 막론하고 품행을 엄격히 가려 솎아내라는 어
명을 내렸다.

당연시되었던 궁녀들의 잔치나 돈놀이를 특히 문제 삼았다. 갑작스
러운 푸대접에 궁녀들은 우왕좌왕했다. 불과 사흘 전, 그 대단한 조
상궁마저 쫓겨났을 때에는 정녕 대혼란이 펼쳐졌다. 궁궐 안팎을 주
무르며 내탕고內帑庫에까지 손을 뻗은 죄목이었다. 소문이 자자한 그

녀의 꽃놀이, 뱃놀이도 당연히 문제시되었다. 제조상궁 조씨의 마지막은 몹시 비참했다. 부정하게 축적한 재물이라 하여 가산을 몰수당하고 머리에 얹을 첩지마저 빼앗겼으니, 떠나는 뒷모습이 죽을 날만기다리는 늙은이와 같았다.

"탕약부터 드시지요. 하명하신 대로 산수유와 녹용을 오 푼씩 더했사옵니다."

뒤늦게야 덕로가 까딱 거만한 손짓을 했다.

덕임은 탕약에 은수저를 넣어 기미를 했다. 색깔은 변하지 않았다. 반 숟갈을 떠 혀끝에 대보니 맛은 끔찍했지만 온도는 딱 알맞았다. 두손으로 약그릇을 내밀었다.

"아, 잠깐만. 아침에 총호사(摠護使, 국상을 주관하는 관리)를 파직하라 교지를 내렸는데 그건 잘 처리했나?"

왕은 본 척도 않고 바쁘게 떠들어댔다.

선뜻 받지 않는 약그릇 때문에 슬슬 팔이 아팠다. 그리고 팔보다는 고프다 못해 쓰리기 시작한 배가 더 곤욕이었다. 지금쯤 상궁들은 숟갈을 놓았을 것이다. 월혜와 뭇 선배 궁녀들의 탐욕스러운 얼굴을 떠올리자니 더더욱 애가 탔다.

"넌 꼬리에 불이라도 붙었느냐?"

사소한 실마리 하나 놓치지 않는 왕이 별안간 트집을 잡았다.

"탕약이 식고 있나이다, 주상전하."

"미지근하게 마셔도 좋다."

덜덜 떨리는 팔을 뻔히 보면서 왕이 얄밉게 대꾸했다.

그때 덕임의 배에서 창자가 꼬이듯 절박한 굶주림의 비명이 꼬르륵 새어 나왔다. 덕로는 웃음을 참느라 헛기침을 했고 왕은 눈썹을 찡그렸다.

그가 짐짓 노려보더니만 약그릇을 낚아채 단숨에 들이켰다. 수건(수건의 궁중어)으로 입가를 닦고 편강을 물려주느라 그녀의 손끝이 왕의 턱이며 입술에 살짝 닿았다. 미세한 떨림이 느껴졌다. 뭐가 또 언짢은 가 슬쩍 눈치를 보았다.

"번거롭게 말고 썩 물러가라."

어쩐지 조급한 목소리와 함께, 왕은 고개를 홱 돌려 버렸다.

헐레벌떡 뛰어왔지만 이미 파장 분위기였다. 휑뎅그렁 남은 밥상은 차게 식었다. 벌써 나흘째 내리 굶은 덕임은 철퍼덕 주저앉았다.

"얘, 너 저녁 못 먹었지?"

떡과 다과 따위 주전부리를 내밀며 월혜가 등을 톡톡 쳤다.

"강씨 형님이 웬일로 하찮은 제 몫을 챙겨주셔요?"

한입 덥석 물고 나니 미심쩍었다. 월혜는 못 들은 척 고개만 팔랑거리더니 품에서 서찰 하나를 꺼냈다.

"네 서찰도 대신 받아놨단다."

이유 없는 호의란 결코 존재하지 않는 법. 특히나 월혜는 약삭빠르게 몫을 챙기기로 으뜸이다. 덕임은 도끼눈으로 월혜를 주시하며 더듬더듬 봉입을 뜯었다.

사뭇 조잡하고 흘림이 심한 궁체. 복연이의 글씨였다.

모시던 주인이 졸하면 휘하 궁인들도 출궁되는 것이 법도다. 대전의 궁녀였던 복연은 선왕의 입관이 끝나기가 무섭게 보따리를 쌌다. 영희와 덕임은 훌쩍였고, 경희는 분한 듯 입술만 삐죽였다. 의탁할 가족이 있으니 걱정 말라고 소탈하게 웃으며 복연은 기어이 떠나버렸다.

"김가 복연이니? 참 딱하다. 어쩜 계례를 치르자마자 임금님께서 승하하신담."

열심히 읽는 어깨너머로 월혜가 말을 붙였다.

"주막에서 힘쓰는 일을 하기로 했대요. 세답방 출신이라면 삯을 후하게 쳐주나 봐요. 돈 좀 모으고 적응이 되면 궁말(출궁된 궁녀들이 모여 살던 마을)로 갈 건가 봐요. 가족들한테 신세지기가 영 껄끄럽대요."

"인생이 뭐 그렇지."

복연이야 아무래도 상관없는 월혜는 영 심드렁했다.

"근데 얘, 나 뭐 하나만 물어봐도 되니?"

드디어 그녀가 까닭 모를 친절의 탈을 벗었다.

"너 요 며칠 이른 새벽마다 바깥문을 지키지?"

"그런데요."

"혹 숙직하는 금군들이 교대하는 시각이 인시(寅時, 새벽 3시에서 5시)니?"

"그건 왜요?"

동궁을 모실 때와 왕을 모실 때의 가장 큰 차이가 무어냐 묻는다면, 경계가 비교도 못할 만큼 삼엄해진 것이라 해야 할 터.

밝을 때 서는 상번上番과 밤에 근무하는 하번下番으로 나뉘는 번살이는 본디 달포에 한 번씩 바뀐다. 한데 대전을 지키게 되면서부터는 그 절차가 매우 복잡해졌다. 우선 상번과 하번은 예고도 없이 바뀌기 일쑤였다. 심할 때는 근무하는 시각이 하루걸러 달라졌으므로 따라잡느라 애를 먹었다. 근무하는 장소도 그때그때 달랐다. 상궁들은 내시부, 금군대장과의 철저한 상의 하에 궁녀들의 동선을 짰다. 왕의 침전 근처에는 쥐새끼 하나 얼씬할 수 없게끔 하기 위함이다. 이유 없이 근무지를 벗어나거나, 근무할 때의 거취에 대해 외부에 발설했다가는 역률로 다스리리라는 엄포도 귀에 못이 박히게 들었다.

성상을 모시는 지밀은 그토록 살벌한 것이라야 했다. 한데 그 내밀한 질서, 함께 일하는 궁녀들끼리도 파악하기 어려운 경계에 대해 지금 월혜가 묻는 것이다.

"뭘 그렇게 무서운 표정을 짓니?"

그녀는 까르륵 웃었다.

"잘생긴 군졸이 숙직을 한다기에 궁금했을 뿐이야."

"잘생겼으면 뭐 어쩔 건데요."

덕임이 끌끌 혀를 찼다.

"아무튼 전 몰라요. 알아서도 안 되잖아요."

반은 진실이고 반은 거짓이었다. 멀뚱히 허공을 바라보며 외딴 문을 지키는 동안 할 일이라곤 꾸벅꾸벅 졸거나 주변의 사소한 일을 관찰하는 것뿐이다. 하여 금군들이 어느 시각, 어느 위치에서 어떻게 서로를 식별하는지 덕임은 어렴풋이 가늠하고 있었다.

더욱이 대전나인들의 동선을 관리하는 책임자 중 하나가 서 상궁이니, 소상히 알아내고자 한다면 못할 것도 아니었다. 그래서 더 찜찜했다. 행여나 월혜가 서 상궁 마마님께 슬쩍 물어봐 주면 안 되겠느냐, 선을 넘어설까 봐 불안했다.

"으이구, 됐다. 하여튼 궐 바닥에서는 재미 좀 보기가 이렇게 어렵구나."

다행히 월혜는 미련을 내비치지 않았다.

"너 예전에 내가 한 말 기억나니? 줄을 잘 서야 한다고 했잖아."

그녀는 또 새침하게 속삭였다.

"보아하니 넌 이미 줄을 고른 모양이구나."

"아, 글쎄 줄 같은 건 없다니까요."

덕임은 일갈했다.

"전 그냥 동궁의 궁녀일 뿐이에요."

"아니, 이젠 대전의 궁녀지. 처지가 완전히 바뀐 거라고."

월혜가 맞받아쳤다.

주전부리를 마저 입에 쑤셔 넣던 덕임은 문득 의문이 생겼다. 자꾸 줄서는 타령을 하는 월혜가 택한 줄은 얼마나 장장채승長長彩繩 비단 동아줄일까? 퍽퍽한 콩떡 하나를 꿀꺽 삼키고 물어보려 했다. 그러나 마음을 바꿨다. 월혜가 잡은 그 줄도 결국에는 썩은 동아줄일지 모른다. 벼랑길에서 꽉 붙들고 매달려 보기 전에는 아무도 알 수 없는 법이다.

"꿀맛이네요."

덕임이 할 수 있는 말은 고작 그런 것뿐이었다.

봄비가 촉촉이 대지를 적시는 한낮. 어깨가 젖는 줄도 모르고 덕임은 바깥문 기둥에 기대어 꾸벅꾸벅 졸았다. 그러다가 주변이 술렁이는 소리에 퍼뜩 깼다.

궁녀들이 삼삼오오 모여 뭘 구경하고 있었다. 자연히 시선이 따라갔다. 바깥문에서 왕이 정무를 보는 편전까지 이어지는 야트막한 뜰. 장엄하게 깎은 돌길과 촉촉한 흙. 고개를 내민 노란 꽃잎. 그 사이에 소복을 입은 중년의 한 여인이 있었다.

그녀는 성큼성큼 왕이 머무는 앞마당까지 왔다. 만류하듯 울상이 되어 따라오는 궁인늘도 서넛 보였다. 모두가 숨죽인 가운데 여인은 거적도 깔지 않은 차디찬 바닥에 대뜸 꿇어앉았다. 그리곤 이마를 바닥에 찧어가며 곡을 했다. 뱃속에서 울음소리를 뽑아내는 솜씨가 여간 능숙하지 않을 수 없었다.

"어머, 고서헌 마마님 아니야?"

뒤쪽에서 궁녀들이 소곤거렸다.

"대낮에 아녀자가 웬 해괴망측한 짓이람?"

"전하께서 간밤에 고서헌 마마님의 작위를 삭탈하셨대! 오밤중에 쫓아내려는 걸 선왕을 생각해 밝을 때까지만 기다려 달라고 싹싹 빌어 버렸다더라."

"한데도 곱게 나가질 않고 저래?"

서모庶母로서 예우해 마땅한 존재가 바로 선왕의 후궁이거늘, 마치 기다렸다는 듯 폐서인 시켰다면 예삿일이 아니었다. 덕임이 면식도 없는 선배 궁녀들의 대화에 끼어들려는 찰나, 누군가 그녀의 팔목을 잡아당겼다.

"너도 여기 있었네! 저분이 그 고서헌 마마님이래. 처음 본다."

영희였다. 아침나절 물을 덥히다 왔는지 얼굴이 벌겋게 익었다.

"근데 의외다. 경희보다도 예쁘실 줄 알았는데."

문득 그녀는 고개를 갸웃했다.

숙의 문씨, 이른바 고서헌 마마님이라 알려진 저 후궁에겐 구구절절한 사연이 있다.

그녀는 본디 왕실의 빈嬪을 모시는 궁녀였는데 상전이 병으로 죽자 출궁만 기다리는 신세가 되었다. 그런데 인생사 참 묘하게도 그녀는 도리어 승은을 입었다. 위패를 모신 빈전에 들른 선왕이 향을 피우는 그녀의 자태에 반해 자빠뜨렸다나 뭐라나. 어쨌든 임금이 왕실의 상사喪事 중에 궁녀를 취한 만큼, 처음부터 그녀를 보는 시선은 곱지 않았다.

더욱이 그녀는 자처해서 추문을 일으켰다. 간교한 방중술로 사랑을 독차지하매 건방을 떨고, 꼭 왕자를 낳겠노라 설치고 다녔다. 천출인제 어미부터 사특한 요승妖僧까지 멋대로 지엄한 궁궐에 들이기도 했다. 그 오라비는 한 술 더 떴다. 누이가 임금에게 아양을 떨어 얻어준

관직을 덥석 물었을 뿐 아니라, 누이를 앞세워 뒷돈을 쏠쏠히 받아 챙기는 둥 두루 어깃장을 놓고 다녔다.

실로 패악한 첩의 교본이나 다름없어 진즉부터 신료들의 간언이 끊이질 않았는데, 선왕은 귀를 닫고 모른 체했다. 뭇 사람들은 그녀가 어떤 교태를 부려 어심을 사로잡았는지, 연로한 옥체를 어찌 주물러 옹주를 둘씩이나 낳았는지 궁금해했다.

그녀는 머리 희끗한 중년 여자라는 점을 감안해도 미인과는 거리가 멀었다. 누르스름한 살갗에 사내애처럼 납작한 가슴하며, 구부정한 어깨에선 미색을 찾기 어려웠다. 다만 그러한 단점들을 상쇄시킬 장점이 있었다. 꽃봉오리를 머금은 듯 색스럽게 오므린 입술과 당당하게 올라붙은 엉덩이가 몹시 탐스러웠다. 사내를 끌어당기는 매력이 있었다.

"저러다 큰일 나겠는데."

쿵쿵 찧는 이마는 금세 살이 짓무르고 피가 비쳤다. 진득한 핏자국이 고인 빗물에 섞여 둥둥 흘렀다.

"인과응보야. 총애받는답시고 못된 짓만 골라서 하더니 벌 받는 거지."

영희는 팔짱을 꼈다.

"의열궁 살아계실 적엔 어떻게든 이겨 먹으려고 기를 썼대. 의열궁께선 정일품 빈嬪에다가 세자저하의 생모셨잖아. 그런데도 먼저 찾아가 문후를 여쭌 적이 한 번도 없대. 어쩌다 마주치기라도 하면 맞먹으려 들고 말이야. 오죽하면 보다 못한 중전께서 고서헌 마마님의 종아리를 치셨다더라."

"진짜?"

"선왕과 의열궁의 금슬이 한창 좋지 않을 때 나타나 총애를 홀랑 채

갔으니 의기양양할 만도 하지. 의열궁께선 어질고 참한 분이셨대. 그
래서 어린 계집애가 작정하고 덤벼들어도 참기만 하셨다나 봐."

흐릿한 기억 속, 관에 누운 창백한 얼굴 하나가 뇌리를 스쳤다.

"난 선왕께서 의열궁을 가장 아끼신 줄 알았는데."

"물론이지. 승하하시기 직전까지도 의열궁 사당에 드나드셨잖아.
그치만……."

영희가 주변을 휘휘 돌아보더니 소곤거린다.

"경희가 늘 그러잖아. 사내에겐 마음으로 아끼는 여자랑 막 그런
걸…… 담그고 노는 여자가 다른 법이라고 말이야."

"갠 겉으론 얌전떨면서 못 하는 소리가 없네."

덕임은 혀를 내둘렀다.

"근데 선왕전하와의 금슬은 어쩌다 금이 갔대?"

"몰라. 경희한테 물어봐."

영희는 어깨만 으쓱했다.

"소란 그만 피우고 물러가라십니다."

고서헌의 목이 쉬어갈 즈음에서야 내시가 대내에서 나왔다. 윤묵이
었다.

"늙은 첩이 상감을 뵙고자 하니 아뢰어주게."

"속히 물러나지 않으시면 끌려 나가시게 될 겁니다."

"오래도록 선왕을 모신 내게 그 정도 자격은 있잖은가!"

고서헌은 지지 않고 맞섰다.

"주상전하! 억울하옵니다! 소첩의 죄는 사랑을 받은 것뿐이고, 소
첩 오라비의 죄는 출세를 한 것뿐인데 어찌 마냥 홀대하시옵니까?"

고서헌이 벌떡 일어서서 목청을 돋웠다.

"소첩을 지극히 아껴주신 선왕께 망극하지도 않으십니까!"

눈을 뒤집고 악을 쓰자 윤묵은 결단을 내렸다.

"폐서인을 끌어내라."

덩치 좋은 궁녀들이 그녀의 양팔을 붙잡았다. 고서헌은 어린애처럼 펑펑 눈물을 쏟으며 끌려 나갔다. 유일한 방패였던 임금의 총애를 잃고 남겨진 후궁의 말로일지니, 두 다리를 아낌없이 벌려 얻은 첩지와 금은보화도 무용지물이었다.

"소문이 사실인가 봐."

영희는 아까보다도 더 목소리를 낮췄다.

"고서헌 마마님이 중간에서 한 이간질 때문에 선왕께선 세저저하를 미워하게 됐고, 저하께선 그로 인해 환후를 얻어 요절하셨다잖아."

"그건 너무 나간 거 아냐?"

"아냐! 몇 년 전부터는 지금 전하의 즉위까지 막으려고 사특한 무리들과 작당을 꾸미기도 했대. 경희가 그랬어. 무섭지 않니?"

왕실을 둘러싼 갈등이 진즉부터 있었다면야 성마른 왕의 태도도 이해가 갈 만했다. 그러나 왕은 사사로운 복수심으로 권력을 움직일 만큼 어리석지 않다. 천박한 행실을 일삼는 후궁과 그 치맛자락을 붙들고 설치는 외척이 아무리 싫어도, 그가 척신이라면 이를 바득바득 갈 만큼 지고지순한 유학자라 해도 말이다. 추레한 후궁을 내치는 데에는 훨씬 음험한 까닭이 숨어 있으리라.

"이걸로 끝이 아닐 것 같은데……."

제법 굵직해진 빗줄기에 저고리를 적시며 덕임이 음산하게 중얼거렸다.

"너! 성가 덕임이!"

갑자기 윤묵이 멀찍이 선 그녀를 골라 삿대질을 했다.

"따라가서 폐서인의 출궁을 확인하고 와라."

늙은 후궁이 교활한 수작질을 부릴까 염려하는 눈치였다. 이윽고 불호령은 할 일도 팽개치고 옹기종기 모여 수군거리는 다른 궁녀들에게까지 미쳤다. 대전의 타구唾具를 더운물에 씻다가 버려두고 나온 영희가 특히 뜨끔했다.

덕임은 치맛자락을 쥐고 찰박이는 흙 위를 달렸다. 폐서인이 나갈 문은 대궐의 정문이 아닌 쪽문이었다. 나이 들어 쓸모가 없어진 궁녀들이 나갈 때 쓰는 바로 그 문. 초라한 늙은이로 전락한 조 상궁이 나간 바로 그 문. 으리으리하게 꾸민 다른 문들과 비교하면 현판懸板 하나, 이름조차 붙지 못한 후미진 문이다.

어깨가 떡 벌어진 궁녀가 고서헌을 문간에 팽개쳤다.

"가마도 없느냐? 걸어 나가라고?"

흙바닥에 주저앉은 그녀는 무른 흙을 가득 쥐고 낄낄거렸다.

"세자를 낳은 의열궁은 제 아들과 함께 저승으로 가고, 옹주를 낳은 나는 딸들이 사는 궐 밖으로 쫓겨나는구나."

웃다 못해 끅끅 숨넘어가는 소리까지 냈다.

"폐서인은 속히 출궁하시지요."

보다 못한 궁녀가 으르렁거렸지만 고서헌은 눈 하나 깜빡하지 않았다.

"가장 사랑받은 의열궁과 그 사랑을 뺏기 위해 다툰 내가 흔적도 없이 사라지는 동안 도도한 체 양전을 떨던 중전마마께선 기어이 살아남으시는구나. 곧 죽어도 반가의 여식으로 태어나야 해. 암, 그렇고말고."

연신 지껄이는데 알아듣기가 매우 힘들었다.

양팔을 벌리며 활개를 치던 고서헌이 얼음처럼 굳은 건 바로 그때였다. 어느 한 점에 고정된 고서헌의 눈동자가 공포로 물들었다.

왕의 분노조차 괘념치 않던 입을 다물게 한 존재는 다름 아닌 왕대비였다. 측근 상궁 두엇만 거느리고 홀연히 나타난 그녀는 인기척도 없이 고서헌의 마지막 패악을 지켜보고 있었다. 외양도 사뭇 께름칙했다. 지아비를 떠나보낸 슬픔으로 여러 날을 앓느라 두문불출한다는 사람치고 지나치게 정정했다. 호랑이처럼 매서운 눈매부터 곧게 편 등허리까지 평소와 다를 바 없었다. 오히려 미망인이 체질에 맞는 양 불그스름하니 혈색까지 돌았다.

"자네가 오늘 궐을 나간다기에 보러 왔네."

왕대비는 평온하게 운을 뗐다.

"가는 길에 바깥 구경이라도 하게. 너무 오랫동안 궐에서만 살았잖은가."

느릿느릿한 어조는 꾸짖을 가치도 없는 뒷마당 똥개를 대하는 것 같았다. 연배가 한참 어린 왕대비에게 그런 취급을 당하면서도 고서헌은 오들오들 떨기만 했다.

"그럼 살펴 가게나."

정적이 흘렀다.

"나가라는 말을 듣지 못했나?"

고서헌은 힘없이 어깨를 늘어뜨리며 어정쩡하게 무릎을 굽혔다. 덫에 걸린 짐승처럼 끌려오느라 흐트러진 흰 가르마를 푹 숙였다. 비굴했다.

그녀에게 남은 것이라곤 어느 각심이가 주저하며 내민 초라한 보따리 하나뿐이었다. 궐에서 보낸 지난한 세월의 흔적일랑 고작 그런 것이었다. 고서헌이 몸을 트는 순간, 덕임은 그녀와 눈이 마주쳤다. 눈동자는 텅 비어 있었다. 스스로 패배를 뼈저리게 아는 자만이 지을 수 있는 공허한 눈빛. 그 속에서 세월의 무상한 자취만 콸콸 쏟아져 나왔다.

그렇다면 한 시절을 함께 살아온 왕대비는 어떨까?

터덜터덜 떠나는 늙은 첩의 뒷모습을 바라보는 왕대비의 표정을 단언하기엔 어려웠다. 글쎄, 묘한 승리감에 취해 있다고 해야 할까. 선왕과 그의 후궁들을 모두 떠나보내고 홀로 남은 그녀는, 마침내 자유를 얻은 사람처럼 홀가분해 보였다.

"너 요즘 왜 이리 튕기느냐? 삯도 잘 쳐 준다지 않느냐."

청연은 구미를 당기게 할 속셈인지 엽전 꾸러미를 잘그랑댔다.

"바빠서 도통 필사할 짬이 없다니까요."

"전에는 밤을 새가면서 잘만 썼으면서!"

거절당하는 데 익숙지 않은 청연은 자꾸 투정을 부렸다.

"전하가 어떤 분인지 아시면서 그러십니다. 제발 살려주소서. 밤마다 반성문을 쓰느라 눈이 침침할 지경이옵니다."

맛을 한번 들인 왕은 자꾸 시시한 트집을 잡아 똑같은 벌을 내렸다. 열흘 전에는 탕약 온도를 잘못 맞췄다가 '상전을 모시는 도리를 대충 행한 죄'로 대서사시를 썼고, 엊그저께는 왕이 정무를 보는 동안 넋을 빼놓고 멀뚱히 서 있다가 '게으름을 경계하지 못한 죄'를 주제로 종잇장 한 장을 가득 채워야 했다.

고심 끝에 머리를 쥐어짜 반성문을 써간들 정녕 읽어보기나 할까 의문이었다. 오늘 아침에도 왕은 받아서 구석에 휙 던지곤 저 할 일만 했다.

"대신 다른 궁녀를 소개해 드릴 테니 마음 푸소서."

응석을 받아주는 셈 치고 덕임은 청연을 살살 달랬다.

"좋다. 하지만 한가해지면 나한테 제일 먼저 알려주기다?"

청연은 정자 기둥에 등을 대고 다리를 쭉 뻗었다.

"요새는 글 읽는 낙으로 산단 말이야."

한숨 섞인 목소리였다.

"접때 읽은 책에서는 아주 당돌한 아낙네가 나오더구나. 제 서방도 꾸짖고 시모도 꾸짖고……. 어찌나 통쾌하던지!"

"안색이 안 좋으십니다."

"외로워서 그런다."

지체 높은 여인에겐 어울리지 않는 쓴웃음이 그녀의 입가에 걸렸다.

"하도 외롭다 보니 피붙이가 끌리더구나. 하여 청선이도 보고, 전하도 보고, 어른들도 찾아뵈는데 누구 하나 마음 알아주는 이가 없어."

전에도 비슷한 대화를 한 것 같다.

"이대로는 못 살겠다. 서방님은 매양 목석처럼 굴지, 시어머니는 우리 집에 오실 때마다 왕손을 며느리로 두면 상전처럼 떠받들어야 한다는 둥 비꼬시지, 그게 답답해 가끔 바람을 쐬러 나갔더니만 어떤 년이 고해바쳤는지 꾸중이나 듣지……."

청연은 눈물을 보이지 않으려고 시선을 위로 두었다.

"다른 집 부인들은 서방이랑 깨가 쏟아진다는데, 우리 서방님은 나를 무슨 깍듯한 선비 대하듯 하신단다. 애 낳고서 더 그래! 마지막 합방이 언제인지 기억도 안 난다. 여인 체면에 먼저 달려들 수도 없고."

각별한 사이라지만 궁녀에게 할 만한 이야기는 아니었다. 청연이 본디 칠락팔락 어수선하기는 해도 내밀한 안채 사정까지 떠벌일 만큼 분별력이 없지는 않다. 한데 오늘은 작정한 사람처럼 주절주절 쏟아냈다.

"너스레를 떨면 외면하시고 아양을 떨면 꾸짖으시니……. 이 나라에서 여인네 노릇은 참으로 어렵구나."

청연은 소매에 코를 팽 풀었다.

"다들 나만 갖고 야단이란다. 아녀자는 뭣이 어쩌고, 뭘 해선 안 되고……. 나더러 말 못 하는 갓난쟁이며 부루퉁한 시부모님, 미련한 서방님만 끼고 살라는 거야?"

"자가, 제발 진정하시고……."

"청선이는 흥은부위의 계집질 때문에 바싹 말라간다는데, 난 차라리 그 애가 부럽다. 기생들과 놀다 보면 여인 다루는 법이라도 깨치지 않겠니?"

청연은 벌겋게 물든 눈두덩을 부르르 떨었다.

"어쩜 우리 오누이는 하나같이 혼인을 잘못했는지 몰라. 나랑 청선이는 말할 것도 없고, 전하께서도 중전마마가 오죽 마뜩찮으면 그 성품에 외입外入까지 했……."

청연이 뒤늦게 입을 틀어막았다.

덕임은 어색하나마 눈을 내리깔았다. 이미 들은 것을 못들은 체 할 순 없었다. 분명 외입이라고 했다. 그 왕이, 여자에 대해선 백면서생이나 다름없다고 생각한 바로 그 왕이, 궐 담을 넘어 따로 여자를 취했단다.

"내가……. 내가 지금 제정신이 아니다. 전부 잊어라."

청연은 겁먹은 눈치로 주변을 슥 돌아보았다.

"다 지난 일이다. 전하께서 동궁이실 때……. 소년이실 때……. 흥은부위의 꼬임에 넘어가서 아주 잠깐 실수를……."

수습을 한답시고 청연은 자꾸 해선 안 될 소리를 입에 담았다.

가운뎃다리로 유명한 흥은부위와 궐 담을 넘었다면 보나마나 기생 판을 벌였으리라. 여자는 해악하답시고 유난을 떨어놓곤 막상 기생과

걸쭉하게 놀아났다니 앙큼하다. 하긴, 지나가던 순진한 궁인을 덥석 붙잡고 승은을 내리겠다는 둥 꼬나 치시던 분이셨으니 없을 일도 아니겠지. 어쩐지 필요 이상으로 꽁해진 덕임은 속으로 무람없이 빈정거렸다.

"전하께선 후궁도 두질 않으시잖아. 내가 너무 속이 상해서 헛소리를……."

주절주절 변명을 덧붙이다가 또 울컥했는지 청연의 눈에 도로 물기가 어렸다.

"너 어디 가서 말하면 안 된다. 어마마마께서 아시면 경을 치실 텐데……."

"예, 아무것도 듣지 못했사옵니다."

딱해서 얼러주었더니 울먹임이 차츰 잦아들었다. 겨우 그만한 호의에도 청연은 지나치게 감동을 받았다.

"들어주어 고맙다. 털어놓을 곳도 없어 매양 속이 곪는단다."

마침내 청연이 옷고름으로 눈물을 씻어냈다.

"그만 퇴궐해야겠다. 지체했다간 또 꾸지람을 듣겠어."

바깥에 기척을 주자 몸집이 작은 시비가 안으로 들어왔다. 분위기를 요렇게 살펴보는 눈빛이 어째 심술궂었다. 청연은 자못 넌더리를 냈다.

"정말이지, 측근보단 차라리 외인이 낫다는 생각까지 드는구나."

어깨를 축 늘어뜨린 청연이 덕임의 귓가에 속삭였다.

"자전께 올릴 가감청기탕加減清氣湯이다."

서 상궁이 보자기로 덮은 시탁을 내밀었다. 볕드는 창 아래에 턱을 괴고 생각에 잠긴 척 몰래 졸던 덕임은 간신히 정신을 차렸다.

"전하께서 친히 달여 문후를 여쭈고자 하셨는데 갑자기 반궁(泮宮, 성균관)에 용무가 생겨 친림하셨지 뭐냐. 그러니 대신 심부름 좀 가라."

"상궁도 못 되는 제가 자전을 배알합니까?"

"상감마마께서 너더러 가라 하셨으니 가는 게지!"

서 상궁은 조느라 눌린 자국이 남은 덕임의 뺨을 못마땅하게 보았다.

"근데 너 요즘 꼴이 왜 이러냐? 눈두덩은 벌겋게 부어있고, 병든 닭처럼 졸기나 하고! 밤새 손가 영희랑 다투기라도 하냐? 싸우다 울었어?"

"울리면 울렸지, 울 일은 결코 없는데요."

"아이고, 잘났다."

서 상궁은 혀를 끌끌 찼다.

"전하께서 자꾸 반성문을 써오라 시키셔서 그렇지요, 뭘. 밝을 땐 짬이 없으니 밤이라도 새울 밖에요."

"그러게 밉보이지 말라니까."

서 상궁은 고소해 했다.

"아무리 그래도 그렇지, 다른 궁녀들은 본체만체하시면서 왜 저한 테만 그렇게 야박하게 구시느냐 말이어요."

"얼마나 아니꼬우면 그러시겠냐. 한데 정말 그뿐이냐?"

서 상궁은 여전히 의심스러운 눈초리를 거두지 못했다.

"밤마다 허튼수작을 부리는 건 아니고?"

"아무럼 밤마다 영희랑 대식(對食, 동성연애)이라도 하는 거겠어요?"

깐죽거리는 덕임의 입을 틀어막느라 서 상궁은 기를 썼다.

"너 때문에 내가 제 명에 못 죽는다!"

구시렁대면서도 서 상궁은 덕임의 구겨진 옷매무새를 탁탁 쳐서 다듬고, 삐져나온 잔머리도 정돈해 줬다. 어린애도 아니고 직접 하겠다며 뻗은 덕임의 손을 매섭게 탁 치며 계속 잔소리를 쏟아냈다. 그러다가 야단이라면 듣는 즉시 한 귀로 흘려버리곤 하는 덕임의 관심을 끌 법한 이야기가 문득 튀어나왔다.

"······네가 이래저래 자전의 은혜를 입었다는 건 안다."

"또 뭐예요?"

"흠! 이제 넌 성상을 모시는 지밀나인이다. 양심이니 뭐니 시시한 데 신경 쓰지 말고 오직 전하만을 최우선으로 섬겨야 한다는 뜻이야. 알겠누?"

"모르겠는데요."

"전하께서 많고 많은 궁녀들 중에서 굳이 널 보내신다니까!"

"자전의 의중을 캐보기라도 하라고요?"

정곡을 찔리자 서 상궁은 움찔했다. 그래도 가타부타 대답은 끝내 회피했다.

"사소한 하문, 간단한 심부름이 모두 명줄을 건 시험일 수 있어. 눈에 들기 위해 최선을 다해라. 알겠느냐?"

"그래서 뭘 캐내면 되는 건데요?"

"어허!"

서 상궁은 덕임의 팔뚝을 꼬집고는 재주껏 알아서 하라며 말끝을 흐렸다.

"궁녀도 참 못 할 노릇이어요. 강씨 형님도, 마마님도 자꾸 이상한 말씀으로 겁만 주시고······. 그냥 할 일 하면서 두루뭉술하게 살 수는 없습니까?"

"그러게 전하의 눈에 띄지 말았어야지."

모난 돌이 먼저 정을 맞는다는 서 상궁의 철학을 어긴 쪽은 덕임이었기에 타당한 비난이었다.

"한데 월혜도 네게 그런 소리를 하더냐?"

"예. 자꾸 줄을 잘 서라는 둥 귀찮게 굽니다."

"그 애는 적어도 너처럼 헛똑똑이는 아니구나."

서 상궁이 한숨을 쉬었다.

"이름이 있는 궁녀는 이름 모를 궁녀보다 처지가 박한 법이란다."

마침내 덕임을 놓아주면서 서 상궁이 덧붙였다.

"얼굴 부기만이라도 어떻게 좀 해라. 못 봐주겠다."

잘 보일 사람도 없는데 부기가 다 무슨 소용인지 모르겠다. 어쨌든 온갖 미용법을 꿰고 있는 경희에게 물어나 봐야지 생각했는데, 생각보다 빨리 만나게 되었다.

경희는 뜻밖에도 왕대비전에서 튀어나왔다. 입시하라는 명이 있을 때까지 기다리라기에 곁방에 갔더니만 그녀가 있었다. 그것도 수묵담채 병풍 뒤 얇은 벽에 바싹 귀를 대고서.

"너 뭐해?"

덕임이 어깨를 툭 치자 경희는 자지러졌다.

"까, 깜짝이야! 너야말로 뭐야?"

"상감마마의 심부름을 하러 왔는데."

"난 중전마마를 따라 왔어."

"침방나인인 네가 왜?"

"요사이 출궁 당한 궁녀들이 너무 많아서 중궁전은 일손이 부족해. 지밀이 어찌나 황량한지 침방과 수방나인들을 써서 빈자리를 때운다고."

경희는 문부터 닫으라고 채근하더니만 덕임을 끌어 앉혔다.

"중전께서도 왕대비마마의 환후 때문에 문후를 여쭈러 오셨어?"

"흥, 환후는 무슨!"

경희는 다시 벽에 귀를 대며 눈을 번뜩였다.

"핑계야. 몸을 사리시는 거지. 임금께서 고서헌 마마님을 시작으로 칼을 빼들었으니, 이제 위세 좋던 척신들도 줄줄이 꿰인 굴비처럼 나가떨어질 거라고."

"암, 네 각박함은 언제 봐도 반갑지."

덕임이 야유하자 경희는 눈을 치떴다.

"현명함이겠지! 너도 좀 배우지 그러니? 넌 항상 물정에 어둡더라."

"난 가늘고 길게 살 거야."

"그건 헛간에서 먼지 쓸던 때나 통할 소리지! 이젠 똑똑히 굴지 않으면 큰일 나."

"그때나 지금이나 잡일 담당인데 뭘."

경희는 할 말이 많은 듯 입술을 달싹였으나 이내 고개만 가로저었다.

"……됐어."

"뭐야, 말 안 해?"

"나중에. 더 확실해지면."

저 혼자 엄숙해지더니 경희는 말을 돌렸다.

"조만간 일이 벌어지긴 할 텐데……. 아마 서로 기선제압을 하려 들 테지."

"왕대비마마랑 중전마마가?"

"아니, 주상전하와 왕대비마마 말이야."

경희가 데구루루 눈을 굴렸다.

"공동의 적이 있을 때는 손을 잡으셨겠지. 그런데 이젠 무사히 즉위하셨잖아. 자전의 외척인 김씨들이 최고 척신 자리를 차지할 수 있느냐가 관건이지."

"전하께선 척신이라면 치를 떠시는데?"

경희는 더더욱 목소리를 낮췄다.

"마마께선 더 이상 곤전이 아니시잖아. 조정에 언교諺敎를 내리거나 임금을 꾸짖을 수 있는 왕실의 큰어른이시라고."

조금이라도 더 잘 들리는 벽을 찾아 경희는 또 몸을 비틀었다.

"실은 난 왕대비께서 세도를 잡으셨으면 좋겠어. 마마의 오라버니 되시는 우윤(右尹, 한성부 종2품 관직)께서 우리 아버지 상단의 뒤를 봐주시거든."

"너희 아버지께서 뭘 알아오라고 시키셨어?"

무심코 뱉고 보니 비난처럼 들렸을까 봐 당혹스러웠다.

"정보를 좀 얻어 드리는 것뿐이야."

경희의 얼굴도 발갛게 물들었다.

"난 복연이처럼 빈손으로 쫓겨나긴 싫어."

떠난 복연을 가장 그리워하는 사람은 얄궂게도 경희였다.

화풀이할 사람이 없어져서 아쉬운 거라며 나름대로 변명을 한다만, 엊그제만 해도 네가 전하께 아양 좀 떨어서 대전 궁녀로 다시 데려오면 안 되겠느냐 묻기까지 했다. 덕임은 내가 복연이랑 사이좋게 손 붙잡고 곤장 맞는 꼴을 보고 싶어 그러냐고 펄쩍 뛰었다. 그러자 경희는 이상한 표정을 지어 보였다. 왠지 너라면 가능할 것도 같아서, 라고 뒤에 따라 붙인 한 마디는 더 이상했다.

"영희한테 괜한 소린 하지 마. 걘 네 말이라면 곧이곧대로 믿잖아."

"사실대로 말해주는 게 뭐가 나빠."

다행히 경희는 평소의 으스대는 얼굴로 돌아갔다.

"참, 나도 궁금한 게 있어."

"줄곧 물어봐놓곤 또 뭐?"

"선왕 전하랑 의열궁 자가 금슬이 화락하지 못했던 때도 있었다면서?"

앞뒤 다 잘라 먹은 물음에 경희가 미간을 찡그렸다.

"갑자기 왜? 가늘고 길게 살겠다며?"

"옛날 얘기 좀 묻는다고 인생이 굵고 짧아지겠니."

애가 참 얄망궂다며 혀를 차면서도 경희는 충실히 대답해줬다.

"한 몇 년 냉랭하던 시절이 있긴 했지. 선왕께선 세자셨던 경모궁과 사이가 나쁠 땐 그 생모인 의열궁 또한 보지 않으려 하셨거든."

경모궁景慕宮이라면 지금 왕의 부친이요, 요절한 세자를 이르는 궁호다.

"고서헌을 비롯한 뭇 궁녀들도 그때 취하신 거고. 하지만 결국에는 의열궁 품으로 돌아가셨대. 경모궁께서 졸하신 뒤에도 한결같으셨고."

덕임이 뭘 물으려는지 안다는 듯 경희가 잽싸게 덧붙였다.

"선왕과 경모궁은 부자지간인데도 성격이 영 안 맞아서 서로를 못 견뎠대. 원래 선왕께서 좀 강퍅하시긴 했잖아."

병적일 정도로 엄격했던 선왕 치세를 떠올리며 경희는 혀를 내둘렀다.

"억시 후궁이라 봐야 좋은 일도 없나보다."

재차 생각을 굳히며 덕임이 중얼거렸다.

한평생 임금의 총애에만 기대야 하는 팍팍한 삶은 한미한 궁녀 출신의 후궁에게는 더더욱 야속할 수밖에 없다. 애욕의 각축을 벌였던 걸출한 두 후궁 모두 이제는 구중궁궐이라는 이름의 이 요상한 세상 밖으로 떠나버렸다.

"얻는 만큼 잃는 법이지."

경희는 어깨만 으쓱했다.

"그렇다손 치더라도 의열궁께선 값을 너무 과하게 치르긴 하셨지만."

"의열궁의 소생들이 요절해서?"

"그것도 그런데…… 왜, 임오년의 일 있잖아……."

답지 않게 말끝을 흐리는 경희를 보며 덕임은 고개를 갸웃했다.

"도대체 넌 아는 게 뭐니?"

경희는 거만하게 손가락을 탁 튕겼다.

"음, 선왕께서 의열궁께 빚을 지셨다고나 할까?"

그게 말이야 막걸리야 따지려니 애석하게도 기회를 놓쳤다. 바깥에서 인기척이 들렸다. 경희와 덕임은 얼른 벽에서 떨어져 철퍼덕 몸을 날렸다.

"입시하여라."

왕대비전 상궁 고씨는 의심스러운 냄새를 맡았는지 사뭇 수상쩍다는 눈초리로 덕임과 경희를 뜯어보았다.

경희를 뒤로한 채 덕임은 내합에 들었다. 머리를 싸맨 왕대비는 흰 무명옷 차림이었다. 그 곁에 다소곳이 곡좌曲坐한 중궁은 가시방석에 앉은 양 기색이 곤궁했다.

"관격(關格, 급체)이 있어 격기(膈氣, 위)가 막히고 몸이 떨리는 마마의 환후를 염려하시어 전하께서 친히 처방하셨사옵니다."

투미한 눈썰미에도 왕대비가 조정에서 염려하는 만큼 아픈 건 아니라는 것쯤은 알아볼 수 있었다. 낯빛은 화사했고 뺨에는 부드러운 홍조까지 돌았다.

정녕 뭔가 캐내야 할까? 이대로 빈손으로 돌아가자니 찜찜하고, 무언가 하자니 깜냥이 안 된다. 곧장 가면 태산이요 돌아서면 숭산이 따로 없다.

"병자를 처음 보느냐? 어찌 연신 곁눈질을 하느냐?"

왕대비가 말했다.

"주상이 날 살피고 오라 하시더냐?"

틀린 말은 아니었고 그녀의 표정도 순후하기 그지없었지만, 어감이 묘했다.

"물론이옵니다, 마마."

덕임은 태연한 미소를 지었다.

"마마의 환후와 용태를 잘 살펴 아뢰어야 전하께서 염려를 거두시지요."

왕과 왕대비 사이에 일어나는 일이 무엇이든 간에 중간에 낀 덕임 또한 호락호락한 얼뜨기는 아니었다. 적어도 처신은 잘하는 편이다.

왕대비가 눈을 가늘게 떴다.

"설마 네가 올 줄은 몰랐다. 그간 잘 지냈느냐?"

"망극하옵니다."

"듣자 하니 숙부인淑夫人의 내훈서 필사 일을 거절했다면서? 내가 근자에 마련해 준 일감이 아니더냐?"

이리 뛰고 저리 뛰고, 마치 오뉴월 처녀애들이 널을 뛰듯 화제를 바꾸는 건 왕대비 특유의 화술이다. 그녀는 원하는 방향으로 대화를 끌고 가는 데에 능숙하며, 그 와중에 홀랑 넋을 빼 감춘 속까지 끄집어내는 솜씨가 특히 일품이다.

따라서 휘둘리지 않는 게 관건이다.

"대전을 섬기는 일에 채 익숙지 않아 짬을 낼 수가 없었사옵니다."

"정녕 그뿐이냐?"

왕대비의 입술은 곡선을 그렸으되 눈빛만은 얼음장처럼 냉랭했다.

"난 또 네가 일부러 날 멀리하는가 싶지 무어냐."

순간 등줄기에 소름이 오싹 돋았다. 차라리 말을 빙빙 돌리면 어리석은 척 회피라도 하련만, 이토록 내찌르면 도리가 없다.

"당치 않사옵니다."

여러모로 왕대비를 멀리해야 할 시점인 건 사실이었다. 가장 지엄해야 할 대전의 궁녀가 다른 궁실의 상전과 사사로이 통하는 건 썩 좋은 모양새가 아닐뿐더러 요즘 내수사 눈치가 사나워 자칫 꼬투리를 잡힐 수도 있다. 그리고 무엇보다 왕대비와 가깝게 지내는 건 왕의 마음을 사는 방법이 아니리라는 묘한 직감이 들었다.

"그럼 주상에게 언질을 넣을 테니 자주 들러라. 누워만 있으려니 적적하다. 머리맡에 앉아 책이라도 읽어주렴. 너처럼 글을 잘 읽는 궁녀가 없어."

빈말인지 진심인지 분간이 가질 않았다. 완곡하게 거절을 내비치기도 전에 왕대비는 또 말머리를 돌렸다.

"주상의 옥체는 어떠하냐? 마찬가지로 탕제를 드신다던데?"

"기를 보하기 위해 젓수시는 것뿐이오니 심려치 마소서."

"암, 주상께서 강건해야지. 미처 국본을 세우지 못한 근심이 큰데."

자연스레 모든 시선이 중궁 쪽으로 넘어갔다.

아니나 다를까, 중궁은 시퍼렇게 질려 버렸다. 벌써 몇 년째 석녀라 의심받고 있으니 그럴 만도 했다. 작년부터는 아예 내의원에서 아기집을 다스리는 탕약을 올리는 중이라니 참으로 딱한 노릇이었다. 합궁을 결심해야 할 사람도 왕이요, 유난히 여자를 꺼리는 것도 왕인데 석녀 의혹은 중궁 쪽에서 받고 있으니 어찌 보면 불합리했다. 하지만 누가 감히 임금의 생산력을 의심할 것이며, 관심 없다는 중궁전에 상투를 잡아 질질 끌어갈 수 있으랴.

"중전은 탕약을 잘 들고 있는가?"

암시가 노골적인 하문이었다.

"예, 예에……. 마마……."

중궁이 어물거렸다. 왕대비는 기묘한 표정을 지었다. 동정보다는 세고 경멸보다는 약한, 차마 형언하기 어려운 감정이었다. 한 방울 피도 섞이지 않은 왕과 닮았다.

"그래, 아무튼……. 흠, 주상이 다정히 대해주더냐?"

중궁은 대답하지 않았다. 무심코 깨달았다. 대비가 하문한 쪽은 중궁이 아니었다. 그녀의 노련한 눈빛은 다시 덕임에게 돌아와 있었다.

"아아, 당치 않으시옵니다. 꾸지람만 듣는걸요."

덕임이 화들짝 놀라 말했다.

"어찌나 신묘하신지 자잘한 실수도 금세 알아차리시옵니다. 엊그저께도 새벽녘에 출출하여 몰래 군것질을 했는데 곧장 덜미가 잡히더이다."

친근하게 굴 상대야 아니지만 썰렁한 분위기에 떠밀려 되는대로 지껄였다. 중궁이 너무 죽상이라 왕대비의 관심을 자신에게 묶어둬야 할 것만 같았다.

"성정이 청렴하여 미천한 자에겐 결코 눈길을 주지 않는 주상께서 궁녀에게 관심을 보이신다니 이상하구나."

"소인이 유달리 거슬리신가 보옵니다."

"유달리 눈에 띄어 그런지도 모르지."

왕대비의 입가에 석연찮은 미소가 스쳤다.

"널 처음 보았을 때가 생각나는구나. 필사의 사례는 어찌 해주랴 물었더니, 삯은 됐고 옥안 한 번만 뵙고 싶다 했었지. 한낱 계집이 쓰는 글이라지만 얼굴도 모르는 분께 바칠 도리는 없다면서 말이야."

확실히 겁이 없긴 했다. 엽전을 받아내자니 영 껄끄러운 상대라 왕후장상의 얼굴 한 번 보는 것으로 퉁치려 했었다.

"그런 배짱이라면 아녀자의 얼굴보다 더 존귀한 것도 볼 만하지 싶더군."

작고 의뭉스러운 속삭임이었으되 덕임은 분명히 들었다.

"이만 누워야겠다."

왕대비는 아무 일도 없었다는 듯 시탁을 밀어냈다.

중궁이 앞서 나갔고 덕임은 뒤를 따랐다. 뜰에 선 궁인들은 차비를 마친 상태였다. 경희는 지밀나인들 사이에서 호기심 가득한 눈빛을 보내고 있었다.

"너……."

중궁이 가려다 말고 멈춰 섰다.

"성가 덕임이라 했지?"

특유의 열없는 태도는 그대로였다. 하지만 까닭 모를 위화감이 느껴졌다. 무던한 사람이라면 놓칠 만큼 미세한 감정의 발로였다. 사근사근한 말씨, 소심함이라는 두터운 가면 아래 낯선 무언가가 감춰져 있었다.

"전하께 안부를 전해 드려라."

묘한 기분 한 자락만 남긴 채 중궁은 유유히 떠났다.

자신과는 별로 상관도 없는 기 싸움에 가슴을 벌렁거리느라 기운이 쪽 빠졌다. 그래도 사시까지는 번을 서야 했다. 오늘도 도깨비 전각이다. 왕은 동궁 시절처럼 음산한 도깨비 전각만 고집한다. 세간을 옮기는 건 불편하다나.

한데 해가 뉘엿뉘엿 저무는 하늘 위로 검은 연기가 뭉게뭉게 피어오르고 있었다. 궁인들이 둥그렇게 모여 무언가를 태우는 중이었다.

"집경당 서고를 치우는 거야."

마침 근처에서 월혜가 불구덩이에 책 한 권을 집어 던졌다. 집경당이라면 선왕의 침소다. 그곳 서고에는 선왕이 즐겨 읽던 연애소설이 한가득이라고 들었다.

"이 아까운 것들을 어찌 태워요?"

"어명이야. 성리학서를 뺀 나머지는 전부 불사르라셔."

알 만하다. 잡문이라면 내놓고 싫다고 야단이요, 글씨는 무조건 순정고금체로만 쓰라고 닦달하는 왕이 대전을 가득 채운 잡서들을 가만히 둘 리가 없다.

"너도 도와. 짊어지고 오라고. 엄청 많아."

집경당은 도깨비 전각에서 멀지 않았다. 한때는 왕을 모시는 어전이었건만 지금은 창고처럼 문이 활짝 열려 궁인들로 복작복작했다.

"잡서는 내어가되 성리학서와 한문학서는 건드리지 마시오들. 잘 모르겠으면 별감에게 물어 애꿎은 책을 태우는 일은 없도록 주의하고."

덕로가 궁인들이 품에 안은 책들을 흘긋 넘겨보며 훈계하고 있었다. 덕임은 그의 눈에 띄지 않도록 걸음을 재촉했다.

궁인들의 진흙발이 밟은 서고 바닥은 더러웠다. 티끌 하나라도 있을라치면 길길이 날뛰던 선왕의 성정을 돌이켜 보노라니 참 허망한 노릇이었다. 분주한 틈을 타 빨빨대며 서간을 뒤적였다. 과연 쉬이 못 구할 인기작이 즐비했다.

그런데 서간을 쓸어보던 덕임의 눈길을 유독 사로잡은 것이 있었다. 후미진 아래 칸에 꽂힌 기나긴 연작물이었다.

"세상에, 《곽장양문록》이잖아!"

외마디 비명을 지른 사람은 덕임이 아니었다. 불쑥 나타난 영희였다.

"쓰레기가 있는 곳엔 어김없이 나타나는구나."

"그럼, 냄새를 쫓아온단다."

영희가 우울하게 대꾸했다. 대전 세수간 궁녀답게 그녀는 항상 어깨에 커다란 바구니를 짊어지고 더러운 오물과 쓰레기를 수거한다. 세수간 막내 나인은 무수리와 비슷한 일이나 한다는 등 투정을 할 만도 했다.

영희는 한 권을 골라 겉장에 입김을 후 불었다. 뿌옇게 앉은 먼지가 훅 퍼졌다.

"하지만 이 책들은 쓰레기가 아닌데."

"전하께서 쓰레기라 하시면 쓰레기가 되는 거야."

영희가 《곽장양문록》 열두 권을 모두 끌어내는 걸 보며 덕임이 부루퉁하게 말했다.

"군주 자가들께 올린 뒤로 까맣게 잊고 지냈는데……."

"그러게. 태워야 한다니 아쉽다."

덕임이 손을 내밀었다. 영희는 건네주지 않았다.

"꼭 태워야 해?"

영희는 책을 펼쳐 제 서명을 남긴 부분을 손끝으로 더듬었다.

"그냥 모른 척 숨기자. 아무도 모를 거야."

"기군망상(欺君罔上, 임금을 기만하는 죄)으로 목이 댕강 잘릴라."

겁을 조금만 줘도 벌벌 떨 줄 알았는데 오늘은 달랐다.

"……이거 좀 빼돌려 주면 안 돼?"

"뭐래, 미쳤나 봐. 내놔."

영희가 뺏을 테면 뺏어보라지, 냉큼 책을 등 뒤에 감췄다.

"진짜 내가 못 뺏을 거라고 생각하는 거야?"

덕임이 기가 차서 옷소매를 걷어붙이자 영희는 다급해졌다.

"우리가 얼마나 고생해서 엮었는데! 너도 싫잖아."

"한두 권도 아닌데 어떻게 몰래 빼내?"

"너 잔머리 잘 굴리잖아."

영희가 지지 않고 쏘아붙였다.

덕임은 씁쓸했다. 영희는 본디 눈에 잘 띄지 않는 궁녀다. 천성이 선하고 성실하지만 특출한 구석은 없다. 그저 대궐에 있는 무수한 영희들 중 한 명일 뿐이다. 뭇 상궁들은 아직도 영희를 몰라 '거기, 너'라고 부를 때도 많다. 그래서 가뭄에 콩 나듯 칭찬을 들으면 무척 기뻐하곤 한다. 그녀가 쓸고 닦은 방이 번쩍번쩍 빛이 난다며 치켜세워졌을 때는 넌 애가 참 딱하다며 빈정대는 경희를 꽉 끌어안기까지 했다.

그런 영희라 더 저러는지도 모른다. 글씨도 좀 틀리고 짜임새도 영 매끄럽지 않지만 영희는 뿌듯해하기만 했다. 그녀에게 이 책은 자신이 왕실의 군주들과 어깨를 나란히 했다는 자부심의 산물이었다.

그 사소한 행복을 앗아가자니 벗으로선 차마 못 할 짓이다.

"그만하고 이리 줘, 얼른."

그래도 덕임은 궁녀로서 지켜야 할 선을 넘을 수 없었다.

강경한 기세에 영희는 기가 죽었으나 저항을 그만두지 않았다. 결국 두 궁녀는 먼지가 풀풀 날리는 바닥에서 엎치락뒤치락 씨름을 벌였다.

"웬 소란이오?"

덕로였다. 쥐새끼처럼 소리도 없이 으슥한 문간에 기대어 있었다.

"아무 일도 아닙니다."

당황하여 영희의 아귀힘이 풀렸다. 덕임이 그 틈에 낚아챘다. 책을 모조리 쓸어 담아 품에 안았다. 그러나 이번엔 덕로에게 가로막혔다.

"좀 봅시다."

"소설책일 뿐이옵니다."

저지할수록 도리어 구미가 당기는 눈치였다. 그는 첫 권을 잡고 쓱 훑더니 낮게 웃었다.

"《곽장양문록》이군. 밋밋하긴 해도 퍽 괜찮지."

휙휙 책장을 넘겨보던 눈빛은 감추려 한 부분을 기어이 찾아내고 말았다.

"아하, 항아님이 베껴 썼군?"

"군주자가들을 도왔을 뿐이옵니다."

퉁명스러운 대꾸에도 덕로는 야릇하게 웃었다.

"듣자 하니 저쪽 항아님은 이걸 태우기 싫다 하시는 것 같던데."

영희는 홍당무처럼 얼굴을 붉히며 고개를 끄덕였다.

"항아님도 함께 필사를 했소?"

"예에……. 손가 영희라 하옵니다."

"그래, 여기 이름이 적혀있군."

귀가 녹아내릴 만큼 달콤한 말투였다. 영희는 헤롱헤롱 정신을 못 차렸다.

"사정이 그렇다면야 가져가도 좋소."

덕로가 영희에게 책을 내밀었다.

"아니 될 말씀입니다."

영희는 덥석 받으려 했지만 덕임이 끼어들었다.

"왕실의 재물이옵니다. 어찌 승지께서 주네마네 하신답니까?"

"뭐 어떻소. 보는 이도 없는데."

덕임은 매서운 시선을 누그러뜨리지 않았다.

"허어, 전에도 느꼈는데, 은근히 고지식한 구석이 있소."

"자꾸 희롱하지 마시지요."

덕로가 웃음을 터뜨렸다. 붉은 입술 사이로 하얀 이가 보였다.

"항아님은 대쪽 같은 전하께는 유하게 대하면서, 버들잎 같은 나에 겐 퍽 완고하게 구는군. 어째 처신이 바뀐 것 같지 않소?"

갑자기 또 왕은 왜 끌어들이는지 기가 막혔다.

"모름지기 처세술이란 곧은 것은 유하게, 유한 것은 곧게 대하는 도리지요."

"아, 나름대로 사내를 다루는 술수란 말이지?"

일부러 속을 박박 긁는 도발이다. 이대로는 끝이 안 나겠다.

덕임이 상궁을 부르려 했으나 덕로가 더 빨랐다. 그는 영희가 등에 짊어지고 있던 바구니를 무람없이 뺏어 들더니, 홀랑 뒤집어 안에 든 것을 쏟아냈다. 냄새가 고약했다. 대부분은 세답방에 넘겨줄 빨랫감 이었지만 별 이상한 것들도 잔뜩 나왔다. 그는 바구니 맨 밑바닥에 책 을 깔더니 그 위를 빨랫감으로 다시 덮었다.

"이대로 짊어지고 가면 되겠소이다."

덕로가 손을 탁탁 털었다. 신이 난 영희는 위장한 빨랫감을 다시금 꾹꾹 눌러 정돈하며 지극히 그녀다운 생각으로 덕임을 달랬다.

"너무 화내지 마, 응? 좋은 게 좋은 거잖아."

"이런 억지는 이번만이야."

깊은 한숨 끝에 덕임은 결국 백기를 들었다.

"우리 방에 숨기는 건 안 돼. 조만간 대전궁녀들의 처소를 불시검문 할 거라는 소문을 들었어."

두 번 생각할 것도 없이 답은 나왔다.

"경희한테 가. 잠깐 맡고 있다가 그 애 본가로 보내라고 해."

경희의 대단함이라면 철석같이 믿는 영희라 얼굴이 대번에 환해졌다.

끙끙대며 떠나는 영희 뒤로 덕임의 근심은 더욱 깊어졌다. 제 손을 떠나니 더 불안했다. 원래 백 번 잘하던 사람이 한 번 말썽을 부리면 탈이 나는 법인데…… 이건 영희가 생각하는 것보다 훨씬 문제가 크다. 우선 왕실의 물품을 빼돌렸으니 영락없는 도둑질이다. 거기다 한 술 더 떠 덕로까지 얽혔다. 만약 덜미가 잡힌다면 덕로는 자신이 내어 준 것이라 변명해 주진 않을 것이다. 설령 변명을 해준다 한들 도움이 되지도 않을 테고. 궁녀가 사사로이 관료로부터 특혜를 받는 것은 도둑질보다 모양새가 안 좋다.

"대체 왜 이러십니까?"

둘만 남자 덕임은 날을 세웠다.

"저 애는 지밀나인도 아닐뿐더러……."

"내가 환심을 사고 싶은 건 오직 내 눈앞에 있는 성씨 항아님뿐인데."

"뭐라고요?"

"만에 하나 저 항아님이 책을 빼돌리다 덜미가 잡힌다면 내가 무마해 주리다. 하면 날 좀 믿어주겠소?"

덕로는 연신 빙글거렸다.

"이쯤 해서 내 편이 누군지 미리 따져 두는 게 항아님한테도 좋을 거요."

주변 사람마다 자꾸 저런 소릴 하니 신물이 난다.

"그럼 제가 영감께 빚을 지게 될 텐데요. 원하시는 게 그겁니까?"

덕임이 노련하게 허를 찔렀다.

"이런, 난 사람을 잘 보는 편인데도 항아님은 도통 불여우인지 맹탕

인지 모르겠단 말이야."

덕로가 껄껄 웃었다.

"기왕 사내가 베푸는 호의일진대 그냥 기분 좋게 받아들이면 어떻소?"

"굳이 제 환심을 사려는 연유가 무엇입니까?"

"글쎄. 기왕 같은 주군을 모시는 사이라면 좀 확실한 게 좋기도 하고."

그는 연신 의뭉스럽게 굴었다.

"원하는 건 손에 넣어야 직성이 풀리는 사내이기도 하고."

괜히 가슴 한쪽이 쿵 내려앉았다.

"항아님은 어떻소? 더 많은 걸 갖고 싶지 않소?"

"전혀 필요 없습니다."

"벗어나려고 할수록 잡아두고 싶은 게 사내 마음인데 어쩌나."

덕로는 의미심장하고도 음험한 그 말만 남기고 돌아섰다.

얼굴이며 손에 검댕이 잔뜩 묻을 때에서야 서고 정리는 끝났다. 진이 쏙 빠져 축 늘어진 시루떡 꼴이 되었다. 잠잠한 낌새로 보아 영희도 들키진 않은 듯했다. 이대로 뻗고 싶은 마음만 간절했다.

그러나 기나긴 하루를 마치기 위한 가장 무서운 최종관문이 태연자약하게 그녀를 기다리고 있었다. 왕은 흰 사방건에 편안한 연거복燕居服 차림으로 상소를 읽고 있었다. 저녁 수라도 거르고 줄곧 읽는 중이라지만, 가득 쌓인 종잇장들은 마냥 산더미 같았다.

그는 그녀를 보지도 않고 무뚝뚝하게 용건부터 꺼냈다.

"자전의 용태는?"

"혈색이 좋아지셨습니다."

"거둥이 불편하시진 않고?"

"앉고 서는 데에 무리가 없으시니 금방 쾌차하실 성싶사옵니다."

"내가 들은 바와는 다르구나."

"어인 말씀이시온지……?"

"방금 전에 자전께서 전갈을 보내셨다. 옥체가 미령하시어 앞으로도 여러 날을 누워 자리보전만 하실 참이라 전하던데."

덕임은 어안이 벙벙했다.

"한데 마냥 누워 있기는 적적하니 누가 머리맡에서 책 읽는 소리라도 들려줬으면 싶다면서, 너를 보내달라고 하셨다. 네가 글을 잘 읽는다고 말이야."

비로소 왕이 그녀와 눈을 마주쳤다. 일말의 불신이 엿보였다.

"소, 소인은 모르는……. 자전께서……. 빈말이신 줄 알았사온데……?"

"어차피 내가 거절했다. 내 옆에만 있어라."

덕임의 꾸밈없는 혼란을 지켜보던 그가 말했다.

"일손이 부족한데 어딜 너 따위가 농땡이를 부려."

어쩐지 궁색한 사족을 달았다.

"아무튼 됐고, 시킬 일이 또 하나 있는데……."

서 상궁의 충고가 무색하게도 왕은 그 이상 캐묻거나 떠볼 생각은 없어 보였다.

그가 건조한 눈가를 문지르며 몸을 돌리다가 위태롭게 층을 쌓은 상소장과 책 더미를 팔꿈치로 툭 쳤다. 종이산은 풀썩 무너졌다. 덕임은 얼른 주섬주섬 정돈했다. 개중에 그녀의 눈에 띄는 종잇장 하나가 있었다.

"전하, 이건 그냥 백지인데요? 잘못 섞여들었나 보옵니다."

냉큼 치우려는 걸 왕이 붙잡았다. 격무에 시달려 불그스름한 눈으로 빈 종이를 쓱 훑어보더니 그가 실소했다.

"실력을 가늠해 보려고 관료들에게 글을 짓게끔 했더니만 아주 가관이다."

새하얀 종잇장 맨 위에 깨알같이 쓰인 이름 석 자를 왕이 가리켰다.

"예문관藝文館에서 일한다면서 간단한 문장조차 짓지 못해 이름만 달랑 써낸 것이다. 척신들에게 뒷돈을 찔러 관직을 산 게 틀림없다."

뉘든 간에 배짱 하나는 판정승 급이다. 덕임이 혀를 내두르며 종이 더미를 뒤적여 보니, 부끄러운 백지 답안은 몇 장씩이나 더 나왔다. 아마 임금이 친히 읽어보리라곤 생각지 못한 모양이다. 중간선에서 처리해 주리라 믿지 않고서야 이럴 수는 없다.

"백지는 차라리 양반이더군."

왕이 투덜거렸다.

"여기 이놈을 봐라. 이따위 글로 내 눈을 썩게 한 것도 모자라 귀한 종이까지 낭비했으니 실로 쳐 죽일 놈이다."

그가 짜증스레 내던진 답안에는 요즘 유행하는 노래 가사가 적혀있었다.

"이만한 일은 대신들에게 맡기시지요?"

"사소한 것이라도 친히 살펴야 한다. 내 눈이 멀어지면 금세 폐단이 생기고, 부패한 풍습으로 회귀할 것이야."

왕은 만년 모범생 같은 소리를 했다.

"이 한심한 놈들은 동트는 즉시 파직시켜 버릴 테다."

"파직만으로는 아니 되겠나이다."

덕임이 자못 너스레를 떨었다.

"성상의 친재를 안일하게 여긴 죄가 크옵니다. 엉뚱한 답안지들을 육조六曹와 근처 관아에서 돌려 보게끔 하여 아주 망신을 주소서."

"하! 그래, 그거 마음에 드는구나."

문득 웃는 용안인즉 면여관옥面如冠玉이 따로 없었다.

"웃으시니 훨씬 덜 무서우시옵니다."

제법 근사하다고 여겼던 옛 소년의 웃음이 떠올라 덕임이 입을 헤벌렸다.

"웃기는 누가! 나는 태어나서 한 번도 웃어본 적이 없다."

그는 필요 이상으로 동요하며 파르르 성을 냈다.

"기왓장이 울리도록 웃으시는 모습을 소인이 직접 본 적도 있사온데 무슨……."

"아니라니까!"

그렇지만 결국 스스로도 무리수다 싶었는지 왕은 멋쩍게 헛기침을 했다.

"신료들에게는 때때로 살갑게도 대해주시면서 어찌 궁인들에게는 마냥 퉁명스러우십니까?"

"미천한 족속은 오직 꾸짖어 가르침이 옳다. 살갑게 대해줄수록 기어오르고 말을 흘리며 방자하게 굴 뿐이지."

그가 특유의 냉정함으로 무장하며 일갈했다.

궁녀를 향한 편견이 하루 이틀 일은 아니다. 어떤 면에선 부인할 수 없는 사실이기도 하다. 그래도 기녀들과 방아를 찧으며 놀아난 사람이 지적할 만한 치부는 아니다. 무려 임금의 누이가 말을 뱉었다. 저에게 주어진 길을 잊고 싶지 않다는 둥, 여자는 해롭다는 둥 점잖을 빼던 잘난 왕이 외입을 했다고.

어째 배신감이 들었다. 참을 수 없는 위선 같았다.

"하긴, 전하께서 미소하는 용안을 보이시기라도 하면 궁인들이 그

자리에서 졸도하겠사옵니다."

덕임은 농담인 척 조롱 섞어 그를 골렸다.

"입매를 활처럼 휘시면 후광이 비치고, 눈매를 달처럼 기울이시면 그윽한 향내가 뿜어 나오니 어느 궁인이 감당하겠나이까. 미남자라는 동부승지마저도 전하의 미소 앞에선 빛을 잃은 그믐달로밖에 보이질 않겠나이다. 부디 궁인들의 심신을 염려하여 앞으로도 모질게만 대해 주소서."

왕은 귀를 새빨갛게 붉혔다.

"그, 그만해라!"

허둥지둥 상소를 읽는 척 돌린 뺨도 발갛다.

저건 모로 봐도 숙맥이다. 월담을 불사하면서까지 질척하게 놀아난 사내가 보일 법한 반응이 아니다. 덕임은 더더욱 혼란스러워졌다. 그래서 한술 더 떴다.

"에이, 접때 참판參判 영감이 전하의 용안은 준수하며 옥음은 미려하고 또 뭣이 어쩌고 아뢸 때는 기분 좋아하셨으면서요."

"그건 또 언제……. 어허! 너는 어찌 임금을 두려워할 줄 모르느냐?"

감히 지존의 약을 올리고 나면 우스울 줄 알았는데 전혀 아니었다.

왕의 눈빛이 평소와 달랐다. 강직하고 깨끗한 눈망울에 무언가 애절한 것이 어른어른 감돌았다. 돌연 목구멍이 꽉 막혔다. 히릿강아지 범 무서운 줄도 모르고 까불던 혓바닥도 입천장에 얌전히 달라붙었다. 괴상하리만치 그윽한 저 눈빛이 여느 궁인들에게나 보여주는 것이 아님을 깨달은 순간 그리되었다.

덕임은 껄끄러운 의혹을 삼키며 먼저 시선을 피했다. 왕도 덩달아 고개를 돌렸다. 그 바람에 그의 피로한 목덜미에서 우두둑 요란한 소리가 났다.

"한데 덕로가……. 흠, 승지가 궁인들 사이에서 화제가 되다냐?"

부산스레 종잇장을 뒤적이는 척 왕이 물었다.

"용모가 빼어나기로 명성이 자자하옵니다."

"……네가 보기에도 그러냐?"

"물론이옵지요. 초나라의 송옥宋玉이 환생한 듯 미남자인데요."

눈을 맞추기 쉬운 아담한 키에 귀공자처럼 새하얀 살결. 고운 다홍빛으로 흩어지는 명랑한 웃음까지. 생김새는 분명 꿈에서나 볼 이상형이었다.

다만 이제는 그 환상이 와르르 무너졌다. 정확히는 몰라도 속에 감춘 가살스러운 일면을 보았다. 속세와 격리되어 살아온 그녀로서는 결코 모를 어두운 면이 분명 있었다. 그는 왕과는 다른 의미로 속을 알 수 없는 사내다.

"어디서 내외도 모르고 사내 이야기를 하느냐."

잡담은 같이 해놓고 왕이 신경질을 부렸다.

"동작은 또 왜 이리 굼떠. 빨리빨리 치워라. 시킬 일이 있다니까."

하여튼 비위 맞추기 힘들다. 덕임은 몰래 입술을 삐죽였다.

"너 요새 얼굴은 왜 그 모양이냐?"

왕이 부루퉁하니 또 시비를 걸었다.

"만날 불어터진 국수처럼 퉁퉁 부어 있질 않느냐."

"대전 일에 익숙지 않아 피곤한지라……."

"웃기지 마라."

전하 때문이라고 쏘아붙이고 싶은 걸 가까스로 참았지만, 왕은 눈을 가늘게 떴다.

"혹 너도 고약한 잡서를 읽으며 밤을 새우는 건 아니겠지?"

그가 종이며 책이 겹겹이 쌓인 맨 아래쪽에서 무언가를 꺼냈다. 책이었다. 한데 절대 왕이 읽을 만한 책은 아니었다. 그것은 《운영전雲英傳》이었다.

"우부승지右副承旨에게서 빼앗았다. 녹을 먹는다는 작자가 일은 안하고 몰래 이따위 걸 읽더군."

왕이 잡문을 끔찍하게 싫어한다는 건 차치하더라도, 《운영전》은 이야기 자체가 워낙 위험스럽다. 대군大君을 모시는 궁녀가 궐 밖 선비와 사랑에 빠져 글을 주고받다가 정을 통하곤, 기어이 덜미가 잡혀 자결하는 내용이니 말이다. 물론 덕임은 김 선비와 운영의 이루어질 수 없는 사랑에 가슴이 먹먹하여 눈물을 폭포수처럼 쏟았다.

"두어 장 넘겨본다는 게 하도 참담하여 끝까지 보고 말았다."

왕은 더러운 쥐새끼를 다루듯 검지와 엄지로 책 끄트머리를 잡아 옆으로 휙 내던졌다.

"너도 읽었느냐?"

덕임은 바른대로 고했다. 사실 궁녀들 중에는 읽지 않은 자가 없다.

"정녕 저런 게 재미있더냐?"

왕은 이마에 핏줄이 불룩 튀어나올 만큼 역정을 냈다.

"마땅히 지켜야 할 도리를 저버린 탕녀를 옹호하는 이야기를!"

"전하, 운영이 소인배라면 몰라도 탕녀는 아닙니다."

저도 모르게 불쑥 말부터 튀어나왔다.

"모시는 대군을 중심으로 세상을 보지 않은 죄, 대군이 아닌 자를 사랑한 죄는 분명 중하옵니다. 하지만 선처받을 수 있음에도 스스로 자결을 택했으니, 여인으로서 김 선비에 대한 정절을 지키는 동시에 궁녀로서 대군에 대한 지조를 지킨 셈이지요."

어찌 여인만 사랑을 갈구해야 하는지, 그리고 막상 여인이 사랑을 갈구하면 왜 그 사랑이 도로 칼날이 되어 돌아오는지에 대한 모순은 어디에나 있었다. 세상은 사랑받지 못한 여자에게 손가락질하는 동시에 사랑을 원하는 여자에게도 욕을 했다.

"운영의 죄는 네가 잘 고했다. 모시는 주인을 중심에 두지 않은 죄, 주인이 아닌 다른 이를 사랑한 죄 말이다. 그야말로 궁인과 여자가 저지를 수 있는 가장 큰 죄목이다."

덕임은 자신이 이길 수 없는 논쟁을 벌였음을 깨달았다. 궁인과 여자의 도리! 그보다 더 비극적인 말이 있을까? 비단수건에 목을 매고 죽은 운영과 자신의 운명은 별반 다를 것도 없다. 오직 금욕 혹은 죽음이라는 두 갈래의 길만 주어진 삶이다.

"……성상의 말씀이 지당하시옵니다. 용서하소서."

덕임은 스스로 고삐를 조였다.

"저따위 책에 혹해 사특한 환상을 품는 건 아니냐?"

왕이 미심쩍게 물었다.

"당치 않사옵니다. 소인은 평생 상감마마만을 사모할 것이옵니다."

무미건조하게 대답했다. 한데 왕의 반응이 이상했다. 눈꺼풀을 깜빡이며 입술을 살짝 벌렸다. 영락없이 놀란 표정이다. 기묘한 반응에 덕임이 조심스레 덧붙였다.

"어……. 응당 그리해야만 하니까요."

"흠, 물론 그래야지."

왕이 큰 손으로 제 얼굴을 쓸며 중얼거렸다.

"저어, 이 책 때문에 화가 나시어 집경당의 책들을 불사르셨나이까?"

"꼭 그런 것만은 아니다."

그는 냉정을 되찾았다.

"별 잡스러운 글이 세태를 좀먹음을 진즉부터 개탄해 왔다. 모범이 되어야 할 선비들이 쉬운 학문에 빠져 고학古學을 멀리하고, 겉멋만 든 글씨에 홀려 묵직하게 붓을 다룰 줄 모르는 게 요즘 작태다. 궁중의 풍속을 다스리면 백성들은 자연히 따라오는 법!"

왕이 말했다.

"대전 궁녀인 너도 더 이상은 저런 책을 가까이 말라."

필사 일이란 사적인 흥미를 넘어 생계가 달린 문제다. 결코 따를 수 없는 분부였으되 선택지가 없었다. 덕임은 우물우물 대답하는 척 말을 돌렸다.

"한데 따로 하명하실 일이 있으시다면서요?"

"그래, 그렇지……. 먹을 갈아라."

왕이 덕임의 무릎에 너덜너덜한 종이 한 묶음을 툭 던졌다. 한때는 무척 고급이었을 그 종이는, 씻어내고 말려 재사용하기를 몇 번이고 반복한 탓에 거칠고 뻣뻣했다.

"나 대신 서찰을 좀 써라."

사적인 어필御筆을 대필하는 건 본디 환관들의 소임이니 뜻밖이었다.

"규방의 일이라 사내에겐 맡길 수 없어."

왕은 골치가 아프다는 듯 혀를 찼다.

"광은부위에게 보낼 글월이다. 청연이 바깥 걸음을 일삼고 이너지의 도리를 자주 어겨 내 근심이 크다. 광은부위에게 지아비로서 엄히 다스리라 전해라. 필요하다면 매를 들어도 좋다고 써."

"송구하오나 청연군주께서 전하의 손아래 누이라지만, 자식을 낳고 어머니까지 된 어엿한 사대부가의 부인이옵니다. 자못 가혹한 처사가 아닐는지……."

"내가 의견을 물었더냐?"

왕은 찬바람만 쌩 했다.

"선왕께선 귀여운 손녀라 하여 마냥 넘기셨지만 나는 아니다. 늦기 전에 꾸짖고 가르치는 게 오라비의 도리요, 부마에 대한 군주의 도리다."

"일궁자가께선 해산한 뒤로 울적해하고 계시온데, 이는 여인들이 으레 보이는 산후병의 증후이옵니다. 몸이 아닌 마음의 병이지요. 무작정 혼을 내기만 하면 오히려 울화가 깊어져 영영 낫지 못하게 되옵니다."

왕이 말을 끊을세라 재빨리 쏟아놓았다.

"어려운 처방을 쓸 병이 아니옵니다. 지아비가 그저 다정히 웃어주고 담소를 나누며, 예쁜 패물을 선물해 주고, 푸념이라도 해올라치면 맞장구를 쳐 주고……. 그 정도만 달래주어도 효험을 볼 것이옵니다."

요즘의 청연은 퍽 위태롭다. 책에만 매달리는 것도 그렇고, 분별없이 신세 한탄을 하는 것도 그렇다. 속으로 썩어들지 않고 주변에 손을 뻗는다는 게 그나마 다행이다. 그런데도 마냥 뿌리친다면, 그녀는 왕의 또 다른 누이인 청선처럼 되어버릴 것이다. 지아비의 연이은 계집질과 냉대로 겨울나무처럼 시들어가는 그 청선군주 말이다.

덕임은 왕에게도 화가 났다. 본인도 지어미와 마냥 화락한 사이는 아니면서, 심지어 체면을 팽개치고 외입까지 했다면서, 어찌 누이에게는 저토록 가혹한지 모르겠다. 다시금 위선이라고 생각하고 말았다.

"넌 옛날부터 청연과 사이가 가까웠고 요즘도 교류를 한다지."

왕의 눈이 매섭게 변했다.

"근자에도 자주 만나느냐? 혹 네가 그 아이에게 사특한 글을 필사해 주느냐?"

"가끔 대화 상대를 해드릴 뿐이옵니다."

"설령 네 말이 옳다 한들 어찌 장부더러 아녀자의 비위를 맞추라 하겠느냐?"

"지어미를 다스리는 것인즉 수신제가修身齊家일진대 무얼 꺼리겠나이까."

"넌 정녕 고분고분하게 굴 줄 모르는구나."

"소인의 처방을 따랐는데도 효험이 없으면 소인을 벌하소서."

가늘고 길게 살겠다는 일념으로 살았다. 형제들 뒷바라지가 끝나고 더 이상 궁녀로서의 가치도 없어졌을 때가 오면, 그저 늙고 지친 몸을 뉘일 방 한 칸 찾아 떠나겠노라 하찮은 소망만 품어왔다. 한데 그러한 마음가짐이 무색하게도 그녀는 이따금 굵고 짧게 살 사람들이나 할 법한 행동을 하는 때가 있었고, 지금도 바로 그때였다.

"벌이라?"

"성상의 뜻대로 처분하소서."

"하면 임금과 왕실을 농락한 죄를 물어 네 옷고름을 풀어야겠구나."

겁을 먹기는커녕 황당했다. 잘못 들었거니 싶었는데 용안은 평온하기만 했다.

"한 번 승은을 입으면 더 이상 일개 궁녀일 수 없는 몸이 된다. 뒷방으로 물러나 허송세월해야 한단 말이지. 끝끝내 후궁 품계를 얻지 못하거든 멸시나 받는 밥버러지로 썩어야 할 테고."

괴괴한 허공을 두고 두 사람의 눈이 마주쳤다.

"그것이 너에게는 죽기보다 더 무서운 일 아니냐?"

그의 말이 옳았다. 언제 그렇게 자신을 간파했나 섬뜩할 정도로.

"그래, 이제는 나도 널 좀 알게 되었지."

그는 옛날에 그녀가 내밀었던 겸손한 핑계 아래 숨긴 진짜 속내에 제법 근접하게 다가와 있었다.

"당장이 아닌 십 년 후에라도 내가 내킬 때에 벌을 줄 수 있다. 어차피 너는 응해야 하는 손바닥 위의 존재니까. 내가 굳이 널 취할 필요조차 없다. 야밤에 잠시 침전에 불렀다가 내보내기만 해도 넌 끝이다."

왕이 말했다.

"옛날에는 치기였지만 지금은 진심이라면 또 어쩔 테냐?"

덕임은 자신의 숨통을 옥죄는 족쇄를 보았다. 그로서는 이제 굳이 세손 시절처럼 친히 손을 뻗어 그녀의 목덜미를 잡을 필요조차 없었다. 왕과 궁녀라는 이름으로 묶인 보이지 않는 족쇄는 숨이 멎는 날까지 벗어날 수 없을 만치 억셌다.

"그래도 정녕 맹랑하게 굴 것이냐?"

굴복하고 싶었다. 어차피 이길 수 없는 상대다. 새삼 치욕스러울 건 없다.

"소인의 처방이 효험을 보면 반대로 상을 주소서."

그렇지만 덕임은 도박을 선택했다. 이 사내에게만은, 무조건 복종해야 할 임금에게만은 질질 끌려가고 싶지 않았다.

"아주 대단한 걸 원하나 보군."

왕이 쏘아붙였다.

"선왕의 궁녀였던 김가 복연이를 궁으로 불러주시옵소서."

전혀 예상치 못한 요구에 왕의 분노는 제대로 터지질 못하고 맥없이 풀리고 말았다.

"뭐라?"

"김복연은 갓 계례를 치른 대전 세답방의 궁녀였는데, 선왕께서 승하하시면서 출궁되었습니다. 대전에서 요긴하게 부릴 만큼 실력은 썩 괜찮나이다."

"고작 그런 걸 위해 목숨을 거느냐?"

기가 막힌다는 듯 혀 차는 소리가 잇따랐다.

"궁녀는 가질 수 있는 것이 많지 않고, 벗은 소인이 가진 전부이니까요."

"내게 덤비는 까닭도 청연이 네 벗이기 때문이냐?"

공허한 눈빛으로 허공을 바라보던 청연이 떠올랐다. 감히 고개를 끄덕였다.

"……나를 위해서도 그리할 수 있느냐?"

어딘지 절박한 구석이 있는 하문이었다.

"그러하옵니다."

이번에는 굳이 덧붙일 필요가 없지만 덕임은 일부러 말했다.

"응당 그리해야만 하니까요."

미약하나마 그녀가 할 수 있는 최선의 저항이었다.

"그리해야만 한다라……."

그 하찮은 언행이 어째서인지 왕을 상처 입혔음을 느꼈다.

"네가 원하는 대로 써서 봉입해 봉명상궁(奉命尚宮, 어명을 받드는 상궁)에게 주어라."

왕이 차갑게 고개를 돌렸다. 맹랑한 도발에 대한 수락이자 이만 물러가라는 내침이었다.

이윽고 도깨비가 잠에서 깼다.

새 임금이 지휘하는 새 조정의 선봉장은 홍덕로였다. 그는 눈 깜짝할 사이 약원부터 내시부, 승정원까지 세력을 뻗쳤다. 한량이나 다름없던 그에게 온 권력이 집중되어 가는 광경을, 노회한 대신들은 손 놓고 바라만 봐야 했다. 정해진 수순처럼 격변이 일어났다. 납작 엎드려 기회만 노리던 왕이 몸을 일으키자 태산이 무너지고 노목의 뿌리가 뽑혔다.

왕은 좌의정 홍정여의 방자한 척신 놀음에도 불구하고 두려워 입을 봉한 신료들을 탐탁잖게 여겼다. 목숨을 걸고 간언해야 할 삼사三司에서조차 눈치만 슬슬 보는 만큼 속이 터질 만도 했다. 그렇지만 왕은 원하는 바를 관철시킬 강단을 지닌 사내였고, 빌미를 잡아 오랜 정적인 좌의정을 삭탈관직에 유배형까지 때렸다. 한때 청년 임금에게 있어 가장 막강한 숙적으로 꼽힌 사내치곤 몹시 허망한 퇴장이었다. 그리고 그는 배소에서 끝내 사약을 마셨다.

용상의 칼춤은 거기서 끝나지 않았다. 여세를 몰아 기세등등했던 각종 척신들을 싹 쓸어냈다. 심지어 왕대비의 오라비까지 머나먼 흑산도로 내쳐 버렸다. 왕대비와 그 친정이 동궁 시절의 그를 곧잘 감싸준 걸 생각하면 단물만 쏙 빼먹고 팽했다 봐도 무방할 만치 냉정한 결단이었다.

그만큼 이 청년 임금은 담대하고 엄정했다. 그의 신념은 양심이나 효심에 의해 꺾일 만한 것이 아니었다. 종양 덩어리와 같은 척신 세력과 타협하느니 차라리 당파를 나눠 싸우는 사대부와 맞붙는 길을 택했다. 선왕이 애초에 당파 간의 다툼을 무마해 볼 요량으로 척신을 기용했던 것과는 영 다른 행보이기도 했다.

가련한 동궁의 탈을 벗은 그는 삼종의 혈맥을 잇는 임금이요, 냉철한 판단력을 지닌 전략가이자 노신老臣들마저 혀를 내두를 만치 명석한 도학자였다. 왕에게 맞설 명분을 가진 자는 더 이상 없었다. 뒤통수를 맞은 왕대비조차 반발하지 않았다.

실로 오랜 기다림 끝에 얻은 승리였다. 순식간에 불어 닥친 즉위년의 새 바람을 두고, 뭇 궁인들은 한바탕 도깨비 바람이 불었노라 평했다. 뺨을 훑고 스쳐 갔는지 채 깨닫기도 전에 넋이 빠진 듯 흘려 버렸으니 실로 적절했다. 다만 달콤한 승리는 한때일 뿐 선왕 때와는 비교도 되지 않을 만큼 준열한 각축이 새 임금의 평생을 두고 벌어지리라는 것을, 이때는 아무도 알지 못했다.

한편 덕임은 역시나 그녀대로 생활이 있었다.

무기한으로 미뤄졌던 휴가가 주어졌다. 일손이 부족한데도 신왕 즉위 이래 유례없는 박대로 나날이 치솟는 궁녀들의 불만을 달래고자 미봉책이나마 마련한 모양이었다.

속사정이야 어떻든 일단 궁녀들은 행복해했다. 덕임도 마찬가지였다. 다만 왕에게 맹랑한 도전을 내민 입장인 만큼 살짝 꺼림칙했다. 서 상궁에게 다소간 미뤄도 되느냐 물었더니, 보내달라고 치댈 때는 언제고 또 헛소리를 하느냐며 핀잔만 들었다. 하는 수 없이 덕임은 왕의 탕약 수발을 들며 넌지시 운을 띄웠다.

"그깟 일로 번거롭게 말고 그냥 갔다 와라. 청연은 어디 도망가지도 않는다."

왕은 퉁명스럽게 일갈했다.

그리하여 덕임은 모처럼 궐 밖으로 나오게 되었다.

오라비들은 여전히 산등성이 아래, 아름드리 소나무 골짜기 마을에 살고 있었다. 아버지가 활 쏘는 연습을 하던 과녁과 손때가 두루 묻은 부엌까지 여전했다. 오밀조밀한 군상화群像畫에 빈 구멍이 난 것처럼, 그녀만 쏙 빠졌다 돌아온 느낌이었다.

그러나 또한 모든 것이 달라져 있었다. 한번 뚫린 구멍을 메우기란 쉽지 않았다. 주름살이 생긴 오라비들이 낯설었다. 고모를 어색해하는 어린 조카들과 부대껴 자는 잠자리도 불편했다. 늦게 자고 일찍 깨는 궐에서의 습관은, 시종일관 그녀를 '항아님'이라 부르며 예의 차리는 새언니들을 더욱 어렵게 만드는 것 같았다. 옛 동무들도 마찬가지였다. 혼인하자며 쫄래쫄래 따라다녔던 사내애들은 안사람 눈치를 보느라 알은체도 하지 않았다. 함께 놀던 처녀애들은 남지도 않았다. 익숙한 건넛집 문들을 두드리면 시집을 멀리 갔다는 대답만 돌아왔다. 그나마 남아 있는 동무들은 하나같이 밭일과 갓난쟁이, 시부모 등쌀에 치여 폭삭 늙어버렸다. 더욱이 생활고에 찌들어 추레해진 그녀들과 달리, 옛 시절에 홀로 박제된 듯 싱그러운 덕임을 거북하게 여기는 눈치였다.

엿새째 되던 밤. 조카가 잠결에 휘두른 주먹에 어깻죽지를 호되게 맞아 잠이 깬 덕임은 뒷마당에 나가 희뿌연 하늘을 보았다. 그토록 그리던 고향이건만, 더 이상 그 고향은 남아 있질 않다. 잔인한 세월의 간극만이 심술궂게 아가리를 벌리고 살살 약을 올린다.

"궐로 돌아가고 싶으냐?"

문득 다가온 사람은 식이였다. 휘영청 밝은 달이 담뱃대를 물고 선 오라비 얼굴에 팬 얕은 주름, 낯설기 짝이 없는 세월의 고랑을 여실히 비추었다.

"제가 변한 건지, 저를 뺀 나머지가 모두 변한 건지 잘 모르겠어요."

"둘 다 변했는지도 모르지."

식이가 말했다. 오라비에게서는 담뱃잎 향이 풍겼다.

커다란 담뱃잎을 바싹 말린 뒤 바스락바스락 비벼 기다란 담뱃대에 톡톡 담아주면 기다렸다는 듯 물고 뻐끔뻐끔 흰 연기를 내쉬는 어느 입술이 떠올랐다. 그 입술은 책을 읽느라 골몰하는 눈동자와 항상 짝을 지어 다닌다. 약재 써는 작두로 숭덩숭덩 썬 담뱃잎이야말로 막힌 가슴을 뻥 뚫어주는 명약이라는 둥 열성적인 목소리는 덤이다.

자신의 삶을 팍팍하게 만드는 주범인 도깨비 임금님이 그립다니 놀랄 노자였다. 말을 듣지 않으면 구중궁궐 깊숙한 곳에 쓰레기처럼 처박아 버리겠다는 위협까지 서슴없이 하는 사람인데 말이다.

아니, 아니다. 왕에 대한 그리움이라기보다는 새로운 고향이 되어 버린 궁궐 그 자체에 대한 그리움이겠다. 그래야 사리에 맞다.

"그래도 난 너를 다시 볼 수 있어서 기쁘다."

"저두요, 오라버니."

덕임은 얄궂은 감정 하나를 애써 밀쳤다.

추억은 마음속에 있을 때나 아름다움을 뼈저리게 깨달았나니, 이튿날에는 일부러 바쁘게 나돌아다녔다. 아침나절 느긋하게 걸어 시전까지 갔다. 과자를 사 먹고 고운 노리개도 샀다. 노상 무릎이 아프다는 서 상궁에게 줄 환약도 구했다.

"아저씨, 그간 잘 지내셨어요?"

다음 목적지는 시전 구석에 위치한 낡고 허름한 서사였다. 구부정한 자세로 앉아 불을 쬐는 노인장이 있었다.

"뉘쇼?"

"역시 못 알아보시는군. 저 덕임이에요. 성덕임."

덕임이 어색하게 웃었다. 노인장은 눈을 비볐다.

"허어, 진짜 덕임이냐? 매번 서찰만 주고받다가 웬일로 직접 왔냐그래?"

"휴가를 나왔어요."

"맞다, 맞아! 먼저께 그쪽 고을에서 궁녀가 났다고 잔치를 벌였다지?"

이 노인장은 덕임이 어릴 적 어미 손을 잡고 구경 왔을 때부터 알던 책팔이다. 양반님네들 보실 어려운 책부터 상놈들이 기분전환으로 보고 버리는 싸구려 그림책까지 두루 거래한다. 십 년 전쯤부터 손을 댄

세책업(貰册業, 도서대여)으로 거금을 만졌다는 소문이 특히 자자하다. 가게의 허름한 외관을 손보지 않는 것도 관청의 관심을 사지 않고 물 밑에서 움직이기 위해서라나 뭐라나.

"친어미를 빼다 박았구먼."

사람을 앞에 두고도 노인장은 무람없이 말했다.

"쯧! 네가 궁녀가 된 줄 알면 네 어미는 관 속에서도 돌아누울 터인 데."

"어쩔 수 없지요, 뭘."

오지랖은 예상했기에 덕임은 어깨만 으쓱했다.

"그래, 나야 좋은 일이지. 네 필사본은 아주 날개 돋친 듯 팔리니 까."

"다행이네요."

"궁체는 인기가 좋거든. 오늘도 뭐 가져온 거 있냐?"

노인장이 덕임의 보따리를 흘끗 보았다. 지난 몇 년간 오직 서찰을 통해서만 거래하다가 갑작스레 대면하는 것인데도, 어색함을 찾아볼 수 없었다.

"《이형경전李馨慶傳》을 해왔어요."

"아! 남장여인물이로구나! 언제나 먹힌단 말이치."

노인장이 입맛을 다셨다. 소설의 유행이 바삐 변하는 세태 속에서도 꾸준히 왕좌를 지키는 글이 바로 남장한 계집 이야기다.

"그렇잖아도 요게 입소문을 타서 구해보려던 참이었다. 어떻든? 《홍계월전》이랑 많이 비슷하냐?"

"소재야 비슷하지만 아류작은 아니던데요."

"에잉, 이런 류는 비슷할수록 잘 먹혀. 홍계월 짝퉁이 괜히 쏟아져 나오겠냐."

노인장은 한 장씩 넘기며 노련한 눈썰미로 살폈다. 실력을 모르지 않을진대 어째 시간 낭비다. 필요하다면 트집을 잡아서라도 삯을 깎으려는 심보가 분명했다.

"흠⋯⋯. 아주 잘 되었군. 하나만 해왔냐?"

"예, 바빠서요."

"삯은 원래 쳐 주는 만큼 주면 되지?"

노인장은 엽전 통을 열었다.

"근데 뭐 별일이라고 직접 왔냐. 날마다 있는 휴가도 아닐 텐데."

"예에, 뭐⋯⋯. 아저씨 얼굴도 한번 뵙고 싶고⋯⋯."

"혼자 쏘다녀야 할 정도로 집구석이 깝깝하냐?"

안 봐도 빤하다는 듯 그는 홀홀 웃었다. 궐 밖에서 자리를 못 잡는 궁녀가 그녀 혼자만은 아닌 모양이다.

"서대문 타고 쭉 늘어진 노점상판이나 가봐라. 재미난 거 많다. 곱상한 풍물패도 곧잘 오고. 걔들만 떴다 하면 우리 여편네는 서방도 몰라보고 침을 질질 흘려."

노인장은 콧방귀를 뀌었다.

"계집이 사내 구경하기에 좋은 바닥이지."

"잘됐네요. 마침 난전(亂廛, 무허가 장시)도 둘러보고 싶었는데."

난전 쪽에 가면 채나 필기구를 값싸게 구할 수 있다는 이야기를 자주 들었다. 족집게로 용한 글 선생까지 알선해 준다고.

"그래, 뭘 해도 좋은데 서대문 남쪽 밤나무길 너머로는 가지 마라. 오늘 그쪽으로 사약 사발이 간다질 않냐."

"웬 사약이요?"

"선왕의 발인도 마쳤겠다, 마저 정리할 때가 된 게지."

노인장은 목소리를 낮췄다.

"거기에 폐서인이 유폐된 배소가 있단다. 자결하라는 어명이 엊그제 떨어졌다더라."

폐서인이라면 쫓겨난 고서헌 마마님이 틀림없다.

"자진케 해놓고는 왜 사약을 내리는데요?"

"죽기 싫다고 뻗대나 보지, 뭐."

새로 들어온 손님을 보고 노인장은 대충 끝맺었다.

"아이고, 도련님! 어서 옵쇼!"

노인장은 새파랗게 어린 양반 도령에게 허리를 굽실거렸다. 도령은 무얼 물으려다가 덕임을 보고 난처한 듯 입을 다물었다. 춘화첩이라도 찾는 모양이다. 결국 덕임은 장사 방해된다며 부라리는 노인장 눈초리를 견디지 못하고 떠나야 했다.

충고를 따라 장을 보러 갔다. 쓸 만한 일용품을 흥정하고, 조청을 듬뿍 바른 꽈배기를 사 먹었다. 허름하고 복작복작한 난전을 쭉 따라 걸으며 온갖 호객행위에 휘말렸다. 쉽게 급제하는 과거니, 금방 모이는 재물이니 달콤하게 살살 꾀는데 넘어가지 않을 수가 없었다. 올 때는 가볍던 두 손에 이것저것 잡동사니를 잔뜩 쥐었다.

통금 시각이 다 되었다. 붉은 해가 이지러지는 먼 산을 바라보며 덕임은 성문 통과를 기다리는 대열에 끼었다. 군졸들은 닭 도둑을 잡는답시고 통행자 얼굴을 하나하나 확인하며 시간을 끌었다.

차례를 기다리다 지친 그녀 앞으로 누군가 끼어들었다. 금부도사와 군졸들이었다. 어찌나 큰 말을 타고 있던지, 어린애 하나가 말발굽에 밟힐 뻔했다.

"어명을 받들고 환궁하는 길이니 속히 문을 열라."

금부도사는 거만했다. 닭 도둑이 대수냐, 문지기들은 혼비백산 비켜섰다. 그들은 흙먼지만 잔뜩 남기며 금방 사라졌다.

"아이고, 진짜 일이 나긴 났나 봐!"

"가랑이 사이로 고혈을 빨아먹던 요부가 죽었으니 잘됐지, 뭐!"

커다란 보따리를 짊어진 아낙들이 소곤거렸다.

죄인을 잡아 들이고 처형하는 것이 금부도사의 소임이다. 사약 사발을 대령하는 것도 그의 몫일 터. 고서헌을 죽이고 임금에게 돌아가는 무리임에 틀림없었다.

어쩐지 허망했다. 선왕의 총애를 한 몸에 받은 여자라도 다 소용없다. 고고한 양반님네가 사약을 받으면 그 일대가 죽음을 기리느라 침울해진다지만, 음탕한 두 다리로 늙은 임금을 휘감아 희롱하던 후궁은 죽든가 말든가 아무도 신경 쓰지 않는다.

똑같이 궁녀에서 시작해 승은을 입고, 왕손을 낳고, 후궁이 된 두 여자 모두 죽었다. 선왕의 웃음과 눈물을 품던 대단한 여자들이 죽었다. 과연 그들은 행복했을까?

죽음마저도 임금의 손아귀에서 자유로울 수 없는 후궁으로선 결코 대답할 수 없는 의문이지 싶었다.

남은 여드레를 꾸역꾸역 버티다가 초저녁 어둠을 타고 궐로 돌아왔다. 자리 비운 사이 한 명 몫을 메우느라 다른 궁녀들의 고생이 이만저만이 아니었을 테니 조바심이 났다.

"우리 덕임이 이제야 왔구나!"

다만 이 정도로 열렬한 환영은 상상도 못했다.

"너를 오매불망 기다렸단다."

한 발 내딛기가 무섭게 다들 그녀를 에워싸고 호도깝스레 굴었다.

"제가 형님들 선물 사올 형편은 안 되는데요."

"누가 뭐래. 됐으니까 얼른 이거 들고 침전으로 가라. 전하께 탕약 올릴 시각이 벌써 지났다, 얘."

"왜 저녁 수라상 물리고 바로 올리지 않으셨어요?"

덕임은 엉겁결에 탕약 시탁을 받았다.

"너 오기만 기다렸지."

월혜가 히죽거렸다.

"요즘 전하 심기가 불편하셔. 엊그저께도 삼월이가 복도에서 그릇을
엎었다가 엄청 깨졌어. 참 너무하시지. 저번에 내시가 뭘 떨어뜨렸을
때는 다친 사람 없느냐고 물어보셨으면서!"

다른 불평도 뒤따랐다.

"너 없는 동안 사소한 일에도 매우 언짢아하셨어. 겁나서 죽는 줄
알았지."

"반찬 투정 없이 지나가는 날이 없었다니까."

"아까도 의복 시중을 드는 궁녀의 손이 차다며 짜증을 내셨어."

위험을 감지한 덕임이 얼른 말을 잘랐다.

"그, 그럼 저도 싫어요!"

저주받은 물건이라도 되는 양 탕약 시탁을 밀어냈다.

"그래도 해야지. 네가 막내잖아."

월혜가 사악하게 웃었다. 덕임이 서 상궁에게 도움을 청하는 눈빛
을 보냈으나, 부덕한 스승을 용서하라는 듯 아련한 반응만 돌아왔다.
덕임은 그녀에게 주려고 사온 환약부터 불구덩이에 던져 버리겠노라
다짐했다.

"알았어요, 알았다구요. 오자마자 뭐예요, 진짜!"

"억울하면 너도 후배 하나 만들어라."

월혜의 얄미운 간족임이 뒤통수를 따라왔다.

왕은 여느 때처럼 늦도록 정무를 보는 중이었다. 조심스레 꿇어앉자

붓을 정신없이 휘두르던 그가 흘끗 시선을 던졌다.

"잘 다녀왔느냐?"

"예, 예에. 전하."

"넌 식솔이 어찌 되느냐?"

"남들 사는 만큼 사는 오라비들과 몸이 약한 아우가 있사옵니다만."

"그렇군. 잘들 지내더냐?"

"아, 예에……."

웬일로 사담을 다 하나 불안했다. 다만 왕의 밤색 눈동자는 흥겹게 춤을 추고 있었다. 묘하게도 기분이 좋아 보였다. 아까까지만 해도 언짢았다던데 참 이상하다. 또 변덕을 부리는가 보다. 어쨌든 해코지 당하기 전에 물러나면 된다.

"탕약이 식사옵니다."

약그릇을 건네는 도중 두 사람의 손끝이 살짝 스쳤다. 덕임은 움찔 손을 오므렸다.

탕약. 병을 고치는 약. 사람을 죽이는 약.

덕임은 마주 본 존재감을 뼈저리게 깨달았다. 그는 노회한 대신들과 서모를 손쉽게 살리고 죽일 만큼 냉정한 군왕이 되어 있었다. 한때는 밤낮으로 책만 읽던 이 백면서생의 손에 온 나라의 목숨이, 그녀 자신의 목숨이 달린 것이다.

"왜 발발 떠느냐? 여름 감기라도 들었더냐?"

"아, 아니옵니다."

"그래. 감히 그러면 안 되지. 비가 얼마나 오느냐로 일희일비 배를 곯는 백성들에 비하면 너는 아주 편안하질 않으냐."

암만, 궁녀를 상냥하게 걱정해 줄 분이 아니시다.

"전하께선 그간 강녕하셨는지요? 탕약은 어찌 여태 드시옵니까?"

"도승지가 유난을 떨어서 그냥 드는 것이다."

왕에게 유난스레 약을 권할 도승지가 누군지 고민했다.

"덕로 말이다. 엊그제 승차시켰다."

이제 겨우 서른 넘긴 이다. 하물며 동부승지만으로도 파격적인 인사였다. 그런데 불과 몇 달 사이에 또 도승지라니 믿을 수 없다.

"재주에 걸맞은 직책을 주는 게 잘못이냐?"

왕은 쌀쌀맞게 반응했다. 그는 늘 덕로를 과잉보호한다. 조금이라도 덕로를 적대시하거나 우려하는 이들에겐 대놓고 심술궂게 군다.

"승지 영감의 남다른 역량에 탄복하여 그만……."

덕임이 씨알도 안 먹힐 변명을 했다.

"하오시면 달리 불편한 곳은 없으시구요?"

"아아, 하나 있긴 했지."

입에 물려주는 편강을 받아먹으며 왕이 말했다.

"네가 옆에 없어 영 신경이 쓰이더군."

덕임은 어리둥절했다.

"소인이 보고 싶으셨사옵니까?"

"찰거머리 같던 넌 없고 웬 엉뚱한 나인들이 서툴게 시중을 드니 그렇지!"

왕이 펄쩍 뛰었다.

"전하도 참, 보고 싶으셨으면 그냥 보고 싶다고 하시지요."

덕임이 낄낄댔다. 경희와 있는 듯한 착각이 들었다. 아닌 게 아니라, 이제 보니 왕과 경희는 좀 닮은 구석이 있다.

"어허, 방자하다!"

그래도 덕임의 짓궂은 웃음은 그치질 않았다.

"……너는 내가 보고 싶었느냐?"

그녀의 키득거림을 마냥 지켜보던 왕이 불쑥 물었다.

"아, 예. 뭐 그랬지요."

"그 또한 응당 그리해야 하기 때문이냐?"

말씨름 벌인 날을 염두에 두고 있나 보다. 잊은 듯 아무렇지 않아 보였는데 의외다.

"오라비들이 담뱃대를 태울 때마다 전하가 떠올라서요."

세치 놀림으로 포장조차 하지 않은 담백한 진실이었다. 왕은 서안 위의 상소장만 자꾸 만지작거렸다.

"……노리고 요망을 떨 재주는 없을 텐데."

그가 중얼거렸다.

"소인은 맹하지 않사옵니다!"

없는 자존심마저 상하여 발끈했다.

"소인도 전하께서 몸서리치게 싫어하시는 궁녀이옵니다. 경계하소서."

왕이 웃었다. 옅은 미소나 잔웃음이 아니었다. 와그르르 쏟아지는 호탕한 웃음이다.

"자신을 경계하라고 간언하는 시종이 천하에 어디 있더냐?"

"아니, 그게……."

"됐다. 이미 그러고 있다."

왕이 웃음을 거뒀다. 입가에는 채 지우지 못한 잔상이 남았다.

"내가 믿는 사람은 오직 덕로뿐이니까."

분명 총신에 대한 무한한 신뢰일진대 지독하게도 외롭게 들렸다.

"그건 그렇고, 나흘 전에 광은부위가 재미난 서찰을 보내왔다."

올 것이 왔다. 덕임은 바짝 긴장했다.

"오늘은 이만 침수 들어야겠다."

뜻밖에도 왕은 기지개를 켜며 일어섰다.

덕임은 당황하여 그를 붙잡을 듯 손을 뻗었다. 두 사람의 시선이 엉거주춤 뻗은 그녀의 손 위에서 마주쳤다. 얼른 도로 거둬들였다. 그의 시선이 그녀가 등 뒤로 숨긴 손을 물끄러미 따라왔다.

"저, 전하, 일궁자가의 일은⋯⋯?"

"탈의나 도와라. 매우 곤하다."

주섬주섬 그의 옥대玉帶를 끌렀다. 얇게 입은 탓에 한 꺼풀씩 벗겨내니 금방 맨살이 보였다. 아무나 볼 수 없는 지존의 속살이요, 너무나 낯선 사내의 신체였다. 울퉁불퉁한 근육의 이질감과 훅 끼쳐 오는 강렬한 사내의 기운에 손이 사시나무처럼 떨렸다.

망건을 벗길 차례였다. 왕은 이번에도 숙여주지 않았다. 덕임은 또 까치발을 들고 팔을 힘껏 뻗었다. 문득 짧은 곁마기 아래로 맨살이 보이지 않을까 걱정이 되었다. 지금까진 미처 생각지 못한 부분이었다. 아니나 다를까, 왕의 눈길이 딱 겨드랑이 아래 감추지 못한 흰 속살에 닿았다. 그는 집요하리만치 시선을 거두지 않았다. 야릇한 수치심이 스멀스멀 기어올랐다.

"하, 하면 이만 물러가옵니다."

청연이고 뭣이고, 덕임은 허둥지둥 왕의 옷가지를 껴안았다.

"가만있어라. 게 있느냐."

왕이 목소리를 높이자 문밖이 술렁였다.

"이제부터 내가 벗은 옷은 세답방 궁녀에게 주어라."

"곤룡포는 탈의 후 불에 태우고 새로 짓는 게 법도이온데요?"

"내가 그걸 모르겠느냐?"

왕이 핀잔을 주었다.

"백성들은 헐벗고 지내는데 내가 어찌 자주 새 옷을 입겠느냐. 낭비다. 빨아 입을 것이니라."

조용히 열린 문 사이로 한 궁녀가 들어왔다. 왕과 눈높이가 맞을 정도로 키가 크고 풍채가 좋은 궁녀다……. 어? 덕임은 소스라치게 놀랐다.

복연이었다.

입만 벙긋대는 덕임을 보고 복연은 찡긋 눈짓을 하더니 왕의 옷가지를 건네받고 뒷걸음질 쳐 물러났다. 웬일로 다소곳하나 싶었는데, 장지문이 닫히자마자 철퍼덕 넘어지는 소리가 들렸다. 정말 복연이 맞긴 맞나 보다.

"어째서……?"

"체면이 있지, 임금씩이나 되어서 어린 궁녀와 놀음이나 하겠느냐."

덕임은 멀거니 왕을 올려다보았다.

"다만 네 맹랑함으로부터 깨달음을 얻기는 했다. 사대부의 부인을 상대하는 도리는 필경 사내를 대하는 도리와 다른 것인데도 누이를 너무 박하게 대했어. 내의원에 물어보니 몸을 푼 여자가 우울해하는 병증이 있다는 네 말도 옳았고."

용안이 몹시 겸허하고 진지했다. 낯설기는 하되 그녀가 아는 표정이다.

그는 원래 그렇다. 신하들이 독서를 자주 하고 여색을 멀리하라는 둥 케케묵은 잔소리를 늘어놓을 때도 늘 유의하겠노라 고개를 끄덕이는 임금이다.

"중요한 건 청연을 꾸짖는 게 아니라, 잘못된 행동을 바로잡는 것이다. 내 처방보단 네 처방이 효험 볼 성싶어 가납하였을 뿐이다."

그는 늘 남의 허물에 엄격하고 자신의 허물에는 더더욱 엄격하다.

일단 제 허물을 알았다면 그것이 하찮은 궁녀로부터 비롯된 깨달음일지언정 깊이 새길 사내임은 분명하다.

"그럼 그땐 왜 그런 망극한 말씀까지……?"

하지만 왕의 올곧은 성품을 칭송하며 납득하기에는 다소 석연찮았다.

"좋을 대로 생각해라. 널 시험해 본 것이다 여겨도 좋고, 내가 언제 어떤 방식으로든 널 벌할 수 있다는 경고를 한 것이라 알아둬도 좋다."

"애초에 내기가 없었다면 소인은 상을 받을 수 없사옵니다."

"그럼 김가 복연을 다시 쫓아내랴?"

"그, 그런 뜻은 아니옵고……."

자신의 기분을 설명할 표현을 찾느라 덕임은 허둥댔다.

"옳지 않사옵니다. 이래서는 소인이……."

"빚을 진 기분이냐?"

"전하를 이긴 기분이 아니옵니다."

오늘은 그녀가 그의 웃음보를 자꾸만 간질이는 날인가 보다. 왕은 그녀의 맹랑한 반박이 끝나기가 무섭게 또 웃음을 터뜨렸다.

"넌 옛날에도 그런 소리를 했었지."

왕이 불쑥 그녀의 턱을 잡았다. 위로 바짝 끌어당기는 힘은 매우 강했다.

"그리고 난 다음은 없다고 했었고."

방금 전 왕의 눈길이 닿았던 곁마기 아래 속살에서부터 온몸으로, 천천히 열기가 퍼져나갔다. 숙맥처럼 굴다가도 야수처럼 돌변하여 마음대로 들었다 놓았다 흔드는 그가 미웠다. 암만 어수룩해도 자신이 강해지는 순간만은 확실히 아는 사내다.

"이기고 싶다면 다음에 또 덤벼보아라."

다음 같은 건 없다던 그의 말이 바뀌었다. 그런데도 호랑이 앞의 토끼처럼 아무것도 못하는 자신이 분했다.

"내 맹랑한 너를 호되게 가르쳐 주마."

복잡한 감정들이 한데 얽히다보니 눈가가 발갛게 물들고 슬쩍 눈물이 어렸다. 청승맞게 우는 것이 아니라 그저 촉촉이 눈망울이 젖어들 만큼만.

"순진한 건지 요망한 건지, 원."

물기로 반짝이는 눈을 흡족하게 훑어본 왕이 그녀를 놓아주며 중얼거렸다.

7장
밀고 당기기

왕이 즉위한 지 일 년째 되는 여름. 싱그러운 녹음은 아우 흡이의 혼인 소식을 들고 찾아왔다. 무인 집안 장정이라 보기 어려울 만큼 골골대는 흡이에게 시집올 처녀를 찾았다니 예삿일이 아니다. 오라비들 혼례 때는 소금보다 짜게 굴었던 덕임도 이번에는 몹시 기뻐 재물을 아낌없이 퍼부었다. 그러다 너무 지나쳐 흡이가 누님 미쳤느냐며 펄쩍 뛰었다.

한데 그 대단한 혼례를 놓치는 것도 참 쉬웠다. 서 상궁의 치맛자락을 붙들고 늘어져도 소용이 없었다. 궁녀도 출가외인이니라, 어불성설 딱 잘라 끊었다.

덕임이 우울한 기운을 온몸으로 뿜어내며 도깨비 전각에 당도했을 때, 누구 하나가 빠진 적 있었냐는 듯 다시 뭉친 세 명의 궁녀들은 그녀를 반겼다.

"어떻게 됐어?"

무릎을 끌어안은 경희가 제일 먼저 물었다.

"나 없이도 잘 하겠지, 뭐."

덕임은 어깨를 으쓱했다. 어차피 자신 없이도 궐 밖 세상은 문제없이 굴러간다는 걸 몸소 확인하고 왔다.

"그래, 안 가는 게 낫다! 우리 오라버니 혼사 때 얼마나 힘들었는데. 전 한쪽 못 먹고 상만 나르다 끝났다니까."

복연은 어릴 때 기억으로도 몹시 분개했다.

"얘네 집이 너네랑 같니. 기울었어도 중인 무관집인데 시누이 대접은 받겠지."

듣는 사람이야 어떻든 경희는 핀잔부터 앞세웠다.

"어이구, 너희들은 벼슬아치 여식이다 이거지? 잘났다, 잘났어."

"난 아무 소리 안 했는데……."

덕임이 가느다랗게 항변했다.

"우리 아버지께 말씀드려 볼까?"

경희가 복연을 무시하며 넌지시 물었다.

"만날 아버지 타령! 너희 아버지는 무슨 만병통치약이냐?"

결국 또 입씨름이 붙었다. 입담 좋은 경희는 힘들이지 않고 복연을 탈탈 털었다. 끝내 잔뜩 골이 난 복연이 출궁한 동안 네 얼굴 안 봐서 속이 시원했다고 볼멘소리를 하자 경희가 가냘픈 주먹을 휘두르기에 이르렀다.

"작작 좀 해."

보다 못한 덕임이 뜯어말렸다.

"경희 넌 나더러 주상전하께 복연이 얘길 꺼내보라고 찔러댔잖아. 복연이 넌 경희가 다른 애들한테 시달리지 않도록 지켜보라고 신신당부를 했고. 떨어져 있으면 다정하면서 어째 붙여만 놓으면 못 잡아먹어 안달이야?"

여과 없는 까발림에 둘 다 창백하게 질렸다.

"사실은 너희 사이 엄청 좋으면서……."

"아니야!"

경희와 복연이 동시에 외쳤다. 그리곤 서로 눈이 마주치자 도로 씩씩대더니만, 약속이라도 한 듯 홱 돌아서서는 반대 방향으로 떠나 버렸다.

요즘 들어 왕은 심하게 골을 낸다. 언성 한 번 높인 적 없던 분이 백발이 성성한 노신에게까지 곧잘 역정을 부린다. 동궁 시절에 비하면 뭐에 썬 것처럼 사람이 변했다며 말들이 많다.

며칠 전에는 소동이 있었다. 강릉관찰사가 속전(續田, 농사짓기 어려운 땅)과 산삼 공납의 어려움 등 폐단을 조정에 아뢰었는데, 왕이 마침 있던 좌부승지를 찍어 해결책을 말해보라 시켰다. 한데 재빨리 답하지 못하고 어물거리자 차마 입에 담을 수 없는 말로 질책했다고 한다. 기세가 하도 사나워 지켜보던 신료들이 죄다 엎드려 부디 노여움을 푸시라 간곡히 빌었다나. 그래놓고 미안하긴 했는지, 왕은 좌부승지를 따로 불러 저녁상을 차려주었다. 참을성 부족한 과인을 헤아려 달라며 왕이 상냥하게 달래자 좌부승지는 숟갈을 입에 문 채로 펑펑 눈물만 쏟았더란다.

처음에는 괜히 성질부리고 후회하는 거겠지 싶었는데 비슷한 일이 계속 반복되었다. 왕위도 올랐겠다, 슬슬 본색을 드러내는 것 아니냐는 의혹이 슬슬 제기되었다. 그렇지만 반격도 못 할 노릇이었다. 허물 삼을 구석이 하나도 없으니.

왕은 새벽까지 책을 읽다 잠들어 또 새벽 일찍 일어나 책을 읽는다.

내놓는 의견은 하나같이 탁월하다. 어떤 구절이 무슨 책 몇 쪽에 있는지 정확히 외울 만큼 기억력이 좋아 도리어 신하들을 타박하는 일도 예사다. 어른을 섬기는 예절에는 나무랄 데가 없으며, 여색과 유흥을 멀리하는 완벽한 도덕성으로 쐐기까지 박았다.

어쨌든 왕이 즉위한 지 벌써 일 년하고도 반. 전보다 깐깐해진 건 사실이고 잔소리도 훨씬 늘었다. 궁인들은 트집 잡을 구석이 없나 샅샅이 훑는 왕의 눈초리를 기분 탓이라 믿고 싶었으나 쉽지 않았다. 허리를 똑바로 펴라는 둥 시시한 트집이 잡혀 혼난 적이 어디 한두 번이라야 말이다.

요즘 같아시야 뒤숭숭하지 않은 날이 없다지만, 오늘은 분위기가 특히 묘했다. 아침 내내 상궁들이 어수선하게 굴었다. 바깥문을 드나들며 번잡스레 굴거나 저들끼리 모여 속닥이는 둥 영 괴까다로웠다.

"왜들 저러신다니?"

도깨비 전각 뒷마당 화단 구석에 쪼그리고 있던 영희가 말했다.

"네가 서 상궁 마마님 좀 한번 떠보면 안 돼?"

"이미 해봤지."

그렇게 날 모르냐는 듯 덕임이 눈을 흘겼다.

"아무리 빙빙 돌려도 당최 넘어오질 않으시더라."

"무슨 일 난 거 아닐까?"

"어! 저거 감찰상궁인데."

멀찍이 지나가는 상궁 무리를 넘겨보던 덕임이 유난히 허리가 굽고 빈대떡처럼 얼굴이 짜부라진 중년의 여인을 가리켰다. 끌려가 회초리를 맞은 전적이 화려해 그 얼굴만은 백 보 밖에서도 알아볼 자신이 있다.

"방 수색이라도 하려나?"

대전 시녀상궁과 맞대고 속닥이는 그녀를 보며 덕임이 중얼거렸다. 그러다가 무심코 고개를 돌렸는데, 웬걸 순식간에 허옇게 질린 영희를 보았다.

"뭐야, 춘화라도 숨겨놨어?"

장난스럽게 물었지만 영희의 표정은 풀리지 않았다.

이상하다. 영희는 위험한 물건을 방에 숨겨둘 애가 아니다. 재미 삼아 춘화나 연애소설을 보는 정도인데, 책잡힐 수준까지는 아니다. 설령 감추는 게 있다 한들 방을 같이 쓰는 덕임이 모를 리도 없다.

"왜 그러냐니까?"

"나 경희한테 가볼래……. 경희라면 뭘 좀 알지 않을까?"

영희가 횡설수설하며 몸을 일으켰다. 덕임은 냉큼 그녀를 다시 잡아 앉혔다. 상궁들 시퍼런 도끼눈을 피해 중궁전까지 간다는 건 자살 행위다. 괜히 튀면 오해를 사기 십상이다. 정황을 파악할 때까진 몸을 사리는 게 옳다.

"일단 좀 가만있어 봐."

뒤척이는 영희의 어깨를 누르며 덕임이 투덜거렸다.

"여기서 뭣들 하는 거야?"

누가 덕임의 어깨를 툭 쳤다. 월혜였다. 자지러지게 놀란 쪽은 덕임과 영희였지만, 떨떠름하기는 월혜 또한 마찬가지였다.

"그, 그냥! 꼬투리 잡힐까 봐 피해 있었어요."

월혜의 눈길이 흘끗 덕임과 영희의 등 뒤로 넘어갔다. 뭔가를 찾는 듯했다.

"강씨 형님은 뭐해요? 누굴 만나러 왔어요?"

"그런 건 아니고……."

덕임과 월혜 둘 다 밤에 번을 서는데, 근무하는 위치가 달라 최근에는 어울리질 못했다. 모처럼 본 월혜는 얼굴이 반쪽이었다. 눈 아래 드리운 그늘도 짙었다.

"됐고, 간밤에 일이 좀 생겼어."

월혜는 내수사의 내시들이 어슬렁거리는 걸 보곤 몸을 숙였다.

"금군들이 전하의 침전 근처에서 남녀가 통정한 정황을 잡았대. 대전 상궁들은 죄다 제조상궁에게 불려가 된통 당했어. 전하께서도 노발대발하셨고."

궁궐 내에서 남녀 간의 통정이 아주 없는 일은 아니다. 뭇 내시와 궁녀는 연인 행세를 곧잘 하고, 밤늦게 별감과 어울리는 궁녀들도 제법 많다. 사내와 어울리더라도 못 본 척 눈감아주는 것이 궁녀들 사이의 암묵적인 규칙이라 탈이 되는 일은 거의 없었다.

다만 은밀한 행각이 수면 위로 떠오르면 위험하다.

"웬 정황?"

"남녀가 얼싸안고 있었대. 복색이 여자는 확실히 나인이었는데 남자는 잘 보이지 않았다나 봐. 수색한다고 다 뒤집힌 거야."

"진짜 전하의 침전 근처에서 그랬대요?"

"등잔 밑이 어두운 법이지."

왕의 침전 몇 백 보 안으론 아무도 들어갈 수 없고, 병졸들은 정해진 경계선 밖에서 번을 서기 때문에 오히려 한산하여 구멍이 뚫릴 순 있다. 더욱이 도깨비 전각은 전각 자체의 시야가 어둡고 행각과 담장 따위가 없이 외부에 노출된 구조라 대전으로 쓰기에 적합하지 않다. 동궁 시절에 이미 귀신 놀음이라는 둥 숱한 말썽이 있었음에도, 익숙하다는 이유로 계속 기거하는 왕의 고집이 탈이다.

"형님도 어제 그쪽에서 근무 섰잖아요."

"안 그래도 금군대장이 잔뜩 묻고 갔단다. 귀찮아. 작년 여름엔 웬 방자나인房子內人이 중관이랑 놀아난다고 난리였지. 그때도 전하께서 그렇게 야단을 떨었는데 일 년 만에 비슷한 일이 생겼잖아."

"맞다, 기강이 해이해졌다고 다 같이 엄청 혼났었지요."

덕임은 부르르 떨었다.

"근데 뭘 보긴 봤어요?"

"몰라. 어둠 속에서 꼬물거리면 그게 사람인지 도깨빈지 어찌 알아?"

순간 월혜가 시선을 피했다는 느낌이 들었다.

월혜는 별감인 오라비와 함께 궐 안 정보를 내다 파는 것으로 유명세를 탔다. 요즘에는 꾸중 들을 걸 각오하면서 왕의 근처를 시위할 만큼 대담해지기까지 했다. 한데 그 월혜가 막상 재미난 일이 벌어진 밤에는 아무것도 보지 못했다니 수상했다.

"넌 뭐 숨길 거 없니? 감찰부 궁녀들이 속속들이 모여드는 걸로 봐선, 곧 모든 부서가 동시에 수색을 시작할걸."

월혜가 선심 쓰듯 충고했다. 덕임이야 반닫이에 쑤셔 넣은 언문책을 빼고는 별스러울 게 없었다. 그런데 영희는 아닌 모양이었다. 눈을 휘둥그레 떴다.

"통정 문제로 방을 수색한다는 거지요?"

"괜찮아. 값비싼 패물이나 향간(香簡, 연애편지) 같은 건 우리하고는 별로 상관없잖아?"

"나 처소에 가봐야겠어!"

"진짜 아까부터 왜 그래?"

덕임도 엉겁결에 일어섰다.

"나 참……. 아무튼 뭘 숨겨야 한다는 거지? 그럼 빨리 샛길로 뛰면……."

"아, 아니! 나 혼자 갈래."

한 발짝 물러서며 영희는 연신 중얼거렸다.

"별거 아니지만……. 혹시라도 잘못되면……. 너까지……."

"얼씨구, 네가 숨긴 거시기한 물건이 발각되면 방을 같이 쓰는 나까지 끌려가서 주리가 틀릴 텐데 잘도 놔두겠다."

덕임이 삐죽였다.

"아냐, 대신 부탁이 있어. 이따가 전하의 목욕물을 날라야 하는데 처소에 들렀다 오면 아무래도 늦을 것 같아. 그거나 좀 해줘."

반각 뒤에 왕이 대전 곁방에서 목욕재계를 할 텐데 문 앞에 더운 물동이를 가져다 두기만 하면 된다고, 그러면 목욕 시중을 드는 봉보부인(奉保夫人, 왕의 유모)이 알아서 가지고 들어간다고 영희는 설명했다.

"그거면 돼?"

"응. 간단하지? 그럼 나 먼저 갈게."

나중에 다 털어놓겠다는 약속만 남기고 영희는 헐레벌떡 사라졌다.

"쟤 원래 좀 맹한 애 아니었니? 이름이 영숙이던가?"

흥미롭게 지켜보던 월혜가 말했다.

"영희예요."

덕임은 사라진 영희의 뒷모습을 걱정스럽게 눈으로 좇았다.

"하여튼 누구랑 친하게 지내봤자 뒤치다꺼리 귀찮기만 하지."

월혜가 혀를 찼다.

"궁녀들끼리는 적당한 선까지만 잘 지내야 부담 없는 거야."

잔소리에 질색하며 덕임은 자리를 피했다. 달아나는 중에 흘끗 보니 월혜는 나름대로 바빴다. 만날 보는 도깨비 전각 뒤뜰에 무에 신기할 게 있다고 기둥이며 지붕, 벽돌 따위를 샅샅이 뜯어보느냔 말이다.

아침에 뭘 잘못 먹어 저러나보다고 대수롭지 않게 여겼지만, 어쩐지 그런 월혜를 두고 가는 걸음이 마냥 가볍지는 않았다.

　푹푹 찌는 불볕더위였다. 덕임은 우물에서 퍼다 데우고 어쩌고 한참 난리를 친 끝에 마련한 더운 물동이를 끙끙 옮겼다.
　왕의 욕실은 대전에서도 가장 깊숙한 곳이었다. 지극히 사적인 용무로 쓰는 방이라더라 말로만 들었다. 목욕 수발을 드는 건 왕을 업어 키운 봉보부인만이 누리는 특권이다. 젊은 궁녀들은 얼씬해서도 안 된다. 영희 말대로 별 탈이 없기만 바랐다.
　장지문 틈새로 더운 기운이 후끈 새어 나왔다. 첨벙첨벙 물장구치는 소리도 들렸다. 덕임은 물동이를 천천히 내려놓았다. 아니, 그럴 생각이었다. 조심하려고 애썼는데도 엉거주춤하다가 끼기긱 바닥 긁는 소리를 내고 말았다.
　"게 누구냐?"
　왕의 목소리였다.
　"더운물이라면 안으로 들여라. 목욕물이 벌써 식었다."
　"소, 소인은 감히 입시할 수 없사온데……. 봉보부인께서 나오시면……."
　물장구치던 소리가 뚝 그쳤다.
　"아지(阿之, 유모)가 없으니 너더러 들어오라는 거 아니냐."
　돌아온 대답은 어째 어조가 한층 밝았다.
　"봉보부인이 돌아올 때까지 기다려 주시면……."
　"성가 덕임이, 당장 들어오지 못하겠느냐."
　왕이 자신의 목소리를 알아들을 수 있다는 생각을 왜 못 했을까? 덕임은 멍청한 제 머리에 꿀밤을 먹었다. 트집 잡는 시모처럼 반지빠른 왕은 그녀가 평소에 않던 일을 하는 걸 보면 추궁해 올 터. 영희가 소임을 팽개쳤다는 사실이 발각되면 둘 다 죽은 목숨이다.

덕임은 눈을 딱 감고 문을 열었다. 찜통이었다. 하얀 김 사이로 훅 끼치는 열기에 눈이 다 매웠다. 왕은 커다란 욕간통에 앉아 있었다. 특이하게도 아예 벗지는 않고 얇은 철릭을 입었다.

"물을 다루는 건 지체 낮은 궁녀들의 일일 텐데?"

아니나 다를까, 왕은 대뜸 눈을 가늘게 떴다.

"예에, 오늘따라 대전이 워낙 어수선해서요."

벌써 흥건해진 뒷덜미를 쓱 쓸며 둘러댔다.

"음. 분주할 만도 하지."

의외로 설득력이 있었는지 그는 고개를 끄덕였다.

"더운물을 붓고, 마른 수건을 새로 다오."

"아직 뜨거운데 정녕 괜찮겠나이까?"

"온도를 유지해야 한다. 피로 때문에 발진이 생겼는데, 하반신을 덥혀 땀을 빼면 효험이 있다더군."

그러면서도 왕은 몸이 낫기 전에 쪄 죽게 생겼다며 툴툴댔다.

물동이를 깔짝이는 동안 시시한 상념이 꼬리에 꼬리를 물었다. 옷을 입고 씻으면 거치적거리겠다. 지엄한 지존이라 탈의하지 않고 씻는 건가? 그래 봤자 물에 젖은 옷은 딱 달라붙어 훤히 들여다보이는데. 무슨 의미가 있는지 도통 모르겠다.

"쯧, 과년한 나이에 부끄러운 줄도 모르고."

왕이 혀를 찼다. 그제야 떡 벌어진 어깨며 단단한 가슴팍 따위가 눈에 들어왔다. 아무 생각 없이 보던 것이 바로 사내의 몸이었다.

"마, 망극하옵니다. 별생각 없이……."

"음탕한 죄로 반성문이라도 쓰고 싶으냐?"

"아니, 전하! 소인은 성스러운 옥체를 보고 감격했을 뿐인데 음탕이라니요!"

위기에 몰리니 마음에도 없는 미사여구가 술술 나왔다.

"사내로 보지 않는다는 뜻이냐?"

"그렇사옵니다! 소인은 단 한 번도 전하를 사내로 본 적이 없사옵니다."

어쩐지 왕은 언짢은 표정이었다.

"됐다. 물이나 부어라."

사람 마음이라는 게 참 얄궂다. 한번 의식하고 나니 시선을 둘 곳이 없게 되었다. 보이지도 않는 먼 산 쪽으로 고개를 돌리고 한 바가지씩 물을 흘려 넣자니 꼴이 우스웠다. 왕조차 실소를 터뜨렸다.

"뒤늦게 정숙한 규수 흉내라도 내느냐?"

"그, 그러게 왜 그런 말씀을 하셔서!"

"훌렁 벗은 채 네 음탕한 시선을 받은 쪽은 난데 적반하장이구나."

암만 목석이라도 사내다운 여유가 넘쳤다. 말마따나 과년한 처녀 앞에서 벗고 있으면서 민망하지도 않은가 보다. 덕임은 얼뜨기처럼 붉힌 얼굴을 감추느라 조잘댔다.

"봉보부인께선 어딜 가셨습니까?"

"소금을 가지러 갔다."

"소금은 어째서요?"

"말하면 네가 알겠느냐."

상대는 임금님이다. 밉살스러워도 때리면 안 된다.

"뜨겁다. 그만 부어라."

그 말씀 떨어지기 무섭게 덕임은 냉큼 바가지를 저만치 밀었다.

"소, 소인은 이만 물러가옵니다!"

"이토록 싹싹하지 못해서야, 원! 상전이 혼자 계신데 알아서 시중은

커녕 어딜 내빼. 부채질이라도 해라."

염전에서 소금을 만들어 오나 애꿎은 봉보부인을 탓했으나 하릴없이 부채를 잡았다. 왕은 한결 낫다며 욕간통에 등을 기대곤 편히 앉았다.

"……너 요즘 잘 안 보이던데."

"말단이 감히 어전을 맴돌겠사옵니까."

"전에는 눈만 돌리면 찰거머리처럼 붙어 있지 않았느냐."

추궁하는 목소리가 집요하다.

"아, 전에는 다들 전하가 무섭다고 일을 떠넘겼었는데, 이젠 알아서들 잘 하더라고요."

엊그제만 해도 월혜가 밤참 그릇을 낚아챘더란 말이다. 왕이 방바닥이나 긁는 홀아비처럼 인색하게 굴어도 도리어 궁인들의 두려움은 사그라졌으니 잘된 일 아니냐는 뜻으로 한 말인데, 그는 코웃음만 쳤다.

"그럴 테지. 임금을 모시는 궁녀는 그 존재 자체만으로 권력이니까."

돌연 그의 말투에 날이 잔뜩 섰다.

"너는 어떠냐. 궁한 처지에 내 근황을 팔아 푼돈이라도 챙기느냐?"

늘 이런 식이다. 이게 뭐지 싶을 만큼 가까이 다가오다가도, 한순간 앵돌아서는 사람을 잠재적 역당 취급하면서 밀어낸다. 간다는 사람 붙잡을 땐 언제고 대뜸 의심을 하다니 참 못 해먹을 노릇이다.

"별걱정을 다 하십니다. 멀리서 잘 먹고 잘사는 나라님보다 냇가에서 빨래하는 아낙네가 더 궁금한 게 인심인데, 소인이 어딜 가서 전하 이야길 하겠나이까. 접때도 오라비한테 내가 모시는 임금님이 이런 분이다 하소연이나 할까 했더니만 그걸 무슨 재미로 듣느냐며 궁녀들 이야기나 해보라고 조르더이다."

부채 바람으로 더운 김을 두둥실 밀어내며 덕임이 무람없이 말했다.

"흉보고 싶은 게 한두 가지가 아닌데 물어봐 주는 사람이 없어 도리어 소인이 답답해 죽겠나이다."

왕은 말문이 막히더니 이내 멋쩍게 웃었다.

"조금만 편히 지내소서. 밑도 끝도 없는 의심을 품으시니 밤잠도 못 이루시는 것 아니겠사옵니까."

"내가 밤을 지새우는 건 독서를 즐기기 때문이니라."

왕이 경고하는 시선을 던졌다.

"그러믄요. 전하의 말씀이 백 번 옳사옵니다."

"네 주제에 누굴 어린애 어르듯 하느냐."

토라진 목소리가 영락없는 어린아이라 덕임은 짓궂게 히히 웃었다.

"밑도 끝도 없는 의심이라. 글쎄……."

왕이 불만스럽게 중얼거렸다. 그래도 웬일로 혼내지 않고 그녀의 웃음을 바라보았다. 그러고는 새삼 낯설게 덧붙였다.

"그러고 보니 너 내 옆에서 꽤 오래 지냈구나."

"이제 아셨사옵니까. 새벽까지 책을 읽으시는 어전에서 꾸벅꾸벅 졸다가 불벼락을 맞은 적도 여러 번이온데요."

"하! 너도 참 물건이다. 서 상궁은 너만 보면 콧김을 뿜더군. 그 수더분한 사람을 흉악하게 만들다니, 재주라면 재주야."

웃음기가 잔상으로만 남을 즈음 왕의 눈빛이 흐려졌다.

"하긴 너에게 휘둘리는 게 비단 서 상궁만은 아니지. 나 역시……."

말을 하다 말고 그는 입을 꾹 다물었다. 뜨겁고 하얀 김이 시야를 막는 가운데서도 두 사람의 눈은 너무나 쉽게 마주쳤다.

"너 나이가 어찌 되느냐?"

"계유생이옵니다만……?"

"흠, 생각보다 많이 먹었구나. 나보다 한참 어릴 줄 알았는데…….
계유생이라면 별로 차이 나지도 않는군."

"아무렴 궐에서 지낸 지가 십수 년인걸요."

기회를 잡은 덕임은 냉큼 주장했다.

"옛날에 처음 뵈었을 적에는 소인이 전하보다 키도 더 컸잖아요."

"그런 적은 없었다."

씨알도 안 먹혔지만 덕임은 한 번 더 던져보았다.

"너무 오래전이라 전하께서 잘못 기억하시는 것이옵니다."

"다시 만났을 땐 날 기억도 못 하던 네가 할 소리는 아닌 것 같은
데."

그래 봤자 왕은 쉽게 받아쳤다.

"기억을 못 한 게 아니라 못 알아봤을 뿐이라니까요."

덕임은 뻔뻔하게 대꾸했다.

"암만 세월이 흘렀다지만, 어떻게 다른 사람이 된 수준으로 환골탈
태를 하셨습니까?"

"그러는 너는 어떻게 그 나이 먹도록 그토록 허술하더냐?"

왕의 시선이 그녀의 이마부터 눈, 코, 입술, 목덜미까지 느릿하게
따라 내려왔다.

"되바라진 척 해봤자 순진한 티가 나."

"예에?"

"분에 넘치게 알지, 주제도 모르고 따박따박 말대꾸하지, 염치도 없
이 사내의 눈을 똑바로 쳐다보지……. 여자 흉내는 내려야 못 내는 맹
탕이고."

왜 갑자기 욕을 먹는지 덕임은 어리둥절했다.

"그래도 치마는 둘렀답시고, 행여 덕로가 지나갈라치면 뻣뻣해지더군."

화제가 요상한 방향으로 튀었다. 왕은 혀를 찼다.

"꼴사납다."

"그건 승지 영감이……!"

마주칠라치면 뭔가 꿍꿍이를 품은 양 싱긋 웃는 게 기분 나빠서 그렇다는 항변이 목구멍까지 올라왔지만 삼켜야 했다.

"승지 영감이 뭐?"

"사내는 낯설어 그런 것뿐이옵니다."

"나한텐 아니 그러면서."

왕이 눈을 가늘게 떴다.

"사내가 낯설다면서 어찌 내 앞에선 활개를 치느냐고? 사내로 본 적이 없다는 둥 주제넘는 소리나 하고 말이야."

은근한 투정은 몹시 잔질어서, 덕임의 속에서도 묘한 것이 움텄다.

"너처럼 이상한 사람은 처음이다."

왕이 골몰했다.

"옆에 있으면 골리고 싶고 없으면 괜히 아쉬워. 날 무서워하게끔 만들고 싶은데 막상 그러면 서운할 것도 같고. 내가 너에 대해 잘 안다고 생각할 때마다 오히려 내가 생각지도 못한 소릴 하고……. 참으로 거슬려."

위험하다. 본능적으로 느꼈다.

더 이상 알아서도, 다가가서도 안 될 것만 같다. 거슬린다는 그 한마디가, 지금까지 왕이 늘어놓은 괴이한 말들을 짜 맞추는 열쇠가 된 것처럼, 가슴이 덜컥 내려앉았다.

"내가 너에게 휘둘리고 있나?"

그가 물었다.

"아니면 네가 나한테 휘둘리고 있는 건가?"

그가 다시 물었다.

"아니, 감히 어딘 줄 알고 여길 있느냐!"

그가 뭔가를 또 묻기 전에 방해를 받아 다행이었다. 봉보부인이었다. 그녀는 벌거벗다시피 한 왕과 그 곁에 선 젊은 궁녀를 보고 거품을 물었다.

"아지는 뭘 하다 이제 오나."

왕이 퉁명스럽게 말했다. 오죽하면 기다리다 못해 아무 궁녀나 붙잡았겠느냐며 면박을 주었다. 저 꼬장꼬장한 사내가 나름대로 감싸주는 것이다. 내려앉을 만큼 내려앉았다고 생각한 가슴이 또 한 번 요동쳤다.

"아이고, 송구하옵니다. 환부에 문지를 소금은 약방에서 받아와야 한다기에 여기저기 돌다보니 지체했사옵니다."

"흠, 왔으니 됐소. 넌 나가라."

덕임은 뒤도 안 보고 달아나면서 생각했다. 어제도 오늘도, 아까도 지금도, 목소리는 저토록 냉담한데 미묘한 찰나에 모든 것이 변했다고.

방 수색은 끝물이었다. 마구 들쑤셔 놓은 처소에서 마주친 사람은 영희가 아닌 경희였다.

"얼굴이 왜 그래? 해코지라도 당했니?"

"어……. 어어, 너……. 여기서 뭐해?"

"대전은 난리가 났다기에 와봤어. 영희랑은 엇갈렸니? 맡긴 일이 걱정이라면서 널 찾으러 갔는데."

힘이 빠졌다. 덕임은 벽에 기대어 스르르 주저앉았다.

"뭐 빼앗기기라도 했니?"

바싹 앉으며 경희는 이를테면 황소 거시기 같은 거, 하고 중얼거렸다.

"경희야, 좀 이상한 얘길 할 건데……. 비웃지 않기다?"

털어놓고 싶은 마음이 굴뚝같았다. 하지만 막상 꺼내려니 어려웠다. 혀가 자꾸 꼬였다. 말 대신 한숨이 나왔다.

"있잖아, 상감마마가 말이야……."

거슬린다는 말의 느낌이 분명 오늘은 달랐다. 싫지 않다는 이유 정도로 내밀었다가 엎어진 승은보다도 훨씬 깊은 구석이 있었다.

그의 표정. 목소리. 미소. 말투. 은연중에 내비친 모든 것들이 거슬린다는 표현 하나에 형태가 되고 의미가 되었다. 그녀가 지금까지 간과했던, 어쩌면 그 자신도 아직 눈치채지 못했을 어떤 의미로.

"나한테……. 마음이 좀 있으신 것 같은데……?"

"역시 그렇구나."

"뭐?"

"그럴 수도 있겠거니 나도 쭉 의심해 왔거든."

경희는 어깨를 으쓱했다.

"너만 다르게 대하시잖아. 꼭 시시덕거리는 것처럼 어울리고 틱틱대셨지. 궁인이라면 질색하시어 있어도 없는 척, 본체만체하신다며."

"어어, 그렇지만 못 믿어서 재보시는 걸 수도 있잖아."

너무나 쉽게 동조를 얻자 당황한 덕임은 도리어 부정했다.

"핑계야. 햇병아리 궁녀 따윈 의심스러우면 멀리 구석에 묻어버리면 그만이지. 애초에 친히 살피실 이유도 없고. 굳이 널 찾고, 시험하고,

경계한 건 전하 스스로의 뜻이라고."

"하지만……."

"전에 중전마마와 함께 대전에 들었을 때부터 낌새가 묘했어. 널 보던 전하의 눈빛이 마음에 걸렸다니까."

비웃음은커녕 진지한 설득이 돌아오자 민망함은 더해만 갔다.

"어쨌든 전하께서 널 다르게 대한다고 판단한 거잖아."

경희가 재차 어물거리는 덕임을 단호하게 잘랐다.

"네 판단이 그런데 다른 변명이 필요해?"

제 손등을 톡톡 치며 경희는 중얼거렸다.

"중요한 건 전하의 마음이 어느 정도냐는 거야. 그냥 단순한 호감에서 끝날지 아니면 더 나아갈지. 널 그냥 두고만 보실지 아님 취하실지……."

호감이라는 둥 취한다는 둥, 이 나이 먹도록 아이처럼 낄낄대며 어울린 벗과 나누기엔 영 익숙잖은 대화였다. 괜히 마음이 불편했다. 어쩐지 서글펐다.

"내가 전하를 어찌 생각하는지는 안 물어봐?"

"그딴 걸 누가 신경 써."

경희는 삐죽였다.

"전하께서 네게 마음이 있으면 당연히 너도 그래야 하는 거고, 전하께서 널 안으려 하시면 당연히 안겨야 하는 거야. 네가 싫고 좋고 할 문제가 아니지."

지극히 현실적인 충고였다.

"계집은 아무것도 못 해. 너도 알잖아."

경희의 시선이 허공을 맴돌았다.

"조심해. 사내의 마음은 우리가 생각하는 것과는 많이 다를 거야.

천하를 아우르는 지존의 마음이라면 더더욱 그렇겠지. 차라리 늦기 전에 준비하는 게 너한테도 이로울걸."

"어렵네."

덕임이 말했다. 폭염처럼 뜨겁던 가슴은 현실 앞에 차갑게 식어버렸다.

"넌 높이 올라가고 싶다느니, 보통 궁녀랑은 다르다느니 만날 그랬잖아. 그런 건 이제 상관없어?"

"널 보시던 전하의 눈빛이 묘했다니까. 그 뒤로 쭉 고민하다 깨달았어. 내가 위로 오르는 것보단 널 안전한 높이에 매달아두는 게 더 급하다고."

"확실해지면 말해준다던 게 그거야?"

"넌 맹추에 속도 없고 성가신 애지만 없어지면 더 짜증나니까……. 흠흠! 네가 분에 넘치는 높이에서 떨어지지 않도록 잡아줘야지 어째."

경희는 애꿎은 치맛단의 실오라기만 잡아 뜯으며 바쁜 척했다.

"그래도 전하에 대한 네 마음은 어떤지 물어봐 줬으면 좋겠니?"

이러쿵저러쿵 입은 험해도 못내 걱정하는 눈치다.

"아니야. 나도 별로 알고 싶지 않은 것 같아."

"뭐라는 거니?"

"네가 걱정해 주는 걸로 됐어."

"너랑 있으면 나까지 바보 되는 기분이야."

경희는 얼굴을 붉히며 덕임의 팔뚝을 찰싹 때렸다.

"전하는 너랑 닮았어. 겉껍질은 가시투성인데 알맹이는 꽤 물렁물렁하거든."

"그건 또 뭐니."

"그래서 나도 모르게 자꾸 전하를 편히 여기게 되나 봐."

할 말이 많은 사람처럼 경희는 미간을 찡그렸다.

"난 이대로가 좋아. 나랑 너랑 영희랑 복연이랑. 가늘고 길게."

유일한 소망을 털어놓듯 덕임은 그저 속삭였다.

"이걸 누가 줬다고?"

영희가 내민 것은 결이 고운 분첩과 서찰이었다.

"접때 별감 하나를 도와줬다고 했잖아."

덕임은 눈만 끔벅였다.

"너 듣는 척만 했구나! 겨우 보름 전 일인데!"

"미안해. 번이 자꾸 바뀌니까 정신이 없어. 기억이 날 것도 같은데……."

"어느 별감 하나가 무거운 짐을 들고 가다가 넘어졌는데, 발목을 접질렸는지 혼자 움직이질 못하고 끙끙거리기에 내가 살피고 부축할 사람을 불러줬다니까."

"아, 맞다! 그랬지, 참."

과연 잠결에 흘려들은 이야기였다.

서찰은 짧았다. 신세를 갚지 못해 마음이 무겁다는 평범한 글이었다. 다만 단순히 고마움을 표하기 위한 것치고는 겉봉에서부터 필체까지 공을 들인 티가 났다.

"방 수색 때 사색이 되어 숨기던 게 이거란 말이지?"

"응. 진즉 말하고 싶었는데, 너 요즘 바빴잖아."

맞는 말이었다. 덕임은 밤낮이 뒤바뀐 생활을 하고 있었다. 처소로 돌아올 때면 영희는 쿨쿨 자거나 일을 하러 갔거나 둘 중 하나일 만큼.

"정확히 뭐 하는 사람인데?"

"자잘한 심부름을 하는 대전별감이야. 키도 크고 아주 훤칠해."

"그 뒤로도 계속 만났어?"

"아니야! 그냥 같은 대전이니까 몇 번 마주쳤어. 눈인사나 좀 했지."

"막 치근대는 건 아니고?"

"얘가 꼭 경희처럼 말하네."

조금만 잘 해줘도 홀랑 넘어가 간이고 쓸개고 다 빼줄 애가 영희라 못내 걱정스러웠다. 오지랖을 마구 부리고 싶었다. 그렇지만 아니라는데 붙잡고 왈가왈부하는 것도 우스웠다.

"사내가 체면 없게 이런 걸 팔랑팔랑 들고 다닌다니?"

대신 다홍빛 분첩을 트집 잡았다.

"뭐 어때! 귀엽잖아."

무말랭이 같은 영희의 뺨이 붉게 달아올랐다.

"서찰은 태워. 번번이 숨길 순 없잖아."

"으응, 알았어."

크게 책잡힐 내용은 아니지만 요즘처럼 뒤숭숭한 시기에는 몸을 사리는 게 좋다. 한데 영희는 거짓말할 때의 버릇처럼 자꾸 코를 찡긋거렸다.

"야, 진짜로 태워야 해! 안 그래도 시끄러운데 험한 꼴 당할래?"

"알았다니까! 어울리지 않게 잔소리는."

뺨을 부풀린 영희는 분첩과 서찰을 좀먹은 마루 틈새에 숨겼다.

"경희한텐 비밀이야."

덕임은 일단 끄덕였다. 경희의 깐깐함은 이따금 긁어 부스럼을 만들곤 했다. 본디 하지 말라면 더 하고 싶은 법이다. 괜히 끼어들어 잔소리를 했다간, 내버려 두면 잠깐의 바람으로 스쳐 지나갈 일을 크게 키울 수도 있다.

"근데 너 경희랑 무슨 일 있어? 걔가 널 엄청 신경 쓰던데. 혹시 네 낌새가 이상하면 바로 알려달라고 신신당부를 하더라."

아직은 왕의 의중에 대한 기묘한 의심을 여기저기 털어놓을 수 없다.

"어어……. 걔한테 장난 좀 쳤더니 아직도 삐졌나 보다."

"웬 장난? 언제?"

"아이고, 시간 좀 봐. 얼른 가야겠다."

거짓말에는 소질이 없으니 자리를 뜨는 게 최선이었다.

특별한 일정이 있는 건 사실이다. 식이 오라버니와 유시酉時에 쪽문에서 만날 약속을 했다. 본궁과 멀리 떨어진 쪽문에는 글월비자며 사가에서 보내온 시종들이 은밀히 드나들곤 했다. 삶의 질을 위해 궁인들끼리 눈감아주는 꼼수인데, 덕임도 가족들에게 급한 일이 생기면 그렇게라도 오라고 알려준 바 있다.

갓을 비뚜름히 쓴 식이는 쪽문의 후미진 문간에 등을 기대고 휘파람을 불고 있었다.

"야아, 진짜 이렇게도 만날 수 있구나!"

그는 누이를 보고 반색했다.

"오래는 못 있어요. 곧 군졸들이 순찰을 돌 거예요."

덕임은 까치발을 들고 주변을 살폈다.

"갑자기 쪽지를 받아서 놀랐어요. 왜요, 무슨 일 있어요?"

"무슨 일이냐니, 너 설마 까먹었냐?"

식이는 얼빠진 표정을 지었다.

"그저께가 흡이 혼례였지 않느냐."

덕임은 앓는 소리를 냈다. 이래저래 정신이 팔려 까맣게 잊어버린 것이다.

"바쁘면 그럴 수도 있지. 잘 치렀으니 염려 마라."

사람 좋은 식이는 허허 웃었다. 그는 혼례 도중 흡이가 너무 긴장해 제 발에 걸려 넘어질 뻔했다는 둥, 제수씨가 첫인상은 그냥 그랬는데 치장한 걸 보니 참 고왔다는 둥 시시콜콜 늘어놓았다.

"손님이 하도 많아서 정신이 없었어. 생전 연통 한번 없던 팔촌 어르신들, 건너 고을 지친들에다가 생전에 아버님이랑 친분이 있었다는 반촌의 지체 높은 양반들까지 꽤 오셨지 뭐냐. 괜한 고생하느니 넌 안 오길 잘했다."

"잠깐만요, 그럼 잔치를 생각보다 크게 벌인 거 아니어요?"

동네 사람들만 불러다 놓고 조촐하게 치른 오라비들 때보다야 신경을 쓰기야 했으나, 그만한 접대를 감당할 만큼 사정이 넉넉하진 않았다.

"녀석 생색은! 그래, 다 우리 잘나가는 누이 덕분이지. 됐냐?"

식이가 껄껄 웃었다.

"너 아니었으면 꿈도 못 꿨을 거다. 돌아가신 아버님 체면치레도 하고 어르신들한테 우리 형제들 잘 좀 봐주십사 인사도 드리고, 잘됐지 뭐냐."

"예? 평소보다 녹봉을 많이 부치긴 했지만 어림도 없었을 텐데요?"

"무슨 소리 하느냐? 도승지 영감 덕에 그 많은 사람들을 먹였다니까."

"도승지 영감이라고요?"

뜻밖의 언급에 가슴이 덜컥 내려앉았다.

"요즘 제일 잘 나가는 양반이랑은 어쩌다 친해졌냐? 너랑 아는 사이니까 필요하면 부탁하라고 직접 찾아오시기까지 하셨는데."

"아, 아니……."

"이야, 네가 성상을 지척에서 모신다 어쩐다 할 때는 그래 봤자 말단이겠거니 얕잡아봤는데 너 좀 대단하다?"

오늘날 도승지 홍덕로를 말할 것 같으면 입이 아프다. 왕의 신임이 두터워 온갖 요직을 겸임하는 것은 물론이요, 아주 어전에 붙어산다. 오죽하면 왕이 수라를 들 땐 저도 옆방에 들어 앉아 궁인들이 차려주는 밥상을 받는 지경이다. 심지어 금위영(禁衛營, 국왕과 도읍의 호위부대)을 다스리는 금위대장을 역임하여 병권 장악에까지 출사표를 던졌으므로 장차 그의 위세가 어디까지 뻗어 오를지 궁금해하는 이가 많다.

필경 꿍꿍이가 있다. 장차 이 나라 최고의 권신으로 발돋움할 그가 무에 아쉬운 게 있다고 몰락한 중인 무관 집안, 낙방을 거듭하는 과거 준비생들을 살펴주고 선물까지 바리바리 싸다 바치겠느냔 말이다.

아니, 오라비들은 징검다리일 뿐이다. 그는 다른 누가 아닌, 오직 자신에게 바라는 것이 있다. 그리고 무얼 원하는지는 몰라도 슬슬 움직이려는 낌새다.

"정확히 뭘 받은 거예요?"

"잔칫상 차릴 쌀이랑 생선, 고기, 놀이패와 악공에다가……."

식이가 손가락을 꼽았다.

"참, 잔치를 따라다니며 환을 치는 환쟁이도 보내주셨어. 네가 아우 혼례를 못 봐 서운할까 봐 한 장 그려달라고 했다. 여기, 이거라도 뵈리."

그는 주섬주섬 종이 한 장을 꺼냈다.

싸구려 춘화를 그려 파는 화원이 아니라, 도화서에서 관직을 살 만한 자가 그린 질 좋은 그림이었다. 형형색색 값비싼 안료로 칠해진 신혼부부는 마주 보고 절을 하고 있었고, 그 주위를 옹기종기 둘러싼 수많은 얼굴들은 행복해 보였다.

"도움이 될 거라면서 병조兵曹의 나리들도 소개해 주셨는데……."

점점 창백해지는 누이를 보고 식이가 말끝을 흐렸다.

"너랑 가까운 분 아니냐? 나도 처음엔 의심스러웠는데 네가 궁궐 어디서 무슨 일을 하는지, 돌아가신 아버님이 어떤 분이신지 다 아시더라고."

"저한테 먼저 물어보셨어야지요!"

"생긴 건 기생오라비 같아도 호탕하고 좋은 분이시던데……."

이건 경고다. 그는 그녀에게 원하는 게 있고, 내어주지 않으면 어디까지 손을 댈 수 있는지를 아주 음흉한 방식으로 보여주는 것이다.

"눈 뜨고 코 베일 사람이 우리 오라버니들이네! 저는 그분과 가깝지 않아요. 그래서도 안 되고요. 그리고 요즘 세상에 누가 대가 없이 막 도와준대요?"

"어, 어, 미안하다. 오라비가 경솔했구나."

어린 시절처럼 식이는 바로 꼬리를 내렸다.

"앞으론 그러지 마세요. 도승지뿐 아니라 누구든, 저나 아버님 이름을 댄다고 해서 마냥 믿지 마시라고요."

식이는 완전히 풀이 죽었다.

궐 안에서는 영희가, 궐 밖에서는 그녀의 식솔들이 원치 않는 호의를 받았다. 그리고 그 호의는 온전히 그녀의 빚이 되었다. 참으로 채찍과 당근을 잘 다루는 사내다. 얼굴을 마주할 때는 감미로운 말로 혓바닥을 치장하여 환심을 노리고, 뒤에선 미처 손 쓸 수 없는 부분을 비집고 들어와 천천히 숨통을 조인다.

덕로는 가난하게 자랐다. 그 역시 선왕 시절을 풍미한 풍산 홍씨거늘, 문중에서 내치다시피 한 한량을 부친으로 둔 탓에 덕은 보지 못했다. 오로지 뼈를 깎는 노력만으로 많은 것을 이뤘다. 그런 사람이기에, 절박한 사람들이 호의에 얼마나 쉽게 넘어오는지 잘 알고 이토록 치사한 수작을 부린 것이다.

과연 그는 어떤 식으로 빚을 갚아내라 할까? 덕임은 무더위 속에서도 솜털이 쭈뼛 선 양팔을 문질러야 했다.

답답한 처지에도 꿀맛 같은 휴일은 왔다. 우연히 휴번이 겹친 영희와 작정하고 하루를 보냈다. 해가 중천에 뜨도록 늦잠을 잤고, 소주방에서 몰래 주워온 무를 숭덩숭덩 썰어 맛있는 국도 끓였다. 청명한 햇살 아래 빨래도 밟고 종일 느긋하게 빈둥댔다. 배를 깔고 누워 소설책을 읽는 둥 낄낄대다가 늦게야 잠들었다.

그렇지만 자시子時가 넘을 즈음 일이 생겼다. 곤히 잠든 두 궁녀의 방에 누가 들어왔다. 다급한 손이 어깨를 마구 흔들었다.

"아니, 마마님. 어인 일이셔요?"

짙은 어둠 속에서도 덕임은 서 상궁을 알아보았다.

"궐에 변고가 생겼다."

달빛이 서 상궁의 번들거리는 얼굴을 비추었다. 눈물 자국이었다.

"대내大內에 도적이 들었다."

"아, 아니, 전하께서는 무사하시옵니까?"

"낌새를 일찍 알아차려 화는 면하셨다. 워낙 경황이 없어 나도 자세히는 몰라. 대전 궁인들은 전부 모이라는 어명이다. 서둘러라."

바깥은 발칵 뒤집혀 있었다. 금군과 궁녀, 환관들이 뒤섞여 허둥지둥 뛰어다녔다. 영희는 세수간 상궁을 따라갔고, 덕임과 서 상궁은 지밀부에 합류했다.

통통한 손을 연신 휘두르는 대전 큰방상궁은 비녀마저 비뚤게 꽂았다.

"수색령이 떨어졌다! 금위대장께서 역당들이 아직 궐을 벗어나지 못했을 거라신다. 둘씩 짝을 지어 일대를 샅샅이 뒤져라!"

덕임의 짝은 월혜였다. 서 상궁과 덕임보다도 늦게 나타난 월혜는 유달리 겁에 질려 있었다. 안색은 새파랗고 두 눈은 엽전처럼 크게 떴다. 횃불을 들고 걷는 중에도 움츠린 어깨를 펴지 못했다. 식은땀을 흘렸는지 등짝도 완전히 젖었다. 보노라면 덩달아 겁이 날 지경이었다.

두 사람이 수색할 장소는 보루각 쪽이었다. 시각을 알리는 자격루가 설치된 전각으로 누국漏局이라고도 불린다. 요사이 관리가 잘 되지 않았는지 전각 일대에 수풀이 무성하게 자라 몹시 음산했다.

"저기, 형님은 정확히 무슨 일인지 알아요?"

적막함을 깨기 위해 덕임이 말문을 열었다.

"몰라. 난 자고 있었어."

"형님은 오늘 차비문(差備門, 편전의 앞문)에서 번을 서는 날 아니어요?"

"어⋯⋯. 어, 그러니까, 깜박 졸았다고."

월혜는 졸도할 사람처럼 숨을 크게 들이쉬었다.

"전하께선 무사하실까요?"

횃불 든 손을 앞으로 뻗으며 덕임이 속삭였다.

사실 그녀는 죄책감을 느꼈다. 뭘 안다고 밤에 잠 못 드는 왕을 두고 괜한 의심이 많아 그렇다는 둥 훈계를 했을까. 아무렴 근거 없는 의혹에 시달릴 만큼 도량이 작은 분도 아닌데. 다독여 주진 못할망정 조롱이나 했다. 가슴 한쪽이 쿡쿡 쑤셨다.

면박을 주는 오만한 목소리. 한심하다는 듯 끌끌 차는 혀. 익숙한 왕의 모습들이 바로 이 순간에야말로 몹시 필요하다.

조금은 위험한 감정이다. 덕임은 문득 제 가슴속의 무언가를 보았다. 아직 싹을 틔우진 않았지만 언제든 봉오리를 피울 만큼 움튼 무언가가 있다. 더 이상 햇빛과 물을 주어선 안 될 위험한 어떤 것. 감히 깨달아선 안 될 어떤 것…….

"지금, 들었어요?"

그러나 그녀는 현실로 돌아와야 했다.

바스락거리는 낯선 소리가 들렸다. 풀잎이 바람에 스치는 소리가 아니었다. 여름밤 풀벌레가 꿈틀거리는 소리도 아니었다. 묵직한 옷깃이 수풀에 스치는 소리였다.

"그, 글쎄, 난 못 들었는데."

월혜는 부인했지만 덕임이 횃불을 더 높이 들었다. 은밀한 기척이 피부에 닿았다.

"저쪽에서 분명 움직였어요."

"그만 돌아가자."

"무슨, 살펴봐야지요!"

"그만둬!"

확 잡아끄는 힘에 덕임의 몸이 기우뚱했다. 덕임을 거의 넘어뜨릴 뻔하고도 월혜는 아귀힘을 풀지 않았다.

"저, 정말로 누가 있으면 어떡해! 우린 둘밖에 없잖아!"

일리가 있었다. 대전을 범할 만큼 담대한 역당이라면 궁녀 따위가 둘씩 다니든 셋씩 다니든 단칼에 베어 버릴 터.

"알았어요. 그럼 군졸을 찾아서……."

그때 뭔가 확 튀어나왔다.

순식간에 머리를 지배하는 공포감. 목구멍이 좁아붙은 듯 비명은 커녕 신음조차 나오질 않았다. 그저 눈앞이 새카맣게 변했다. 하늘과

바닥이 뒤집힐 듯 속이 울렁거렸다.

튀어나온 것이 사람이 아니라서 다행이었다. 하늘 높이 날아오르는 날짐승이었다. 사람으로 착각할 만큼 덩치가 컸다. 태평한 금수는 새카만 어둠과 닮은 날개를 후드득 펼치곤 유유히 저쪽 하늘로 사라졌다.

"하아, 십년감수했네."

덕임이 막힌 숨을 토해냈다. 월혜도 흥건한 목덜미를 손등으로 훔쳤다.

"봤지, 여긴 아무것도 없어. 돌아가자."

"그래도 더 살펴봐야……."

"이렇게 어두운데 본다고 뭐가 보이겠어? 나 무서워. 그만 가자."

임금님의 신변이 걸린 문제를 이토록 허술하게 처리해선 안 될 성싶었다. 그러나 어쩔 수 없었다. 한 번 가슴이 내려앉을 만큼 충격을 느끼고 나니 마냥 도망가고 싶다는 생각밖에 들지 않았다.

"알았어요. 그럼 좀 밝은 곳으로 가요."

덕임은 마지막으로 횃불을 휙 흔들어 주변을 살폈다. 아까 날짐승이 튀어나온 으슥한 수풀 속에서 무언가 그림자를 또 본 것 같다면 기분 탓일까? 떠나면서도 미련이 남아 자꾸만 뒤를 돌아봐야 했다.

역변逆變의 밤이 지나가자 사건의 전말도 일파만파 퍼졌다.

왕은 여느 때처럼 도깨비 전각에서 밤늦도록 글을 읽는 중이었다고 했다. 어전을 지키던 이는 내시 윤묵뿐이었다. 해시 즈음, 왕이 군졸들이 농땡이 안 부리고 숙직을 잘 서고 있나 살펴보고 오라며 윤묵을 내보냈다. 그렇게 그가 혼자 남았을 때 변이 일어났다. 적막한 어둠 속에서 시끄러운 발소리가 들렸다. 괴이한 소음은 점점 가까워지다 못해 지붕을 타고 올라갔다. 곧이어 기왓장 들추는 소리가 들리기 시작했다. 침착하게 귀를 기울이던 왕은 그제야 움직였다. 친히 나가 보니 수포군은 보이지 않았다. 하여 대신 환관을 불러 모아 지붕에 횃불을 비추니, 역당들은 이미 달아나고 없었지만 사람이 차고 밟은 흔적으로 잔뜩 상한 기왓장이 와그르르 쏟아졌더란다.

역당들은 끝내 잡지 못 했다. 궁여지책으로 왕의 거처를 옮기자는 대책이 나왔다. 왕도 더 이상은 고집을 부리지 않았다. 선왕 때부터 오래도록 지낸 경희궁을 떠나 창덕궁으로 이어(移御, 임금이 거처를 옮김)하기로 결정이 났다.

시일이 촉박하다 보니 궁인들은 대전 세간을 정리하느라 분주해졌다. 덕임도 모처럼 잡동사니 정리를 위해 별간에 틀어박혔다. 불평할 여유는 없었다. 시커먼 먼지를 쓸고 닦고 하는 와중에도 어떤 생각 하나를 떨칠 수가 없었기 때문이다.

바로 지난 밤 그 수풀에 대한 미련이었다. 스스로 비겁함에 떠밀려 확인하지 않은 게 못내 마음에 걸렸다. 깜박 잠이라도 들라치면 그 수풀 속에서 험상궂은 사내가 튀어나와 날카로운 칼을 세우고 도깨비 전각으로 달려드는 꿈을 꿨다.

번민한 가슴은 자꾸만 그녀를 창가에 서도록 만들었다. 혹시 스쳐 지나가는 용안이라도, 옥음 한 자락이라도 잡을 수 있지 않을까 기대했으되 오늘도 인기척은 전혀 없었다. 애꿎은 앞치마만 손으로 쥐었다 폈다 꼼지락댔다.

"일은 안 하고 꾀를 부리느냐?"

그녀가 기대하던 인기척은 전혀 다른 방향에서 나타났다.

"임금을 보고도 감히 멀뚱히 서 있다니."

왕이 별간 문간에 서 있었다.

그 퉁명스러운 말투에 켜켜이 쌓인 온갖 불쾌한 감정들이 사르르 녹아내렸다. 덕임은 허파에 바람 빠진 사람처럼 픽 웃어버렸다.

"송구하옵니다. 전에도 비슷한 일이 있었던 것 같아서……."

뜻하지 않은 기시감을 느꼈다.

"한데 어찌 거둥하셨나이까?"

"며칠째 보이지 않기에 혹시 여기 있나 와본 것이다."

"누구를……? 역당이요?"

"아니, 그게 아니라……."

토끼 눈이 된 덕임을 보고 왕은 답답하다는 표정을 지었다.

"됐다."

이내 그는 샐쭉하니 고개를 돌렸다.

"예, 여기에 역당은 없사옵니다. 당일 날 금군들이 뒤지고 갔거든요."

딴에는 안심시켜 주겠다고 한 말이었는데 왕은 썩 기꺼워하는 눈치가 아니었다.

"아, 됐다니까! ……한데 너 혼자 이곳을 정리하느냐?"

"전부터 그래왔는걸요."

먼지가 잔뜩 앉은 선반과 곰팡이가 피어난 벽을 훑어보며 쓸데없이 손이 가게 생겼다며 못마땅해하던 왕은, 돌연 놀란 표정을 지었다.

"너 울었느냐?"

창으로 드는 맑은 햇살 때문에 알아본 모양이다.

"역당을 잡지 못한 원통함 때문에 소인뿐 아니라 모든 궁인들이 밤마다 울고 있사옵니다."

"나를 걱정하는 것이냐, 아니면 임금을 걱정하는 것이냐?"

따로 떼어놓고 생각할 수 없는 부분을 마치 서로 다른 것인 양 묻다니 참 요상하다.

"정말 알 수 없는 계집이야."

왕은 볼멘소리를 했다.

"기껏 마주쳐 놓고 옥체 강녕하시냐고 여쭐 생각은 없으면서, 밤에는 날 걱정해 눈물을 흘린다? 당최 무슨 심보인지 모르겠군."

"소인이 무슨 낯으로 전하의 안부를 여쭙겠사옵니까."

덕임이 기어들어 가는 소리를 냈다.

"괜한 의심이나 하신다는 둥 실언을 한 주제에 감히⋯⋯."

"아아, 그래서 기가 꺾인 게로군."

왕은 재미있다는 듯 웃었다.

"그러게 독서를 즐기느라 밤잠을 못 이룬다는 내 말을 믿지 그랬느냐."

"죽을죄를 지었사옵니다."

왕의 입매가 보일 듯 말 듯 은근한 곡선을 그렸다.

"풀죽어 있지 마라. 딱해 보인다. 그 나이에 벌써부터 처량해서야 쓰겠느냐."

순간 눈앞에까지 어수가 다가왔다. 머리칼을 살짝 스친 손은 방향을 잃고 쭈뼛거리더니 이내 그의 등 뒤로 도로 사라졌다. 설마 머리를 쓰다듬으려다 마지막에 마음을 바꾼 걸까? 왕은 엉거주춤 뒷짐을 지고는 헛기침만 했다.

가슴이 간질간질했다. 어쩐지 콧등이 시큰하기도 했다. 분명 그녀가 이제껏 알던 것과는 조금 다른 종류의 두려움이었다.

"흠, 어쨌든⋯⋯. 찾을 것이 있어 예까지 왔는데⋯⋯."

옷깃 사이로 보이는 그의 목덜미도 붉었다.

"역당은 여기 없다니까요, 전하."

"그게 아니라고 하지 않았느냐."

여전히 시선을 피하며 왕이 투덜거렸다.

"하오시면 무얼 찾으시는데요?"

"음……. 그, 그렇지! 너 여기서 활을 보지 못했느냐?"

어째 간신히 생각해 낸 핑계처럼 궁색하지만 넘어가기로 했다.

활이라면 어디서 본 것도 같다. 덕임은 좁은 구석에 기어들어 갔다. 찾긴 찾았으나 먼지를 잔뜩 뒤집어쓴 활은 크고 무거워서 질질 끌다시피 해야 했다.

"그래, 그거다! 혹시나 했는데 다행이군."

덕임은 뽀드득 소리가 나도록 활을 앞치마에 문질렀다. 먼지를 벗기자 한결 근사했다. 몸체가 무게감이 있을 만큼 두꺼우면서도 손에 착 감길 만큼 날씬하니, 솜씨 좋은 장인이 빚어낸 절묘함이다.

"아바마마께서 쓰시던 활이다."

왕이 아이처럼 방긋 웃었다. 그는 거뜬하게 활을 잡고 쏘는 시늉을 했다.

"한 손으로 들어 올릴 만큼 힘이 세지면 선물로 주겠다고 하셨지."

"귀한 것을 어찌 여기 두셨사옵니까?"

쥐새끼를 잡는답시고 그 활을 바닥에 마구 굴린 적이 있는지라 덕임은 뜨끔했다.

"아바마마께선 문예보다 무예에 몰두하시곤 했다. 선왕께선 그걸 언짢아하셨지. 하여 아바마마께서 홍서하실 적에 쓰시던 칼과 창, 활 따위를 모두 버리셨는데 이 하나만은 내가 용케 따로 빼두었다."

그가 말을 신중히 고른다는 느낌이 들었다. 그러고 보니 선왕과 요절한 세자는 사이가 좋지 않다고 경희에게서 들었던 것 같다.

"이 활을 옆에 두면 아바마마께서 지켜주실 것만 같구나."

왕의 눈빛이 흐렸다. 더 묻는 것도 실례일 것 같아 덕임은 화제를 돌렸다.

"전하께서 타고난 신궁이라는 소문이 자자하던데요."

"음, 꽤 자신이 있지."

"요즘엔 어찌 활을 아니 잡으시옵니까?"

동궁 시절엔 화살을 쏜다며 종종 밖에 나가곤 했는데, 근자에는 그런 일이 통 없었다.

"바빠서 그렇지. 왜, 보고 싶으냐?"

"예, 전하."

"진짜 신궁인지 아닌지 눈으로 확인해야 속이 시원하겠느냐."

말투야 퉁명스럽지만 용안은 벌겋다.

"죽은 아비 생각이 나서요. 활을 잘 다뤘거든요. 시집가려거든 활 쏘기로 아비를 이길 수 있는 사내로 데려오라고 으름장을 놓곤 했었지요."

이에 오라비들도 질세라 누이는 아무에게나 못 보낸다며 설치곤 했다. 유난히 죽이 잘 맞았던 집안 사내들을 떠올리자 웃음이 절로 났다.

"꽤 단란한 가족이었나 보군."

왕은 혼란스러워 보였다. 태어나서부터 유모의 젖을 물고, 한 번 문후라도 여쭐라치면 온갖 법도와 격식을 차려야 하는 왕실에서 자란 그에게 가족 간의 허물없는 정이란 이해하기 어려운 개념일 법도 했다.

"그랬었지요. 한데 접때 가서 보니 너무 많이 변해 버렸지 뭡니까."

지은 죄가 있으니 아양이나 떨어보자, 덕임이 눈웃음을 쳤다.

"성상께서 계신 곳이 더 좋사옵니다."

"말은 잘 한다."

가소롭다는 듯 왕이 웃었다.

"……저기, 그런데 괜찮으신지요? 역당들 때문에 몹시 진노하셨을
줄 알았는데요."

생명의 위협을 느낀 사람치고 평온하기 짝이 없어 물었다.

"그깟 일로 동요해서야 임금 노릇 하겠느냐."

"궁인들에게는 작은 일로도 불같이 성을 내시면서."

"뭐라고 꿍얼거리느냐."

짐짓 삐친 그의 표정이 경희와 비슷했다. 덕임은 저도 모르게 히히
웃어버렸다.

"너랑 나도 여기서 다시 만났을 때하곤 많이 달라진 것 같다."

왕이 새삼 낯설어했다.

"그땐 전하께서 소인의 목을 턱 잡으셨지요."

"네가 혼날 짓을 했지."

쏘아붙이면서도 왕은 퍽 민망한 눈치였다.

"요즘도 자전께서 네게 경서를 필사해 오라 맡기시더냐?"

"예. 전처럼 자주는 아니지만요. 헤아려 주소서. 빈한한 처지에 자
전의 은혜를 입기도 하였고, 거절할 수 있는 입장도 아니옵니다."

왕이 또 앵돌아 버리는 것 아닌가 숨을 죽였다.

"잡서만 아니라면 됐다."

말은 그래도 역시 좀 못마땅한 기색이다.

"저어, 전하. 실은 여쭙고 싶은 게 있사온데요."

내친김에 덕임이 조심스레 운을 뗐다.

"자전께선 왜 굳이 언문으로 필사해 오라 하시는 걸까요?"

차마 왕대비에게 대놓고 물을 순 없는 의문점이 있었다.

"도저히 해석을 못 해 한문 그대로 올리면 이러저러한 뜻이다 가르

쳐 주시고, 틀린 해석을 올리면 고쳐 주시고, 온전히 알 때까지 다시 해오라 도로 내주시기도 하시옵니다. 도통 마마의 의중을 몰라 난감하옵니다."

"마마의 속은 아무도 모른다. 옛날부터 어려운 분이셨어."

왕은 생각에 잠겼다.

"자전께선 명석하시나 처지가 여인이신지라 말 상대는 많지 않지. 필시 답답하고 외로우실 게야. 그나마 너 정도면 교류해 볼 만하다고 여기시는지도 모르지. 혹은 모자란 너를 사람답게 가르치는 데 보람을 느끼시는 걸 수도 있고."

왕대비처럼 추상같고 무서운 분도 외로움을 탄다니 신기했다.

"정 모르는 게 있으면 나한테 물어라."

본디 궁녀가 글을 알아 무에 쓰겠냐며 얕보는 분이 웬일이람. 덕임의 표정이 어찌나 떨떠름했던지 왕은 툴툴거렸다.

"써오는 반성문 수준이 가관이라 좀 가르쳐야 할 성싶어 하는 말이다."

"아! 정말 읽으실 줄은 몰랐사옵니다."

"보지도 않을 걸 써오라 하겠느냐. 하나도 빼놓지 않고 다 읽었다."

피곤한 눈꺼풀에 억지로 힘주며 문장을 지었으니 가관이라 할 만했다. 특히 밤에 쓴 글은 딱 그 시각에만 나오는 감수성으로 충만하기 마련이다.

"나 또한 자전께서 살펴주신 덕에 무사히 보위에 올랐으니 할 말은 없다만."

활을 소중하게 챙기며 왕이 반쯤 돌아섰다.

"내 것을 빼앗기는 기분은 싫다."

별 의미 없이 하는 말이라고 치부하기엔 어조가 매우 미묘하였다.

"눈치껏 처신하지 못한 죄로 반성문이나 써와라."

얄밉게 저 할 말만 마친 왕은 호들갑 떠는 환관과 군졸을 이끌고 떠 났다. 그가 무심코 남긴 개구진 웃음의 잔상만이 오래도록 남았다.

어쩐지 오늘 밤은 악몽을 꾸지 않을 것 같다는 느낌이 들었다.

지긋지긋한 도깨비 전각이건만, 막상 떠나는 날이 오자 가슴이 먹 먹했다.

"이러니저러니 해도 참 행복하게 지냈지 뭐야."

영희가 소매로 눈시울을 훔쳤다.

"새로운 궐에서도 잘 살겠지, 뭐."

커다란 짐 꾸러미를 어깨에 대롱대롱 매단 복연이 말했다.

"응, 다 변해도 우리만 변하지 않으면 되겠지."

"십수 년째 똑같이 사는 우리가 새삼 변할 일이 있겠냐."

"어허, 높은 곳에 오르겠다는 경희님이 계시잖느냐."

덕임이 도도한 경희 흉내를 냈다. 하필 혼자 중궁전 궁녀라 같이 있 지 못하는 경희를 아쉬워하면서, 세 친구는 와그르르 웃음을 터뜨렸 다.

새로운 궁궐은 넓었다. 마침 보수 작업이 끝나 쾌적하기까지 했다. 낡아서 비만 왔다 하면 지붕이 줄줄 새고, 쥐새끼가 제집처럼 돌아다 니던 옛 보금자리에 비하면 극락이었다. 환경이 변해 불편하다며 투정 을 부리던 왕도 차츰 적응해 갔다. 그는 무엇보다 새로 꾸민 서고에 열 광했다.

그러나 새 시작의 낭만은 오래가지 못했다.

사건이 처음 벌어진 지 꼭 열흘 만에 자객들을 체포하였다. 그들은 새로운 궁궐에 적응하느라 분주한 틈을 타 다시금 왕을 해하려다가

덜미가 잡혔다. 이번에는 왕의 침소 근처에 가기도 전에 수포군에게 붙잡혔다지만, 무려 두 차례에 걸친 전무후무한 역모라는 사실은 변하지 않았다. 결국 피비린내 나는 추국의 광풍이 궐을 집어삼켰다.

누구보다도 왕의 안전을 지켜야 할 대전의 호위군관이 사특한 무리에 가담했다는 사실이 밝혀지자 다들 충격을 받았다. 패악한 역적의 이름은 강용휘. 궐 안팎 사정에 어두운 덕임도 그가 누군지는 알았다. 어릴 때는 그녀의 치마폭에 밤이며 잣 따위를 한 주먹씩 담아주던 친절한 아저씨였고, 궁녀가 되어서는 어쩐 인연으로 다시 만났는지 신기하다며 허허 웃던 믿음직한 사람이었다.

바로 강월혜의 아버지, 강용휘였다.

월혜는 덕임과 함께 새 대전의 서고를 정리하던 중 끌려 나갔다. 이미 각오하고 있었는지 오랏줄에 묶이는 중에도 낯빛 하나 바꾸지 않았다.

"그냥 죄인의 딸이라서 끌고 간 게 아니래. 차비문에서부터 도깨비 전각 지붕 위로 오를 수 있도록 몰래 샛길을 안내했대. 공범이라고."

피가 튀기고 살이 타는 친국 현장은 어찌 보고 왔는지 경희가 말했다.

"둘 다 그럴 사람들이 아닌데……."

강씨 부녀는 재물에 매수되어 역모에 가담했다는데, 덕임은 믿기지가 않았다.

"아니긴, 설치긴 했잖아. 전하께서 거둥하실 때 어느 문을 주로 쓰시는지, 환관이며 궁녀끼리 누가 친한지……. 너한테도 물어봤었다면서."

"많이들 그러잖아. 정보를 팔아 돈도 벌고 인맥도 만들고."

"그래. 다들 그러지. 하지만 바보처럼 역모를 꾸미진 않아."

경희가 미간을 찡그렸다.

"왜 이리 청승을 떠니? 강씨 형님은 사람을 너무 부려먹는답시고 징징댈 땐 언제고."

"오래 알고 지낸 사람들이잖아. 부모님 살아 계실 적부터 인연이라고."

"너, 위험해."

경희의 눈 속에서 언뜻 불안감이 보였다.

"가담한 자들이 더 있을까 봐 대전 궁인들을 한 명씩 심문할 거랬어."

"난 역모가 있던 날엔 휴번이라 내내 처소에 있었어."

"넌 같은 고향 출신이지, 사이도 제법 가깝지, 역당들 잡는다고 궁궐 수색할 땐 짝이었지. 무슨 뜻인지 알겠니?"

소름이 오소소 돋았다.

"물어보는 대로 다 대답해. 행여나 역당들 편들 생각하지 말고. 필요하면 꾸며서라도 금위대장이 원하는 대답을 해주라고."

경희는 깊게 한숨 쉬었다.

몇 날 며칠째 죄인들을 다루는 곳에선 찢어지는 비명과 메스꺼운 냄새가 풍겼다. 궁인들은 종일 궁궐을 쏘다니면서도 애써 친국장만은 피해 다녔다. 왕조차도 친국을 하고 돌아올 때면 문을 걸어 잠근 채 혼자서 담배를 오래도록 피웠다.

다행이라면, 사정을 봐주지 않고 형장을 때리자 죄인들이 금방 굴복했다는 점이었다. 그들의 입에서 누구의 사주를 받았는지가 술술 쏟아졌다. 배후에는 왕의 서제(庶弟, 배다른 아우)를 새 임금으로 옹립하려던 자들이 있었다. 특히 남양 홍씨 일족 중에서 가담한 자가 많았다. 한 문중이 풍비박산 날 만큼 역당들이 쏟아져 나왔다. 발단은 의

외로 단순했다. 지난날 함께 손을 잡고 권세를 누리려던 풍산 홍씨 척신 세력이 숙청되자 덩달아 닭 쫓던 개 신세가 된 것에 대한 불만, 정권에서 밀려나 유배를 가게 된 울분 따위로 왕을 시해하고 새 임금을 세울 발칙한 역심을 품었다는 것이었다.

수사가 진행될수록 천인공노할 진실이 계속 드러났다. 대전의 별감과 궁녀들은 물론이요, 이미 말썽을 일으킨 바 있는 왕의 외척 중에서도 가담한 자가 많았다. 심지어 왕대비전의 궁인들까지 연루됐다는 기막힌 증언도 나왔다. 역당들이 왕과 그의 총신인 덕로를 저주하여 굿을 하고, 붉은 모래로 두 사람의 형상을 만들어 부적과 함께 여기저기에 묻었다는 사실이 밝혀졌을 때는 흉흉한 분위기가 절정에 달했다.

피바람이 얼른 지나가기를 바라며 다들 조용히 지냈다. 경희조차 몸을 사렸다. 그리고 과연 대전 궁인들은 하루에 서너 명씩 금위영에 불려갔다. 환관부터 상궁, 나인, 무수리까지 금위대장인 덕로가 직접 심문을 한다고. 어제 아침에 불려간 복연도 해가 떨어질 무렵에서야 돌아왔다. 없는 죄도 만들어서 싹싹 빌어야 할 것 같더라며 그녀는 고개를 절레절레 저었다.

이제나저제나 차례만 기다리는 덕임은 피가 말랐다. 꾸역꾸역 일이라도 해야 숨을 돌릴 것 같아 종일 서고에서 지냈다. 도깨비 전각에서 수레 가득 실어온 책들을 아직 다 정리하지 못했다. 장부에 책 이름을 기록하고 서간에 꽂아 넣기를 반복했다.

"아, 여기 있었군."

그러나 그녀의 노력을 무색하게 만들 사내가 나타났다.

"항아님에게 묻고 싶은 게 있소."

조정의 중심에서 과중한 업무를 떠맡은 사람 치고, 덕로의 얼굴은 전보다 더 화사하게 폈다. 백옥처럼 뽀얀 얼굴에선 광채까지 났다.

"오라비들더러 나를 만나지 말라고 했소?"

말하는 본새가 어찌나 뻔뻔한지 기도 안 찼다.

"이야, 표정이 걸작이군."

"더 중요한 문제가 있을 텐데요."

도발에 넘어가면 안 된다. 덕임은 뻣뻣하게 굴었다.

"역모 말이오? 그래, 항아님도 역모에 가담하셨소?"

옆집에 마실 다녀왔니 수준으로 가볍게 묻는데 선뜻 대답이 나올 턱이 없다.

"내가 볼 땐 아닐 것 같은데."

"저, 절대로 아니옵니다!"

"그렇다면야 더 물어볼 것도 없지 않겠소."

덕로는 의자를 끌어다 떡하니 앉았다.

"하면 다시 원래 질문이오. 오라비들더러 나를 만나지 말라 했소?"

그는 아니라는 한 마디에 정말 끝난 것처럼 굴었다.

"특히 성식이라는 오라비가 농도 잘 하고 호인이던데 자꾸 날 물리친단 말이지. 이상해서 캐물었더니만 어린 누이가 무서워 안 된다면서 줄행랑을 치지 뭐요."

하여간 식이는 말주변이 없다.

"순진한 저희 오라비한테 치대지 말고 원하는 걸 말씀하소서."

"원하는 거?"

"그러니 제 주변을 자꾸 들쑤시는 것 아니십니까?"

교활한 작자를 상대할 때는 차라리 배수진을 치고 덤비는 게 낫다.

"밀고 당기기는 끝인가 보군. 재밌었는데."

"전 영감을 밀어낸 적은 있지만 당긴 적은 없사온데요."

덕로는 호탕하게 웃었다.

"하긴, 항아님은 내게는 전하를 대할 때처럼 쫄깃하게 굴진 않더군."

뭔지는 몰라도 어감이 매우 상스러웠다. 이 사내와 이야기할 때는 왜 꼭 임금이 화제에 오르는지가 의문이었다. 한 임금을 모시는 게 유일무이한 공통점이라 해도 말이다.

"상감마마는 제가 감히 밀어낼 수도 당길 수도 없는 분이지요."

재미없는 대답에 덕로는 어째 김이 빠진 눈치였다.

"어쩌나, 난 항아님한테 바라는 것 없소."

철부지 어린애처럼 그가 의자를 앞뒤로 흔들었다.

"아직은."

화사한 미소와 함께 비로소 그의 본심이 나왔다.

"어떻게 써야 할지 아직 감이 안 와서 말이오."

그에겐 섬뜩한 말을 아무렇지 않게 하는 재주가 있었다.

"영 애매해서 잘못 건드렸다간 도리어 화가 미칠 것 같고. 그렇다고 마냥 방치하자니 또 곤란하여 일단 손바닥 위에는 두는데……. 역시 모르겠단 말이지."

기막힌 수수께끼나 던지고 앉았다.

"나는 위험요인이 싫소. 내 등을 찌를 만한 건 다 없애고 싶어."

"제가 위험요인이라고요?"

"아니, 오히려 그 반대요."

그의 아름다운 눈망울이 덕임을 머리끝부터 발끝까지 천천히 훑었다.

"항아님은 보잘것이 없소. 부친은 죽었지, 쓸 만한 친척도 없지, 오라비들은 행여 잘 나가봤자 변변찮은 무관직이 고작일 테지, 그리고 항아님 본인도 하찮은 일상에 급급한 나머지 야심이라곤 눈 씻고 찾아보려도 없지……."

그는 장난스럽게 혀를 찼다.

"그러니 전하께서 누군가를 곁에 두셔야 한다면 차라리 항아님인 게 낫소."

"그게 무슨……?"

"내게 전혀 위협이 되질 못하거든."

아까까지만 해도 번잡스럽던 복도며 옆방이 쥐죽은 듯 조용했다. 일부러 주위를 물렸음이 분명하다. 아닌 척했으나 그는 작정하고 온 것이다.

"전하는 인품에 흠잡을 곳이 없는 분이오. 물욕에 초연하고 여색에 무심하시지. 한때는 가식인가 싶었소. 한데 아니더군. 온갖 위선자와 거짓말쟁이들이 넘치는 하늘 아래 그분은 정녕 진국이오."

덕로는 이제 흐트러진 방 안을 서성이기 시작했다.

"그런 전하께서 유독 항아님에게는 눈길을 주시더군. 아주 미세하지만 분명 동요하고 계신다오. 내 눈에는 보여. 그래, 짚신도 제 짝이 있듯이, 얼음장 같은 그분의 마음을 녹일 여인도 드물게 있을 터!"

자신과 경희, 그리고 덕로까지. 벌써 세 사람이나 똑같은 의심을 품고 있다. 그렇지만 의심이 꼭 사실이 되는 것은 아니다. 경솔하게 생각해선 안 된다.

"흠, 퍽 대단한 이야기인데 놀라진 않는군?"

"속으로 놀라는 중입니다."

덕임이 퉁명스럽게 대구했다.

"아하, 눈치가 없진 않나 보군."

알만 하다는 듯 그가 얄밉게 끄덕였다.

"한데 항아님이 지닌 알량한 가치는 얼마 지나지 않아 사라질 테니 문제요. 한 줌 먼지로 사라질 것에는 얼마나 투자해야 적당한지를 모르겠단 말이지."

"제가 쓸모없어진다구요?"

"그렇소. 조만간 기막힌 일이 벌어질 거거든."

그가 목소리를 낮췄다.

"미리 알아봤자 재미가 없으니 살짝 귀띔만 해주자면……. 전하께선 여태 자식을 못 보셨고 내겐 마침 순한 누이가 있다고나 할까."

"장차 임금의 외숙이라도 되겠다는 겁니까?"

왕에게 제 누이를 붙여줄 심산이 틀림없다.

아주 불가능한 계획도 아니었다. 중궁은 여태 원량을 생산하지 못했고, 지긋지긋한 석녀 의혹에 시달리며 온갖 탕약을 마시고 있으나 효험이 없었다. 사대부가에선 눈에 넣어도 아프지 않을 여식을 폐쇄적인 왕실에 보내는 걸 꺼린다지만, 개중에서 규수를 간택하여 후궁으로 삼은 전례라면 심심찮게 있다.

"미리 알면 재미없다질 않소."

덕로는 의미심장하게 웃었다.

"성상께선 척신이라면 치를 떠시는데……."

"척신도 척신 나름이오. 전하께서 조정을 재편하시는 만큼 보다 굳건한 지위로 전하의 편에 서겠다는 거요. 내가 바로 성상의 오른 날개 아니오."

왕과 대적하는 척신은 나쁜 놈이지만 같은 편을 먹는 척신은 좋은 놈이라는 뜻이다.

"왜 그렇게까지 하시려는 겁니까?"

요즘 같아선 청렴한 정승도 대접을 못 받는다. 한데 저렇게까지 흙탕물을 뒤집어쓰겠다는 건 아예 사대부 시늉조차 하지 않겠다는 뜻이다. 노력하여 권력을 손에 넣었고, 개천에서 용 났다는 신화까지 썼다. 그런데도 한 발만 헛디디면 모든 것이 물거품이 되어버릴 길을 왜 굳이 가려는지 모르겠다.

"뚜쟁이에 외척 놀음이라니, 그래서 무얼 얻으시는데요?"

"하, 뚜쟁이라고!"

덕로는 기분이 상하기는커녕 체통 없이 웃었다.

"난 어렵게 여기까지 왔소. 세상 사람들이 나와 내 부친을 한량이라며 조롱하던 때론 돌아가고 싶지 않아. 그러려면 이 자리를 지켜야 하고, 더 올라가야만 해."

그는 단호했다.

"그때도 지금도 날 도와주는 사람은 없으니, 더러운 일일지언정 직접 다 해야지 별수 있겠소."

열심히 핑계를 대고 근사하게 포장할지언정 근본은 결국 야심이었다. 왕실과 사돈이라면 제대로 된 관직엔 출사할 꿈조차 버려야 마땅한 이 도학의 나라에서, 척신을 소망한다는 것 자체가 불순했다. 온갖 아첨으로 얼룩진 선왕 대의 척신 놀음과 다를 것이 없다. 새 왕이 원하는 새 정치는 단연코 아니었다.

다만 언뜻 비친 절박함만은 분명 진실이었다.

"항상 그리 절박하게 사십니까?"

"사람 일은 모르는 거요."

자신만만하던 덕로의 얼굴에 그림자가 드리웠다.

"난 전하를 잘 안다고 생각했소. 고지식하고 대쪽 같은 분이라고 말이야. 그런데 요즘 전하께선 내가 전혀 모르는 모습을 종종 보이신다오. 신하들을 거칠게 대하시는 것쯤이야 뭐……. 그래도 동궁 시절 지지해 준 자전의 외척들을 망설임 없이 내쳐 버리신 건 좀 섬뜩하거든."

왕은 왕대비의 오라비를 귀양 보냈다. 건방진 구석이 많은 외척이었다. 다만 감히 국본께 무례하게 군다며 풍산 홍씨를 꾸짖는 등 왕을 여러 번 감싸주었다. 선왕의 치세 말년으로 접어들수록 왕대비와 함께 공공연히 편도 제법 들어주었다. 그런데도 왕은 가차 없이 내쳤다. 속사정이야 어떻든 평소 준엄한 의리를 포용하는 왕치고 좀 의외였다. 그 바람에 구심점을 잃은 김씨 일족은 더 크지 못하고 고만고만한 선에서 세도가 멈췄다. 분명 의도한 결과였으리라.

훗날 위험이 되리라 판단이 섰을 때 즉각 쳐내는 결단력을 지녔다면야, 성향이 정반대나 다름없는 왕과 덕로 사이에도 닮은 구석은 있는 셈이다.

그리고 동족은 서로를 알아보는 법이다.

"전하는 내 생각과 다른 분일 수도 있소. 춘궁에서 지내던 세월 속 내를 능숙하게 감추신 분답게, 내게도 보여주고 싶은 면만 보여주시는지도 모르지."

덕로가 붉은 입술을 깨물었다.

"그러니 확실히 해두려는 거요."

그는 특유의 명랑함으로 다시 무장했다.

"아무튼 항아님은 하던 대로 계속하시오. 그 얄팍한 가치를 가능한 한 오래 지켜보라고. 그러다 보면 뭐든 답이 나오지 않겠소?"

경희와는 자못 거리낌 없이 입에 올렸던 화제, 왕이 호감을 보이는 것 같다는 느낌이, 지금은 감당할 수 없을 만큼 위험한 의미로 다가왔다.

"전 어렵게 살고 싶지 않사옵니다."

"항아님이 버리고 싶다고 버릴 수 있는 게 아닐 텐데."

"그렇지만……"

"상감마마는 감히 밀어낼 수도 당길 수도 없는 분이라고 하지 않았소."

아까 덕임이 한 말을 고대로 돌려주며 그는 쓰게 웃었다.

"난 항아님이 내게 쓸모가 있었으면 좋겠소."

서글플 만큼 달콤한 목소리였다.

"득 될 것이 없어서 버리게 되면 아쉬울 테니 말이오."

이 순간 뒤의 시간은 점점 더 어려워질 것만 같다. 차라리 지금, 내키면 달아날 수 있으리라는 일말의 희망이라도 있는 지금이 더없이 소중하다.

"경은 여기서 무얼 하는가?"

그러나 순간은 영원할 수 없다.

왕이었다. 언제 모습을 드러내야 효과적인지 잘 아는 사람처럼 또예고 없이 나타났다. 덕로는 태평함을 가장했다.

"대내의 궁인을 심문하고 있었사옵니다."

"조용하군. 일부러 주위를 물렸나?"

왕은 언짢아 보였다.

"괜한 방해를 피하려고 했나? 어쨌든 별로 보기 좋은 모습은 아닐세. 궁녀를 대할 땐 번거롭더라도 수행하는 자를 두도록."

그의 차가운 눈동자가 짐짓 어색한 분위기의 덕로와 덕임을 차례로 훑었다.

"유념하겠사옵니다. 하온데 어찌 친림하셨나이까?"

"음, 차대次對가 일찍 끝나서……."

왕이 말끝을 흐렸다. 그의 눈길이 얼핏 덕임에게 닿았다. 일부러 그녀를 보러 왔다고 암시하듯이. 덕로가 능숙하게 무마했다.

"아, 하여 신을 찾으러 오셨사옵니까? 망극하옵니다."

"······그래. 물론 경을 보러 왔지."

가볍게 동조하면서도 왕은 옷깃을 슬쩍 매만졌다.

"어찌 금위영이 아닌 여기서 심문을 하는가?"

"며칠째 어두컴컴한 골방에 묶여 있자니 답답하여 나왔사옵니다."

"수고가 많군. 좋아, 계속하게."

재미난 구경을 본다는 듯 왕은 의자에 앉아 등받이에 편히 기댔다. 심문은커녕 불경한 잡담이나 나누던 참이거늘, 덕로는 흔들림 없이 주문에 부응했다.

"강씨 부녀와 같은 고향 출신인 게 사실이오?"

"예? 아, 예에······."

얼떨결에 대답했다. 필요하면 꾸며내기라도 하라던 경희의 충고가 떠올랐다. 뭐라고 변명이라도 해야 할까?

"역변이 있던 밤, 죄인 강월혜와 보루각을 수색한 것도 사실이고?"

주저하는 사이 질문이 이어졌다.

"그때 아무것도 발견하지 못했나?"

"예."

"역당들이 보루각 인근 수풀에 숨어 밤을 보낸 뒤 이튿날 아침 빠져나갔다고 토설하였소. 그런데도 정녕 못 봤소?"

양심이 콕콕 찔렸다. 의심하고도 그냥 돌아선 죄가 있다. 덕임은 입술을 깨물었다. 덕로의 노련한 시선은 사소한 감정의 발로를 놓치지 않았다.

"어전이외다. 숨김없이 아뢰시오."

어설픈 거짓말로 더 큰 곤경에 빠지느니 바른대로 고하는 게 낫다. 부디 제 손으로 무덤을 파는 꼴만 되지 않기만 빌며 덕임은 입을 열었다.

"시, 실은 수상한 기척을 느끼긴 했사온데 자세히 살펴보진 못했사옵니다."

"일부러 모른 척했다?"

"어둡기도 했고 계집 둘이서 칼 든 역당을 이겨내지 못할 것 같아 군졸에게 알릴 생각이었사옵니다."

"그래서 알렸소?"

"아…… 아니옵니다."

"알리지 않았다고?"

"그, 그게, 확실치 않은 일로 바쁜 군졸을 귀찮게 하는 게 영……."

수풀 속에서 집채만 한 새가 튀어나왔으니, 월혜가 괜찮으니 그럴 것 없다고 했으니 하는 대목은 한심한 변명처럼 들릴까 봐 뺐다. 그러고도 죄를 지은 것처럼 들린다는 게 탈이라면 탈이었다. 모른다고 딱 잡아뗄 걸 미쳤다고 털어놓았는지 모르겠다. 경희가 봤으면 귀싸대기를 삼십 대는 후려쳤겠다.

"참 딱한 노릇이로다. 어쩌자고 홀랑 불고 앉았느냐?"

지켜보던 왕이 혀를 끌끌 찼다.

"무서워서 내뺐으면 쭉 입 다물고 모른 척할 것이지, 찔려서 고해봤자 무에 득이 있느냐. 못된 짓을 하려거든 제대로 해라. 어중간해 봐야 죽도 밥도 안 된다."

부끄러움이 앞섰다. 덕임은 고개를 푹 숙였다.

"이쯤 했으면 됐네. 역심을 품을 깜냥도 못 되는 물건일세."

새빨갛게 달아오른 그녀의 얼굴을 찬찬히 뜯어보는 왕의 눈빛만은 부드러웠다. 기대를 저버리지 않는 어수룩함에 도리어 만족스러운 눈치였다.

"이런 걸 상대하느라 공연히 시간 뺏기는 것도 우습지."

"예, 어차피 강월혜도 성 나인은 아무것도 모른다고 거듭 공초供招했지요."

덕로가 툭 내뱉었다.

문득 깨달았다. 월혜가 자신을 억지로 돌려세웠다. 공모한 역당들이 정녕 그 수풀 속에 숨어 있었다면, 차라리 그 자리에서 덕임을 베어버리는 게 더 깔끔했을 것이다. 그런데 군졸에게 달려가 수상쩍다고 일러바칠 위험을 감수하고서라도 설득해 돌려세우는 길을 택했다. 월혜가 감싸주었다.

"그게 정말이시옵니까?"

"음? 항아님은 제법 인망이 높던데. 여태 심문받은 상궁부터 나인, 무수리들까지 죄 입을 모아 항아님 편을 들었소."

인생 헛살지는 않았나 보다. 다만 뿌듯함은 잠시, 앞에선 아무것도 묻지 않는 척하면서 뒤에선 월혜와 덕임의 관계를 조사했을뿐더러 주변 사람들에게까지 두루 심문을 마친 덕로의 치밀함에 소름이 돋았다. 어쩌면 그는 생각보다 훨씬 오래, 그리고 깊게 자신을 주시해 왔는지도 모르겠다.

스스럼없이 마주치는 그 눈빛은 이슥한 밤의 빛깔과 같았다. 엮이면 엮일수록 더 깊게 빠져 버릴 수렁과도 같은 자라고, 덕임은 직감과도 같은 두려움을 느꼈다.

"역시 이상해."

왕이 눈을 번뜩였다.

"승지는 혹시 이 나인과 아는 사이인가?"

"그럴 리가요. 오가며 면식만 있사옵니다."

날카로운 하문에도 덕로의 태연한 가면은 깨질 줄 몰랐다.

"이 아이가 왜 경의 앞에만 서면 뻣뻣해지는지 의아하군. 한참 전부터 그런 낌새가 있긴 했는데 근래 들어 심해졌어. 오늘은 특히 더 그래."

정곡을 찔린 덕임은 어깨를 움츠렸다. 그녀의 동요를 왕이 알아차릴세라 덕로가 얼른 나섰다.

"구중궁궐의 여종은 본디 사내를 어려워하지 않사옵니까."

"사내 앞이라고 부끄러워할 염치라곤 도통 없는 궁인일세. 어전에조차 따박따박 말대답을 한단 말이지."

"아, 무슨 말씀이신지 알겠사옵니다."

덕로가 쾌활하게 말했다.

"죄 많은 사내로 태어난 허물을 어찌 가련한 궁녀의 탓으로 돌리겠사옵니까."

잘생긴 제 얼굴이 해답이라는 양 그는 능청스러웠다.

"아, 한양에서는 경에게 반하지 않은 여인을 찾기가 하늘의 별따기라지?"

총신에겐 유독 다정한 왕은 시답잖은 농담에도 크게 웃었다.

"여기 있는 성 나인뿐 아니라 장안에서 시건방지기로 이름 높은 해어화解語花도 소신을 보면 쉽사리 넋을 잃으니, 전하께선 부디 괘념치 마소서."

"하하! 그 정도인가?"

"여심은 다 똑같은 법이지요."

"철없는 궁녀가 신료를 선망하는 것이다……."

화기애애한 가운데 왕의 말투는 오묘했다.

"역시 그런 건가?"

용안에 불쾌한 기색이 스쳤다.

접때 왕은 그녀가 덕로 앞에서는 되지도 않는 여자 시늉을 한다는 둥 트집을 잡았다. 지금 그의 의심이 '신료와 궁녀가 몰래 작당을 꾸민다'가 아닌 '사내와 계집으로서 사사로운 감정이 있다'라면, 덕로는 둘러대기를 한참 잘못한 것이다.

"소인이 다르게 대하는 분은 승지 영감이 아니고 상감마마시옵니다."

수습을 해야 했다. 덕임은 조심스레 말을 골랐다.

"미숙한 소인은 대전을 자주 드나드는 별감도 어렵고, 음식을 만드는 대령숙수도 어렵사옵니다. 사내는 익숙잖다고 말씀 올리지 않았나이까."

"그럼 왜 나는 다르더냐?"

사내로 보지 않는다고 했을 때 왕은 분명 언짢아했다. 마음에 들 만한 다른 해명을 찾아야 한다.

"전하는 특별한 분이기 때문이옵니다."

"어떻게 특별하단 말이냐?"

지존이라서, 받들어 모셔야 할 웃전이라서, 유일하게 가까이 지내는 사내라서, 경희와 닮아서…… 이유라면 수백 가지였다. 그럴싸한 핑계를 헤아리다가 문득 목에 걸린 잔가시처럼 편치 않은 의혹 하나를 찾아냈다.

혹시 나 또한 왕에게 호감이 있어 특별한 건 아닐까?

아니, 아닐 것이다. 그녀는 일말의 가능성을 필요 이상으로 단호하게 부정했다. 의무적으로 사모해야 할 지존에 불과하다. 당연하게 받을 줄만 알지 보답할 줄은 모르는 상대다. 오직 한 방향으로만 흐르는 관계는 그 이상일 수 없다.

"해명 못 할 말은 꺼내지도 마라."

왕은 은근히 눈치가 없어서인지, 만사를 자기중심으로 생각하는 데에 익숙해서인지 그녀의 침묵을 달리 해석한 모양이었다.

"나름대로 깜찍한 구석은 있군."

슬쩍 올라간 입매부터 살짝 파인 볼우물까지, 사뭇 귀여운 것을 본 양 기뻐 보였다.

"흠……. 그렇다면……."

금세 표정을 다스리며 왕이 일어섰다.

"금위영으로 끌고 가게."

순식간에 바뀐 태도에 덕로와 덕임은 얼이 빠졌다.

"혹 과인이 이 나인을 유독 유하게 대하던가?"

"예, 예에?"

"그러니 경이 과인의 눈치를 본답시고 이 아이만 약식으로 다루고 끝낼 생각을 한 거 아니냔 말일세."

"당치 않으시옵니다."

"그렇다면 직무에 태만한 건가?"

질책은 질책이나, 덕임을 대할 때에 비하면 몹시 부드러웠다.

"다시는 그리 말라. 과인은 거침없고 자신만만한 승지를 총애하는 것이다. 성급한 건 괜찮아도 시답잖은 잔꾀를 부리는 건 안 돼."

"망극하옵니다."

"마음 같아서야 답답한 골방에서 벗어나고 싶었다는 말을 믿어주고 싶지만."

살가운 위로도 따라붙었다.

"다른 궁인들처럼 금위영으로 끌고 가 제대로 다루도록."

왕이 다시 덕임을 가리켰다. 꾹 다문 입술은 웃음을 참는 것인지 못마땅함을 감추는 것인지 구별하기 어렵고, 시선은 깔보는 것인지 저울질해 보는 것인지 애매하다.

"뭐가 되었든, 예외는 없어."

그러곤 넓은 소매를 펄럭이며 떠나 버렸다.

"역시 항아님은 전하를 주무르는 재주 하나는 타고났소."

보다 크고 높은 것을 꿈꾸는 사람 특유의 갈망이 덕로의 목소리에서 묻어났다.

"대체 뭘 보신 겁니까? 이게 어찌 제가 전하를 주무르는 겁니까? 전하께서 저를 주무르다 못해 절구에 던져 넣고 죽어라 찧는 꼴인데요."

덕임은 황당함을 감추지 못했으나 그는 끝까지 웃기만 했다.

무장한 병사들이 살벌하게 지켜선 사이로 피에 젖은 모래와 형틀에 묶은 채 혼절한 죄인들이 보였다. 덕로의 걸음이 멈춘 곳은 임시로 개수한 옥사獄舍였다. 한낮인데도 어둡고 을씨년스러웠다. 뭉툭한 나무로 창살을 세운 좁은 칸마다 사람이 두셋씩 들어 있었는데, 몰골이 성한 자가 없었다.

"꼭 여기서 기다려야 합니까?"

덕임은 구석 마지막 칸의 문 앞에 섰다.

"바깥에는 달리 있을 곳이 없소. 사내들만 득시글하거든."

하는 수 없이 지푸라기 깔린 바닥을 밟았다. 피 묻은 자리를 피해 쪼그리고 앉았다.

"부관이 와서 예비심문이라고 이것저것 물을 거요. 그 다음에 다시 나와 대질할 거고. 적당히 시간 때우다 가는 셈이지."

"그냥 보내주시면 안 됩니까?"

"전하께서 일을 똑바로 하라 엄포를 놓으셨잖소."

자물통이 철컥 잠겼다. 죄가 있든 없든 영영 빠져나갈 수 없을 것만 같았다.

"앞으로 좀 힘들어질 거요."

나무 창살 너머로 덕로가 무릎을 구부렸다.

"전하께선 엄격하신 분이오. 부질없는 욕망에 휩쓸리지 않으려 애쓰시지. 그러다 보면 주변 사람에게는 박정해지기 마련이고. 나 같은 신료들이야 체면도 있고 하니 너무 심하게 대하진 않으시지만, 항아님은 눈물 좀 쏟게 될 거요."

"예에?"

"워낙 자존심이 강하시질 않소. 행여 여색이니 뭐니 추문이 날까 경계하시겠지. 항아님을 밀어내려 하실 테고, 특히 심하게 단속하시려 들 거요."

"그럼 귀찮아서라도 관심을 거두시지 않을까요?"

"쉽게 생각하는군. 사내란 원하는 걸 손에 넣지 못하면 더 안달이 나는 법이라오. 밀어내면서도 또한 하릴없이 다가오실 거요."

덕로는 고개를 갸웃거렸다.

"스스로 어느 정도 깨달으신 것도 같은데……."

"그럼 어쩌라고요?"

"버텨내시오. 장단을 잘 맞추면서도 중심을 잃지 않는 게 중요하지."

전혀 도움이 안 되는 충고였다.

이따 보자며 덕로가 떠나자 완전한 어둠이 내려앉았다. 활활 타오르는 횃불이 벽에 걸려 있었으나 어둠에 눈이 익기까지는 시간이 좀 걸렸다.

지루함을 달래려 지푸라기를 꼬고 있으려니 멀리서 질질 다리 끄는 소리가 들렸다. 머리칼이 잔뜩 헝클어진 여자가 군졸들에게 끌려오고 있었다. 목에는 커다란 칼을 썼고, 찢어진 치마단 아래 덜렁 보이는 발목에도 족쇄를 찼다.

이윽고 덕임이 들어앉은 칸의 문이 열렸다. 여자는 거칠게 떠밀려 넘어졌다. 그녀가 구석까지 엉금엉금 기어 자리를 잡자 군졸들은 자물통을 도로 철컥 잠갔다.

역당과 한 공간에 갇혔다. 겁이 난 덕임은 더더욱 몸을 웅크렸다.

"심문 받으러 왔어?"

문득 익숙한 목소리가 들렸다.

"꼴은 멀쩡하네?"

얼굴이 퉁퉁 붓고 입술도 부르텄지만 분명 월혜였다. 추레한 꼴을 하고도 눈빛은 평소처럼 약삭빨랐다. 어쩐지 부아가 치밀었다.

"영악한 척은 혼자 다 하더니 역모가 뭡니까, 역모가!"

월혜는 귓등으로도 듣지 않았다.

"내 머리나 넘겨줘. 앞이 안 보여."

덕임은 주춤 손을 뻗었다. 헝클어진 머리칼을 더듬은 손에는 피와 흙이 묻었다.

"말리기도 전에 아버지가 일을 치셨는데 어떡하니? 아비가 칼을 들고 궐 담을 넘는다는데 가만히 있어? 실패했다간 능지처참을 당하실 텐데 뭐든 도와야지."

"아저씨는 왜……?"

"몰라. 적게 알수록 좋다고 한사코 입을 다무셨으니까."

누가 듣든 말든 언사에 거침이 없었다. 주위를 보면 그럴 만도 했다. 옥에 갇힌 이들은 제각기 슬픔에 잠겨 있느라 바빴다.

한데 가만 보니 하나같이 다들 낯이 익다. 맞은편에서 허공을 보며 광인처럼 중얼거리는 사람은 내탕고에서 허드렛일을 하던 뽀얀 턱의 환관이고, 또 저쪽에서 꺼이꺼이 목 놓아 우는 사내는 뒷마당에서 농땡이를 칠 때마다 마주치던 별감이었다. 희끗한 머리를 부여잡고 끙끙 앓는 늙은 여자는 왕대비전에 나아갈 때마다 보던 상궁 고씨, 그 곁에서 형장 맞은 부위를 감싸고 질질 짜는 젊은 여자는 왕대비를 유독 따르던 나인 복빙이었다.

전부 다, 아는 사람들이다.

"대역죄인이 멀리 있는 게 아니라니까."

월혜는 웃었다.

"그 대단한 역모에 가담하는 게 참 별것도 아니더라고. 오늘은 우리가 역당이지만, 내일은 또 누가 될지 몰라."

지겹도록 똑같은 일상을 공유하던 이가 갑자기 멀어졌다는 느낌은 서글펐다.

"나쁜 짓을 했으니 자업자득이지요!"

덕임은 신경질적으로 눈물을 닦았다. 소매에 남은 눈물 자국도 감췄다.

"뭐, 줄을 잘못 서긴 했네."

애처로운 꼴을 하고 아직도 흰소리다.

"어쨌든 좀 끝났으면 좋겠어. 형장을 더 맞느니 빨리 죽는 게 나아."

"왜 날 감싸줬어요? 연루된 사람을 하나라도 더 불면 형장도 덜 맞고 혐의도 돌릴 수 있었을 텐데."

고마움보다는 의아함으로 물었다.

"왜 날 살려줬냐고요?"

딱 그런 사이라고 생각했다. 필요한 게 있으면 주고 대가를 받는다. 궁금한 게 있으면 주고 또 그 대가를 받는다. 어린 시절부터 알았던들 미묘한 한계를 넘어설 수 없는 사이. 제법 친하게 지내지만, 친구라고 하자니 애매한 사이.

상대를 감싸주고 살려주는 건, 그런 사이에서 할 행동이 아니다.

"누구랑 친하게 지내봤자 뒤치다꺼리 귀찮기만 하지."

월혜가 말했다.

"궁녀들끼리는 적당한 선까지만 잘 지내야 부담 없는 거야."

인정머리 없는 잔소리라고 생각했던 것이 오늘은 매우 다정하게 들렸다. 월혜의 비틀린 입꼬리가 보였다. 귀찮게 따라다니지 말라고 꿀밤을 때리면서도 한편으론 손을 잡아주던 어린 월혜의 조각이었다.

험상궂게 생긴 군졸 하나가 심문을 받아야 하니 나오라고 덕임을 재촉했다.

"넌 아무것도 아닌 계집앤데 이상하게 싫지가 않아."

아랑곳하지 않고 월혜는 계속 속삭였다. 군졸은 이제 죄인과 사담을 나누지 말라며 억지로 덕임을 끌어당겼다.

"그게 결국에는 독이 될 거야."

그때가 월혜를 본 마지막이었다.

서서히 진정국면에 접어들었다. 척신들이 숙청되고도 끈질기게 버티던 적대자들이 이번 기회에 마저 쓸려나가 왕의 입지가 튼튼해졌다. 지존의 근황을 쏘삭이던 궁인 나부랭이들도 아주 뿌리를 뽑았다.

왕은 총신 덕로에게 원하는 만큼 힘을 실어주었다. 역변 진압에 큰 공을 세웠다는 명분이 있었다. 덕로는 조정 전반에서 두루 실권을 잡았다. 병권은 말할 것도 없었다. 오죽하면 왕을 호위하는 군사를 따로 선발해 숙위소宿衛所라 이름 짓고, 각 관청의 보고 체계를 통일해 버렸다. 숙위대장인 덕로를 통하지 않고는 사소한 일 하나 진행될 수 없을 만큼 위세가 점차 대단해져 갔다. 심지어 전통적인 무반으로 유명한 구씨 문중마저 눈치 빠르게 줄을 섰다는 소문도 들렸다.

그를 날개 삼아 왕은 즉위 초부터 제법 실한 장악력을 구축했다. 과연 청년 임금이 선왕의 강력한 왕권을 계승할 수 있을까 반신반의 하는 사람이 많았으나, 왕은 기어이 해냈다.

"춘당대春塘臺로 간다."

정무를 일찍 파한 왕은 익선관과 곤룡포를 벗더니 융복戎服을 내오게 했다. 다만 환도 대신 활을 갖추었다. 접때 별간에서 찾은 아버지 경모궁의 활이었다.

왕은 댓돌의 어혜(御鞋, 임금의 신발)을 신다 말고 두리번거렸다. 찾는 것이 쉽게 눈에 띄지 않는지 불만스럽게 혀를 찼다. 이내 그가 윤묵의 귀에 뭔가 속삭였다. 윤묵은 지체 없이 명을 받들었다. 멀찍이 기둥 뒤에서 지존의 거둥을 지켜보던 덕임에게 다가온 것이다.

"뒤를 따르라신다."

비로소 왕은 만족스럽다는 듯 걸음을 옮겼다.

널찍한 춘당대 앞마당에선 덕로가 기다리고 있었다. 숙위금병들이 주위를 둘러싸고 경계하는 가운데 내시들이 일사불란 움직였다. 과녁과 화살이 준비되었다. 왕이 중앙에 서자 덕로와 시위하는 궁인들만 남았다.

"먼저 쏴볼 텐가?"

"신이 그쪽으론 썩 재주가 없질 않사옵니까."

"어허, 선비가 그래서야 쓰나."

"한 수 가르쳐 주시지요. 보고 배우겠사옵니다."

왕의 활쏘기라면 옛날부터 지겹도록 보았을 텐데 말은 참 번지르르하다. 적절한 아첨이 싫지 않은지, 왕은 선뜻 화살을 시위에 메겼다.

"다친다. 너희들은 십 보 뒤로 물러서라."

그가 이쪽을 봤다. 언뜻 눈이 마주쳤다. 혹시 활 쏘는 걸 보고 싶다고 한 것 때문에 일부러 데려온 걸까? 덕임은 황급히 다른 궁인들을 따라 뒷걸음질 쳤다.

왕이 번쩍 활을 들어 올렸다. 태산을 노리는 범처럼 위용이 대단했다. 주위에 선 궁료들이 탄성을 내뱉었다. 짧게 숨을 참고 과녁을 노리더니 이내 시위를 놓았다. 기세 좋게 바람을 가른 화살은 깔끔하게 정중앙에 꽂혔다. 열 발을 연달아 쏘았는데 하나같이 중앙을 꿰뚫었다. 대단한 솜씨였다.

과녁을 노릴 때의 그는 반드시 맞출 것을 확신하는 양 표정이 단호했다. 명중을 확인하고도 후련함이라든가 뿌듯함은 찾아볼 수 없었다. 지나간 일에는 미련을 두지 않는다는 듯 다음 화살을 계산하는 냉정함과 치밀함만이 보였다.

그 바람에 엊그제 나눈 잡담이 떠올랐다.

"근데 좀 이상하지 않니?"

궁궐 수비가 완화되자 모처럼 경희가 놀러 왔다. 그녀는 배를 깔고 엎드려 턱을 괴고는 밑도 끝도 없는 이야기를 꺼냈다.

"보통 역모는 질질 끌면서 마무리가 너저분하잖아. 그런데 이번 사건은 너무 빠르고 깨끗하게 끝났잖니?"

"잘 된 거지. 무서워 죽는 줄 알았단 말이야."

영희는 어깨를 부르르 떨었다.

"석연치가 않아."

경희가 고집스럽게 재차 주장했나.

괴이한 점이 한두 가지가 아니란다. 우선 왕을 해하겠답시고 온 역당들이 허술하게 지붕에서 소란이나 떨다 걸린 것. 덜미가 잡혔다 한들 무작정 줄행랑부터 친 것. 때마침 왕이 시시한 이유로 주변을 물리고 혼자 있었던 것. 첫 시도 때문에 경계가 삼엄해진 궐에 기어코 다시 침입했다가 허무하게 붙잡힌 것. 그리고 친국이 시작되자마자 기다리고 있었다는 양 배후를 술술 고해바친 것까지…….

"부처님 손바닥인지 도승지가 역모의 정황을 착착 풀었잖아. 요리조리 오리발 내밀던 가담자들까지 쏙쏙 골라내고. 거기다 결과가 어떤지 봐. 전하를 위협하던 무리들은 소탕됐지, 도승지가 조정의 압도적인 일인자로 떠올랐지."

경희는 미간을 찌푸렸다.

"조만간 도승지를 주인공으로 하는 책도 편찬한다며. 명분이 기가 막힌다."

"얼마 전만 해도 얼굴만 잘났다 뿐이지 별 볼 일 없는 궁료였잖아. 사람 일은 끝까지 살아봐야 아나 봐."

영희의 순수한 감탄에 경희는 콧방귀만 뀌었다.

"하고 싶은 말이 뭔데? 상감마마께서 자작극이라도 꾸미셨다고?"

덕임이 우스갯소리로 툭 던졌다.

"그런 건 아닐 거야. 전하께서도 피해를 입으셨으니까."

뜻밖에도 경희의 반응은 진지했다.

참담한 역변의 대단원으로, 왕은 열아홉 살짜리 서제에게 사약을 내려야 했다. 역모가 일어난 이상 가담 여부는 상관없었다. 역당들에 의해 추대되었다는 사실만으로도 죽을 이유가 충분했다. 요절한 아비가 남긴 유산이라면 무엇이든 소중히 여기는 왕은 이복동생을 살려주려 했다. 그러나 삼사에서 상소가 빗발쳤다. 중신들도 합문 밖에 꿇어앉아 날밤을 새가며 사사賜死를 주청하였다. 왕은 눈물을 흘리며 버텼으나, 역당의 뿌리를 뽑아 성상을 보호하겠다는 명분을 물리칠 순 없었다.

왕실은 본디 손이 귀하다는 측면에선 사적인 피해였고, 온갖 명분과 이해로 똘똘 뭉친 사대부를 상대하는 왕의 입장에선 가까운 종친을 잃은 정치적 피해였다.

"다만 얻은 것에 비하면 잃은 것은 소소하지."

경희의 지적은 날카로웠다.

"전하와 도승지가 어떤 식으로든 개입은 했을 거야. 어쩌면 기왕 벌어진 일을 기회로 삼아 정국을 입맛대로 요리한 건지도 몰라."

다른 세 궁녀들은 별로 심각하게 듣지 않았다.

"근데 있잖냐……."

특히 건성으로 듣던 복연이 불쑥 끼어들었다.

"아직도 옥에 갇혀 있는 궁인들은 어떻게 될까?"

붙잡혀 간 궁인들 중 몇몇은 돌아오지 않았다. 어떤 처벌을 받은 것도 아니다. 상황이 다 종결되어 가는 이 시점까지도 바깥세상과 유리된 어두컴컴한 옥에 갇혀 있다. 다른 궁방의 궁인들은 유배 등의 형벌로 일찌감치 처분되었으되 유독 대전의 궁인들만 기별이 없었다.

"맞아! 그것도 그래!"

경희가 무릎을 탁 쳤다.

"벌써 몇 달째 갇혀만 있지. 중신들이 찢어 죽이자고 주청해도 전하의 반응은 영 미적지근하잖아. 앞서 처벌된 몇 명도 겨우 유배를 보내거나 노비로 삼으라는 정도에 그쳤고. 뭔가 켕기는 게 있으니까 그러시는 거라고."

"막상 죽이자니 좀 그래서 망설이시는 걸 수도 있지 않냐."

"맞아. 원래 백성들한테는 자애로우시기도 하고."

복연과 영희는 대수롭지 않게 여겼다.

"어쩌면 받은 대로 갚는 중이신지도 몰라. 일부러 피를 말리는 거지."

덕임이 불쑥 말했다.

왕은 앙심일랑 가슴속에 조용히 묻는 부류의 사내가 아니다. 특히 상대가 복종하고 충성해야 할 의무를 저버린 측근의 궁인이라면 더욱.

"언제 죽을지 모른다는 두려움을 최대한 오래 느끼게 하려고, 어쩌면 나도 유배 정도로 끝날 수 있겠거니 희망을 품다 지치게 하려고 말이야."

추레한 몰골로 차라리 죽어서 끝났으면 좋겠다던 월혜가 떠올랐다. 그녀도 기약 없이 옥에 갇혀 있는 궁인들 중 하나였다.

"고작 궁인들 상대로 그렇게까지 하시겠냐?"

복연은 자못 섬뜩해 했다.

"궁인의 배신은 사대부의 배신과 다르긴 하지. 더 하찮고 괘씸하잖아."

경희는 그럴싸하다는 듯 고개를 끄덕였다.

이제 보니 왕에 대한 평가가 꽤 엇갈린다. 누이인 청연은 깐깐하긴 해도 사내다운 분이라고 했다. 왕을 젖먹이 시절부터 모셔온 서 상궁은 생각처럼 무서운 분은 아니라고 했다. 총신인 덕로는 생각한 것과 다른 분일 수도 있다며 초조해했다. 감이 좋은 경희는 스스로 목숨이 걸린 사건조차 막후에서 조종할 만큼 위험한 구석이 있는 분이라고 했다.

그렇다면 나는 그를 어찌 생각할까?

미처 그 대답을 찾기 전에 덕임의 상념은 끝이 났다. 심상찮은 대화가 들렸다.

"전에 남녀 한 쌍이 내 침소 근처에서 통간한 사건은 어찌 됐나? 유야무야 넘어가지 않았던가?"

마흔일곱 번째 화살을 명중시킨 뒤 또 화살을 넘겨받으며 왕이 덕로에게 물었다.

"역변의 시세가 더 중하였기에⋯⋯."

"이제 급박한 일은 마무리 지었으니 조사를 재개하게."

다시금 명중을 알리는 깃발이 너울거렸다.

"앞으로는 지금까지와 달라야 할 것이야."

왕은 연이어 마흔아홉 번째 화살을 잡았다.

"쉬쉬하고 덮는 습속이 생겨 죄를 짓고도 벌을 받지 아니하고, 똑같은 죄를 자꾸만 반복하니, 이는 궁궐의 기강이 땅에 떨어졌기 때문일세."

과녁을 쏘아보는 왕의 눈에선 괴괴한 빛이 났다.

"누구에게든 배반, 해이함, 특혜, 편법⋯⋯. 그 무엇 하나 용납하지 않을 걸세."

그 빛은 이내 표적으로 모여들었다. 또 명중이었다.

이제 화살은 딱 하나만 남았다. 그런데 왕은 화살을 잡았으나 시위에 메기질 않고 물끄러미 바라만 보았다.

"과인은 이쯤 했으면 됐네. 병사들이 얼마나 쏘는지를 보고 싶군."

열 순巡에 마흔아홉 발. 아쉬운 한 발만 남았는데 왕은 홀연히 그만 두었다.

"바빠서 당분간은 화살을 쏠 일이 없을 테니 잘 보관해 둬라."

내시에게 활을 넘긴 뒤 그는 높다란 툇마루로 올라앉았다. 또 한 차례의 일사불란 끝에 춘당대에는 여러 개의 과녁이 세워졌다. 군졸들이 차례로 솜씨를 보였다. 다만 왕만큼 잘 쏘는 자는 없었다.

"너, 물과 수건을 다오."

의기양양하게 군졸들을 보던 왕이 덕임을 콕 찍었다.

한 대접 시원하게 들이켠 왕은 고개를 기울여 목덜미를 내밀었다. 붉게 물든 단풍에 쪼이던 쨍쨍한 가을볕이 그의 목덜미에도 닿았는지 땀으로 흥건했다. 덕임은 수건으로 강인한 목을 톡톡 두드려 닦았다.

"보니까 어떻더냐?"

그 손길을 즐기듯 왕은 가만히 눈을 감았다.

"과연 신궁이시옵니다."

"나와 네 아비 중 누구 실력이 더 낫더냐?"

"그야 당연히 상감마마이옵지요."

대수롭지 않은 아첨에도 용안은 조금 붉어졌다.

"하온데 어찌 마지막 한 발은 쏘지 않으셨사옵니까?"

"내가 오십 발을 다 맞추면 군졸들 사기가 꺾이지 않겠느냐."

당연히 맞추고도 남는데 일부러 안 했다는 뜻이다.

"못 맞출까 봐 그만두신 게 아니옵구요?"

아차! 으스대는 말투하면 자연히 경희가 떠오르는지라 말이 편하게 나왔다.

"하! 역당들을 보고는 벌벌 떨며 줄행랑이나 친 주제에, 내 앞에서는 어찌 이리 맹랑한지 모르겠군."

왕은 기가 차다는 듯 웃었다.

"다, 다음엔 도망가지 않고 꼭 지켜드리겠사옵니다."

"궐에 또 역당이 들었으면 하는 것이냐?"

"아니옵니다! 그냥 말이 그렇다는 거지요!"

"말만 그렇고 진짜로 지켜주진 않겠다는 거냐?"

골리기로 작정한 양 말꼬리를 잡으니 얄미웠다. 더 대꾸해 봤자 제 무덤만 파는 꼴이라 덕임은 입술만 꾹 깨물었다.

"그 조막만 한 몸뚱이 뒤에 숨으라니 참 기대되는구나."

왕이 잠시 망설이더니 말을 이었다.

"너에게 주마."

불쑥 내민 것은 아까 쏘지 않고 거둔 화살이었다. 그녀에게 똑바로
향한 화살촉은 끝이 조금 녹슬어 있었다.

"언제, 어느 때라도 그 한 발을 명중시킬 자신이 있다는 증표이니
라."

덕임은 천천히 두 손을 뻗었다. 그녀가 화살을 잡았지만 왕은 놓지
않았다. 살대를 쥔 두 손이 맞닿을 수밖에 없었다. 그 사소한 접촉만
으로도 전신이 불에 덴 듯 뜨거워졌다.

무섭고, 속을 모르겠고, 사내답고, 숙맥이면서도 어쩐지 여유로운
사람. 그녀가 그에 대해 들은 단편적인 조각들이 지금 이 순간엔 하나
로 모였다. 미소를 지을락 말락 입술을 살짝 올린, 지금 눈앞에 있는
이 사내의 형상이 되었다.

"도로 내놔라."

왕이 퉁명스레 말을 바꾸더니 화살을 휙 채갔다.

"아무렴 군수물자를 사사로이 주랴. 그냥 말이 그렇다는 것이다, 말
이."

약이 바짝 오른 그녀를 보고 왕은 웃음을 터뜨렸다.

"너는 종종 나를 놀리지 않느냐."

"전하께선 놀린다고 놀려질 분도 아니시질 않사옵니까."

"그긴 그렇지."

비교도 안 될 만큼 높은 제 지위를 과시하듯 그가 담담히 말했다.

"앞으로도 내가 화살 하나를 빼두었으면 좋겠느냐?"

"군졸들 사기를 위해서요?"

"아니, 그게 아니라……."

왕이 미간을 찡그렸다.

"거슬릴 만큼 눈치가 빠르면서 엉뚱한 부분에선 영 맹하게 군단 말이지. 요사스러워 일부러 그러는 건지, 원체 모자라서 그러는 건지 모르겠어."

의심하는 목소리다. 실컷 다가온 만큼 또 물러선다.

"난 너에게 너무 무른 것 같다."

지나치게 가까이 붙었음을 비로소 깨달았는지 왕이 몸을 뒤로 뺐다.

"곤란한데."

한 찰나에 그는 몹시 냉랭해졌다.

이토록 가까운데 역시 거리감이 있다. 그리고 왕은 그것을 좁힐 생각이 없어 보인다. 설령 싫지 않은 것 이상의 호감이 생겼다 한들 젊은 가슴을 살짝 데울 만큼의 작은 불꽃에 불과하다. 머릿속까지 시커멓게 태워버릴 열화로 번지지는 않을 것이다.

적어도 아직은. 적당한 시기에 물러설 생각을 하는 아직은.

그러나 왕은 물러선 다음엔 꼭 도로 다가오기 때문에 위험하다. 덕로의 말처럼 어떻게 손을 쓸지 모를 애매함이다. 왕이 적절히 물러선 오늘은 괜찮다. 그러나 그가 또 마냥 다가오다가 물러설 틈을 놓쳐 버리면 어떻게 될까. 물러설 생각일랑 아예 하지 않는 날이 오면 어떻게 될까.

과연 그때가 오기 전에 달아날 수 있을까.

8장
감또개

촉촉한 봄비가 멎자 백곡도 긴 겨울잠을 깼다. 개구리가 울고 노란 참외꽃 피어나는 이 계절, 궐에도 재미난 일이 생겼다.

"국본이 없어 신자臣子들이 밤낮으로 걱정하거늘, 주상도 이 간절한 소망을 이해는 하되 특별히 관심을 두진 않는단 말이오."

왕대비가 언교諺敎를 내렸다. 왕의 무심함을 탓하며 문두를 열었다.

"불행히도 중전에겐 병이 생겨 가망이 없고, 수많은 궁인이 있다 한들 주상은 본디부터 미천한 사람에게는 마음을 두려 히질 않소. 이대로는 선왕을 뵐 낯이 없으니 간택이라도 하여 혈통을 이어야지 않겠소."

한 마디로 왕의 춘추가 벌써 스물일곱인데 여태 후사를 보지 못했으니 양갓집에서 후궁을 간택하라는 뜻이었다.

사실 즉위한 날부터 후사를 봐야 한다고 닦달을 했지만 왕의 반응은 시큰둥했다. 또래의 신료들은 애를 보고도 남았는데 어찌 이리 느긋하시오 꾸짖을라치면, 선왕의 삼년상 중이라 안 된다는 둥 때가 되면 생기지 않겠느냐는 둥 갖가지 핑계를 대기 일쑤였다. 그런 미적지근함에 진절머리가 날 만도 했다. 중전은 석녀요, 왕의 여자 취향은 편협하기 이를 데 없다고 터뜨리면서까지 왕대비는 물러설 생각이 없어 보였다.

물론 왕은 이번에도 빠져나가려 용을 썼다.

"자전의 하교가 부득이한 데서 나온 것임을 과인 또한 아오. 그러나 뜻을 보이고자 하심이지, 시일이 다급하다는 의미는 아닐 거요."

신료들은 입을 모아 왕대비의 편을 들었다. 한 술 더 떠 당장 금혼령을 내리자 호들갑까지 떨었다. 언교의 명분이 탄탄하거니와 국본이 없음을 근심하는 것은 신료의 당연한 도리이니 말이다. 왕은 열성조의 전례부터 살펴보겠다며 버텼으나, 더 이상 사양하는 것도 불효라 결국 백기를 들고 말았다.

왕은 잔뜩 삐쳐서는 보름이 넘도록 통통거렸다. 체면상 왕대비와 신료들에게는 불편한 기색을 비치지 않았으되 궁인들을 쥐 잡듯이 잡았다. 덕임도 칠칠맞지 못하게 의복에 얼룩이나 묻히고 다닌다며 넋이 탈탈 털리도록 잔소리를 들었다.

"곧 왕실에 경사가 있을진대 용안이 줄곧 어두우시옵니다."

참다못해 완곡하게 아뢰었다.

"여자는 많아 봐야 귀찮기만 하다."

왕은 대뜸 인상을 썼다.

"내가 이리 생때같거늘 뭘 벌써부터 야단들인지!"

딴에는 흠잡을 데 없는 정력을 의심받는 게 불쾌한 눈치였다.

"넌 어찌 생각하느냐?"

"전하의 옥체를요?"

"아니, 여자를 거느리는 것 말이다."

뚱한 용안을 봐서는 하문의 의도를 가늠할 수 없다.

"많아서 나쁠 건 없지요."

어쨌든 덕임은 진지한 고민에 잠겼다.

"소인 같으면 예쁜 첩, 상냥한 첩, 웃기는 첩으로 셋은 거느리고 싶사옵니다. 내키는 대로 고르게요. 먹여 살리는 게 좀 힘들겠지만요."

"못하는 소리가 없군."

왕은 기가 찬 듯했다.

"겉은 멀쩡한 게 속으론 그따위 음흉한 생각이나 한단 말이냐."

"여자가 여자 생각을 하는 게 무에 흉이오리까."

덕임이 짓궂게 웃었다.

"하오나 첩이 많아봤자 조강지처와 화락한 복록에 견주겠사옵니까. 전하께선 참으로 성인이시옵니다."

기분 좀 달래주려고 덕임은 적당한 칭찬을 골랐다.

"그렇긴 하지."

왕은 몹시 당연하게 받아들였다. 십수 년째 첩이 없는 건 사실이나, 늘 중궁을 외면하기 일쑤요 소싯적에는 기생과 외입도 했다면서 참 뻔뻔하다.

"전하께선 여인에 대해선 전혀 아니 생각하시옵니까?"

떠볼 심산으로 물었다.

"안 한다! 그럴 시간에 선비를 생각하는 게 낫지."

아무렴 꼬장꼬장한 게 어울리지. 덕임은 속으로 혀를 끌끌 찼다. 저래서야 여자들도 왕을 별로 좋아할 것 같진 않다.

"흠, 어쩌다 생각나는 사람이 하나 있긴 한데……"

왕이 서안에 펼쳐 놓은 책을 만지작거렸다.

"속을 쉽게 알 수가 없어 괘씸해. 후궁을 들이네 어쩌네 하는데 안색 하나 바꾸질 않고 헛소리나 한단 말이지."

덕임은 어리둥절했다. 그러니까 여자한텐 관심이 없고 선비를 생각하는데 개중에 괘씸한 자가 있다는 건가? 신료 누구한테 꽁해 있는 걸까? 근데 왕이 후궁을 들이는 거랑 선비가 태연한 게 무슨 상관이지?

취향도 특이하다. 모르긴 몰라도 끼어들어 봤자 귀찮기만 하니까 대충 얼버무렸다.

"어어……. 나름대로 사정이 있겠지요."

"누구 이야기인 줄 알고 하는 말이냐?"

왕이 대뜸 눈을 치떴다. 알 턱이 없다. 덕임은 웃음으로 모면하려 했다.

"쯧, 역시 모자란 계집이로다."

그는 혼자 토라져서는 다시 잔소리를 쏟기 시작했다.

이윽고 삼간택 준비에 박차를 가했다. 왕은 종묘사직을 위한 어쩔 수 없는 거조일 뿐이라느니 투정이야 부렸으되 솔선수범 조정을 이끌었다. 비용을 절감하라고 닦달했고, 도성 밖 가난한 처녀들까지 사치스럽게 처녀단자를 들이는 폐단은 금하도록 못을 박았다.

겸사겸사 내명부의 법도도 쇄신했다. 골자는 사대부 출신 후궁과 궁인 출신 후궁은 대접부터 달라야 한다는 것이었다. 행여 궁인 출신 후궁이 제 자식이 왕세자랍시고 요행을 바라는 꼴은 못 본다며 왕은 이를 갈았다. 궁녀의 소생으로서 보위에 오른 선대 임금이 많으신데 그리 엄격하실 필요가 있느냐 묻는 신료에게 왕은 일갈했다.

"궁인 주제에 사대부의 규수와 맞먹으려 들면 명분이 문란해지지 않겠소."

더 나아가 지존이 궁녀를 백날 총애할지언정 왕손을 낳았을 때만 관작을 봉하라는 수교까지 내린 후에야 그는 흡족해했다.

다만 간택 기피 소동은 거하게 벌어졌다.

본디 국혼은 지지리도 인기가 없다. 괜히 금혼령을 내리는 게 아니다. 어떻게든 처녀단자를 넣지 않으려고 꼼수를 부리기 때문이다. 한번 들여보내면 딸내미와는 생이별인데 어느 부모가 좋아하겠느냐 말이다. 또 여식을 간택에 보낼라치면 세간이 거덜 난다. 비단옷 해 입혀야지, 타고 갈 가마 사줘야지, 몸종들까지 구색 좋게 딸려 보내야지……. 뿐만 아니라 임금이 사위가 되면 피곤할뿐더러 괜한 불똥이 튈 수도 있다. 이번처럼 정궁正宮도 아닌 후궁이라면야 말할 것도 없다.

제일 최악은 애초에 삼간택은 허울이라는 것이다. 예로부터 간택 때는 항상 내정된 규수가 있었고, 이번에도 예외는 아닐 것이다. 다른 집 딸을 위해 우리 집 딸을 비싼 병풍 노릇을 시키다니 미치고 팔짝 뛴다.

더군다나 믿을 만한 추측에 의하면, 이번 간택의 주인공은 다름 아닌 도승지 홍덕로의 누이란다. 덕로의 모친이 왕대비전에 드나드는 걸 누가 보았다나.

진즉부터 왕은 척신을 몰아내겠다고 천명했다. 그는 선왕 대의 병폐를 몸소 겪었나. 혼사로 돈독이 맺어진 척리들은 믿음직한 충복이었으나, 선왕이 늘어 분별력이 떨어지면서부터는 권세를 쥐고 요망을 떨었다. 한데 이제 와서 또 다른 척리를 키우겠다니 참으로 해괴한 행보였다. 그만큼 덕로를 믿는다는 방증일까? 누구 말마따나 같은 편에서는 척리는 달갑다는 걸까? 아니면 왕이 구상하는 교묘한 계획이 따로 있는 걸까?

사소한 의심과 숱한 기대 속에서 마침내 초간택의 날이 밝았다.

"너, 별궁으로 가라."

처녀들이 입궁했다는 전갈이 오자 왕이 덕임을 불렀다.

"환관은 보낼 수 없으니, 너라도 가서 간택을 보고 와라."

"무얼요?"

"무엇이든 다. 자전께서 이미 약조하셨고, 승지도 어련히 알아서 준비를 잘 시켰겠지만 그래도 혹시 모르니까."

아니 땐 굴뚝에서 연기 날 일 없다더니 뜬소문은 아니었나 보다.

"왜, 가기 싫으냐?"

왕은 기대하는 표정이었다.

"그럴 리가 있겠사옵니까."

"……물론 그럴 리는 없겠지."

그는 입술을 삐죽이며 홱 돌아섰다.

한달음에 달려간 별궁은 복작복작 난리도 아니었다. 방년 규수들은 풋풋하고 고왔다. 꽃향기가 진동을 하였다. 지루한 일상에 길들여진 궁인들만 노상 보다가 모처럼 싱그러운 아씨들을 보자니 덕임도 가슴이 벅찼다.

"아니, 덕임이 아니냐!"

주위를 기웃거리는데 누군가 알은체를 해왔다. 청연이었다.

"전하께서 보고 오라 하시든?"

청연은 음흉하게 웃었다.

"목석같은 분도 새색시는 기대되시나 보다."

곧이어 청선도 모습을 드러냈다. 마지막으로 보았을 때보다 훨씬 상태가 나빠 보였다. 뼈만 남았다. 바람이 불면 날아갈 것 같았다.

"그간 별고 없으셨사옵니까."

인사가 민망하게 느껴질 지경이었다.

"한참 졸랐더니 어마마마께서 우리도 간택을 보러 와도 좋다고 윤허하셨단다. 궁금해서 참을 수가 있어야지!"

청연은 어린애처럼 들떠서는 청선과 덕임을 잡아끌었다.

널찍한 방 중앙에 처녀들이 방석을 깔고 앉았다. 좌우로 상궁들이 엄숙하게 늘어섰는데, 가장 윗자리에 두 명의 여인이 앉아 있었다. 구슬로 꿴 발簾을 드리운 너머로 생김새가 언뜻 보였다. 한 명은 왕대비였고 다른 한 명은 간만에 뵙는 귀부인이었다.

"우리 어마마마가 계시는구나."

청연이 속삭였다.

긴 세월이 흐르는 동안, 당연히 혜빈 홍씨도 이런저런 변화를 맞이했다. 그녀에게는 효강孝康이라는 글자가 더해졌다. 또한 혜경궁惠慶宮이라 존숭 되어 왕실의 어른인 자궁(慈宮, 죽은 왕세자의 빈으로 임금의 생모된 자)으로서 예우를 받았다. 덕임으로선 제 어린 시절이 떠오르는 효강혜빈저하孝康惠嬪邸下라는 칭호가 더 마음에 들었다.

왕대비의 친정인 경주 김씨와 효강혜빈의 친정인 풍산 홍씨는 선왕때부터 한 하늘을 이고 살 수 없을 만큼 정치적 숙적인데도, 막상 두 귀부인 사이의 분위기는 나쁘지 않았다. 효강혜빈은, 선왕이 생전에 계비繼妃를 늦게 맞은 탓에, 그녀보다 훨씬 젊디젊은 시어머니 곁에 그저 다소곳이 앉아 있었다.

"기회 되면 모처럼 같이 인사 올리자."

신이 난 청연이 선심 쓰듯 제안하는데 청선이 끼어들었다. 그녀는 입술에 검지를 대며 '쉿!' 하고 주의를 주었다.

제조상궁이 앞으로 나섰다.

"좌랑 김재진의 여식으로 계미생癸未生 십오 세이옵니다."

오른쪽부터 차례로 규수들이 호명되었다. 각기 절을 올렸다. 부친의 관직 품계에 따라 섞여 앉힌 듯 개성이 제각각이었다.

다섯 번째로 일어선 처녀가 바로 덕로의 누이였다.

"전 교관 홍낙춘의 여식으로 병술생丙戌生 십삼 세이옵니다."

온 시선이 집중되었다.

"어머나, 완전히 어린애잖아!"

청연은 깜짝 놀라 중얼거렸다.

틀린 말은 아니었다. 열셋이면 이르긴 해도 혼인할 순 있는 나이다. 그러나 홍씨 처녀는 또래에 비해 창백하고 왜소하여 더욱 어려 보였다. 혼기에 찬 다른 규수들 사이에 있으니 특히 그랬다. 다만 덜 여문 생김새는 퍽 아름다웠다. 뽀얀 피부에 한 떨기 복숭아꽃처럼 물든 뺨. 예쁜 달처럼 곱게 휜 눈매. 오라비를 많이 닮았다.

자신의 차례에서 유독 술렁이자 홍씨 처녀는 얼굴을 붉혔다.

"발을 거둬라."

왕대비가 말했다. 소란이 뚝 그쳤다.

"가까이 오라."

추상같은 위엄이 드러났다. 오들오들 걸음을 떼는 홍씨 처녀는 가여울 만치 작아 보였다.

"네가 도승지의 누이더냐?"

"그러하옵니다."

홍씨 처녀의 목소리에선 앳된 티가 물씬 났다.

"오라비를 닮았다면 너 또한 자질이 뛰어나렷다."

적당한 대답을 찾지 못했는지 홍씨 처녀는 고개만 푹 숙였다.

왕대비는 이런저런 질문을 던졌다. 규방에서 배운 규수라면 절대

모를 수 없을 만큼 쉬운 것들이었다. 홍씨 처녀는 많이 떨었지만 막힘 없이 아뢰었다.

"언동에 정녕 흠잡을 곳이 없사옵니다."

아랫사람답게 얌전히 지켜보던 효강혜빈도 짐짓 거들었다. 사실 그녀는 홍씨 처녀가 처음 일어섰을 때부터 잔뜩 기대하는 눈치였다.

"하면 마지막으로 묻겠다. 세상에서 가장 아름다운 꽃이 무엇인 줄 아느냐?"

머리를 좀 굴려야 하는 수수께끼다. 왕대비답지 않게 잔망스러웠다. 한데 홍씨 처녀의 얼굴에는 도리어 화색이 돌았다.

"목화이옵니다."

기다린 것처럼 대답이 나왔다.

"가엾은 백성들을 따뜻하게 해주는 고마운 꽃이기 때문이옵니다."

"내가 왕후 간택에 나섰을 적에 선왕께서 친히 하문하신 문제다. 나도 꼭 너처럼 목화라고 대답을 올렸었지."

왕대비의 입가에 묘한 미소가 스쳤다.

"승지가 널 잘 가르쳤구나."

단순한 칭찬이라기엔 뼈가 있었다.

"흠흠! 정랑 심풍지의 여식으로 갑신생甲申生 십육 세이옵니다."

다른 처녀들의 차례가 계속되었다. 그러나 아무도 홍씨 처녀처럼 앞으로 불려나가진 못했다. 초간택은 조용히 마무리되었다.

모처럼 차라도 들자는 청연에게 붙잡혔다. 후원으로 갔다. 인기척이 덜한 곳을 찾아 휘휘 걷다가, 몇 년 전 함께 《곽장양문록》을 필사했던 정자에 자리를 잡았다.

"도승지가 기를 쓰고 미는 누이라더니……."

상쾌한 바람을 쐬며 청연은 어깨를 으쓱했다.

"기대에는 못 미치던걸."

"그러게요. 심풍지의 여식이 더 낫던데요. 아이를 잘 낳을 것처럼 복스럽고 나이도 보다 과년하지요."

청선도 불만스럽게 입을 오므렸다.

"맞아, 어린 게 제일 걸려."

"자가들께옵서도 그 즈음에 하가하지 않으셨사옵니까?"

덕임이 말했다. 예쁘장한 데다가 대답도 곧잘 했는데 꼬투리를 잡는 건 야박하다. 본디 왕실에선 열 살만 되면 혼처를 물색하는데 말이다.

"당장 원량을 낳을 후궁이니 처지가 다르지 않느냐. 우리는 하가하고서 열다섯 되었을 때서야 비로소 초야를 치렀느니라."

"생긴 것도 비리비리하던데 달거리나 제대로 할지, 원."

결국 재주나 품성은 부차적인 문제일 뿐, 가장 중요한 건 생산력이다.

어린 처자가 기특해 편을 들어보려 했으되 사실 덕임도 홍씨 처녀는 입궁하기엔 너무 이르다는 생각이 들었다. 아직은 어미 옆에 더 붙어 있어도 좋을 나이인데.

"그만큼 도승지 위세가 대단한 게지."

청연이 끌끌 혀를 찼다.

"중전마마만 가여울 따름이야."

"아니, 또 무슨 일이 있었어요?"

정궁 간택에 버금가는 화려한 삼간택의 와중에, 명색이 내명부의 수장이거늘 찍소리도 못 내고 숨어 있는 중궁이 안쓰러워 청선은 열성적으로 관심을 보였다.

"마마께서 오래도록 회임을 못 하시는 까닭을 두고 여러 가지 추측이 많았잖아."

청연이 목소리를 낮췄다.

"개중에는 곤전께서 어려서 와병하실 때 화기火氣가 아기집까지 미친 탓이라는 이야기가 있었지. 하여 며칠 전에 양의良醫를 들여 고쳐 보자는 상소가 올라왔는데, 도승지가 약으로 고칠 병이 아니라고 쏘아붙이면서 막 화를 냈다지 뭐냐."

여염집 부인의 몸을 두고 입방아를 찧어도 경을 치는 판에 무려 국모의 옥체를 두고 불치네 뭐네 떠드는 건 심히 방자한 행동이었다.

요즘 같아서는 도승지가 갈수록 가관이라는 뒷말이 나올 만도 했다. 궁궐 이곳저곳을 제집 드나들 듯하는 건 예사고, 궁방 하나를 빌려 하룻밤 묵고 가거나 궁인들을 사사로이 부리는 일까지 비일비재했다. 본디 궁궐에 머물 수 있는 사내는 임금뿐이라 직숙을 할 때에도 몸가짐을 경계하거늘 참으로 불경한 작태였다. 또한 왕의 총애를 믿고 품계를 멋대로 초월하니, 연로한 대신을 마주할 땐 버선도 신지 않은 맨발을 쭉 뻗고 앉아 건방을 떤단다.

하늘도 땅도 두려워하지 않을 만큼 호방하다는 평은 진즉부터 들었으되 이제는 정도가 지나치다. 아무리 무소불위의 권세를 손에 넣었던들 콧대를 너무 세운다. 무섭도록 엄격한 왕이 유독 덕로에게만은 유한 것도 곡절을 모를 노릇이다.

"전하께선 그 꼴을 또 두고만 보셨어요?"

"보셨다 뿐이겠느냐. 도승지 말이 옳다고 맞장구치시고, 왕실의 문제는 네 알 바 아니라며 상소 올린 이에게 면박까지 주셨다더라."

청연은 딱하다는 듯 한숨을 쉬었다.

"중전마마도 참 답답하셔. 이만큼 당하셨으면 좀 나설 만도 한데……."

답답한 것과 신중한 것은 비록 한 끗 차이지만 명백히 다르다. 그리고 왕은 신중함은 높이 사도 답답한 건 도무지 견디지를 못 한다.

"일개 후궁을 간택씩이나 해서 들이는 건 뭐람."

청연이 또 투덜거렸다.

"적당한 궁녀 하나 취하시면 번거롭지도 않고 중전마마 체면도 상하지 않을 텐데. 궁녀에게 승은을 입히는 게 무슨 흠이라고 질색을 하시는지!"

"그런 쪽으론 늘 엄하시니까요."

청선의 목소리에선 노상 기생집을 드나드는 제 지아비가 오라비를 반만 닮았으면 소원이 없겠다는 간절함이 묻어났다. 눈치 없는 청연은 계속 떠들었다.

"우리 조모이신 의열궁께서도 궁인 출신이거늘, 어쩜 그러실까."

가만히 듣던 덕임이 반짝 눈을 빛냈다.

"누가 궁녀 아니랄까 봐! 너도 그런 이야기를 좋아하느냐?"

"에이, 요즘 세상에 연애물 싫어하는 사람이 어디 있사옵니까."

덕임이 능청스럽게 받아넘겼다.

"연애물이라……. 그래, 퍽 아름다운 이야기긴 하지."

청연은 거들먹거리며 운을 뗐다.

때는 선왕이 막 즉위했던 갑진년. 당시 왕대비였던 인원왕후仁元王后에게 문후를 여쭈러 들른 그의 눈길을 끈 궁녀가 있었다.

몹시 아름다운 자태에 선왕은 첫눈에 반하였다. 하지만 웃전의 궁녀다 보니 함부로 취할 수 없었다. 더욱이 그녀는 반듯하게 사양하며 물러서기만 했다. 상민의 딸인 만큼 현실적인 여자였다. 동시에 무척 어린 나이에 입궁하여 온갖 쓴맛을 겪었을 만큼 야무진 사람이기도 했다. 선왕의 상사병이 날로 심해지자 보다 못한 인원왕후가 나섰다. 마침 국본의 자리도 비었겠다 후궁 삼아 후사를 이으라 주선하니, 궁인 이씨는 결국 승은을 입었다.

이 년 뒤, 선선대왕의 삼년상이 끝나 상복을 벗자마자 선왕은 그녀를 숙의淑儀에 봉했다. 탈상脫喪하고 정식으로 정사를 시작하는 때에 어진 선비에 앞서 후궁부터 봉작하다니! 신료들이 아연실색하여 질타하였으나 선왕은 무시했다. 뿐만 아니라 몇 년 지나지 않아 똑같은 행동을 되풀이했다. 또 다른 대비인 선의왕후宣懿王后의 국상 중에 그녀를 정일품 후궁 빈嬪에 봉하고 잔치를 벌인 것이다.

선왕은 맹목적으로 그녀를 사랑했다. 오죽하면 그녀가 세자를 낳던 날에는 아예 해산방을 지키기까지 했단다.

"보령 마흔에 간신히 얻은 원자이니 그러실 만도 했지."

민망했는지 청연이 변명하듯 덧붙였다.

"흠! 어쨌든 사십 년 해로한 끝에 의열궁께서 졸하셨으니 선왕께서 참 슬퍼하셨단다. 하여 왕후에 버금가는 예우로 의열이라는 시호까지 내리신 게지."

청연은 제 이야기에 혼자 감동받아 눈물을 글썽였다.

반면 덕임은 좀 떨떠름했다. 선왕의 열정은 대충 알겠다. 그러나 의열궁의 입장에서 그 열정이 마냥 좋았을지는 모르겠다. 번번이 사양하던 승은도 자신의 의지와 상관없이 입어야 했고, 임금의 철없는 행동으로 눈총을 샀을 터 처지도 곤란했겠다. 그렇지 않아도 출세를 질시하는 이가 많아 후궁 자리도 가시방석이었을 텐데.

접때 경희가 그랬다. 선왕과 세자의 사이가 벌어졌을 때 생모인 의열궁도 눈 밖에 났다고. 선왕이 결국에는 반성하고 그리워하며 다시 그녀에게 돌아갔다지만, 참 제멋대로다. 심통이 난다고 돌아서선 어린 후궁이 주는 천박한 쾌락에 신나게 몸을 굴렸으면서, 의열궁은 자신을 마냥 사랑해야 한다고 믿어 의심치 않았으니 이기적이기 짝이 없다.

의열궁은 과연 그토록 의무적인 사랑을 원했을까? 사랑받기를 당연히 여기는 사내의 곁에 있는 게 과연 그녀에겐 행복이었을까?

"재미가 없더냐?"

청연은 멀뚱히 생각에 잠긴 덕임을 흘겼다.

"몹시 부러워 넋을 잃었사옵니다."

덕임은 입술에 침도 바르지 않고 거짓말을 했다.

선왕께서 의열궁께 빚을 지셨다. 경희는 그렇게 말했다. 그 빚이 뭘까? 요절한 세자와 의열궁의 죽음을 대하는 궁정의 묘한 기운은 알고 있다. 당시를 기억하는 궁인들은 분명 쉬쉬하는 분위기다. 강퍅했던 선왕과 불행한 세자와 몹시 사랑받았다는 후궁을 둘러싼 중차대한 사연이 더 있을 것이다.

덕임은 스스로도 왜 아무 상관도 없는 타인, 옛날에 죽은 후궁 하나에 집착하는지 이해가 되질 않았다. 목구멍에 걸린 가시처럼 그 존재감은 자꾸만 제 마음을 불편하게 했다.

"오호호, 부럽단 말이지!"

청연이 입맛을 다셨다.

"내가 전하께 널 주선이라도 해주랴?"

"못 하는 말씀이 없으셔요!"

청선이 꾸짖어도 청연은 깔깔 웃었다.

주선까지 해줄 필요도 없다는 핀잔이 목구멍까지 올라왔다. 야밤에 병나발만 불게 하면 된다. 술김에 지나가는 생각시에게 승은을 입어보겠냐고 꼬리를 치거나, 올바른 길만 걷겠다고 맹세해놓고 궐 담을 넘어 기생을 만나러 가는 사람이니 말이다. 그래도 덕임은 무엄한 투정을 용케 속으로만 삼켰다.

"아! 한데 고맙다는 인사를 여태 못 했구나. 우울할 때 도움을 받았는데."

문득 청연이 무릎을 탁 쳤다. 왕을 대신해 광은부위에게 그녀를 혼내지 말고 잘 달래주라 충고하는 서신을 보낸 일을 말하는가 보다.

"전하께서 알려주셨다. 네 이야기를 곧잘 하시거든."

덕임은 눈을 동그랗게 떴다.

"애가 모자라긴 해도 제법 쓸 만하다시던데."

그놈의 모자라다 소리는 빠지질 않는다.

"좋게 봐주시는 게다. 어려서부터 궁인이라면 치를 떠셨거든."

"다른 말씀도 하시더이까?"

"음, 너와 곧잘 만나는지, 왕대비께서도 따로 널 부르시는지…….
뭐, 그런 거?"

아직까지 의심을 거두지 못한 걸까? 작년 가을 이후로는 가까워졌다고 생각했다. 그가 선을 넘지 않는 동안, 다가왔다가도 금방 물러서며 거리를 맞추는 동안에는 나름대로 신뢰를 쌓았다고 말이다. 그런데 왕은 뒤를 캐고 다녔다니 어째 서운했다.

잠깐만, 서운하다니? 그런 건 왕과 궁녀 사이의 감정이 아니다. 불쾌함이라 해야 맞겠다. 스스로를 설득하듯 덕임은 속으로 변명했다.

"우리 서방님이 아직도 미련하시기는 한데 그나마 나아지셨어."

청연은 제 이야기로 돌아갔다.

"살뜰하게 챙겨주시고 선물도 종종 해주셔. 전에는 어머님 앞에서 내 편까지 들어주셨단다. 며느리를 좀 더 살갑게 대해주시면 좋겠다고 말이야."

"아, 정말이시옵니까?"

"물론 그러고 곧장 불효를 저질렀다며 시댁 마당에 무릎 꿇고 앉아서 엉엉 울고 난리도 아니었지만!"

"광은부위가 사람은 반듯하잖아요."

청선이 말했다. 부러움이 담겨 있었다. 청연은 이제야 외입을 일삼는 지아비 때문에 하루가 다르게 시들어가는 누이를 보았다.

"홍은부위가 얼른 정신을 차려야 너도 얼굴이 필 텐데……."

진즉 눈물이 말라 버린 사람처럼 청선은 쓰게 웃었다.

그때였다.

"……무얼 하느라 여태 안 오나 했더니!"

차디찬 음성에 덕임은 본능적으로 튀어 올랐다. 아니나 다를까, 왕이 정자 아래서 뒷짐을 지고 노려보고 있었다. 장단 좀 맞춰주다 간다는 게 너무 지체했나 보다.

"아니, 전하!"

청연과 청선도 깜짝 놀라 몸을 일으켰다.

"사사로이 출가외인들과 어울리고 있었느냐?"

"나무라지 마소서. 가야 한다는 걸 소녀가 붙잡았사옵니다."

양심은 있는 청연이 변명해 주었다.

"너희는 썩 물러가라. 오늘은 어마마마께서 윤허하셨다니 봐주겠다만, 자꾸 궐 출입이 잦으면 벌을 내릴 것이야."

깨갱 꼬리를 내린 청연과 청선은 속절없이 달아나 버렸다.

왕은 성큼성큼 정자 위로 올라왔다. 여인들 여럿에서도 지지고 볶고 놀던 큼지막한 정자가 돌연 좁게 느껴졌다.

"자전도 모자라 궐 밖 사는 누이들에게까지 밀려야 한단 말이냐!"

그 기세에 놀라 한 걸음 물러서자 또 한 걸음 다가온다.

"내 것을 빼앗기는 기분은 싫다고 진즉 말했을 텐데!"

빼앗기는 기분이라는 것을 어찌 해석해야 할지 모르겠다.

그녀가 쭈뼛거리는 짬에 왕도 이렇게까지 노할 일이 아니라는 걸 깨달은 것 같았다. 그는 저도 모르는 사이 덥석 잡은 덕임의 어깨를 놓았다. 그러고는 손에 남은 작은 어깨의 온기를 매만지듯 손바닥을 비볐다.

"흠! 욱하는 성질 좀 고쳐야 하는데……."

그가 나름대로 사과를 했으니 이쪽에서도 성의를 보여야 했다.

"아니옵니다. 어명을 잊고 딴 길로 샌 소인이 잘못하였사옵니다."

"됐다. 외인과 어울리지 말고 나를 섬기는 데 집중해라."

고분고분 굴면 이상스레 약해지곤 하는 왕은 이번에도 어김이 없었다. 한결 누그러졌다.

"아무튼 간택은 어찌 되었느냐?"

왕대비가 홍씨 처녀를 특별히 대했다는 대목에서 그는 만족스러워했다.

"별로 걱정할 필요 없겠군."

생각에 잠긴 왕은 난간에 기대어 물끄러미 하늘을 보았다. 바람을 타고 온 초목의 향을 음미하듯 침묵하더니 한참 만에 다시 입을 열었다.

"청선은 요즘 어떠하더냐?"

"이궁자가의 안부라면 아까 계실 때 여쭈시지 않구요?"

쫓아낼 땐 언제고 뒷북이다.

"오라비가 누이 부부의 금슬에 대해 직접 묻는 건 점잖지 못하다."

역시 겉껍데기와 달리 알맹이는 부드러운 사내다. 엄격하게 굴면서도 속으로는 항상 누이들을 걱정하는 것 같다. 청연 때도 그랬다. 자중하라며 매섭게 꾸짖고도 바쁜 와중에 매부에게 서찰 쓸 생각을 하는 등 챙기려 들었다. 다스리는 방법에는 문제가 있어도 위하는 마음만은 갸륵하다.

"그 애 안색이 자꾸 나빠지는 게 신경 쓰인다."

왕이 미간을 찡그렸다.

"흥은부위 그놈은 도통 철들 줄을 몰라."

그가 덕임을 흘끗 보았다. 믿을 만한지 가늠하는 양 신중한 눈빛이었다.

"……어릴 땐 사방이 막혀 있었다. 일거수일투족을 감시당했지. 하여 조정 안팎 사정을 알려줄 내 편을 만들고자 물색했는데, 흥은부위가 명랑하고 발이 넓어 제격이다 싶었다. 왕실의 부마라 가까이 두기도 편했고."

그가 소년 시절의 한 자락을 내보이고 있다. 이런 일은 처음이다. 심지어 덕임이 그 시절에 속했을 때조차 그는 뒷모습만 보였으니 말이다.

"그렇지만 어울릴수록 참담하더군. 입만 열면 기생 타령에 측근이라고 소개해 주는 별감들까지 죄 한량이었어. 잠행 삼아 궐 밖에 나가는 수고까지 하고도 얻은 게 하나도 없었지. 감히 날 미천한 기생집으로 데려가서 저가 어울려 논 계집이나 보여주었으니 말이다."

왕의 눈빛이 사뭇 매서웠다.

"본디 여자란 웃음과 눈물로 사내를 현혹하는 해로운 존재라지만, 기생은 그중에서도 가장 악질이다. 애초에 절개부터가 없는 사특한 무리니까."

뻣뻣하게 세운 그의 목덜미가 파르르 떨렸다. 어여쁜 기녀들의 향연을 그의 고지식함으로 감당하기엔 영 무리였나 보다.

"에이, 그래도 눈에 드는 사람도 하나쯤은 있지 않으셨사옵니까? 요즘 기녀들은 미모는 물론 학식과 재주도 뛰어나다던데요."

처음 청연이 왕의 외입을 입에 올렸을 때부터 저토록 꼬장꼬장한 사내가 어찌 계집질을 했을까 이상스레 여기지 않은 날이 없었으므로 내친김에 캐보기로 했다.

"반가의 규수를 부인 삼고도 굳이 비천한 여자에게 눈길을 주랴?"

왕이 펄쩍 뛰었다.

"지조는 군자와 부인 모두에게 요하는 미덕이다. 신민을 정숙하게 이끌 책임이 있는 군왕이 정욕에 이끌려서야 체면이 서겠느냐. 사내가 첩을 거느리는 게 흠은 아니지만, 적어도 나 자신에겐 용납할 수 없는 방종이다."

남에게 엄격한 것 이상으로 스스로를 절제하는 사내다. 잠시나마 혼자 깨끗한 척한답시고 그를 오해했던 게 미안할 지경이다. 아무래도 청연이 뭘 잘못 알았나 보다.

외입을 한 게 아니란다. 여자는 싫단다. 기생은 더 싫단다. 그는 갈림길에서의 다짐을 어기지 않았다. 덕임은 이상할 만큼 마음이 가벼워졌다. 어쩐지 목덜미며 얼굴도 간지러웠다.

"……절대로 안 될 일이야."

문득 왕이 중얼거렸다. 덕임을 빤히 보는 그의 눈동자도 몹시 일렁였다.

"감히 내가 말하는 데 끼어들지 마라."

비록 또 대뜸 심통을 부렸지만 말이다.

"이대로는 추문만 붙겠다 싶어 천천히 떼어 내려 했는데, 어마마마께서 어찌 알고 끼어드시는 바람에 일이 커졌다. 내 행실을 바로잡으시겠다며 외조부를 움직여 흥은부위에겐 벌을 주고, 어울리던 별감들은 유배를 보내셨어. 그 바람에 내 평판에 흠집이 났지. 몇 없던 수족들까지 덩달아 잘려나갔고……. 여러모로 답답한 시절이었다.”

지나치다 싶을 만큼 모범적인 그의 생활 습관이 그냥 만들어지진 않았겠거니 대충 짐작이 갔다. 오래전부터 지켜보는 눈이 많았던 것이다.

“그나마 이 회활한 사건이 선왕의 귀에 들어가지 않아 천만다행이었지, 자칫했으면 나도 아바마마처럼…….”

왕은 황급히 제 입을 막았다. 너무 많이 말해 버린 그의 실수를 수습해 주어야 했다.

“도승지 영감을 거두기 전까진 쭉 외로우셨겠습니다.”

“……음? 아아, 그렇지.”

“총애하시는 까닭을 알 만하옵니다.”

덕임은 아무것도 못 들은 척 방긋 웃었다.

“넌 선을 지킬 줄 아는군. 깊게 알려 하지 않고 생색을 내지도 않아. 모자란 것이 처신은 제법 기특해.”

왕은 감탄한 눈치였다.

괜한 호기심으로 소소한 평화를 깨고 싶진 않았다. 그가 속 이야기를 해주는 게 좋다. 그에 대해 알아간다는 느낌도 좋다. 이미 그에 대해 알고 있던 점을 다시금 확인하는 것도 좋다. 붉은 먼지처럼 어지러운 이 인세에선 답답할 만큼 대쪽 같은 성정도 나름의 인간미다. 내가 잘났으니 나머지는 모두 못마땅하다는 거만함은 은근히 귀엽다.

“어찌 대꾸가 없느냐?”

“칭찬을 해주시니 망극해서요.”

이 감정을 설명할 방도가 없어 둘러댔다.

“치, 칭찬하는 게 아니다! 그냥 의외라는 거지!”

용안이 화르륵 달아올랐다.

"하여튼 거슬려. 넌 날 동요하게 만든단 말이다."

왕이 등을 홱 돌리고 한 걸음 물러섰다. 보이지 않는 거리를 유지하는 모종의 법칙처럼 성큼 다가온 만큼 또 멀어진다. 아쉽지는 않다. 그가 물러서는 한, 안전하다.

"전하, 여기 계시옵니까!"

저만치 수풀 사이로 덕로가 나타났다. 남들보다 키가 머리통 하나만큼 큰 왕은 멀리서도 보았으나, 덕임은 미처 보지 못했는지 깜짝 놀라는 눈치였다. 요렇게 살펴보는 눈초리가 영 사나웠다. 하긴, 누이가 후궁이 될 마당에 애매한 처지의 궁녀가 달가울 리 없다. 고깝지나 않으면 다행이다.

"아! 갑자기 사라져서 미안하네. 확인할 게 있어서."

왕은 마침 잘 나타났다는 듯 과하게 덕로를 반겼다.

"간택에 대해 들었나? 자전께서 경의 누이를 알고 발을 걷어 자세히 보셨다니 그 덕용이 출중함을 짐작할 만하군."

"어리고 배운 바 없는 누이를 어여삐 보아주신다니 망극하옵니다."

덕로는 애써 겸손한 척했다.

"이미 양전兩殿께서 경의 누이를 염두에 두셨으니 삼간택은 요식일세. 경의 처지가 편치는 못하겠지만 종묘와 사직을 위한 큰 계책일 따름이지."

왕이 엄숙하게 말했나.

"비록 국혼을 치를지언정 누가 경과 같은 사람을 척리라 따지겠는가."

"앞으로는 경계하는 마음을 곱절로 지니겠사옵니다."

"그래, 어서 성정각誠正閣으로 가세."

이윽고 두 사내는 먼 점으로 사라졌다. 왕은 끝내 뒤돌아보지 않았다. 매양 보는 뒷모습인데도 어째 기분이 몹시 이상했다.

재간택과 삼간택은 이번 없이 지나갔다. 홍씨 처녀의 왕실 입성은 파격적인 대우의 연속이었다. 중궁에 버금가는 내명부 무품無品의 빈嬪으로서 궁호는 숙창淑昌, 빈호는 으뜸 원元자를 쓰는 원빈元嬪이라 봉작되었다. 가례도 단연 성대하게 치렀다. 예식 비용을 줄이라 왕이 누차 강조했으되 애초부터 옛 귀비의 전례를 참고한 만큼 뻔한 결과였다. 어린 숙창궁 홍씨가 어여머리에 짓눌려 비틀거린 것만 빼면, 가례는 별 탈 없이 축복 속에서 끝났다.

그러나 그 다음날 탈이 생겼다.

중궁은 아무도 예상치 못 한 때에 반격을 가했다. 그녀는 숙창궁의 조현례(朝見禮, 가례를 올린 비빈이 웃전에 인사를 올림)를 거절했다. 날이 더워 옥체가 편치 않다는 핑계를 댔다. 정궁이 먼저 인사를 받지 않으면 자전과 자궁에게도 인사를 올릴 수 없었다. 뜰에서 무작정 기다리는 숙창궁은 금방이라도 쓰러질 것 같았다. 비는 추적추적 내리지, 날씨는 후텁지근하지, 입은 옷은 불편하지……. 어린 소녀에겐 실로 가혹한 형편이었다. 백관들도 좌우로 서서 간절히 청했으나 결국 중궁은 문을 열지 않았다. 그대로 날이 저물었다.

사흘이 지났다. 일단 별궁으로 물러난 숙창궁을 비롯해 모두가 초조해했다. 이제나저제나 불러주기만을 기다리는데 중궁전은 여태 미동이 없다. 중궁의 친정 어미까지 뛰어와서 달랬는데도 요지부동이다. 차마 조강지처더러 첩을 보라 다그치기에는 민망했는지, 혹은 그 중궁이 이렇게 나올 줄은 몰라 당황했는지, 왕실에서도 재촉할 엄두를 못 냈다.

긴장 속에서 시간만 속절없이 흘렀다.

"으아, 비도 오는데 왜 이리 푹푹 찌냐!"

저고리 소매를 퍼덕이며 복연이 덕임의 방에 뛰어들어 왔다.

"야, 중전마마께서 언제까지 버티시나 내기할 건데 너도 낄래?"

"됐거든. 그러다 천벌 받는다."

"웬 착한 척?"

"내가 원래 좀 착해."

복연은 요란하게 콧방귀를 뀌었다.

"오늘도 바빠 보이네. 뭐하냐?"

"전하께서 시키신 일."

비에 젖은 머리를 후드득 털더니 복연은 덕임의 글자를 넘겨보았다. 그러더니 혀를 쭉 빼고 죽는시늉을 했다.

"……왕대비전 상궁 이하는 흰 치마저고리에 백피화白皮靴가 어쩌구, 우웩! 이게 뭐야? 보기만 해도 토 나온다."

"내 말이."

왕의 태도가 야박해졌다. 처음에는 수백 권에 달하는 내명부의 장서들을 혼자서 닷새 안에 정리하고 목록까지 만들라는 황당한 임무를 받았다. 당연히 기한 내에 끝내지 못했더니 엄한 벌을 받았다. 거기다 다시 닷새 안에 끝내라는 독촉까지 이어졌다. 경희가 마침 중궁전 지밀부에 재작년에 정리해 둔 목록이 있다며 도와주지 않았으면 또 벌을 받을 뻔했다.

"무슨 꾀를 썼는지 모르겠군."

덕임이 어렵사리 완성한 목록을 흘끗 보더니 왕은 얄밉게 말했다.

희한한 임무는 줄을 이었다. 기껏 다 치운 서고를 처음부터 다시 꾸미라든가, 각 궁방의 궁녀들이 쓰는 재물을 조사해 오라든가, 사람

굴리는 방법도 가지가지였다.

심지어 갈수록 가관이다. 이번에는 지난 백 년간 궁녀들이 행사 때 입은 복식을 조사해 오란다. 그런 건 예조에서 하는 일 아니냐고 항변했지만, 잔말이 많다고 혼만 났다.

별 시시한 잡일도 잔뜩 떠맡았다. 가만히 있는 꼴을 못 보는 사람처럼, 눈에 띄기만 하면 잔심부름을 시킨다. 트집 잡기도 예사다. 접때는 물 달라고 해서 올렸더니 물에 띄운 얼음 모양이 흉하다고 난리를 쳤다. 왕의 마음에 들 때까지 석빙고를 오락가락해야 했다. 이토록 유치하고도 서러운 사연이 구구절절 많아 다 털어놓기도 힘들다.

"원래 심술 곧잘 부리신다면서."

며칠 전, 파김치가 된 덕임을 보고 경희가 딱딱거렸다.

"이렇게까지 심하진 않으셨단 말이야!"

"도승지가 뒤에서 찌르는 걸까? 누이가 후궁이 되었으니 후환을 없애려고."

"아니야, 분명 전하께서 일부러 그러시는 거야. 눈빛이 꼭 언제까지 버티나 보자, 약 올리는 것 같거든."

새삼 부아가 치밀어 덕임은 이를 갈았다.

"정 힘들면 당분간 숨어 지내든가."

"벌써 해봤어! 바깥 곳간 청소를 자원해서 사나흘 나가 있었다고. 근데 비자가 찾으러 오더라. 전하께서 무슨 버르장머리로 마음대로 나가냐며 노하셔서는, 당장 데려오라 하셨대."

"아하! 절박하신가 보다."

흥미로운 미소가 경희의 만면에 번졌다.

"널 부정하고 싶으신 거야. 전하처럼 꼬장꼬장한 분이 궁녀한테, 그것도 너 같은 맹추한테 마음이 간다는 걸 인정하고 싶으시겠니."

"글쎄다. 접때도 여자는 귀찮기만 하다고 못을 박으시던데."

"그러니까 머리랑 가슴이 따로 논다는 거야. 내키지 않는데 자꾸 동하니까 전하께서도 미치고 팔짝 뛰실 노릇이겠지."

경희 설레발에 꼬이면 안 되는데 묘하게 설득력이 있었다.

"괜히 혼자 화풀이를 하신다는 거야?"

"원래 사내애들은 관심 끌려고 좋아하는 여자애를 괴롭히니까."

"내일모레면 보령이 서른이신데!"

"사내는 커도 애라던데."

남의 일이라고 경희는 대수롭지 않게 말했다.

"제풀에 지치실 때까지 버텨야지, 뭐."

"불공평해. 전하의 마음이 어떻든 내 잘못은 아니란 말이야."

덕임이 앓는 소리를 냈다.

"머지않았어. 이 시기마저 지나가면 전하께선 선을 넘으실 거야."

"그럼 어떻게 되는데?"

"행동을 하시겠지. 널 취하시든, 아예 내쳐 버리시든."

경희의 눈빛이 진지해졌다.

"넌 어쩔 거야?"

"아무것도."

덕임은 힘없이 으쓱했다.

"처음부터 내가 할 수 있는 건 없었잖아. 밀면 밀리고. 당기면 당기시고."

임금을 거절할 수 있는 여인은 없다. 하물며 오직 지존을 위해 정절을 바치겠다고 계례까지 치른 명실상부 왕의 여자다. 제 운명을 남의 손에 쥐여준 채 순종하는 종복이다. 절대 그 이상은 될 수 없다.

"야! 사람 앉혀두고 무슨 생각을 하냐?"

눈동자만 도록도록 굴리는 덕임을 보다 못한 복연이 투정했다.

"어, 미안. 아무튼 요즘 바빠."

"딱 봐도 그래. 만날 어딜 싸돌아다니잖아, 너."

복연은 혀를 끌끌 차며 품을 뒤적였다.

"근데 이건 왜 구해 달라고 한 거야? 읽을 새도 없겠구만."

반쯤 빗물에 젖은 소설책이 나왔다. 궁녀들끼리 곧잘 돌려보는 순애물이었다.

"베껴 쓰려고. 필사 의뢰야. 덕분에 수월하게 구했네. 고마워."

"그러다 진짜 쓰러진다. 영희가 너 잠도 못 잔다고 걱정하던데."

"소처럼 튼튼하니까 괜찮아."

감기도 삼 년에 한 번 걸릴까 말까 한 강골이 바로 집안의 내력이다.

"할 거야. 해야 해."

"왜?"

"지기 싫으니까."

"엥? 누구한테?"

"난 절대로 당하고만 살진 않을 거야."

제 운명을 남의 손에 쥐여 주었던들 저항은 할 수 있다. 적어도 그가 보지 않는 곳에선 스스로 뜻대로 살고 싶다. 스스로 선택하고 싶다. 스스로 무엇을 이루고 싶다.

왕이 그토록 싫어하는 잡문을 열심히 읽을 것이다. 손이 다 닳아지도록 필사까지 해서 이 나라 방방곡곡에 마구 퍼뜨릴 것이다. 아무리 지존이라도 나 하나는 마음대로 다스리지 못하도록 말이다. 하찮고 소소한 저항이라도 그가 싫어하는 일을 몰래 한다는 데서 묘한 승리감을 느꼈다.

"애가 착한 척에 미친 소리까지 하네."

복연은 어리둥절 입만 해 벌렸다.

"안 미쳤어."

덕임이 새치름하게 대꾸했다.

내명부의 불편한 대치 상태가 어언 육 일째에 접어들었다.

왕은 일찍 소대召對를 파하고 돌아왔다. 그는 창밖으로 주룩주룩 내리는 비만 하염없이 바라보았다. 한 해 농사를 망칠 만큼 비가 많이 쏟아진 지도 벌써 육 일째다.

"나의 부덕함이 백성들에게까지 미치는가 보군."

착잡한 한숨과 함께 그는 한탄했다.

넘어가지 않는 책장만 만지작거리던 그가 문득 가까이 오라 손짓을 했다. 덕임은 한구석에서 난초 잎사귀를 잡고 씨름하는 중이었다. 왕이 침전에서 키우는 작은 화분이었다. 누렇게 시들었지만 어떻게든 살려 내라며 억지를 쓰는 바람에 그녀의 몫이 된 것이기도 했다.

"어깨 좀 주물러라. 뻐근하다."

"의녀를 부르겠사옵니다."

"네가 하라고."

흙 묻은 손을 탈탈 털고 뭉그적뭉그적 다가갔다. 밤새도록 한 자세로 책을 읽는 습관이 있어 왕의 어깨는 굳고 딱딱했다.

"시원하게 좀 해봐라. 어찌 이리 아귀힘이 약해."

앙심을 끌어모아 꽉 주물렀는데도 그는 아파하지 않았다. 한 손에 담기지도 않을 만큼 어깨가 크고 넓은 탓이었다.

"힘 좋은 환관을 부르겠사옵니다."

덕임이 뾰로통하니 대꾸했다.

"일을 한번 맡았으면 내빼지 마라."

역시 심술이다. 이렇게 된 이상 아프니까 살살 하라는 말을 들어야 속이 시원하겠다. 온 체중을 실어 꽉꽉 눌렀다. 그래 봤자 별 소용은 없었다. 왕은 여전히 시원찮다는 듯 혀를 찼고 오히려 덕임만 금세 지쳤다.

"중전이 왜 저러는지 모르겠다."

팔이 저리고 이마에 땀이 송골송골 맺힐 무렵, 왕이 갑자기 딴소리를 했다.

"투기의 근본은 애정인데……."

어째 또 속마음을 털어놓고 싶은가 보다.

"중전과 나는 아주 어릴 때 혼인했다. 긴 세월 동안 애정 따위가 필요한 적은 없었어. 점잖아야 마땅할 부부지간의 정은 과하면 체면만 상하니까."

지어미와의 시간을 돌이켜보는 것치곤 너무 냉정했다.

"중전은 덕용을 갖춘 사람이다. 분수를 잘 지키고 부인으로서 도리를 정성껏 따르니까."

왕이 말했다.

"다만 내가 중전에게 별생각이 없듯, 중전도 내게 크게 마음이 없지."

지어미가 지아비를 과하게 사랑하는 건 사대부의 미덕에 반하는 독이다. 지아비가 지어미를 너무 아끼는 것도 마찬가지다. 가까운 부부일수록 예의를 갖추고 선을 긋는 것이야말로 군자가 마땅히 지켜야 할 도리다. 갈 곳 없는 애정은 비천한 첩에게나 쏟으면 되는 것이다.

"한데 왜 투기를 한단 말이냐?"

깜짝 놀란 덕임이 왕의 어깨에서 손을 뗐다.

"중전마마께선 투기를 하시는 게 아니옵니다."

무엄한 줄 알면서도 옆으로 빼꼼 고개까지 내밀었다.

"화가 나신 것이지요."

"그게 투기 아니냐."

왕이 눈썹을 추켜세웠다.

"전혀 다르옵니다! 여인도 화를 낼 수 있사옵니다."

하여튼 사내들은 여자의 분노를 진지하게 받아들일 줄 모른다.

"당연한 예우를 받지 못해 서운하신 거라고요."

중궁은 철저히 무시당하고 있다. 굴러들어온 돌이 가관이다. 오직 왕후만이 누릴 수 있는 특권들을 탐낸단 말이다. 국모와 국본에게만 허용된 으뜸 원元자를 떡하니 쓰질 않나, 후궁 주제에 내의원과 신료들의 문안을 받겠다지 않나…… 암만 매가리가 없는 중궁일지언정 골이 나지 않을 수 없다.

"전하께서 조금만 달래주시면 되옵니다. 편을 들어주소서. 후궁을 낮춰 정궁의 지위를 세워주소서. 하오시면 마음을 풀고 숙창궁을 따스하게 반겨주실 겁니다."

왕은 여전히 뚱했다.

"온화하신 분이 오죽하면 그러시겠습니까."

접때 보니 중궁은 왕을 사뭇 무서워하는 눈치던데, 이만큼 뻗대려면 거의 죽을 각오를 한 것이리라. 한데 중궁도 의외로 암팡스러운 구석이 있다. 여자로서 무시당하는 건 참아도, 후비后妃로서 자존심이 상하는 건 참지 못한 셈이니 말이다. 지아비를 섬길 때에도 도리와 절개로 완전 무장을 해야 하는 사대부의 부인이라 그런 걸까?

"네가 뭘 안다고 날 가르치느냐."

"소인은 화를 내본 적도 있고, 투기를 한 적도 있어 잘 아옵니다."

덕임은 여봐란듯이 맞받아쳤다.

"언제 투기를 느꼈느냐?"

왕은 별로 중요치 않은 부분에 흥미를 보였다.

"뭐 이래저래……. 똑같이 먹는데 남의 떡에는 팥고물이 더 두둑하다거나……?"

패기 있게 잘난 체는 했는데, 막상 잘 떠오르지 않았다.

"넌 참 하찮구나."

왕은 픽 웃었다.

"너무 하찮아서 좀 귀여운 것도 같군."

가슴이 쿵 내려앉았다. 느낌이 너무 이상해서 마당서 기르는 소나 닭처럼 귀엽다는 말씀일 뿐이라고 스스로를 꾸짖어야 했다.

"어, 어쨌든! 평생 투기해 보신 적 없는 전하보단 소인이 더 잘 아옵니다."

"그런 건 투기가 아니다."

"왜요?"

"분노와 투기는 다른 것이라면서 어찌 투기와 질투는 구별하지 못하느냐."

"하오나……."

"투기는 남녀 간 비롯되는 강샘이나, 질투는 투기를 포함하는 감정이자 사사로운 시샘까지 전부 아우르는 말이다. 하여 네 하찮은 감정이 질투는 될 수 있어도 투기는 못 된다."

"같은 말인 줄로만 알았나이다."

덕임은 눈을 동그랗게 떴다.

"하오시면 전하께선 질투를 해보신 적은 있으시옵니까?"

"당연히 없……."

발끈 대꾸하려다 말고 왕이 멈칫했다.

"요사이 좀 불쾌할 때는 있군."

그가 그녀를 돌아보았다. 시선이 닿았다. 이마에서부터 목을 지나 가슴까지 닿는 그 진득함이 어째 무서웠다.

"다른 이와 있는 걸 보면 화가 난단 말이지."

뒤늦게 깨달은 사람처럼 표정이 묘했다.

"하지만 그건 질투도 투기도 아닐 텐데. 그냥……."

그는 연신 중얼거렸다.

"너 때문에 나까지 헷갈리지 않느냐."

이내 왕은 미간을 찡그렸다.

"그럴 리 없어. 내가 무슨 소인배도 아니고……."

그의 눈빛이 돌연 심술궂게 변했다.

"저건 왜 아직도 살리질 못했느냐?"

누렇게 뜬 난초를 가리키며 그가 트집을 잡았다. 시든 잎사귀를 반 나절 만에 살리면 사람이 아니고 신선이다.

"행동이 굼뜬 죄에 대해 내일까지 반성문을 써와라."

"아, 아니, 내일 아침까지 대전 퇴선간의 세간을 파악해 아뢰라 하 셨사온데……."

"둘 다 하면 되겠구나."

하릴없이 덕임은 속으로 참을 인忍만 새겼다.

"윤 묵이 게 있느냐!"

왕이 보료를 차고 벌떡 일어섰다.

"중궁전으로 간다."

알 수 없는 까닭으로 저 혼자 언짢은 왕은, 과묵한 환관의 손길에 옷매무새를 맡기면서도, 곁눈질로 덕임을 흘끗 보곤 또 중얼거렸다.

"설마 그럴 리 없어."

그러고는 쌩 떠나버렸다.

칠 일째 되던 날. 드디어 중궁이 숙창궁의 인사를 받았다.

죽어라 물리친 사람답지 않게 온화했다. 숙창궁이 어리지만 태가
곱고 사랑스럽다고 칭찬을 했다. 손도 잡아줬다. 어린 나이에 왕실의
사람이 되는 어려움에 대해 위로하고 눈물까지 흘렸다. 인심도 후하게
썼다. 홍초 닷 동과 백빈주 열 동을 숙창궁에게 하사했고, 숙창궁의
친정에도 친히 음식을 사송했다.

다만 예식이 끝날 때까지 당하에 세워둔 채 당상으로는 올라오지
못하게 했다. 날씨가 끄물끄물한 데다 무더우니 어린 후궁 몸이 상할
까, 효강혜빈이 위로 올리려 했으되 왕이 나서서 막았다. 그는 중궁이
후궁더러 아래에 서라 하면 응당 그리해야 하는 것이라며 엄숙하게 못
을 박았다.

줄곧 내리던 비가 다음날부터는 거짓말처럼 그쳤다.

첫 합궁이 잡혔다. 관상감에서 심혈을 기울여 고른 만큼 초야를 치
르기에 더없이 좋은 길일이란다. 왕은 초저녁부터 목욕재계를 하고 새
옷을 입었다.

"번거롭군."

시간이 될 때까지 책을 뒤적이던 그가 중얼거렸다. 표정이 썩 좋지
않았다. 늙은 상궁들이 옆에 앉아 올바른 합궁에 대해 설교를 늘어놓
을 때부터 쭉 그랬다. 다 아는 걸 자질구레하니 가르치려 든다며 벌컥
성을 내기까지 했다.

날카로울 만도 했다. 왕실의 정식 합궁은 대단히 민망하다. 지존 내

외가 침전에 들면, 그 사방을 노숙한 상궁들이 에워싼다. 뭘 어떻게 해라 조언하거나 왕이 정력을 심하게 쏟을 경우 수습하기 위해서다. 사이를 가로막는 건 오직 얇은 병풍뿐이다. 상궁들이 보고 듣는 앞에서 정교를 맺는 것이다. 아직 어색한 내자와 합궁을 하는 것도 고역인데 누가 옆에서 감 놔라 배 놔라까지 한다면, 암만 대범한 사내라도 골이 날 것이다.

하지만 아녀자 입장을 살피면 왕은 불평할 처지도 못 된다. 그쪽은 지켜야 할 규칙이 훨씬 많다. 임금을 똑바로 보면 안 되고, 소리를 크게 내도 안 되고, 옥체에 함부로 손을 대서도 안 되고, 마음대로 움직여서도 안 된다. 즐거운 부분도 간혹 있기야 있겠지만, 보통은 나무통처럼 가만히 누워서 끝마치기만을 기다리는 셈이다.

참 못 할 노릇이다. 덕임은 몸을 부르르 떨었다.

"넌 오늘 밤에 번을 서느냐?"

왕은 저건 또 왜 저러나 싶은 눈초리로 그녀를 보았다.

"예, 침전 바깥 복도에서 섭니다."

대전은 텅텅 빌 것이다. 매섭게 부라리는 윤묵도, 트집을 잡는 큰방 상궁도 모두 떠난다. 모처럼 평화로운 밤이다. 졸거나 군것질을 해도 혼날 일이 없다.

"기분이 아주 좋아 보이는군."

왕이 퉁명스럽게 말했다.

"내가 없는 게 그리 좋으냐?"

꼬투리 잡히기 전에 무마하는 게 낫다.

"당치 않으시옵니다. 벌써부터 전하가 그립사온데요."

"말은 잘 한다."

다행히 왕은 쓴소리 없이 용안만 조금 붉혔다.

해시가 넘자 그가 움직였다. 봉보부인과 큰방상궁, 예순은 넘었음
직한 늙은 상궁들, 그리고 환관 두엇만이 따라나섰다.

"어린 숙창궁께서 잘 해내실지 모르겠구나."

멀리 사라지는 불빛을 멀거니 보며 서 상궁이 말했다.

"곱게 큰 양갓집 아씨가 초야를 치르려면 쉽지 않을 텐데."

"원래 후궁도 정궁처럼 정식 합궁을 해요?"

"보통은 안 그런데, 국본을 생산하기 위해 간택된 무품빈이시니까."

민망하긴 해도 대단히 예우받고 있다는 뜻이었다.

아무렴 재난이 났다거나 날씨가 별로라는 등 온갖 이유로 취소되기
일쑤인 왕실의 합궁은 손이 많이 간다. 달거리 날짜 계산해야지, 아기
씨 사주팔자 고려해야지, 튼튼한 왕손을 내려주십사 제사도 지내야지
이래저래 번거롭다. 뭐, 어떤 면에선 지극한 보살핌인 셈이다.

"어쨌든 마마님, 전 눈 좀 붙일 테니까 정 필요하실 때만 부르세요."

"어이구, 요것 봐라. 대놓고 농땡이를 친다네?"

서 상궁은 기가 막히고 코가 막혔다.

"봐주세요. 진짜 힘들다니까요."

"쯧, 전하께서 널 못 잡아먹어 안달이시긴 하더라. 또 어쩌다 밉보
인 게야?"

"아무것도 안 했어요."

"그래, 항상 아무것도 안 했다지."

서 상궁은 삐죽였다.

밤은 고요하고 복도는 썰렁했다. 벽에 가만히 등을 대고 앉아보니
꼭 세상을 혼자 차지한 기분이었다. 풀벌레 우는 소리 맞춰 부채질을
살살 해 무더위를 쫓았다. 막상 선잠이나마 청하자니 오히려 정신이
깼다. 온몸이 누적된 피로로 아우성인데 눈만 말똥말똥했다. 자연히

상념에 빠져들었다. 처소에 뭐 먹을 것 좀 있나, 하는 잡념은 눈 깜빡할 새 무럭무럭 자라나 왕에 대해서까지 미쳤다.

지금 그는 무얼 하고 있을까.

어린 후궁 붙들고 꼬장꼬장하게 훈계나 하면 안 되는데. 아니야, 그래도 총애하는 덕로의 누이니까 상냥하게 대해줄지도 몰라. 근데 여자에게 상냥할 때의 그는 어떨까? 노상 괴롭히고 심술이나 부리는 분이라 상상도 못 하겠다. 어쩌면 책을 읽을 때처럼 그윽한 목소리로 이름을 불러줄지도 모른다. 부끄러워할라치면 다정하게 달래줄지도 모르고.

겨우 거기까지 생각했을 뿐인데 이상했다. 가슴 한쪽이 시큰거린다. 오른쪽 귀에서 윙윙 요상한 소리가 들린다. 피곤해서 그런가? 덕임은 제 이마와 목덜미, 손목, 가슴팍을 차례로 만져 보았다. 뜨겁다. 쿵쿵 고동도 친다.

에이, 아무래도 상관없다. 덕임은 눈을 꾹 감았다. 잘 수 있을 때 자두는 게 중요하다. 서 상궁이 잔소리하는 상상을 하니 효과가 있었다. 두 눈꺼풀이 무겁게 감기고 온몸에서 힘이 빠져나갔다.

그러나 달콤한 잠귀신의 품에 안겨 있을 팔자가 아니었다.

"주상전하 납신다!"

문득 소란스럽다 싶더니, 서 상궁이 튀어나와 어깨를 퍽 쳤다.

물먹은 솜처럼 몸이 무거웠다. 깨지 않는 눈을 억지로 뜨자마자 왕이 거추장스럽다는 듯 옷깃을 매만지며 들어섰다. 너무나 빠른 귀환이었다. 합궁은 음기가 양기로 탈바꿈하는 자시에 치러지는 걸 감안하면 심히 일렀다.

"피곤하다. 자리 펴라."

왕이 한 마디 툭 던졌다.

"그쪽에서 침수 들고 아침 수라상까지 받으실 줄 알았는데요?"

침전 안으로 그가 사라지자마자 서 상궁이 큰방상궁에게 속삭였다.

"하루 이틀 일도 아니질 않은가."

큰방상궁은 한숨을 쉬었다.

"누구랑 같이 침수 드는 건 불편하다고 굳이 새벽에 걸음을 돌리시는걸. 곤전과 합궁하실 때도 그러시는데 숙창궁이라고 별수 있겠나."

"새 장가 드셨으니 좀 달라지실 법도 한데……."

"우리가 편할 팔자는 아닌가 보이."

서 상궁은 눈치를 슥 보더니 목소리를 더욱 낮췄다.

"한데 합궁은 제대로 치르셨습니까?"

큰방상궁은 갈수록 태산이라는 듯 혀를 찼다.

"그냥 앉아만 계시다 오셨네. 상궁들이 아무리 눈치를 주어도 탈의하겠다는 말씀을 아니 하셨다는군."

"아이고, 혈기왕성한 보령에 참 지독하십니다그려."

상궁들 사이에서 투정이 짧게 오간 뒤 대전은 다시 침묵에 빠져들었다. 이후로는 자비 없는 밤샘 근무의 연속이었다.

왕실에 작은 균열이 생겼다.

시작은 중궁이 유독 숙창궁을 대할 때만은 인격이 변한다는 소문에서였다. 목격담이 줄줄 쏟아졌다. 중궁이 숙창궁의 문안을 매일 거절한다더라, 어쩌다 같이 앉으면 말씀 한 마디 안 붙이고 쏘아본다더라, 숙창궁이 중궁전 뵙고 나올 때마다 눈물 자국을 감춘다더라, 도승지가 누이를 괄시하는 중궁을 원망하며 길길이 날뛴다더라……. 보고도 못 본 척해야 하는 일화들이 자꾸 쌓이자 분위기가 퍽 흉흉해졌다.

실체 없는 다툼에는 효강혜빈도 끼어들어 한몫했다. 그녀는 본디 중궁과 사이가 돈독했는데, 숙창궁이 입궁하면서 태도를 바꿨다. 덕로가 왕을 도와 자신의 친정 식구들을 쳐 내는 데 앞장섰다는 앙금은 따질 계제가 아니었다. 효강혜빈은 가문에 대한 자부심이 강한 여인이요, 이제는 오직 홍덕로만이 세도의 뒤안길로 물러난 풍산 홍씨를 일으킬 유일한 희망이니 말이다. 그녀는 얼른 원자를 낳으라며 숙창궁을 금이야 옥이야 끼고 살았다. 자연히 중궁은 멀리 했다. 심지어 숙창궁을 잘 챙겨주지 않는다면서 중궁을 야단치는 일도 종종 있었다. 그러면 푸대접에 노한 중궁은 또 숙창궁을 나무라니, 악순환이 당최 끊이질 않았다.

"한 마디로 내리갈굼이라는 거지."

경희의 촌철살인에 의하면 그랬다.

한편 왕대비의 태도는 모호했다. 왕실의 어른으로서 셋 다 불러 엄하게 신칙申飭하기는커녕 한 발 빠져서 구경만 했다. 꼭 때가 무르익기를 기다리는 사람처럼.

덕로의 공으로 철천지원수인 풍산 홍씨를 몰아냈고 친히 숙창궁을 간택하기까지 했으니 숙창궁의 편을 들 것도 같고, 그래 봤자 풍산 홍씨라면 치를 떠니 중궁의 편을 들 것도 같았다. 양쪽에 다 발을 걸쳐두고 있으니 단연 두루뭉술할 수밖에. 왕대비가 누구 편을 들지에 따라 희비가 엇갈릴 판국이라 긴장감만 점점 증폭되었다. 어쩌면 그런 영향력을 내심 즐기는 게 아닌가 싶기도 했다.

물론 왕에겐 더더욱 무얼 기대할 형편이 못 되었다.

그는 귀찮은 여자들 싸움에는 끼고 싶지 않다는 의사를 명백히 했다. 내명부 수장으로서 중궁의 역량에 달린 문제이니 자신이 나서 봤자 고식지계에 불과하다나 뭐라나. 다만 분란은 원치 않는지, 중궁과 숙창궁을 필요 이상으로 공평하게 대했다. 중궁과의 합궁을 건너뛰면 숙창궁과의 합궁도 넘겼다. 이런저런 의례 때 비빈을 예우하는 방식에 있어 다툼의 여지가 있거든 무조건 전례를 따르도록 했다.

이래서야 조심조심 균열을 유지하며 불편하게 지낼 도리밖에 없다지만, 조만간 크게 소란이 나리라며 경희는 음산한 예언을 했다.

"오늘부터 미시 때마다 숙창궁의 안부를 묻고 와라."

과연 예언이 실현될 참인지 어느 이른 아침, 왕이 뜻밖의 분부를 내렸다.

"이미 조정과 약원의 문후를 받고 계시온데 대전에서까지 챙기면 중전마마께서 서운해하지 않으실까요?"

"그럼 중전의 안부도 함께 묻고 와라."

왕이 한숨을 쉬었다.

"집안이 시끄러우니 여자들 비위나 맞추어야 하는군."

공연히 끼어들었다가 불똥이라도 튈세라 덕임은 영 내키지 않았다.

"정말 굳이 안부까지 여쭈어야 할까요?"

"거동을 살피기 위함이다."

그는 에두르지 않았다.

"도승지가 얼마나 자주 드나드는지, 누이에게 무슨 말을 하는지."

안부를 살피라는 말씀인즉, 환심을 사 입을 열게 하라는 완곡한 표현이다.

그토록 총애하는 덕로를 요주의 인물로 삼다니 말도 안 된다. 왕은 엊저녁만 해도 퇴청한다는 그를 붙잡고 더 있다 가라며 졸랐다. 권력의 덫이 암만 비정하던들 설마 죽고 못 사는 총신을 의심할 리는 없다.

덕로는 스스로 자라나긴 했으되 본질은 왕에 의해 만들어진 권신,

왕의 그늘 아래 있는 권신이다. 애초에 지나친 줄 알면서도 그 많은 권력을 덕로 한 사람의 손에 쥐어 준 사람이 바로 왕이란 말이다. 왕은 결코 생각 없이 일을 저지르는 성격이 아닐뿐더러 뒤늦게 손바닥 뒤집듯 태도를 바꿀 만큼 즉흥적인 사내도 아니다.

어쩌면 계교가 아닐까? 역모를 구실로 조정을 한바탕 쇄신했던 것처럼, 이 또한 계기를 만들어가는 과정일 수 있다.

"머리 굴리지 말고 시키는 대로만 하면 된다."

"그래도 모양새가 영 좋지 않사온데요."

왕의 의중에 어떤 모략이 있든 간에, 궁녀가 누이를 들쑤신다는 소문을 들으면 덕로는 언짢아 할 것이다. 콧대가 하늘을 찌르는 권신과는 얽히지 않는 편이 낫다.

"도승지가 널 의심할 일은 없다. 불가피하게 궁녀가 필요한 일이 생기면 꼭 너만 쓰라며 나더러 당부를 한 적도 있으니."

그건 숙창궁이 입궁하기 전에나 통했을 소리다. 오며가며 마주칠 때마다 덕로의 시선은 전에 비해 무척 냉랭해졌다.

"처신만 잘해라. 그런 재주는 있지 않느냐."

모호한 주문만 남기며 왕은 끝내 말을 아꼈다.

해가 하늘 높이 오르고 낮것상을 물렸다. 덕임은 먼저 중궁전으로 갔다. 대전에서 안부를 물으러 왔다 하니 중궁전 궁인들이 기함을 했다. 충격적인 방문을 아뢰러 헐레벌떡 내합으로 뛰어든 상궁은 한참 만에야 도로 나왔다.

"성은이 망극하여 몸 둘 바를 모르겠다고 하셨다."

의례적인 대답이었다. 상궁을 통해서 인사만 전한다니 대단히 몸을 사리는 눈치였다. 어쨌든 답을 받잡았으므로 덕임은 주저 없이 물러났다.

반면, 숙창궁을 방문했을 때는 대접이 딴판이었다. 후궁이 직접 나왔다. 화사한 비녀로 쪽 찌고 첩지를 올린 모양새가 어설플 만큼 앳된 얼굴. 그 뒤로 꾸민 지 얼마 안 된 전각 특유의 나무 향이 물씬 풍겼다.

　"어서 오게. 마침 적적하던 참일세."

　엄격한 상궁들이며 사가에서 데려온 몸종들만 보다가 바깥에서 온 젊은 궁녀를 만나자 신이 난 기색이었다.

　"말씀을 낮추소서."

　"아닐세. 내 어찌 성상의 궁인을 함부로 대하겠는가."

　호화로운 물건이 많았다. 화려한 비단으로 짠 보료와 질 좋은 나무로 만든 붙박이장이 번쩍거리고, 다산을 기원하는 병풍은 십이 첩으로 위용이 대단했으며, 분 그릇과 기름병 등 소소한 화장도구들까지도 섬세하고 고왔다.

　"오라버니께서 꾸며주신 걸세. 과한 것은 싫다 해도 막무가내셨어."

　두리번거리며 감탄을 금치 못하는 덕임을 보고 숙창궁은 멋쩍어했다.

　"자상한 오라버니를 두셨습니다."

　"내가 늦둥이인데다가 몸이 약해 걱정이라며 응석을 곧잘 받아주시거든."

　그녀는 덜 여문 입술로 배시시 웃었다.

　숙창궁은 이것저것 열렬히 물었다. 왕실에 대한 건 아니었다. 주로 궁녀들은 무얼 하고 노는지, 후원 어디로 가야 다람쥐를 구경할 수 있을지 등 시답잖은 질문의 연속이었다. 나인들끼리 석 달에 한 번씩 상궁들 눈을 피해 치맛단을 걷고 제기차기 내기를 한다고 알려줬더니 눈을 반짝 빛내기도 했다. 딱 풋풋한 소녀 같았다. 몸에 맞지 않게 너무 큰 옷을 입어 뒤뚱거리는 아기 같기도 했다. 어쩐지 안쓰러웠다.

덕임은 그 뒤로 보름 동안 꾸준히 그녀를 찾아갔다. 읽을 만한 책두어 권과 경희가 자투리 천으로 만든 작은 인형 따위를 가져다주었다. 별스럽지 않은 호의에도 숙창궁은 너무나 쉽게 마음을 열었다. 타인의 다정함을 갈망할 만큼 궐이 낯설고 두려운 모양이었다.

"우리 오라버니께서 자네를 아시던걸."

그러던 어느 날, 숙창궁이 덕로의 이야기를 꺼냈다.

"재미있는 사람이라고 하시던데."

참 많은 뜻이 함축된 평가였다.

"자네는 괜찮다고, 위협이 될 리 없다고, 다른 궁녀와는 어울리지 말고 자네만 상대하라고도 하시더군."

숙창궁은 방긋 웃었지만 덕임은 찜찜했다.

위협이 될 리 없다는 말은 그만큼 보잘것없다는 깔봄이요, 앞으로도 위협이 될 생각은 하지 말라는 으름장이다. 도대체 일이 어찌 돌아가는 걸까? 왕의 은밀한 주시를 덕로도 아는 걸까? 그래서 그녀가 숙창궁에 드나들어도 가만히 지켜만 보는 걸까?

"승지께서 요즘도 자주 들르십니까?"

자신을 쪼아대는 왕을 떠올리며 덕임은 필요한 화제를 꺼냈다.

"응. 꼭 물가에 내놓은 애를 보듯 안달하셔. 과분한 보살핌을 받는다고 아무리 말씀드려도 듣지를 않으신다니까."

"씀씀이가 극진하십니다."

"오라버니께선 나한테 늘 미안해하신다네."

어두운 그늘이 숙창궁의 얼굴에 스쳤다.

"억지로 무서운 궁에 들여보냈다면서 스스로 죄인이라 하셔."

그녀가 작은 주먹을 꽉 쥐었다.

"하지만 그런 게 아닐세. 오라버니께선 싫으면 입궁하지 않아도 된다고 하셨는걸. 물론 날 달래려는 빈말이었을 수도 있지만……."

의외로 현실적인 구석이 있는지 목소리가 담담했다.

"아무튼 내가 하겠다고 우겼네. 오라버니께서 얼마나 고생하셨는지 잘 아니까 나도 도움이 되고 싶었어."

"대견하시옵니다."

"한데 내 생각보다 훨씬 무섭네. 이제는 무를 수도 없는데……."

숙창궁의 어린 눈망울에 눈물이 글썽하였다.

"대비마마도 무섭고, 전하도 무섭고, 중전마마는 특히 무섭네."

하소연을 서럽게 털어놓을 양 입을 벙긋했으나 그녀는 도로 다물었다. 아무렴, 궐에선 무엇보다 입조심이 우선이다.

"효강혜빈께선 다정하시지 않사옵니까?"

"그건 그렇지만……. 자식을 많이 낳으라시는데 난 여태 실망만 안겨드렸어. 이러다 날 미워하시면 어쩌지……."

"경사는 그리 쉽게 생기는 것이 아니옵니다. 조바심내지 마소서."

덕임은 내심 못마땅했다. 입궁한 지 반년도 채 아니 되었는데 벌써 회임 타령을 할 필요는 없다. 아직 적응하지 못한 어린 후궁일 뿐이다.

"그, 그런 게 아니라……."

숙창궁은 기색이 몹시 곤궁했다.

"전하께선 한 번도 내가 배운 대로 하질 않으시네."

"예?"

"그러니까, 합궁일에 오시긴 하는데……. 합궁을 한 적은 없단 말일세."

멀뚱히 눈만 깜빡이던 덕임은 붉게 달아오른 숙창궁의 얼굴을 보고

서야 알아들었다.

"설마……. 아직까지 초야를 치르지 않으셨단 말씀이시어요?"

첫 합궁이 불발되었을 땐 그러려니 싶었다. 사이가 미처 어색하기도 했고, 그날따라 왕의 심기가 불편했으므로 마음이 동하지 않았을 수 있다. 그러나 그 뒤로 시일이 많이 지났다. 서먹서먹하긴 해도 얼굴 볼 기회가 많았고 함께 자리할 행사도 제법 있었다. 더욱이 관상감과 제조상궁은 덕로의 눈치를 보아 어찌저찌 핑계를 대며 합궁을 한 달에 두세 번씩 잡는 판이다. 그런데 정작 당사자인 왕이 행동을 안 한다니 기이하다.

"가만히 앉아만 계시다 가신다네. 내가 뭘 잘못하는 거면 어떡하지?"

"절대 마노라의 탓이 아니옵니다. 전하께선 워낙……."

덕임은 적당한 말을 찾느라 고민했다.

"생각이 많은 분이시니까요."

"저번 날에는 내가 늦었으니 침수 들고 가시라 청했네. 한데도 신경 쓰지 말고 편히 잠자리에 들라면서 홀쩍 떠나시지 뭔가."

지켜보는 상궁들도 자신을 한심하게 여길 거라고 그녀는 연이어 하소연했다. 합궁을 제대로 치르고 있지 않다는 사실이 왕대비나 효강 혜빈의 귀에 들어가면 크게 혼이 날 거라며 오들오들 떨기도 했다.

"어머니가 보고 싶어 못 견디겠네."

마음 같이시는 조그마한 몸을 꽉 안아주고 싶었다. 그러나 아무리 서러워도 혼자 이겨내는 법을 터득해야 한다. 궐에선 그래야만 살아남을 수 있다.

"승지 영감께서 오고 계신답니다."

덕임이 어쩔 줄 모르는 사이, 문 바깥에서 숙창궁의 몸종이 아뢰었다.

"아! 오라버니께 이런 꼴을 보일 수는 없지."

숙창궁은 황급히 소매로 눈물을 닦은 뒤 붉어진 눈두덩에 분을 조금 두드려 발랐다. 전혀 어린아이답지 않은 행동이었다.

다만 안타깝게도, 그 정도로는 충분하지 않았다.

왕은 또 축시가 다 되도록 책을 읽었다. 근래 들어 잠이 쏟아지는 덕임은 곤욕이었다. 머리가 무겁게 앞으로 쏠렸다. 무릎도 꺾일 뻔했다. 사람은 서서도 졸 수 있다는 신기한 깨달음을 얻었다. 원래는 짬이 나는 낮것 때 몰래 낮잠을 자 체력을 보충하곤 했는데, 중궁전과 숙창궁에 다니면서부터 그마저도 못하게 되어 이 지경에 이른 것이다.

"뭐 하는 게 있다고 병든 닭처럼 조느냐."

언제부터 봤는지 왕이 핀잔을 줬다. 덕임은 기울어진 머리통을 바로잡았다.

"오늘도 숙창궁을 보고 왔느냐?"

"예. 별말씀은 없으셨사옵니다."

"번번이 같은 소리만 하는군."

왕이 책장을 덮었다.

"분수도 모르고 숙창궁과 지나치게 가까워진 건 아닐 테지?"

"당치 않사옵니다."

"네 주인은 나다."

노여운 말투에 잠이 싹 달아났다.

"다시 묻겠다. 숙창궁이 무슨 말을 하더냐?"

덕로에 대해 흉볼 것은 많았다. 야심을 위해 왕실에 누이를 밀어 넣은 사람치고 정말 끔찍하게 누이를 챙긴다고, 후궁 처소를 제집 안방처럼 드나든다고, 누이가 쌀쌀맞은 중궁에 대해 하소연할라치면 분기탱천하더라고. 하지만 고대로 아뢰었다간 출가외인의 도리도 모른다고 가련한 숙창궁의 흠을 잡을 텐데 어찌할쏘냐.

결국 덕임은 고집스레 저항했다.

"정녕 별말씀 없으셨사옵니다."

하지만 용안이 심상치 않아 둘러대지 않고는 버틸 수가 없었다.

"적응을 못 해 힘들어하시옵니다. 자주 찾고 다정하게 대해주시면 도움이······."

"쓸데없는 오지랖만 부리는군."

조마조마하여 덕임은 고개를 푹 숙였다.

"역시 넌 너무 모자라."

왕이 못마땅하니 덧붙였다.

"그리고 난 이미 충분히 다정히 대하고 있다."

"숙창궁에서 침수를 들고 오시면 더욱 다정해 보일 텐데요."

"누가 옆에 누우면 불편하다. 잠자리가 바뀌면 뒤척이기 일쑤고."

기껏 완곡하게 달래도 그는 외곬처럼 굴었다.

"종사의 대계가 이 한 몸에 달려있으니 내 편안함이 최우선이다."

스스로 말해놓고도 퍽 박정하다고 느꼈는지, 변명처럼 덧붙였다.

"흠! 안 그래도 승지의 누이라 일부러 마음을 더 쓴다. 합궁일도 곧잘 지키고, 가서도 앉혀두고 시간을 보내다 오는데 웬 산소리냐."

"하오나 아직 초야도 치르지 않으셨······."

정신이 나가도 한참 나갔다. 함구해야 마땅할 왕의 침전 사정을 입에 올리다니, 가련한 후궁의 편을 든답시고 너무 지나쳤다.

"그리 방자한 소리까지 할 정도로 숙창궁이 마음에 들더냐?"

왕이 쏘아붙였다.

"죽을죄를 지었사옵니다."

덕임은 얼른 무릎을 꿇고 엎드렸다.

"그 지극한 정성으로 나나 섬기란 말이다. 물러 터져서는!"

빠른 반성이 마음에 들었는지 다행히 왕의 노기는 금방 가라앉았다.

"됐다. 어차피 넌 바깥에 떠들고 다닐 성격도 아니지."

그런데 눈치가 좀 묘했다. 그는 털어놓고 싶은 비밀이 있는 어린아이처럼 입술을 달싹이더니 가까이 오라며 손짓을 했다. 졸지에 어리둥절한 채로 덕임은 바싹 다가섰다.

"묻고 싶은 게 있다."

그는 신중히 운을 뗐다.

"너도 봐서 알겠지. 숙창궁은 그저 어린애다. 간택할 적에 듣기론 나이에 비해 조숙하다기에 별 염려를 안 했더니, 원……. 아무리 후사가 급해도 도리가 있지, 어찌 어린애와 합궁을 하겠느냐."

나름대로 고충을 털어놓는 왕은 난처한 기색이었다.

"마음 같아서는 더 자랄 때까지 아예 미루고 싶다만 간택의 명분과 덕로의 체면을 생각해 합궁일이나마 잡는 것이다. 실은 달거리를 한다는 말도 의심스러워."

왕은 한 치의 망설임도 없이 그녀를 똑바로 마주 보았다.

"하여 묻는 것이다. 너는 보경(寶經, 월경)을 언제부터 했느냐?"

지금 그는 여자에게 차마 물을 수 없는 것을 물었다.

"성상을 섬기는 궁녀라도 그리 희롱하시면 아니 되옵니다!"

앞뒤 잴 겨를도 없이 덕임은 불쑥 화부터 냈다.

수치심과 민망함은 다른 감정들과도 범벅이 되었다. 아무리 그래도 과년한 처자인데 여인으로 존중해 주지 않는다는 서운함. 그러나 막

상 여자로 대한다 하면 어째 싫을 것만 같은 섬뜩함. 감당할 수 없을
만큼 떠맡은 듯한 부담감…… 모든 것이 불편했다.

"……뭐, 희롱?"

격한 반응에 왕은 당황했다.

"여자의 보경은 건강을 진맥하는 척도요, 사주팔자와 산달을 가늠
케 하는 상서로운 의식일진대 반응이 기막히구나."

"하, 하오나 면전에서 그리 하문하시면……!"

"임금을 섬기는 궁인이 어찌 그리 도량이 좁아."

믿을 수 없을 만큼 차분한 그를 보고 어쩜 저리 뻔뻔할까 혀를 내두
르다 문득, 덕임은 왕이 몹시 공개된 삶을 살고 있다는 걸 깨달았다.

새벽에 기침할 때부터 밤에 침수들 때까지 온종일 그에게는 눈이
붙어 있다. 시중을 든다는 명목으로. 후대를 위해 왕의 일거수일투족
을 기록한다는 명분으로. 그는 사람으로 이루어진 창살에 갇혀 사는
것이다. 은밀한 부부간의 합궁조차도 궁인들이 보는 앞에서 치르는
건 물론이요, 내전의 달거리 혈이 묻은 개짐은 약원에서 버젓이 돌려
본다. 그는 그런 생활에 길들여졌고 자부심을 느끼고 있다. 그의 관점
에서는 별것도 아닌 일에 혼자 발끈하는 것처럼 보일 수 있다.

"소인은 미천하여 그렇사옵니다."

뭐가 정상이고 비정상인지 슬슬 헷갈려 덕임은 퉁명스레 대꾸했다.

"하긴, 왕실 밖의 사람이라면 부끄러울 수 있겠지."

붉게 날아오른 그녀의 뺨을 보며 왕이 중얼거렸다.

"사내로 보지 않는다더니……."

돌연 그의 입술이 보기 좋게 휘어졌다.

"그래, 내 생각이 짧았다. 너라면 평소처럼 눈을 동그랗게 뜨고 거
리낌 없이 고할 줄 알았거든. 그나마 여인 흉내는 낼 줄 아는군."

도무지 이해할 수 없게도, 그는 기분이 좋아 보였다.

"그리고……."

그의 목소리가 사뭇 야릇하게 변했다.

"내가 널 희롱할 작정이었으면 겨우 그 정도는 아니었을 거다."

오소소 닭살이 돋았다. 그녀의 목선이 바들바들 떨렸고 왕의 시선은 그것을 놓치지 않았다.

"어쨌든 알아야겠으니 대답은 해라."

물러설 생각은 없어 보였다. 임금을 상대로 더 이상 뻗대는 것도 무례다.

"……열여덟에 했사옵니다."

덕임이 쥐구멍에 들어가듯 말했다.

"그건 너무 늦은 거 아니냐?"

"예. 보통은 열넷, 열다섯이면 합니다. 소인이 좀 늦된 편이라……."

지금이야 아무렇지 않다만 당시에는 걱정이 많았다. 열여덟이면 애를 둘은 낳았을 나이인데 어째 조짐이 없냐며 서 상궁이 특히 애를 끓였다. 하여 밤마다 자꾸 아기집을 튼튼하게 한다는 체조를 시키질 않나, 척 봐도 돌팔이 냄새가 풀풀 나는 탕약을 먹이질 않나 참 귀찮게 굴었다. 참다못해 애 낳을 일도 없는데 그깟 것 좀 안 하면 어떠냐고 투덜거렸다가 등짝을 맵게 얻어맞았다.

"알 만하군."

왕이 피식 웃었다.

"지금은 거르지 않고 꼬박꼬박 하느냐?"

"예. 아무 문제 없나이다."

도대체 왜 상감마마랑 이런 이야기를 해야 하는 건지 모르겠다.

"흠, 다행이구나."

뭐가 다행인지는 몰라도 또 민망한 걸 물어올세라 덕임은 얼른 말을 돌렸다.

"숙창궁을 의심하실 건 없지 않사옵니까. 약원에서 다 안다던데요."

"꾸미려면 못 할 것도 없지."

"설마 도승지 영감이 전하를 우롱하겠나이까."

"사람은 변하기 마련이다. 부디 그러지 않길 바랄지라도."

역시 뭔가 위험하다. 본디 무조건적인 애정으로 덕로를 감싸던 왕이다. 누가 그에 대해 나쁜 말을 할라치면 나서서 으름장을 놓던 그를 보고, 마치 첩을 사랑하는 지아비처럼 총애가 깊다고 다들 혀를 내두르곤 했었다.

사람은 변하기 마련이라니 누구를 염두에 둔 걸까? 권신이 된 덕로가 변한다는 뜻일까, 아니면 권신을 만들 정도로 열렬했던 왕이 변한다는 뜻일까.

"그런데 숙창궁이 외부인인 너한테 그런 것까지 털어놓더냐?"

왕이 갑자기 화살을 돌렸다.

"어리고 미숙해 실수하셨을 뿐이옵니다. 죄는 발설한 소인에게 있사옵니다."

"주인 앞에서 다른 이를 감싸다니 기가 막혀서, 원!"

방금 좋던 기분은 어디로 다 사라졌는지 앙은 또 미간을 찌푸렸다.

"가만 보면 넌 이상할 만치 여자들과 잘 지낸단 말이야. 어마마마는 물론이고 자전과 청연, 청선도 모자라 이제는 숙창궁까지……."

조금 토라진 것처럼 보였다.

"엄한 데 가서 기웃거리지 말고 나한테나 잘해라. 알겠느냐?"

그는 공연한 약조까지 시킨 다음에서야 놓아주었다.

숙창궁이 감환(感患, 감기)으로 앓아누운 지 사흘이 지났다. 증세는 가볍지만 바깥 공기와 접촉해선 안 된다며 출입을 막는 통에 한동안 문후를 여쭙지 못했다. 어려서부터 몸이 약하다더니 확실히 티가 났다. 잔병치레가 잦아 의녀들이 항시 드나들었다.

다만 그렇다고 해서 속 보이게 중궁전 문후까지 빼먹을 순 없었다. 오늘도 덕임은 중궁전 외문에 서서 상궁이 돌아오기를 기다렸다. 아마 또 상궁이 망극하다는 말만 대신 전할 것이다. 처음 문후를 여쭌 날 이후로 늘 똑같았다.

그런데 마침내 상궁이 내합에서 나왔을 땐 깜짝 놀랄 일이 생겼다.

"안으로 들라 하신다."

"그럼 이만 물러가……. 예에?"

"어서!"

상궁은 홱 돌아서 앞장섰다.

내전은 굉장히 컸다. 전각의 댓돌, 곧게 선 나무 기둥 그 하나하나가 바로 국본을 생산하는 곳이라고 과시하듯 웅장했다. 후궁 처소에 비하여도 경계가 삼엄하고 쥐 죽은 듯 적막했다. 환관은커녕 나인과 무수리들도 쉽게 들지 못하는 왕후의 거처. 자유롭게 드나들 수 있는 사람은 오직 단 한 사람. 지아비인 임금뿐이다. 한데 그 지아비가 도통 오질 않으니 많이 외로울 것이다. 이렇게 넓은 곳에 혼자 있느니 차라리 궁녀들처럼 좁은 방에서 여럿이 지지고 볶는 편이 낫겠다.

겹겹이 닫힌 문이 하나씩 열렸다. 중궁이 혼자 있는 모습은 처음이었다. 다른 사람에게 가리지 않고 혼자 빛을 내니 위용이 제법 대단했다. 높은 자리에 앉아 내려다보는 자세는 꼿꼿하니 기품이 있으며 일절 흐트러짐이 없었다.

왕비를 대하는 예절은 왕을 대하는 예절과 같은 법. 감히 옥안을 올려보지 못하고 문간에서 큰절을 올리며 넙죽 엎드렸다.

"번번이 그냥 보낸 게 마음에 걸렸다."

중궁은 바짝 언 덕임을 찬찬히 뜯어보았다.

"너에 대해 많이 들었다."

순전히 자신만의 공간에 있기 때문일까, 그녀는 평소처럼 말끝을 흐리지 않고 또박또박 또렷하게 말했다.

"자전과 자궁께서 널 마음에 들어 하시던데."

공연한 불안감에 덕임은 무릎을 조금 뒤척였다.

"참 신기하다. 난 양전兩殿과 오래도록 더불어 살면서도 칭찬은 크게 들어보질 못했거든."

설마 한낱 궁녀를 상대로 뼈 있는 말씀은 아닐 것이다.

"그리고 전하께서도……."

중궁이 살짝 고개를 기울였다.

"뭐랄까. 전과는 좀 달라지신 것 같고."

두루뭉술했다. 딱히 '널 만나고부터'라는 둥 짚은 건 아니었으므로 반박할 여지도 없었다. 일단은 잠자코 듣는 게 능사다.

"여러모로 놀라운 일이지. 그래서 나도 네게 흥미가 있다."

조용히 다반茶盤이 들어왔다. 시선 둘 곳이 생겨 다행이었다. 덕임은 하얀 김이 모락모락 나는 찻잔만 뚫어지게 보았다.

"나와 놀이를 하나 하사."

좌우에 있던 상궁과 나인들이 눈치 빠르게 물러났다.

"내가 물으면 너는 대답을 하는 것이야. 대신 나도 네 질문에 대답을 해주마."

아무래도 중궁은 놀이라는 말의 뜻을 다시 배워야 할 것 같다.

"소인이 어찌 감히……."

"무엇이든 좋다. 어렵게 생각 말라."

지금까지 알던 중궁과는 아예 딴판이다. 매가리 없는 표정도, 축 처진 어깨도, 주눅 든 태도도 온데간데없다.

"그럼 내가 먼저 묻겠다."

중궁은 찻잔에 입술을 댔다.

"넌 나에 대해 얼마나 아느냐?"

덕임은 이것저것 사탕 발린 말을 생각해 보았으나 영 마뜩잖았다. 애초에 대전에서 일어나는 일만 해도 다사다난하여 다른 궁실 사정까지 알 겨를도 없었다. 기껏해야 경희가 떠들 때 대충 맞장구쳐주는 정도다.

"송구하오나 잘 모르옵니다. 소인은 대전 밖 사정에는 워낙 어두워서……."

하는 수 없이 솔직하게 가기로 했다.

"그렇구나."

중궁은 담담하게 고개를 끄덕였지만 눈빛에 어째 야유가 섞였다. 그녀는 등받이에 등을 기댔다. 네 차례라는 무언의 표현이었다. 무난한 질문거리를 찾아야 했다.

"마마께선 입궁하신 지 얼마나 되셨사옵니까?"

"희한한 걸 묻는구나."

중궁은 조금 웃었다.

"열 살, 아니지……. 아홉 살 때다. 간택되어 별궁에 들어왔는데 음……. 병석에 눕는 바람에 한 해를 넘기고 나서야 겨우 가례를 올렸거든."

그녀는 습관처럼 옥안의 얽은자국을 손으로 쓸었다. 어떤 병을 앓

앉는지 입에 담는 것조차 꺼리는 말투로 보아선 아마도 역신마마疫神媽媽 쪽이었나 보다고 덕임은 짐작했다. 숙창궁보다도 어린 나이에 입궁하여 낯선 곳, 낯선 사람들 속에서 생사를 넘나드는 병까지 앓았다니 마음이 괜히 짠했다.

"세월이 벌써 그리되었다."

"많이 힘드셨겠나이다."

"처음에는 그랬지. 궁녀들도 마찬가지 아니냐?"

"감히 시종의 처지가 어찌 같겠사옵니까."

궁녀들은 휴가라도 나가지, 왕실의 여자는 아예 바깥세상과는 담을 쌓아야 한다.

"그렇지. 어린 나이에 왕실의 사람이 된다는 게 쉬운 일은 아니란다."

중궁이 자조적인 미소를 지었다.

"다시 내 차례다. 날 모른다면 숙창궁에 대해선 얼마나 아느냐?"

또 의중이 명확하지 않은 질문이었다.

"덕용이 뛰어나며 언행에 꾸밈이 없으신 분이옵니다."

"너무 데면데면하게 말하는구나."

중궁은 실망한 눈치였다.

"숙창궁이 대전의 궁녀를 각별히 여긴다는 풍문을 들었는데."

말투는 부드러웠으나 실상은 어디서 거짓을 고하느냐는 나무람이었다. 숙창궁과 사이가 가깝다는 인상을 주어선 안 될 것 같았다.

"성상의 시종이라 과분히 대해주시옵니다만, 사사로운 친분은 만무하옵지요."

이 정도는 대처할 깜냥이 있어 다행이다.

"그렇게 고한다면야……."

중궁이 한 발 물러섰다. 어차피 그녀도 몰아붙일 순 없는 입장이다.

"네 차례다."

"마마께서 가장 아끼시는 것은 무엇이옵니까?"

용케 대수롭지 않은 질문 하나를 또 생각해 냈다. 시집올 때 가져온 패물이라든가 간단한 대답이 돌아올 줄 알았는데 의외로 중궁은 곰곰이 생각에 잠겼다.

"내가 가진 전부를 아낀다."

어두운 그늘이 비쳤다.

"난 가진 게 별로 없다. 점잖으신 전하와 공명정대하신 왕대비마마, 그리고 친딸처럼 아껴주시는 효강혜빈저하……. 어쩌면 이 왕실이 내가 가진 전부일 테지. 남들 다 가진 자식도 없으니까."

그녀는 몹시 쓸쓸하게 웃었다.

"그래서 더 집착을 해왔는지도 몰라. 어떻게든 세 분의 눈 밖에 나지 않으려고 기를 썼지. 행여 미움을 살까 늘 겁이 난다. 그러다 보니 주눅이 들고 자신감을 잃게 돼."

중궁이 지그시 눈을 감았다.

"그토록 어렵게 지켜온 것을 요즘 자꾸 잃는 기분이다."

의미가 자명하여 알아듣지 못할 수가 없었다. 덕임은 초조함을 감추려 차를 한 모금 마셨다. 맛은 하나도 느껴지질 않았다.

"좋아, 다시 내 차례다. 너 혹시 전하와……."

말을 하다 말고 중궁은 멈추었다.

"……아니다. 다른 걸 물으마."

한참 만에야 그녀는 다시 입을 열었다.

"내가 전하를 얼마큼 사모하는 것 같으냐?"

갈수록 태산이다.

"부부는 서로의 거울이니, 전하께서 마마를 사모하시는 만큼이 아닐는지요."

"상황을 모면하는 재주가 있구나."

중궁이 싫지 않다는 듯 웃었다.

"그래도 현답賢答이다. 더도 덜도 말고 딱 그만큼이 적당한 도리지."

아쉽진 않은 말투였다. 가만 보니 냉정하기는 이쪽도 마찬가지다. 이런 게 정녕 부부 사이의 미덕일까? 머리로는 대충 이해가 간다만 인정으로 보면 역시 괴상하다.

"당황하는 모습을 보고 싶었는데 아쉽구나."

이번엔 분명 말에 뼈가 들었다. 덕임은 초조하게 웃는 시늉이나마 하다가 제 차례를 깨닫고 여쭈었다.

"마마께선 무얼 무서워하시옵니까?"

제발 평범하게 도깨비라든가 어두운 밤중에 혼자 깨어 있기 따위로 대답해 달라고 속으로 간곡히 빌었다.

"지금까지는 궁녀가 무서웠다."

그러나 중궁은 또 묘한 방향으로 화제를 끌고 갔다.

"누군가가 전하의 눈에 들어 왕자를 낳고, 그 왕자가 원자가 되고, 마침내 세자까지 될까 봐……. 곤전으로서의 소임을 누가 대신한다면, 내 존재는 참으로 무가치해지지 않겠느냐."

그녀는 깊게 한숨을 쉬었다.

"한데 비로소 알았다. 두려워해야 할 것은 궁녀가 아니었어. 전하의 성품이 대쪽 같은데 하찮은 궁녀 따위가 날 대체할 순 없지."

하여튼 높으신 분들은 듣는 궁녀 기분은 전혀 생각을 안 하는 것 같다.

"다만 사대부의 여식은 날 대체할 수 있다."

중궁이 엄숙하게 말을 이었다.

"나와 같은 양반의 딸이라면, 적장자에 준하는 왕자를 생산할 수 있어."

그녀의 오묘한 태도는 역시 투기와는 달랐다. 오히려 울분이나 두려움에 가까웠다.

"원자를 생산하지 못한 건 내 죄다. 하지만 그로 인해 모든 걸 잃어야 한다면 너무 가혹하지 않으냐."

그녀는 제 가슴속의 어둠에 완전히 먹혀 버릴 양 보였다.

"왕실서 어머니는 오직 마마뿐이시옵니다."

덕임이 더듬더듬 달랬다.

"숙창궁은 나와 닮았다. 겁이 많고 주변에 떠밀리는 점이 특히. 그이는 언제든 나를 대체할 수 있어. 그렇게 만들고 싶어 하는 오라비도 뒤에 있고."

중궁은 듣지 않았다.

"나는 그게 두렵다."

고요한 침묵만이 내려앉았다.

"……내 마지막 질문이다."

중궁은 어깨를 축 늘어뜨렸다.

"네가 가진 얼마 되지 않는 것을 누가 자꾸 빼앗으려 들면 어찌 해야겠느냐?"

"지켜야 하옵니다."

"그래. 내가 요즘 하는 게 바로 그런 것이다. 지키는 것."

창밖으로 비친 밝은 햇살 아래 보이는 옥안은 매우 지쳐 보였다.

"너의 마지막 질문은 무어냐?"

"……어찌 소인에게 이런 말씀을 하시옵니까?"

처음으로 덕임도 날카롭게 본심을 드러냈다.

"네가 도승지의 사람이었으면 해서."

중궁은 동요하지 않았다.

"그래서 내가 한 말을 토씨 하나 틀리지 않고 숙창궁과 도승지에게 전해주길 바랐다. 곤위를 지키기 위해서라면 내가 어디까지 할 수 있는지 경고하고 싶었어."

역시 석연찮은 느낌이 괜히 든 건 아니었나 보다.

"막상 널 불러놓곤 어찌 말을 꺼내나 고심했는데……. 다행히 네가 적절한 질문을 해주어 수고를 덜었다."

"소인은 도승지의 사람이 아니옵니다."

홍덕로의 사람과 반대되는 말이 무엇인지 잠시 고민했다. 의외로 답은 간단했다.

"소인은 상감마마의 사람일 뿐이옵니다."

마음 같아서는 누구의 사람도 아닌, 스스로의 사람이라고 아뢰고 싶었다. 하지만 살기 위해서는 타협해야 하는 때가 있는 법이다.

"그 둘에 무슨 차이가 있는지 모르겠다."

중궁은 아까보다 훨씬 쓰게 웃었다.

왕에게 곧이곧대로 고할 수 없는 이야기 하나만 더 늘었다. 우울한 기분을 끌어안은 채 덕임은 처음 들어설 때처럼 공손히 절을 올렸다.

"다음에 만날 땐 네 말을 온전히 믿을 수 있었으면 좋겠구나."

중궁은 기약 없는 인사로 종지부를 찍었다.

밤을 꼴딱 샜다. 덕임은 동트는 하늘을 물끄러미 보다가 서안에 엎드려 팔에 얼굴을 파묻었다. 피곤했다. 왕이 시키는 잡다한 임무는 끝날 기미를 보이지 않고, 꾸역꾸역 해나가는 필사일도 힘에 부쳤다. 설

상가상으로 중궁 대 숙창궁의 싸움에까지 휘말리는 바람에 정신적인 소모가 너무 컸다.

뻑뻑한 눈을 잠깐 붙였으나 금방 깼다. 나갈 시각이 되었다. 기지개를 켜다가 뻣뻣한 허리와 저릿한 손목을 새삼 느꼈다. 어째 머리가 띵하고 손도 벌벌 떨리는 것 같았다.

"벌써 나가?"

곤히 자던 영희도 눈을 비볐다.

"얼굴이 벌겋네?"

"네 시선이 너무 뜨거워서 그래."

덕임은 깔끔하게 매어지지 않는 옷고름을 잡고 씨름하며 대충 대꾸했다. 영희가 엉금엉금 기어 오더니 제 이마를 덕임의 이마에 마주 댔다.

"너 열 있어!"

"그럴 리 없어."

덕임은 엄청난 모욕이라도 당한 양 인상을 썼다.

"너 쪽잠만 잔 지 석 달은 족히 지났어. 눈은 퀭하지, 얼굴은 허여멀겋지……. 네 몰골을 보고도 전하께서 계속 심술을 부리시는 게 용하다, 용해."

"그러게 말이다."

덕임은 송골송골 맺힌 식은땀을 손등으로 쓱 닦았다.

"의녀라도 잠깐 만나봐, 응?"

"됐어. 귀찮게 뭘."

"얘는 또 쓸데없는 고집을 부리네."

"무관집 딸이 약골이면 쓰니."

영희는 덕임이 엉성하게 매듭지은 옷고름을 풀어 다시 매어주었다.

"전하는……. 좀 달래면 누그러지지 않으실까?"

"이미 해봤어. 그리고 더 이상은 아쉬운 소리는 안 해. 지기 싫어."

"이거 봐! 열 있으니까 헛소리하잖아."

"헛소리 아니야."

덕임이 고집스럽게 말했다. 만날 비위 맞추고 눈치 보고 지겨워 죽겠다. 나 아닌 남을 위해 헌신해야 하는 궁녀 팔자도 서럽다.

"성질 급하고 참을성 없으셔도 네가 좀 참아. 날 때부터 귀하신 분이잖아."

"이미 참을 만큼 참고 굽힐 만큼 굽혔어."

잔망스러운 것도 정도가 있어야지 말이다. 경희는 호감 때문일 거라고 설레발을 친다지만, 설령 그렇다 한들 면죄부가 될 수는 없다. 당하는 입장에선 죽는소리가 절로 난단 말이다. 하물며 이토록 일방적인 관계는 주인과 시종의 관계일 수는 있어도 사내와 여인의 관계일순 없다. 왕의 호감이란 것은 애초에 매우 비틀어진 감정이 틀림없다.

그마저도 있든 말든, 귀찮고 짜증만 난다.

"뭐든 마음대로 하실 수 있는 분을 상대하는 거잖아."

"뭐든 마음대로 하실 수 있는 분도 날 마음대로 하진 못하게 할 거야."

살살 달래려는 줄 알면서도 볼멘소리가 연신 나왔다.

"죽으면 적어도 궐 밖으론 나갈 수 있겠지."

영희는 금방 창백하게 질렸다.

"아냐! 그냥 해본 소리야."

덕임이 얼른 변명했다. 마음 여린 영희를 놀라게 하면 죄책감이 든다.

"늦겠다. 난 가볼게."

결국 줄행랑을 치는 길을 택했다.

일과는 여느 때와 같았다. 제일 먼저 아침 수라상을 다듬었다. 간밤에 내각內閣 각신들과 술자리를 가진 왕을 배려하는지 부드럽고 맑은 찬만 가득이었다. 다만 왕은 그마저도 몇 숟갈 뜨지 못했다. 평소 아침에 약해 조식을 자주 거를뿐더러 특히 오늘은 기침하고도 술이 덜 깬 눈이 노랬다.

"더 먹느니 정무를 보는 게 백배는 낫겠다."

왕은 거북한 표정으로 툴툴댔다.

술을 좋아한다던 말은 허언이 아니었다. 왕은 선왕의 강팍한 유산이었던 전국의 금주령을 해제했다. 간단히 약주를 즐기는 주량도 아니었다. 커다란 필통째로 부어라 마셔라 흥에 겨운 건 예사요, 신료들이 만취해 고꾸라질 때까지 자꾸 권했다. 결국 종일 숙취에 시달리는 본인이나, 술 권하는 상대가 임금이라 코가 비뚤어질 때까지 마셔야 하는 주변 사람들이나 좋을 게 하나도 없었다.

왕이 편전으로 떠난 뒤로는 조용했다. 오전 내내 잡일을 했다. 손이 떨리고 속이 메슥거려 작은 실수를 한 것만 빼면 무난했다. 과자 쪼가리로 시장기를 대충 때운 후엔 중궁과 숙창궁에 나아갔다. 접때의 기이한 독대 이후로 중궁은 전처럼 상궁을 통해서만 말을 전했다. 반면 숙창궁과는 늘 그랬듯 마주 앉아 한참 담소를 나눴다.

되돌아왔을 땐 신시였다. 유난히 찌뿌듯한 하루가 조용히 흘러간 것만으로도 다행이었다. 그러나 저녁께 왕이 정무를 파하고 돌아오자 상황이 달라졌다.

그는 꾸러미를 잔뜩 안고 왔다. 보아하니 오늘도 새벽까지 분주할 기세였다. 임금이 침수 들지 않으면 궁인들은 곤란하다. 덕임은 교대 시각까지만 버티자고 스스로를 타일렀지만, 건조한 목구멍이며 따끔

따끔한 살갗 따위를 무시하긴 어려웠다.

"울렁거려 죽겠군."

서안 위에 종잇장 뭉치를 와르르 쏟아내며 왕이 중얼거렸다.

"숙취가 아직도 심하시옵니까? 탕제를 들이라 할까요?"

"됐다. 이미 들었다."

"하오시면 간단한 요기라도 올릴까요? 오늘 세 끼 모두 거르다시피
하셨잖습니까."

서 상궁이 연신 안달복달했다.

이럴 땐 참 서운하다. 온종일 제자의 몸 상태가 좋지 못한 건 전혀
알아차리지 못했으면서 괜찮다는 왕에게는 유난을 떤다.

"먹고 게워내느니 공복이 나을 것이다."

서 상궁은 미련을 버리지 못했다.

"아니 되옵니다. 뭐라도 좀 젓수셔야⋯⋯. 옳다! 너 그거 잘 타지,
꿀물!"

그녀는 불쑥 덕임의 어깨를 움켜잡았다.

"왜, 어릴 때부터 옆에 누구 아프면 꿀물 타다 주고 그러잖느냐."

"그냥 맹물에 꿀 한 숟갈 넣는데, 잘 타고 못 타고 할 게 무에 있어
요."

가만히 서 있는 것만도 힘든 덕임이 어물거렸다.

"그거라면 괜찮겠군."

뜻밖에노 왕이 솔깃해했다.

"선왕께서도 가벼운 환후를 봉밀차(蜂蜜茶, 꿀차)로 치료하신 적이 더
러 있다. 내가 손수 타서 올리곤 했었지."

머리가 어지러워 가만히 있고 싶었으나 덕임은 하릴없이 퇴선간으로
갔다. 수라상을 차릴 때만 쓰는 최고급 꿀단지는 아궁이 구석에 숨겨

져 있었다. 쭈그리고 앉아 남이 먹을 꿀물이나 타려니 서러웠다.

"너무 달다."

그뿐이랴, 기껏 올렸더니 왕은 한 모금 마시고 투정부터 했다.

"꿀을 얼마나 쓴 게냐. 헐벗은 백성을 생각하면 허투루 낭비할 수 없을진대 어찌 아낄 줄을 몰라."

잔소리가 쏟아졌다. 불똥이라도 튈세라 서 상궁과 다른 궁인들은 잽싸게 도망갔다.

"전하만 걱정하기도 바쁜데 어찌 백성들까지 걱정하겠사옵니까. 애초에 소인의 몫도 아니옵구요. 그래서 달게 드시고 옥체 보존하시라고 듬뿍 넣었나이다."

안 그래도 서러운데 타박까지 들으니 덕임은 울컥했다.

"그럼 백성을 걱정하는 건 누구 몫이더냐?"

"전하의 몫이지요. 얼른 쾌차하셔서 원하시는 만큼 백성들 걱정 실컷 하소서."

방자하게 말대꾸를 한 것 같은데 인식하지 못했다. 그만큼 머리가 띵했다.

"하! 갈수록 가관이군."

왕이 혀를 찼다.

"그래도 네가 확실히 하나 배웠구나. 오냐, 넌 나만 걱정하면 된다."

알쏭달쏭한 으름장을 놓더니 왕은 한 대접을 쭉 들이켰다.

"……좀 낫군. 흠! 기특하다."

칭찬 비슷한 걸 들은 것 같은데 확실치는 않았다.

"전하께선 어찌 번번이 과음을 하시옵니까?"

나도 잔소리할 줄 안다는 듯 덕임이 새침하게 물었다.

"풍류를 즐기는 것도 선비의 도리다. 올바르게 정진할수록 만취하고도 흐트러짐 없을지니 일종의 시험과도 같은 것이고."

왕은 꼬장꼬장하게 대답했다.

"나 자신을 돌아볼 기회일뿐더러 위정자들의 본색을 가늠할 수 있지."

웬일로 껄껄 웃기까지 했다.

"술이란 참으로 신묘하고도 호쾌한 벗이 아니냐. 그래서 난 술을 좋아한다."

"적당히 즐기질 않으시니 문제지요."

"흠, 그건 그렇지."

내심 머쓱한지 왕은 쉽게 인정했다.

"네가 오늘따라 나를 심히 걱정하는구나."

왕이 그녀를 빤히 바라보았다.

"……고단하실 것 같아서요."

지금까지는 그저 당연하게만 여긴 사실 하나가 마음에 걸렸다.

불과 몇 달 사이 일이 많아진 그녀는 이토록 죽을 맛인데, 태어났을 때부터 과로했을 것만 같은 왕은 어쩜 흐트러짐이 없을까? 특히 오늘처럼 육신의 부담을 감당하기 힘든 날이면 드러누워 패악을 부릴 법도 한데 말이다. 사시사철 시중드는 궁인들과 옥체를 살피는 내의원이 있다지만 아무래도 초인 수준이다.

"이른 새벽부터 늦은 밤까지 줄곧 일만 하시고, 짬 날 때도 독서를 하시지요. 보통 사람이었으면 쓰러지고도 남았을 텐데 어찌 버텨내시옵니까?"

참 이상한 걸 묻는다는 듯 왕은 고개를 갸우뚱했다.

"그러니 임금인 것이지."

허탈하다. 애초에 이길 수 없는 상대가 맞다.

평생을 만년 모범생이요, 유학자의 표본처럼 살아온 사내다. 꾀를 피울 줄도 모르고 궁인들과 어울려 놀 줄도 모른다. 탕약을 물처럼 들이키며 일할 생각밖에 못 한다. 자신이 만성 피로에 시달리는 만큼 다른 사람을 피곤하게 만든다는 생각 자체를 못 하는 것이 분명하다. 저래서야 무의식적으로 일탈을 꿈꾸며 과음하는 버릇이 생겼는지도 모를 노릇이다. 이런 사내를 상대로 지지 않겠다느니 투지를 불태우는 것도 우습다.

"그동안 오해를 했사옵니다."

순식간에 덕임은 바람 빠진 꼴이 되었다.

"요사이 전하께서 일을 많이 맡기시기에 일부러 골탕 먹이시려는 줄 알았사옵니다. 하지만 그런 게 아닐 테지요. 전하께선……. 그냥 원래 그런 분이시니까요."

가련할 만큼 성실한 이 사내가, 한편으론 몹시 딱하다는 생각이 들었다. 괜한 죄책감도 느꼈다. 하여튼 넘겨짚는 경희 말에 휘둘리는 게 아니었다.

"아니. 일부러 그런 것 맞다."

그런데 돌아온 왕의 대꾸는 청천벽력과 같았다.

"네가 꼴 보기 싫어서 분에 넘치는 일을 자꾸 맡겼다고."

덕임은 얼이 빠졌다.

"너 때문에 불쾌하다. 넌 기막히게도 내 마음을 흐트러뜨려. 가끔은 정무에 몰두하던 중에도 네 생각이 불쑥 난다."

왕이 눈을 가늘게 떴다.

"난 너 때문에 뒤숭숭할 때가 많은데, 정작 넌 날 안중에도 두지 않고 다른 사람들과 시시덕거리거나 아무것도 모른다는 양 내 앞에서 말대꾸나 하지. 넌 약아빠졌거나 모자라거나 둘 중 하나다."

그는 몹시 분한 표정을 지었다.

"거슬려. 괘씸하다고."

할 말을 마친 그는 고개를 홱 돌렸다. 반만 보이는 용안이 붉었다.

이 사람이 나를 좋아한다. 더 이상 부정할 수 없는 확신이 그녀를 덮쳤다. 그것은 무엇과도 비교할 수 없을 만큼 거대한 피로감과 같았다.

"지금도 마찬가지야. 어느 안전이라고 눈을 동그랗게 뜨고선……."

가슴이 뜨겁다. 귓가가 시끄럽다. 입술이 바짝 마르고 숨이 막힌다. 뱃속에 든 것을 모두 토해낼 것만 같다. 이 사람이 나를 좋아한다. 그리고 이 사람은 천하의 지존이시다.

"요샌 또 한가한 모양이지?"

왕의 목소리가 심술궂게 변했지만 귀에 들어오지 않았다.

호감보다는 짙고 사랑보다는 옅은 감정의 경계선에 선 그를 보았다. 그가 선 곳은 이토록 명확하게 보이는데, 정작 그녀 자신이 선 곳은 어디인지 보이질 않았다. 컴컴한 어둠을 맨눈으로 더듬는 양 답답했다.

"그렇다면야 또 일을 주마. 이번에는……."

순간 눈앞이 아뜩해지더니 하늘과 땅이 뒤집혔다.

그 뒤로는 들리지도, 보이지도 않았다.

"아이고! 정신이 드냐?"

덕임은 곰팡내 나는 이부자리에서 눈을 떴다. 창 너머로는 희뿌옇게 아침 해가 오르고, 머리맡에선 서 상궁이 법석을 떨었다.

"너 쓰러졌다. 기절했다고!"

"복연이가 널 여기까지 업고 왔어."

눈이 퉁퉁 부은 영희는 축축한 수건으로 덕임의 이마를 문질렀다.

"의녀가 진맥을 했는데도 밤새 눈을 못 떠 얼마나 걱정했는지 몰라."

"열이 펄펄 끓는데 어찌 참았느냐고 의녀가 깜짝 놀라더라! 요것아, 아프면 아프다고 말을 했어야지!"

덕임은 몸을 일으켰다. 귀에서 이명이 울렸다. 서 상궁이 부산스레 소반을 들이밀었다.

"옳지, 앉아서 이것부터 좀 먹어라. 뭘 먹어야 탕약도 들지."

"타락죽 아니옵니까?"

덕임이 멍하니 물었다. 쌀과 타락(駝酪, 우유)으로 쒀 유난히 고소하고 부드러운 이 죽은 임금의 수라상에나 올리는 귀한 음식이다.

"저녁 수라 때 올리려고 쒔는데 전하께서 속이 부대낀다며 끝내 젓수지 않아 고대로 남았던 거야. 아침 수라에 다시 올릴 순 없고, 그렇다고 버릴 수도 없고……. 처치 곤란이었는데 망극하옵게도 전하께서 네게 하사하셨다."

허기보단 호기심에 한 숟갈 떠먹었다. 차게 식었어도 아주 맛있었다.

"네가 어전에서 픽 쓰러졌잖느냐. 전하께서 사색이 되셔서는 친히 의녀를 찾으시더라. 얼마나 놀라셨으면 널 무릎에 눕혀놓고 찬찬히 살피기까지 하시더라. 의녀가 당도할 때까지 요지부동이셨어."

날카로운 두통 사이로 왕과 마지막으로 나눈 대화가 떠올랐다. 가슴이 요동쳤다.

"아니, 또 열이 오르면 어째!"

서 상궁이 놀라서 펄쩍 뛰었다.

"아, 아니옵니다. 그냥……. 어……. 전 이제 번을 나갈 시각인데요."

"가긴 어딜 가! 사나흘 푹 쉬면서 몸이나 추슬러라."

"전하께서 못마땅해하실 텐데요."

"아이고, 그렇게 야박한 분이 아니시다. 도리어 다 낫기 전에 대전 문턱을 넘었다간 경을 칠 줄 알라며 엄포를 놓으셨는걸."

믿을 수 없는 호의의 연속이었다.

"팍팍 좀 먹어라. 팍팍!"

등쌀에 못 이겨 죽 그릇을 싹 비우고 탕약까지 마셨다.

"소처럼 튼튼한 네가 쓰러지다니 천지가 개벽할 노릇이지, 쯧!"

마침내 서 상궁은 일어섰다. 번을 나설 시각인 것은 영희도 마찬가지였다.

"혼자 있어도 괜찮지? 끝나면 곧장 올게!"

배가 불러서인지, 탕약의 효험인지 눈꺼풀이 무거웠다. 일단은 아무 생각 없이 그 아득함에 몸을 맡기기로 했다. 생각은 다음에, 어쩔 수 없이 눈을 떠야 할 때, 그때 하면 된다.

덕임은 모처럼 달게 잠을 청했다.

본의 아니게 맞이한 휴일은 최고였다. 종일 누워서 뒹굴다가 뭘 주워 먹거나 책을 읽으면 그만이었다. 이제부턴 몸에 좋은 것만 먹으라며 고약한 칡뿌리 따위를 들이미는 경희만 아니었으면 완벽했겠지만, 어쨌든 평화로웠다.

어영부영 짧은 말미를 보내고 일상으로의 귀환을 순식간에 맞이했다. 앞으로 보름간은 밤부터 아침까지 일하는 하번이었다. 모처럼 대전으로 나아가 궁인들 틈에 익숙하게 섞였다.

"얼굴이 빤질빤질하네."

서 상궁이 한시름 덜었다는 듯 말했다.

"서고 정리부터 해라. 며칠 새 아주 엉망이 됐거든."

"아, 진짜! 또 부려먹으려고 다들 미룬 거지요?"

돌아오자마자 서러운 막내 처지에 덕임이 뺨을 부풀렸다.

"아니다, 요것아. 전하께서 손도 못 대게 하셨다. 너 말고 다른 궁인들이 들쑤시면 책 찾기가 번거롭다 하시더라."

슬쩍 침전 쪽을 넘겨보았다.

"전하께선 벌써 침수 드셨사옵니까?"

"합궁일이라 숙창궁에 납시셨다."

숙창궁과의 합궁이라면 또 금방 돌아올 우려가 있으므로 일단 피하는 게 낫겠다. 휴일 동안 전혀 마음을 정리하지 못했다. 마주치고 싶지 않았다.

풀벌레 우는 소리마저 잦아드는 삼경. 캄캄한 서고에서 덕임은 한 줄기 등불에 여러 책등을 비춰 보면서 부산스럽게 움직였다. 이건 여기 꽂고 저건 저기 꽂고, 왕의 까다로운 책장 정리 방식에도 어느새 통달해 버렸다.

인기척을 느낀 건 얼마 지나지 않아서였다. 멀리서 문이 달칵 열렸다. 이 시각에 대전 서고를 드나들 사람은 왕의 명을 받잡은 환관뿐이다.

아니면 왕 본인이거나.

덕임은 엉겁결에 책장 뒤로 몸을 숨겼다. 들키면 꼴이 영 안 좋으련만, 지금 당장 마주치기는 정말 싫었다. 밤새 읽을 책을 고르러 왔다면 금방 나갈 것이다.

뚜벅뚜벅 이쪽으로 다가온 왕은 그녀가 몸을 숨긴 책장 반대편에 섰다. 한 권 꺼내 촤르륵 책장 넘기는 소리. 흥미가 없는지 도로 꽂아

넣는 소리. 또 다시 뚜벅, 한 걸음 옆으로 옮기는 소리. 또 한 권 꺼내 촤르륵 넘기는 소리. 그리고…….

"다 나았느냐?"

깜짝 놀라다 못해 혀를 깨물었다.

"예, 예에! 전하!"

"죽은 먹었고?"

"아! 저어, 성은이 망극하옵니다."

아직도 혀끝에 고소한 맛이 남았다. 이런 감칠맛은 처음이었다.

"됐다. 어차피 버릴 것이었으니."

기왕 하사했으면 생색이나 낼 것이지, 꼭 저렇게 밉살스럽게 군다.

"……다시는 그러지 마라."

"먹으라고 하사하신 게 아니셨사옵니까?"

타락죽이 먹는 게 아니고 몸에 바르는 건가, 덕임은 어벙하게 물었다.

"아니, 그게 아니라……."

왕이 불만스럽게 덧붙였다.

"다시는 허약한 꼴 보이지 말라는 뜻이니라."

어쩐지 저 퉁명스러운 잔소리가 잔질고, 서툴고, 간질간질하게 들렸다.

"하는 일이 뭐가 있다고 픽픽 쓰러진단 말이냐. 겨우 그 정도로 과로면 조정 중신들은 진즉 남아나실 않았을 것이야. 가냘픈 여인네 흉내는 가당치도 않지! 하여튼 꼴 보기 싫은 짓만 골라서 한다, 넌."

"걱정하셨사옵니까?"

"걱정은 무슨! 궁녀가 어전에서 드러눕는다면 아랫것 하나 못 다스리는 못난 임금이라고 다들 흉을 보지 않겠느냐."

보고 싶다. 목소리 말고, 용안을 뵙고 싶다. 헤아릴 수 없는 충동이 앞서 덕임은 등잔불을 앞에 들고 성큼 나왔다. 단번에 눈이 마주쳤다. 용안이 벌겋게 물드는가 싶더니, 그가 먼저 눈을 피했다. 그것도 모자라 그녀를 휙 지나쳐 다른 책장에 몸을 감췄다.

"숨으시옵니까?"

"숨기는, 누가! 책을 찾는 것뿐이다."

어린애처럼 잔뜩 골난 대꾸가 돌아왔다.

"거기 있어라. 오지 마."

책장을 아예 뒤집어엎는지 쿵쾅거리는 소리가 들렸다.

역시 딱 이 정도 거리가 좋다. 여기서 멀어지는 건 왠지 가슴이 아플 것 같다. 그렇지만 여기서 더 가까워지는 것도 무섭다. 그는 저기 있고, 나는 여기 있고. 가슴이 조금 들썩일 만큼 설레고, 속이 적당히 간지럽고. 아쉽지 않게, 과하지 않게.

"소인은 여기 있겠사옵니다."

무슨 말을 하고 싶은지도 모르는데 입이 먼저 열렸다.

"그러니 전하께서는 거기 계시옵소서."

소란스러운 소리가 뚝 그쳤다. 아무리 숙맥이라도 바보는 아니다.

"내가 오라 하면 올 것이냐?"

골몰한 끝에 낮은 목소리가 돌아왔다.

"예, 그리해야지요."

"스스로 오고 싶은 마음은 있느냐?"

"어쩌면요."

덕임이 속삭였다.

"하오나 그 이상으로 그저 이쪽에 있고 싶은 마음이 크옵니다."

왕이 어둠 속에서 모습을 드러냈다. 평소답지 않게 뻐딱한 짝다리를 짚고 섰다.

"난 임금이다. 분명 널 내 손바닥 위에 올려놓았을진대, 꼭 내가 네 손바닥 위에 올라가 있는 기분이란 말이야."

그가 들고 있는 불빛은 덕임의 것보다 크고 환했다.

"뭐, 어차피 오라고 할 생각도 없다."

왕이 말했다.

"그런 건 안 돼. 곤란해. 나답지도 않고."

그는 들고 있던 책 한 아름을 덕임의 품에 덥석 안겼다. 갑작스러운 무게 때문에 그녀의 무릎이 휘청했다.

"난 간다. 제대로 꽂아놔라."

"한 권도 아니 가져가시옵니까?"

"오늘 밤에는 읽히지 않을 것 같다."

왕의 걸음을 따르는 깊은 한숨, 그 사이로 그가 뭔가 중얼거렸다.

"한낱 궁녀 따위에게……. 나도 참 한심하군."

덕임은 그가 떠넘긴 책 무더기를 끌어안은 채 한동안 서 있었다. 곱씹어볼 것이 많은 밤이었다.

9장
파국

　춘삼월 봄기운이 올랐다. 바야흐로 선잠先蠶의 계절이다. 나라에선 입을 옷을 만드는 여인들의 길쌈을 농사만큼 중히 여긴다. 하여 왕비가 채상단採桑壇에 올라 서릉씨(중국 상고시대의 황후로 잠신蠶神)를 기리고 친히 뽕잎을 따는 친잠례親蠶禮를 행한다.

　덕임은 왕을 대신해 참석한다는 서 상궁에게 저도 데려가 주십사 아양을 떨었다. 곶감과 묵은 술을 바치기까지 했다. 희한하게도 여자들끼리 치르는 제사가 있다니 궁금해서 견딜 수가 없었다. 그녀의 극성에 꼬박 반나절을 시달린 서 상궁은 결국 허락하고 말았다.

　"네 생각이랑 좀 다를 게다."

　모처럼 곱게 녹원삼 대례복을 입으면서도 서 상궁은 퉁명스러웠다.

　"특히 올해는……. 너무 험악해지지만 않았으면 좋겠구나."

　후원에 당도했을 때에서야 그 의미를 알게 되었다.

　분위기가 썰렁했다. 내로라하는 만인지상의 부인들부터 종친댁, 청연과 청선을 비롯하여 하가한 왕녀들까지 외명부 부인들이 죄 모였는데도 사람 냄새가 안 났다.

"서로 다른 당파끼리 마주치면 죽은 조상도 벌떡 깨 삿대질을 한다는데, 그 부인들을 몰아놨으니 하하호호 신날 까닭이 있겠누?"

서 상궁은 혀를 끌끌 찼다.

"누구 때문에 서방님이 고초를 겪었다, 아무개가 올린 상소 때문에 친정아비가 삭탈을 당했다……. 요런 식으로 파고들면 한도 끝도 없지."

과연 신경전만 팽팽했다. 어느 숙부인은 바깥양반께서 측실에게 홀랑 빠졌다던데 얼마나 상심이 크시냐는 둥 우의정 댁 정경부인의 속을 박박 긁고 있었다.

"오늘 하루 중궁께서 추상같은 위엄으로 중재를 해주셔야 하는데, 원."

서 상궁은 내명부 대열의 선두를 흘끗 곁눈질했다.

제조상궁과 부제조상궁을 양옆에 낀 중궁이야 이상할 구석이 없으되 숙창궁은 좀 어정쩡했다. 예조에서 무품빈을 정일품빈처럼 취급하여 뒤쪽에 세울 순 없다고 판단했는지, 그녀는 중궁의 바로 뒤에 서 있었다. 그것도 중궁의 대례복에 버금갈 만큼 화려하게 금박으로 봉황문을 수놓은 자적원삼을 입고서. 후궁에 대한 과분한 예우가 심기를 건드린 게 분명했다. 멀찍이서도 중궁이 내뿜는 냉기가 보였다.

문제라면 실상 예조는 꼭두각시이고 예식을 감독한 사람이 덕로라는 점이었다. 일부러 보란 듯이 누이를 앞에 세워두었음이 자명하다. 제 위세를 자랑도 할 겸 중궁의 콧대를 꺾을 심산으로.

"저럴수록 숙창궁만 괴로워지신다는 걸 도승지는 왜 모를까요?"

"워낙 겁이 없는 양반이니까."

서 상궁은 콧방귀를 뀌었다.

초상부터 치러야 할 것만 같은 분위기 속에서 예식은 기어코 시작되었다. 장악원掌樂院 악사들의 아악 연주가 자장가로 들릴 만큼 지루한 절차의 연속이었다. 왕비의 주관이라더니 특별한 점도 없었다. 조정에서 정해준 대로, 상궁의 호령에 맞춰 일사불란 움직일 뿐이었다. 보이지도 않는 맨 앞쪽 제단이 이래저래 바쁜 동안 덕임은 꾸벅꾸벅 졸았다. 국궁사배鞠躬四拜 때나 번번이 정신을 차리고 몸을 수그렸다.

망료례望燎禮로 마무리를 지은 다음 차례는 왕후가 친히 길쌈의 모범을 보이는 채상의식이었다. 귀부인들은 싹 물러갔다가 아청색 조잠복助蠶服으로 갈아입은 뒤 다시 모였다. 온종일 잠실蠶室에 틀어박혀 누에나 친다는 궁중의 잠모蠶母들도 따라왔다.

손이 많이 필요하다 보니 궁녀들 머릿수도 늘었다. 북적이는 와중에 덕임은 반가운 얼굴 하나를 발견하곤 몰래 다가가 등을 쿡 찔렀다.

"깜짝 놀랐잖아!"

중궁전 나인들 틈에 있던 경희가 화들짝 돌아보았다.

"넌 또 어떻게 왔니? 뭐, 어쨌든 잘됐다! 보여주고 싶었거든."

"보여주다니 뭘?"

갸우뚱하기도 전에 둥둥 북소리가 들렸다. 연을 탄 중궁의 행차였다. 위용이 대단했다. 중궁은 화사한 청색 국의(鞠衣, 왕비가 친잠할 때 입는 옷)를 입었다. 감탄이 절로 터졌다.

"잘 봐. 내 피땀으로 지은 옷이니까."

경희가 짐짓 으스댔다.

"저걸 네가 만들었다고? 상궁이 아니라?"

"당연하지. 내가 재주가 제일 좋고 손도 빠르니까."

"진짜 혼자서?"

"다른 나인들도 요만큼 돕기는 했지만······. 나 혼자 만든 거나 마찬 가지지!"

경희는 오만하게 손을 내저었다. 어쩐지 주변 나인들이 째리는 눈초리가 느껴졌다.

"여러 날을 애쓴 끝에 마지막 실을 잘라내는 게 어떤 느낌인지 아니?"

그러거나 말거나, 경희는 희열에 차 있었다.

"나, 침방에 들어오길 잘한 것 같아."

그녀는 제 손을 만지작거렸다. 바늘에 찔린 상처투성이지만 가늘고 고왔다.

"아무리 지밀나인이 으뜸이라고 해도 말이야."

"그래. 좋아하는 일이 최고지."

덕임은 선선히 맞장구를 쳤다. 조금은 부러웠다. 지존의 곁에서 지내는 광영을 제외하고는 별로 남는 것이 없는 지밀부 궁녀의 신세란 때때로 지루하기 마련이다.

"흥! 좋아하는 건 아니야. 딱히 노력하지 않아도 잘한다 이거지."

경희는 또 괜히 새침하게 굴었다.

그러나 순식간에 중궁의 옥안에서 핏기가 가셨다. 숙창궁을 보고서 대번에 아연실색한 탓이었다. 모두의 시선이 중궁을 따라갔다.

숙창궁도 다른 명부 부인들처럼 조잠복을 입긴 입었다. 다만 눈 씻고 보아도 아청색은 아니었다. 중궁의 의복과 같은 색이었다. 색감이 더 어둡고 수수하기야 했지만 무례할 만치 비슷한 계열이었다. 틀림없는 왕후의 색깔이었다.

장내가 술렁였다. 입혀주는 대로 입었노라 변명하기도 궁색할 만큼 죄질이 사나웠다. 중궁의 사나운 눈길이 숙창궁의 머리끝부터 발끝까지를 샅샅이 훑었다. 숙창궁은 그 눈길이 두려워 빗물에 젖은 강아지처럼 바들바들 떨었다.

영원과도 같은 침묵 끝에, 중궁은 아무런 질타 없이 후궁을 지나쳤다.

중궁이 당상에 올랐다. 갈고리를 들고 뽕잎 다섯 가지를 땄다. 잠모의 광주리에 뽕잎을 담은 뒤에 남쪽 옥좌에 앉았다. 다음 차례로 나선 숙창궁이 일곱 가지 뽕잎을 따는 모습을 보면서도 흐트러짐이 없었다. 숙창궁이 긴장한 나머지 갈고리로 뽕잎을 조금 찢었을 때에만 입술을 살짝 일그러뜨렸다. 마지막은 외명부 부인들의 차례였다. 청연과 청선을 비롯한 귀부인들은 뽕잎을 아홉 가지씩 땄다. 잠모들이 광주리 가득 모인 뽕잎을 잘게 썰어 다시 나눠주었다. 중궁이 잠박에 뽕잎을 뿌려 누에들을 먹였다. 오물오물 잘 받아먹는다며, 올해는 입을 것이 풍족한 해가 되겠다고, 어색한 덕담이 쏟아졌다.

매일 누에를 치느라 수고하는 잠모들에게 반상飯床을 하사하는 것으로 온 나라 여인들의 모범이 될 친잠례는 끝을 맺었다.

"들던 대로 살벌하네. 도승지가 좀 무리수를 둔 것 같은데."

파장 분위기가 짙자 경희가 소곤거렸다.

"무사히 넘겨서 다행이야."

그러나 덕임의 안도는 섣부른 판단이었다.

친잠례 후 중궁전에서 잔치가 열렸다. 부인들이 돌아가며 하례賀禮를 올리는데, 중궁은 숙창궁의 하례만은 받지 않겠다고 일언지하에 잘랐다. 싫은 소리도 퍽 에둘러 표현하던 사람치고 모두가 보는 앞에서 아주 모질게 어린 후궁을 꾸짖었다. 하늘도 땅도 두려워하지 않는 제 오라비를 똑 닮았다는 힐난까지 서슴지 않았다고.

중궁이 인사를 받지 않았으므로 숙창궁은 잔치에 낄 수 없었다. 그렇다고 감히 물러갈 수도 없었다. 구석에 줄곧 서 있어야 했다. 철저히 무시당했다. 잘난 오라비 위세도 봉황의 규방에선 통하지 않았다. 아무도 그녀를 도와줄 수 없었다. 하찮은 무수리들마저 흥을 내며 음식과 술을 돌릴 때에도, 숙창궁은 꿰다 둔 보릿자루처럼 모욕을 당했다.

가장 찬란하게 빛나는 오라비를 둔 후궁이 계집종만도 못한 취급에 눈물만 삼켰더라고, 그런 서러운 소문이 한동안 파다했다.

요사이 영희가 수상하다.

어째 살살 눈치를 보거나 방구석에 등을 지고선 종잇장인가 뭔가를 깔짝댔다. 아침 닭이 울기도 전에 방을 나섰다가 으레 번을 파하는 시각보다 늦게 돌아오는 일도 잦았다. 그저께만 해도 그렇다. 용케 통금을 피해 새벽녘에 들어오더니만, 덕임이 진짜 자는지 확인하려고 감은 눈앞에 손을 휘휘 젓더란 말이다. 반응하지 않자 살그머니 옷을 벗고 이불에 기어드는데 당최 영문을 모르겠다.

몸단장에도 열성이었다. 작정한 사람처럼 분첩이며 연지 따위에 엽전을 썼다. 후원 깊은 연못물이 피부에 좋다는 소문을 듣고 같이 씻으러 가자며 조르지를 않나, 예쁜 걸음걸이를 연습한다고 좁은 방구석을 종종대질 않나…… . 같이 지내기에 여간 귀찮지 않을 수 없었다.

"요즘 별일 없지?"

며칠을 버르딘 덕임이 슬쩍 떠보았다. 여자가 오래 수절하면 머리가 회까닥 돈다 하니 영 찜찜했다. 촘촘한 참빗으로 머리카락을 정성스레 빗던 영희가 활짝 웃었다.

"그럼, 당연하지!"

이상한 점 또 하나는 그녀가 기이할 정도로 늘 기분이 좋다는 것이었다. 알아주는 사람 없어도 성실하기론 으뜸이었지만 최근엔 느낌이 다르다. 뭔가 변했다.

"매일 보는 사이에 왜?"

"너 요즘 달라진 것 같아서."

"내가? 어떻게?"

영희는 작은 눈을 반짝였다. 공을 들인 효험이 있어 자태가 퍽 고와졌다. 허여멀건 무말랭이 같은 얼굴에선 복숭앗빛 홍조가 돌고, 미소하는 입술에도 자신감이 붙었다.

"바깥 걸음을 자주 하는 것 같아서."

덕임은 대수롭지 않은 척 말문을 열었다.

"일 끝내고 오는 시각도 늦어진 것 같고."

"으응, 바빠서 그래. 내 아래로 막내가 생겼다니까. 가르칠 게 많아."

"그뿐이야?"

"그럼."

영희가 코를 찡긋했다. 그녀가 거짓말할 때의 습관임을 덕임은 잘 알았다.

마음 같아서는 더 추궁하고 싶었으나 시기가 좋지 않았다. 달리 당면한 문제가 많았다. 중궁과 숙창궁 사이를 오가며 어느 쪽에게든 밉보이지 않아야 한다는 부담감. 벌써 반년이 다 되도록 덕로를 주시하라는 왕의 의뭉스러움. 바쁘거나 말거나 때가 되면 필사를 해달라며 책을 보내오는 왕대비. 왕과 유지하는 미묘한 거리감……. 그 모든 구구절절한 사정을 영희에게는 털어놓은 바 없었다. 영희가 낌새를 좀 알아차리고 물어올 때마다 얼버무린 적이 숱하게 많았다.

자신부터 모든 걸 말해주지 않으면서 영희에게만 진실을 강요하는 것은 기만이다. 벗에게도 감추고 싶은 것이 있다면 마땅히 존중해야 옳다.

일단 한발 물러서기로 했다. 어린애도 아니고 앞가림은 알아서 할 터. 이 계절이 지나고 마음에 좀 여유가 생기면, 그때 대화해도 충분할 것이다.

"그럼 다행이고."

십수 년 만에 처음으로, 영희와의 사이에서 벽이 느껴졌다.

"무슨 일이 있으면 난 너한테 제일 먼저 털어놓을 거야."

영희가 어색하게 덧붙였다. 한 번 존재감을 드러낸 낯선 감정은 쉬이 사라지지 않았다. 하찮은 일까지 모두 공유하던 어린 시절과는 많이 달라졌다. 서로 속한 세상마저 미세하게 달라진 것 같았다.

"그래. 어쨌든 얼굴이 화사하니 보기 좋다."

덕임은 순순히 영희가 듣고 싶어 하는 칭찬을 골랐다. 당장은 그렇게 무마했다.

"중전마마를 뵙고 오는가?"

두꺼운 금침에 폭 파묻혀 얼굴만 내민 숙창궁이 입술을 삐죽였다.

"아, 예에, 상궁을 통해 안부만 여쭈었나이다."

"아무렴. 직접 뵙고 인사 올리기가 참 어려운 분이시지."

숙창궁은 열 기운으로 촉촉하게 젖은 두 눈을 깜빡였다.

치욕으로 물든 선잠제 이후, 그녀는 훨씬 골골대기 시작했다. 밤마다 악몽을 꾸고 도한(盜汗, 자면서 식은땀을 흘리는 병)에 시달렸다. 멀쩡하다가도 어지럽다고 비틀대기 일쑤요, 바깥 걸음을 할라치면 배앓이를 호소했다. 꾀병이라 치부했으나 하루걸러 칭얼대니 의녀에게 진맥을 청했다. 의녀도 똑 부러진 진단을 내놓진 못했다. 덩달아 발육도 지지부진했다. 키는 조금도 자라지 않았고 가슴도 납작했다. 팔다리와 엉덩이는 더 앙상해지기만 했다.

"마마께선 내 문후를 줄곧 물리치신다네. 궁인들 보는 앞에서 번번이 쫓겨나니 서러워서 못 살겠어."

"우선은 병환부터 다스리소서. 사흘을 꼬박 앓으셨사옵니다."

한바탕 눈물을 쏟을까 덕임은 얼른 달랬다.

"낫고 싶지 않네. 수모나 당하며 살아야 하는걸."

"아이고! 승지 영감께서 들으시면 속상해하십니다."

머리맡에 앉아 있던 숙창궁의 유모 봉심이 끼어들었다.

"몰라! 다 오라버니 때문이야."

숙창궁이 이불에 얼굴을 파묻고 흐느꼈다.

"전하께선 내 걱정을 하시는가?"

"물론이옵지요. 아침마다 마노라의 용태를 하문하시고, 저녁에는 마노라를 잘 살피고 왔느냐며 다그치시옵니다."

덕임은 듣기 좋은 말을 꾸미는 데 도가 텄다.

"여전히 오라버니를 아껴주시고?"

"떨어지곤 못 사는 사이처럼 늘 붙어 지내십니다."

"그렇다면야 감내할 가치가 있는 거겠지."

어린 후궁은 어른스럽게 끄덕였다.

"종기가 가라앉아 다행입니다. 얼른 기력도 보하셔야지요."

숙창궁이 좀 기분을 풀자 봉심이 기뻐하며 부산스레 굴었다.

"간단한 요깃거리라도 올리겠사옵니다."

"속미음(粟米飮, 좁쌀로 쑨 미음)은 싫어."

"그럼 이 곶감죽은 어떠십니까?"

조그마한 다기의 뚜껑을 열자 달콤한 냄새가 풍겼다. 진한 주홍색

으로 빛깔 또한 아주 고왔다. 단 것이라면 사족을 못 쓰는 숙창궁은
비실비실 누운 몸을 일으켰다.

"오라버니께서 보내주셨어?"

"예. 얼른 쾌차하시라고 다과에 떡에 한 보따리이옵니다."

그녀는 아기 새처럼 조그만 입술로 한 숟갈을 물고 오물거렸다.

"아주 맛있다. 우리 집 뒷마당 감나무의 감으로 꿴 곶감이 틀림없
어."

숙창궁이 웃었다.

"선선할 때면 그 감나무에 올라 담장 너머를 구경하곤 했는데. 방
물장수도 보고, 엿장수도 보고, 아기우물도 보고……. 하나같이 그립
다."

그러나 웃음기는 곧 사라졌다. 도로 시무룩해졌다.

"아기우물이라면, 혹 떠다 마시면 애를 밴다고 장안서 유명한 우물
말씀이시옵니까?"

덕임이 쾌활하게 물었다.

"자네도 아는가?"

"옛날에 곧잘 장난을 쳤거든요. 마을 처녀들을 속여 먹인 다음, 이
제 큰일 났다고 놀려서 울리곤 했었지요."

"어머, 망측해라!"

숙창궁이 까르르 웃자 봉심도 끼어들었다.

"마님께서도 그 우물물을 마시고 마노라를 잉태하셨답니다."

"어머니께서?"

"아들놈은 재미없다고 딸을 원하셨거든요. 삼신할미가 고걸 알았는
지 기어코 늦둥이를 얻으신 거지요."

"오라버니께서 만날 나를 우물에서 주워온 아이라고 놀리시더니!"

숙창궁은 천진난만한 두 눈을 동그랗게 떴다.

"나도 그 물을 마시면 회임할 수 있을까?"

오늘따라 유독 들쭉날쭉한 그녀는 또 근심 어린 표정을 지었다.

"다들 빨리 원자를 낳으라고 하니까……."

"아이 낳을 걱정은 다음에 하시고 우선 푹 주무셔요."

봉심이 탕약을 떠먹이며 살살 달랬다. 너무 쓰다 투정하면서도 기특하게 한 그릇을 싹 비운 숙창궁은 아까처럼 얼굴만 쏙 내밀었다.

"잠들 때까지 자네도 있게. 재밌는 이야기 좀 해줘."

덕임의 손에 뭔가 뜨거운 것이 닿았다. 숙창궁의 손이었다. 덕임은 그 작은 손을 힘 있게 꾹 잡았다. 그래야만 할 것 같았다.

"여기는 다 무서우니까."

숙창궁은 오들오들 떨었다.

"너무 괘념치 마시어요. 면식이 있는 젊은 궁인이라면 마냥 좋아하시거든요. 어제도 의녀를 붙잡고 한참 칭얼대셨어요."

그녀가 가까스로 색색 숨소리를 내며 잠든 뒤에야 봉심이 속삭였다.

"저기, 쇤네가 감히 부탁드릴 주제는 아닙니다만 오늘 일은……."

"걱정 마시오. 전하께 고하진 않을 테니."

덕임이 다정히 말했다.

"말이 새나가지 않도록 경계하는 게 좋을 거요. 어디든 눈과 귀가 있으니까. 도승지께서도 탐탁지 않아 하실 테고."

철이 없어 외부인도 덜컥 믿어버리는 숙창궁이 자못 걱정스러웠다. 옆에서 보살피는 유모 봉심 또한 이 바닥 섭리를 잘 모르는 천출이니 더더욱 그랬다. 의녀를 가까이 둔다는 게 마음에 걸렸다. 의녀는 본디 약방 기생이라 술자리에도 종종 불려가니, 신료들과 접촉하다가 어찌 발설할지 모른다.

"명심하겠습니다."

봉심은 하늘보다 덕로를 더 무서워했다.

"아직 일 년도 채 아니 되셨지. 가장 힘들 때요. 그래도 차차 나아지실 거요."

적어도 숙창궁에게는 잘난 오라비와 후궁 지위가 있다. 훨씬 혹독하게 신고식을 치른 자신과 벗들에 비하면 징징거릴 건더기도 없다.

"데려가…… 주서……."

숙창궁이 입술을 달싹거렸다. 감은 눈을 움찔거리며 뒤척였다. 영락없는 잠꼬대였다. 봉심이 바로 눕히려 하자 곧장 젖을 찾는 강아지처럼 품에 파고들었다.

"어머니……. 보고 싶어요……."

측은한 광경이었다. 덕임은 고개를 돌렸다. 제 생각이 야박했다. 같은 처지에 더 힘들고 말고를 가릴 것도 없다.

봉심이 어린 후궁을 품에 안고 조곤조곤 부르는 자장가만 애처롭게 울려 퍼졌다.

어제만 해도 왕은 분기탱천해 있었다. 대신들과 크게 다퉜다고 들었다. 당쟁에서 밀려나 재야에 묻혀 살던 유학자 하나를 등용하려 했더니만 이러쿵저러쿵 토를 달았단다. 말본새야 번지르르하지만 결국에 또 낭색 타령이었다나.

"꽉 막힌 늙은이들 같으니라구!"

왕은 익선관을 휙 벗어 던지며 길길이 날뛰었다.

"누구는 송자朱子 대단한 줄 몰라서 이러는 줄 아나! 척신들을 다 쫓아냈으니 탕평도 하고 붕당도 다시 세워보자, 달래도 끝까지 소인배들이랑은 일 못 한다는 둥 뻗대고 말이야! 작작 좀 해야지, 원!"

성깔로 치면 신하들 면전에 욕을 하거나 상소를 불로 태워 버리던 선왕을 쏙 닮은지라, 격론을 벌인 끝에 기어이 콧대를 꺾기는 했으되 분이 풀리진 않은 모양이었다.

그런데 오늘은 정반대로 기분이 몹시 좋았다.

새벽 별이 반짝일 즈음 돌아온 그는 알딸딸하니 취해 있었다. 환관들의 부축을 받아야 할 만큼 거둥이 심상찮았다. 마침 덕임은 왕의 침소를 살피던 참이었다. 문지방을 넘던 왕이 그녀를 보고 히죽 웃었다.

"아니, 너는 성가 덕임이가 아니더냐!"

답지 않은 반가운 척에 덕임은 기겁을 했다. 왕이 이 지경이면 술잔을 나눈 신하들은 까무룩 기절해서 업혀 나갔을 게 뻔하다.

"과음하셨사옵니다. 금침을 펴겠나이다."

노련한 서 상궁이 끼어들었다.

"마음이 들떠 잠이 오질 않을 것 같다."

고개를 휘휘 젓더니, 그는 손수 의대를 끄르고 곤룡포를 벗어 던졌다.

"역시 젊은 피가 좋아. 나까지 정력이 솟는단 말이지."

"내각 각신들과 지내다 오시옵니까?"

내각은 왕이 즉위한 해에 만든 관청이다. 젊은 인재들을 둬 학문을 연구하게끔 독려하는 곳이라나. 또래 관리들과 어울릴 수 있어서인지 그는 유독 내각에 애착을 보였다.

"오냐. 토론도 하고 시도 짓고……. 사내가 풍류를 즐기는 데 술이 빠질 수 없지!"

왕은 껄껄 웃었다.

"다음에는 덕로도 불러서 노래를 시켜야겠어. 그이의 창唱 솜씨가 으뜸이라는데 정작 난 본 적이 없단 말이지."

그건 사실이었다. 특히 나비를 모아 청산으로 놀러 가자는 유행가를 잘 부른다고. 접때도 심부름 다녀오는 길에 덕로가 예쁘장한 의녀 하나를 옆구리에 끼고 덩실덩실 노는 꼴을 보았다. 지엄한 궐에서, 그것도 임금의 처소 바로 옆에서 계집을 끼고 논다니 그만큼 홍덕로 위세는 어마어마했다.

왕은 무서울 만치 낄낄대다가 돌연 뚝 그쳤다.

"……늦기 전에 봐야지."

중얼거림이 점차 잦아들더니 콧노래로 바뀌었다. 기분 좋은 취객이 부르기엔 심히 음산한 곡조였다. 잘 들어보니 왕실 제사 때 연주하는 노래 같기도 하다. 하긴, 왕이 저잣거리의 상큼한 노래를 알 까닭도 없다.

"아! 역시 젊은이들을 더 많이 뽑아야겠다."

그는 고개를 번쩍 들더니 딴소리를 했다.

"뽑아서 내가 친히 가르쳐야지. 젊은 선비들이 나한테서 학문을 배우면 임금인 내 말만 잘 듣겠지. 암, 그렇고말고. 시간이야 좀 걸리겠지만……."

제 원대한 포부를 횡설수설 떠들어댔다.

"그래, 그래……. 경연 따윈 없애 버릴 테다."

"글공부라면 사족을 못 쓰는 전하께옵서 멀쩡한 경연을 물리치시옵니까."

어르고 달래는 건 서 상궁의 몫이었다.

"중신들 중에 나보다 많이 아는 자가 없다."

왕은 으쓱거렸다.

"더 이상 배울 게 없어."

그는 어려운 고사故事까지 섞어가며 저 잘난 이야기를 한참 재잘댔다. 경희에게 술을 먹이면 이런 느낌이 아닐까 싶었다.

"아이고, 우리 상감마마 대단하신 걸 누가 모르겠사옵니까!"

내친김에 사서삼경을 전부 외워보겠다는 왕을 만류하느라 서 상궁은 진땀을 뺐다.

"정말이더냐?"

"그러믄요."

"너도 그렇게 생각하느냐?"

갑자기 왕이 화살을 덕임에게로 돌렸다.

"아? 예에, 예! 물론이옵지요!"

왕은 속없는 사람처럼 헤실헤실 웃었다.

"어서 침수 드시지요, 전하."

"아니다, 아니야……."

그 기세를 타 서 상궁이 재차 권했지만 또 실패했다.

"술부터 깨고 자야겠다. 윤묵이 어디 있느냐?"

마침 윤묵은 물그릇을 대령하는 중이었다.

"먹과 종이를 가져와라."

물을 연거푸 들이켠 왕은 서궤 앞에 딱 잡고 앉았다.

"방이 붐벼서 숨 막힌다. 다 나가라."

왕이 어수를 휘이휘이 저었다.

"넌 남아라. 먹을 갈 사람은 있어야지."

지목당한 사람은 불행히도 덕임이었다. 왕을 젊은 궁녀와 단둘이 남겨두는 게 못마땅한지 윤묵이 나섰다.

"소신이 받들겠나이다."

"됐다. 종삼품 상약에게 이런 하찮은 일까지 시킬 수야 없지."

서 상궁이 덕임을 스치며 귓가에 속삭였다.

"금방 주무실 게다. 비위만 좀 맞춰 드려."

사방이 조용해지자 놀랍게도 왕은 환을 치기 시작했다. 붓 끝이 신묘하게 율동했다. 농묵濃墨과 담묵淡墨을 자유자재로 오가는 실력이 준수했다. 수풀에 감싸인 묵중한 바위가 중심을 잡으면, 엷은 묵으로 그린 굵다란 줄기 하나가 우뚝 섰다. 그 옆으로 크고 짙은 빛깔의 잎사귀도 뻗어 나왔다. 기교 없이 담백하고 묵직한 붓 자국은 그렇게 푸른 생명을 움 틔웠다.

좀 취했기로서니 노래를 부르고, 어린아이처럼 잘난 체를 하고, 먹물 손에 묻혀가며 그림까지 그린다. 엄격하고 깐깐한 본디 행실을 돌이켜 보면 차마 상상도 할 수 없는 일이다.

하긴, 술 비슷한 것만 마시고도 사람을 궁지에 몰아넣었던 시절을 돌이켜 보면 미처 몰랐을 뿐 상상할 만한 구석이야 있는 셈이다.

"전하께선 못 하는 게 없으시옵니다."

그가 그린 그림을 보던 덕임이 아양을 떨었다. 미리미리 점수를 따놔야 후일이 편한 법이다. 왕은 싫지 않은 눈치였다.

"하온데 무얼 그리신 것이옵니까?"

한 포기의 식물이었다. 굵다란 줄기와 청아하게 뻗은 커다란 잎사귀가 인상적이었다. 모르는 눈썰미로 보아도 그의 대쪽 같은 성품이 물씬 묻어났다.

"파초芭蕉를 모르느냐?"

"먹어본 적이 없으면 모르옵니다."

왕이 피식 웃었다.

"본디 눈으로 즐기는 식물이다. 잎사귀가 시원시원해 환을 치기에 제격이지."

"궐에도 있사옵니까?"

"대국의 사신들이 가져온 걸 후원에 심어두었다. 달여서 먹으면 열이 내려가는 긴요한 효험이 있어 내의원에서도 키우는 것 같던데."

나중에 찾아볼 요량으로 덕임은 그림 속 식물을 눈으로 열심히 익혔다.

"뚫어지겠다."

왕은 열렬한 관심이 퍽 놀라운 눈치였다.

"환을 치는 건 처음 보옵니다. 그것도……."

"그것도?"

"어어……. 다른 분도 아니고 전하께서……."

"내게 그럴 재주는 없어 보인다는 뜻이냐?"

"아니옵니다! 그냥……. 세간에서 천시하는 재주니까요."

"신발을 만드는 갖바치의 재주는 백성의 발을 따뜻하게 하고, 그릇을 만드는 옹기장의 재주는 보잘것없는 음식도 다채롭게 꾸민다. 그것이 바로 기예다. 그림 또한 나라를 풍요롭게 만드는 재주 중 하나고."

취해서 혀가 꼬부라졌는데도 왕은 일장연설을 늘어놓았다.

"천하에 허튼 재주는 없다는 말씀이시옵니까?"

"긴요하고 하찮은 차이야 있으되 조화롭게 다스리지 못하고 편협하니 구구절절 나누려만 하면 군자의 도리가 아니라는 뜻이다."

"하오시면 어찌 잡문만은 얕잡아보시옵니까?"

덕임은 냉큼 따졌다. 그럼 새로운 서체, 자유로운 글감도 신분을 막론하고 향유되면 종국에는 나라를 조화롭게 만드는 재주란 말이다.

"글은 나라를 지탱하는 근간이다. 다른 재주들처럼 곁가지가 아니지. 옛 성현들의 바른 문체를 두고 저속한 소품지서小品之書를 쓴다니,

어불성설이다."

그는 불만스럽게 주먹을 쥐었다.

"백성들이 읽는 건 상관없어. 궂은 농사일로 나라를 먹여 살리는 이들에게 위안이 된다는데 어찌 용인하지 않겠느냐. 엽전도 방구석에 묵히지 않고 좋지."

취기로 흐릿하긴 해도 많은 것을 고민하는 눈빛이었다.

"그렇지만 녹을 먹는 자들은 그래선 안 돼. 신분이 높을수록 모범이 되어야 한다. 힘들여 노동하지도 않는 주제에 가벼운 흥미를 좇아 체통을 잃다니, 추태가 아닐 수 없어."

왕은 한숨을 쉬었다.

"요즘엔 사사로운 서찰뿐 아니라 공문서에까지 버젓이 잡문체를 쓰는 놈들까지 생겼다. 자꾸 습속이 문란해진다면 더 강경하게 대처할 날이 올지도 모르겠군."

육십 먹은 노인장이 젊은것들을 탓하듯 이를 부득부득 갈았다.

"가만있자, 너 아직도 잡문을 가까이 하느냐?"

"아, 아, 아니옵니다."

엉겁결에 거짓말이 튀어나왔다. 물론 왕은 속지 않았다.

"내 분명 윤허할 수 없다고 했을 텐데."

궤짝 가득 숨겨둔 필사 일감들이 떠올라 덕임은 조마조마했다.

"흠! 굳이 뭘 봐야겠다면 차라리 이걸 읽어라."

왕이 문갑을 뒤적이더니 작은 책 하나를 치마폭에 툭 던졌다.

"경번당의 문집이 아니옵니까?"

경번당 허난설헌은 이백 년 전 사대부가의 부인이다. 평생 지아비에게 멸시당하고, 간신히 낳은 아이들도 먼저 저세상에 보낸 뒤 뒤따르듯 요절했는데 거기서 끝이 아니었다. 아우가 역모로 몰려 멸문지화를 당했다. 그 바람에 그녀의 글도 전부 불에 타 사라졌다. 다만 몇몇 시문은 용케 국경을 넘어갔다. 외국에서 유행을 타 문집으로 발간되었고, 사신들의 왕래에 의해 이 나라에 도로 들어왔다.

"태인泰仁에서 현감縣監을 지내는 홍덕보로부터 받은 것이다."

아끼는 신하를 떠올리는 왕의 입가엔 부드러운 미소가 걸렸다.

"덕보는 경번당의 재주는 인정하면서도, 규중 부인이 한문으로 음란한 시를 지었다며 못마땅해했지."

그녀의 시는 여인으로서 겪는 비참한 인생을 절절하게 풀어낸 점이 일품이다. 음란하다고 매도될 소재가 아니란 말이다. 덕임이 뚱하게 물었다.

"전하께서도 그리 생각하시옵니까?"

"정숙한 부인에게 권장할 취미는 아니나, 재주가 뛰어나니 탄복할 수밖에."

본의 아니게 경악하고 말았다.

"뭐냐, 그 불순한 반응은?"

"아, 전하께서도 필시 못마땅해하실 줄 알았사온데요."

"네가 날 어찌 생각하는지 대충 짐작이 가는구나."

왕이 토라진 표정을 지었다.

"난 네 생각처럼 꽉 막히지 않았다. 이처럼 경지가 높은 글을 트집 잡을 만큼 속이 좁지도 않아. 비록 여인이라도 불평할 수 없을 만큼 잘났으니 존중해야지."

왕은 미간을 찡그렸다.

"여자는 싫다. 껄끄럽고 해로워. 그렇다고 해서 내가 공정하지 않다는 뜻은 아니다."

그냥 취해서 하는 말은 아닌 것 같았다.

"굳이 따지자면 난 어중이떠중이들이 설치는 게 싫은 거다. 내가 궁녀들한테 좀 박하기로서니 속 좁은 사내라고 여기진 마라."

"소, 송구하옵니다."

"네가 날 그런 식으로 본다고 생각하면 기분이 안 좋다."

심상치 않은 나무람에 덕임이 쭈뼛거렸다.

"……내가 왜 궁녀를 싫어하는지 아느냐?"

"외인과 사통하는 자가 더러 있기 때문 아니오리까."

"그것도 그렇지만……."

왕은 흥은부위와의 옛이야기를 털어놓을 때처럼 머뭇거렸다.

"내 아바마마께선 정력적인 분이셨다. 궐 밖에서 여자를 만난 적도 있으셨지만 대개 궁인을 취하셨지."

고민 끝에 꺼낸 그의 이야기는 전혀 예상치 못한 것이었다.

"한데 아바마마를 섬기던 궁녀들은 항상 겁에 질려 있었어. 행여 불려갈라치면 덜덜 떨었고, 닫힌 방문 뒤에선 비명이 들렸지."

기억을 더듬는 눈빛이 어두웠다.

"하루는 내 휘하의 궁녀가 지목되었는데 가기 싫다며 무릎을 꿇고 빌더군. 그래도 아바마마의 명을 거스를 순 없으니 꾸짖어 억지로 보냈다. 한데 이튿날에도, 그 다음 날에도 돌아오질 않았어. 수소문해 보니 행실이 문란하다고 할바마마의 노여움을 살까 봐 아바마마께서 따로 처리하셨다더라 듣게 되었지."

덕임은 마른침만 삼켰다.

"비슷한 일이 두어 차례 더 있었다. 그때마다 궁녀들은 붉게 물든 아바마마의 옷가지를 찬물에 불려 두드려 빨았어. 무조건 모른 척해야 한다던 어마마마의 눈시울도 붉었고."

왕은 한숨을 쉬었다.

"아! 어마마마도 참 가여운 분이시다. 아바마마가 두려워 어찌할 바를 모르셨지. 두 분 금슬이 나빴던 건 아니다. 자식도 많이 보셨고, 아바마마께서 병환이 깊어 후궁과 궁인들에게 손찌검을 하실 적에도 어마마마만은 함부로 대하지 않으셨어."

병환이라면, 세자였던 경모궁을 서른도 채 되지 않은 젊은 나이에 요절하게끔 만든 최후의 병을 말하는 걸까? 대관절 무슨 병이었기에 국본을 광포하게 망가뜨렸던 걸까?

"그렇지만 어마마마께선 아바마마와 대화하는 것조차 무서워하셨다. 왜 아니겠느냐. 찰나에 몹시 노해 눈에 넣을 듯 괴이시던 수칙(守則, 세자궁의 종6품 궁녀)마저 단칼에 베어버리던 분이거늘……."

세자가 애첩을 손수 죽였다는 뜻이다. 덕임은 놀랍고 의아했지만 입을 다물 만큼 눈치는 있었다. 다만 서툴게 말을 돌렸다.

"저기, 의열궁께선 어떤 분이셨사옵니까?"

"……할머님?"

왕의 눈빛이 흐려졌다.

"우습군. 살아 계실 적엔 할머니라고 불러보질 못했는데……. 음, 다정한 분이셨다. 가장 기쁜 순간에조차 슬퍼 보이셨지만."

왕이 쓰게 웃었다.

"어린 시절의 사연일뿐인데도 종종 생각이 난다."

잠깐 옆으로 샜던 이야기가 본궤도로 돌아왔다.

"궁인들이 가기 싫다고, 살려 달라고 울면서 빌었는데……."

겁에 질린 소년의 그림자가 아른거렸다.

"감히 아바마마의 잘못이라고 할 순 없다. 자식이 부모의 허물을 잡는 건 불효이자 강상綱常을 무너뜨리는 죄다. 이 나라에서는 절대 용납될 수 없는 마음이지."

왕이 말했다.

"……아바마마께선 많이 편찮으셨을 뿐이다."

그는 자기 자신을 설득하듯 중얼거렸다.

"그렇다고 내 잘못이라 하면 마음이 무거워서 견딜 수가 없어."

왕은 세차게 고개를 저었다.

"어릴 때는 차라리 궁녀를 탓하려고 했다. 애초에 궁중비사를 바깥에 쏘삭이는 족속이라고, 환관과 궁녀는 본디 해롭다 배웠다고……. 그래, 그러면 편하더군."

덕임은 갈팡질팡했다. 안타깝게 여겨 위로하기에는 불쾌감을 억누를 수 없었다. 하지만 화를 내기에는 또 가여웠다.

"그런데 억지로 속을 지지고 볶아도 마지막에는 한 가지 의문만 남더군. 애초에 그 모든 일의 시작은 아바마마의 잘못도, 내 잘못도, 궁녀의 잘못도 아니고……."

왕이 허공을 노려보았다. 누구를 떠올리는지 알 수 없었다. 하지만 임금조차도 함부로 입에 올릴 수 없는 대상인 것으로 보아선 영 심상치 않았다.

"정녕 끔찍한 생각이군."

심지어 그는 참담한 표정으로 차마 뱉지도 못할 말을 거두어버렸다.

"이제 알겠느냐?"

왕이 덕임을 보았다.

"궁인들이란 내게 온갖 원치 않는 마음을 불러일으키는 존재라는 것을."

소진된 감정의 끝에 그는 옅은 미소를 지었다.

"너는 특히나 그렇지."

간단한 그 한 마디에 덕임의 가슴은 어쩐지 쿵 내려앉았다.

"설마 이런 이야기를 할 날이 오리라곤 생각 못 했다."

그는 스스로에게 놀란 기색이었다.

"술김에 괜한 소릴 했어."

"소인은 아무것도 듣지 못했사옵니다."

"이상하다."

왕은 별로 마음에 들지 않는 눈치였다.

"넌 속이 훤히 보이는 편인데도, 정작 알고 싶을 때는 잘 모르겠어. 아양 떨 줄 알고 따박따박 말대꾸도 잘 하면서 막상 이럴 땐 피해 버리지."

그의 목소리가 잘 들리지 않을 만큼 작아졌다.

"날 무서워하는 건 괜찮아. 그럴 땐 꽤 귀엽거든. 하지만 날 미워하진 마라. 멀리하지도 말고, 관심 없다는 듯 굴지도 말고, 네 인생엔 나보다 더 중요한 게 있다는 것처럼 선을 긋지도 마."

덕임은 무릎을 들썩였다. 조금이라도 떨어지려고 상체를 뒤로 뺀 것도 같다. 왕은 그 모습을 놓치지 않았다.

상상도 할 수 없을 만큼 강한 힘이 그녀를 끌어당겼다. 그녀는 왼쪽 팔뚝을 붙잡은 억센 감촉에 먼저 놀랐고, 갑작스레 서로의 코끝이 겨우 한 뼘의 허공을 사이에 두고 맞닿은 것을 보고 또 놀랐다.

"아무것도 듣지 못했다 했느냐?"

"놓아주소서!"

"나도 내일이 되면 하나도 기억하지 못할 것 같다."

솜털이 바짝 곤두설 만큼 야릇한 감각이 퍼졌다.

"어차피 기억에서 지워질 밤이라면……."

그 짧은 거리마저도 점점 좁혀졌다. 그가 천천히 다가왔다.

"내 마음대로 해도 괜찮지 않겠느냐?"

팔뚝을 잡던 그의 손이 어깨로 올라왔다. 잔뜩 긴장한 어깨죽지와 쇄골을 쓰다듬는 손길이 몹시 잔질었다. 품에 반쯤 안긴 모양새가 되고 말았다.

"소인은 기억하지 않겠습니까?"

덕임은 무례하지 않은 선에서 그를 밀어내려 애썼다. 소용없었다. 속박은 몹시 쉬웠다.

"그게 벌이다. 감히 나를 밀어내려 한 죄에 대한 벌."

마침내 더운 숨결이 그녀의 입술 위를 훑었다. 맑은 술의 향이 묻어났다. 조금만, 아주 조금만 더 다가오면 입술이 아예 닿을 것이다. 사내의 피 끓는 육신이 뿜어내는 열기와 넋을 반쯤 빼놓는 야릇한 기운에 이끌려, 기이한 본능처럼 덕임은 눈을 감았다.

그러나 그 이상은 없었다. 도리어 털썩, 무거운 소음이 들렸다. 무릎도 무거워졌다.

눈을 떠보니 가관이었다. 왕이 고꾸라져서는 그녀의 무릎에 용안을 묻고 곯아떨어져 있었다. 어째 농락당한 기분이었다.

왕을 부축하여 눕히는 데 환관 세 명의 힘이 필요했다. 평화가 깃든 침전을 빠져나가면서, 덕임은 아까 받은 문집은 문갑 안에 얌전히 뒀다. 왕이 정녕 오늘 밤의 일을 기억하지 못한다면 그 또한 받아선 안 될 것 같았다.

다음 날의 왕은 정녕 기억하지 못했다.

숙취 때문에 죽겠다고 투덜거릴 뿐 다른 말은 없었다. 쿡쿡 쑤시는 머리를 부여잡고 간밤의 그림을 물끄러미 보는 것으로 보아 본인이 그렸다는 사실도 기억하지 못하는 듯했다. 바닥에 묻은 먹물 자국을 닦아내라고 잔소리나 했다.

다행이었다. 정말로, 다행이었다.

종기로 고생하던 숙창궁은 생기를 되찾았다. 병상에서 칭얼댄 게
부끄러운지 전보다 더 쾌활하게 지냈다. 아니, 그러려고 했다.

한 보름 건강하게 지내던 그녀는 곧 도로 앓았다. 이번엔 환절기에
기승을 부린다는 감환이었다. 숙창궁은 물에 적신 천으로 연신 목덜
미와 뺨을 문질렀다.

"민망해서 웃전들 뵐 면목이 없네."

그나마 병세는 경미했다. 다음에 올 땐 병석에서 읽을 책을 가져다
달라면서 생글생글 웃기까지 했다. 덕임은 보고 들은 그대로 왕에게
그녀의 용태를 고했다.

"타고난 기질이 연약한 건 도리가 없나 보군."

겉장이 다 닳아버린 의학서를 눈으로 죽 훑던 왕이 말했다.

"자주 앓는 만큼 자주 쾌차하시는걸요."

덕임은 좋은 면을 보았다.

"행여 잦은 병 기운이 쌓여 화가 될까 두렵다."

"어릴 때 잔병치레를 많이 하면 커서 건강하다질 않사옵니까."

"그렇다면야 다행이지만……."

왕도 객쩍은 근심일랑 털어버리고 싶은지 순순히 동조했다.

"너는 어떠냐? 어릴 때 많이 앓았느냐?"

"소인은 홍역은커녕 감기도 앓아본 적이 없사온데요."

"쯧, 날파람둥이처럼 성가신 너한테 병마가 붙을 새나 있겠느냐."

뭔가 또 욕을 먹을 분위기였다.

"너 같은 애가 문제다. 멀쩡하다고 과신하다가 한 방에 혹 가버리
지."

"아니, 한 방에 훅 가버린다니요."

덕임이 불만스럽게 대꾸했지만 왕은 귓등으로도 안 들었다.

"애초에 문후는 내가 시킨 일이고, 숙창궁은 젊은 궁인들을 의지한다니 널 못 가게 할 순 없다. 다만 옮지 않게 조심만 해라."

본인이 말해놓고도 그는 괜히 파르르 떨었다.

"병마를 대전에 달고 오면 곤란해서 그런다."

"옮을 병이었으면 진즉 옮았을 텐데요."

"또 말대꾸! 고분고분 따르면 덧이라도 난다더냐?"

"속에 덧이 나는 걸 보여드릴 순 없지요."

덕임은 왕의 표정을 보고 뒤늦게 꼬리를 내렸다.

"예, 전하. 유념하겠사옵니다."

"엎드려 절 받기가 따로 없군."

왕은 고개를 절레절레 저었다.

그리고 닷새가 지났다. 왕의 근심이 불길한 전조였을까, 화창한 오월의 새벽에 나라의 판도를 뒤집어엎을 운명의 바람이 깃들었다.

어둠이 내려앉은 시각. 사방은 고요했고 왕은 책을 읽었다. 여느 때와 같았다. 그러나 숙창궁에서 당도한 급한 전갈이 모든 것을 바꾸었다. 뜰에서 경계를 서던 덕임의 귀에까지 들릴 만큼 내실이 소란스럽더니, 왕이 문을 박차고 나왔다.

"도승지를 당장 입궐시켜라!"

왕의 붉은 연은 새벽의 어둠 사이로 사라졌다.

그날, 바로 칠 일 축시(丑時, 오전 1시에서 3시)에 숙창궁이 졸하였다. 궐에 들어온 지 꼭 열한 달 만이었다. 순후하였던 초반 병세가 며칠 사이로 악화일로더니, 가슴에 어혈이 꽉 막혀 기침을 아무리 해도 답답함을 해소하지 못하고 숨을 헐떡이다 눈을 감았다고.

그녀는 죽어서도 유례없는 예우를 받았다. 무려 인숙仁淑이라는 시호와 인명仁明이라는 원호園號로서 추증되었다. 임금의 생모 정도는 되어야 누릴 수 있는 대단한 명예였다. 내로라하는 대신들이 앞다퉈 표문과 시책 등을 바쳤고 왕은 친히 행장을 썼다. 후궁으로서 일 년도 채 살지 못한, 자식 하나 낳지 못한 소녀가 누리기엔 과한 대접이었다. 결국은 죽은 숙창궁보단 살아 있는 홍덕로를 위한 예우였다.

덕임은 작별이나마 하기 위해 숙창궁이 투병하던 양심합養心閤을 찾았다. 주인을 잃은 세간일랑 진즉 치워 버린 지 오래였다.

"그리워하던 어머니 얼굴도 못 보고 가셨어요."

두 눈이 퉁퉁 부은 유모 봉심이 말했다.

"전하께서 납셨을 때 이미 숨을 거두신 뒤였으니까요."

봉심은 숙창궁의 온기가 남은 이불을 끌어안았다.

"그래도 다행이에요. 우리 아기씨가 그렇게라도 달아나신 게 낫지 싶거든요."

숙창궁의 다른 몸종들과 함께 봉심도 출궁 되었다. 그 뒤로는 볼 수 없었다. 얼마 지나지 않아 홍씨 본가 뒤뜰 감나무에 목을 매고 죽었다는 풍문만 들었다.

잠시 들른 사람처럼 숙창궁은 떠나갔다. 그녀의 존재가 낳은 분란도 더 이상 없겠다고, 다시 전처럼 돌아가리라고 예측하는 이들이 많았다.

그러나 그녀는 비뚤어진 유산을 남겼다.

슬프도록 화려한 상사喪事가 지나갔다. 그리고 구중궁궐 특유의 정적을 되찾기도 전에 새로운 사건이 일어났다.

"목단이가 그러는데 분명 앞에서 걷고 있었대. 그런데 저쪽 기둥 뒤로 돌아가나 싶더니 감쪽같이 사라졌다는 거야."

"으아, 이제는 낮에도 막 사라지네!"

이른바 궁녀가 귀신에게 잡혀 간다더라는 소동이었다.

대궐에서 귀신이란 친근한 존재다. 낡은 전각이 자아내는 음산함이며 지엄한 어좌를 둘러싼 구구절절한 역사, 그리고 발아래 흙에 얼마나 많은 피가 스며들었는가를 따져 본다면야 괴담이 돌 만도 했다. 진짜라고 암만 장담한 소문이라도 여러 입을 오르내리는 동안 온갖 살이 붙다 보면 도리어 유행이 시들기 마련이었다. 하지만 이번엔 양상이 조금 달랐다.

"벌써 네 명째잖아."

영희와 복연은 마주 보며 새파랗게 질렸다.

상궁 하나와 나인 둘, 그리고 무수리 하나. 보름에 걸쳐 궁녀가 넷이나 실종되었다. 처음 한 명이 사라졌을 땐 사내와 눈이 맞아 월담을 했다고 수군거렸다. 두 명이 사라졌을 땐 힘들어 도망갔나 보다 여겼다. 세 명이 사라지고서부턴 공포에 질렸다. 그리고 이젠 벌건 대낮에 네 번째 궁인이 사라진 것이다.

시기가 시기인 만큼 궁녀들끼리 쉬쉬한 까닭에 일이 커진 감이 없잖아 있었다. 이쯤 되니 숙위군졸들이 순찰을 돌고, 숙위대장인 덕로는 밤낮으로 왕의 지척에 머물며 수사에 돌입했다. 다만 아직까지 진전이 없고 실마리도 찾지 못 한 모양이다.

"근데 이번에 사라진 애도 중궁전 궁인 아니냐?"

복연이 찡그렸다.

"그러니까! 네 명 다 하필 중궁전 소속이지. 그래서 왜, 이런 말도 있잖아."

바싹 몸을 숙이며 영희가 속삭였다.

"숙창궁의 원혼이 중전마마를 해코지한다고⋯⋯."

"야, 야, 야아! 하지 마!"

복연이 펄쩍 뛰었다. 그 바람에 옆에 쭈그리고 있던 덕임은 떠밀려 넘어졌다.

"호, 혹시 다음에 중궁전에서 또 누가 사라지면⋯⋯. 그럼⋯⋯."

우물쭈물 복연이 말끝을 흐렸다. 모두의 시선이 경희에게 쏠렸다.

"난 그딴 헛소리 안 믿어."

경희는 콧방귀를 뀌었다.

"하긴, 귀신도 너 같은 깍쟁이는 사절이겠지."

복연과 경희가 또 으르렁거리기 전에 영희가 얼른 막았다.

"진짜로 없어지고 있잖아!"

"흥, 뭐가 있기야 있겠지. 하지만 귀신은 아니야."

"그럼 뭔데?"

"몰라."

경희는 몰라서 분하다는 듯 입술을 깨물었다. 덕임이 물었다.

"중전마마께선 어떠셔?"

"틀어박혀 한숨만 푹푹 쉬시더라."

중궁에 대한 세간의 시선은 곱지 않았다. 후덕해야 할 왕비가 첩 하나 보듬어주지 않았다며 질타를 했다. 특히 효강혜빈은 실망을 감추지 않았다. 본디 살가운 고부지간이었음이 믿기지 않을 만큼 냉랭해졌다. 사뭇 옹졸한 트집을 잡기도 했다. 그래놓곤 마음이 편치 않은지 중궁에게 무슨 죄가 있겠느냐며 감싸주기도 했으나, 또 다시 중궁의 문후를 물리치는 등 오락가락하여 흉흉한 분위기에 일조했다.

급기야 중궁이 숙창궁에게 독을 먹였다는 참담한 유언비어까지 퍼졌다.

"뭐, 마마의 본심은 알 수 없지만."

경희는 의미심장하게 덧붙였다.

"따지고 보면 도승지 잘못이잖아. 어린 누이를 떠밀어 입궐시키고 중전마마랑 싸움까지 붙였으니까."

"요즘 같은 때에 홍덕로를 적으로 돌리는 건 멍청한 짓이야."

부루퉁한 덕임에게 경희는 눈을 가늘게 떠 보였다.

장차 임금의 외숙이 될 꿈이 무너졌으니 홍덕로의 기세도 주춤하지 않을까 싶던 추측은 완전히 빗나갔다. 그는 오히려 훨씬 공격적으로 나왔다.

후사가 급하다고 걱정하는 소리가 들릴라치면 불같이 화를 냈고, 새 후궁을 간택하자는 말이라도 나오면 그렇게는 못 한다며 대중없이 굴었다. 국본이 없음을 걱정하지도 말라, 새 후궁을 간택해 원자를 보아서도 안 된다, 뭐 어쩌자는 거냐며 다들 술렁였다. 왕조차도 아직은 이르다며 외면하기 일쑤라 정국은 더더욱 혼돈에 빠졌다.

그러던 어느 날. 덕로는 갑작스럽게 완풍군을 숙창궁의 양자로 삼았다. 완풍군은 왕의 배다른 아우가 낳은 아들, 즉 왕의 서조카이자 종친이었다. 누이의 제사를 챙겨줄 사람이 필요하다는 것이 표면상의 이유였으나 그 실상은 누구나 알아차릴 만큼 뻔했다. 대놓고 후계자로 밀겠다는 뜻이다. 일개 종친에게 보위를 이어도 모자람이 없을 지위를 쥐어 주었단 말이다. 당장 완풍군完豊君이라는 작호부터가 그렇다. 왕실의 본관인 완산의 완完과 풍산 홍씨의 풍豊을 합쳐 지은 이름이다. 그를 숙창궁의 묘를 지킬 수묘관守墓官으로 삼아 봉작할 때 덕로가 직접 지어준 것이라고 한다.

"도승지한테 줄을 대보려고 다들 난리래. 우리 아버지께서도 비단에 기생을 보따리로 싸다 바쳐 본들 영 녹록지가 않다고 하셔."

경희가 어깨를 으쓱했다.

"요즘 같은 때에는 홍덕로랑 가까이 지내는 것도 멍청한 짓이야."

골똘히 생각에 잠긴 덕임이 툭 내뱉었다.

"뭐? 넌 뭐 좀 아는 게 있나 봐?"

"아, 아니! 그런 건 아니고……."

덕임은 왕의 기묘한 태도가 마음에 걸렸다.

임금의 후사를 농단하는 신하라니 빼도 박도 못할 대역죄다. 왕의 성격상 물고를 내도 진즉 냈어야 옳단 말이다. 한데 이상하리만치 조용하다. 눈앞에 펼쳐지는 총신의 야욕을 묵인했다. 도리어 덕로가 상심해 탈이라도 났다간 자신이 의지할 데가 없을 거라며, 일개 후궁의 죽음을 두고 나라의 흥망이 달린 문제라 한탄까지 했다. 마음 편하게 궐을 드나들라며 덕로에게 성문 근처의 근사한 집을 따로 마련해 준 건 덤이었다.

가진 것 없어도 충심 하나만으로 왕을 떠받들던 총신이 점점 변해 가는데도 왕은 한결같았다. 전적으로 신뢰하며 원하는 건 무엇이든 들어줬다. 옆에서 보는 사람이 답답할 만치 싸고돌았다.

그래서 미심쩍다.

은밀히 어린 후궁의 동향을 살피라고 할 때도, 사람은 변하기 마련이라고 할 때도, 왕은 무덤덤했었다. 흡사 폭풍이 불어 닥치기 전의 바다가 가장 평화롭고 잔잔하듯이 그의 평정심에는 분명 소름 끼치는 구석이 있었다.

"……전하께선 별로 만만한 분이 아니시니까."

"흥, 고운 첩을 끼고 도는 사내처럼 도승지라면 껌벅 죽으시는데 뭘."

경희의 표현은 품위가 없었지만 그럴싸했다. 덕로가 뽐내는 위세의 근본은 왕의 총애다. 그러니 왕이 그 총애를 거두어들였을 때 어떤 일이 벌어질지 조마조마한 것이다.

전에 이런 일도 있었다.

숙창궁이 졸한 지 얼마 되지 않았을 때, 덕로는 자신의 부덕함 탓이라며 사직을 청했고 왕은 받아들였다. 물론 지극히 의례적인 행동이었다. 그래도 구색은 맞춰야 하는 법인데 덕로는 그러지 않았다. 대궐을 제집처럼 싸돌아다니며 숙위소도 돌봤다.

"숙창궁께서 특별한 말씀을 하진 않으셨소?"

불쑥 덕임을 찾아오기도 했다.

"졸하시기 이틀 전부터 외인은 접촉할 수 없다 하여 뵙지 못했습니다."

"하면 그 전에는?"

누이 잃은 이를 박정하게 대하고 싶지 않아 덕임은 에둘러 말했다.

"모친이 그립다고 말씀하셨을 뿐입니다."

"중전마마에 대해서는?"

슬픔을 표현하는 방식에는 여러 가지가 있다. 악감정도 있겠다, 중궁에게 책임을 돌리고 싶어 하는 나름의 상심을 이해 못 할 바는 아니었다. 그러나 옳은 행동은 아니었다.

덕임은 단호하게 고개를 내저었다. 그러자 그는 위압적으로 굴었다.

"난 전하의 안위를 책임지는 숙위대장으로서 묻는 거요."

"관직에서 물러나신 줄로 압니다만."

지난 몇 달간 이래저래 치인 만큼 덕임은 자제심을 잃었다.

"중전마마 또한 이 나라의 왕비전하신데 감히 섣불리 그 혐의를 묻는답니까?"

이 만큼만 비난해도 스스로 부끄러움을 느끼리라 짐작했다.

"그리고 궁녀를 심문하시려거든 전하의 윤허부터 받아오소서."

"내 뜻이 곧 전하의 뜻이오."

그렇지만 덕임의 생각은 빗나갔다. 실언을 했다며 고치길 기다렸으나 그는 그러지 않았다. 그보다 더 명료한 진실은 없다는 양 빳빳하게 세운 콧대가 그대로였다.

덕로가 어디까지 선을 넘었는지 비로소 알았다.

그는 한때 왕을 위해 온갖 궂은일을 자처했다. 심지어 왕이 관심 보이는 궁녀를 미리 포섭하려는 등 모양 빠지는 처신까지 서슴지 않았다. 다만 이젠 다르다. 변질되었다. 너무나 짧은 사이 정상까지 오른 탓에 자만에 빠졌다. 정승마저 설설 기는 권력에 취해 몹시도 감각이 무뎌졌다. 몸을 사리고 경계하던 시절일랑 몽땅 망각했다.

"숙창궁께선 이따금 중전마마를 원망하셨습니다. 하지만 그보다 더 자주 승지 영감을 원망하셨습니다."

덕임은 그의 오만함에 흠집을 내고 싶었다.

"공연히 탓을 돌리지 말고 자중하시지요."

그래서 찬바람이 쌩 날리도록 그를 지나쳤다.

"아이 참! 그런 거 말구! 귀신 말이야, 귀신!"

삼천포로 빠진 대화에 영희가 투정을 부렸다.

"글쎄, 그런 헛소리는 안 믿는다니까. 너희도 믿지 마."

경희가 또 단칼에 잘라냈다.

"뭐, 조심하는 건 나쁘지 않겠지. 밤늦게 돌아다니지 말고 새벽에 변소를 갈 땐 방동무랑 꼭 붙어 다녀. 알겠니?"

깐깐한 노파처럼 덧붙이는 충고는 그래도 꽤 다정스럽다.

"난 걱정할 필요 없어. 너희 둘이 문제지."

경희가 덕임과 영희를 향해 손가락을 탁 튕겼다.

"덕임이 너는 번이 밤낮으로 자주 바뀌니 혼자 오고가는 때가 많잖니. 영희 너는 그 바람에 혼자 지내는 시간이 길고. 요즘에는 무섭다고 다들 쌍쌍이 다니는데 너희는 도리어 따로 노니 큰일이야."

"야! 나는? 내 걱정은 안 해줘?"

복연이 양팔을 허우적댔다.

"네 주먹에 맞으면 도깨비도 코가 깨질 텐데 덤비겠니."

코웃음을 치는 경희는 정말 얄미웠다.

"무슨 귀신이 주먹질 가려가며 덤빈다냐!"

복연이 불만스럽게 구시렁댔다.

"쳇! 어쨌든 일리는 있네."

그러더니 소도 때려잡을 기세로 제 무릎을 탁 쳤다.

"근데 영희 너 요즘 밤마다 여기저기 쏘다닌다며? 덕임이 없으면 심심해서 마실 나가? 혼자 맛있는 거 감춰두고 먹는 거 아니냐?"

복연은 아무 생각 없이 한 말이었지만 영희는 새파랗게 질렸다.

"아니야! 바, 바빠서 그래! 바빠서…… 일이 늦게 끝나니까……."

뼈다귀 냄새를 맡은 개처럼 경희가 눈을 번뜩였다.

"뭐니? 뭘 숨기는 거야?"

"숨기는 거 없어! 바쁘다니까."

"물이나 만지는 세수간에서 바쁠 일이 뭔데?"

경희는 은근히 깔보았다.

"뭐야, 세수간은 바쁘면 안 돼? 죄다 시시콜콜 고해바쳐야 해?"

평소 경희 말이라면 껌뻑 죽는 영희가 웬일로 세게 나왔다.

"가만 보니 요즘 이상해."

그렇지만 의심을 더욱 부채질하는 결과만 낳았다.

"죽상이던 얼굴이 폈어. 헤벌쭉해. 짜증 날 만치 행복해 보인단 말이지. 잠깐 보잘 때마다 튕기는 것도 그렇고."

"별 트집을 다 잡는다!"

영희가 짐짓 화를 냈으나 경희는 들은 체도 하지 않았다. 도리어 대뜸 덕임에게로 화살을 돌렸다.

"얘가 왜 이렇게 거품을 무는지 넌 아니?"

덕임은 영희가 좀 도와달라고 눈치를 보내는 걸 알았다.

생전 처음으로 동무들 앞에서 말문이 막혔다. 어렴풋이 짚이는 구석이 있기 때문이었다. 이제까진 대수롭지 않게 넘겼던 영희의 자잘한 변화는 불행히도 하나의 결과를 암시하는 지표들이었다. 과로에 찌들어 세상만사에 무뎌진 궁녀를 들뜨게 할 수 있는 것은 많지 않다. 싫은 예감이 들었다.

"저기, 배씨 항아님!"

어물거리는 사이 누군가 끼어들었다. 등 뒤에 바짝 다가온 글월비자 목단이었다.

"감찰상궁께서 찾으시는데요. 단봉문丹鳳門에서 기다리겠답니다."

"왜?"

"항아님들 일이야 쇤네는 모르지요."

목단이는 멋쩍게 웃었다.

"별거 아니겠지. 중궁전에서만 궁녀들이 사라지니까 단속을 하는 거야. 부족한 건 없냐, 수상쩍은 일은 없었냐, 뭐 그런 거. 수방 애들도 불려갔었어."

경희는 새삼스럽지 않다는 듯 치마를 털고 일어섰다.

"우선 급한 불부터 꺼야지. 넌 그 다음이야."

영희 면전에다 손가락을 탁 튕겨 보이더니 경희는 총총 사라졌다.

덕분에 오후 한때의 노닥거림은 썰렁하게 끝났다. 시들해진 잡담을 좀 더 주고받은 뒤 나머지 세 궁녀들도 어슬렁어슬렁 움직였다. 복연은 널어둔 이불을 걷어야 한다며 도중에 헤어졌다.

덕임과 영희는 처소까지 나란히 걸어갔다. 평소와 달리 말은 없었다.

"그만둬."

나무가 아름드리 우거진 길목에 들어섰을 때 덕임이 운을 뗐다.

"차라리 노름을 해. 사내는 안 돼."

"그, 그런 거 아니야!"

"궁녀의 연애는 결국엔 들통나게 되어 있어. 벌써 내가 눈치챘고 다른 궁녀들도 널 수상쩍게 보잖아. 경희가 아는 것도, 온 궁방에 추문이 퍼지는 것도 순식간이라고."

덕임은 되지도 않는 오리발을 싹 무시했다.

"노름은 걸려봤자 곤장이나 맞지만 통정은 정말로 죽어."

"걱정할 만한 일은 없었어."

뜻밖에도 영희는 순순히 인정했다.

"그냥 만나서 이야기를 할 뿐이야. 서로 여의치 않으니까 밤이든 낮이든 되는 대로 보는 거고. 토, 통정이라든가……. 그런 건 없어."

"전에 그놈이구나? 너한테 뻔뻔한 서찰을 준 별감!"

영희는 우물쭈물 웅얼거렸다. 긍정의 표현인 것 같았다.

"그만둘 수 있을 때 그만둬."

"나 말고 다른 궁녀들도 곧잘 사내랑 어울리잖아."

살살 눈치를 보면서도 영희는 고집을 피웠다.

"나쁜 사람 아니야. 고마운 사람이야. 날 알아봐 주고, 기억해 주고, 특별하게 대해준단 말이야. 그런 사람 처음이라구."

"처자식까지 둔 사내 데리고 바보같이 굴지 마."

"혼례 치르고 석 달 만에 아내가 죽었대. 그 뒤로 쭉 혼자 산댔어. 새로 처를 얻을 생각도 안 했는데 날 만난 거래."

"꼬시려고 하는 소리겠지."

덕임은 경희만큼 메마르진 않지만 영희처럼 축축하지도 않았다. 신분과 생사를 뛰어넘는 연애소설을 몽땅 섭렵하고서도 쉽게 믿지 않을 만큼의 분별은 있었다.

"이럴까 봐 너희들한테 말 안 한 거야."

영희가 애원했다.

"경희 반응이야 빤하니까 그렇다 쳐. 하지만 넌 내 편 들어주면 안 돼? 어떤 사람이냐고 물어봐 주고, 내가 하는 이야기 그냥 들어주면 안 되냐고?"

눈에는 눈물이 그렁그렁했다.

"첫눈에 반했대. 그래서 안 되는 줄 알면서도 서찰을 주고 내 주변을 얼쩡거렸대. 난 이런 이야기, 다 털어놓고 싶단 말이야!"

물론 덕임도 듣고 싶고 싶었다. 어수룩하게만 살아온 벗의 마음을 뒤흔든 사내가 누군지 궁금했다. 서로 연정을 품는 과정이 과연 연애소설에서 나오는 것처럼 간질간질했는지도 알고 싶었다. 바깥에서라면 솔직할 수 있었겠다. 철딱서니 없는 처녀들처럼 지나가는 사내를 재보고, 까닭 없이 웃고, 누가 더 잘난 사내를 사로잡았는지 시샘도 하면서.

그러나 애석하게도 덕임과 영희는 궐에서 만났다. 그리고 궐에서 자랐다. 자유도 사내도 허락된 것은 아니었다.

"나한텐 널 지키는 게 더 중요해."

언젠가 경희도 '안전한 높이에 널 매달아두는 게 더 중요하다'는 말을 했었다. 뒤늦게나마 그 속을 알 것 같았다.

"네가 행복하다면 나도 기뻐."

영희처럼 조용하고 소심한 애가 어째서 무모할 만치 사내에게 끌리는지는 대충 짐작이 갔다. 그녀는 항상 있는 듯 없는 듯 존재감이 옅었다. 그런데 태어나서 처음으로, 오직 그녀라는 이유로 특별히 대해주는 사람을 만난 것이다. 구중궁궐에서 별감과 궁녀의 연애만큼 진부한 것도 없겠지만, 적어도 당사자들에게는 애틋하고 애절한 인연일터였다.

"하지만 치러야 할 값이 네 목숨이잖아. 나를 위해서라도 그만둬, 응?"

이 설득은 꽤 효과가 있었다. 영희의 눈에 얼핏 두려움이 스쳤다.

"미안해."

영희는 두 손에 얼굴을 파묻고 흐느꼈다.

"네 말이 맞아. 잠시 혹했던 거야. 그만둘게. 경희랑 복연이에게는 말하지 마."

그래도 덕임은 반신반의했다. 영희는 우유부단하고 마음이 약하다. 덕임의 설득에도 이렇게 쉽게 흔들리는데, 그 사내가 치맛자락을 붙들고 늘어지면 또 흔들릴 게 뻔하다.

"정말 통정까지 한 건 아니지?"

"아니라니까! 차마 못 하겠더라."

"할 생각은 해봤다는 거네?"

"아, 아니야! 회임을 피하는 비법 같은 걸 들었을 뿐이야."

별 해괴한 묘책을 중얼거리는 영희는 역시 미덥지 않았다.

당분간은 주시하자고 덕임은 마음먹었다. 그 별감 놈팡이 마주치기라도 하면 상투를 쥐어뜯어 버리겠다고 이를 갈았다. 자신의 선에서 정 안 될 것 같으면 경희의 힘을 빌려서라도 말려야 한다고 단호히 다짐했다.

그러나 이후 벌어진 다급한 사건의 연속으로 이 순간의 다짐을 까 맣게 잊어버린 것이 불행이라면 불행이었고, 운명이라면 운명이었다.

다음 날은 화창했다. 붉고 노랗게 물드는 가을의 정취가 아름다웠 다. 추수철 특유의 행복한 기운까지 물씬했다.

"여기 틀렸다. 구별할 변辨자를 말을 잘 한다는 변辯자로 잘못 읽은 게야."

하지만 덕임은 죽을 맛이었다.

볕은 뜨겁지, 왕대비는 사소한 실수 하나 놓치지 않고 툭툭 짚어내 지, 기가 다 빨렸다. 필사본의 첫 장부터 마지막 장까지 샅샅이 정독 한 뒤에야 왕대비는 흡족한 눈치였다.

"실수가 많이 줄었다. 빨리 익히는구나."

흔치 않은 미소였다.

"부족하나마 마마께 보탬이 되어 망극할 따름이옵니다."

"그래? 마지못한 건 아니고?"

이렇게 미동도 없이 대놓고 찌를 때가 제일 무섭다.

"마마의 은덕이 아니면 귀한 책을 만져나 보겠나이까."

"경서를 좋아하느냐?"

좋아한다고 하기는 너무 어렵고 재미가 없다. 그렇다고 싫은 것은 아니다. 온갖 애정과 열망으로 뒤죽박죽 섞인 잡문을 읽다가 담백하 고 고매한 글을 읽으면 머리가 맑아지고 덩달아 똑똑해지는 느낌이란 말이다.

"괜한 걸 물었다. 감히 궁인이 그렇다고 대답하기는 곤란하겠지."

왕대비가 멋대로 넘겨짚었다.

"나는 아주 좋아한다."

그녀는 당당했다. 그럴 만도 하다. 이 나라에서 학문을 스스럼없이 익힐 수 있는 여인은 유일하게 자전뿐이다. 왕실의 큰어른이다. 성상에게 슬기롭게 조언할뿐더러 여의치 않거든 대신해 수렴청정까지 할 수 있는 대단한 지위다.

"여인은 오로지 내조로서만 빛난다지만 내 생각은 다르다. 여인도 익히면 사내 못지않은 경지에 이를 수 있고, 그 재주를 값지게 쓸 날이 올 터."

보다 큰 그림을 보는 양 눈빛이 오묘했다.

"아무리 경지가 높아도 나누지 못하면 답답할 따름이거늘, 잘 따르고 익히는 너라도 있어 다행이다."

"망극하옵니다."

왕대비의 입가에 걸린 미소만은 잔잔했다.

"네가 여길 종종 오는 걸 주상도 아느냐?"

"예, 마마께 공손하라고 누차 신칙하시옵니다."

"보내기 싫은 기색은 아니시고?"

"효심 깊은 전하께옵서 그러실 리가요."

피가 섞이지 않은 사이라지만 서로 섬기고 살피는 정이 돈독했다. 왕은 친히 왕대비의 탕약과 수라를 살피고, 왕실의 안주인인 중궁이나 자궁인 효강혜빈이 아닌 그녀에게 궁궐 안살림을 맡기곤 했다.

그러나 가끔 이상할 때는 있다. 눈치를 살피며 빙글빙글 견제하는 맹수들처럼, 뜻 모를 긴장감이 느껴진다고 해야 할까.

"날 너무 어렵게 여기진 말거라."

궁녀의 얕은 속일랑 훤히 들여다보인다는 듯 왕대비가 말했다.

"미망인이 할 일이 무에 있겠느냐. 혼자 글을 읽고, 생각하고, 또 생각하고……. 그러다 보니 적적하여 말동무가 필요할 뿐이다. 주변에 사람은 많지만 어울릴 이는 별로 없다. 궁녀들은 대개 어리석고, 자궁이나 중궁은 나와 흥미가 다르니까."

"사가의 친지 분들과도 교류하지 않으시옵니까?"

"궐 밖과 서찰로 통할 이야기가 있겠느냐. 체모에 어긋난다."

"과연 적적하시겠사옵니다."

"내 친정아버님은 올곧은 분이셨다. 양갓집 규수다워야 한다며 내가 깊이 배우는 걸 꺼리셨다. 하지만 불효라 할지라도 곧이곧대로 따를 수 없었지. 항상 아버님 눈을 피해 글을 읽었다. 오라버니께서 몰래 책을 챙겨주시고 격려해 주신 덕에 수월했단다."

궁벽한 섬에서 초라하게 유배 생활을 하고 있을 오라비를 떠올리는 왕대비의 눈빛은 몹시 쓸쓸했다.

"많이 그리우시옵니까?"

"오라버니가 나라를 위해 재주를 펼치지 못하는 것이 안타까울 뿐이니라."

왕대비는 사사로운 감정을 싹 씻어냈다.

"너도 오라비가 있다고 했던가?"

"예, 소인의 아비도 계집애는 많이 알수록 팔자가 꼬인다는 소리를 곧잘 했었지요. 한데 불행인지 다행인지, 오라비들은 누이가 서당 숙제를 대신 해주길 바라더이다."

"중인 팔자는 그나마 자유로울 줄 알았는데 또 아닌가 보군."

왕대비가 고개를 끄덕였다.

"너 또한 높은 뜻을 위해 나름대로 궁리했던 게야."

솔직히 덕임에게는 그만큼 거창한 사연이 아니었다. 그냥 글을 읽는 게 신기롭고 좋았으며, 거시기 좀 달렸답시고 잘난 체하는 사내애들에

뒤지고 싶지 않았을 뿐이었다.

어쨌든 알아서 생각하게끔 내버려 두기로 했다.

"역시 너는 나와 제법 닮았다. 처음 만났을 때부터 알아보았지."

"오늘따라 유난히 망극케 하시옵니다."

"그냥 하는 말이 아니다. 손아래 누이가 있었다면 너와 같지 않았을까 싶어."

덕임은 숨넘어가는 소리를 낼 뻔했다.

"너도 나를 거리낌 없이 여겼으면 좋겠다."

한가한 사담치곤 심히 부담스러웠다.

"난 너를 더 가까이 두고 싶거든."

바깥에서 경박한 궁녀가 발 구르는 소리도 들릴 만큼 적막해졌다.

"주상이 빨리 마음을 먹으면 좋겠어."

은근히 암시하는 말투에 찬찬히 훑는 시선도 자못 노골적이었다.

"왕실에 상사가 났으되 후사는 여전히 급하니 서둘러 새 후궁을 간택하자고 간곡히 청해도, 주상은 그럴 순 없다며 물리치더구나."

전혀 다른 화제였지만 어째 연장선상에 있는 이야기 같다.

"상심이 워낙 크신 탓이겠지요."

잠자코 듣고만 있는 것도 예의가 아니라서 덕임은 꾸역꾸역 대답했다. 사실 숙창궁이 숨을 거둔 자리가 채 마르지도 않았는데, 벌써 새로운 처녀를 들이겠다는 둥 인정머리 없는 왕실의 섭리에 다소 혐오감을 느꼈다.

"음, 아니다. 전에 거절할 때랑은 느낌이 달라."

또 다시 은근한 눈빛이다.

덕임은 그녀가 뭘 원하는지 도통 감을 잡을 수가 없었다. 돌이켜 보면 퍽 오래전부터 은근히 바라는 기색이 있었다. 처음에는 영향력을 굳히기 위해 만만한 궁녀를 꼬드겨 밀정 노릇을 시키려나 싶었다. 그런데 한편으로, 학문에 대한 순수한 열정과 절대 허투루 하지 않는 대쪽 같은 처신 등을 자꾸 보노라면 정녕 외로워서 그런가 싶기도 했다.

이제는 또 새로운 영역이다. 자신을 왕에게 엮다니 승은이라도 입길 바라는 걸까? 황당한 의심이라는 건 안다. 하지만 그만큼 왕대비의 태도엔 묘한 구석이 있다.

"날이 더우니 천천히 돌아가거라. 시원한 매실차라도 들 테냐?"

왕대비는 아무 일 없었다는 듯 말을 돌렸다.

"오늘도 서둘러 가야 한다 하면 내가 무척 서운할 것 같구나."

미처 사양하기 전에 쐐기까지 박는다.

"글이나 좀 읽어다오. 나이가 들어 그런지 눈이 침침하다."

불혹도 되지 않은 젊음과 건강한 혈색으로 미루어 딱히 믿음이 가는 말씀은 아니었지만 거절할 입장도 아니었다.

왕대비가 건넨 책은 제목조차 쉬이 알아보지 못할 만큼 어려웠다.

"미천한 식견으로는 엄두도 나지 않사옵니다."

"괜찮다. 틀리면 내가 고쳐 주마."

명쾌하게 정의하기 어려운 두 여인의 한때는 달콤한 매실차와 어려운 글자들의 향연 사이에서 쏜살같이 지나갔다. 왕대비와 함께 보내는 시간은 살얼음판 위를 춤추는 것처럼 두렵고 불편하나, 한편으론 즐겁기도 하다는 게 이상한 점이었다.

마침내 물러가도 좋다는 명이 떨어졌을 때, 덕임은 완전히 지친 상태였다.

"성씨 항아님! 어휴, 한참을 찾았습니다!"

어깨를 축 늘어뜨리고 터벅터벅 걷는데 뒤에서 누가 알은체를 해왔다. 글월비자 목단이었다.

"무슨 일이니? 서찰이 오는 날도 아닌데."

"이거요. 늦진 않았나 모르겠네요. 꼭 오전 중에 전해주라 하셨는데."

목단이가 작은 쪽지를 내밀었다.

"배씨 항아님이 주신 거예요."

쪽지에는 'ㅌㅣㄴ ㅌㅣ ㄴㅡㅅ 十四ㅓ 九ㅓㅅ' 이라고만 쓰여 있었다.

"다른 말은 없었어?"

목단은 고개를 도리도리 저었다.

이건 궁녀들이 글자놀이 겸 암호로 쓰는 당언문唐諺文이다. 자음만 숫자로 바꾸는 단순한 구조라 풀이는 쉽다. 신시申時에 능허정凌虛亭에서 보자는 뜻이다. 다만 경희가 이런 식으로 시간과 장소만 덜렁 적어주는 일은 처음이었다. 그녀에게는 잘난 체를 잘 하는 만큼 서신도 장황하게 쓰는 버릇이 있다.

필체는 얼추 맞다만 뭔가 찜찜하다. 하물며 능허정은 후원에서도 가장 인적이 드문 곳, 커다란 나무들로 겹겹이 둘러싸인 음침한 정자다. 어릴 때 도깨비를 잡자고 몰래 숨어 들어본 뒤로는 가본 적도 없다.

"이거 경희가 준 거 맞니? 음, 그러니까……. 다른 사람이 대신 준 게 아니고 경희 얼굴을 직접 보고 받은 게 맞아?"

"예, 그런데요. 뭐가 잘못되었습니까?"

"아니야. 요즘 흉흉하나 보니 내가 좀 예민했나 봐."

덕임은 얼버무렸다.

"맞다! 항아님도 이렇게 혼자 다니지 마셔요. 접때 무수리가 사라지는 걸 본 사람이 쇤네 아닙니까. 진짜 귀신이 곡할 노릇이라니까요."

목단이는 자신이 주인공으로 등장하는 실종 목격담을 화려하게 늘어놓고 싶은 눈치였다. 하지만 그녀에겐 밀린 배달 거리가 있었다.

쪽지에 적힌 시각까지 얼마 남지 않았다. 덕임은 일단 가보기로 했다.

능허정 일대는 돌보는 사람이 있긴 한가 싶을 만큼 잡초가 무성하고 적막했다. 쪽지를 쥐고 뒷짐을 선 채로 한참 기다렸다. 이 음산한 곳에서 귀신이든 험상궂은 사내든 누가 덮치는 건 아닐까 긴장했지만 공연한 기우였다. 수상한 자라곤 코빼기도 비치지 않았다. 그러나 불길한 예감이 아주 빗나간 건 아니었다.

경희가 끝내 나타나지 않았다. 신시가 넘도록. 그리고 그 다음 날까지도.

궁인 두 사람이 동시에 사라졌다.

한 명은 평소 중궁의 맥후脈候를 전담하던 의녀 남기였고, 다른 한 명은 중궁전 침방나인 경희였다. 남기가 경희보다 하루 먼저 행적이 끊겼다곤 하나, 결국 사라진 시점은 비슷했다.

"경희 걔가 귀신은 없다고 호언장담을 했잖냐."

처음에 복연은 대수롭지 않아 했다.

"늘 저 혼자 복잡한 애라 뭔진 몰라도 곧 있음 알아서 기어들어 오지 않겠냐?"

어찌나 장담하는지 영희와 덕임도 설득되고 말았다. 경희가 언제라도 돌아와 콧대를 빳빳하게 세울 수 있도록 밤에도 빗장을 잠그지 않은 채 기다렸다.

그러나 복연의 자신감은 갈수록 빛을 바랬다.

경희가 사라진 지 나흘째 되던 날. 덕로가 홀연히 찾아왔다. 그는 왕의 간청에 못 이기는 척, 두어 달 전엔가 의례적인 사임을 거두었다.

"배 나인이 마지막으로 목격된 때는 사라진 날 낮것 때요. 입맛이 없다며 자기 몫의 국수를 덜어주고 자리를 떴다는데, 이후로 본 사람이 없소."

그가 문두를 열었다.

"항아님이 마지막으로 배 나인을 본 때는 언제요?"

고작 정황 조사를 위해 숙위대장이 직접 왔다는 게 이상했지만, 숙위소에서 사건을 중요하게 다루고 있다는 의미로 받아들이기로 했다.

"사라지기 하루 전날입니다."

덕임은 기억을 더듬었다.

"그날 아침에 중전마마의 당의에 흉배胸背를 새로 수놓았다고 했습니다. 나인 김복연, 손영희 그리고 저와 어울린 건 그날 오후고요."

"특별한 일은 없었소?"

"헤어질 때 감찰상궁을 만나러 간다고 했습니다."

"음, 중궁전 침방의 다른 나인들과 함께 면담하였다더군. 늦게 돌아다니지 말라는 훈계였다고. 배 나인이 감찰상궁과 헤어진 뒤 말짱하게 처소로 돌아가는 걸 본 사람도 있소."

혹시 감찰부에 붙들려 있는 건 아닐까 싶던 희망이 사라졌다. 덕로는 잘 빚은 도자기처럼 고운 제 턱을 쓸었다.

"한데 실종된 날 아침 일찍 배 나인이 글월비자더러 항아님에게 쪽지를 전해달라고 심부름 시키는 걸 본 사람이 있던데. 어떤 쪽지였소?"

"그걸 본 사람이 있다구요?"

"배 나인과 방을 함께 쓰는 중궁전 나인이 그리 고하던데."

그렇지 않아도 쪽지 이야기를 하려던 참이었다. 쭉 의심스러웠으니까. 그런데 목격자가 있다면 적어도 경희가 직접 보낸 것은 맞나 보다.

"누가 보았다는 점이 중요한 건가?"

"아, 아닙니다. 어어……. 신시에 능허정에서 보자는 내용이었습니다."

"다른 말은 없었소?"

덕임이 고개를 끄덕였다.

"그래서 약속대로 나갔소?"

"예. 한데 경희는 오지 않았습니다."

"다른 사람을 보진 않았소?"

"외진 곳이라 인적은 전혀 없었사옵니다."

"그 쪽지를 아직 가지고 있나?"

한순간도 몸에서 떼어놓지 않았다. 하도 만지작거려 꼬깃꼬깃해진 쪽지를 소매에서 꺼냈다.

"어찌 암호를 쓴 거요?"

"모르겠사옵니다. 평소에는 그냥 언문을 쓰는데……."

"왜 따로 보자고 했는지 짐작 가는 바는?"

영희에 대해 캐물으려는 속셈이었을지도 모른다는 생각이 들었다. 하지만 한편으론 그냥 영희가 없을 때 물어도 될 일을 그 으슥한 곳으로까지 불러 따질 필요가 있었는지 의구심이 들기도 했다.

어차피 영희가 별감과 연애한다는 이야기를 덕로에게 할 수는 없다.

"없습니다."

"숨김없이 말하는 게 좋을 거요."

"누구보다도 경희가 돌아오길 바라는 제가 거짓을 고하겠나이까."

덕로는 겉가죽까지 뚫을 시선을 한참 만에야 거뒀다.

"좋소. 그럼 또 다른 실종자인 의녀는 어떻소? 이름이 남기라고 했나, 내의원에서 오래 일한 잔뼈 굵은 의녀라 궁인들도 많이 알던데. 친분이 있소?"

"얼굴 정도는 압니다."

"항아님은 매일 중궁전에 안부를 묻는다고 들었소. 그간 중궁전에 드나들면서 마주친 적은 없었소?"

"오며가며 본 것도 같습니다."

"중전마마와 함께 있는 걸 본 적은 있소?"

"제가 마마를 알현한 적은 작년에 딱 한 번뿐인데요."

"무슨 일로 뵀소?"

생각 없이 대답하려다 덕임은 멈칫했다.

"이 사건과는 상관없는 일입니다만."

"상관이 있는지 없는지는 숙위대장인 내가 판단할 문제요."

덕임은 침묵을 고집했다.

"전부터 중전마마에 대해선 방어적인 태도를 취하는군."

덕로의 눈이 음험하게 빛났다.

함부로 세 치 혀를 놀릴 수 없는 그녀의 처지를 모르니 하는 소리다. 덕임은 불행할 만큼 많은 것을 알아버렸다. 누이를 이용해 국본의 외숙이 되겠다는 덕로의 야심과 그에 대항하기 위해서라면 어떤 더러운 꼴이든 감수하겠다는 중궁의 반감 말이다. 서로 죽도로 미워하는 두 사람 사이에선 불똥이 튀기 십상이다.

"처음엔 대비전이 심복인가 싶더니 이제는 중궁전으로 변심이라도 했나?"

"영감께선 늘 제게 솔직하셨으니 저도 솔직히 고하지요."

똑같은 말을 반복하는 것도 지친다.

"전 대비전이든 중궁전이든 숙창궁이든 전혀 관심 없습니다. 저는 식솔들 뒷바라지나 하면 그만인 시시한 계집입니다. 미천한 입에 풀칠할 걱정만 해도 태산 같다고요."

"진흙탕 싸움에는 끼고 싶지 않다는 거요?"

"진흙탕 근처에도 갈 깜냥이 안 된다는 겁니다."

"하긴, 어렵게 살고 싶지 않다고 했지."

덕로의 눈씨가 조금 부드러워졌다.

"그럼 전하는 어떻소? 전하께도 관심이 없소?"

"궁인이 상감마마를 걱정하는 것과 분수를 아는 것은 다른 문제입니다만."

왕을 만나고부터 자신의 삶이 얼마나 꼬였는지, 새삼 꺼림칙하게 느껴졌다.

"그런 뜻으로 물은 게 아니오."

"그런 뜻으로 묻지 않으신 것도 아니지요."

덕로가 웃음을 터뜨렸다.

"말주변은 좋군. 전하께서 들으시면 섭섭해하시겠소."

뼈 있는 말을 던지더니 그는 들고 온 종이 뭉치를 챙기며 일어섰다.

"언젠가는 그 재주도 통하지 않는 때가 올 거요. 내려가기엔 너무 높이 올라왔다는 걸 깨닫는 순간이랄까. 내가 지금 그렇거든."

"어차피 내려갈 수 있다 해도 그리하지 않으실 것 아닙니까?"

"뭐, 이 바닥에서 퇴로는 곧 죽음이라오."

자신만만한 어조도 그의 눈빛에 깃든 일말의 쓸쓸함은 감추지 못했다.

"저기, 승지 영감! 배 나인을 꼭 찾아주시옵소서."

부탁을 들어줄 만큼 곱게 보이진 않겠지만 덕임은 말했다.

"최선을 다해보리다."

웃음기가 싹 가신 그의 얼굴에서는 동정심 비슷한 잔상만 보였다.

"아팠겠다!"

덕임이 치마를 걷고 종아리를 드러내자 영희가 탄식했다. 며칠 사이로 교대 시각에 지각을 좀 했더니 큰방상궁은 자비를 보이지 않았다. 피가 터지도록 회초리를 맞았다.

"그러게 궐 안을 뒤지는 건 그만두라니까."

복연도 나무랐다. 그녀는 틈날 때마다 구석구석 비어 있는 전각까지 훑다가 시간을 놓쳐 헐레벌떡 달려가는 덕임을 못마땅하게 여겼다.

"어디든 찾아봐야지."

"야, 누가 미쳤다고 납치한 궁녀를 여태 궐 안에 숨겨두겠냐?"

"여자를 몰래 궐 밖으로 빼내는 건 불가능하단 말이야."

출퇴근하는 의녀나 무수리들까지 네댓 번씩 확인하는 곳이 궐이다. 이처럼 경계가 삼엄한 때에, 특히나 지켜보는 눈이 많은 중궁전에서 궁녀를 빼낸다니 말도 안 된다. 수레에 꾸며 싣는 것도 여의치 않을 것이다. 병사들과 환관들이 하나하나 다 열어서 확인을 하니까. 더욱이 납치당하면서 고분고분하게 굴기엔 경희 성깔도 보통이 아니다.

"뇌물을 썼다면 아주 없을 일도 아니잖냐."

복연이 한숨을 푹 쉬었다.

"뒷돈 받아먹는 사람들 많아진 것도 사실이고."

"실낱같은 희망이라도 매달려 봐야시."

영희는 울상을 지었다.

"숙위소에선 대체 뭐 하는 걸까? 미적대다 또 누가 사라지면……."

"숙위소라고 별수 있겠냐."

복연과 영희가 의미심장한 눈빛을 주고받았다.

"귀신 타령을 또 하려는 건 아니겠지?"

덕임이 끌끌 혀를 찼다.

"역시 괴상하잖아. 대낮에도 온데간데없어진다질 않냐!"

"맞아. 덕임이 너도 귀신이니 도깨비는 무서워하면서, 뭘."

덕임은 눈을 데굴데굴 굴렸다.

"글쎄, 점쟁이들이 떡하니 급제한다고 장담해 봤자 오라버니들이 줄줄이 낙방만 하니 있던 믿음도 사라지더라."

뿐만 아니라 마음에 걸리는 점이 있다.

귀신 놀음이라기엔 수상하단 말이다. 하루 차이로 벌어진 의녀 남기와 경희의 실종은 특히 석연치 않다. 의녀가 사라진 건 계획된 일이지만 경희의 실종은 왠지 우발적이라는 느낌이 들었다. 경희의 괴이한 쪽지를 염두에 두자면, 그녀가 알아선 안 될 무언가를 알게 된 통에 입막음을 당한 게 아닌가 하는 무서운 추측까지 가능케 한다.

"하긴, 경희를 되찾으려면 차라리 사람 소행인 편이 낫겠지."

영희가 의기소침하게 중얼거렸다.

"경희네선 이 사달을 알까? 걔네 아버진 거물이라면서 왜 잠자코 있다냐?"

"그래 봤자 중인이잖아."

덕임은 현실적으로 생각했다.

"아마 조정에서도 모를걸. 설령 알더라도 역모나 통정이 아닌 이상 궁녀들 문제는 임금의 집안일이라 왈가왈부 못 하니까."

지엄하고도 은밀한 왕실의 문제라는 변명 아래 살벌한 사건은 많았다. 어차피 궁녀 따윈 새로 뽑으면 그만이기도 하다.

"근데 너 오늘도 목단이한테 갔다 왔다며. 뭐래?"

영희가 물었다.

당장 잡을 수 있는 지푸라기가 많지 않아 덕임은 이 해괴한 사건의 유일한 목격자인 목단을 들들 볶을 수밖에 없었다.

다섯 번째 똑같은 이야기를 시킨다며 목단은 투덜거렸지만, 보챔에 시달리다 못해 여섯 번째로 이야기보따리를 풀어야 했다.

"한창 해가 높이 솟은 때였어요. 여우처럼 눈이 쫙 찢어진 중궁전 한씨 항아님께 서찰을 전하고 나오는 길이었지요. 열 발자국 앞에서 누가 걷고 있었어요. 얼굴이 낯익은 게 중궁전 무수리더군요. 물동이를 머리에 이고 걷는데 휘청거리는 꼴이 불안하여 눈을 뗄 수 없었어요. 그 무수리가 기둥을 끼고 모퉁이를 도는 바람에 시야에서 잠시 놓쳤어요. 혹시라도 물동이를 깨면 도와줄 생각으로 쇤네도 얼른 따라 돌았는데…… 있어야 할 무수리가 감쪽같이 사라졌지 뭡니까!"

처음 이야기를 들을 때보다 비판적으로 변한 덕임이 미심쩍다는 듯 물었다.

"샛길이 있었던 거 아니야?"

"아니에요! 그냥 외길이었다구요. 전각을 끼고 걷는 그냥 길에서 멀쩡한 사람 하나가 휙 사라졌다니까요."

"너 말고 다른 사람은 없었어?"

"그럴 거예요. 눈이 희뿌옇게 돌면서 까무러치는 바람에 제대로 살피진 못했지요. 어쨌든 정신을 차렸을 때도 아무도 없었어요."

목단이 묘사하는 광경을 머릿속으로 찬찬히 그려보느라 덕임이 미간을 찡그렸다.

"그게 정확히 어디서 있었던 일이라고?"

"어어…… 경훈각景薰閣 쪽이요."

"경훈각이면 중궁전 일대 아니야? 그렇게 인적이 드물다고?"

"아이, 참! 대전이랑 내전은 분위기가 완전히 다르거든요! 아녀자가 머무는 내전은 조용하고 아무나 싸돌아다니면 안 되고, 뭐 그렇다고요!"

목청을 높이는 목단을 보며 덕임은 어째 떨떠름했다.

벌써 다섯 번째 정확히 똑같은 이야기를 반복했다. 눈이 쫙 찢어졌다는 한씨 나인을 언급하는 것까지 어긋남이 없었다. 딱히 말실수를한 건 아니지만 꼭 줄줄 외우는 것처럼 부자연스러웠다. 또한 처음에는 관심받는 게 즐거운지 마냥 신나 보이더니만 지금은 달랐다. 별스럽지 않은 질문에 새된 목소리를 냈다.

"참말이지? 아비의 이름을 걸고?"

"아, 진짜! 왜 이러셔요. 꼭 추궁하시는 것 같네."

주근깨로 뒤덮인 목단의 콧잔등이 새빨개졌다.

"경희가 사라졌으니 이러지! 말 돌리지 말고. 너 진짜지, 응?"

"저기, 배씨 항아님은……."

눈빛에 무언가 스치는 듯싶더니 목단이 중얼거렸다.

"깍쟁이여도 속정은 깊으신 분인데……."

"그래, 그래. 경희가 그렇지. 아무튼 맹세할 수 있느냐구!"

"아무렴요! 쇤네가 무슨 득을 본다고 거짓말을 하겠어요?"

"네 아비 이름을 걸고 맹세해, 얼른."

"오, 오, 오늘따라 무섭게 왜 이러셔요!"

목단은 요리조리 몸을 빼면서 저항했지만 허사였다.

"좋아요. 맹세해요, 맹세한다구요."

그렇게까지 말하는데 더 이상 따질 수도 없었다.

"똑같아. 귀신이 그랬대."

덕임은 영희와 복연에게 어깨를 으쓱해 보였다.

밑천이 바닥났다. 숙위소의 수사는 영 미적지근하고, 궁인들끼리는 쉬쉬한다. 발 벗고 뛰어봤자 경희의 행방이 가닥조차 잡히질 않자 영희와 복연은 아예 편하게 귀신의 소행이라고 믿고 싶은 눈치다. 친구들의 포기만큼 견디기 어려운 것도 없다.

"내일은 후원 쪽을 돌아볼까 해."

자신이라도 찾지 않으면 정말 끝일 것만 같았다.

"네가 정 그렇다면 나도 도울게."

영희의 목소리에선 언뜻 동정이 묻어났다.

"난 못 돕겠다. 사흘간 변소를 돌아야 하거든."

어깨를 축 늘어뜨리며 복연이 말했다.

"징계 때문이야."

기괴한 소동은 경희를 표적으로 한 악의적인 소문을 낳았다. 마침 궁녀들도 사라지겠다, 이 틈을 타 경희가 통정하던 사내와 월담했다는 이야기가 기정사실처럼 오르내렸다. 더 나아가 경희가 젊은 여자의 정기를 취하는 악취미가 있어 이 모든 일을 꾸민 주범이라는 황당무계한 낭설로 발전하기도 했다. 신망을 잃은 건 경희의 잘못이라 쳐도 너무 지나쳤다. 복연이 약이 바짝 오른 나머지 헛소문을 퍼뜨리는 궁녀들에게 주먹을 날린 연유도 거기에 있었다.

"아무리 경희가 깍쟁이라지만 너무 심하지 않아?"

며칠째 울어 퉁퉁 부은 눈을 영희는 또 소매로 슥 훔쳤다.

"중궁전에서 누군가 따돌림을 주도하는 거 아닐까?"

그녀는 자신 없는 목소리로 덧붙였다.

"왜, 내전에선 특출한 궁녀가 있으면 일부러 기를 꺾어놓는다잖아. 행여 상전을 제치고 상감마마 눈에 띄기라도 할까 봐."

평소라면 세간에 떠도는 궁녀에 대한 편견이라며 혀를 찼겠지만, 요즘 같아선 왠지 일리 있는 말처럼 들렸다.

"경희도 그런 거 아닐까? 걘 얼굴도 예쁘고 아는 것도 많으니까⋯⋯."

"너 꼭 경희처럼 말한다."

복연이 키득 웃었다. 그 순간 세 명의 궁녀들은 저 잘난 맛에 사는 깍쟁이 친구를 얼마나 그리워하는지 새삼 깨달았다.

이튿날, 뜻하지 않은 기회가 왔다.

왕이 후원으로 거둥하였다. 올해도 추수철이 되었으니 청의정淸義亭을 돌보겠단다. 청의정은 후원에서도 옥류천玉溜泉 인근에 위치한, 볏짚으로 지붕을 얹은 특이한 정자다. 임금에게 농사의 소중함을 일깨우기 위해서 그리 지었다고 한다. 정자 앞뜰에 조그맣게 논을 만든 까닭도 백성들에게 몸소 실천을 보이자는 취지다.

고리타분한 신료들에게서 벗어난 왕은 또래 청년들처럼 한결 용안이 밝았다. 환관들이 모시기도 전에 융복을 차려입고 자꾸 재촉하기까지 했다.

행렬에서도 가장 끝에 선 덕임은 눈을 부릅뜨고 주위를 살폈다. 옥류천 일대는 바위에 남긴 선대왕들의 글씨 등 귀중한 유산이 있어 함부로 돌아다닐 수 없다. 따라서 왕이 행차하지 않는 평시에는 인적이 드물기에 누군가 몰래 숨어 꿍꿍이를 꾸밀 법도 했다.

"여기엔 없을 것 같은데."

질긴 풀에 걸려 휘청거리며 영희가 말했다. 세수간 궁녀인 그녀도 차가운 물동이와 수건을 짊어지고 따르게 되었다.

"혹시 모르잖아."

덕임은 어둡게 내려앉은 나무 그늘을 유심히 살폈다.

솔직한 심정으론 덕임도 영희의 생각에 동의했다. 붉고 노란 물이 섞인 초록빛 녹음의 숲은 행방이 묘연한 궁녀들일랑 모를 듯 평화로울 뿐이었다. 그러나 최선을 다 해보고 단념하는 것과 그냥 포기하는 데 는 큰 차이가 있다.

유감스럽게도 목적지에 다다를 때까지 특기할 만한 것은 보지 못했 다. 근거는 없지만 그래도 희망은 있었던 가슴에 다시금 실망만 안고 말았다.

"이만 하면 추수를 해도 되겠나?"

청의정 앞뜰. 허리까지 올라온 벼를 둘러보며 왕은 기대감에 젖었 다. 덕로가 소매를 걷더니 제법 노련한 손길로 낱알을 어루만졌다.

"잘 여물도록 열흘만 더 기다리시지요."

"여항에서는 벼 베기를 벌써 시작했다던데, 과인도 질 수야 없지 않 겠나."

"본디 좋은 쌀은 농부의 애간장을 녹이는 법이옵니다."

기껏 행차해 놓고 빈손으로 돌아가는 것도 우스울 법한데, 왕은 이 번에도 얌전히 덕로의 뜻을 따랐다.

"아쉽군. 만반의 준비를 하고 왔는데."

왕은 낫을 든 환관들을 흘끗 보았다.

"신이 아뢰건대 성상께서 이 나라에서 으뜸가는 쌀을 거두실 것이 옵니다."

이런 사소한 문제까지도 떡 주무르듯 다루는 덕로는 만면에 웃음이 가득했다.

"근데 원래 벼를 벨 땐 제사 지내고 풍악도 울리고, 뭐 많이 하지 않 아?"

지켜보던 영희가 속삭였다.

"올해는 생략하기로 했대. 왕실의 상사가 있었으니까."

"도승지 눈치를 너무 과하게 보는 거 아니야?"

후궁의 죽음인데도 애도하는 분위기가 왕후를 추모하는 양 긴 건 사실이었다.

"그럴 만도 하지, 뭐."

보이지 않는 곳에선 악착같이 권신의 기반을 다지는 덕로를 못마땅해하는 무리가 들끓는다지만, 적어도 겉으로 내비치는 사람은 없었다.

"저거 조금 추수해서 어디다 쓴다니?"

영희는 작은 논뙈기를 눈으로 쟀다.

"작년에는 전하께서 추수한 쌀로 밥을 지어 자전과 자궁께 올리셨어. 남은 건 궁인들에게도 나눠주셨고. 아마 올해도 그러실걸."

"넌 타락죽이며 귀한 것도 곧잘 먹어봤다. 잘나가기론 경희 저리 가라네."

농담하듯 말해놓고는 영희는 대뜸 침울해졌다.

"벌써 여드레째야. 이럴 줄 알았으면 잘해줄 걸 그랬어."

"네가 경희한테 미안할 게 뭐 있어. 나랑 복연이가 큰일이지."

덕임은 영희의 어깨를 팔로 감쌌다.

"괜찮아. 꼭 찾아낼 거니까. 궐을 다 뒤져서라도 말이야."

"네 말대로 귀신이 아니고 사람의 소행이라면 어쩜 이리 감쪽같을까?"

영희는 다정한 팔에 기대며 눈망울을 글썽였다.

"대궐서 귀신에 비할 것이라곤 여기저기서 튀어나오는 숙위군관뿐인데."

"그러게. 정말 이상해."

순간 묘한 위화감이 들었다. 마지막으로 이 비슷한 기분이 들었던 건 흉적들이 왕의 침소를 범한 역변 때였던 것 같다.

"어……. 근데 왜 전하께서 이쪽을 보시는 것 같지?"

영희의 어깨가 뻣뻣하게 굳었다. 덕임도 그녀의 시선을 따라갔다.

왕과 눈이 마주쳤다. 그는 조그마한 논을 다 돌아보았는지 덕로와 정자에 앉아 있었다. 언짢은 듯 살짝 찌푸린 미간에 어울리는 눈빛이었다.

까닭은 몰라도 괜히 뜨끔하였다. 만취한 품에 안긴 밤 이후론, 아무리 아닌 척해도, 역시 속이 울렁거렸다. 경희 때문에 심란한 지금도 겨우 시선 하나에 가슴이 복작복작해진다. 자신의 동요를 왕이 알아차릴까 봐 겁이 났다.

"전하께선 원래 눈이 좀 사팔뜨기셔서 그래."

"뭐? 아닌 것 같은데."

"맞다니까."

상감마마라는 존재 자체에 익숙지 않은 영희는 안절부절못했다.

"역시 널 보시잖아! 너 또 뭐 잘못한 거 아니야?"

"난 아무 짓도 안 했어."

덕임은 습관처럼 대꾸했다.

"간만에 나오셨으니 궁인들 구경도 하고 그리시는 거겠지. 너야말로 전하 좀 그만 쳐다볼래? 큰일 난다."

다행히 왕의 기묘한 시선은 오래 머무르지 않았다. 그는 덕로에게로 관심을 옮겼다. 두 사내는 편진에서 바리바리 싸온 상소장을 읽으며 진지하게 토론을 했다.

"저쪽이나 좀 둘러보자. 기껏 여기까지 왔는데 샅샅이 살펴야지."

한 번 자리에 앉은 왕은 어지간해선 금방 일어나지 않을 터. 다리를 떨며 무료하게 기다리느니 생산적인 일을 하는 게 낫다.

"경희는 여기 없을 거라니까."

진즉 체념한 영희는 마냥 우울해했다.

인근을 종종대며 돌아보았다. 물론 경희는 코빼기도 보이지 않았다. 울창한 숲속에선 이름 모를 새가 지저귀는 소리만 가득하였다. 남몰래 궁녀들을 숨겨둘 만한 곳도 없었다. 또 아무런 실마리도 찾지 못했다.

따가운 볕에 뒷덜미가 익어갈 즈음에야 포기하고 청의정으로 돌아왔다. 아무 일 없었다는 듯 섞여들었는데, 어째 또 왕의 시선이 느껴졌다.

"어딜 몰래 빠져나갔다 와?"

덕임의 농땡이라면 백 리 밖에서도 냄새를 맡는 서 상궁이 등을 쿡찔렀다.

"여기까지 와서 말썽 피우지 말고, 이거나 전하께 올리거라."

하여튼 못 부려먹어 안달이다. 식혜 소반을 받아든 덕임은 입술을 삐죽였다.

"마마님께서 하시지, 왜 저더러 시키셔요?"

"쌩쌩한 말단이 있는데 무릎도 성치 않은 내가 계단을 오르내리랴?"

"고기반찬 나오는 날엔 그 무릎으로 잘만 뛰어나가시면서."

서 상궁이 머리를 콱 쥐어박았을 때서야 덕임은 어슬렁어슬렁 움직였다.

정자 위로 올라서자 왕과 덕로의 대화가 뚝 끊겼다. 세상에서 가장 껄끄러운 두 사내의 시선이 동시에 쏟아지자 덕임은 혀라도 깨물고 싶은 충동을 느꼈다.

"날도 덥고 시장하실까 식혜를 올리옵니다."

"음, 경도 들겠나?"

"망극하옵니다. 마침 목이 마르던 참이옵니다."

덕임은 국자로 두 그릇 넉넉하게 펐다. 약식이나마 기미를 해야 했다. 왕의 그릇에서 식혜를 조금 덜어 은수저를 넣었다. 색을 살핀 다음 고개를 돌리고 혀끝을 숟갈에 댔다. 이상했다. 맛이 아니라 기분이 말이다. 평소에는 아무렇지도 않았던 행위가 괜히 부끄러웠다. 왕의 눈앞에서 혀를 보이는 게 싫었다.

먹어도 죽지 않는 걸 몸소 확인한 덕임은 비로소 식혜를 올렸다. 한 번에 들이켜고 빈 그릇을 내어주길 바랐으나 왕은 딱 한 모금만 마셨다. 그는 그릇을 빙빙 돌리며 출렁이는 수면을 유심히 보았다.

"어디를 다녀왔느냐?"

왕이 말했다.

"아까 다른 나인과 몰래 빠져나가는 걸 보았다."

"미천한 가슴이 설레어 잠시 주변을 돌아보았사옵니다."

"얼굴이 벌겋게 익도록 경치 구경을 했다?"

"여름 볕보다 독한 것이 가을볕이지요. 잠시만 쬐어도 볼품없어지옵니다."

"그 나인은 누구냐?"

왕은 자꾸 의뭉스러운 질문만 이어갔다.

"세수간 나인 손가 영희라 하옵니다."

"너와 가까운 사이더냐?"

"어려서부터 친했고 방도 같이 쓰옵니다."

"넌 평소에 무얼 하느냐?"

대전 지밀에서 일하는 줄 모르지 않을진대 요상하다.

"번을 서지 않을 땐 어찌 지내냐고 묻는 것이다."

충격으로 말문이 막혔다. 여태 왕은 궁녀를 궁내에 딸린 부속품으로 여겨왔다. 한 번도 대전 밖에선 어찌 지내는지 관심을 기울인 바 없었다.

번을 서지 않을 때 하는 일이야 많다. 드러누워 소설을 읽고, 옷을 훌렁 벗어 던진 채 뒹굴고, 만만한 궁녀를 골라 골탕을 먹이고, 용돈 벌이를 찾아다니고, 밀리고 밀린 빨랫감을 또 미루고, 소주방에 숨어들어 다과를 빼돌리고……. 그 당연하다 못해 시시하기까지 한 일상을 고할 순 없었다.

"너도 대전 밖에선 네 생활이 있겠지."

왕이 중얼거렸다.

"그 나인과 친밀해 보이더군. 또래의 궁인과 허물없이 어울리는 모습은 처음 보았다."

그의 눈빛이 묘했다.

"아닌가? 전에도 젊은 나인들과 있는 걸 본 것도 같고. 그리고 보니 옛날에는 친구가 생기는 바람에 몰골이 엉망이 되었다는 괴상한 소리도 했었군."

"하찮은 일에 어찌 성심을 쓰십니까?"

"넌 나에 대해 죄다 아는데 난 너에 대해 아는 게 없으니 분하다."

뭐 그런가보다 가벼이 들었다. 그런데 옆에서 듣던 덕로가 퍽 놀란 눈치였다. 민망스럽게 받아들여야 했던 모양이다.

"아, 아, 아니옵니다!"

덕임은 한 박자 늦게 얼굴을 붉혔다.

"소인도 전하를 잘 모르옵니다. 대전을 벗어나신 뒤에는 어찌 지내시는지 하나도 알지 못 하는 걸요."

"네가 날 모르는 만큼 나도 널 모르니 됐지 않느냐고 말하는 것이냐?"

왕은 기가 찬 듯 웃었다.

"어쩜 저렇게 모자라는지, 원."

"그러니까 왜 갑자기 망극한 말씀을······?"

덕임은 바보처럼 허둥댔다. 왕은 그런 모습이 싫지 않은 눈치였다. 그의 시선은 닿는 곳을 녹이기라도 할 듯 부드러웠다.

"너도 나에 대해 더 알고 싶으냐?"

이번에는 굳이 덕로의 눈치를 살피지 않아도 간질간질했다.

"예, 배워야 할 게 많사옵니다."

"넌 가끔 내가 하는 말을 똑바로 못 알아들을 때가 있다. 하지만 지금은 아니야. 일부러 그런 척하는 게지. 껄끄럽다 싶으니 슬쩍 비껴가는 거야."

의표를 찔렸으나 덕임은 재치 있게 대꾸했다.

"과연 소인에 대해 최소한 한 가지는 아시지 않사옵니까."

기대를 저버리지 않는다는 듯 왕은 피식 웃었다.

"내가 모르는 부분이 있다는 건 용납할 수 없어."

웃음의 잔상은 금방 사라졌다. 더 이상은 어린애 같은 투정이 아니었다. 헤아리기 어려울 만큼 맹목적인 욕망이었다.

"소상히 고하라. 그 손가, 뭐라는 나인과는 무얼 하다 왔느냐?"

"경치를 구경······."

"한 번만 더 거짓을 고하면 손 나인을 끌어내라 할 것이야."

뇌통 찔렸으니 이번에는 갚아줄 차례였다.

"성심에 의심이 있어 하문하시옵니까?"

"의심해서 묻는 것이 아니다."

왕이 눈썹을 추켜세웠다. 사나운 표정과 어울리지 않는 미소가 스쳤다.

"의심했으면 오히려 내버려 뒀겠지. 무슨 수작인지 알아내려면 그게 낫다. 믿기 때문에 묻는 것이다. 내 사람이 시야 밖에서 어찌 다니는지는 알아야지."

덕임은 사뭇 새로운 국면에 접어든 관계를 보았다.

왕은 노골적으로 남성성을 드러내기 시작했다. 자신의 흥미를 끈 여자의 눈길을 원한다. 속속들이 알고 싶어 한다. 손아귀 안에 얌전히 잡고 싶어 한다. 여느 사내와 마찬가지다. 다만 그 방식이 보다 오만할 뿐이다.

그 오만한 구애를 받아들이면 많은 것을 얻을 수 있다. 여자를 뜨거운 연정 아래 정복하고 싶어 하는 허영심을 조금만 채워주면 된다. 아무것도 모르는 척 고집을 꺾고 그저 한 사람의 사내를 원하듯 안달하는 모습을 보이면 사소한 보답 정도는 받을 것이다. 여염의 일개 사내라도 계집을 아끼면 간과 쓸개를 빼준다는데, 하물며 이 나라의 지존이다. 손짓만으로도 사람을 죽이고 살릴 만큼 강력하다.

그러나 그 손짓은 자신도 죽일 수 있다.

알 듯 말 듯 애매하게 시시덕거릴 때는 나름대로 설렌다. 상대가 다름 아닌 왕이라는 걸 알면서도 기분이 붕 뜨곤 한다. 다만 이런 건 싫다. 남녀가 아닌, 주인과 시종의 울타리 안에서 몰리는 건 싫다. 속박 당하는 것도 싫다.

"소인의 벗이 사라졌사옵니다."

계산 끝에 그녀는 가장 간단한 진실을 택했다.

"중궁전 침방의 배가 경희라고, 자매처럼 지내는 나인이옵니다. 손 놓고 있을 수 없어 틈이 날 때마다 찾아다니고 있사옵니다."

막상 말을 꺼내고 나니 맥이 툭 빠졌다. 억지로 쓰고 있던 가면도 허물어졌다. 복연이나 영희가 아닌 사람 앞에선 굳이 강한 척, 희망을 믿는 척 어깨에 힘 줄 필요가 없었다.

"무엄한 줄 아옵니다. 미련한 줄 아옵니다. 여기에 없을 줄도 아옵니다."

마음 깊은 곳에선 덕임도 경희의 운명을 비관적으로 짐작하고 있었다. 사건의 전모가 무엇이든 시간이 너무 많이 지났다. 아무런 흔적도 남지 않았다. 단 하나의 비극으로 귀결될 수밖에 없는 노릇이었다.

위안 섞인 거짓말을 숨아내고 나니, 억지로 눌러왔던 감정이 튀어나왔다.

"그렇게나마 하지 않으면 그 애를 영영 되찾지 못할까 겁이 나옵니다."

속절없는 눈물이 흘러내렸다.

덕임은 황급히 고개를 돌리고 소매로 눈가를 훔쳤다. 타인 앞에서 눈물을 보인 건 처음이었다. 눈물로써 지존의 동정을 산다면, 누구보다 강력한 사내의 호의에 호소한다면 되레 득이 될 수야 있다. 다만 그러기에는 자존심이 상했다.

"누, 눈물을 거두어라."

놀랍게도 왕은 어쩔 줄 몰라 했다.

"늘 망둥이처럼 날뛰는 네가 그러면 내가 언짢다."

그가 무심코 손을 뻗었다가 멈칫했다. 보는 눈이 많았다. 갈 곳 잃은 이수는 그 주인의 당혹감을 보여주듯 벌벌 떨렸다.

"사정은 알겠다. 혼자 냉가슴을 앓은 게로구나."

왕은 시선을 아래로 내렸다.

"내가 설마 아랫것의 고충도 무시할 만큼 옹졸한 사내겠느냐. 안 그래도 숙위대장이 발 벗고 뛰는데 어찌 마음을 약하게 먹느냐."

뜻밖의 상냥한 태도는 망극했다. 하지만 왕은 그 잘난 숙위대장이 여태 아무런 성과를 내지 못하고 있다는 사실은 짚어내지 못했다.

"실로 그러하옵니다."

왕보다는 경황이 있는 덕로가 부드럽게 동조했다.

"보는 눈이 많으니 부디 눈물을 거두시오, 항아님."

그는 정자 아래서 호기심에 찬 시선을 보내는 젊은 사관史官들을 흘 끗 곁눈질했다.

"감히 무례를 범했사옵니다. 용서하소서."

"됐다. 다시는 눈물을 보이지 않겠다 하면 백 번이고 용서하마."

속이 타는지 왕은 끼적대던 식혜 그릇을 벌컥벌컥 들이켰다.

"자, 물러가서 얼굴이나 씻어라. 어서."

심지어 빈 그릇을 소반에 담아주기까지 했다.

"무슨 일이더냐, 응? 분위기가 아주 심상치 않던데!"

터벅터벅 물러나자 서 상궁이 새파랗게 질려 뛰어왔다.

"에구머니나, 널 또 꾸짖으시더냐?"

"정녕 죽었으면 어떡하지요, 마마님."

"죽어? 누가? 전하께서 널 죽인다 하시더냐!"

내친김에 애걸복걸 매달릴 걸 그랬다. 알량한 자존심이 무슨 소용 이람. 덕임의 후회를 모르는 서 상궁은 옆에서 발만 동동 굴렀다.

"참아라. 하루 이틀 일도 아니지 않느냐. 아이고, 어쩜 매번 너한테 만! 날 잡고 말씀을 올리든가 해야지, 원⋯⋯."

두 식경 후, 대전으로 돌아가는 길은 즐겁지 않았다.

원래 같으면 이래저래 심부름을 시켰을 선배 궁녀들도 그녀를 가만 히 내버려 두었다. 무시무시한 임금에게 된통 깨졌나 보다 동정하는 눈치들이었다. 세수간 나인들은 한발 앞서 돌아갔는지 영희도 보이질 않았다.

"제법 여우 짓을 할 줄도 아는구료."

뒤에서 다가온 인기척 때문에 축 처진 기분은 아예 땅끝까지 고꾸라졌다. 시종일관 곁에 붙여놓는 왕의 애착을 어찌 따돌렸는지, 가살스럽게 속삭이는 덕로였다.

"설마 눈물로 성심을 움직이려 들 줄은 생각도 못 했소. 성상께서 겨우 그 정도에 동하실 줄은 더욱 몰랐고."

"아, 그럼요. 성상께선 저한테 푹 빠져 계시거든요."

반복되는 간보기에 지친 덕임은 기분도 영 아니겠다, 무람없이 빈정거렸다.

"제가 치맛바람만 한 번 펄럭이면 아주 날아가실 것 같다니까요."

"하하, 알았소, 알았어!"

덕로가 싱그럽게 웃자 주변에서 훔쳐보던 궁녀들은 목 졸리는 소리를 냈다.

"뭐, 어쨌든 앞으론 그러지 마오."

오직 덕임의 귀에만 들릴 만큼 그는 목소리를 낮췄다.

"전하께서 숙위대장이 일을 제대로 못 한다 꾸짖으시더이까?"

"아아, 그러실 리가 있나."

덕로는 콧방귀를 뀌었다.

"무엇이든 날 거치지 않고 곧장 주상전하께 아뢸 순 없다는 말이오. 이 나라 명망 높은 재상도 감히 그리 못할진대 어찌 궁녀 따위가 그리할 수 있겠소?"

거들먹거리는 꼴이 아주 가관이었다.

"궁녀는 왕실을 섬기고 왕실은 전하의 집안입니다. 가장께서 아랫것들을 살피시는 데까지 오지랖을 떨어야 성이 차신다니, 영감께선 참으로 바쁘시겠습니다."

반격할 틈을 주지 않고 연달아 쏘아붙였다.

"저는 전하께서 윤허하시는 한, 원하는 때에 원하는 일로 알현할 것
이옵니다. 그게 싫으시면 명망 높은 재상도 못 되는 궁녀 따윈 궐에서
쫓아내시지요."

덕임은 방긋 웃었다.

"아, 물론 못하시겠지요. 승지께선 임금이 아니시니까요."

그리고 냉랭한 표정으로 뿌리치곤 다른 궁녀들과 함께 걸었다.

모처럼 쉬는 날이 왔다. 영희는 일찍 나갔다. 혼자서 아침을 보냈
다. 오늘 하루도 실망으로 끝나겠거니 이불 속에서 뒹굴 수도 있었다.
하지만 그러는 대신, 꼭 일곱 번째로 목단이를 들들 볶아보기로 했다.

딱히 짚이는 구석이 있어서는 아니었다. 아비 이름까지 걸고 맹세한
마당에 자꾸 윽박지를 수도 없었다. 그러나 애석하게도 귀신 놀음을
보았다고 연거푸 우기는 여종이나마 진실에 가장 근접한 존재였고, 유
일하게 기대를 걸어봄직한 돌파구였다.

글월비자를 찾으려면 색장나인(色掌內人, 편지 전달을 담당하는 궁녀)을
먼저 찾아야 하는 법. 색장나인들은 옛날부터 그깟 편지 배달 좀 해준
답시고 횡포를 부리기로 악명이 높았다. 왕이 도끼눈을 뜨고 단속했
기에 망정이지, 원래는 사가로 보낼 편지 한 통 쥐어 주려면 주머니를
탈탈 털어 뇌물을 먹여야 했다.

"내가 천것이나 졸졸 쫓아다닐 만큼 한가해 보이우?"

역시나 심술궂은 핀잔부터 돌아왔다. 하는 수 없이 덕임은 늙수그
레한 색장나인에게 굽실대며 아양을 떨었다.

"접때도 몇 번 와서 목단이를 찾지 않았나?"

대전의 지밀나인이 열심히 비위를 맞춰주니 색장나인은 콧대를 높였다.

"안 그래도 걔 요즘 행동이 석연찮던데. 젊은 궁녀들만 보면 설설 피해 다니질 않나, 종일 광에 틀어박혀 있질 않나. 행여 무슨 탈이라도 생기면 나만 곤란해지겠지."

"에이, 저야 목단이가 익숙해서 그렇지요, 뭐."

아무에게나 서신을 맡겼다가 중간에 가로채이는 경우가 비일비재하지 않느냐는 핑계를 댔다. 글월비자가 강도를 만났다며 입을 씻어버리면 바깥 걸음 못하는 궁녀로선 달리 도리가 없는 것도 사실이다.

"광에 있을 거요. 빈둥대거든 따귀를 호되게 때려주구려."

이내 색장나인은 인심 쓰듯 말했다.

안쪽 깊숙이 처박힌 광은 대낮에도 어두침침했다. 등잔불이라도 구해보려고 지나가는 색장나인들에게 말을 붙였지만 다들 들은 체도 안 했다.

어둠에 눈이 익자 문득 앞쪽에서 분주한 기운을 느꼈다. 옷깃이 스치는 소리 같았다. 혹은 버둥대는 소리 같기도 했다. 덕임은 풀풀 날리는 먼지를 헤치며 더 안으로 들어갔다.

바로 그 순간, 그녀는 어깨에 둔탁한 타격을 받고 쓰러졌다.

크고 뾰족한 뭔가에 맞았다. 아니, 맞았다기보다는 차여서 넘어졌다. 바닥을 두 손으로 짚고 고개를 들었다. 그때서야 덕임은 자신이 공격을 당한 게 아님을 깨달았다.

목단이가 대들보에 목을 매고 있었다.

죽진 않았다. 대롱대롱 매달려서는 고통스럽게 숨통을 졸라오는 밧줄을 콱 움켜쥔 그녀의 얼굴이 붉었다. 스스로 걷어차고 올라갔을 의자를 뒤늦게 찾기라도 하는지 두 다리는 절박하게 버둥거렸다. 그러다가 덕임을 한 번 더 걷어찰 기세였다.

덕임은 침착하게 대응했다. 평생을 갇혀 지내는 우울함으로 자살소동을 벌이는 궁녀들은 종종 있다. 덕분에 목을 맨 사람을 구하는 법일랑 수차례 배웠다. 우선 목단이의 목이 덜 졸리도록 버둥대는 다리를 품에 안고 힘을 주어 떠받쳤다. 소리 높여 도움을 청했지만 밖에선 들리지 않는 듯했다. 팔로는 한 아름 다리를 끌어안은 채, 발만 써서 넘어진 의자를 세우고 목단을 다시 올리려는 시도도 수월하지는 않았다.

천만다행 하늘이 도왔다. 썩어빠진 대들보가 무게를 견디지 못하고 요란하게 무너져 내린 것이다. 목단의 몸뚱이가 풀썩 땅으로 떨어졌다.

"도대체 무슨 짓을 하는 거야!"

"차라리 죽는 게 나은 년을 어찌 살리시어요!"

목단이 콜록거리며 울부짖었다.

"어버이에게 받은 몸 함부로 해하면 불효라고 안 배웠어?"

덕임이 아직 목단의 목에 묶여 있는 밧줄을 휙 풀었다.

"어차피 죽은 목숨이라구요!"

"왜 이러는 건데?"

"됐어요! 항아님은 못 도와준다구요."

목숨을 구해주고도 좋은 소리를 못 듣는다니 세상 참 말세다.

"사정을 알아야 도와주든가 말든가 하지."

"마, 마, 말 못 해요. 쇤네가 입을 열면……. 아, 안 돼요!"

정신 나간 사람처럼 벌벌 떨며 목단은 뒷걸음질 쳤다.

어지간해선 남의 일에는 참견하지 않는 게 좋다. 하지만 스스로 목을 맬 정도로 심각한 문제라면 불 난 집 구경하듯 둘 수도 없는 노릇이다.

"말 안 하면 네가 여기서 무슨 짓을 했는지 색장나인들에게 알릴 거야."

목단의 두 눈이 공포로 물들었다.

"아, 안 돼요! 빛장(색장나인을 빛장나인이라고도 이른다) 항아님들은 도승지만큼 지독하다구요. 접때도 실수 좀 했다고 멍석에 말아놓고 매질을……. 허, 헙!"

"웬 도승지?"

"그, 그런 말 한 적 없어요! 절대로 없어요!"

궐에서 덕로의 행실을 모르는 이가 없으니, 그가 난봉꾼이라는 소문을 들어 빗댔을 뿐이라는 둥 변명했으면 덕임도 크게 신경 쓰지 않았을 것이다. 하지만 그냥 넘기기에는 목단의 반응이 영 수상쩍었다.

"뭘 숨기는 거야? 설마 도승지가 널 욕보이기라도 한 거야?"

"그런 게 아니어요!"

보통 관비官婢 중에서 차출되는 비자婢子 또한 나인과 마찬가지로, 한 번 궐에 들어오면 밖으로 나갈 수 없으며 혼인도 할 수 없다. 평생 정절을 지켜야 할 몸이 관료로부터 희롱을 당하였다면 보통 큰일이 아니다.

"아니긴 뭐가 아니야! 와전돼서 너만 다치기 전에 차라리……."

"아이고, 아니라니까요!"

목단은 펄펄 뛰었다.

"그런 게 아니면 네가 어찌 사사로이 도승지랑 엮여?"

"묻지 마셔요! 안 돼요, 안 돼."

"돈을 받고 뭐라도 해준 거야?"

열심히 부정했지만 분명 정곡이 찔린 표정이었다.

"제발 이러지 마시어요! 말 못 해요! 아무리 배씨 항아님이 걱정이라도 절대 끼어들면 안 된다고요. 쇤네도 죽고 항아님도 죽어요. 안 돼요, 안 돼……."

"너 지금 경희 말하는 거야?"

전혀 예상치 못한 데서 화제가 반전되었다.

"예, 예에? 아니어요! 쇤네가 정신이 없어 선소리를……."

목단은 저승사자라도 본 양 사색이 되었다.

"경희가 거기서 왜 나와?"

덕임이 사납게 윽박지르자 목단은 최후의 선택을 했다. 도망치려 한 것이다.

뒤엉켜 엎치락뒤치락 몸싸움을 벌였다. 목단이 절박하게 휘두른 주먹에 몇 대 얻어맞았지만, 끝내 그녀의 등에 올라타 뒷덜미를 붙잡고 바닥에 콱 눌렀다.

"똑바로 말해!"

"안 돼요! 쇤네가 정말로 죽어요!"

"말 안 하면 내 손에 죽어!"

팔을 잡아 등 뒤로 꺾자 목단은 고통에 찬 비명을 질렀다. 이윽고 체념했는지 저항이 잦아들고 울음소리도 희미해졌다. 목단은 가슴팍에서 뭔가를 꺼냈다. 잘 접은 종이쪽지에는 고운 가루가 담겨 있었다.

"비상砒霜이어요."

"독이라고?"

가루가 혀끝에 조금만 닿아도 온몸이 시커멓게 물들고 게거품을 물게 된다는 무시무시한 소문을 들은 바 있다. 덕임은 소스라치게 놀라 팽개쳤다.

"도승지 영감께서 줬어요. 그걸……. 그걸, 중전마마의 지척에 감춰

두라고……."

목단이 훌쩍였다.

"그래야 중궁께서 숙창궁을 해하셨다는 증거로 삼을 수 있다대요."

덕임은 말문이 막혔다.

"도승지는 완전히 미쳤어요. 숙창궁의 시신을 보곤 음독飮毒으로 졸하셨다고 우긴다고요. 어떻게든 중전마마의 허물을 잡으려다가 소용이 없으니 끝내 누명을 씌우려고까지 하는 거예요."

"내가 보기엔 평소랑 똑같던데?"

"어전에선 그렇겠지요! 뒤에선 마치 나라님이라도 된 양 횡포를 부린다고요. 숙창궁 졸하신 뒤로 진짜 제정신이 아니에요."

목단이 벌벌 떨며 중얼거렸다.

"그 가엾은 항아님들도 지금쯤이면 다 죽었을 거예요. 없는 걸 토설하라고 형장을 얼마나 심하게 때렸겠어요."

"없어진 궁녀들 말이야?"

"다들 숙위소에 잡혀 있어요. 그래서 감쪽같이 사라진 거예요."

과연 명쾌한 해답이었다.

숙위소는 여느 관청들과 다르다. 오직 왕명만 받든다. 왕의 신변을 호위한다는 명분 아래, 어지간한 고관대직들조차 들어갈 수 없고 거론할 수 없다. 궁녀들의 행적을 깨끗하게 지우기에는 최적이다. 궐 안과 도성 바닥이라면 손바닥 보듯 빠삭하다는 숙위대장 홍덕로가 사라진 궁녀들만큼은 도통 찾아내지 못하는 까닭도 거기에 있는 것이다.

허무했다. 경희를 찾아 온갖 곳을 다 뒤졌지만 숙위소는 미처 생각지도 못했다. 되레 경희를 가둔 장본인에게 제발 그녀를 찾아 달라 부탁까지 했다.

"넌 그 모든 걸 어떻게 아는 거야?"

완전히 바보 취급을 당했다. 졸지에 피가 거꾸로 솟았다.

"도승지의 밀정 노릇을 해온 거야?"

"절대로 아니어요!"

"아니긴 뭐가 아니야?"

"그럴 만한 사정이……."

"전부 말해."

덕임은 물러서지 않았다.

"숙위군관들이 중전마마의 무수리를 잡아가는 걸 쇤네가 봤어요."

"귀신 타령은 뭔데, 그럼?"

"처음에는 중궁전 상궁에게 똑바로 고했어요. 그런데 상궁이 잠깐 기다리라더니 나가는 거예요. 중전마마께 아뢰려나 싶었는데……. 한참 뒤에 도승지를 데려왔어요. 숙위군관에 대해선 입 다물라고 윽박지르더니, 대신 귀신을 봤다는 소문을 퍼뜨리라고 했어요. 아님 끌고 가 형장을 치겠다면서요. 포도청 관노인 쇤네의 아비와 아우까지 때려 죽이겠다고 겁을 줬다구요."

목단이는 엉엉 울기 시작했다.

"어쩔 수 없었어요. 너무 무서웠어요."

"거짓말 마! 너, 귀신 이야기를 할 때 신이 나 있었잖아."

"그, 그래요……. 금방 아무렇지도 않아진 건 사실이어요. 잘 해줬다고 도승지 댁 사람이 엽전 꾸러미를 줬으니까요. 그만한 재물이면 아비와 아우가 관아를 떠나 신공만 바치는 외거노비外居奴婢가 될 수도 있겠다 싶었어요. 같은 노비 팔자라도 훨씬 편해지지요."

목단이는 열심히 변명했다.

"쇤네가 잡혀갔더라도 아무도 도와주지 않았을 거예요. 그러니까……."

"그럼 왜 이제 와서 목매달아 죽으려고 했어?"

"독약이잖아요, 독약! 걸리면 대역죄로 사지가 찢길 텐데……. 중궁전에 이미 심어둔 밀정이 있는데 굳이 쇤네를 끌어들인 까닭이 뭐겠어요? 행여 실패하면 발 빼려는 거라고요! 모로 가도 죽을 팔자라니까요!"

"아, 남의 일일 때는 상관없다가 네 일로 닥치니까 기분이 어때?"

덕임이 신랄하게 쏘아붙였다. 하지만 목 놓아 우는 목단의 울음소리가 커질수록 너무 가혹하게 책망했다는 후회가 들었다. 목단은 궁녀들에게조차도 멸시당하는 밑바닥 노비일 뿐이다. 그녀에게 어찌 궁녀들을 위해 나서지 않았느냐고, 날고 긴다는 도승지에 맞서 싸우지 않았느냐고 손가락질을 할 수는 없다.

"미안해. 전부 네 탓이라고 해선 안 되는데."

"아니어요. 쇤네는 짐승만도 못한 년이어요. 숙위소 잡혀가면 어찌 되는 줄 뻔히 알면서도 그깟 푼돈 좀 만졌다고 좋아서는……."

그나마 다행이라면 잡혀간 궁녀들이 거짓으로라도 중궁이 숙창궁의 독살을 꾀하였다 자백하지는 않았다는 점이었다. 고초를 겪을지언정 버티고 있다는 뜻이다.

"끼어들 생각은 아니지요?"

목단이 거칠거칠한 손으로 덕임을 턱 움켜쥐었다.

"항아님은 그럴 형편이 못 돼요."

"또 뭔데?"

"……배씨 항아님은 그냥 중궁전 궁녀라서 잡혀간 게 아니어요."

망설였지만 목단은 남은 이야기까지 털어놓았다.

"숙위소에선 색장나인들과 전부터 공모를 해왔어요. 서찰을 빼내어 읽어볼 수 있게요."

"외부인이 궁녀들 서찰을 본다고!"

"아시잖아요. 도승지를 외부인이라고 하기엔 전하께서 워낙……."

보이지 않는 곳에선 말도 안 되는 일이 많이 일어나는 것 같다.

"전부는 아니고 몇몇 궁녀들만 선별해서 본댔어요. 쇤네가 대전이랑 중궁전을 담당하니까, 항아님 서찰은 숙위소를 거치는 걸 알아요."

"언제부터?"

"숙창궁께서 입궁하기 전부터……. 한 이 년 됐네요."

덕임은 속으로 날짜를 헤아려 보았다. 대충 흡이가 혼인하던 때다. 그때 홍덕로는 쓸모 있는 사람이었으면 좋겠다는 둥 음흉한 소리를 했었다.

이 년 동안 서찰을 무수히 썼다. 주로 형제들의 안부를 물었지만, 세책점 노인장과 필사 의뢰를 논할 때가 더 많았다. 왕이 끔찍하게 싫어하는 소설책 필사 말이다. 그것만 알아도 덕로는 얼마든지 그녀를 몰아세울 수 있었다.

"도승지도 덜미를 잡히지 않으려고 중전마마와 가까운 궁녀들은 건드리지 않았어요. 배씨 항아님은 마마의 본방나인이랑 처소를 같이 쓰잖아요. 그래서 별로 염려할 필요는 없었지요. 그런데 쪽지를 쓴 것 때문에 끌려간 거예요."

"나한테 줄 쪽지?"

"예. 혹시라도 중궁전에서 성씨 항아님한테로 가는 서찰이 있으면 무조건 가져와야 한다고 해서……. 그래서 도승지께 먼저 올렸는데……. 그 직후 바로……."

목단은 덜덜 떨며 덕임의 눈치를 살폈다.

"하지만 별 내용 없었잖아. 그냥 만나자는 약속뿐이었는걸."

"무슨 암호를 썼다면서요?"

"말장난 수준이었어."

"어쨌든 도승지의 의심을 샀어요. 행여 싶어 미리 선수 친 거라고요."

기가 막혔다. 남의 서찰을 막 뜯어 봐놓고는 모르는 척 찾아와 가살스럽게 굴었다. 장부의 탈을 쓰고 그토록 교활할 수는 없다.

"그럼 경희는 순전히 나 때문에 고초를 겪는 거잖아."

"아니어요. 항아님께 전하려고 했던 어떤 말 때문에 고초를 겪는 거지요."

목단이 분별 있게 고쳤다.

"경희가 너한테 따로 말한 건 정말 없어?"

"없어요. 맹세해요."

"아비 이름을 걸고 맹세했는데도 거짓말이었잖아."

"그때는 하도 사납게 몰아붙이니까 엉겁결에……. 어차피 쇤네 같은 천출한테 이름은 딱히 큰 의미도 없는걸요."

덕임은 혀를 끌끌 차며 목단을 일으켜 세웠다.

"일단은 좀 기다려. 내가 어떻게든 해볼게."

"비상 이야기가 새어 나가면 쇤네는 큰일 나요! 도승지가 줬다고 말해도 아무도 믿지 않을 거구요."

"아니야. 비상은 됐어. 전하께 아뢰지도 않을 거고……. 음, 넌 모르는 게 낫겠어. 잠자코 있어. 혼자 있진 말고."

오늘은 분명 몹시 긴 하루를 보내리라는 예감이 들었다.

"그래서 난 숙위소로 가보려고 해."

"절대로 안 돼!"

복연과 영희가 동시에 소리쳤다.

"만약 내가 내일 정오까지 돌아오지 못하면 이걸 자전께 대신 올려줘."

덕임은 들은 척도 안 하고 책을 내밀었다.

"마마께서 명하신 필사본이야."

"야, 이 상황에 무슨 필사 타령이냐!"

복연은 씩씩거렸다.

"가서 박 상궁이나 개심이라는 나인한테만 건네줘. 그 둘은 자전의 심복이니까 숙위소와 사통하지 않을 거야. 너희들 이름은 알려주지 마. 혹시 캐물어도 그냥 나한테 부탁받았다고만 하라고."

덕임은 목소리를 낮췄다.

"책 속에 서찰을 넣었거든. 사라진 궁녀들과 숙위소에 대해 전부 썼어."

"안 돼! 넌 대전의 궁녀잖아. 다른 웃전과 내통했다가는 큰일 나!"

영희가 다급히 만류하자 복연도 맞장구를 쳤다.

"얘 말이 맞아. 왜 속 편하게 전하께 아뢰지 않고?"

"전하는 믿을 수 없어."

짧은 한 마디의 여운은 강렬했다.

"줄곧 도승지를 감싸셨어. 이번에도 잡혀 있는 궁녀들을 은밀히 처분하고 덮으실 수도 있다고. 그럼 경희는 끝이야. 살아서 돌아오지 못해."

"천인공노할 사건인데 설마……."

"전하께선 뭐든 원하는 대로 하실 수 있어."

덕임은 담담하게 대꾸했다.

"중전마마마저도 가만히 눈치만 보시잖아. 뭔가 불리하신 거겠지."

"불리하시다니? 도승지가 누명을 씌우려고 안달하는 거라며?"

"속사정이 그리 단순하진 않을 것 같아서."

여태 켜켜이 쌓아둔 서로에 대한 악감정이 폭발했다고 볼 수도 있겠지만, 숙창궁의 죽음으로부터 이어지는 이 시기가 영 꺼림칙했다.

중궁에게 비록 강단은 없을지 몰라도 자존심은 있다. 자신의 체모가 심각하게 훼손될 때마다 불편한 심기를 내보이는 등 맞서는 노력을 해왔다. 하지만 요즘에는 이상할 만치 저자세를 고집했다. 온갖 악의적인 소문에도 처분만 기다리는 양 유순하게 대응했고, 휘하의 궁인들이 줄줄이 사라지는 괴이한 사건에도 마냥 쉬쉬하려는 느낌이 강했다. 아무리 규방이라지만 정도가 지나쳤다.

도승지 또한 누이의 죽음이며 정치적 상실감으로 제정신이 아니라 한들 근거도 없이 중궁을 몰아세우진 않을 것 같았다. 단순한 앙심 때문에 욱하기엔 너무나 교활한 사내다. 하물며 무작정 중궁을 쫓아내 봤자 그로선 이득이 없다. 노골적으로 들어앉힐 누이도 죽고 없을뿐더러, 새로 뽑은 중궁이 원자라도 덜컥 낳으면 그의 꿈은 물거품이 된다.

"마마께서 진짜 숙창궁께 도, 독을 먹였을 수도 있다는 뜻이냐?"

복연은 커다란 어깨를 움츠렸다.

"아니야! 그냥……. 아, 너무 복잡해서 나도 모르겠어!"

덕임은 아픈 머리를 부여잡았다.

"어쨌든 내 말은, 내가 도움을 청할 수 있는 선에서 가장 확실한 영향력을 가지고 계신 분은 왕대비마마뿐이라는 거야."

"그럼 그냥 자전께 가면 되잖냐. 굳이 숙위소로 갈 필요 없이!"

바싹 당겨 앉으며 복연은 연신 고개를 가로저었다.

"네가 뭘 어쩔 건데? 도승지가 널 보면 아이고 죄송합니다, 궁녀들을 내놓겠냐? 너까지 같이 붙잡아다 주리를 틀겠지!"

"내가 원하는 게 그거야."

덕임은 쓰게 웃었다.

"자전께서 움직이실 만한 명분은 있어야 하니까."

자칫 나섰다가는 홍덕로와의 전면전으로 치달을 민감한 사안이다. 왕대비는 결코 비천한 비자의 말만 믿고 행동을 취하진 않을 터, 확실한 걸 주어야 한다.

"중전마마께서 가만히 계시는 한, 이 모든 일은 쉬쉬해야 할 규방일에 지나지 않아. 근데 난 중궁전 궁녀가 아니잖아. 내가 연루되면 성상의 안위를 위협하는 사건으로 번질 테고, 왕실의 어른이신 왕대비께서 언교라도 내릴 명분이 서는 거야."

"근데 자전께서 네 뜻대로 해주시리라는 보장이 있냐?"

복연이 떨떠름하게 물었다.

"솔직히 그깟 궁녀들 사라지든 말든, 들쑤셔서 좋을 것도 없는 일에 끼어드시겠냐고?"

왕대비는 표면적으론 절대 조정 일에 간섭하지 않는다. 그러나 숨겨둔 야심은 있다. 그렇지 않고서야 기를 쓰고 글공부를 할 까닭은 없다. 매일 내시들을 시켜 어렵사리 조보(朝報, 조정에서 관리들에게 나랏일을 알리던 일종의 신문)를 구해 읽을 이유는 더더욱 없다.

"야! 애초에 숙창궁을 간택하신 분이시잖아. 도승지는 마마의 친정이랑 가까운 대신들과도 원만하게 잘 지낸다던데. 도승지와 손을 잡았으면 잡았지, 설마 적대하시겠냐?"

"그래 봤자 도승지도 마마의 친정과는 불구대천의 원수인 풍산 홍씨야. 실제로 자전과 자궁 사이에서 입맛 따라 양다리를 걸치고 있기도 하고. 당장 필요 때문에 손을 잡을 수는 있지만, 언젠가는 운명을 달리 해야 하는 사이지. 그리고 마마께선 바로 지금이 그 시기라고 판단하실 수 있어.”

홍덕로 하나가 사라지면 판도가 바뀐다. 그가 독차지하고 있는 모든 자리에 공백이 생길 것이다. 나눌 줄 모르고 더 많은 것을 바라기만 하는 사내가 쥔 권력이 여러 곳으로 분산될 터였다. 앞장서서 사건을 주도하면 왕대비의 친지도 그 수혜자 중 하나가 될 수 있다. 어쩌면 불쌍한 오라비를 유배지에서 구할 수도 있다.

“날 더 가까이 두고 싶다던 말씀이 얼마나 진심인지 확인해 볼 때가 온 거지.”

덕임은 나지막이 속삭였다.

“야, 그래도 이건 좀 아닌 것 같아.”

복연은 덕임의 의미심장한 기운을 전혀 느끼지 못했다.

“궁녀가 잔머리 굴려봤자 뱁새가 황새 쫓는 꼴이지. 막상 일을 치면 완전히 틀어질지도 몰라. 그럼 어쩔 건데?”

“그래, 덕임아. 너 쫓겨날지도 몰라. 아니, 차라리 쫓겨나면 다행일걸?”

영희도 두려움에 떨었다.

“알아. 하지만 이게 내가 경희를 위해 할 수 있는 최선이야.”

짐짓 비장한 침묵이 감돌았다.

“우리가 이런 일로 입씨름을 하는 날이 오다니 말도 안 돼. 평소엔 비빔국수랑 물국수 중에 뭐가 더 맛있냐고 싸우잖냐.”

“항상 결론은 ‘둘 다 맛있다.’ 였지.”

덕임은 두 팔을 벌려 복연과 영희를 꽉 끌어안았다. 멀리서 북 치는 소리가 들렸다. 그녀들의 일생에서 가장 극적이었을 시간이 막 끝나가고 있었다.

“잊지 마. 내일 정오야.”

그렇다면 이제는 잃어버린 나머지 한 명을 되찾을 시간이 된 것이다.

숙위소는 왕의 침전에서 멀지 않은 건양문建陽門 동쪽에 있다. 새벽이면 숙위군관들이 하품하며 교대하는 모습을 보았고, 주먹을 치대며 장난을 치는 모습도 곧잘 보았다.

"그래, 전하의 심부름이라고?"

그러나 지금은 두려울 뿐이었다.

정녕 임금으로부터 이토록 가까운 이곳에서 참담한 음모가 도사리고 있을까? 한낱 비자의 말만 덜컥 믿어버린 건 아닐까? 딱딱한 나무의자에 앉아 덕로를 마주한 덕임은 무작정 밀고 들어왔다는 후회가 비로소 들었다.

"내시가 아닌 나인을 보내시다니 별일도 다 있⋯⋯."

"사라진 궁녀들이 여기 있습니까?"

이미 골머리는 썩을 만큼 썩었다. 덕임은 곧장 의표를 찔렀다.

"아하, 어명을 사칭하면 대역죄인 줄도 모르오?"

덕로는 잠깐 경직되었을 뿐 평소와 다름없었다.

"여기에 경희가 있는지 물었습니다."

"용케 알아냈군. 헛다리짚고 다니는 꼴이 측은했거늘."

"설마 전하께서도 아십니까?"

"어찌 그리 묻소?"

"그렇지 않고서야 이토록 태연하실 수는 없으실 테니까요!"

어두운 실내에서도 덕로의 얼굴만은 하얗게 빛이 났다.

"전하께서 아실 필요가 없는 일들을 처리하는 게 내 소임이라오."

"일개 신하가 국모께 혐의를 두고 있음은 상감마마께서 분명 아셔야 할 일입니다."

그의 입술이 붉게 곡선을 그렸다.

"그럼 진즉 아뢰지 그랬소. 내가 중전마마에 대해 캐묻더라고 말이야. 그 고결한 마음씨로 왜 여태 참았소?"

뻔뻔한 응수에 덕임은 말문이 막혔다.

"항아님은 스스로 생각보다 위선적이라는 걸 먼저 받아들이는 게좋겠소. 아, 나무라는 건 아니오. 사람이란 본디 그렇거든."

목단을 탓했던 말이 고대로 자신에게 돌아왔다. 모른 척하다가 막상 자기 일로 닥치니 기분이 어떠하냐고. 참으로 얄궂은 노릇이었다.

"아닙니다!"

얄팍한 수치심 때문일까, 얼떨결에 반박했다.

"한낱 궁녀 주제에 주상전하께 사대부를 책망할 수 있겠습니까! 그리고……."

덕임은 얼른 남은 말을 삼켰다. 설령 그게 가능했을지라도 왕의 신뢰를 얻는다는 보장은 없었으리라는 것. 오히려 주제 넘는다고 꾸지람을 들었으리라는 것. 어차피 왕은 덕로의 편을 들었으리라는 것. 갖가지 비관적인 추측들이 입속에서만 맴돌았다.

"전하를 믿지 못한 게로군."

그런데도 그는 덕임이 친우들 앞에서만 간신히 꺼낸 속내, 감히 임금을 향해 품어선 안 될 불충한 마음을 쉽게 읽었다.

"하여 지금도 전하께 아뢰기에 앞서 내게 찾아온 게지."

덕로가 자세를 비스듬히 바꿔 앉았다.

"어쩔 생각이었소? 날 꾸짖으려 했나? 아님 울면서 매달리려고? 그것도 아니면 전하께 아뢰겠노라 협박이라도?"

"일이 더 커지기 전에 영감께서 처리할 수 있는 선에서 설득하려고……."

"아니, 그럴 리 없소."

그가 단호하게 덕임의 말을 끊었다.

"항아님은 다소간 순진한 구석은 있어도 멍청하진 않거든."

덕로는 손가락으로 나무 탁자를 톡톡 두들겼다.

"꿍꿍이가 있잖소? 대책을 세워두고 왔겠지."

탁자에는 기분 나쁜 빛깔의 얼룩이 눌어붙어 있었다.

"굳이 날 도발해서 얻을 게 뭐요? 자진하여 여기 갇히고 싶은 게 아
니라면……."

가슴이 덜컥 내려앉았다. 수작을 영 허술하게 부린 모양이다. 그래
도 아직 간파당한 건 아니다.

"스스로 갇히고 싶어 하는 사람이 있겠습니까."

덕임은 가까스로 평정을 가장했다. 어떻게든 돌파구를 만들어야 한
다. 여기서 물러서면 전부 허사가 된다.

"한 며칠 사라지면 전하께서 구해주실 줄 알았나?"

덕로는 히죽 웃었다.

그럴싸한 추측까지 했으면서 정작 중요한 부분을 잘못 넘겨짚는다.
아무렴 자전을 끌어들여 진흙탕 싸움으로 몰아가려던 속셈을 들키는
것보단 나아 덕임은 말을 아꼈다.

"사내의 정욕을 너무 높게 평가하는군."

진심으로 딱하다는 듯 그가 혀를 찼다.

"한 번 취하고 나면 부질없이 사라질 열정을 무작정 믿었소?"

그를 열 받게 하려고 왔는데 어쩌자고 동정이나 사고 있는지 모르겠
다.

"뭐, 전하께서 여인에게 흥미를 보이게끔 만들었다는 점에선 자부

심을 가져도 좋소. 하지만 그뿐이오. 도도하게 고개를 돌려 버리는 계
집을 꺾지 못해 안달하는 동안에만 타오르다 꺼져버릴 불꽃이란 말이
오."

어쩐지 가슴 한구석이 시큰했다. 맞받아치고 싶은 충동이 들었다.
왕은 너랑 다르다고, 그런 식으로 생각하지 않을 거라고.

"그렇지만 숙창궁께서 졸하신 바람에 나도 형편이 퍽 궁하단 말이
지."

덕임이 낯선 감정과 씨름하는 동안 덕로는 중얼거렸다.

"언젠가 내가 했던 말 기억하오? 전하께서 누군가를 곁에 두셔야 한
다면 차라리 항아님이 낫다고 했지. 그래, 항아님은 아직도 꽤 쓸 만
해 보이는군."

"무슨……?"

"확실히 틀어쥘 수단이 필요해."

음험한 그림자가 스쳤다.

"전하의 보령도 적지 않은데 중궁께선 석녀시고, 새로이 후궁을 간
택하는 일만큼은 내가 참을 수 없고. 항아님은 전하를 뜨겁게 달굴
수 있는 여자고……. 음, 뭐라 할까?"

그가 빙글거리며 뜸을 들였다. 겁이 났다. 역심은 듣는 것만으로도
죄가 된다.

"숙위대장 안에 계십니까?"

구원자는 뜻밖에도 등 뒤에 있었다. 대전 내시 윤묵이었다.

"전하께서 찾으십니다. 곧장 어전에 드시지요."

"아까 알현할 때에는 별말씀 없으셨는데."

"긴히 논할 거리가 생겼다 하십니다."

이 나라 최고의 권신을 대하면서도 윤묵의 딱딱한 태도는 흔들림이

없었다. 덕로는 갑작스러운 기별에 오히려 의기양양했다. 왕이 자신에게 의지할 때마다 뿌듯함을 감추지 못하는 것 같다.

"음, 어쩔 수 없군."

덕임은 당황했다. 덕로를 따라 반쯤 몸을 일으키면서, 자신이 왜 여기에 있는지에 대한 변명부터 궁리했다. 흘끗 윤묵의 눈치를 보았다.

"성 나인은 제가 데려가야 합니다."

눈이 마주치기가 무섭게 윤묵이 말했다.

"상약이 성 나인에게 어찌 따로 용무가 있는가?"

저가 처분을 내리기도 전에 환관이 나선 것이 퍽 불쾌한지 덕로는 미간을 찡그렸다.

"대전의 궁녀를 수습하는 데 따로 사정이 있겠습니까."

"자네 정도의 직책 높은 내관이 그따위 허드렛일을 할 리가 있나."

불쾌함이 한 꺼풀 벗겨지고 나니 미심쩍음이 드러났다.

"……성 나인이 여기 있는 연유를 묻기도 전에 무작정 데려가야 한다고?"

윤묵은 아무런 해명도 하지 않았다. 굳이 그럴 필요조차 없다는 양 무뚝뚝했다.

"전하께서 숙위대장을 찾으십니다."

한참 만에 이어진 대꾸는 참으로 불길하게 느껴졌다.

덕로는 더 다그치지도 못한 채 얼어붙었다. 험난한 세월을 거쳐 권좌까지 오른 만큼 그는 심상치 않은 기운을 읽는데 능했다.

"서두르시지요, 영감."

윤묵이 다시금 재촉했을 때서야 덕로는 정신을 차렸다.

"따라와라."

이윽고 덕로의 기척이 사라지자 윤묵은 다시 입을 열었다.

"어, 저기, 저는……. 실종 수사가 어찌 되어 가는지 알고 싶……."

"따라오라지 않느냐."

윤묵은 냉정하게 변명을 잘랐다.

기세에 눌려 입도 벙긋하지 못했다. 숙위소를 벗어나 대내로 들어갔다. 마침내 당도한 곳은 왕의 침전 인근에 딸린 허름한 광이었다.

"들어가라."

윤묵이 문을 열었다.

"여기서 꼼짝 말고 있어라."

"자, 잠깐만요! 어쩐 영문인지는 알려주셔야……."

당황하여 그가 닫으려는 문을 턱 잡고 막았다.

"이게 네 것이겠지?"

윤묵이 소매에서 책 한 권을 꺼내 건넸다. 그녀가 복연과 영희에게 맡긴 필사책이었다. 아연실색한 면전에 대고 윤묵은 문을 닫았다. 쩔그럭 빗장 걸리는 소리가 뒤따랐다.

뭔가 잘못되어도 단단히 잘못되었다. 상황을 전혀 가늠할 수 없다. 완전히 통제력을 잃었다. 덕임은 후들거리는 손으로 책장을 펼쳤다.

책의 여덟 번째 장에 끼워둔 서찰은 사라지고 없었다.

인생에서 가장 긴 밤을 보냈다.

대전 내관이 움직였다면 왕이 알아차린 것이다. 왕이 왕대비에게 전할 서찰을 중간에서 가로채고 덕로를 어전으로 불러들였다. 잔머리를 굴린 자신은 여기에 가뒀다. 여느 때처럼 덕로를 감싸기 위해 은밀히 처리하려는 심산이라 생각하니 속이 뒤틀렸다.

처음 만났을 때부터 왕은 궁녀를 못마땅하게 여겼다. 주위의 모든 이에게 사소한 의심을 품고 예민하게 대했다. 덕임에게도 마찬가지였다. 의심하고, 떠보고, 시험했다. 그러나 지난한 몇 년 끝에 왕은 비록 주저하면서도 그녀에게 속 이야기를 털어놓기 시작했다. 마음을 주었다.

그래서 더더욱 용서받지 못할 것이다. 왕이 가장 혐오하는 행동을 보란 듯이 했다. 뒤에서 작정하고 수작을 부렸고, 너무나 빨리 덜미를 잡혔다. 무엄하게도 역린을 찌른 셈이다.

물론 무사히 넘어갈 기대는 애초에 하지 않았다. 왕이 대노한 나머지 사지를 찢어 죽이기라도 할까 봐 겁도 났다. 그럼에도 불구하고 경희를 살릴 수만 있다면 감수할 만하다고 생각했을 뿐이다. 대가를 치를 준비는 됐다. 다만 미처 담판을 짓지 못한 경희의 문제, 자신이 떠난 사이 영희와 복연에게 무슨 일이 일어났는지에 대한 걱정으로 피가 말랐다.

윤묵이 되돌아온 것은 다음 날, 해가 중천까지 솟은 정오께였다.

"나와라."

갑작스러운 햇빛에 눈이 부셨다. 광 밖에는 윤묵뿐이었다. 그녀를 붙잡아 갈 숙위군관은 없었다.

"넌 오늘 저녁에 번을 서지?"

"예? 아……. 예에."

"잡일은 미리 마치고 해시 즈음에 서고로 들어라."

그게 끝이었다. 과묵한 내시는 휙 돌아섰다.

"잠시만요!"

"전하께서 해시에 서고에서 서책을 읽으실 게다."

"저기, 그럼……."

"처소로 돌아가라."

윤묵은 자꾸만 그녀의 말을 뚝뚝 끊었다.

"저녁때까진 다른 사람과 접촉하지 말고 자중하는 게 좋을 것이야."

마지막에 덧붙인 말은 퍽 사사로운 충고처럼 들렸다. 그래서 더 오싹했다.

일단은 모면했으나 안도감은 없었다. 말미를 준다니, 매는 차라리 먼저 맞는 게 나은 법이다. 어쨌든 움직여야 했다. 정녕 마지막이 될 시간이라면 이롭게 쓰는 게 좋다.

한달음에 뛰어 처소로 갔다.

"너, 너, 너! 무사한 거야?"

인기척을 느끼자마자 복연과 영희가 문을 벌컥 열었다. 두 사람은 반쯤 넋이 나간 채로 덕임을 둘러싸고 성화를 부렸다.

"여태 숙위소에 있었던 거야?"

"어디 맞았냐? 부러졌어?"

적어도 영희와 복연은 무사하다. 한결 기분이 나아졌다.

"괜찮으니까 나 먼저 좀 묻자. 뭐가 어떻게 된 거야?"

덕임은 간밤에 생명줄처럼 붙잡고 있었던 필사책을 두 사람에게 보였다.

"그, 그걸 어찌 네가 가지고 있냐?"

"대전 상약께서 나한테 주셨어."

"왜 상약께서⋯⋯?"

"나야 모르지. 너희가 알아야지."

복연과 영희는 서로 마주 보았다. 우물쭈물한 끝에 영희가 말문을 열었다.

"어, 그게⋯⋯. 어제 너랑 헤어지고서 우린 곧장 도로 일을 하러 가야 했어. 그래서 일단 내 이불보 아래에 감춰두었지. 한데 어제따라 일이 너무 늦게 끝난 거야. 밤에 처소로 돌아갔을 땐 제정신이 아니었을 정도로 바빴어. 자기 전에 꼭 확인하려고 했는데 피곤해서 그대로 뻗었고."

영희는 코를 찡긋거렸다. 목소리도 기어들었다. 처소로 늦게 돌아온 까닭을 얼버무리는 느낌이었다. 별감 나부랭이를 만나느라 늦은 걸 숨긴다는 의심이 들었다.

어쨌든 당장은 그게 중요한 게 아니었다.

"오늘 아침에 이불보를 들춰봤는데 감쪽같이 사라지고 없지 뭐야."

영희는 울상을 지었다.

"그러고 보니 느낌이 묘하더라고. 방이……. 어제 나갔을 때랑 다 똑같긴 한데 뭔가 미묘하게 변한 것 같아서……."

"누가 몰래 우리 방을 뒤졌다고?"

"아무래도 그런 것 같아."

등 뒤에서 지켜보는 자가 있었다. 영희와 복연에게 책을 건넨 뒤 숙위소로 향하는 걸 보고 움직인 게 틀림없다. 이 또한 왕이 손 쓴 일이라야 사리에 맞다. 그는 놀라울 만치 빠르게 모든 걸 차단했다. 하지만 언제부터, 무슨 이유로 감시를 붙인 걸까?

"우린 미치는 줄 알았어. 어쩔 줄 몰라 숙위소로 가볼까 했는데, 그랬다가 잘못해서 일을 망칠까 봐 겁나지 뭐냐."

복연도 어깨를 축 늘어뜨렸다.

"그래서 약속한 정오까지 정말 네가 돌아오지 않으면 그냥 우리가 직접 왕대비마마께 아뢸 작정이었어."

"위험하니까 너희는 모른 척해야 한다고 했잖아!"

덕임은 가슴이 철렁했다.

"어차피 자전께서는 면식도 없는 너희들을 만나주지도 않으셨을 거고 곤경에만 처했을 거야."

"미안해. 그렇게라도 해야지 싶었어. 경희도 너도 없으니까……. 난 바보같이 맡은 일도 제대로 못 해냈잖아."

영희는 눈물을 글썽였다.

"맞아. 아침부터 숙위소가 발칵 뒤집혔는데 거기 간다고 나선 너는 어찌 된 건지, 잡혀 있다는 경희는 괜찮은 건지, 불안해서 참을 수가 없었어."

복연까지 시무룩해지자 덕임은 기세를 누그러뜨렸다.

"어차피 난 숙위소에선 얼마 있지도 않았어."

"그럼 여태 뭘 하다 온 거냐?"

"상약께서 날 광에 가둬놨었어. 지금 막 풀려난 거야."

갇히기만 했을 뿐 아무 말도 듣지 못했다고 덧붙였다.

"그럼 전하께서 네 속셈을 다 아셨다는 뜻이야?"

영희가 외마디 비명을 질렀다.

"서찰을 읽으셨다면……. 그럼 너는……!"

"음, 아직은 잘 모르겠어. 저녁때 전하를 뵐 거야."

희미하게나마 미소 지어 보였지만 영희와 복연의 표정은 참담했다.

"근데 아침부터 숙위소가 발칵 뒤집혔다는 건 무슨 말이야?"

뒤늦게 덕임은 의구심을 느꼈다.

"너 모르는구나. 우린 혹시 네가 해낸 게 아닐까 생각했는데."

"무슨 일인데?"

"오늘 아침에 도승지가 사직을 청했대."

"사직?"

"뭐래냐, 숙창궁께서 졸하시는 변고가 일어난 건 다 자기 탓이라고, 만약 자기가 세상 밖에 나서면 하늘이 벼락을 때려죽일 거라나 이상한 소리를 했단다."

"어차피 전하께서 윤허해 주지 않으시면……."

"아니야. 마치 기다렸다는 듯이 냉큼 받아들이셨대. 오죽하면 다른 대신들이 어안이 벙벙해서 말리지도 못할 지경이었다는데."

"진짜 장난 아니래. 쌩쌩하게 젊은 양반을 봉조하(奉朝賀, 늙어 퇴직한 관리에게 특별히 내리던 직위)로 삼는다지 뭐냐."

갑작스러운 사직만으로도 기함할 노릇인데 삼자함(三字銜, 봉조하)까지 준다는 건 은퇴를 아주 못 박는 것이나 다름없다.

"게다가 전하께선 숙위소도 폐지할 의중이시라는 소문도 돌더라, 야."

"정말로 단단히 화가 나셨나 봐."

복연과 영희는 다 잘 풀렸다며 기뻐했지만 덕임은 떨떠름했다.

쭉 기만당하다가 뒤늦게야 총신의 비행을 알아차린 것치곤 왕의 대처가 너무 유하다. 왕은 조정에서 덕로의 죄를 물어 삭탈하는 것이 아니라 스스로 사직하게끔 했다. 더 나아가 역률로 다스리기는커녕 도리어 삼자함을 주어 은퇴 후의 지위까지 보장해 준단다. 이건 모로 보아도 용서에 가깝다.

"맞다! 야, 여기 봐!"

덕임의 석연찮은 기분일랑 전혀 모르는 복연은 신이 나 돌연 방문을 열었다. 방 한가운데에 이불을 깔고 누운 사람이 있었다.

"경희잖아."

덕임이 할 수 있는 말은 그것뿐이었다.

"오늘 아침에 풀려났대. 사라졌던 다른 궁녀들도 다 돌아왔어."

"중전마마를 배알하고 의녀한테 진맥도 받았어. 쉬라고 했는데 널 봐야 한다고 굳이 왔어. 반각 전에 잠든 거야."

경희는 생각보다 말끔해 보였다. 부르튼 입술과 퀭한 그늘이 내려앉은 눈, 반쪽이 되어버린 얼굴을 제외하면 다친 곳은 없었다.

"얘는 그래도 집안도 잘 나가고 지위가 있는 궁녀라 건드리지 않았나 봐. 다른 애들은 초주검이 되어서 돌아왔거든."

"맞아. 맨 처음 사라졌던 나인은 지금 사경을 헤맨대."

"온 궁인들에게 이 사건과 숙위소에 대해선 일절 함구하라는 엄명이 떨어졌어. 어길 시에는 역률로 다스릴 거래."

"전하께선 이번에도 도승지를 감싸주시려는 거야."

비로소 덕임은 확신했다.

"뜬금없는 사직에 궁녀들 입단속까지……. 조정에서 알아차리고 탄핵하기 전에, 전하 선에서 마무리 지으시려는 거야. 도승지를 지켜주시는 거라고!"

"그래도 그 잘난 홍덕로가 떠나게 됐잖아."

복연은 덕로에 대한 왕의 무한한 총애에 비추어 볼 땐 대단한 처벌이라고 생각하는 모양이었다.

그러나 덕임은 몹시 분개했다. 줄곧 헛짓거리만 했다. 패배감이 들었다. 그녀의 풋내기 같은 계획은 처음부터 삐걱거렸고 결국에는 완전히 틀어져 버렸으되 한 가지 옳았던 부분은 있었다. 바로 왕은 믿어선 안 된다는 점이었다.

"마음 상할 거 없어. 내가 볼 땐 도승지 앞날도 썩 밝진 않으니까."

잰 체하듯 높은 그 목소리는 영희나 복연의 것이 아니었다.

"눈 좀 더 붙여."

덕임이 황급히 경희의 어깨를 눌렀다. 하지만 경희는 기어코 몸을 일으켰다.

"난 더 자세히 들었어. 도승지는 사직을 청하면서도 실권자로 지내는 동안 탐욕을 부린 바는 없다는 둥 변명 일색이었다더라고. 뒷일을 걱정하는 사람이 아니고서야 그런 말을 할 이유는 없지."

지난 며칠간의 공백이 무색하게도 경희는 아는 체를 했다. 덕임은 픽 웃음을 터뜨렸다.

"너 진짜 경희 맞구나."

며칠 새 제법 앙상해진 그녀의 어깨를 끌어안았다.

"얘가 왜 이래, 유난스럽게."

눈시울을 빨갛게 붉히면서도 경희는 새침을 떨었다. 영희가 울면서 덕임과 경희를 동시에 끌어안았다. 복연도 이에 질세라 세 친구들 위로 몸을 겹쳤다. 웃음과 울음이 뒤섞였다. 다른 건 아무래도 상관없었다. 이렇게 딱 네 사람이 좁디좁은 삶에 펼쳐진 가장 충만한 우주였다.

경희가 숨 막혀 죽겠다고 발버둥을 칠 때서야 울컥한 마음들은 가라앉았다.

"감찰상궁과 면담을 마치고 돌아가던 길에 숙위군관들이 의녀 남기를 잡아가는 걸 봤어. 조심한답시고 후미진 구석에서 의녀를 붙잡았는데, 어째 내가 봐버린 거야."

이윽고 경희는 이야기를 시작했다.

"처음에는 뭔지 몰랐어. 남기가 중전마마의 맥후를 진맥한다는 건 알았지만 다른 일이겠거니 했지. 관료들 술자리 시중을 거부했다거나, 뭐 그런 거. 상관하고 싶지 않아서 그냥 조용히 자리를 떴어."

경희가 미간을 찌푸렸다.

"한데 가만 생각해 보니 이상한 거야. 볼기짝을 맞고 싶은 게 아니고서야, 지존의 옥체를 살피는 내의녀더러 오입질을 청할 신료가 어디 있겠어? 잠도 못 자고 계속 생각했어. 그러다 보니 궁녀들이 사라지는 사건의 배후에 숙위소가 있는 건 아닐까 의심이 들더라."

"겨우 그 광경 하나 보고 그런 의심을 해?"

복연은 어이가 없어 보였다.

"진즉 못 알아차린 게 어리석은 거야. 빼돌리는 솜씨가 그토록 주도면밀하려면 내부 소행일 수밖에 없어. 그럼 기껏해야 내시부, 감찰궁녀, 숙위소 정도만 남지. 한데 유독 중궁전 궁녀들만 사라지잖아. 그 셋 중에 가장 중전마마를 미워하는 동시에 이런 일을 벌일 만한 여건이 되는 쪽을 따져 보면 답이 나오지."

애초에 숙창궁 귀신 타령은 믿지도 않은 만큼, 경희는 콧대를 세웠다.

"중전마마께 고할까 했는데 좀 그렇더라고. 마마를 뭘 보고 믿니."

그녀는 무람없이 입을 삐죽였다.

"그렇다고 모른 척하려니 나중에라도 괜한 불똥이 튈까 겁났어."

그러더니 덕임에게 시선을 돌렸다.

"그래서 널 만나려고 한 거야. 어떻게 하면 좋을지 의논하고 싶어서. 어쩌면 네가 전하께 아뢸 수도 있을 거라고 생각했어."

"그러지 말았어야 했어. 똑똑한 척은 혼자 다 하면서 왜 전하께서 도승지를 보호하기 위해서라면 나 같은 건 백 명도 더 내칠 수 있다는 생각은 안 했는데?"

"글쎄, 그렇진 않으실걸."

알 듯 모를 듯 경희는 오묘하게 말을 흐렸다.

"그보단 숙위군관들이 날 못 봤다고 철석같이 믿은 게 내 실수지. 그 다음날에 날 찾아왔거든. 낮것 때였나? 국수가 너무 맛이 없어서 생각시들한테 줘버리고 다과나 좀 먹을 생각이었어. 그런데 숙위군관들이랑 딱 마주친 거야. 그 길로 끌려갔지."

"맞다, 쪽지는 왜 그렇게 쓴 거야?"

"괜히 주절주절 썼다가 잘못된 사람 손에 들어가면 곤란하잖아. 쪽지 전해준다는 목단이도 영 못 미덥고 말이야. 걔 가끔 요렇게 눈치 슬슬 보는 게 거슬렸거든."

경희 나름대로는 조심을 한다고 한 건데, 되레 독이 되었다니 참 우스웠다.

"바보야. 그 바람에 오히려 곤경에 처한 거야."

덕임은 목단에 대한 이야기를 전부 털어놓았다. 경희는 눈을 앙칼지게 치떴다.

"그럼 그렇지! 고 망할 계집애!"

"됐어. 걔도 아쉬운 처지인데."

"아무리 그래도 도승지가 너한테 그렇게까지 주의를 기울여 왔다니 신기하네."

속으로 무슨 계산을 하는지 경희는 덕임을 뚫어지게 보았다.

"야, 근데 숙위소에 잡혀간 뒤론 무슨 일 있었냐?"

복연이 성질 급하게 캐물었다.

"정말 끔찍했어."

경희는 몸을 부르르 떨었다.

"저승사자가 따로 없더라. 아무것도 모른다는데 말만 바꿔가면서 자꾸 묻는 거야. 꼭 협박하는 것처럼 우리 아버지랑 집안에 대해서 물었어. 너에 대해서도. 네가 중전마마랑 얼마나 가까운지, 너랑 전하 사이에 특별한 일은 없었는지……. 물론 아무 말 안 했어. 애가 좀 모자라서 머리를 아예 굴릴 줄 모른다고만 했다고."

절대 틀린 말은 아니라는 듯 경희는 어깨를 으쓱했다.

"너도 매질을 당했니?"

"아냐. 도승지도 힘 빼봤자 건질 게 없다는 걸 알아차린 눈치였어.

돌려보낼 순 없으니 그냥 붙잡고 있었다 뿐이지. 난 중전마마랑 전혀 가깝지 않잖아. 오히려 마마께선 날 싫어하시는걸."

"마마께서 널 왜?"

"내가 예쁘니까 그렇지."

어지간히 낯짝이 두껍지 않고서야 아무나 할 수 있는 말이 아니다.

"나 말고 다른 궁녀들은 사정이 좋지 않았어. 중전께서 숙창궁을 해쳤다고 실토하라며 매질을 어찌나 사납게 하던지…… 살점이 튀고 찢어지는 소리가 났어."

경희는 무릎을 가슴으로 당기며 웅크렸다.

"살아서 못 나갈 거라고 생각했어. 곱게 보내줄 리가 없잖아. 궁녀들 일은 바깥으로 쉬이 새어나가지도 않고."

하얗고 고운 그녀의 뺨 위로 눈물이 툭 흘렀다.

"그래도 버텼어. 내가 콱 죽기를 바라는 사람들이야 많지만, 너희들은 날 찾아줄 거라고 믿었어. 특히 덕임이 너라면……."

경희는 고개를 홱 돌렸다.

"흠흠! 그러다가 풀려난 거야. 한 마디도 발설해선 안 된다고 으름 장을 듣긴 했지만 그래도 살아남았어."

"미안해. 결국 우린 너한테 아무런 도움이 되지 못했어."

속이 상했다. 덕임의 눈망울에도 뜨거운 기운이 어른거렸다.

"네가 날 위해서 무슨 일까지 벌였는지 복연이랑 영희한테 들었어."

경희가 입술을 깨물었다.

"간이 배 밖으로 나왔어. 가늘고 길게 살겠다는 애가 겁도 없이!"

"화났어?"

불안감을 알게 하고 싶지 않아 덕임은 일부러 방긋 웃었다.

"아니. 기뻤어."

"너 머리 맞은 거 아니냐?"

복연이 입을 헤 벌렸다.

"시끄러워."

경희가 눈을 세모꼴로 떴다. 영희는 까르르 웃었다.

"뭐, 너 없이 살아봤자 얼마나 가늘고 길겠어."

덕임이 말했다. 더 이상은 어떤 말도 필요치 않았다.

밤이 되었다. 왕은 창가에 뒷짐을 지고 서 있었다. 용포도 벗지 않은 채였다. 들어와 문 닫는 기척을 알면서도 그는 고집스럽게 등만 보였다.

"해명을 할 테냐?"

한참 만에 들려온 옥음은 무겁게 잠겨 있었다.

"아니옵니다."

"잘못했다고 빌어볼 테냐?"

"감히 그리할 수 없나이다."

그녀는 왕에게 화가 나 있었다. 어쩌면 왕이 그녀에게 화가 난 것 이상으로.

아끼는 총신을 위해 대쪽 같은 원칙을 깨고 임기응변을 부리는 그나, 벗을 위해 모략을 꾸민 자신이나, 별반 다를 것 없다는 생각이 들었다.

"나는 덕로를 선택하지 않았다."

왕이 무미건조하게 말했다.

"선왕께서 한창 외척 등용에 푹 빠져 계실 적에 나를 보위할 외척도 하나 골라 붙여주셨던 게 바로 그이니까."

효강혜빈과 같은 문중인 덕로는 따지자면 왕과 십이촌 안에 드는 사이란다.

"처음엔 반신반의하였으나 선왕의 안목은 정확했다. 그이의 기지로 위기를 여러 번 넘겼고, 무엇이든 믿고 맡길 수 있었으며, 한결같은 충심을 얻었지."

왕은 가만히 먼 산을 보았다.

"내가 왜 유독 덕로의 응석만은 하염없이 받아주었는지 아느냐?"

자기 입으로 아낀다고 했으면서 물어볼 건더기라도 있나.

"그이를 아끼면 아낄수록 미안한 마음도 커졌기 때문이다. 처음 만난 순간부터, 내 손으로 그이를 직접 쳐낼 날이 올 것을 알고 있었으니까."

혼잣말이 영 심상찮았다.

"선왕께선 강력한 임금이셨다. 그 힘을 온전히 승계하기에는 내 형편이 썩 좋지 않았지. 선왕께서 노쇠하신 치세 말년에 조정을 꽉 잡은 척신들은 만만치 않은데, 나는 입지가 좁았다. 정통성에 다소 약점도 있었고."

약점이라는 건 참 곡절 모를 말씀이다. 그는 종통宗統의 정당하고도 유일한 계승자요, 기량에도 흠잡을 데가 없었다. 어쩌면 모두가 쉬쉬하는 왕실의 과거에 그 연유가 숨어 있는지도 모르겠다.

"궂은일을 맡길 방패막이가 필요했다. 궐 안팎에 심을 눈도 필요했어. 누구도 덕로보다 그 역할을 잘 해내진 못 했을 거야. 그이는 조정의 판도를 아예 바꾸지 않으면 입신양명은 꿈도 못 꿀 저지라는 섬에선 나와 바라보는 목표가 같았지. 그래서 철저한 내 사람으로 부릴 수 있었다."

왕이 오른쪽 어깨를 조금 기울였다. 꽤 오랜 세월 홍덕로라는 이름의 오른 날개를 달고 지낸 그 어깨다.

"덕분에 수월했다. 궐 안 병력을 그이에게 집중시켜 장악했고, 보고 체계를 하나로 묶어 사소한 사안도 새어나가지 못하도록 막았지. 우물쭈물 눈치나 보는 신료들을 데리고 척신 척결을 강행할 수 있었어. 그뿐이랴, 즉위 당시의 숙청이 혼잡했음에도 사대부들의 신망을 잃지 않았다. 어디 붙을까 고민하던 기회주의자들을 쉽게 포섭했고, 외척놀음에 가려 있던 붕당과 정학의 근간을 바로잡을 새 군주라는 기대도 얻었지. 온갖 원망은 전면에 나선 덕로가 대신 뒤집어썼으니까."

서로 신뢰하여 즉위 초 과감한 행보가 가능했다는 뜻이다.

"이제는 정국이 안정되었다. 기반을 다졌어. 지리멸렬한 다툼이야 임금으로서 응당 감내할 과업이지."

문득 공기가 서늘해졌다.

"덕로는 더 이상 쓸모가 없다. 사라져야 해."

잘못 들었나 싶을 만큼 냉정했다.

"슬슬 내숭스러운 속내를 품을 때도 되었지. 내가 쥐여준 것들을 저가 잘나서 얻은 것인 양 착각을 할 때가 되었단 말이다. 한때의 충신을 만세의 적으로 물들이는 것이 권좌의 더러운 속성이니……."

한없는 사랑 뒤에 감춰진 이면은 실로 냉혹했다. 총신을 아낀다는 허울 뒤로는 토사구팽하기에 가장 좋은 시기를 재고 있었다니 너무나 음험하다.

"하여 도승지를 급히 찾으셨사옵니까?"

"그래. 행실을 꾸짖고 자처하여 물러나게끔 재촉했다."

"망극하옵니다만……."

덕임은 말을 고르느라 잠시 주저하였다.

"의중이 진즉부터 그러하셨다 한들, 권좌에 앉은 이를 어떻게 하룻밤 새……?"

"야심에 찌든 덕로가 어찌 허망하게 굴종하였는지 의아한 게냐?"

왕의 언행에는 거침이 없었다.

"덕로는 세력을 만들었다. 벽패僻牌 유력자들과 교류하고, 명문 무반으로서 이 나라 군권의 거두인 훈련대장 구사초와 우애를 다졌지. 하지만 덕로에겐 적이 너무 많아. 홀로 권세를 틀어쥐면 자연히 미움받는 법이거니와 오만한 처신으로 우호적이던 사대부들까지 등을 돌리게 만들었어. 그 와중에 임금인 나까지 적으로 돌리면 어찌 되겠느냐. 눈 깜짝할 사이에 역모로 몰려 개죽음이지."

훌륭한 재상이 군왕을 이끈다지만, 실상은 지존의 노여움 한 자락에도 넙죽 엎드려 벌벌 떠는 것이 신하다. 적어도 지난 백 년간은 그래 왔다.

"제 발로 나가면 가진 세력이나마 지키고 후일을 도모할 수 있지. 나중에 다시 불러 주리라는 희망도 품음직하고."

"정녕 후일을 기약할 요량이시옵니까?"

"이미 필요 이상으로 기회를 주었다. 때가 되었다는 걸 알면서도 차일피일 처분을 미루며 아쉬워할 만큼 그이를 아끼게 된 탓이지. 경솔한 성질머리와 도를 넘은 야심만 잘 고쳐 주면 쭉 데리고 갈 수 있지 않을까 고민하기도 했고."

"왜 하필 어제 결심을 하셨나이까?"

"네 방자한 짓거리가 내 안일함을 일깨웠느니라."

그의 목소리가 날카로운 회초리처럼 변했다.

"네가 자전께 올리기 위해 쓴 서찰을 읽었다. 가관이더군. 부디 끼어들어 도와주십사 간청을 했지. 아니더냐?"

"그러하옵니다."

그녀의 차분한 수긍에 그는 도리어 마음이 상한 눈치였다.

"난 무력함이 싫다. 덕로 정도야 기고만장해 봤자 내 뜻대로 주무를 수 있어. 하지만 왕대비마마는 다르다. 경솔하지 않으시고, 임금으로서도 강경하게 다스릴 수 없는 왕실의 어른이시며 또한 속내를 짚을 수가 없어. 예측불허다."

비로소 왕이 천천히 몸을 돌렸다.

"오랜 인고 끝에 토대를 잡은 내 조정이, 내가 통제할 수 없는 요인으로 위협받는 꼴은 도저히 참을 수가 없단 말이다."

눈이 마주쳤다.

"너는 그런 자전을 끌어들이려 했다. 네 서찰을 보자마자 사사로운 인정에 휘둘린 내 실책을 깨달았지. 척신들이 떠나는 뒤꽁무니에 덕로를 딸려 보냄으로써 구시대의 잔재는 마무리 지었어야 했어. 애초에 써먹고 버릴 패였으니까. 그이가 내 바짓가랑이를 잡고 기어오르기 시작한 이상 빨리, 단호하게 대처했어야만 했어."

왕이 잠시 숨을 골랐다.

"너 역시 내가 저지른 실수다. 내심 기특하게 여겼거늘 넌 나를 위협했어. 나를 무력하게 만들고, 조종하려 했다고!"

덕임은 비로소 그가 임금이기 전에 상처를 입을 줄 아는 사람임을 깨달았다.

"내가 너를 선택했다. 한데 너는 나를 배신했어!"

마냥 목석같던 그에게도 교활한 일면이 있다는 건 뼈저리게 느꼈다. 그렇다 한들 상처 주고 싶진 않았다.

"아니옵니다! 전하께서 도승지를 아껴 허물을 덮어주시면 억울하게 갇힌 벗이 살아남지 못 할까 봐 겁이 났을 뿐이옵니다."

어렵사리 말을 꺼냈으나 덕임은 도로 고개를 푹 숙였다.

"염치없는 변명은 하지 않겠나이다."

"난 너에게 아바마마 이야기까지 했는데 너는……."

울컥한 마음을 눌러 삼키듯 그가 말끝을 흐렸다.

"……잊지 않으셨사옵니까?"

어차피 잊을 밤이라면 마음대로 하겠다던, 기분 좋게 취한 목소리가 귓가에 울렸다. 익숙잖은 박력으로 품에 끌어당기던 힘과 온기 또한 선연했다.

"너에 대한 것은 아무것도 잊지 않는다. 지우려고 해도 지울 수가 없어."

"전하, 소인은……."

"그런데 넌 나를 너무 쉽게 잊는다. 내가 모르는 그 잘난 일상에서 너무도 쉽게 내 존재를 지워 버리지. 비빌 언덕이 필요하면 내가 아닌 자전께 냉큼 달려갈 만큼! 기껏 변명거리를 찾아보라고 말미를 주어도 그딴 호의는 됐다는 양 뻣뻣하게 굴 만큼! 그래, 내가 또 다시 너로 인해 무력해지지 않았느냐?"

그에게 사과하고 싶었다. 그를 위로하고 싶었다. 그녀가 막연히 짐작했던 것 이상으로 생채기가 난 그의 가슴을 어루만져 주고 싶었다.

"넌 틈을 내주지 않아. 가까이 오려 하지도 않고, 변명을 하지도 않고, 용서를 빌지도 않아. 그럼 도대체 너에게 난 무엇이냐?"

"소인은 전하께 무엇이옵니까?"

그러나 결코 간과할 수 없는 의혹 하나가 남아 있었다.

"분수를 안다고 칭찬하셨으면서 살갑지 못하다고 꾸짖으시옵니다. 궁녀의 도리를 따르라 하셨으면서 여인답지 못하다고 나무라시옵니다. 가까워짐을 꺼리시는 분은 전하시온데, 제 자리에 가만히 있는 것도 아니 된다 하시면 소인은 어찌할 바를 모르겠사옵니다."

왕은 허가 찔린 표정이었다.

"또한 소인을 믿는다 말씀하시면서 염탐을 붙이셨사옵니다. 도대체……."

"네가 덕로의 꼬리를 쫓아다녔지 않느냐!"

불쑥 왕이 언성을 높였다.

"다른 궁인이라면 숙위소에서 일어나는 짓거리를 알아도 모른 척했겠지. 실제로 그랬고. 그렇지만 너는 아니지. 전모를 알아차리면 물불 안 가리고 뛰어들 것이 자명했어. 처신 하나는 잘 하는 주제에 벗을 걱정한다며 어전에서 눈물까지 보였지. 청연을 두둔하느라 내게 맞서 본 전적도 있고. 행여 공연한 짓으로 일을 그르칠까 염려하여 일부러 네 언동을 지켜보게 한 것이야. 결국 넌 내 예상대로 움직였지. 딱 하나 빗나간 점이라면 내가 아닌 자전께 달려갔다는 거고!"

"일을 그르치다니요?"

방망이에 얻어맞은 양 머리가 멍해졌다.

"설마……. 전하께선 전부 알고 계셨사옵니까?"

"나는 무력한 임금이 아니다. 아무렴 덕로가 비밀스럽게 수작을 부렸다지만, 나를 기만하는 이 참담한 사건을 애초부터 놓쳤을 성싶으냐?"

"하, 한데도 어찌 두고 보셨나이까?"

"확실히 알고 싶었다. 이유도 없이 무모한 짓을 벌일 자는 아니니까. 어찌 처리해야 이로울지 고민할 시간도 필요했고."

그는 처음부터 다 알고 있었다. 보지 않는 척하면서 모든 것을 보았다. 그의 말마따나 덕로라는 방패막이 뒤에 고고하게 앉아 어떻게 요리하면 정국을 유리하게 풀어갈 수 있을지 여유롭게 궁리나 했다.

애꿎은 경희는 살아서 돌아가지 못하리라 절망하던 바로 그 시간에.

"전부 내 통제하에 잘 굴러가고 있었다. 네 맹랑한 훼방이 변수가 되기 전까지는! 난 애들 장난을 하는 게 아니다. 한 군데라도 내 뜻대로 움직이지 않으면 즉시 손을 털어야 후환이 없지. 그래서 네 서찰을 발견하자마자, 네가 숙위소로 갔다는 전언을 듣자마자, 당장 움직인 것이다."

"전하의 선에서 수습해 도승지를 보호하기 위해서요?"

은근히 야유하는 말투에 왕이 눈을 부릅떴다.

"그래, 난 덕로를 죽이고 싶진 않다. 비록 이 지경에 이르렀으나 그이는 진실로 내게 충실했다. 내칠지언정 목숨만은 보존해 줘야 해. 권력을 빼앗아오더라도 역모로 몰리진 않게끔 보호해 줘야만 한다고."

"……궁녀는 죽어도 되옵니까?"

한낱 눈물에 어쩔 줄 몰라 하던 왕의 모습이 떠올랐다. 소소하게 아양을 떨면 못마땅한 척 뺨을 붉히던 모습도 떠올랐다. 칭찬을 해주면 어린아이처럼 기뻐하던 모습도 떠올랐다. 술에 취해 어수에 먹물을 묻혀가며 그림을 그리던 모습도 떠올랐다.

정나미가 뚝 떨어졌다.

"왕실을 위해 평생을 바치는 궁녀들은 죽어도 되옵니까?"

왕은 그녀의 두 눈에 담긴 실망을 보았다. 그것이 그를 노엽게 만들었다.

"나는 궁인들을 죽이지 않았다!"

피로 불든 부친의 기억을 회고하던 소년의 그림자가 언뜻 비쳤다.

"그럴 생각조차 없었어. 기어이 남을 불씨를 감수하고서라도 함구령만 내린 뒤 모두 살렸다고."

절대 아비를 닮지 않으리라는 결심처럼 보이기도 했다.

"전하께서 살려주시기 전에 죽을 수도 있었습니다. 며칠 더 시일을 끓었으면 정녕 그랬을 테지요."

"난 너 같은 궁인이 아니다. 내가 어떤 한 가지를 선택할 때 필연적으로 일어날 수밖에 없는 일들을 고민할 시간이 필요했을 뿐이야."

점점 왕이 언성을 높였다.

"그래, 난 그런 임금이다. 넌 내가 궁인을 동정해주기를 바라면서도 임금이라서 할 수 없는 일이 얼마나 많은지는 개의치 않지. 네 친구들을 신경 쓰느라 바빠 내게는 덕로만이 그나마 벗에 가까운 사람이었다는 것도 전혀 헤아리지 않고!"

죽은 후궁의 관 앞에서 선왕도 비슷한 이야기를 했던 것 같다. 맥락은 달라도 스스로에 대한 연민은 유사했다.

"지금 감히 내게 임금인 탓을 돌리느냐?"

꽉 묶어둔 자루가 터지듯 그가 역정을 냈다.

"내가 너를 선택했다! 심지어 네가 누구도 아닌 나한테 올 것이라 예상했다고. 그런데 너는 나를 배반했어!"

왕이 광포하게 팔을 휘두르자 쌓여 있던 책 더미가 와르르 무너졌다.

"죗값은 달게 치르겠나이다."

덕임은 눈 하나 깜빡하지 않았다.

"어차피 소모품일 뿐인 소인을 지금 죽이소서. 믿는다 하지 마시고, 마음을 주셨다 하지 마시고, 속으로 다른 궁리를 하면서 겉으론 아니 그런 척 기롱하지 마시고, 차라리 당장 깨끗하게 끝내소서."

상처를 받은 사람은 왕뿐만이 아니었다.

그에게 한 사람의 사내를 기대했다. 그에게서 경희를 보았다고 착각했다. 하지만 그는 뼛속 깊이까지 임금일 뿐이었다. 얼굴을 붉히며 눈물을 닦아주었으되 실상은 그가 바로 그녀의 눈에서 눈물을 뽑아낸 장본인이었으며, 돌아서서는 곧장 뒤를 밟을 만큼 이해타산적인 정치가일 뿐이다. 애초에 그렇게 태어났다.

어쩌면 왕이 자신을 꽤나 아끼는지도 모른다. 그러나 그는 그 마음조차도 스스럼없이 이용할 사람이다. 그리고 마음이 식어버리면, 단물을 다 빼먹고 나면, 가차 없이 내다 버릴 사람이다. 그게 이 치열한 각축에서 그가 살아온 방식이다.

사내로 보라 열심히 치댈 때는 언제고 막상 저 필요한 순간에는 아무렇지 않게 임금의 탈을 써버린다. 그녀에게는 궁녀이면서도 여자일 것을 요구하면서, 그 자신은 오직 지엄한 지존일 것만을 고집한다. 이기적이다. 그리고 그 이기심을 당연하게 여긴다.

받을 줄만 알 뿐 보답할 줄은 모른다. 임금은 될 수 있을지언정 한 사람의 사내는 될 수 없다. 지아비는 될 수 있을지언정 연인은 될 수 없다.

"소인은 계집으로서 전하를 사모하지 않사옵니다."

덕임은 아연실색한 용안을 똑바로 마주했다. 그를 이길 순 없지만 적어도 상처를 입히는 법만은 알고 있었다.

"앞으로도 결단코 그럴 일은 없을 것이옵니다."

왕의 미간이 일그러졌다. 어수가 위로 올라오는 걸 보고 덕임은 눈을 질끈 감았다. 따귀라도 호되게 맞을 줄 알았다. 그런데 고통은 없었다. 뺨을 감싸는 뜨거움만 느꼈다. 거친 힘에 몸이 홱 이끌렸다. 깜짝 놀라 눈을 떴을 때는 이미 늦은 뒤였다.

입술이 닿았다. 노상 시달리는 피로 때문인지 그의 입술은 트고 메말랐다. 감촉이 거칠었다. 다만 꽁꽁 얼어붙은 겨울 산꼭대기마저 무르녹일 만큼 뜨거웠다. 무방비한 입술 새를 파고든 혀는 몹시 단호했다. 치열과 입천장을 진득하게 훑는 농염함이 그녀의 뱃속 깊숙한 곳에 열화를 피웠다.

황홀함이라니 말도 안 된다. 덕임은 정신을 차리고 왕을 밀어냈다. 자신의 몸 어느 한 군데도 내어주고 싶지 않았다. 그러나 미약한 저항이었다.

한참 후에야, 스스로 원할 때서야, 왕은 놓아주었다.

"동이 트기 전에 궐을 떠나라."

사뭇 거친 호흡을 다스리며 그는 야멸치게 뒤돌아섰다.

"썩 꺼지란 말이다. 두 번 다시 내 앞에 나타나지 마."

그걸로 정녕 끝이었다.

〈2권에 계속〉